PLAZA & JANES

P & J

EXITOS

FREDERICK FORSYTH

EL CUARTO PROTOCOLO

PLAZA & JANES EDITORES, S. A.

Título original:

THE FOURTH PROTOCOL

Traducción de

J. FERRER ALEU

Diseño de la cubierta:

RAYMOND HAWKEY

Ilustración de la cubierta:

HARRY WILLOCK

Cubierta original de

BRIAN GREGORY ASSOCIATES LTD.

Primera edición: **Setiembre, 1984**
Segunda edición: **Octubre, 1984**
Tercera edición: **Abril, 1985**
Cuarta edición: **Abril, 1985**
Quinta edición: **Mayo, 1985**
Sexta edición: **Setiembre, 1985**
Séptima edición: **Abril, 1986**
Octava edición: **Noviembre, 1986**

Virgen de Guadalupe, 21-33. Esplugues de Llobregat (Barcelona)

Este libro se ha publicado originalmente en inglés con el título de
THE FOURTH PROTOCOL
(ISBN: 0 09 158630 5. Hutchinson. London. Ed. original)

Printed in Spain — Impreso en España

ISBN: 84-01-32106-9 — Depósito Legal: B. 31.796 - 1986

A Shane Richard, de cinco años, sin cuyas amables atenciones, este libro se habría escrito en la mitad del tiempo.

PRIMERA PARTE

Capítulo Primero

El hombre de gris resolvió apoderarse de los diamantes Glen a medianoche. Siempre que estuviesen todavía en la caja fuerte del apartamento y se hubiesen marchado los ocupantes de éste. Necesitaba saberlo. Por consiguiente, esperó y vigiló. A las siete y media recibió la recompensa.

La grande y amplia limusina salió del aparcamiento subterráneo con la vigorosa gracia inherente a su nombre. Se detuvo un instante en la boca del túnel, mientras su conductor observaba el tráfico de la calle; después entró en la calzada y se dirigió a Hyde Park Corner.

Sentado ante el volante del «Volvo estate» de alquiler, frente al lujoso bloque de apartamentos, Jim Rawlings, con su uniforme de chófer, también alquilado, lanzó un suspiro de alivio. Atisbando sin ser visto desde el otro lado de Belgravia Street, había observado lo que esperaba ver: el marido, al volante, y la esposa, a su lado. Tenía el motor en marcha y la calefacción encendida, para resguardarse del frío. Poniendo la marcha automática en posición de «arranque», salió de la hilera de coches aparcados y siguió al «Daimler-Jaguar».

La mañana era fría y clara, con una pálida pincelada de luz sobre Green Park, al Este, y los faroles de la calle todavía encendidos. Rawlings estaba al acecho desde las cinco y, aunque unas pocas personas habían pasado por la calle, nadie se había fijado en él. Un chófer, en un automóvil grande, en Belgravia, el más rico de los distritos del West

End londinense, no llama la atención, y menos aún si lleva cuatro maletas y una canasta en la parte trasera y es la mañana del 31 de diciembre. Muchos ricachones se estarían preparando para abandonar la capital y celebrar las fiestas en sus casas de campo.

En Hyde Park Corner, iba a unos cincuenta metros detrás del «Jaguar» y había permitido que un camión se interpusiese entre ellos. Al subir por Park Lane, Rawlings sintió temor por un instante; había allí una sucursal del «Coutts Bank» y tuvo miedo de que la pareja del «Jaguar» se detuviese para depositar los diamantes en la caja de seguridad nocturna.

En Marble Arch lanzó un segundo suspiro de alivio. La limusina que le precedía no giró alrededor del arco para ir hacia el Sur por Park Lane en dirección al Banco. Siguió directamente por Great Cumberland Place, entró en Gloucester Place y continuó hacia el Norte. Así, pues, los ocupantes del lujoso apartamento del piso octavo de Fontenoy House no dejaban las joyas en el «Coutts»; o las tenían en el coche y las llevaban con ellos al campo, o las habían dejado en el apartamento para el período de Año Nuevo. Rawlings confió en que fuese esto último.

Siguió al «Jaguar» hasta Hendon, vio que aceleraba en el último kilómetro antes de llegar a la autopista M-1, y entonces dio media vuelta para regresar al centro de Londres. Evidentemente, tal como había esperado, iban a reunirse con el hermano de la esposa, duque de Sheffield, en su finca del norte de Yorkshire, a más de seis horas en coche. Esto le daría un mínimo de veinticuatro horas, más de lo que necesitaba. No tenía duda de que «tomaría» el apartamento de Fontenoy House; a fin de cuentas, era uno de los mejores ladrones de Londres.

A media mañana había devuelto el «Volvo» a la compañía de alquiler de automóviles; el uniforme, a la tienda de alquiler de trajes, y las maletas vacías, al armario. Estaba de nuevo en su cómoda y ricamente amueblada vivienda del piso alto de un edificio que había sido almacén de té en su Wandsworth natal. Aunque había prosperado, seguía siendo un londinense del Sur, por nacimiento y por crianza, y, aunque Wandsworth no era tan elegante como Belgravia o Mayfair, era su «feudo». Como todos los de su clase, se le hacía cuesta arriba abandonar la seguridad de su propio feudo. En él se sentía razonablemente a salvo, aunque en los bajos fondos locales y entre la Policía era conocido como un *face*, término con el que se designa al delincuente o malhechor en el mundo del hampa londinense.

Como todos los malhechores con éxito, mantenía un aspecto modesto en su ambiente, tenía un coche vulgar y su único lujo era la elegancia de su apartamento. Cultivaba, entre las capas más bajas del hampa, una deliberada vaguedad sobre la exacta naturaleza de sus actividades y, aunque la Policía sospechaba acertadamente cuál era su especialidad, su «historial» estaba limpio, aparte un breve período entre rejas en su adolescencia. Su evidente éxito y la vaguedad sobre su manera de conseguirlo le valía el respeto de los jóvenes aspirantes al oficio, que se sentían dichosos de realizar pequeños encargos por su cuenta. Incluso los duros, que atracaban en pleno día las oficinas donde se pagaban los salarios, con escopetas de cañones recortados y mangos de hacha, le dejaban en paz.

Naturalmente, había de tener una ocupación «aparente» para justificar el dinero que ganaba. Todos los *faces* afortunados tenían alguna forma de negocio legítimo. Los predilectos han sido siempre la conducción o propiedad de pequeños vehículos de transporte, las tiendas de abacería o el tráfico en chatarra y otros artículos en general. Todas estas actividades aparentes permiten buenos beneficios ocultos, manejo de dinero, tiempo libre, una serie de escondrijos y la posibilidad de emplear un par de «duros» o «matones». Éstos son hombres broncos, de poco seso, pero mucha fuerza, que también necesitan un empleo aparentemente legítimo para disimular su profesión habitual de músculos de alquiler.

En realidad, Rawlings tenía un negocio de chatarra y un patio de automóviles de desecho. Esto le permitía tener un taller mecánico bien equipado, metales de todas clases, cables eléctricos, ácido de baterías y dos corpulentos matasietes que empleaba tanto para su negocio como en calidad de guardaespaldas si a veces tenía algún «tropiezo» con bellacos que decidiesen crearle dificultades.

Después de ducharse y afeitarse, Rawlings revolvió unos cristales de Demerara en su segundo café de la mañana y estudió de nuevo los apuntes que le había dejado Billy Rice.

Billy era su aprendiz, un muchacho listo, de veintitrés años, que un día llegaría a ser bueno, e incluso muy bueno, en el oficio. Todavía estaba empezando a moverse en las orillas del mundo del hampa, y por eso ansiaba hacer favores a un hombre de prestigio, aparte la valiosa instrucción que obtendría al hacerlo. Veinticuatro horas antes, Billy había llamado a la puerta del apartamento del piso octavo de Fontenoy House, llevando un gran ramo de flores y vestido con la librea de una lujosa floristería. Gracias a estos «adminículos» había pasado sin dificultad por delante del conserje en el vestíbulo, donde había observado la exacta disposición de la entrada, la garita del portero y la situación de la escalera.

Había sido la propia dama de la casa la que había abierto personalmente la puerta, y su semblante se había iluminado de sorpresa y de satisfacción al ver las flores. Las enviaba, aparentemente, el comité del Fondo Benéfico para Veteranos Pobres, del que Lady Fiona era protectora y a cuyo baile de gala tenía que asistir aquella misma noche del 30 de diciembre de 1986. Rawlings había pensado que aun en el caso de que, durante el baile, mencionase el ramo a algún miembro del comité, éste presumiría que lo había enviado otro miembro en nombre de todos.

En la puerta, la dama había mirado la tarjeta, exclamando: «¡Oh, es adorable!», con el delicado acento de las de su clase, y tomado el ramo. Entonces, Billy había alargado su talonario de recibos y un bolígrafo. Incapaz de sujetar al mismo tiempo las tres cosas, Lady Fiona se había retirado aturrullada al cuarto de estar para depositar el ramo, dejando a Billy unos segundos solo en el pequeño recibidor.

Con su aire infantil, sus sedosos cabellos rubios, ojos azules y tímida sonrisa, Billy era un encanto. Presumía que podía darle el pego a cualquier ama de casa de edad madura de la metrópoli. Pero pocas cosas pasaban inadvertidas a sus ojos de niño.

Ya antes de pulsar el timbre, había pasado un minuto estudiando la puerta por fuera, su montante y la pared circundante en el rellano. Buscaba un pequeño zumbador no más grande que una nuez, o un botón negro o interruptor con el que silenciar aquél. Sólo cuando se hubo convencido de que no había nada, llamó al timbre.

Al quedarse solo en el recibidor, volvió a hacer lo mismo: buscó el posible zumbador o interruptor en la parte interior del montante de la puerta y en las paredes. Tampoco vio ninguno. Cuando el ama de la casa volvió para firmar el recibo, Billy sabía que la puerta tenía un cerrojo de seguridad, que identificó, satisfecho, como un «Chubb» y no como un «Brahmah», que tiene fama de invulnerable.

Lady Fiona tomó el bloc y el bolígrafo y trató de firmar el recibo de las flores. Imposible. La carga del bolígrafo había sido extraída hacía tiempo, y el resto de la tinta se había gastado en una hoja blanca de papel. Billy se deshizo en disculpas. Sonriendo alegremente, Lady Fiona le dijo que no se preocupase, que estaba segura de que tenía uno en su bolso, y se dirigió de nuevo al cuarto de estar. Billy había comprobado ya lo que buscaba. La puerta estaba ciertamente conectada a un sistema de alarma.

Sobresaliendo del borde de la puerta abierta, a buena altura en el lado de los goznes, había un pequeño vástago de contacto. Frente a él, en la jamba de la puerta, se veía un casquillo diminuto. Él sabía que dentro de este casquillo tenía que haber un microinterruptor «Pye». Con la puerta cerrada, el vástago quedaba introducido en el casquillo y hacía contacto.

Instalado y activado el aparato de alarma, el microinterruptor haría que aquél se disparase si se rompía el contacto, es decir, si se abría la puerta. Billy tardó menos de tres segundos en sacar su tubo de cola especial, introducir un buen grumo en el orificio que contenía el microinterruptor y apretarlo con una bolita de plasticina y cola compuesta. En cuatro segundos, aquello se endureció como una piedra y el interruptor quedó aislado del vástago del borde de la puerta.

Cuando volvió Lady Fiona con el recibo firmado, encontró al simpático joven apoyado en la jamba de la puerta; pero éste se irguió con una sonrisa de disculpa, enjugando al propio tiempo cualquier material sobrante que le hubiese quedado en la yema del pulgar. Más tarde, Billy dio a Jim Rawlings una descripción completa de las condiciones de la entrada, la garita del portero, la situación de la escalera y de los ascensores, el rellano del apartamento, el pequeño recibidor de éste y todo lo que había podido ver del cuarto de estar.

Mientras sorbía su café, Rawlings confiaba en que, hacía cuatro horas, el dueño del apartamento había llevado sus maletas al rellano y vuelto al recibidor para montar la alarma. Como de costumbre, ésta no había sonado. Al cerrar la puerta a su espalda, el hombre habría hecho girar la llave en la cerradura de seguridad, convencido de que la alarma estaba dispuesta y activada. Normalmente, el vástago habría estado en contacto con el microinterruptor «Pye». El giro de la llave habría establecido el circuito completo, activando todo el sistema. Pero con el vástago aislado del interruptor, al menos el sistema de la puerta habría quedado inutilizado. Rawlings estaba seguro de que podría abrir la cerradura en menos de treinta minutos. Habría otras trampas dentro del apartamento, pero ya se las ingeniaría cuando se encontrase con ellas.

Terminado el café, buscó su archivo de recortes de periódico. Como todos los ladrones de joyas, Rawlings seguía atentamente las noticias de sociedad. Este legajo particular se refería enteramente a las apariciones de Lady Fiona en ceremonias sociales y al juego de diamantes perfectos que había lucido en el baile de gala de la noche anterior... por última vez, si Jim Rawlings se salía con la suya.

A más de mil quinientos kilómetros al Este, el viejo plantado ante la ventana del cuarto de estar del apartamento delantero del tercer piso de Prospekt Mira 111 pensaba también en la medianoche. Ésta anunciaría el 1.º de enero de 1987, que coincidía con su setenta y cinco aniversario.

Era bastante más del mediodía, pero iba aún en bata; aquellos días no tenía ningún motivo para levantarse temprano y acicalarse al objeto de ir a la oficina. No tenía ninguna oficina a la que ir. Su esposa rusa, Erita, treinta años menor que él, había llevado a sus dos chicos a patinar en los paseos inundados y helados del Parque Gorki; por consiguiente, estaba solo.

Captó su imagen en un espejo de la pared, y lo que vio no le causó más alegría que la contemplación de su vida o de lo que quedaba de ella. La cara, siempre arrugada, presentaba ahora surcos más profundos. Los cabellos, antaño negros y espesos, eran ahora blancos como la nieve, ralos y lacios. La piel, después de toda una vida de beber copiosamente y de fumar sin cesar, aparecía pecosa y manchada. Afligido, desvió la mirada. Volvió a la ventana y miró hacia la calle cubierta de nieve. Unos cuantos *babushkas*, embozados y abrigados, barrían la nieve, que volvería a caer aquella noche.

Se dijo que había pasado mucho tiempo, veinticuatro años casi exactos, desde que abandonara su infructuoso e inútil exilio en Beirut para venir aquí. Quedarse allí no habría tenido objeto. Nick Elliot y los demás de la «Empresa» lo habían comprendido ya, y él había tenido que reconocerlo al fin. Por eso había venido, dejando que su esposa y sus hijos se reuniesen más tarde con él, si así lo deseaban.

Al principio pensó que era como volver a casa, a una casa espiritual y moral. Se había lanzado a la nueva vida, había creído realmente en la filosofía y en su definitivo triunfo. ¿Por qué no? La había servido durante veintisiete años. Había sido feliz y se había sentido realizado en aquellos primeros años de mediados de los sesenta. Desde luego, había tenido que sufrir las interminables sesiones cuya finalidad era la de asegurarse de que no revelaría información secreta al cesar en su anterior puesto, pero había sido muy apreciado por el Comité de Seguridad del Estado. A fin de cuentas, era uno de los Cinco Astros, el más grande de todos, junto con Burgess, Maclean, Blunt y Blake, que habían ahondado en el corazón del *establishment* británico y lo habían traicionado.

Burgess, cuyas borracheras y locuras lo habían llevado a una muerte prematura, estaba ya en la tumba antes de que él llegase. Maclean fue el primero en perder sus ilusiones, si bien era verdad que estaba en Moscú desde 1951. En 1963 estaba irritado y amargado, y lo hacía pagar a Melinda, que, al fin, le había abandonado para venir aquí, a este apartamento. En todo caso, Maclean, desilusionado y resentido, continuó hasta que el cáncer se apoderó de él, cuando odiaba a sus anfitriones y éstos le odiaban a él. Blunt había sido «pillado» y deshonrado en Inglaterra. Ahora sólo quedaban él y Blake, pensó el viejo. En cierto modo, envidiaba a Blake, completamente asimilado, absolutamente contento, que les había invitado, a él y a Erita, para la víspera de Año Nuevo. Desde luego, Blake tenía antecedentes cosmopolitas: madre holandesa y padre judío.

En cambio, para él, personalmente, no podía haber asimilación; lo supo después de los primeros cinco años. Por aquel entonces había aprendido a hablar y escribir el ruso con fluidez, pero aún conservaba un marcado acento inglés. Aparte esto, había llegado a odiar la sociedad, una sociedad total, irreversible e inalterablemente extraña.

Pero esto no era lo peor; en los siete años siguientes a su llegada, había perdido sus últimas ilusiones políticas. Todo era un embuste, y había sido lo bastante listo para verlo. Había pasado su juventud y su madurez sirviendo a una mentira, mintiendo por la mentira, traicionando por la mentira, renegando de aquella «tierra verde y agradable»..., y todo por una mentira.

Durante años, en que tuvo a su disposición, como le correspondía por derecho, todos los periódicos y revistas británicos, siguió los partidos de críquet mientras asesoraba sobre el fomento de las huelgas; contempló los viejos lugares familiares en las revistas, mientras preparaba información falsa para llevarlos a la ruina; permaneció, sin llamar la atención, en un taburete del «Nacional», oyendo las risas y las bromas británicas en su idioma, mientras aconsejaba a los jefazos de la KGB, incluido el propio presidente, sobre la mejor manera de sembrar la confusión en aquella pequeña isla. Y continuamente, durante los últimos quince años, sintió en su interior un gran vacío desesperado, que ni siquiera habían podido llenar la bebida ni las muchas mujeres que había tenido. Ahora era demasiado tarde, se dijo; nunca podría volver atrás. Y, sin embargo, sin embargo...

Sonó el timbre. Esto le sorprendió. El 111 de Prospekt Mira es un bloque de absoluta propiedad de la KGB, en una calle tranquila del centro de Moscú, que tiene por inquilinos a muchos miembros importantes de la KGB y a algunos funcionarios del Ministerio de Asuntos Exteriores. Un visitante habría tenido que pasar por la conserjería, y no podía ser Erita, pues tenía su propia llave.

Cuando abrió la puerta, vio a un hombre ante él. Era joven y de buen aspecto, envuelto en un abrigo bien cortado y con un gorro de piel, sin insignia, en la cabeza. Su cara era impasible y fría, pero no a causa del viento helado de la calle, pues sus zapatos indicaban que había pasado de un coche con calefacción al caliente bloque de apartamentos sin pisar la nieve helada. Unos ojos azules e inexpresivos miraron fijamente al viejo, sin afecto ni hostilidad.

—¿Camarada coronel Philby? —preguntó.

Philby se sorprendió. Los amigos íntimos, los Blake y otra media docena, le llamaban Kim. Para los demás, había vivido muchos, muchísimos años oculto bajo un seudónimo. Sólo para unos pocos altos gerifaltes era Philby, coronel retirado de la KGB.

—Sí.

—Soy el comandante Pavlov, del Noveno Directorio, al servicio personal del secretario general del PCUS.

Philby conocía el Noveno Directorio de la KGB. Suministraba guardaespaldas al personal más importante del partido y vigilantes a los edificios donde trabajaban y vivían. Cuando iban de uniforme —cosa que actualmente ocurría sólo dentro de los edificios del partido y en las ceremonias—, llevaban como distintivos galones de color azul eléctrico en la gorra, charreteras y placas en las solapas, y eran también conocidos como Guardias del Kremlin. Pero cuando actuaban como guardaespaldas, llevaban trajes de paisano perfectamente cortados; tenían buen aspecto, estaban bien adiestrados, eran de una fidelidad a toda prueba e iban armados.

—Muy bien —replicó Philby.

—Esto es para usted, camarada coronel.

El comandante le tendió un sobre largo de papel, de primera calidad. Philby lo tomó.

—Y esto también —añadió el comandante Pavlov, alargándole una cartulina cuadrada con un número de teléfono.

—Gracias —dijo Philby.

Sin añadir palabra, el comandante hizo una ligera reverencia, giró sobre sus talones y se alejó por el pasillo. Segundos más tarde, Philby observó desde su ventana cómo arrancaba el brillante «Chaika» negro, con la matrícula distintiva del Comité Central y el número precedido por las iniciales MOC.

Jim Rawlings resiguió con una lupa la fotografía de la revista de sociedad. En ella estaba la mujer a quien había visto aquella mañana saliendo de Londres hacia el Norte con su marido, aunque la foto había sido tomada hacía un año. Estaba de pie en una fila de presentación, mientras la dama que se hallaba junto a ella saludaba a la princesa Alejandra. Y llevaba las piedras. Rawlings, que estudiaba durante meses antes de dar un golpe, conocía tan bien su procedencia como la fecha de su propio nacimiento.

En 1905, el joven conde de Margate había regresado de Africa del Sur trayendo cuatro magníficas piedras sin tallar. Con ocasión de su matrimonio, en 1912, ordenó a Cartier, de Londres, que las tallase y montase como regalo para su joven esposa. Cartier las había hecho tallar a «Aascher's» de Amsterdam, considerados ya entonces como los mejores del mundo después de su hazaña al labrar el enorme Cullinan. Las cuatro gemas originales se habían convertido en dos pares de diamantes que hacían juego, en forma de pera, con 58 facetas, un peso de diez quilates cada piedra de uno de los pares y veinte quilates cada una de las del otro.

De nuevo en Londres, Cartier montó aquellas piedras en oro blanco, rodeándolas de cuarenta piedras más pequeñas, para crear un juego de una diadema con una de las gemas más grandes como pieza central, un pinjante con el otro diamante grande en el centro y dos pendientes iguales con los dos más pequeños. Antes de que se terminase el trabajo murió el padre del conde, séptimo duque de Sheffield, y el conde le sucedió en el título. Las joyas fueron conocidas como los diamantes Glen, por el nombre de familia de la Casa de Sheffield.

Al morir el octavo duque en 1936, los transmitió a su hijo, que, a su vez, tuvo dos hijos, una hembra nacida en 1944 y un varón nacido en 1949. Y la imagen de esta hija —ahora una mujer de cuarenta y dos años— era la que veía Jim Rawlings a través de su lupa.

«No volverás a llevarlos, querida», se dijo Rawlings. Después empezó a comprobar una vez más el equipo que necesitaba para la noche.

Harold Philby rasgó el sobre con un cuchillo de cocina, extrajo la carta y la desdobló encima de la mesa del cuarto de estar. Le interesó: procedía del propio secretario general del PCUS, mostraba la clara y estudiada caligrafía del líder soviético y estaba, naturalmente, escrita en ruso.

El papel era de tan buena calidad como el sobre, y no llevaba membrete. Debió de escribirla en su apartamento particular del número 26 de Kutuzovski Prospekt, el enorme bloque donde, desde los tiempos de Stalin, se hallaban los suntuosos hogares en Moscú de los más altos jerarcas del partido.

En el ángulo superior derecho, se leía: *Miércoles, 31 de diciembre de 1986, por la mañana.* Seguía luego el texto:

Querido Philby:

Me ha llamado la atención una observación que hizo usted en una cena celebrada recientemente en Moscú, a saber, que «la estabilidad política de Gran Bretaña es constantemente exagerada aquí en Moscú, sobre todo en los tiempos actuales».

Celebraría recibir de usted una ampliación y aclaración de este comentario. Ponga por escrito esta explicación y diríjala personalmente a mí, sin guardar ninguna copia ni valerse de secretarias.

Cuando esté lista, llame al número de teléfono que le ha dado el comandante Pavlov, hable personalmente con él, y él irá a su residencia a buscarla.

Mis felicitaciones por su cumpleaños de mañana.

Sinceramente...

La carta terminaba con la firma.

Philby suspiró lentamente. Por lo visto, había habido micrófonos ocultos en la cena ofrecida por Kriuchkov a los antiguos oficiales de la KGB el día 26. Lo había sospechado a medias. Como primer presidente delegado de la KGB y jefe de su Directorio Principal, Vladimir Alexandrovich Kriuchkov era, en cuerpo y alma, criatura del secretario general. Aunque se hacía llamar coronel general, Kriuchkov no era militar, ni siquiera oficial profesional de información; era un *apparatchik del* partido hasta la médula de los huesos, uno de los incorporados por el actual líder soviético cuando había sido presidente de la KGB.

Philby volvió a leer la carta y la dejó a un lado. «El estilo del viejo no había cambiado», pensó. Breve hasta la rigidez, claro y conciso, desprovisto de estudiada cortesía y sin permitir contradicciones. Incluso la referencia al cumpleaños de Philby era bastante breve y demostraba sólo que había pedido su expediente.

Sin embargo, Philby estaba impresionado. Una carta personal del más glacial y remoto de los hombres era cosa desacostumbrada, y muchos se habrían estremecido ante semejante honor. Años atrás había sido diferente. Cuando el actual líder soviético había llegado a la KGB como presidente, Philby llevaba ya años allí y era considerado como un personaje. Daba conferencias sobre las agencias de información occidentales en general y sobre el SSI británico en particular.

Como todos los miembros del partido designados para mandar a profesionales de otra disciplina, el nuevo presidente había cuidado muy bien de poner en los puestos clave a hombres de su confianza. Philby, aunque respetado y admirado como uno de los Cinco Astros, se había dado cuenta de que un patrono en los lugares más encumbrados sería muy útil en aquella sociedad conspiradora por antonomasia. El presidente, mucho más inteligente y culto que su predecesor, Semichastni, había mostrado curiosidad, sin llegar a fascinación, pero mucho más que un simple interés, por Gran Bretaña.

Muchas veces, durante aquellos años, había pedido a Philby interpretaciones o análisis de los sucesos de Gran Bretaña, de sus personalidades y sus probables reacciones, y Philby le había complacido de buen grado. Era como si el presidente de la KGB quisiese comparar con otras críticas lo que llegaba a su mesa procedente de los expertos sobre «Gran Bretaña» de la casa y de su propia antigua oficina, el Departamento Internacional del Comité Central, dirigido por Boris Ponomarev. Varias veces había atendido el discreto consejo de Philby en cuestiones relativas a Gran Bretaña.

Habían pasado cinco años desde que Philby viera cara a cara al nuevo zar de todas las Rusias. En mayo de 1982 había asistido a una recepción con motivo de la vuelta del presidente de la KGB al Comité Central, aparentemente como secretario, aunque en realidad con objeto de prepararse para la muerte inminente de Breznev y asegurar su propio ascenso. Y ahora buscaba de nuevo una interpretación de Philby.

Sus pensamientos fueron interrumpidos por el regreso de Erita y los chicos, sofocados después de patinar y tan ruidosos como siempre.

En 1975, mucho después de la partida de Melinda Maclean, cuando los jefazos de la KGB hubieron decidido que su libertinaje y sus borracheras habían perdido su encanto (al menos para la organización), Erita recibió la orden de ir a vivir con él. Pertenecía a la KGB, cosa rara, pues era también judía; tenía treinta y cuatro años y era morena y robusta. Se habían casado el mismo año.

Después del matrimonio, se había impuesto el notable atractivo personal de Philby. Ella se enamoró sinceramente de él y se negó en redondo a seguir informando sobre él a la KGB. El oficial encargado del caso se encogió de hombros, informó a su vez de la cuestión y le dijeron que no se preocupase más por ello. Los hijos vinieron dos y tres años más tarde.

—¿Algo importante, Kim? —preguntó ella, mientras él se levantaba y se metía la carta en un bolsillo.

Él sacudió la cabeza. La mujer quitó las gruesas y forradas chaquetas a los chicos y las colgó en el armario.

—Nada, querida —respondió Philby.

Pero ella vio que estaba preocupado por algo. Sabía que no debía insistir.

—Por favor, no bebas demasiado en casa de los Blake esta noche.

—Lo intentaré —dijo él, con una sonrisa.

En realidad, iba a permitirse una última borrachera. Bebedor de toda la vida, que, cuando empezaba a trasegar en una fiesta, no solía parar hasta derrumbarse, hizo caso omiso de los consejos de cien médicos que le ordenaban dejar de beber. Le obligaron a no fumar, y esto fue ya muy mala cosa. Pero aún no renunciaba al alcohol; sabía que podía dejarlo cuando quisiera y que, después de la fiesta de aquella noche, tendría que abstenerse durante una temporada.

Recordó la observación que hiciera en el banquete de Kriuchkov y las ideas que la provocaron. Sabía lo que pasaba y lo que se pretendía en el seno del Partido Laborista británico. Otros habían recibido el caudal de información que él había estudiado a lo largo de los años y que aún le era transmitido a modo de favor. Pero sólo él había sido capaz de juntar todas las piezas, ensamblándolas dentro del marco de la psicología de masas británica para obtener la imagen real. Si tenía que hacer justicia a la idea que se estaba formando en su mente, tendría que describir aquella imagen en palabras; preparar para el líder soviético una de las mejores piezas que jamás hubiese redactado. Podía enviar a Erita y a los chicos a la dacha para el fin de semana. Y este fin de semana pondría manos a la obra, solo en el apartamento. Pero antes, una última borrachera.

Jim Rawlings estuvo entre las nueve y las diez de aquella noche sentado en otro coche alquilado —éste más pequeño—, delante de Fontenoy House. Vestía un bien cortado esmoquin y no llamaba la atención. Observaba la posición de las luces en lo alto del bloque de apartamentos. Desde luego, el piso que constituía su objetivo estaba a oscuras, pero le alegró ver que los apartamentos de encima y de debajo de aquél tenían las luces encendidas. A juzgar por el aspecto de las personas que se veían detrás de las ventanas, estaban celebrando sendas fiestas de Año Nuevo.

A las diez, con el coche aparcado discretamente en una calle lateral a dos manzanas de distancia, se dirigió a la entrada principal de Fontenoy House. Había estado entrando y saliendo tanta gente, que la puerta estaba cerrada, pero no con llave. En el vestíbulo, a mano izquierda, estaba la garita del portero, tal como había dicho Billy Rice. Dentro de ella, el portero de noche veía la televisión en su aparato portátil japonés. El hombre se levantó y se asomó a su puerta, como para decir algo.

Rawlings llevaba una botella de champaña adornada con un gran lazo de cinta de color. Agitó una mano, saludando como si estuviese un poco ebrio.

—Buenas noches —gritó, y añadió—: ¡Ah, y feliz Año Nuevo!

Si el viejo portero había pensado preguntarle su nombre o su destino, se abstuvo de hacerlo. Al menos se estaban celebrando seis fiestas en el bloque. La mitad de ellas parecían ser de «casa abierta»; ¿cómo iba a comprobar *él* las listas de invitados?

—¡Ah..., bueno..., gracias, señor! Y feliz Año Nuevo —gritó, pero el hombre vestido de esmoquin se alejaba ya por el pasillo.

El portero volvió a su película.

Rawlings subió al primer piso por la escalera y, después, tomó el ascensor hasta el octavo. A las diez y cinco minutos estaba delante de la puerta del apartamento que buscaba. Tal como le había informade Billy, no había zumbador y la cerradura era una «Chubb» de seguridad. A unos seis centímetros sobre ésta, había una segunda cerradura automática «Yale» para el uso cotidiano.

La cerradura «Chubb» tiene un total de 17.000 combinaciones y permutaciones. Es un cierre de cinco palancas, pero no constituye problema insuperable para un «experto», ya que sólo hay que encontrar las dos y media primeras palancas; las otras dos y media son iguales, pero a la inversa, de modo que la llave funciona igualmente cuando se introduce desde el otro lado de la puerta.

Después de salir del colegio, a los dieciséis años, Rawlings había pasado diez años trabajando con y para su tío Albert en la ferretería de éste. El taller era una buena pantalla para el viejo, que también había sido un ladrón distinguido en sus buenos tiempos. Ello permitió que el ansioso y joven Rawlings conociese todas las cerraduras existentes en el mercado y la mayor parte de las pequeñas cajas de caudales. Después de diez años de práctica continua, y con las expertas enseñanzas de tío Albert, Rawlings podía abrir casi todas las cerraduras que se fabricaban.

Sacó del bolsillo una anilla con doce llaves maestras, todas ellas fabricadas en su taller. Eligió y probó tres de ellas, una tras otra, y, por fin, se decidió por la sexta de la anilla. Insertándola en la «Chubb», empezó a detectar los puntos de presión en el interior de la cerradura. Después, sacando del bolsillo superior de su chaqueta un paquete plano de finas limas de acero, empezó a trabajar con ellas sobre el metal más blando de la llave maestra. Al cabo de diez minutos tenía la configuración o «perfil» que necesitaba de las dos y media primeras palancas. Después de otros quince minutos había reproducido el mismo perfil a la inversa. Insertó la llave terminada en la cerradura «Chubb» y la hizo girar despacio y con cuidado.

La cerradura se abrió. Esperó sesenta segundos, por si el relleno de plasticina y cola especial de Billy no hubiese «aguantado» dentro de la jamba de la puerta. No sonó ninguna alarma. Lanzó un suspiro de alivio y empezó a trabajar en la «Yale» con una fina ganzúa de acero. Tardó en ello un minuto; luego se abrió la puerta sin ruido. El interior estaba a oscuras, pero la luz del corredor exterior le permitía ver en líneas generales el vacío recibidor. Tenía unos veinte metros cuadrados y estaba alfombrado.

Sospechó que debajo de la alfombra habría una alarma a presión en alguna parte, pero no demasiado cerca de la puerta, para que no pudiese hacerla sonar el propio dueño. Entró en el recibidor, arrimándose a la pared, cerró la puerta a su espalda y encendió la luz. A su izquierda había una puerta entreabierta, a cuyo través pudo ver un lavabo. A su derecha, otra puerta, casi con toda seguridad la del armario para guardar los abrigos y que contendría el sistema de control de la alarma; no debía tocarla. Sacando un par de alicates de un bolsillo del pecho, se agachó y levantó la alfombra, separándola del fino listón de su borde. Al alzarse la cuadrada alfombra, descubrió el resorte a presión en el mismo centro del recibidor. Sólo había uno. Volvió a colocar suavemente la alfombra en su sitio, pasó alrededor de ella y abrió la puerta grande que tenía delante. Como había dicho Billy, era la del cuarto de estar.

Permaneció varios minutos en el umbral, hasta que identificó el interruptor y encendió las luces. Esto era un poco arriesgado, pero se hallaba en el octavo piso, los dueños estaban en Yorkshire, y no tenía tiempo de trabajar con una linterna en una habitación llena de trampas.

La estancia era oblonga, de unos siete por cinco metros, alfombrada y ricamente amueblada. Delante de él estaban las grandes ventanas de cristales que daban al Sur y a la calle. A su derecha, la pared contenía una chimenea de piedra con un quemador de gas para imitar el fuego de leña, y, en un rincón, una puerta que presumiblemente conducía al dormitorio de los dueños. La pared de la izquierda tenía dos puertas, una de las cuales se abría a un pasillo que, sin duda, llevaba a los dormitorios de los invitados, mientras que la otra, cerrada, conducía tal vez al comedor y a la cocina.

Pasó otros diez minutos de pie e inmóvil, escrutando las paredes y el techo. La razón de esto era sencilla: podía haber una alarma estática que Billy Rice no hubiese visto, pero que detectaría el calor o el movimiento de cualquiera que entrase en la habitación. Si sonaban los timbres, podría salir de allí en tres segundos. No había timbres; el sistema se basaba en alambres conectados a la puerta y probablemente a las ventanas, que no pensaba tocar, y en una serie de resortes a presión.

Estaba seguro de que la caja fuerte estaría en aquella habitación o en la del dueño, y en una pared exterior, ya que las interiores no podían tener el grosor suficiente. La descubrió momentos antes de las once. Exactamente delante de él, en un trozo de pared de veinticinco centímetros entre las dos amplias ventanas, había un espejo con marco dorado, que no pendía ligeramente separado de la pared como los cuadros, proyectando una estrecha sombra en el borde, sino que estaba pegado y como empotrado en ella.

Empleando los alicates para levantar el borde de la alfombra, avanzó arrimado a las paredes y descubrió los finos alambres que iban desde el zócalo hasta los resortes a presión, situados, sin duda, hacia el centro de la estancia.

Cuando llegó al espejo, vio debajo de éste uno de los resortes. Pensó en quitarlo, pero en vez de ello, levantó una mesa grande y baja de café que estaba cerca y la colocó sobre el resorte, con las patas lejos de sus bordes. Ahora sabía que si permanecía junto a las paredes o sobre algún mueble —ninguno de éstos podía contener un resorte a presión—, estaría seguro.

El espejo se mantenía adosado a la pared mediante una placa imantada y conectada a un alambre. Esto no era problema. Deslizó una laminilla de acero imantado entre los dos imanes del cierre, uno en el marco del espejo y el otro en la pared. Manteniendo la laminilla sustitutoria pegada al imán de la pared, desprendió de ésta el espejo. El imán de la pared no opuso resistencia; seguía en contacto con otro imán y, por ello, no podía denunciar la ruptura del contacto.

Rawlings sonrió. La caja fuerte era una bonita y pequeña «Hamber» modelo D. Sabía que la puerta estaba hecha con una plancha de acero templado y muy resistente, doce milímetros de grueso; el gozne era una varilla vertical de acero templado, que se introducía en el marco hacia arriba y hacia abajo desde la puerta. El mecanismo de seguridad consistía en tres cerrojos de acero colado que, emergiendo de la puerta, penetraban en el marco hasta una profundidad de poco más de tres centímetros. Detrás de la cara de acero de la puerta había un estuche metálico de cinco centímetros de profundidad que contenía los tres cerrojos, el vertical de control que regía sus movimientos y la cerradura de combinación de tres discos que tenía ahora ante sí.

Rawlings no pretendía manipular nada de esto. Había una manera más sencilla: cortar la puerta de arriba abajo, justo en el lado del gozne de los discos de la combinación. Esto dejaría el sesenta por ciento de la puerta —donde estaban la cerradura de combinación y los tres cerrojos—, adherido al marco de la caja fuerte. El otro cuarenta por ciento se abriría dejando espacio suficiente para meter la mano y sacar el contenido.

Volvió al recibidor, donde había dejado su botella de champaña, y regresó con ella. Poniéndose en cuclillas sobre la mesita de café, desenroscó el fondo de la falsa botella y la vació del contenido. Aparte un detonador eléctrico envuelto en algodón en una cajita, una serie de pequeños imanes y un rollo de cable eléctrico corriente de cinco amperios, llevaba un trozo de CLC, o Charge-Linear-Cutting, como lo llamaban.

Rawlings sabía que la mejor manera de cortar una plancha de acero de doce centímetros y medio era emplear la teoría de Monroe, que había tomado su nombre del inventor del principio de «carga modelada». El CLC era un trozo de metal en forma de V, rígido, pero ligeramente flexible, envuelto en explosivo plástico. Lo fabricaban en Gran Bretaña tres compañías, una de ellas oficial y las otras dos correspondientes al sector privado. Sólo podía obtenerse mediante riguroso permiso, pero Rawlings, como ladrón profesional, tenía un contacto, un empleado infiel de una de las compañías del sector privado.

Con la rapidez del experto, Rawlings preparó la longitud que necesitaba y la aplicó a la parte exterior de la puerta de la «Hamber», de arriba abajo, justo a un lado de los discos de la combinación. Insertó el detonador en un extremo del CLC; de aquél salían dos cables retorcidos de cobre. Desenrolló los hilos y los separó, para evitar más tarde un cortocircuito. Sujetó a cada hilo uno de los de su cable corriente, que, a su vez, terminaba en un enchufe doméstico de tres púas.

Lo desenrolló cuidadosamente y, dando la vuelta a la habitación, se dirigió al pasillo que conducía a las habitaciones de los invitados. El tabique del corredor le protegería de la explosión. Pasó ligeramente a la cocina y llenó de agua una gran bolsa de politeno que llevaba en el bolsillo. Después fijó ésta con chinchetas a la pared para que colgase sobre el explosivo de la puerta de la caja fuerte. El tío Albert le había dicho que los cojines de plumas estaban muy bien para los pájaros y la televisión, pero que, para absorber un choque, no había nada como el agua.

Faltaban veinte minutos para la medianoche. En el piso de arriba, la fiesta se hacía cada vez más ruidosa. Incluso en este lujoso bloque, marcado por la intimidad, podía oír claramente los gritos y el ruido del baile. Lo último que hizo antes de retirarse al pasillo fue encender la televisión. Ya en el pasillo, localizó un enchufe, se aseguró de que el interruptor estaba «cerrado» e introdujo en él el cable. Luego esperó.

Un minuto antes de medianoche, el ruido del piso de arriba era ensordecedor. Pero cesó de pronto, como si alguien hubiese ordenado silencio. Rawlings pudo oír la televisión que habían conectado en el cuarto de estar. El tradicional programa escocés, con sus baladas y sus bailes de la Highland, debió de pasar a la imagen estática del reloj llamado Big Ben, en lo alto del Parlamento londinense. El comentarista de Televisión contaba los segundos que faltaban para la medianoche, mientras la gente llenaba sus copas en todo el Reino. Entonces empezaron a sonar los cuartos.

Después de los cuartos hubo una pausa. Y entonces sonó Great Tom: CLONG, el estruendoso estampido de la primera campanada de las doce. Resonó en veinte millones de hogares de todo el país; retumbó en el apartamento del noveno piso de Fontenoy House y fue ahogado por el griterío y las voces que cantaban *Auld Lang Syne*. Al sonar la primera campanada en el piso octavo, Jim Rawlings «abrió» el interruptor.

Sólo él oyó el sordo estallido. Esperó un minuto, desconectó el cable y volvió hacia la caja fuerte, recogiendo sus cosas al pasar. Las nubecillas de humo se estaban desvaneciendo. De la bolsa llena de agua sólo quedaban unas pocas manchas de humedad. La puerta de la caja fuerte parecía haber sido hendida de arriba abajo por un hacha manejada por un gigante. Rawlings sopló sobre unas cuantas volutas de humo y, con su mano enguantada, hizo girar sobre los goznes la parte más pequeña de la puerta. El estuche metálico había sido destrozado por la explosión, pero todos los cerrojos del otro lado de la puerta estaban en sus casquillos. La parte que había abierto era lo bastante grande como para que pudiese ver el interior. Una caja para dinero y una bolsa de terciopelo; sacó la bolsa, desató el cordón y vació el contenido sobre la mesita de café.

Las joyas brillaron bajo la luz, como dotadas de un fuego propio: los diamantes Glen. Rawlings guardó de nuevo en la falsa botella de champaña el resto de su equipo: el cordón eléctrico, la caja vacía del detonador, las chinchetas y el resto del CLC. Pero entonces se dio cuenta de un problema que no había previsto: el pinjante y los pendientes se los podría meter en los bolsillos del pantalón, pero la diadema era más ancha y más alta de lo que había pensado. Miró a su alrededor, en busca de un recipiente que no llamase la atención. Lo encontró en el escritorio, a poca distancia.

Vació el contenido de la cartera en el asiento de un sillón: billeteros, tarjetas de crédito, libretas de direcciones y un par de carpetas.

Era lo que necesitaba. En la cartera cabían todas las joyas Glen y la botella de champaña; habría sido extraño que llevase ésta al *salir* de una fiesta. Después de echar una última mirada al cuarto de estar, Rawlings apagó la luz, volvió al recibidor y cerró la puerta. Una vez en el pasillo, cerró la puerta de entrada, la que tenía la cerradura «Chubb», y un minuto más tarde pasó por delante de la garita del portero y se perdió en la noche. El viejo ni siquiera le miró.

Era casi la medianoche de aquel primero de enero cuando Harold Philby se sentó a la mesa del cuarto de estar de su piso de Moscú. Había cogido su borrachera la noche anterior, en la fiesta de los Blake, pero ni siquiera la había disfrutado. Su mente estaba demasiado absorta en lo que tendría que escribir. Durante la mañana se había recobrado de la inevitable resaca, y ahora, con Erita y los chicos durmiendo en sus camas, tenía la paz y la tranquilidad que necesitaba para poner orden en sus ideas.

Se oyó un «arrullo» al otro lado de la habitación. Philby se levantó, se acercó a una jaula grande que había en el rincón y miró, a través de la reja, una paloma que tenía una pata entablillada. Siempre le habían gustado mucho los animales, desde una raposa, cuando estaba en Beirut, hasta la serie de canarios y periquitos en el apartamento que ahora ocupaba. La paloma avanzó en la jaula, tambaleándose a causa de su pata rota.

—No te preocupes, amiga —dijo Philby—. Pronto te quitaremos eso y podrás volar de nuevo.

Volvió a la mesa. «Tienes que hacerlo bien», se dijo por enésima vez. El secretario general era un mal tipo como para indisponerse con él, y difícil de engañar. Algunos de aquellos altos oficiales de las Fuerzas Aéreas que habían armado aquel follón en 1983, al perseguir y derribar un reactor coreano, habían encontrado sus frías tumbas bajo el helado suelo de Kamchatka, por su recomendación personal. Víctima de graves quebrantos de salud, confinado parte del tiempo en una silla de ruedas, no dejaba de ser por ello el amo indiscutible de la URSS; su palabra era ley; su cerebro seguía siendo de una viveza extraordinaria, y nada pasaba inadvertido a sus pálidos ojos. Tomando lápiz y papel, Philby empezó a esbozar el primer borrador de su respuesta.

Cuatro horas más tarde, antes de medianoche en Londres, el dueño del apartamento de Fontenoy House volvió solo a la capital. Alto, distinguido, de cabellos grises y cincuenta años, se dirigió inmediatamente al aparcamiento del sótano, empleando para ello su tarjeta de plástico, y llevó la maleta al ascensor, en el que subió al octavo piso. Estaba de pésimo humor.

Había conducido durante seis horas, después de abandonar la casa señorial de su cuñado tres días antes de lo previsto, debido a una fuerte disputa con su mujer. A ésta, rígida y caballuna, le gustaba el campo tanto como lo odiaba él. Contenta de poder recorrer los desiertos páramos de Yorkshire en mitad del invierno, le había dejado tristemente enjaulado en casa con su hermano, el décimo duque, lo cual era, en cierto modo, aún peor, pues el dueño de la casa, que se jactaba de saber apreciar las virtudes varoniles, estaba convencido de que el pobre hombre era gay.

La cena de la víspera de Año Nuevo había sido espantosa para él, rodeado como estuvo por los compinches de su esposa, que no paraban de hablar de caza, de tiro y de pesca, todo ello puntuado por la risa fuerte y estridente del duque y de sus demasiado guapos camaradas. Aquella mañana había hecho una observación a su esposa, y ésta había perdido los estribos. Como resultado de ello, se dijo que habría de regresar solo hacia el Sur, después del té; ella permanecería allí el tiempo que quisiera, que muy bien podía ser un mes.

Entró en el recibidor de su apartamento y se quedó parado; el sistema de alarma habría tenido que emitir un fuerte y repetido «pip» durante treinta segundos, antes de que sonase la alarma general, tiempo que él habría aprovechado para desconectar el aparato. «Probablemente se habrá averiado», pensó. Se dirigió al armario de los abrigos y cerró con su llave todo el sistema. Después entró en el cuarto de estar y encendió la luz.

Dejando la maleta en el suelo, contempló la escena boquiabierto, aterrorizado. Las manchas de humedad se habían evaporado por el calor, y la televisión estaba apagada. Lo que le llamó inmediatamente la atención fue la pared chamuscada y la destrozada puerta de la caja fuerte. Cruzó la estancia en unas pocas zancadas y miró dentro de la caja. No había duda: los brillantes habían desaparecido. Miró a su alrededor, vio sus cosas tiradas sobre el sillón ante la chimenea y la alfombra, levantada en sus bordes junto a las paredes. Se dejó caer en el otro sillón, frente al hogar, pálido como un muerto.

—¡Oh, Dios mío! —jadeó.

Parecía aturdido por la magnitud del desastre y permaneció en el sillón durante diez minutos, respirando fatigosamente y contemplando el desastre.

Por último, se levantó y se dirigió al teléfono. Con dedo tembloroso, marcó un número. Sonó el timbre al otro extremo de la línea, pero nadie respondió.

A la mañana siguiente, poco antes de las once, John Preston bajó por Curzon Street en dirección a la jefatura del Departamento para el que trabajaba, al otro lado de la esquina del «Mirabelle Restaurant», en el que sólo unos pocos empleados del Departamento podían permitirse el lujo de comer.

La mayoría de los miembros del Servicio Civil hacían puente aquella mañana del viernes, ya que el jueves había sido el primer día del año, o sea, fiesta oficial que se prolongaría hasta el fin de semana. Pero Brian Harcourt-Smith había pedido a Preston que acudiese, y él había obedecido. Creía saber de qué quería hablarle el director general delegado de MI5.

Durante tres años, más de la mitad del tiempo que llevaba en MI5 desde su incorporación, en el verano de 1981, John Preston había trabajado en la rama F. 1 del Servicio, dedicada a la vigilancia de las organizaciones políticas extremistas de la izquierda y de la derecha, a la investigación dentro de ellas y a la introducción de agentes en su seno. Durante dos de aquellos años, había estado en F. 1, a la cabeza de la sección (D), que estudiaba la penetración de elementos de extrema izquierda en el Partido Laborista británico. Hacía dos semanas, justo antes de Navidad, había presentado el informe resultante de sus investigaciones. Sólo le sorprendía que hubiese sido leído y digerido con tanta rapidez.

Se presentó en recepción, exhibió su tarjeta, le examinaron, llamaron a la oficina del DGD para comprobar que le esperaban allí, y le autorizaron a subir al piso alto del edificio.

Lamentaba no poder ver personalmente al director general. Le gustaba Sir Bernard Hemmings, pero era un secreto a voces dentro de «Cinco» que el viejo estaba enfermo y pasaba cada vez menos tiempo en la oficina. En sus ausencias, la dirección cotidiana del Departamento pasaba progresivamente a manos de su ambicioso delegado, hecho que no complacía a algunos de los veteranos más antiguos del Servicio.

Sir Bernard era un hombre de «Cinco» desde hacía mucho tiempo, y antaño había hecho su trabajo en la calle. Podía establecer empatía con los hombres que recorrían las calles, y descubrían sospechosos, seguían la pista a correos hostiles y se infiltraban en organizaciones subversivas. Harcourt-Smith era universitario, con títulos de primera clase, y había sido principalmente un importante hombre de oficina que se movía hábilmente entre los Departamentos y ascendía continuamente en el escalafón.

Pulcramente vestido, como siempre, recibió calurosamente a Preston en su despacho. A Preston le escamó aquel calor. Otros habían sido recibidos afectuosamente, según se decía, y habían sido despedidos del Servicio una semana más tarde. Harcourt-Smith hizo sentar a Preston ante su mesa y se sentó detrás de éste. El informe de Preston estaba sobre la carpeta.

—Hablemos de su informe, John. Comprenderá que, como todo su trabajo, lo tomo sumamente en serio.

—Gracias —replicó Preston.

—Tan en serio —siguió diciendo Harcourt-Smith—, que he pasado la mayor parte de estas fiestas en este despacho releyéndolo y reflexionando sobre él.

Preston pensó que lo más prudente era guardar silencio.

—Es..., ¿cómo lo diría...?, muy radical..., sin reservas, ¿eh? La cuestión consiste —y esto tengo que preguntármelo antes de que este Departamento proponga cualquier clase de política fundada en el informe— en que todo sea o no absolutamente cierto. ¿Puede comprobarse? Esto es lo que me preguntarán *a mí.*

—Mire, Brian, he pasado dos años en esta investigación. Mi gente ha calado hondo, muy hondo. Los hechos que he establecido como tales son ciertos.

—¡Oh, John! Nunca he discutido los hechos que usted me ha presentado. Pero las conclusiones que saca de ellos...

—Creo que se fundan en la lógica —replicó Preston.

—Una gran disciplina; yo mismo la estudié antaño —prosiguió Harcourt-Smith—. Pero no siempre ha sido confirmada por pruebas evidentes, ¿verdad? Tomemos por ejemplo esto... —Buscó algo en el informe y recorrió una línea con un dedo—. El MBR. Muy extremado, ¿no le parece?

—¡Oh sí, Brian, muy extremado! Pero es que se trata de una gente muy extremista.

—No lo dudo. Pero, ¿no habría sido conveniente adjuntar a su informe una copia del MBR?

—Por lo que he podido averiguar, no ha sido escrito. Es una serie de intenciones, aunque muy firmes, en la mente de ciertas personas.

Harcourt-Smith se pasó los labios por los dientes con aire afligido.

—Intenciones —dijo, como si esta palabra le intrigase—, sí, intenciones. Pero sabe muy bien, John, que hay muchas intenciones en la mente de muchas personas en lo tocante a este país, y no todas ellas amistosas. Pero no podemos aconsejar una política de medidas o contramedidas sobre la base de estas intenciones...

Preston se disponía a hablar cuando Harcourt-Smith se levantó para indicar que la entrevista había terminado.

—Mire, John, deme un poco más de tiempo. Tendré que pensar en ello y hacer quizás algunos sondeos antes de decidir la mejor manera de emplearlo. A propósito, ¿cómo se encuentra en F.1(D)?

—Muy bien —respondió Preston, levantándose a su vez.

—Quizá tenga algo para usted que todavía le gustará más —dijo Harcourt-Smith.

Cuando Preston se hubo marchado, Harcourt-Smith se quedó mirando durante unos minutos la puerta por donde había salido. Parecía sumido en honda reflexión.

Era imposible limitarse a romper el expediente, que consideraba enojoso y que podría llegar a ser peligroso algún día. Había sido iniciado formalmente por un jefe de sección. Tenía un número de archivo. Pensó intensa y largamente en ello. Después tomó su bolígrafo rojo y escribió cuidadosamente sobre la cubierta del Informe Preston. Llamó a su secretària.

—Mabel —dijo al entrar ésta—, baje esto al Registro, por favor. Inmediatamente.

La muchacha echó un vistazo a la cubierta del expediente. Aparecían escritas en ellas las letras NMA y las iniciales de Brian Harcourt-Smith. En el Servicio, NMA significa «No Más Acción». El informe iba a ser enterrado.

Capítulo II

Hasta el domingo siguiente, 4 de enero, no pudo conseguir el dueño del apartamento de Fontenoy House que le respondiese el número al que había estado llamando cada hora durante tres días. Tras una breve conversación, concertó un encuentro con otro hombre antes de la hora del almuerzo, en un compartimiento reservado de uno de los salones públicos de un discretísimo hotel del West End.

El recién llegado tenía unos sesenta años, cabellos de un gris acerado, vestía sobriamente y tenía el aire de un funcionario civil, cosa que era en cierto modo. Fue el segundo en llegar y, tras sentarse, se disculpó.

—Lamento muchísimo haber estado ausente los tres últimos días —dijo—. Como soy soltero, unos amigos me invitaron a pasar las fiestas de Año Nuevo con ellos fuera de la ciudad. Y ahora, ¿cuál es el problema?

El dueño del apartamento se lo dijo en breves y claras palabras. Había tenido tiempo de pensar exactamente cómo comunicaría la enormidad de lo ocurrido, y eligió muy bien las frases. El otro hombre escuchó la narración con creciente gravedad.

—Desde luego, tiene usted toda la razón —comentó al cabo de un rato—. Puede ser muy grave. Cuando volvió usted el jueves por la noche, ¿llamó a la Policía? ¿O lo hizo después?

—No; pensé que era mejor hablar primero con usted.

—¡Ah! En cierto modo, es lástima que no lo hiciese. Pero ahora es demasiado tarde. Sus investigadores descubrirían que la caja fuerte fue reventada hace tres o cuatro días. Y esto sería difícil de explicar. A menos que...

—¿Sí? —preguntó ansiosamente el dueño del apartamento.

—A menos que pudiese sostener que el espejo estaba en su sitio y todo tan en orden, que pudo vivir allí tres días sin darse cuenta del robo.

—Muy difícil —replicó el dueño del apartamento—. La alfombra había sido levantada en todos sus bordes. El muy bastardo debió de deslizarse junto a las paredes para evitar los resortes a presión.

—Sí —murmuró el otro—. Además, usted habría llevado normalmente los diamantes al Banco el viernes, ¿verdad?

—Sí.

—Por consiguiente, sería insostenible. Y también temo que no podría pretender haber pasado los tres días en otra parte.

—¿Dónde? Me habrían visto. Y nadie me vio. ¿En un club? ¿En un hotel? Tendría que constar en el libro registro.

—Así es —replicó su confidente—. No, no daría resultado. Para bien o para mal, la suerte está echada. Ahora es demasiado tarde para llamar a la Policía.

—Entonces, ¿qué diablos voy a hacer? —preguntó el dueño del apartamento—. Sencillamente, *hay* que recobrar las joyas.

—¿Cuánto tiempo estará su esposa ausente de Londres? —preguntó el otro.

—¡Qué sé yo! Le gusta estar en Yorkshire. Espero que algunas semanas.

—Entonces tendremos que sustituir la caja fuerte reventada por una nueva y del mismo modelo. También habrá que hacer una copia de las joyas. Esto requerirá tiempo.

—Pero, ¿qué me dice de las que han sido robadas? —preguntó desesperadamente el dueño del apartamento—. No podemos dejar que estén rodando por ahí. Tengo que recuperarlas.

—Cierto —asintió el otro—. Mire, como puede imaginarse, mi gente tiene algunos contactos en el mundo de los diamantes. Puedo ordenar que se hagan pesquisas. Las joyas serán, casi con toda seguridad, pasadas a uno de los centros principales para su transformación. No podrían venderse en su estado actual. Son demasiado conocidas. Veré si se puede seguir la pista del ladrón y recuperarlas.

El hombre se levantó y se dispuso a marcharse. Su amigo permaneció sentado, con evidente preocupación. El primero estaba también desalentado, pero lo disimulaba mejor.

—No haga ni diga nada a partir de ahora —le aconsejó—. Procure que su esposa esté el mayor tiempo posible en el campo. Compórtese con toda normalidad. Y esté tranquilo, seguiremos en contacto.

A la mañana siguiente, John Preston era una persona más entre las muchas que volvían al centro de Londres después de los cinco días de vacaciones de Año Nuevo. Como vivía en South Kensington, le convenía ir en Metro a su trabajo. Se apeó en Goodge Street y siguió a pie los quinientos metros restantes; era un hombre que no llamaba la atención, de estatura y complexión medianas y cuarenta y seis años de edad; llevaba un impermeable gris e iba sin sombrero, a pesar del frío.

Cerca del final de Gordon Street, cruzó la entrada de un edificio vulgar que podía ser un bloque de oficinas como cualquier otro, sólido pero no moderno, y que se decía sede de una compañía de seguros. Pero en el interior, el vestíbulo ofrecía señales que le diferenciaban de otros bloques de oficinas del barrio.

Por ejemplo, había tres hombres en el zaguán: uno junto a la puerta, otro detrás de la mesa de recepción y el tercero cerca de las puertas de los ascensores. Todos ellos tenían una corpulencia y unos músculos que no se asociaban normalmente a la suscripción de pólizas de seguro. Cualquier ciudadano despistado que hubiese querido hacer negocio con esta compañía particular y rehusado la invitación de ir a otra parte, habría pasado un mal rato al enterarse de que sólo podían pasar más allá del vestíbulo aquellos cuya identidad fuese aprobada por la pequeña computadora que había bajo la mesa de recepción.

El Servicio de Seguridad británico, más conocido por MI5, no ocupa un solo edificio. Discreta, pero incómodamente, se halla repartido en cuatro bloques de oficinas. El Cuartel General se encuentra en Charles Street, no ya en la vieja jefatura de Leconfield House, habitualmente mencionada en los periódicos.

El bloque que le sigue en importancia se halla en Gordon Street y es conocido simplemente como «Gordon», de la misma manera que la jefatura es conocida sencillamente como «Charles». Los otros dos locales están en Cork Street (conocido como «Cork») y en un modesto anexo en Marlborough Street, igualmente conocido por sólo el nombre de la calle.

El Departamento se divide en seis ramas, distribuidas en todos los edificios. También discretamente, pero de manera que induce a confusión, algunas de las ramas tienen secciones en edificios diferentes. Para evitar un excesivo gasto de zapatos, todas ellas están relacionadas por líneas telefónicas sumamente secretas, con un sistema infalible para la identificación de las credenciales del visitante.

La rama «A» se ocupa, en sus diversas secciones, de Política, Ayuda técnica, propiedad-Establishment, Registro-Proceso de datos, y contiene la Asesoría jurídica y el Servicio de Vigilancia. Este último está formado por un grupo idiosincrásico de hombres y (algunas) mujeres de todos los tipos y edades, ingeniosos y conocedores del trabajo en la calle, y capaces de montar los mejores equipos de vigilancia personal del mundo. Hasta los «adversarios» hubieron de reconocer que los «vigilantes» de MI5 eran casi invencibles en su campo.

A diferencia del Servicio Secreto de Información (MI6), que dirige la información extranjera y ha incluido muchos norteamericanismos en su jerga, el Servicio de Seguridad (MI5), que cuida del contraespionaje interior, funda principalmente su jerga en antiguas expresiones de la Policía. Evita términos tales como «vigilancia operativa» y sigue llamando simplemente «los vigilantes» a sus equipos de seguimiento.

La rama «B» comprende: Reclutamiento, Personal, Valoración, Ascensos, Pensiones y Finanzas (salarios y gastos operacionales).

La rama «C» se ocupa de la seguridad del Servicio Civil (de su personal y de sus edificios), de la seguridad de los contratistas (principalmente de las empresas civiles que realizan trabajos de defensa y de comunicaciones), de la Seguridad Militar (en íntima relación con el personal de seguridad interna de las Fuerzas Armadas) y de Sabotaje (real o posible).

Antiguamente había una rama «D», pero, fruto de la misteriosa lógica conocida sólo por sus practicantes en el mundo de la información secreta, fue llamada hace tiempo rama «K». Es una de las más importantes, y su sección principal se denomina, simplemente, Soviet, y está subdividida en Operaciones, Investigaciones en el campo y Orden de batalla. «K» comprende asimismo los satélites soviéticos, también con las mismas tres subdivisiones, Investigación y, por último, Agentes.

Como puede imaginarse, «K» dedica sus nada desdeñables esfuerzos a seguir la pista de los numerosos agentes de los soviets y de sus satélites que operan, o tratan de operar, en las diversas Embajadas, Consulados, Legaciones, misiones comerciales, Bancos, nuevas agencias y empresas mercantiles que el indulgente Gobierno británico ha permitido que se desparramasen por toda la capital y (en el caso de los Consulados) las provincias.

La rama «K» incluye también una modesta oficina ocupada por el oficial encargado del enlace entre MI5 y su Servicio hermano, MI6. Este oficial es en realidad un hombre «Seis», dependiente de Charles Street en lo tocante a la realización de sus deberes de enlace. Esta sección es conocida simplemente como K.7.

La rama «E» (que continúa la secuencia alfabética) se ocupa del Comunismo internacional y de sus adeptos que pueden desear visitar Gran Bretaña con fines nefandos, así como de la variedad nacida en el país y que puede querer ir al extranjero con el mismo propósito. También dentro de «E», Lejano Oriente tiene oficiales de enlace en Hong Kong, Nueva Delhi, Canberra y Wellington, mientras que Todas las Regiones hacen lo propio en Washington, Ottawa, Indias Occidentales y otras capitales amigas.

Por último, la rama «F», a la que pertenecía John Preston, al menos hasta esta mañana, comprendía Partidos políticos (de extrema izquierda), Partidos políticos (de extrema derecha), Investigación y Agentes.

La rama «F» se aloja en «Gordon», en la cuarta planta, y aquella mañana de enero, John Preston se dirigió al despacho que tenía en ella. Quizá no había pensado que su informe de tres semanas antes le constituiría como figura del mes a los ojos de Brian Harcourt-Smith, pero sí creía que tal informe llegaría a la mesa del propio director general, Sir Bernard Hemmings.

Y confiaba en que Hemmings estaría dispuesto a comunicar su información y sus en parte presuntos descubrimientos al presidente del Comité Conjunto del Servicio Secreto o al subsecretario permanente del Ministerio del Interior, que era el Ministerio político del que dependía

MI5. Un buen subsecretario habría creído probablemente conveniente que su ministro le echase un vistazo, y el ministro del Interior podía haber llamado la atención del jefe del Gobierno sobre ello.

El memorándum que, al llegar, encontró sobre su mesa, le indicó que nada de esto iba a suceder. Después de leer la hoja de papel, se retrepó en su sillón, sumido en sus pensamientos. Estaba dispuesto a mantener aquel informe y, si hubiese llegado a mayor altura, sin duda le habrían formulado muchas preguntas. Y habría podido contestarlas; y habría podido contestarlas, porque estaba convencido de que tenía razón. Es decir, habría podido contestarlas como jefe de F.1(D), pero no después de ser trasladado a otro Departamento.

Después de un traslado, sería el nuevo jefe de F.1(D) quien tendría que plantear la cuestión del Informe Preston, y estaba convencido de que el hombre designado para sucederle —casi con toda seguridad, uno de los más fieles *protégés* de Harcourt-Smith—, no haría tal cosa.

Hizo una llamada a Registro. Sí, había sido archivado. Anotó el número de registro, por si acaso.

—¿Qué quieres decir con eso de NMA? —preguntó, con incredulidad—. Está bien, lo siento; sí, ya sé que no es cosa tuya, Charlie. Sólo lo he preguntado porque me ha sorprendido un poco; eso es todo.

Colgó el teléfono y se echó atrás, pensando profundamente. Cosas que un hombre no debería pensar de su oficial superior, aunque no hubiese una empatía personal entre ellos. Pero las ideas persistían. Era posible —admitió— que si su informe hubiese pasado más arriba, su contenido general habría llegado a conocimiento de Neil Kinnock, jefe de la oposición del Partido Laborista en el Parlamento, el cual no se habría sentido muy satisfecho.

También era posible que los laboristas ganasen las próximas elecciones, que debían celebrarse dentro de diecisiete meses, y que Brian Harcourt-Smith mantuviese la esperanza de que uno de los primeros actos del nuevo Gobierno sería confirmarle como director general de MI5. No era ninguna novedad no ofender a políticos influyentes en el poder, o que pudiesen llegar a desempeñarlo. Para un hombre de carácter débil y vacilante, o de ambición desmedida, la renuencia a dar malas noticias podía ser motivo poderoso de inercia.

Todos los del Servicio recordaban el caso de un antiguo director general, Sir Roger Hollis. Hasta hoy no se había revelado completamente el misterio, aunque los partidarios de ambos bandos tenían firmes convicciones sobre él.

En 1962 y 1963, Roger Hollis había conocido casi desde el principio todos los detalles del que después fue llamado caso Christine Keeler. Había tenido sobre su mesa durante semanas, si no meses —antes de que estallase el escándalo—, informes sobre las fiestas de Cliveden; sobre Stephen Ward, que era quien proporcionaba las muchachas e informaba en todo caso, y sobre el agregado soviético Ivanov, que compartía con el ministro de la Guerra británico los favores de la misma joven. Sin embargo, había permanecido inactivo y no había solicitado, como era su deber, una entrevista personal con el Primer Ministro, Harold Macmillan.

Por falta de esa advertencia, Macmillan se había visto envuelto en el escándalo. El asunto se había enconado y supurado durante todo el verano de 1963, con gran grave daño para Gran Bretaña en el país y en el extranjero, como si todo se hubiese fraguado en Moscú.

Años más tarde, seguía discutiéndose acaloradamente. ¿Había sido Roger Hollis un hombre incompetente hasta la estupidez, o había sido algo mucho, mucho peor...?

—¡Al cuerno con todo! —exclamó Preston, apartando estos pensamientos de su mente.

Releyó el memorándum.

Era del jefe de B.4 (Ascensos) y le notificaba que aquel mismo día era trasladado y ascendido a jefe de C.1(A). El tono de franca camaradería era el que suele emplearse para amortiguar los golpes.

«El DGD me dice que sería muy conveniente que el Año Nuevo empezase con todas las plazas vacantes ocupadas... Le quedaríamos muy agradecidos si pudiese ordenar todos los asuntos pendientes y pasarlos al joven Maxwell sin mucha dilación, dentro de un par de días si es posible... Mis mejores deseos de que se encuentre satisfecho en su nuevo cargo...»

«Bla, bla, bla», pensó Preston. Sabía que C.1 se ocupaba del personal y los edificios del Servicio Civil, y que la Sección A correspondía a la capital. Quedaría a su cargo la seguridad de todos los Ministerios de Su Majestad en Londres.

—Un maldito trabajo de policía —gruñó, y empezó a llamar a los de su equipo para despedirse.

A más de un kilómetro de allí, en el propio Londres, Jim Rawlings abrió la puerta de una pequeña, pero elegante joyería de una calle lateral, a menos de doscientos metros del intenso tráfico de Bond Street. La tienda estaba en penumbra, pero las discretas luces incidían en vitrinas que contenían plata georgiana, mientras que en los compartimientos del iluminado mostrador podían verse joyas de una época remota. Saltaba a la vista que aquel establecimiento estaba especializado en piezas antiguas más que en sus equivalentes modernas.

Rawlings vestía un pulcro traje oscuro, camisa de seda y corbata de color discreto, y llevaba en la mano una cartera mate de ejecutivo. La muchacha tras el mostrador levantó la cabeza y le dirigió una mirada aprobadora. A sus treinta y seis años, el hombre tenía un aspecto esbelto y distinguido, con un aire que era en parte de caballero y en parte de truhán, combinación que siempre resultaba útil. Ella sacó el pecho y le dedicó una brillante sonrisa.

—¿En qué puedo servirle?

—Quisiera hablar con Mr. Zablonsky. Asunto personal.

Su acento cockney indicaba que no era probable que fuese un cliente. La cara de la mujer se ensombreció.

—¿Es un representante? —preguntó.

—Dígale sólo que Mr. James quisiera hablar con él —dijo Rawlings.

Pero en aquel momento se abrió la puerta con espejos del fondo de la tienda y apareció Louis Zablonsky. Era un hombre bajito y arrugado; tenía cincuenta y seis años, pero parecía más viejo.

—¡Mr. James —exclamó, efusivamente—, cuánto me alegro de verle! Pase a mi despacho, por favor. ¿Cómo se encuentra? —Condujo a Rawlings al otro lado del mostrador y le hizo entrar en su santuario—. Está bien, querida Sandra.

Ya dentro del pequeño y atestado despacho, cerró la puerta con espejos, a cuyo través podía verse la tienda. Indicó a Rawlings la silla colocada delante de la mesa antigua, y él se sentó en el sillón basculante detrás de ella. Una única lámpara arrojaba su luz sobre la carpeta. El hombre miró vivamente a Rawlings.

—Bueno, Jim, ¿qué te traes entre manos?

—Tengo algo para ti, Louis, algo que te gustará. Por consiguiente, no me digas que es basura.

Rawlings abrió su cartera. Zablonsky extendió las manos.

—Jim, ¿puedo...?

Se interrumpió al ver lo que Rawlings colocaba sobre la carpeta. Cuando todas las joyas estuvieron allí, las miró con incredulidad.

—Las joyas Glen —dijo en voz baja—, te has apoderado de los diamantes Glen. Ni siquiera han hablado todavía de ello los periódicos.

—Tal vez ellos están aún fuera de Londres —replicó Rawlings—. La alarma no sonó. Soy muy hábil, ya lo sabes.

—El mejor, Jim, el mejor. Pero las joyas Glen... ¿Por qué no me lo dijiste?

Rawlings sabía que la cosa habría sido más fácil para todos si antes del robo se hubiese proyectado el destino de las joyas. Pero él trabajaba a su manera, con extremada precaución. No confiaba en nadie, y menos en un perista, aunque Louis Zablonsky era el más distinguido en el mercado. Un perista capturado por la Policía y expuesto a una larga sentencia de prisión era muy capaz de dar información sobre un futuro robo a cambio de su propia libertad. La Brigada Criminal de Scotland Yard conocía a Zablonsky, aunque éste no había estado nunca en una de las cárceles de Su Majestad. Por eso no anunciaba nunca Rawlings sus acciones y se presentaba siempre sin previo aviso. Por consiguiente, no respondió.

Zablonsky se sumió en la contemplación de las joyas que centelleaban sobre su carpeta. También él sabía su procedencia sin necesidad de que se lo dijesen.

Al heredar las joyas en 1936, el noveno duque de Sheffield tenía dos hijos, un varón y una hembra, Lady Fiona Glen. Cuando murió en 1980, no las legó a su hijo, heredero del título, sino a su hija.

En 1974, cuando su hijo tenía veinticinco años, el contrariado duque se había visto obligado a reconocer que el exótico joven era lo que los reporteros de sociedad llaman soltero por naturaleza. No habría ninguna linda joven condesa de Margate o duquesa de Sheffield que llevase los famosos diamantes Glen. Por eso habían ido a parar a la hija.

Zablonsky sabía que, después de la muerte del duque, Lady Fiona las había llevado ocasionalmente, con el renuente permiso de los aseguradores, por lo general en las fiestas de caridad que solía frecuentar. El resto del tiempo lo pasaban donde lo habían pasado durante tantos años: en la oscuridad de las cámaras acorazadas de «Coutts», en Park Lane. Sonrió.

—¿La fiesta de caridad de Grosvenor House, en vísperas del Año Nuevo? —preguntó. Rawlings se encogió de hombros—. ¡Oh, eres un chico malo, Jim! Pero de mucho talento.

Aunque hablaba con fluidez el polaco, el yiddisch y el hebreo, Louis Zablonsky, después de cuarenta años de vivir en Gran Bretaña, no había llegado a dominar por completo el inglés, que hablaba con acento claramente polaco. Debido también a que las había aprendido en libros escritos hacía muchos años, empleaba equivocadamente frases que hoy se considerarían *camp.* Rawlings sabía que Louis Zablonsky no tenía nada de gay. En realidad sabía —porque Beryl Zablonsky se lo había dicho— que el viejo había sido castrado en un campo de concentración cuando era un muchacho.

Zablonsky seguía admirando los diamantes como admira un verdadero conocedor cualquier obra maestra. Recordaba vagamente haber leído en alguna parte que, a mediados de los años sesenta, Lady Fiona Glen se había casado con un joven y prometedor funcionario civil que, a mediados de los ochenta, se había convertido en influyente personaje de un Ministerio, y que la pareja vivía en algún lugar del West End, donde llevaba una vida de lujo gracias, en gran parte, a la fortuna particular de la esposa.

—Bueno, ¿qué dices, Louis?

—Estoy impresionado, querido Jim. Muy impresionado. Pero también perplejo. Ésas no son piedras corrientes. Serían identificadas en cualquier lugar del mundo de los diamantes. ¿Qué voy a hacer con ellas?

—Espero que tú me lo digas —replicó Rawlings.

Louis Zablonsky abrió las manos.

—No voy a engañarte, Jim. Te lo diré sin ambages. Las joyas Glen están probablemente aseguradas en 750.000 libras, que es aproximadamente lo que costarían si las vendiese legalmente en el mercado Cartier. Pero, naturalmente, no pueden venderse así.

»Hay dos posibilidades. Una de ellas es encontrar un comprador muy rico dispuesto a adquirir los famosos diamantes Glen a sabiendas de que no podrá mostrarlos nunca ni reconocer su propiedad: un avaro rico que se contente con contemplarlos en privado. Hay gente de esta clase, aunque muy poca. De una de estas personas se podría obtener, quizá, la mitad del precio que te he indicado.

—¿Cuándo podrías encontrar un comprador así?

Zablonsky se encogió de hombros.

—Este año, el próximo, alguna vez o nunca. Esto no puede anunciarse en las columnas de los periódicos.

—Demasiado tiempo —opuso Rawlings—. ¿La otra posibilidad?

—Sacar los diamantes de sus monturas, cosa que reduciría el valor a 600.000 libras; tallarlos de nuevo y venderlos por separado como cuatro gemas individuales, desparejadas. Con esto podrían obtenerse

300.000 libras. Pero el artífice querría una tajada. Si yo corriese personalmente con estos gastos, creo que podría darte 100.000 libras..., pero al finalizar la operación. Cuando se hubiesen realizado las ventas.

—¿Qué puedes darme de momento? No puedo vivir del aire, Louis.

—¿Quién puede hacerlo? —dijo el viejo perista—. Mira, por la montura de oro blanco quizá pueda obtener 2.000 libras en el mercado negro. Por las cuarenta piedras pequeñas, en el mercado legal, digamos 12.000 libras. Esto suma 14.000 libras, que puedo recuperar rápidamente. Podría darte de momento la mitad, en efectivo. ¿Qué me dices?

Hablaron otra media hora y cerraron el trato. Louis Zablonsky sacó 7.000 libras de su caja de caudales. Rawlings abrió su cartera y depositó en ella los fajos de billetes usados.

—Muy bien —convino Zablonsky—. ¿Te has quedado con algo?

Rawlings sacudió la cabeza.

—Lo he traído todo —replicó.

Zablonsky murmuró algo y agitó un dedo bajo la nariz de Rawlings.

—Líbrate de ello, Jim. Nunca guardes nada después de un trabajo. No vale la pena correr el riesgo.

Rawlings, pensativo, asintió con la cabeza, se despidió y se fue.

John Preston había pasado todo el día en busca de los diferentes miembros de su equipo de investigación para despedirse. Lamentaron su marcha, y esto le satisfizo. Ahora tenía que ocuparse del papeleo. Bobby Maxwell había entrado a saludarle.

Preston le conocía vagamente. Era un joven bastante agradable, ansioso de hacer carrera en «Cinco» y buscando sus mejores oportunidades de ascenso en la política de enganchar su carro a la estrella en auge de Brian Harcourt-Smith. Preston no podía reprochárselo.

Él había ingresado tarde, al pasar directamente al servicio desde el Cuerpo de Información del Ejército en 1981, a la edad de cuarenta y un años. Sabía que nunca llegaría a la cima. La jefatura de una sección representaba casi el límite para los que entraban tarde.

Ocasionalmente, cuando quedaba vacante el puesto de director general, era ocupado por alguien ajeno al Servicio si no existía un candidato evidentemente adecuado dentro de él, siempre para gran desilusión de los que trabajaban en «Cinco». Pero los DGD, todos los directores de las seis ramas y de la mayor parte de los departamentos dentro de las ramas, eran, por tradición, miembros antiguos del personal.

Había convenido con Maxwell en que terminaría de arreglar los papeles el lunes y dedicaría todo el día siguiente a instruir a su sucesor sobre todos los asuntos e investigaciones pendientes. Se habían despedido hasta la mañana siguiente, deseándose mutuamente buena suerte.

Miró su reloj. La noche sería larga. Tendría que sacar de su caja fuerte personal todos los expedientes actuales, ver los que podían pasar sin peligro a Registro y emplear la mitad de la noche revisando página por página los «casos» pendientes, para instruir a Maxwell por la mañana.

Primero necesitaba un buen trago. Bajó en el ascensor al segundo sótano, donde «Gordon» tiene un bar muy acogedor y bien abastecido.

Louis Zablonsky trabajó todo aquel martes encerrado en su trastienda. Sólo en dos ocasiones tuvo que salir para ver personalmente a un cliente. Fue un día de calma y, contra su costumbre, se alegró de ello.

Trabajó sin chaqueta y con las mangas de la camisa arremangadas sobre los casi lampiños antebrazos, desprendiendo cuidadosamente los diamantes Glen de sus monturas de oro blanco. Las cuatro piedras principales —las dos gemas de diez quilates de los pendientes y la pareja que hacía juego de la diadema y el pinjante— saltaron fácilmente y en poco tiempo.

Una vez separadas de sus monturas, pudo examinarlas más de cerca. Eran realmente hermosas, resplandecientes bajo la luz. Eran diamantes de matiz blanco azulado, llamados también antaño Top River, pero clasificados ahora como «D sin tara» en la escala GIA. Cuando se cansó de admirarlos, los dejó caer en una bolsita de terciopelo. Después empezó el prolijo trabajo de desmontar las cuarenta piedras más pequeñas. Mientras lo hacía, la luz revelaba ocasionalmente una marca desvaída en forma de un número de cinco cifras en el lado interno de su antebrazo izquierdo. Para cualquiera que conociese el significado de estas señales, el número sólo podía significar una cosa: era la marca de Auschwitz.

Zablonsky había nacido en 1930, tercer hijo de un joyero judío polaco de Varsovia. Tenía nueve años cuando los alemanes invadieron Polonia, y en 1940 había sido cerrado el ghetto de Varsovia; quedaron presos en él cerca de 400.000 judíos, y la comida se racionó muy por debajo del nivel de subsistencia.

El 19 de abril de 1943, los 90.000 supervivientes del ghetto se rebelaron bajo el mando de los pocos hombres aptos que quedaban.

Louis Zablonsky acababa de cumplir entonces los trece años, pero estaba tan flaco y extenuado, que aparentaba cinco menos.

Cuando, por fin, cayó el ghetto en manos de las tropas Waffen SS del general Juergen Stroop, el 16 de mayo, fue uno de los pocos que sobrevivieron a los fusilamientos en masa. La mayoría de los habitantes, unos 60.000, habían muerto ya, en combate, por las bombas, aplastados bajo las ruinas de los edificios o ejecutados. Los restantes 30.000 eran casi exclusivamente viejos, mujeres y niños. Zablonsky fue apresado junto a estos últimos. La mayoría fueron enviados a Treblinka, donde murieron.

Pero por una de esas raras circunstancias que en ocasiones deciden entre la vida y la muerte, se averió la máquina del tren que arrastraba el vagón de ganado donde iba Zablonsky. El vagón fue enganchado a otra máquina y terminó en Auschwitz.

Aunque destinado a morir, le perdonaron la vida cuando dijo que su profesión era la de «joyero» y le encargaron el trabajo de recoger y clasificar las joyas que le quitaban a los judíos que ingresaban en el campo. Entonces, un día, fue llamado al hospital y puesto en manos de un hombre rubio y sonriente al que llamaban *el Ángel* y que seguía practicando sus experimentos de maníaco en los órganos genitales de los judíos adolescentes. Y Louis Zablonsky fue castrado, sin anestesia, en la mesa de operaciones de Josef Mengele.

Arrancó la última de las cuarenta piedras pequeñas de la montura de oro y comprobó que no había olvidado ninguna. Contó las piedras y empezó a pesarlas. Eran cuarenta en total, con un peso medio de medio quilate, pero en su mayor parte más pequeñas. Un material adecuado para anillos de esponsales, con un valor de unas 12.000 libras en total. Podía colocarlas a través de Hatton Garden, sin que nadie sospechase. Operaciones al contado, pues conocía a los traficantes. Después empezó a machacar las monturas de oro blanco hasta convertirlas en una masa amorfa.

A finales de 1944, los supervivientes de Auschwitz fueron obligados a marchar hacia el Oeste, y Zablonsky terminó en Bergen-Belsen, donde, más muerto que vivo, lo liberó al fin el Ejército británico.

Después de un tratamiento intensivo en un hospital, Zablonsky fue llevado a Inglaterra, bajo el patrocinio de un rabino del norte de Londres, y, tras un período de rehabilitación, se convirtió en aprendiz de joyero. A principios de los años sesenta se despidió de su patrono y abrió su propia joyería, la primera en el East End, y diez años más tarde, la actual y más próspera del West End.

En el East End, y en sus muelles, había empezado a traficar con gemas importadas por los marineros: esmeraldas de Ceilán, diamantes de África, rubíes de la India y ópalos de Australia. Ahora, a mediados de los ochenta, era un hombre rico gracias a sus dos empresas: la legal y la ilícita; uno de los principales peristas de Londres, especialista en diamantes, con una gran casa aislada en Golders Green, y uno de los puntales de su comunidad en el lugar.

Cuando las monturas de oro blanco se hubieron convertido en una bola de metal, guardó ésta en una bolsa junto con otros residuos. Dijo a Sandra que podía marcharse, cerró la tienda, arregló su despacho y salió, llevándose las cuatro piedras grandes. Camino de su casa, hizo una llamada telefónica desde una cabina pública a un número de las afueras de Amberes, en Bélgica, correspondiente a un pueblecito llamado Nijlen. Cuando llegó a casa, llamó a la «British Airways» y reservó un pasaje para un vuelo del día siguiente a Bruselas.

Junto al Támesis, en su orilla sur, donde antaño habían estado los arruinados muelles de una empresa moribunda, se estaba realizando un gran programa de desarrollo iniciado a principios de los años ochenta. Tal programa había dejado grandes montones de cascotes entre los nuevos edificios, paisajes lunares donde los hierbajos se mezclaban con los ladrillos caídos y el polvo. Se pretendía que todo esto sería cubierto un día por los nuevos bloques de apartamentos, centros comerciales y aparcamientos de varios pisos, pero nadie sabía cuándo se convertiría esto en realidad.

Cuando hacía calor, los borrachos acampaban en estos eriales, y cualquier *face* del sur de Londres que quisiese desprenderse de alguna prueba comprometedora, sólo tenía que llevar el artículo al centro de aquel paraje abandonado y destruirlo mediante el fuego. A hora avanzada de la tarde de aquel martes 6 de enero, Jim Rawlings caminaba por una zona de varias hectáreas, tambaleándose en la oscuridad al tropezar con cascotes invisibles. Si alguien le hubiese estado observando —y no era así—, habría visto que llevaba en una mano una lata de petróleo de diez litros, y en la otra, una hermosa cartera de piel de becerro cosida a mano.

El miércoles por la mañana, Louis Zablonsky cruzó sin dificultad el aeropuerto de Heathrow. Con un abrigo grueso y un sombrero blando de tweed, un maletín en la mano y una pipa grande de escaramujo en la boca, se unió a la ola diaria de hombres de negocios que volaban de Londres a Bruselas.

Ya en el avión, una de las azafatas se inclinó sobre él y murmuró:

—Lamento decirle que no puede encender la pipa en el avión, señor.

Zablonsky se disculpó profusamente y se metió la pipa en el bolsillo. No le importó. No fumaba y, aunque la hubiese encendido, habría tirado muy mal. Porque había cuatro brillantes en forma de pera y de 58 facetas embutidos en la cazoleta, debajo del tabaco prensado.

En el «Nacional» de Bruselas alquiló un coche y se dirigió al Norte por la autopista de Zaventem a Mechelen, donde torció al Nordeste, hacia Lier y Nijlen.

La mayor parte de la industria belga del diamante está centrada en Amberes y localizada especialmente en y alrededor de la Pelikaanstraat, donde las grandes empresas tienen sus salones de exposición y sus talleres. Pero, como la mayor parte de las industrias, la del diamante depende parcialmente, para su funcionamiento, de una masa de pequeños proveedores y trabajadores a destajo, que operan individualmente en sus propios talleres y a los que se encarga parte de la manufactura de monturas, limpieza y pulido.

Algunos de estos trabajadores a destajo viven en Amberes, y los judíos —muchos de ellos, oriundos del este de Europa— predominan entre ellos. Pero al este de aquella ciudad se halla una zona conocida por el nombre de Kempen, un racimo de lindas aldeas donde están también ubicados docenas de pequeños talleres que realizan trabajos a destajo para la industria de Amberes. En el centro de Kempen se encuentra Nijlen, en la carretera principal y la línea férrea de Lier a Herentals.

En mitad de la Molenstraat vivía un tal Raoul Levy, judío polaco que se había instalado en Bélgica después de la guerra y que resultaba ser también primo segundo de Louis Zablonsky, de Londres. Levy era pulidor de diamantes, viudo, y vivía solo en uno de los pequeños y bonitos bungalows de ladrillo rojo que flanquean el lado de poniente de la Molenstraat. Su taller estaba en la parte posterior de la casa. Y allí se dirigió Zablonsky para encontrarse con su pariente, poco después de la hora del almuerzo.

Discutieron durante una hora y cerraron el trato. Levy volvería a pulir las piedras, con la menor pérdida de peso posible, pero de manera que no pudiesen ser reconocidas. Convinieron el precio de 50.000 libras, la mitad al contado y la otra mitad al ser vendidas las cuatro piedras. Después, Zablonsky se marchó y volvió a Londres.

Lo malo de Raoul Levy no era que careciese de destreza, sino que se sentía solo. Por eso esperaba con ilusión su única excursión de todas las semanas. Le gustaba tomar el tren hasta Amberes, dirigirse a su café predilecto, donde todos sus compinches se reunían por la noche, y hablar de «negocios». Tres días más tarde, fue allí y habló quizá demasiado.

Mientras Louis Zablonsky estaba en Bélgica, John Preston se instalaba en su nuevo despacho del segundo piso. Se alegraba de no tener que cambiar «Gordon» por otro edificio.

Su antecesor se había retirado al terminar el año, y el jefe delegado de C.1(A) había desempeñado el cargo sólo durante unos días, sin duda con la esperanza de que sería confirmado en él. Pero puso al mal tiempo buena cara e instruyó prolijamente a Preston sobre todo lo referente a su función, que éste pensó que era, sobre todo, cosa de rutina.

Al quedarse solo aquella tarde, Preston echó un vistazo a la lista de edificios ministeriales que caían bajo su Sección A. Era más larga de lo que había imaginado, pero en su mayor parte no afectaban a la seguridad, salvo por filtraciones que pudiesen ser políticamente engorrosas. Por ejemplo, las filtraciones de documentos concernientes a proyectados recortes de la Seguridad Social eran siempre peligrosas, ya que los sindicatos de funcionarios civiles habían reclutado mucho personal con opiniones políticas de extrema izquierda; pero, normalmente, esto podía dejarse para los agentes de seguridad interior del propio Ministerio.

Para él, los importantes eran el Foreign Office, el Consejo de Ministros y el Ministerio de Defensa, todos los cuales recibían documentos de alcance cósmico. Pero todos ellos disponían de buenos servicios de seguridad, en manos de sus propios equipos internos. Preston suspiró. Empezó a hacer una serie de llamadas telefónicas, concertando entrevistas para conocer a los jefes de Seguridad de los principales Ministerios.

Entre estas llamadas contempló el montón de papeles personales que había bajado de su antiguo despacho, situado dos pisos más arriba. Mientras esperaba la llamada de contestación de un funcionario que estaba ocupado en otro sitio al telefonearle él, se levantó, abrió su nueva caja fuerte personal e introdujo en ella, uno a uno, los legajos. El último de ellos fue su informe del mes pasado, el ejemplar que había reservado para él mismo. Aparte el que sabía que había sido archivado con la nota de NMA, era el único que existía. Se encogió de hombros y lo metió en el fondo de la caja. Probablemente, nunca volvería a ser examinado, pero no veía por qué no podía guardarlo, en memoria de los viejos tiempos. A fin de cuentas, había sudado mucho para redactarlo.

Capítulo III

Moscú,
Miércoles, 7 de enero de 1987

De: H.A.R. Philby
A: Secretario General del PCUS.

Permítame empezar, camarada Secretario General, con un breve esbozo de la historia del Partido Laborista británico y de su continua penetración y, en definitiva, afortunado dominio por parte de la izquierda dura en el curso de los últimos veinticinco años. Creo que sólo partiendo de esta narración pueden verse en su debida perspectiva los acontecimientos de los últimos años y los que se prevén para los próximos meses.

Desde que Hugh Gaitskell fue atacado por la toxina vírica desconocida que acabó por matarle, difícilmente habría podido seguir el Partido Laborista británico una evolución más esperanzadora si su guión histórico se hubiese redactado aquí, en Moscú.

Desde luego, podemos estar seguros de que siempre ha habido, dentro del Partido Laborista, un ala abnegada, ardientemente prosoviética y marxista-leninista. Pero, durante la mayor parte de la historia de aquel partido, fue una pequeña minoría incapaz de influir en el curso de los acontecimientos, en la formulación de la política o, más importante aún, en la selección de los candidatos y de la jefatura del propio partido.

Mientras el partido estuvo bajo la fuerte influencia del resuelto Clement Attlee o del apasionado Hugh Gaitskell, la situación tenía forzosamente que continuar.

Ambos hombres sostenían tercamente la Lista de los Proscritos, según la cual toda una serie de grupos de inspiración marxista-leninista, trosquista o revolucionaria, y sus miembros, tenían prohibido el ingreso en el Partido Laborista y, con mayor razón, el desempeño de cargos dentro de él.

Cuando en enero de 1963 murió Hugh Gaitskell, el hombre que en 1960 había puesto en pie a la Conferencia del Partido en Scarborough al proclamar que había que «luchar, luchar y seguir luchando» por el alma (tradicional) del partido, la jefatura de éste pasó a manos de Harold Wilson, que la retuvo durante trece años. Era un hombre dominado por dos características que tuvieron mucho que ver con lo que le sucedió al partido en aquellos trece años.

A diferencia de Attlee, tenía una vanidad de proporciones casi cósmicas, y, a diferencia de Gaitskell, era casi capaz de todo para evitar la lucha. Dándose cuenta de esto, nuestros amigos dentro del partido emprendieron cuidadosamente la tan esperada campaña para profundizar más y en mayor número en la estructura del partido.

Durante algunos años, fue un trabajo duro y agotador.

Entonces, en 1972, nuestros amigos prosoviéticos del Comité Ejecutivo Nacional (llamado, en adelante, CEN) probaron la temperatura del ambiente votando una resolución por la que se excluía el Departamento de Estudios Laboristas de la Lista de Proscritos. Tal Departamento, a pesar de su nombre deliberadamente engañoso, no tenía nada que ver con el Partido Laborista, sino que era un cuerpo completamente dominado por los comunistas. Afortunadamente, los centristas no reaccionaron contra esta maniobra. Al año siguiente, 1973, la izquierda dura del CEN consiguió abolir totalmente la Lista.

El efecto de esto superó los sueños del grupo marxista-leninista dentro del partido. Pocos de sus componentes eran de la nueva hornada; la mayoría se habían convertido al marxismo-leninismo prosoviético en los años treinta. Necesitaban aumentar su número dentro del partido; sabían que muchos de sus, y nuestros, compañeros de viaje, no eran miembros del partido, y que había toda una nueva generación de activistas políticos de izquierda dura que estaban buscando un hogar político. Al abrirse las compuertas, ingresaron en tropel en las filas del partido, en grupos de todas las edades.

Desde 1973, el absolutamente vital CEN ha estado raras veces fuera del dominio de la mayoría de extrema izquierda, y, gracias al hábil empleo de este instrumento, la constitución del partido y su composición a los más altos niveles han cambiado hasta el punto de que no pueden reconocerse.

Y ahora una breve digresión, camarada Secretario General, para explicar exactamente a quiénes me refiero al decir «nuestros amigos» en el seno del Partido Laborista británico y del movimiento Trade Union. Pertenecen a dos categorías: los que lo son deliberadamente y los inconscientes.

Dentro de la primera categoría no incluyo a la llamada izquierda blanda ni a la aberración trosquista, ambas enemigas de Moscú, aunque por diferentes razones. Incluyo a los de la izquierda dura y, dentro de ella, a la extrema izquierda. Sus miembros son acérrimos marxistas-leninistas y no les gusta que les llamen comunistas, ya que esto implica pertenecer al inútil Partido Comunista británico. Sin embargo, son buenos amigos de Moscú, y nueve de cada diez actuarán de acuerdo con los deseos de Moscú, aunque éstos no sean expresados y aunque las personas en cuestión afirmen enérgicamente que actúan por razones «británicas» o «de conciencia».

El segundo grupo de amigos, ahora dominante, en el seno del Partido Laborista británico, lo constituyen: personas profundamente partidarias, política y emocionalmente, de una forma de socialismo situada tan a la izquierda, que puede calificarse de marxismo-leninismo y que, en cualquier circunstancia o contingencia, reaccionan casi siempre, y de manera espontánea, en un sentido totalmente paralelo a, o coincidente con, los deseos de la política exterior soviética con respecto a Gran Bretaña y/o la Alianza Occidental; personas que no necesitan recibir enseñanzas o instrucciones y que, probablemente, se ofenderían si se pretendiese dárselas; personas que, deliberadamente o no, impulsadas por la convicción, por un patriotismo torcido, por el deseo de destruir, por el lucro o el afán de progresar, por el miedo a presiones de intimidación, para darse importancia o por el deseo de caminar con el rebaño, actuarán de la manera más conveniente a nuestros intereses soviéticos.

Desde luego, todos ellos afirman buscar la democracia. Afortunadamente, la inmensa mayoría de los británicos actuales entienden por «democracia» un Estado pluralista (de múltiples partidos), cuyos organismos de gobierno son elegidos por sufragio universal fundado en el voto secreto y a intervalos periódicos. En cambio, nuestros amigos de la izquierda dura británica, por ser personas que comen, beben, respiran, duermen, sueñan y trabajan todas las horas del día en política de izquierda, se refieren a una «democracia de los comprometidos» con sus papeles dominantes ejercidos por ellos mismos y los que piensan como ellos. Por fortuna, la Prensa británica hace muy poco por corregir este equívoco.

Ahora debo mencionar, camarada Secretario General, y comentar, el problema que durante muchos años dividió el ataque de la izquierda dura en el movimiento laborista británico. Fue la dicotomía de los dos conocidos «caminos al socialismo» que discurrieron paralelamente en el pensamiento de la izquierda dura en Gran Bretaña durante decenios y que sólo fue resuelta en 1976, hace casi exactamente diez años.

Los caminos gemelos, y en competencia, de la izquierda dura para progresar en el interior de Gran Bretaña fueron durante mucho tiempo el «camino parlamentario al socialismo» y el «camino industrial al socialismo». El primero veía sus mayores probabilidades en apoderarse progresivamente del Partido Laborista británico, que se emplearía como instrumento para conseguir el poder y conseguir una sociedad realmente revolucionaria. El segundo prefería la movilización en masa de la clase trabajadora en el movimiento Trade Union, que terminaría con los obreros lanzándose a la calle y consiguiendo de esta forma la sociedad revolucionaria.

No hay que olvidar que los verdaderos cimientos del marxismo-leninismo en Gran Bretaña han estado siempre en el interior del movimiento Trade Union. Entre otras cosas, la base sindical fue siempre mucho más numerosa que en el seno del Partido Laborista parlamentario, y por eso, durante años, fue el sector de las Trade Unions quien llevó la iniciativa, que culminó en la cima absoluta de su poder en 1976.

Cuando volvió al poder en 1974, después de la caída del Gobierno Heath, Wilson sabía que no podía indisponerse con las Trade Unions. Si se enfrentaba con ellas, dividiría el partido y perdería su puesto. Además, por aquel entonces, Gran Bretaña se estaba hundiendo de prisa, industrial, comercial y económicamente, a causa de las huelgas provocadas por los sindicatos, las exigencias de aumentos de salarios, el descenso de la productividad, el aumento de los costos y la enorme subida de los impuestos personales.

En abril de 1976, Harold Wilson se dio cuenta de que había perdido el control de los sindicatos y de la economía. Como economista que era, sabía que el cataclismo era inminente. Dimitió, cuando se hallaba aparentemente en la cima de su poder, dejando que James Callaghan se enfrentase con el temporal.

A finales del verano, Gran Bretaña se hallaba al borde de la bancarrota y necesitaba un importante y urgente empréstito del Fondo Monetario Internacional. Pero el FMI se mostró inflexible: tenía que haber condiciones. En la Conferencia del Partido Laborista del mes de octubre, el canciller del Exchequer británico tuvo que suplicar literalmente a los jefazos sindicales la reducción de salarios y la aceptación de una disminución en los gastos del sector público.

Philby se levantó y se dirigió a la ventana. Recordaba muy bien aquel traumático otoño, y suspiró tristemente. Él había sido un oyente secreto y un consejero disimulado cuando los sindicalistas británicos establecieron contactos y fueron instruidos por Moscú sobre lo que había que hacer. Fue una lástima; sabía que, desde la Guerra Civil del siglo XVII, no había estado Gran Bretaña más cerca de caer en manos de un régimen revolucionario; nunca, desde entonces, había estado tan cerca de un Gobierno totalmente extraparlamentario. Volvió a su máquina de escribir.

Recordará usted, y lo lamentará igual que yo, que el consejo de Moscú fue que los sindicatos aceptasen el llamamiento a la moderación del Gobierno Callaghan. Al cabo de quince días, la agresividad sindical se había derrumbado, dando paso al convenio social entre el Gobierno y las Trade Unions.

Hasta el día de hoy, ni los británicos comprenden la razón de aquello. Por consiguiente, permítame reiterarle lo que ya debe saber, dado que guarda relación con lo que vendrá después.

Hubo, *pues, que acceder a la súplica del canciller y abandonar la ocasión de sacar a la calle a millones de trabajadores para enfrentarlos con el Ejército y la Policía. Sólo existía, y sigue existiendo, una razón para esto. Como arguyó convincentemente entonces el profesor Krilov, la Historia nos enseña que las democracias sólidas sólo pueden ser derribadas por la acción de las masas en la calle cuando la Policía y las Fuerzas Armadas han sido penetradas por un número tan considerable de revolucionarios que pueda esperarse que se nieguen a obedecer las órdenes de sus oficiales y se pasen a los manifestantes.*

Y esto fue lo malo en Gran Bretaña. A pesar de los repetidos intentos, a lo largo de los años, para conseguir el derecho a «organizar» sobre una base sindical —es decir, infiltrar activistas en los sindicatos—, esto no se ha logrado nunca en aquel país. Entonces se calculó, y creo que correctamente, que los soldados y los policías británicos permanecerían fieles a la reina, al trono, a la corona (llámese como se quiera) y obedecerían las órdenes de sus oficiales.

Si esto hubiese ocurrido, habría fracasado el intento de cambiar el curso de la Historia británica desde la calle, en vez de hacerlo desde las Cámaras del Parlamento. Y este hecho hubiese podido retrasar la causa de nuestros verdaderos amigos en varias décadas o quizás en medio siglo.

A partir de entonces se hicieron más esfuerzos para remediar esta laguna en las posibilidades revolucionarias británicas y para infiltrar activistas sindicales en la Policía y las Fuerzas Armadas. Pero fue inútil. James Callaghan, antiguo asesor de la Federación de Policía, no quiso saber nada de esto. Con la llegada de Margaret Thatcher, en mayo de 1979, se estropeó todo el asunto.

Nuestros amigos han hecho lo que han podido. Desde que se hicieron con el control de numerosos e importantes suburbios de la metrópoli, a través de la Prensa y demás medios de difusión, a todos los niveles, han realizado, personalmente o valiéndose de jóvenes violentos de las facciones trosquistas como tropas de choque, una furiosa campaña para denigrar, difamar y socavar a la Policía británica. Naturalmente, su objetivo es viciar o destruir la confianza del público británico en su Policía, que, desgraciadamente, sigue siendo la más afable y disciplinada del mundo.

Los resultados han sido poco satisfactorios; ha habido éxitos ocasionales al explotar agravios locales, verdaderos abusos en las zonas de corrupción o brutalidad de la Policía, y alguna algarada bien organizada. Pero, en conjunto, la clase trabajadora británica permanece lamentablemente aferrada a la idea de la ley y el orden, y la clase media parece que sigue haciendo causa común con la Policía.

He narrado todo esto con el único fin de establecer una tesis: que el «camino industrial» al socialismo, la movilización en masa de millones de personas en la calle para derribar el Gobierno electo, ha quedado definitivamente cerrado. Ahora hay que acudir al «camino parlamentario», más tranquilo, más disimulado, pero probablemente, en definitiva, más eficaz.

Este seguimiento, a lo largo de los años, del camino parlamentario al verdadero socialismo revolucionario, se encuentra ahora en los um-

brales del triunfo. Ha llegado tan lejos gracias a la casi siempre exitosa campaña de la izquierda dura para apoderarse del Partido Laborista desde dentro; a varios cambios decisivos en la constitución del partido, y al éxito del programa de autonegación que nuestros verdaderos amigos se han visto obligados a adoptar después del desastre electoral de 1983.

Con la desviación del camino industrial, liquidado en el otoño de 1976, nuestros amigos marxistas-leninistas del Partido Laborista pudieron dedicarse con empeño a la lucha por apoderarse disimuladamente del partido, programa facilitado por la abolición, tres años antes, de la Lista de Proscritos.

El Partido Laborista se ha sostenido siempre, como un trípode, sobre tres bases: las Trade Unions, los partidos laboristas de distrito —uno en cada uno de los distritos que constituyen el cuadro electoral británico— y el Partido Laborista parlamentario, o sea, el grupo de parlamentarios laboristas elegidos en las previas elecciones generales. El jefe del partido es siempre elegido entre éstos.

Las Trade Unions constituyen la fuerza más poderosa de las tres y ejercen su poder de dos maneras. Primera: son los pagadores del partido, llenando sus arcas con las contribuciones políticas deducidas de los salarios de millones de trabajadores. Segunda: disponen, en la Conferencia del Partido, de un enorme «bloque de votos», emitidos por el Ejecutivo Nacional de la Unión en nombre de millones de miembros incontrolados. Estos votos pueden asegurar la aprobación de cualquier resolución y elegir hasta un tercio del importantísimo Comité Ejecutivo Nacional del partido.

Estos comités ejecutivos de la Unión son absolutamente vitales; comprenden los activistas sindicales que trabajan todo el tiempo en ellos y los cargos que resuelven la política de los sindicatos. Están en la cima de la pirámide cuyos rangos medios son los funcionarios de zona y cuyos rangos inferiores son los funcionarios de rama. Así, era esencial que los activistas de la izquierda dura consiguiesen el control efectivo de los altos cargos sindicales, cosa que se logró en realidad.

El gran aliado de nuestros amigos en esta tarea ha sido siempre la apatía de la mayoría moderada de los miembros sindicales, que no se molestan en asistir a las reuniones de ramas de las Trade Unions. Así, los activistas, que nunca dejan de asistir, han sido capaces de apoderarse de miles de ramas, cientos de zonas y la flor y nata de los comités ejecutivos nacionales. En el momento actual, los diez sindicatos más importantes de los ochenta afiliados al Partido Laborista controlan la mitad de los votos del movimiento sindical; nueve de estos diez tienen un control de izquierda dura en la cima, cuando no eran más que dos a principios de los años setenta. Todo esto ha sido logrado por no más de diez mil hombres abnegados entre millones de trabajadores británicos.

La importancia de este voto sindical dominado por la izquierda dura quedará clara cuando describa el Colegio Electoral que elige el nuevo jefe del partido; en este llamado Colegio, las Trade Unions tienen el cuarenta por ciento de los votos.

Pasemos ahora a los partidos laboristas de distrito o PLD. En su centro están los comités generales de dirección, que, aparte de resolver los asuntos cotidianos del partido dentro del distrito electoral, tienen otra función vital: elegir el candidato laborista al Parlamento. En la década de 1973 a 1983, jóvenes y duros activistas de la extrema izquierda empezaron a introducirse en los distritos y, asistiendo asiduamente a las aburridas y poco numerosas reuniones de los PLD, echaron a los antiguos poseedores de cargos y consiguieron el control de un Comité General de Dirección tras otro.

Cada vez que un distrito caía en manos de los nuevos activistas de la izquierda dura, se hizo más y más difícil la posición de la mayoría centrista de miembros del Parlamento que representaba aquellos distritos. Sin embargo, no podían ser eliminados fácilmente. Para el verdadero triunfo de la izquierda dura era necesario debilitar, en realidad anular, la independencia de conciencia del miembro del Parlamento; transformarle de defensor de los intereses de todos sus electores, en simple delegado de su Comité General de Dirección.

Esto fue brillantemente conseguido por la izquierda dura en Brighton, en 1979, con la aprobación de una nueva norma que exigía la anual reselección (o deselección) de los miembros del Parlamento por sus comités de dirección. Esta norma produjo una desviación masiva de poder. Todo un grupo de centristas se separó para formar el Partido Socialdemócrata; otros que no fueron seleccionados abandonaron la política; algunos de los más capacitados, cansados de luchar, se resignaron. Pero, a pesar de verse debilitados y humillados, los parlamentarios laboristas conservaron una función vital: ellos, y sólo ellos, podían elegir al jefe del partido. Era crucial, para completar la triple captura, arrancarles este poder. Esto se logró, también a instancias de la izquierda dura, en 1981, con la creación del Colegio Electoral, en el cual el treinta por ciento de los votos lo tiene el partido parlamentario; el treinta por ciento, los partidos de distrito, y el cuarenta por ciento, las Trade Unions. El Colegio elige cada nuevo líder cómo y cuándo lo considera necesario, y lo confirma anualmente. *Esta última función es crucial para los planes actuales que voy a explicar.*

La lucha por el control que he descrito nos lleva al relato de las elecciones generales de 1983. El apoderamiento era casi completo, pero nuestros amigos habían cometido dos errores, aberraciones de la doctrina leninista de precaución y disimulo. Habían salido, demasiado abierta y visiblemente, a ganar aquellas titánicas batallas, y la convocatoria prematura a elecciones generales les pilló desprevenidos. La izquierda dura necesitaba un año más para consolidarse, serenarse y unificarse. Y no lo tuvo. El partido, con la prematura carga del manifiesto de la izquierda dura más extremista de la Historia, estaba en completo desorden. Peor aún, el público británico había visto la verdadera cara de la izquierda dura.

Como recordará usted, las elecciones de 1983 fueron aparentemente un desastre para el Partido Laborista, dominado ahora por la izquierda dura. Sin embargo, opino que el resultado fue, en realidad, una suerte disfrazada, pues condujo al esforzado y abnegado realismo al que nuestros verdaderos amigos dentro del partido convinieron en someterse durante los cuarenta últimos meses.

En resumen, de los 650 distritos electorales de Gran Bretaña, el Partido Laborista sólo ganó 209 en 1983. Pero esto no fue tan malo como parecía. Así, de los 209 parlamentarios laboristas elegidos, 100 pertenecen ahora firmemente al ala izquierda, y cuarenta de ellos, a la izquierda dura. Tal vez no sean muchos, pero el Partido Laborista parlamentario actual es el más izquierdista que jamás se sentó en la Cámara de los Comunes.

En segundo lugar, la derrota en las urnas fue un revulsivo para los estúpidos que pensaban que había terminado la lucha por el control total. Pronto se dieron cuenta de que, después de las enconadas, pero necesarias, luchas de nuestros amigos para hacerse con el control del partido entre 1979 y 1983, había llegado el momento de restablecer la unidad y de reparar la dañada base de poder en el país, con vistas a las próximas elecciones. Este programa empezó bajo la orquestación de la izquierda dura en la Conferencia del Partido de octubre de 1983, y desde entonces ha continuado sin la menor desviación.

En tercer lugar, todos vieron la necesidad de volver a la clandestinidad exigida por Lenin a los verdaderos fieles que operaban dentro de una sociedad burguesa. Así, el leitmotiv de toda la conducta de la izquierda dura en los últimos cuarenta meses fue la vuelta a aquella clandestinidad que tan buenos resultados había dado a principios y mediados de los años setenta. Esto se combinó con un retorno a un aparente y sorprendente grado de moderación. Lograr esto requirió un gran esfuerzo de disciplina, pero, una vez más, los camaradas no estuvieron faltos de ella.

Efectivamente, desde octubre de 1983, la izquierda dura se ha vestido con el ropaje de la cortesía, la tolerancia y la moderación; se insiste constantemente en la importancia primordial de la unidad del partido y, para conseguirla, se han hecho concesiones hasta ahora imposibles en el dogma de la izquierda dura. Tanto el ala centrista, satisfecha y amistosa, como los medios de difusión, parecen haberse dejado convencer completamente por la nueva y aceptable fachada de nuestros amigos marxistas-leninistas.

Más secretamente, se ha conseguido el dominio sobre el partido. Todos los comités influyentes están ahora en manos de la izquierda dura o podrían ser conquistados en una sola reunión de urgencia. Pero —y este «pero» es importante— generalmente se ha dejado la presidencia de estos comités clave en manos de personas de la izquierda blanda e incluso ocasionalmente, cuando la supremacía del voto es abrumadora, en manos de los centristas.

A nivel de distrito, el dominio de los PLD locales por elementos de la izquierda dura ha proseguido calladamente y llamando poco la atención del público y de los medios de difusión. Lo propio ha ocurrido en el movimiento de las Trade Unions, tal como ya he mencionado. Nueve de las Diez Grandes y la mitad de las setenta restantes pertenecen ahora a la izquierda dura, y también aquí se ha mantenido la imagen, deliberadamente, muy por debajo de lo que era antes de 1983.

En resumen, todo el Partido Laborista de Gran Bretaña pertenece ahora directamente a la izquierda dura, a través de hombres de paja de la izquierda blanda o de centristas intimidados, o pendiente de que se celebre una reunión de urgencia del comité adecuado; y ni los miembros corrientes del partido o de los sindicatos, ni los medios de difusión, ni la masa de los antiguos votantes del laborismo, parecen haberse dado cuenta de ello.

Por lo demás, la izquierda dura lleva cuarenta meses preparándose para las próximas elecciones generales británicas, como si se tratase de una campaña militar. Para ganar una mayoría simple en el Parlamento británico necesitaría 325 escaños, digamos 330. Actualmente se considera que tiene 210 «en el bolsillo». Los otros 120, perdidos en 1979 ó 1983 o en ambos años, se piensa que pueden ganarse, y han sido designados como objetivos.

Es un hecho comprobado, en la vida política británica, que el pueblo, después de dos términos completos de estancia de un partido en el poder, suele pensar que ha llegado la hora del cambio, aunque el Gobierno que cesa no sea realmente impopular. Pero los británicos sólo cambiarán si confían en que el cambio será para avanzar. El objetivo del Partido Laborista durante los últimos cuarenta meses ha sido recuperar aquella confianza, aunque fuese mediante subterfugios por parte de nuestros amigos dentro de él.

A juzgar por recientes encuestas de opinión pública, la campaña ha sido esencialmente fructífera, pues la diferencia de porcentaje entre los conservadores en el poder y el Partido Laborista se ha reducido en unos cuantos puntos. Teniendo también en cuenta que, según el sistema británico, ochenta escaños «marginales» determinan realmente el resultado de unas elecciones, y que los marginales son inclinados a un lado o a otro por ese quince por ciento que constituyen los «votos flotantes», el Partido Laborista tiene la posibilidad de volver al Gobierno en las próximas elecciones generales.

En un segundo y concluyente memorándum procuraré, camarada Secretario General, exponer la manera en que, si se da aquella circunstancia, proyectan nuestros amigos de la izquierda dura derribar a Neil Kinnock de la jefatura del Partido Laborista en el momento de su victoria e imponer a Gran Bretaña su primer jefe de Gobierno marxista-leninista, junto con un programa legislativo socialista realmente revolucionario.

Sinceramente suyo,
HAROLD ADRIAN RUSSELL PHILBY

Capítulo IV

Eran cuatro los hombres que fueron a visitar a Raoul Levy. Altos y corpulentos, llegaron en dos automóviles. El primer coche se detuvo ante el bungalow de Levy, en la Molenstraat, mientras que el segundo se paró a unos cien metros calle arriba.

Dos hombres se apearon del primer coche y se dirigieron con paso vivo a la puerta de la entrada. Los dos conductores esperaron, con las luces apagadas y los motores en marcha. Eran poco más de las siete de la tarde; el tiempo era crudo, y la oscuridad, total, y no pasaba nadie por la Molenstraat a tales horas del 15 de enero.

Los hombres que llamaron a la puerta eran resueltos e iban a la suya, como si no pudiesen perder tiempo y deseasen terminar su trabajo lo antes posible. No se presentaron cuando Levy abrió la puerta. Se limitaron a entrar y cerrar la puerta a sus espaldas. La protesta de Levy empezaba a brotar de su garganta cuando fue bruscamente interrumpida por cuatro dedos clavados en su plexo solar.

Los dos hombrones le echaron el abrigo sobre los hombros, le encasquetaron el sombrero, cerraron la puerta de golpe y le llevaron con destreza hacia el coche, cuya puerta trasera se abrió al acercarse ellos. Cuando arrancaron, con Levy entre ellos en el asiento trasero, sólo habían transcurrido veinte segundos.

Le llevaron al Kesselse Heide, un gran parque público situado al noroeste de Nijlen, cuyo espacio de césped, brezos, robles y coníferas diversas estaba absolutamente desierto. Lejos de la carretera, en el corazón del brezal, se detuvieron los dos coches. El conductor del segundo vehículo, que sería el encargado del interrogatorio, se deslizó en el asiento adyacente al del conductor.

Se volvió hacia la parte trasera del automóvil e hizo una señal con la cabeza a sus dos colegas. El que estaba sentado a la derecha de Levy rodeó con los brazos al pequeño pulidor de diamantes para que se estuviese quieto y le tapó la boca con una de sus manos enguantadas. El otro hombre sacó un par de pesados alicates, cogió la mano izquierda de Levy y le aplastó hábilmente tres nudillos, uno tras otro.

Lo que espantó a Levy, más aún que el terrible dolor, fue que no le hubieran preguntado nada. Parecían no tener interés por nada. Cuando los alicates le destrozaron el nudillo del cuarto, Levy chilló para que le hiciesen preguntas.

El interrogador del asiento delantero asintió con la cabeza y dijo:

—¿Quieres hablar?

Levy asintió furiosamente con la cabeza. El hombre le quitó la mano de la boca. Levy soltó un largo y entrecortado gemido. Cuando hubo terminado, preguntó el inquisidor:

—¿Dónde están los diamantes de Londres?

Hablaba en flamenco, pero con marcado acento extranjero. Levy se lo dijo inmediatamente. Ninguna cantidad de dinero podía compensar la pérdida de sus manos y de su vida. El interrogador consideró fríamente la información.

—Las llaves —dijo.

Estaban en el bolsillo del pantalón de Levy. El interrogador las cogió y bajó del coche. Poco después, el segundo automóvil rodó sobre la crujiente hierba y se dirigió a la carretera. Estuvo ausente durante cincuenta minutos.

Durante este tiempo, Levy no paró de temblar y de cogerse la destrozada mano. Los hombres de ambos lados parecían haber perdido todo interés por él. El conductor permaneció sentado y mirando fijamente al frente, con las manos enguantadas sobre el volante. Cuando volvió el inquisidor, no mencionó para nada las cuatro gemas que llevaba en el bolsillo. Se limitó a decir:

—Una última pregunta. ¿Quién los trajo?

Levy sacudió la cabeza. El interrogador suspiró a causa de la pérdida de tiempo, e hizo una señal con la cabeza al hombre sentado a la derecha de Levy. Los dos brutos invirtieron sus papeles. El de la derecha tomó los alicates y la mano derecha de Levy. Después de aplastarle dos nudillos de esta mano, Levy se lo dijo. El interrogador le hizo un par de breves preguntas complementarias y pareció satisfecho. Bajó del automóvil y volvió al suyo. Los dos vehículos volvieron uno tras otro a la carretera. Regresaron hacia Nijlen.

Al pasar por delante de su casa, Levy vio que estaba cerrada y a oscuras. Esperó que le dejasen allí, pero no lo hicieron. Cruzaron el centro de la población y continuaron hacia el Este. Las luces de los cafés, cálidos y cómodos refugios contra el aire helado del invierno, pasaban por delante de las ventanillas del coche, pero nadie salía de allí. Levy pudo ver incluso la palabra «Politie» en un rótulo de neón azul sobre la comisaría de Policía, frente a la iglesia, pero tampoco salió nadie de ella.

A tres kilómetros al este de Nijlen, la Looy Straat cruza las vías del ferrocarril en un punto donde la línea de Lier a Herentals es recta como una flecha, y las grandes locomotoras diesel eléctricas alcanzan velocidades de más de cien kilómetros por hora. A ambos lados del paso a nivel hay unas granjas. Los dos coches se detuvieron antes de aquel cruce y apagaron las luces y los motores.

Sin decir palabra, el conductor abrió la guantera, sacó una botella y la tendió a sus dos colegas. Uno de éstos le tapó la nariz a Levy y el otro le obligó a engullir el blanco aguardiente de una marca local. Cuando hubo trasegado tres cuartos de botella, interrumpieron la operación y le soltaron. Raoul Levy empezó a sumirse en una obnubilación alcohólica. Incluso menguó un poco su dolor. Los tres hombres del coche y el que les precedía, esperaron.

A las once y cuarto, el interrogador llegó del primer automóvil y murmuró algo a través de la ventanilla. Levy estaba ya inconsciente, pero se movía a sacudidas. Los que estaban a su lado le sacaron del coche y le llevaron medio a rastras hacia la vía. A las once y veintiún minutos le dieron un fuerte golpe en la cabeza con una barra de hierro, y Levy murió. Después le depositaron sobre los raíles, con las destrozadas manos encima de uno de ellos y la rota cabeza junto a él.

A las once y nueve minutos en punto, como siempre, Hans Grobbelaar sacó el último tren directo nocturno de la estación de Lier. Era un viaje de rutina y estaría en la caliente cama de su casa en Herentals a la una de la madrugada. No había ninguna parada en el trayecto y cruzó puntualmente Nijlen a las once y diecinueve. Después de los cruces de vía de aquella población, aceleró la marcha y enfiló la recta hacia el paso a nivel de Looy Straat, a más de cien kilómetros por hora, con el faro de la gran «6.268» iluminando la vía a una distancia de cien metros.

Poco antes de llegar a Looy Straat vio una figura tendida en la vía y frenó. Chorros de chispas brotaron de las ruedas. El tren de mercancías empezó a detenerse, pero no con la rapidez suficiente. Hans, boquiabierto, observó, a través del parabrisas, cómo avanzaba el faro en dirección a la encogida figura. A dos ferroviarios les había ocurrido esto antes que a él; las víctimas habían sido suicidas o borrachos, nadie lo sabía ni lo supo jamás. Habían dicho que con aquella clase de máquina ni siquiera se sentía el golpe. Él no lo sintió. La chirriante locomotora pasó sobre el lugar a cuarenta y ocho kilómetros por hora.

Cuando, por fin, se detuvo, Hans no se atrevió a mirar. Corrió a una de las granjas y dio la alarma. Cuando llegó la Policía con linternas, la masa que había debajo de las ruedas parecía jalea de fresas. Hans Grobbelaar no llegó a su casa hasta el amanecer.

Aquella misma mañana, pero cuatro horas más tarde, John Preston entró en el vestíbulo del Ministerio de Defensa en Whitehall, se acercó a recepción y se identificó por medio de su pasaporte universal. Tras la inevitable comprobación con el hombre al que iba a ver, fue conducido al ascensor y, a lo largo de varios corredores, a la oficina del jefe de seguridad interior del Ministerio, en una habitación de la parte trasera del edificio, con vistas al Támesis.

El general de brigada Bertie Capstick había cambiado poco desde que Preston le viera por última vez en Ulster, hacía años. Alto, vivaracho y cordial, de mejillas coloradas que le daban más aspecto de agricultor que de soldado, avanzó exclamando:

—¡Johnny, hijo mío, qué sorpresa! Pasa, pasa.

Aunque sólo tenía diez años más que Preston, Bertie Capstick tenía la costumbre de llamar «hijo mío» a casi todos los que eran más jóvenes que él, y esto le daba un aire paternal que concordaba con su aspecto. Pero antaño había sido un rudo soldado, que había penetrado profundamente en territorio terrorista durante la campaña de Malaya y mandado más tarde un grupo de expertos en infiltración en las selvas de Borneo, durante la que ahora era llamada emergencia de Indonesia.

Capstick le invitó a sentarse y sacó de un armario una botella de licor de malta.

—¿Quieres un trago?

—Es muy temprano —protestó Preston.

Eran poco más de las once.

—Tonterías. Bebamos por los viejos tiempos. De todos modos, el café que sirven aquí es horrible.

Capstick se sentó y empujó el vaso hacia Preston encima de la mesa.

—Bueno, ¿qué te han hecho, hijo mío?

Preston hizo una mueca.

—Ya te dije por teléfono lo que me habían encargado —dijo—. Un maldito trabajo de policía. Y no quiero ofenderte, Bertie.

—Bueno, lo mismo me ocurre a mí, Johnny. Estoy hecho polvo. Claro que ahora soy OR (oficial retirado), y por eso no me va tan mal. Me jubilé a los cincuenta y cinco y conseguí este enchufe. No está mal del todo. Tomo el tren todos los días, compruebo todas las medidas de seguridad, me aseguro de que nadie se porta mal y vuelvo a casa junto a mi mujercita. Podría ser peor. De todos modos, brindemos por los viejos tiempos.

—Salud —dijo Preston, y bebieron ambos.

«Los viejos tiempos no habían sido tan buenos», pensó Preston. Cuando había visto por última vez a Bertie Capstick, a la sazón coronel, hacía casi seis años, el engañosamente extrovertido oficial era director delegado de información militar en Irlanda del Norte y trabajaba en aquel complejo de edificios de Lisburn cuyos bancos de datos podían decir al investigador hasta qué hombre del IRA se había rascado recientemente las nalgas.

Preston había sido uno de sus «muchachos», que trabajaba de paisano y bajo disfraz, moviéndose en los peligrosos ghettos *provo* para hablar con confidentes o recoger mensajes en buzones secretos. Bertie Capstick le había apoyado fielmente ante los severos servidores civiles de Holyrood House cuando Preston fue «quemado» y casi muerto en el curso de una misión encargada por Capstick.

Esto había ocurrido el 28 de mayo de 1981, y los periódicos habían publicado algunos detalles sueltos al día siguiente: Preston había entrado en el distrito de Bogside, de Londonderry, en un coche sin distintivos, para entrevistarse con un confidente. Nunca se supo si hubo una filtración en las alturas, si el coche que conducía había sido empleado demasiado a menudo o si su cara había sido identificada por el espionaje de los provos. Lo cierto fue que aquello constituyó un fracaso. Al entrar en el reducto republicano, un coche con cuatro provos armados salió de una calle lateral y le siguió.

Preston lo descubrió rápidamente por el espejo retrovisor y anuló la cita. Pero los provisionales no se contentaron con esto. En el corazón del ghetto cruzaron su automóvil delante de él y se apearon de pronto, dos con «Armalites» y uno con una pistola.

Sin ningún lugar al que poder ir, salvo al cielo o al infierno, Preston tomó la iniciativa. Contra todas las probabilidades, y para consternación de sus atacantes, saltó de su coche y rodó por el suelo en el preciso instante en que los «Armalites» acribillaban su vehículo. Él tenía en la mano su «Browning» de trece proyectiles de nueve milímetros. La vació contra ellos desde el suelo. Ellos habían esperado que muriese decentemente, y estaban muy juntos.

Los rápidos disparos mataron a dos atacantes en el acto y arrancaron un trozo de carne del cuello del tercero. El conductor provo arrancó a toda velocidad y desapareció entre una humareda de caucho recalentado. Preston se dirigió a un refugio donde había cuatro soldados SAS, que le retuvieron hasta que llegó Capstick para llevarle a casa.

Naturalmente, se armó un jaleo de todos los diablos: investigaciones, interrogatorios, preocupación en las alturas. Desde luego, no podía pensarse en que continuase en su puesto. Estaba total y realmente «quemado», según la jerga del oficio, es decir, había sido identificado. Ya no podía ser útil. El provo superviviente le reconocería si volvía a verle. Ni siquiera le permitieron que volviese a su antiguo regimiento de paracaidistas, en Aldershot. ¿Quién sabía cuántos provos estarían rodando por Aldershot?

Le habían ofrecido Hong Kong o la puerta de salida. Entonces, Bertie Capstick habló con un amigo. Había una tercera alternativa. Abandonar el Ejército a sus cuarenta y un años con el grado de comandante, o ingresar tardíamente en MI5. Había elegido esto último.

—¿Algo de particular? —preguntó Capstick.

Preston sacudió la cabeza.

—Sólo una serie de visitas para darme a conocer —dijo.

—No te preocupes, Johnny. Ahora que sé que estás aquí, te llamaré si surge algo que parezca más importante que malversar los fondos de Navidad. A propósito, ¿cómo está Julia?

—Lamento decirte que me dejó. Hace tres años.

—¡Oh, lo siento!

El rostro de Bertie Capstick se contrajo con sincero pesar.

—¿Otro tipo?

—No. No entonces. Supongo que ahora habrá alguien. Fue sólo por cuestión de trabajo..., ya sabes.

Capstick asintió tristemente con la cabeza.

—Mi Betty fue siempre muy buena a este respecto —replicó—. He pasado mi vida fuera de casa. Pero ella no se movía. Mantenía el fuego encendido. Sin embargo, esto no es vida para una mujer. He visto muchos casos como el tuyo. En fin, mala suerte. ¿Ves al chico?

—De vez en cuando —dijo Preston.

Capstick no podía haberle tocado un nervio más sensible. Preston guardaba dos fotografías en su pequeño y solitario piso de South Kensington. Una era de Julia y él, el día de su boda; él, a sus veintiséis años, muy elegante con su uniforme del Regimiento de Paracaidistas, y ella, a los veinte, hermosa con su vestido blanco. La otra foto era de su hijo, Tommy, que significaba para él más que la vida misma.

Habían llevado una vida normal en una serie de residencias para oficiales casados, y Tommy nació al cabo de ocho años. Su llegada había entusiasmado a John Preston, pero no a su esposa. Poco después, Julia había empezado a cansarse de los trabajos de la maternidad, a lamentarse de la soledad en que la dejaban las ausencias de su marido y a quejarse de la falta de dinero. Le atosigaba para que abandonase el Ejército y ganase más en la vida civil, negándose a comprender que a él le gustaba su trabajo y que el tedio de una mesa en un comercio o una industria le habría llevado a la locura.

Fue trasladado al Cuerpo de Información, pero esto empeoró las cosas. Le enviaron al Ulster, donde las mujeres no podían seguir a sus maridos. Entonces empezó su trabajo subterráneo y se rompió todo contacto. Después del incidente de Bogside, ella expresó claramente lo que sentía. Hicieron otra prueba, viviendo en los suburbios mientras él trabajaba en «Cinco», volviendo casi cada noche a Sydenham. Esto había resuelto la cuestión de las ausencias, pero las relaciones matrimoniales se habían agriado. Julia quería más de lo que podía ofrecerle el salario de él, por haber ingresado tardíamente en «Cinco».

Ella había aceptado un trabajo de recepcionista en una casa de modas del West End, cuando Tommy, que a la sazón tenía ocho años, había ingresado, a instancias de ella, en un colegio de pago local, próximo a su pequeña casa. Esto había empeorado aún más su economía. Un año más tarde, Julia se había separado definitivamente de su marido, llevándose a Tommy. Él sabía que ahora vivía con su jefe, lo bastante viejo como para ser su padre, pero capaz de ofrecerle una vida de lujo y de pagar el internado de Tommy en un colegio preparatorio de Tonbridge. Ahora, Preston veía raras veces a su hijo de doce años.

Había propuesto el divorcio a su esposa, pero ésta lo rechazó. Después de tres años de separación, él habría podido conseguirlo de todas maneras, pero ella le había amenazado con reclamar la patria potestad de Tommy si no podía mantener al muchacho y pasarle a ella una pensión. Estaba atrapado y lo sabía. Ella le permitía tener a Tommy una semana en los períodos de vacaciones y un domingo en cada curso.

—Bueno, tengo que marcharme, Bertie. Ya sabes dónde estoy, si ocurre algo importante.

—Claro, claro —replicó Bertie Capstick, acompañándole hasta la puerta—. Cuídate mucho, Johnny. Ya quedan pocos buenos chicos como nosotros.

Se despidieron alegremente, y Preston volvió a Gordon Street.

Louis Zablonsky reconoció a los hombres que llegaron en una camioneta y llamaron a su puerta a hora avanzada de la noche de aquel sábado. Estaba solo en la casa, como era costumbre los sábados; Beryl había salido y no volvería hasta la madrugada. Presumió que ellos lo sabían.

Estaba viendo la última película en la televisión cuando sonó la llamada, y no le dio importancia. Fue a abrir la puerta, y ellos entraron en el recibidor cerrándola a sus espaldas. Eran tres. A diferencia de los cuatro que habían visitado a Raoul Levy dos días antes —incidente del que nada sabía, pues no leía los periódicos belgas—, éstos eran matones del East End londinense, «gorilas» en la jerga de los bajos fondos.

Dos de ellos eran brutos, delincuentes vulgares, capaces de cualquier cosa por obedecer las órdenes del tercero. Éste era delgado, picado de viruelas, de aspecto ruin y sucios cabellos rubios. Zablonsky no les conocía personalmente; pero los «reconoció»; los había visto, de uniforme, en los campos de concentración. Esto debilitó su voluntad de resistir. Comprendió que sería inútil. Los hombres de aquella clase siempre hacían lo que querían con la gente como él. Ni las súplicas ni la resistencia servirían de nada.

Le empujaron hacia el cuarto de estar y lo arrojaron sobre su propio sillón. Uno de los hombrones se colocó detrás de aquél, se inclinó hacia delante y sujetó a Zablonsky. El otro se quedó a un lado, acariciándose un puño con la palma de la otra mano. El rubio arrastró un taburete, lo dejó ante el sillón, se sentó a horcajadas en él y miró fijamente la cara del joyero.

—Pégale —dijo.

El gorila que estaba a la derecha de Zablonsky descargó un fuerte puñetazo en la boca de éste. Llevaba nudillos de metal. La boca del joyero se convirtió en una masa amorfa de dientes, labios, sangre y encías. El rubio sonrió.

—Ahí no —le reprendió amablemente—. Suponemos que va a hablar, ¿no es cierto? Más abajo.

El bruto largó otros dos puñetazos, esta vez al pecho de Zablonsky. Crujieron varias costillas. Un aullido estridente brotó de la boca del joyero. El rubio sonrió. Le gustaba aquel ruido.

Zablonsky se agitó débilmente, pero habría podido evitarse este trabajo. Los musculosos brazos le sujetaban con fuerza desde detrás del sillón, como le habían sujetado aquellos otros brazos sobre la mesa de piedra en el sur de Polonia tantos años atrás, mientras el hombre rubio seguía sonriendo.

—Has sido muy malo, Louis —murmuró el rubio—. Has hecho enfadar a un amigo mío. Sabe que tienes algo que le pertenece y quiere que se lo devuelvas.

Dijo al joyero lo que era. Zablonsky se tragó parte de la sangre que tenía en la boca.

—No está aquí —gimió.

El rubio reflexionó.

—Registrad la casa —dijo a sus compañeros—. No pondrá dificultades. Revolvedlo todo.

Los dos gorilas registraron la casa, dejando al rubio con el joyero en el cuarto de estar. Trabajaron minuciosamente durante una hora. Cuando hubieron terminado, no quedó por registrar ni un armario, una alacena, un cajón, una cesta o un escondrijo. El rubio se contentó con dar unos golpecitos en las costillas rotas del viejo. Poco después de medianoche, los gorilas volvieron del ático.

—Nada —dijo uno de ellos.

—Bueno, ¿quién lo tiene, Louis? —preguntó el rubio.

Él no quiso decírselo, con que le golpearon una y otra vez hasta que lo hizo. Cuando el que estaba detrás del sillón le soltó, cayó hacia delante sobre la alfombra y rodó sobre un costado. Su piel se estaba amoratando alrededor de los labios, los ojos estaban fijos y su respiración era breve y jadeante. Los tres hombres le miraron.

—Sufre un ataque al corazón —comentó curiosamente uno de ellos—. La está palmando.

—Le has pegado demasiado fuerte, ¿no? —dijo sarcásticamente el rubio—. Vámonos. Ya sabemos el nombre.

—¿Crees que ha dicho la verdad? —preguntó uno de los brutos.

—Sí; hace una hora tampoco nos mintió —respondió el rubio.

Los tres salieron de la casa, montaron en la camioneta y se alejaron. En la carretera, al sur de Golders Green, uno de los gorilas preguntó al rubio:

—¿Qué vamos a hacer ahora?

—Cállate; estoy pensando —replicó el rubio.

Al pequeño sádico le gustaba considerarse un jefe de criminales. En realidad, era muy poco inteligente y se hallaba perplejo. De una parte, sólo le había encargado visitar a un hombre y recuperar unos bienes robados. De otra parte, no los había recuperado. Cerca de Regent's Park, vio una cabina telefónica.

—Párate aquí —dijo—. Tengo que llamar por teléfono.

El hombre que le contrató le había dado un número de teléfono, otra cabina telefónica y tres horas exactas en las que podía llamarle. Para la primera faltaban sólo unos minutos.

Beryl Zablonsky volvió de su velada sabatina poco antes de las dos de la madrugada. Aparcó su «Metro» al otro lado de la calle y entró en la casa, sorprendida al ver que las luces estaban todavía encendidas.

La esposa de Louis Zablonsky era una bonita judía de clase trabajadora, la cual había aprendido muy pronto que era estúpido y egoísta esperarlo todo de la vida. Hacía diez años, cuando tenía veinticinco, Zablonsky la sacó de la segunda fila de coristas de una mala comedia musical y le pidió que se casara con él. Le explicó lo referente a su impotencia, pero ella lo aceptó, a pesar de todo.

Aunque parezca extraño, resultó bien el matrimonio. Él se mostró sumamente amable y trató a su esposa como un padre demasiado indulgente. La mujer le mimaba casi como una hija. Él le había dado todo lo que había podido: una bonita casa, vestidos, chucherías, dinero para sus gastos y tranquilidad, y ella le estaba agradecida.

Naturalmente, había una cosa que él no podía darle, pero era comprensivo y tolerante. Lo único que pedía era no saber quiénes eran los otros, ni que ella le presentase a uno de ellos. A sus treinta y cinco años, Beryl estaba algo ajamonada, llamaba un poco la atención, tenía la sensualidad y el atractivo que seduce a los hombres más jóvenes y correspondía de buen grado a estos sentimientos. Tenía un pequeño estudio en el East End para sus citas, donde disfrutaba desvergonzadamente de sus veladas del sábado.

Dos minutos después de entrar en la casa, Beryl Zablonsky lloraba y pedía una ambulancia por teléfono. Seis minutos más tarde llegaron los sanitarios, pusieron al moribundo en una camilla y se esforzaron en conservarle la vida hasta llegar al Hampstead Free. Beryl fue con él en la ambulancia.

Durante el trayecto, él tuvo un breve período de lucidez y dijo a su esposa que acercase la cabeza a su sangrante boca. Ella, aguzando el oído, captó sus pocas palabras y frunció el ceño, confusa. Fue todo lo que dijo él. Cuando llegaron a Hampstead, Louis Zablonsky fue un caso más de los que aquella noche «ingresaron cadáveres» en el hospital.

Beryl Zablonsky sentía aún cierta debilidad por Jim Rawlings. Había tenido unos breves amoríos con él hacía siete años, antes del matrimonio de Jim. Sabía que este matrimonio se había roto y que él vivía de nuevo solo en el apartamento de aquel piso alto de Wandsworth cuyo número de teléfono recordaba de memoria por haberlo marcado tantas veces.

Cuando le telefoneó, todavía estaba llorando y, al principio, Rawlings, adormilado como estaba, no reconoció su voz. Le llamaba desde una cabina pública del departamento de urgencias, y el aparato no cesaba de hacer ruido mientras ella echaba más monedas. Cuando, al fin, supo quién era, Rawlings escuchó el mensaje con creciente interés.

—¿Es todo lo que dijo...? ¿Sólo eso? Está bien, amor, cree que lo siento, lo siento de veras. Te veré cuando se apague todo ese follón. Piensa si puedo hacer algo por ti. Y... muchas gracias, Beryl.

Rawlings colgó el teléfono, pensó un momento e hizo dos llamadas seguidas. Ronnie, el chatarrero, fue el primero en llegar; Syd se presentó diez minutos más tarde. Ambos, de acuerdo con las instrucciones recibidas, venían preparados. Llegaron justo a tiempo. Porque el grupo visitante subió los ocho tramos de escalera quince minutos más tarde.

Al rubio no le gustaba aceptar el segundo contrato, pero el dinero adicional que le había prometido la voz por teléfono era demasiado como para ser rechazado. Él y sus compinches eran del East End y aborrecían pasar al sur del río. La inquina entre las bandas del East End y la chusma del sur de Londres es legendaria en los bajos fondos de la capital, y que uno del Sur «suba al Este» sin ser invitado, o viceversa, es garantía casi segura de una fuerte trifulca. Sin embargo, el rubio pensó que, a las tres y media de la mañana, todo estaría bastante tranquilo, podría realizar su trabajo y volver a sus «lares» sin ser descubierto.

Cuando Jim Rawlings abrió la puerta, una vigorosa mano le empujó por el pasillo hacia el cuarto de estar. Los dos gorilas entraron los primeros, con el rubio en retaguardia. Rawlings retrocedió rápidamente para dejarles entrar. Cuando el rubio cerró la puerta a su espalda, Ronnie salió de la cocina y derribó al primer gorila de un golpe con el mango de un hacha. Syd salió del armario de los abrigos a toda prisa y estrelló una barra de hierro contra el cráneo del segundo hombre. Ambos se derrumbaron como bueyes en el matadero.

El rubio iba a descorrer el pestillo de la puerta, tratando de refugiarse en el rellano, cuando Rawlings, pasando por encima de los cuerpos de los caídos, le agarró por el cogote e hizo que se diese de narices contra el cristal de un cuadro de la Virgen; nunca estuvo el hombrecillo más cerca de la religión organizada. El cristal se rompió, y varios añicos se clavaron en las mejillas del rubio.

Ronnie y Syd ataron a los dos gorilas, mientras Rawlings llevaba al rubio al cuarto de estar. Minutos más tarde, el rubio, al que sujetaba Ronnie por los pies y Syd por la cintura, sobresalía varios centímetros de la ventana, a una altura de ocho pisos sobre la calle.

—¿Ves ese aparcamiento, ahí abajo? —le preguntó Rawlings.

A pesar de la oscuridad de la noche invernal, el hombre pudo distinguir el brillo de los faroles sobre la hilera de coches. Asintió con la cabeza.

—Bueno, dentro de veinte minutos, ese aparcamiento estará lleno de gente en torno a un plástico. ¿Adivinas quién estará debajo de él, hecho papilla?

El rubio, consciente de que sus esperanzas de vida podían medirse por segundos, gritó:

—Está bien, escupiré.

Le entraron y lo hicieron sentar. Trató de congraciarse.

—Mire usted, señor, todos somos gatos viejos. A mí sólo me contrataron para hacer un trabajo, ¿sabe? Recuperar algo que había sido birlado...

—De aquel viejo de Golders Green —insinuó Rawlings.

—Sí; bueno, él dijo que usted lo tenía; por eso vinimos aquí.

—Era amigo mío. Y está muerto.

—Bueno, lo siento, señor. Yo no sabía que estuviese delicado del corazón. Los chicos sólo le dieron unos golpecitos.

—¡Vete a la mierda! Tenía la boca destrozada y todas las costillas rotas. Y ahora, dime: ¿A qué has venido?

El rubio se lo dijo.

—¿Qué...? —preguntó Rawlings, con incredulidad.

El rubio se lo repitió.

—No sé nada más, señor. Sólo me pagaron para recuperarla. O para descubrir adónde había ido a parar.

—Bueno —dijo Rawlings—. Tentado estoy de arrojaros a ti y a tus amigos al Támesis, con unos calzoncillos de cemento, antes de que salga el sol. Pero no lo considero necesario. Por consiguiente, os dejaré marchar. Dile a tu patrón que estaba vacía. Completamente vacía. Y que la quemé..., reduciéndola a cenizas. No queda nada de ella. Supongo que no pensarás que iba a quedarme con algo que pudiese comprometerme después de un trabajo. No soy tan imbécil. Ahora, ¡largaos!

Desde la puerta, Rawlings llamó a Ronnie.

—Acompañadlos hasta la otra orilla del río. Y hacedle un regalo a esa rata de mi parte, en memoria del viejo. ¿De acuerdo?

Ronnie asintió con la cabeza. Minutos más tarde, en el aparcamiento, el más grave de los hombres del East End fue metido en la parte trasera de su camioneta, todavía atado. El que estaba medio consciente fue empujado ante el volante, con las manos desatadas y la orden de conducir. El rubio fue arrojado sobre el asiento junto al chófer, con los brazos fracturados sobre el regazo. Ronnie y Syd les siguieron hasta el puente de Waterloo. Después dieron media vuelta y se fueron a casa.

Jim Rawlings estaba perplejo. Se preparó una taza de café y reflexionó.

Ciertamente, se había propuesto quemar la cartera entre los cascotes. Pero estaba tan bien trabajada a mano, y el cuero pulido brillaba tanto a la luz de las llamas... La había examinado, buscando alguna señal por la que pudiese ser identificada. No había ninguna. Y, contra su mejor juicio y los consejos de Zablonsky, había resuelto quedarse con ella.

Se dirigió a un alto aparador y la bajó de él. Esta vez la examinó como un buen ladrón profesional. Tardó diez minutos en encontrar, en el lado de la cartera correspondiente al gozne de la tapa, un botón que se deslizaba hacia un lado al ser empujado con fuerza con la yema del pulgar. Sonó un chasquido en el interior. Cuando volvió a abrirla, el fondo se había levantado unos diez milímetros en uno de los lados. Con un cortapapeles, acabó de levantarlo y vio un compartimiento plano entre el fondo falso y el real. Con unas pinzas, extrajo diez hojas de papel que había allí.

Rawlings no era experto en documentos oficiales, pero pudo ver el sello del Ministerio de Defensa y las palabras *TOP SECRET*, que son comprensibles en todos los idiomas del mundo. Se sentó y silbó en voz baja.

Rawlings era un pícaro y un ladrón, pero, como una buena parte del hampa londinense, no quería que nadie «se cagase» en su país. Es cosa sabida que los presos convictos de alta traición y los corruptores de menores tienen que estar aislados en la cárcel, porque, si les dejaran a solas con los profesionales, lo más probable es que saliesen mal parados.

Rawlings sabía de quién era el apartamento que había forzado, pero el robo no había sido denunciado y sospechaba —por razones que sólo podía imaginar— que nunca lo sería. Por consiguiente, esto no debía preocuparle. Por otra parte, ahora que Zablonsky había muerto, lo más probable era que los diamantes hubiesen desaparecido para siempre y, con ellos, la parte que a él le correspondía. Empezó a odiar al dueño de aquel apartamento.

Había tocado los papeles sin guantes y sabía que sus huellas dactilares estaban en los archivos de la Policía. No se atrevía a identificarse y, por consiguiente, tuvo que limpiar los papeles con un paño, borrando al mismo tiempo las huellas del traidor.

Aquel domingo por la tarde echó un sobre corriente de color castaño, bien cerrado y con un exceso de franqueo, en un buzón de Elephant and Castle. No recogían hasta el lunes por la mañana, y el paquete no llegaría a su destino hasta el martes.

Aquel día, 20 de enero, el general de brigada Bertie Capstick llamó por teléfono a John Preston en «Gordon». La afectada afabilidad de su voz había desaparecido.

—Johnny, ¿recuerdas lo que hablamos el otro día? Que si ocurría algo... Pues bien, ya ha ocurrido. Y no se trata de los fondos de Navidad. Es algo gordo, Johnny. Alguien me ha enviado algo por correo. No es una bomba, aunque podría ser algo peor. Parece que tenemos una filtración aquí, Johnny. Y tiene que ser en las alturas. Esto significa que bajo la jurisdicción de tu Departamento. Creo que deberías bajar y echar un vistazo.

Aquella misma mañana, en ausencia del dueño, pero previo acuerdo y valiéndose de llaves que les habían sido facilitadas, dos trabajadores entraron en el apartamento del octavo piso de Fontenoy House. Durante el día arrancaron de la pared la destrozada caja fuerte «Hamber» y la sustituyeron por otra de idéntico modelo. Al anochecer, la pared volvía a estar igual que antes. Entonces se marcharon.

Capítulo V

Hasta el lunes 19 de enero, cuando los chicos volvieron al colegio y Erita salió de compras, no se sintió Harold Philby en condiciones de redactar el texto definitivo de su segundo memorándum al secretario general del PCUS. No le habían acusado recibo de su primer informe ni tenía la menor idea de la impresión que había causado. Si quería que el líder soviético aceptase su opinión, esto dependería, sin duda, de las importantes revelaciones obtenidas en el segundo documento.

De: H.A.R. Philby
A: Secretario General del PCUS

Concluyo mi respuesta en dos partes a su requerimiento de vísperas de Año Nuevo: El 7 de mayo de 1981, millones de londinenses acudieron a las urnas para elegir el nuevo Gran Consejo de Londres. El GCL era regido entonces por los conservadores bajo la jefatura de Sir Horace Cutler. El grupo laborista buscaba la elección bajo el liderazgo de Mr. Andrew McIntosh, político muy popular del ala centrista y defensor de los valores tradicionales del laborismo. Se cerraron las urnas y, después del recuento de votos, resultó que los laboristas habían ganado. McIntosh fue el nuevo líder del GCL.

Al cabo de dieciséis horas —no días, ni semanas, ni meses, sino sólo dieciséis horas—, Andrew McIntosh fue destituido de la jefatura labo-

rista, y sustituido por un activista de la izquierda dura llamado Ken Livingstone, de quien sólo habían oído hablar el cinco por ciento de los londinenses. Fue un golpe realmente brillante, del que se habría enorgullecido el propio Lenin. Se había tardado no horas, sino semanas y meses, para forjar la alianza de los delegados izquierdistas duros de los distritos que formaron la ínfima mayoría que derribó a McIntosh, y el mérito principal de ello debe atribuirse al propio Livingstone.

Aunque es un hombrecillo de voz nasal y aspecto vulgar, de esos que se olvidan fácilmente, Livingstone ha demostrado ser un político consumado según la técnica de la izquierda dura. Trabajador incansable desde su adolescencia, contentándose con vivir —al menos hasta su aparición como líder del GCL— en un piso diminuto de una sola habitación, y al margen, según parece, de toda vida social, de ocio o de familia, vive, come y respira política durante las veinticuatro horas del día. Por muy oscura que sea una reunión, por muy ridícula que sea una causa, por muy poca importancia que tenga aparentemente un comité, él no deja de asistir para prodigar sus bendiciones y dirigir unas palabras, siempre que haya posibilidad de establecer un nuevo contacto, de hacer un nuevo favor o de influir en un delegado para conseguir un voto que más adelante puede resultar útil.

Como resultado de ello, y empleando como trampolín su base en el Consejo, consiguió construir en cinco años una máquina política personal de la izquierda dura que ahora actúa en todo el país, extendiendo sus tentáculos mucho más allá de los confines de Londres. Ahora miembro del Parlamento —lo intentó en 1983 y fracasó, pero ganó el escaño para los laboristas tres años más tarde—, es, desde nuestro punto de vista, un hombre al que hay que tener en cuenta. Brillante director de comité, puede muy bien convertirse en la eminencia gris del movimiento de la izquierda dura para dominar la política británica.

Refiero todo esto porque el coup d'État *de Livingstone es el modelo en que habrá de fundarse la asunción definitiva de la jefatura del Partido Laborista, no antes de su triunfo electoral, sino unos pocos días después. Y la palabra* coup d'État *no es una exageración. El gran Londres tiene más de once millones de habitantes, el veinte por ciento de la población de Gran Bretaña; es tan extenso como Liechtenstein o Luxemburgo (es decir, como un mini-Estado) y tiene un presupuesto mayor que el de ochenta de las ciento cincuenta naciones representadas en la ONU.*

Pasemos a un punto concreto. Dentro del corazón de la izquierda dura del Partido Laborista británico y del movimiento de las Trade Unions existe un grupo de veinte personas que puede decirse que representa el ala ultra.

No puede ser llamado comité, porque sus miembros raras veces se reúnen en un lugar, aunque mantienen contacto continuo. Cada cual ha pasado su vida abriéndose paso lentamente en el aparato interior del partido; cada cual tiene en la punta de los dedos una capacidad de manipulación que excede en mucho a la normal de su cargo o posición aparentes. Y todos son «verdaderos fieles» del marxismo-leninismo.

Son veinte en total, diecinueve hombres y una mujer. Nueve son sin-

dicalistas; seis (incluida la mujer), miembros laboristas del Parlamento; dos, académicos, y hay, además, un noble, un abogado y un editor. Éstos son los que prepararán y desencadenarán el ataque.

Antes de revelar lo que se pretende, debo hacer una última digresión para explicar cómo es elegido el líder del Partido Laborista y cómo puede ser derribado gracias a las normas recientemente aprobadas. Desde la iniciación del Colegio Electoral en 1980 hasta el año pasado, las nominaciones para el puesto de líder del partido, después de una elección, se cerraban treinta días después de prestar juramento los miembros del Parlamento. Seguían tres meses, durante los cuales los candidatos rivales podían defender sus aspiraciones antes de la reunión del Colegio Electoral. En el caso de una victoria laborista, sería imposible, por este procedimiento, trabajar en favor de cualquier candidato que tratase de derribar al recién elegido y triunfante líder.

Pero en 1986 se propuso y fue aprobada por un pelo una pequeña «reforma». Con estas nuevas normas, se presume que el triunfante Primer Ministro laborista será confirmado rápida y eficazmente en su liderazgo por estos medios: en cualquier época del año en que se celebre una elección, y en el caso de victoria laborista, las nominaciones para la jefatura del partido tienen que «presentarse» dentro de tres días a partir de la declaración de resultados. Entonces debe celebrarse una reunión extraordinaria del Colegio Electoral en el plazo de siete días después de aquella declaración.

Después de la reunión del Colegio Electoral y de la «elección» del líder del Partido Laborista, ésta no puede discutirse durante dos años, sin contar el corriente. A los que vacilaron en apoyar la reforma se les indicó que el procedimiento era sólo una formalidad; el líder triunfante del partido, en espera de ser llamado a Buckingham Palace para ser encargado por la reina de la formación del nuevo Gobierno, sería así masivamente reforzado por una reelección sin oposición. Los que vacilaban podían estar seguros de que no habría nadie tan temerario como para hacerle la contra al vencedor.

En realidad se intentaba lo contrario. Inmediatamente después de la victoria laborista en las urnas, antes de que el líder triunfante fuese llamado a Palacio, sería *nominado un candidato alternativo para la reunión extraordinaria del Colegio Electoral. Éste sería seleccionado entre la izquierda dura para convertirse en el primer jefe de Gobierno marxista-leninista de Gran Bretaña.*

El escándalo sacudiría a todo el partido y a todo el país, pero sólo un bando estaría plenamente preparado para enfrentarse con la situación. El líder triunfante del partido tendría que disputar la elección amparándose en los elementos centristas y moderados en abrumada confusión. La izquierda dura se valdría de todos los recursos para asegurar la elección del nuevo candidato al puesto, y ganaría.

Primero, las Trade Unions. Algunos sindicatos, antes de depositar su voto en el Colegio Electoral, están obligados a consultar a sus miembros mediante votación por correo; otros, en reuniones del ramo; otros, en una conferencia nacional de delegados. Pero nada de esto puede hacerse en cuatro días. Los comités ejecutivos nacionales ten-

drían que votar en nombre de todos sus miembros sin consultarles, y, como he apuntado antes, estos comités son, en su mayoría, de izquierda dura.

Segundo, los distritos. Aquí se calcula que la mitad votaría a favor del nuevo candidato; esta campaña en la raíz sería ayudada por la publicación de una carta falsa, aparentemente dirigida por el líder del partido al agente nacional, indicando su deseo de volver muy pronto al antiguo método de elección del líder por sólo el partido parlamentario, evitando así la participación de los distritos en la elección.

Por último, el partido parlamentario. Con el ingreso de nuevos miembros del Parlamento, muchos de ellos de la izquierda dura, y todos conscientes de que debían sus cargos a los comités de dirección de sus distritos electorales, se calcula que la mitad votaría por el nuevo líder, ya que no tendría compromiso alguno con el antiguo. Y su preponderancia en las Trade Unions inclinaría la balanza en favor del nuevo líder.

Hasta hace poco había una duda importante en el plan. ¿Cuál sería la reacción del Trono? Después de un profundo estudio, la respuesta, que me parece acertada, es: ninguna. Por dos razones. Primera: los precedentes. Cuando, en abril de 1976, Harold Wilson dimitió de su cargo de Primer Ministro, la reina tuvo que esperar dos semanas hasta conocer la identidad de su nuevo jefe de Gobierno y poder invitarle a Buckingham Palace para la ceremonia ritual del besamanos. En este caso, la espera sería de diez días. Segundo: la Constitución. Dado que el Trono no formuló objeciones, como custodio de la Constitución británica —no escrita—, a las diversas reformas de la Constitución del Partido Laborista cuando se realizaron, sus asesores tendrían que señalarle que formularlas ahora, cuando dicha Constitución tenía que operar, sería un caso de desviación flagrante. Hasta el punto de que podría provocar una crisis constitucional dentro del Reino.

Así, el nuevo líder del partido y Primer Ministro —apoyado por un CEN dominado por la izquierda dura—, tendría carta blanca para reformar totalmente su Gabinete a su propia imagen y empezar a trabajar sobre el proyectado programa legislativo que se consigna más adelante. Dicho en pocas palabras: el pueblo habría votado un Gobierno aparentemente de izquierda blanda tradicionalista o, como máximo, reformista; pero se implantaría un régimen total de izquierda dura, sin *la enojosa necesidad de una elección intermedia.*

En cuanto al programa legislativo al que he hecho referencia, constituye en este momento un plan de veinte medidas deseables que, por evidentes razones, no se han puesto todavía por escrito. Algunas de estas medidas figuran ya claramente en el manifiesto del Partido Laborista; otras están también en él, pero en forma disimulada; otras fueron propuestas seriamente en pasadas conferencias del Partido Laborista, pero no aprobadas, aunque los votos se han acercado cada vez más a los necesarios para la aprobación formal en el curso de los últimos diez años. Todas las otras medidas fueron propuestas en diversas ocasiones, durante los últimos veinte años, dentro del ala de izquierda dura del Partido Laborista.

El plan de veinte puntos es conocido como Manifiesto para la Revolución Británica, o MRB para abreviar. Consigno a continuación las veinte proposiciones, con notas explicativas cuando es necesario aclarar lo que se pretende. Observará usted que las quince primeras se refieren a cuestiones británicas internas y poco aplicables directamente a la política soviética, salvo en cuanto pondrían a Gran Bretaña al borde de la extinción económica y del caos social. Pero las cinco últimas afectan mucho a la Unión Soviética y le reportarían incalculables beneficios. He aquí los puntos del MRB:

1. *Abolición de todo el sector privado de la Medicina. Todos los hospitales y clínicas particulares, con su personal, instalaciones y equipo, pasarán al Estado, con indemnización cuando se considere justo.*
2. *Abolición de todo el sector privado de la educación. Todos los colegios y escuelas, con sus edificios, terrenos, equipo e instalaciones, serán absorbidos por el sector estatal, también con indemnización cuando se considere justo.*
3. *Nacionalización de los cuatro importantes Bancos de emisión y de los veinte grandes Bancos mercantiles, y aprobación de una legislación que permita extender la nacionalización a otros Bancos si crecen demasiado. Prohibición de transferencia de fondos y depósitos de los Bancos públicos a los del sector privado.*
4. *Nacionalización de las 500 compañías industriales y comerciales más importantes del actual sector privado. La indemnización se fijará sobre el valor en existencias tres meses después de la nacionalización, y será pagadera en bonos del Tesoro amortizables a diez años.*
5. *Abolición inmediata de la Cámara de los Lores y de su poder de veto legislativo. Esto consta ya desde hace algunos años en el manifiesto del Partido Laborista, incluida la frase «y su poder de veto legislativo». Afortunadamente, la inmensa mayoría del pueblo británico no ha advertido la intención contenida en esta frase. En realidad, la Cámara de los Lores sólo tiene poder para demorar la aprobación de una ley pidiendo a la Cámara de los Comunes que la enmiende o reconsidere. Sólo en un caso conserva una verdadera facultad de veto. Según la Sección 2 del Acta del Parlamento de 1911, los Lores perdieron su poder de veto salvo en el caso de que la Cámara de los Comunes prolongase su vida por decisión unilateral. Por consiguiente, la abolición de este poder es vital para nuestros amigos británicos. Salta a la vista que la revolución británica no puede ser detenida o rechazada por voluntad del electorado. No tendría que haber más elecciones generales, y esta situación podría garantizarse fácilmente con la aprobación de una ley de poderes de emergencia perpetuando la Cámara de los Comunes.*
6. *Institución de un Comité Nacional de Orientación Editorial. El Comité tendría su sede en la capital de la nación, con represen-*

taciones en todas las oficinas editoriales de periódicos, revistas, etc., del país. Cada uno de estos comités delegados estaría compuesto por un miembro del personal de redacción, un representante del sindicato de imprenta y una persona local nombrada por la Oficina Central. Las decisiones sobre las cuestiones a publicar se tomarían por mayoría simple entre los tres. El director asistiría como observador.

7. *Institución de un nuevo Consejo Nacional de Radiodifusión, en sustitución de la Junta de Gobierno de la BBC, el BBC Charter y la Autoridad Independiente de Radiodifusión. Tendría facultades de orientación sobre toda la programación y todos los nombramientos de personal en todos los medios audiovisuales.*
8. *Institución de un Consejo Nacional para la Reforma de los Tribunales de Justicia, aparentemente para corregir las enojosas dilaciones en el procedimiento judicial, aunque en realidad, para destituir a los jueces poco enérgicos, nombrarles sustitutos, vetar o aprobar todos los nombramientos dentro de la judicatura, abreviar o abolir muchos procedimientos de apelación y ampliar las vistas a puerta cerrada para los delitos contra el orden público o el comportamiento antisocial.*
9. *Institución de un Consejo Nacional de Orientación de la Educación, con facultad para aprobar o vetar todos los nombramientos de catedráticos, profesores y profesores auxiliares, y revisar los programas docentes de la nación, para asegurar la adopción de sistemas más avanzados socialmente en los colegios y las Universidades.*
10. *Aprobación de la Ley de las Trade Unions (ampliación a las Fuerzas Armadas y a la Policía), declarando la obligatoriedad de inscripción en el sindicato adecuado de todos los miembros de las Fuerzas Armadas y de la Policía, y la introducción en ellas de organizadores y educadores sindicales civiles. Naturalmente, en esta situación cerrada, la expulsión del sindicato significaría el apartamiento del Cuerpo.*
11. *Aprobación de la Ley de Jefaturas de Policía. Esta ley sometería a todas las fuerzas de Policía a la Jefatura local, designada entre elementos progresistas de la Administración local y del movimiento de las Trade Unions, con facultades para nombrar todos los cargos, desde el de comisario, hasta el de sargento, y con voz preponderante para fijar la estrategia y la táctica policiales en la comunidad local.*
12. *Aprobación de la Ley de Orden Público (Seguridad de la Comunidad), cuyo principal objeto sería la creación de milicias de trabajadores en sustitución de la guardia civil especial. Las milicias ayudarían a la Policía local a mantener el orden público y, principalmente, a amparar las manifestaciones pacíficas y ordenadas en pro del Gobierno e impedir sus interrupciones por parte de elementos antisociales que quisieran expresar su desagrado.*
13. *La Ley de Control de Cambios (Restauración). Esto habla por*

sí solo. Sería absolutamente necesario prohibir toda *salida de dinero y de valores del país.*

14. Aprobación de la Ley de Responsabilidad de la Riqueza Privada, que exigirá el registro de todas las tierras, cuadros, joyas, artefactos, obligaciones, acciones, depósitos, vehículos, pensiones, casas, etc., previo a su tributación o, en defecto de ello, a su nacionalización.

15. Aprobación de la Ley de Control de Inversiones, que exigirá el registro de todos los fondos corporativos, como los de las compañías de seguros, rentas vitalicias, etc., para que se puedan dirigir las futuras inversiones hacia proyectos que gocen del beneplácito del Estado, por consejo (obligatorio) de expertos nombrados por el Gobierno.

16. Salida inmediata de la Comunidad Económica Europea, con independencia de toda obligación nacida de los tratados.

17. Reducción urgente de todas las Fuerzas Armadas convencionales de Gran Bretaña a un quinto de su volumen actual.

18. Inmediata prohibición y destrucción de todas las armas nucleares británicas y desmantelamiento de los dos Establecimientos de Investigación de Armas Avanzadas, de Harwell y Aldermaston.

19. Expulsión inmediata de Gran Bretaña de todas las fuerzas de los Estados Unidos, nucleares y convencionales, junto con todo su personal y material.

20. Inmediata retirada, y rechazo, de la Organización del Tratado del Atlántico Norte.

Considero innecesario subrayar, camarada Secretario General, que las cinco últimas proposiciones destruirían la defensa de la Alianza Occidental más allá de toda esperanza de reparación durante la actual generación e incluso para siempre. Evidentemente, todo lo que he esbozado y descrito en mis dos memorándums depende, para su plena vigencia, de una victoria del Partido Laborista, y las próximas elecciones, previstas para la primavera de 1988, pueden ser muy bien la última oportunidad. Todo lo que dejo indicado más arriba es, en realidad, lo que quise decir con mi observación, durante la cena del general Kriuchkov, de que la estabilidad política de Gran Bretaña está siendo constantemente exagerada en Moscú, «sobre todo, en los tiempos actuales».

Sinceramente suyo,
HAROLD ADRIAN RUSSELL PHILBY

La respuesta del secretario general al segundo y último memorándum llegó con sorprendente y satisfactoria rapidez; apenas dos días después de haber puesto Philby el memorándum en manos del comandante Pavlov, el joven e inescrutable oficial, de fría mirada, del Noveno Directorio. El comandante trajo un sencillo sobre de papel manila, lo entregó a Philby y se marchó sin decir palabra

Era otra carta escrita de puño y letra del secretario general, breve y concisa como de costumbre.

En ella, el líder soviético daba las gracias a su amigo Philby por el esfuerzo realizado. Había podido comprobar que el contenido general de los dos memorándums era exacto. Como consecuencia de ello, consideraba que la victoria del Partido Laborista británico en las próximas elecciones generales era cuestión de absoluta prioridad para la URSS. Iba a constituir un pequeño y restringido comité asesor, exclusivamente responsable ante él mismo, para que le aconsejase sobre posibles medidas a tomar en el futuro. Suplicaba y exigía a Harold Philby que actuase como consejero de dicho comité.

Capítulo VI

Preston se sentó en el despacho del preocupado Bertie Capstick y examinó las diez hojas fotocopiadas esparcidas sobre la mesa, leyéndolas una a una con gran atención.

—¿Cuántas personas han tocado el sobre? —preguntó.

—Naturalmente, el cartero. Y sabe Dios cuánta gente de la oficina de clasificación de la correspondencia. Dentro de esta casa, el personal de recepción, el ordenanza que lleva el correo de la mañana a los despachos, y yo. No creo que puedas sacar gran cosa del sobre.

—¿Y los papeles contenidos en él?

—Sólo yo, Johnny. Desde luego, no supe lo que eran hasta que los saqué.

Preston pensó durante un rato.

—Aparte la persona que los echó al correo, supongo que deben de contener las huellas digitales de la que los sacó. Tendré que pedir a Scotland Yard que los examine en busca de tales huellas. Aunque personalmente no espero gran cosa de ello. Ahora, pasemos al contenido. Parece un material muy enjundioso.

—Mucho —replicó tristemente Capstick—. No hay nada que no sea *top secret*. Algunos informes son muy delicados, se refieren a nuestros aliados de la OTAN, a planes de urgencia de ésta para contrarrestar diversas amenazas soviéticas..., cosas por este estilo.

—Está bien —dijo Preston—, examinemos las posibilidades. Presta atención. Supongamos que esto ha sido enviado por un ciudadano consciente de su deber que, por alguna razón, no quería ser identificado. Es normal que la gente no quiera meterse en líos. ¿Dónde pudo encontrarlo esa persona? ¿En una cartera olvidada en un guardarropa, en un taxi o en un club?

Capstick sacudió la cabeza.

—No legalmente, Johnny. Este material no hubiese debido salir de la casa en ninguna circunstancia, salvo, posiblemente, para ser llevado en valija sellada al Foreign Office o al Consejo de Ministros. Pero no hay constancia de que haya sido manipulada ninguna correspondencia secreta. Además, no hay en los documentos ninguna indicación de destino fuera de la casa, como la habrían llevado de haber salido legalmente. Las personas que tinen acceso a esta clase de material conocen perfectamente las reglas. Nadie, absolutamente nadie, se lleva estas cosas a casa para estudiarlas. ¿Contesta esto tu pregunta?

—Bastante —replicó Preston—. Eso vino de fuera del Ministerio. Luego tuvo que ser sacado de él. Ilegalmente. ¿Por negligencia inexcusable o por un deliberado intento de filtración?

—Fíjate en las fechas de origen —dijo Capstick—. Estas diez hojas abarcan un período de un mes. Es imposible que llegasen a una sola mesa el mismo día. Tienen que haber sido recogidas durante un tiempo.

Preston, cubriéndose la mano con el pañuelo, volvió a meter los diez documentos en el sobre en que habían llegado.

—Tendré que llevarlos a Charles Street, Bertie. ¿Puedo usar tu teléfono?

Llamó a Charles Street y pidió que le pusieran con el despacho de Sir Bernard Hemmings. El director general estaba allí y, después de algunas dilaciones y de insistir Preston varias veces, se puso al aparato. Preston sólo le pidió una entrevista personal dentro de unos minutos, y le fue concedida. Colgó el aparato y se volvió a Capstick.

—De momento, Bertie, no hagas ni digas nada. A nadie. Pasa el día como si nada hubiese ocurrido —dijo Preston—. Te tendré al corriente.

No había que pensar en salir del Ministerio con aquellos documentos y sin escolta. Capstick le prestó uno de sus ordenanzas, un ex guardia sumamente corpulento.

Preston salió del Ministerio con los documentos en su cartera y tomó un taxi hasta Clarges Apartments. Esperó a que el vehículo desapareciese calle abajo; después caminó los últimos doscientos metros por Clarges Street, hasta Charles Street y su oficina principal, donde despidió a su escolta. Sir Bernard le recibió diez minutos más tarde.

El viejo cazador de espías había envejecido, como si sufriese dolores, cosa que con frecuencia era verdad. La enfermedad que le roía por dentro no se mostraba al observador, pero los reconocimientos médicos no dejaban lugar a dudas. «Un año», habían dicho los doctores; y no era operable. Tenía que jubilarse el primero de setiembre, lo cual —contando las últimas vacaciones— significaba que podría abandonar el servicio a mediados de julio, seis semanas antes de cumplir los sesenta años.

Probablemente lo habría dejado ya de no haber sido por las responsabilidades personales que gravitaban sobre él. Casado por segunda vez, su esposa le había traído una hijastra, a la que él —que no tenía hijos— adoraba. La chica estaba todavía en el colegio. Una jubilación prematura habría reducido en gran manera su pensión y, al morir él, su viuda y la muchacha habrían quedado en situación muy apurada. Para bien o para mal, quería aguantar hasta la fecha reglamentaria del retiro y dejar la pensión completa a su muerte. Después de toda una vida de trabajo, era virtualmente lo único que dejaría a su familia.

Preston le explicó breve y concisamente lo ocurrido aquella mañana en el Ministerio de Defensa, y la opinión de Capstick de que la salida de los documentos del Ministerio sólo podía deberse a un acto deliberado.

—¡Oh, Dios mío, volvemos a las andadas! —murmuró Sir Bernard. A pesar de los años transcurridos, el recuerdo de Vassall y Prime seguía vivo, lo mismo que la agria reacción de los norteamericanos cuando se hubieron enterado.

—Bueno, John, ¿cómo piensas empezar?

—Le he dicho a Bertie Capstick que no diga nada de momento —respondió Preston—. Si hay un verdadero traidor en el Ministerio, tenemos un segundo enigma. ¿Quién nos ha devuelto el material? ¿Un transeúnte, un ratero, una esposa con remordimientos de conciencia? No lo sabemos. Pero si pudiésemos encontrar a esta persona, podríamos descubrir dónde obtuvieron los documentos. Esto abreviaría mucho la investigación. El sobre no me infunde demasiada esperanza: papel castaño corriente, posibilidad de adquirirlo en muchos sitios, sellos normales, dirección en letra mayúscula de imprenta, escrita con bolígrafo, y paso por las manos de numerosas personas anónimas. Pero los papeles del interior pueden haber conservado alguna huella. Me gustaría que Scotland Yard los examinase todos... bajo supervisión, naturalmente. Después de esto, quizá sepamos cómo hemos de continuar.

—Bien pensado. Cuídate tú de esta parte del asunto —propuso Sir Bernard—. Yo tendré que decírselo a Tony Plumb y, probablemente, a Perry Jones. Procuraré concertar una reunión con los dos para la hora del almuerzo. Desde luego, dependerá de lo que piense Perry Jones, pero creo que el CCI tendrá que intervenir en esto. Sigue tú por tu lado, John, y manténte en contacto conmigo. Si el Yard descubre algo, tengo que saberlo.

Los de Scotland Yard se mostraron muy complacientes, poniendo uno de sus mejores hombres de laboratorio a disposición de Preston. Éste permaneció al lado del técnico civil mientras espolvoreaba cuidadosamente cada hoja de papel.

—¿Alguien se ha portado mal en Whitehall? —preguntó jocosamente el técnico.

Preston sacudió la cabeza.

—Un descuido y una estupidez —mintió Preston—. Ese material hubiese debido ser destruido, no arrojado a la papelera. El responsable recibirá unos buenos golpes en los nudillos, si podemos identificarle.

El técnico perdió todo interés. Cuando terminó su trabajo, meneó la cabeza.

—Nada —dijo—, limpio como una patena. Pero le diré una cosa. Las huellas han sido borradas. Naturalmente, hay una serie de ellas, probablemente las de usted.

Preston asintió con la cabeza. No había necesidad de revelar que aquellas huellas pertenecían al general de brigada Capstick.

—Ésa es la cuestión —comentó el técnico—. Este papel recibe perfectamente las huellas y las conserva durante semanas, quizá meses. Tendría que haber al menos otra serie; probablemente más. Por ejemplo, las del empleado que los tocó antes que usted. Pero no hay nada. Antes de arrojar los documentos a la papelera fueron limpiados con un trapo. He podido ver las fibras. Pero no hay huellas. Lo siento.

Preston no le mostró siquiera el sobre. Fuese quien fuese la persona que había limpiado los papeles, no iba a dejar sus huellas en el sobre. Además, éste habría desmentido la historia del oficinista negligente. Tomó los diez documentos secretos y se marchó. «Capstick tenía razón», pensó. Era una filtración, y grave. Eran las tres de la tarde; volvió a Charles Street y esperó a Sir Bernard.

Sir Bernard se dio prisa y almorzó con Sir Anthony Plumb, presidente del Comité Conjunto de Información (CCI), y con Sir Peregrine Jones, subsecretario permanente del Ministerio de Defensa. Se reunieron en un salón privado del club St. James. Los otros funcionarios civiles importantes estaban preocupados por la urgencia de la petición del director general de «Cinco» y pidieron, pensativamente, su almuerzo. Cuando el camarero se hubo alejado, Sir Bernard les dijo lo que había sucedido. Los dos hombres perdieron el apetito.

—Capstick tenía que haber hablado conmigo —dijo Sir Perry Jones, con cierta irritación—. Es muy desagradable que tenga que enterarme de esta manera.

—Creo —intervino Sir Bernard— que Preston le pidió que guardase silencio durante un tiempo, porque, si tenemos una persona que da información en las alturas del Ministerio, no debe saber que hemos recuperado los documentos.

Sir Peregrine gruñó, ligeramente apaciguado.

—¿Qué piensas tú, Perry? —preguntó Sir Anthony Plumb—. Si se tratase de una simple negligencia, ¿cómo habría salido el material del Ministerio en forma de fotocopias?

El primer funcionario civil del Ministerio de Defensa meneó la cabeza.

—El traidor no tiene que estar necesariamente en las alturas —dijo—. Todos los altos funcionarios tienen su propio personal. Hay que hacer copias, y a veces tres o cuatro hombres tienen que ver un documento original. Pero todas las copias que se hacen son numeradas y destruidas luego. Si se sacan tres copias, las tres se destruyen después de utilizadas. Lo malo es que el alto funcionario no puede perder tiempo destruyendo su material. Tiene que encargarlo a uno de sus subordinados. Éstos son de confianza, desde luego, pero ningún sistema es absolutamente perfecto.

»La cuestión es que estas copias, cuyas fechas abarcan todo un mes, fueron sacadas del Ministerio. Esto no puede ser accidental, ni siquiera un caso de negligencia. Tiene que ser deliberado. ¡Maldita sea...!

Dejó el cuchillo y el tenedor, sin haber tocado casi la comida.

—Lo siento, Tony, pero creo que es un mal asunto.

Sir Tony Plumb tenía una expresión grave.

—Supongo que tendré que crear un subcomité restringido del CCI —dijo—. En este caso, muy restringido. Sólo un representante de cada uno de los Ministerios del Interior, Asuntos Exteriores y Defensa, el secretario del Gabinete, los jefes de «Cinco» y «Seis» y alguien de la JCG. No puede ser más reducido.

Se convino en que convocaría una reunión del subcomité para la mañana siguiente y que Hemmings les informaría de si Preston había tenido suerte en Scotland Yard. Con esto se despidieron.

El CCI en pleno es un comité bastante numeroso. Aparte media docena de Ministerios y varias Agencias, las tres Fuerzas Armadas y los dos Servicios de Información, incluye representantes en Londres del Canadá, Australia, Nueva Zelanda y, desde luego, de la CIA norteamericana.

Las reuniones plenarias suelen ser raras y bastante formales. Los subcomités restringidos actúan con más frecuencia, porque sus componentes, que han de resolver problemas específicos, se conocen personalmente y pueden hacer más trabajo en menos tiempo.

El subcomité que Sir Anthony Plumb, como presidente del CCI y coordinador personal de Información del Primer Ministro, había convocado para la mañana del 21 de enero, recibió el nombre en clave de Paragon. Se reunió a las diez de la mañana en el Salón de Instrucción del Gabinete, conocido por COBRA, en el segundo sótano de Whitehall, sala de conferencias con aire acondicionado, a prueba de ruidos y que se «barre» diariamente en busca de micrófonos ocultos.

Técnicamente, la presidencia correspondía al secretario del Gabinete, Sir Martin Flannery, pero éste delegó en Sir Anthony. Sir Perry Jones representaba al Ministerio de Defensa; Sir Patrick (Paddy) Strickland, al Foreign Office, y Sir Hubert Villiers, al Ministerio del Interior, del que depende políticamente MI5.

La JCG, Jefatura de Comunicaciones del Gobierno, servicio de «escucha» del país con sede en Gloucestershire, tan importante en nuestra Era altamente tecnificada que es casi un Servicio Secreto por derecho propio, había enviado a su director general delegado, ya que el titular estaba de vacaciones.

Sir Bernard Hemmings vino de Charles Street, trayendo consigo a Brian Harcourt-Smith.

—Pensé que sería mejor que Brian estuviese presente —explicó Hemmings a Sir Anthony, y todos comprendieron que quería decir «en el caso de que yo no pueda asistir en el futuro».

El último hombre presente, sentado impasible en el extremo de la larga mesa frente a Sir Anthony Plumb, era Sir Nigel Irvine, jefe del Servicio Secreto de Información, o MI6.

Curiosamente, MI5 tiene un director general mientras que no lo tiene MI6. Cuenta con un jefe, conocido en todo el mundo de la información, y en Whitehall, simplemente como «C»,, sea cual fuere su nombre, y sin que tenga nada que ver con la palabra *Chief* (Jefe). El primer jefe del MI6 se llamaba Mansfield-Cummings, y la «C» es la inicial de la segunda mitad de este apellido. Ian Fleming, siempre caprichoso, adoptó la otra inicial, «M», para designar al jefe en sus novelas de James Bond.

En total había nueve hombres alrededor de la mesa, siete de ellos caballeros del Reino, entre los cuales tenían más poder e influencia que cualesquiera otros siete hombres en el país. Todos se conocían bien y se tuteaban. Podían tutear también a los directores generales delegados, pero éstos les daban el tratamiento de «señor». Era un valor entendido.

Sir Anthony Plumb abrió la sesión con una breve descripción del descubrimiento del día anterior, que provocó murmullos de consternación, y cedió la palabra a Bernard Hemmings. El jefe de «Cinco» añadió detalles, incluido el callejón sin salida de Scotland Yard. Después, Sir Perry Jones concluyó insistiendo en que las fotocopias no habían podido salir del Ministerio accidentalmente o por simple negligencia. Tenía que ser una acción deliberada y clandestina.

Cuando hubo terminado, se hizo el silencio en torno a la mesa. Tres únicas palabras pendían como un espectro sobre todos: valoración del daño. ¿Cuánto tiempo había durado esto? ¿Cuántos documentos habían salido? ¿Con qué destino? (Aunque esto parecía bastante evidente.) ¿Qué clase de documentos se habían sustraído? ¿Qué perjuicios se habían causado a Gran Bretaña y a la OTAN? ¿Y cómo diablos había que decirlo a nuestros aliados?

—¿A quién has encargado el caso? —preguntó Sir Martin Flannery a Hemmings.

—A un tal John Preston —respondió Hemmings—. Es de C.1(A). El general de brigada del Ministerio, Capstick, le llamó cuando llegó el paquete por correo.

—Podríamos..., bueno..., designar a alguien más... experimentado —sugirió Brian Harcourt-Smith.

Sir Bernard Hemmings frunció el ceño.

—John Preston es un veterano —explicó—. Lleva seis años con nosotros. Tengo absoluta confianza en él. Y hay otra razón. Hemos de presumir que se trata de una filtración deliberada.

Malhumorado, Sir Perry Jones asintió, con la cabeza.

—También podemos presumir —siguió diciendo Hemmings— que la persona responsable (la llamaré *Chummy*) está enterada de la pérdida de los documentos. Podemos esperar que *Chummy no* sepa que han sido anónimamente devueltos al Ministerio. Pero es probable que *Chummy* esté preocupado y al acecho. Si ponemos en movimiento todo un equipo de hurones, *Chummy* sabrá que el asunto ha terminado. Lo último que deseamos es que salga volando y represente un papel estelar en una conferencia internacional de Prensa a celebrar en Moscú. Sugiero que, de momento, mantengamos la mayor discreción y procuremos encontrar pronto una pista.

»Como C.1(A) de reciente nombramiento, es normal que Preston se dé una vuelta por los Ministerios y compruebe, de manera aparentemente rutinaria, los procedimientos. Es la mejor tapadera de que disponemos. Con un poco de suerte, *Chummy* no se dará cuenta de nada.

En su extremo de la mesa, Sir Nigel Irvine asintió con la cabeza.

—Me parece lógico —admitió.

—¿Alguna posibilidad de encontrar una pista por medio de una de tus fuentes de información, Nigel? —preguntó Anthony Plumb.

—Lanzaré alguna sonda —repondió Nigel, como sin darle importancia. Estaba pensando en Andreiev; tendría que concertar una reunión con él—. ¿Y qué hay de nuestros buenos aliados?

—Si hay que informarles, a todos o a algunos de ellos, probablemente te corresponderá hacerlo a ti —le recordó Plumb—. Por consiguiente, dinos lo que piensas.

Sir Nigel llevaba en su cargo siete años, y éste era el último. Hombre sutil, experimentado e impasible, era tenido en gran estima por los Servicios de Información aliados en Europa y América del Norte. Sin embargo, ser portador de *estas* malas noticias no iba a ser muy divertido. Una mala nota antes de abandonar el juego.

Estaba pensando en Alan Fox, el acerbo y, en ocasiones, sarcástico hombre de enlace de la CIA en Londres. Alan se despacharía a gusto. Se encogió de hombros y sonrió.

—Estoy de acuerdo con Bernard. *Chummy* debe de estar muy preocupado. Hemos de creer que no se atreverá a hurtar otro paquete de documentos secretos en los próximos días. Sería buena cosa que pudiésemos comunicar el asunto a nuestros aliados cuando hubiésemos hecho algún progreso, cuando supiésemos la importancia del daño. Me gustaría esperar y ver lo que puede hacer ese Preston. Al menos por unos días.

—La valoración del daño es esencial —asintió Sir Anthony—. Y esto parece casi imposible hasta que encontremos a *Chummy* y consigamos que responda a unas cuantas preguntas. Así, de momento, dependemos, al parecer, de los progresos de Preston.

—Esto suena como el título de una novela —murmuró uno del grupo al levantarse la sesión.

Los subsecretarios permanentes fueron a informar confidencialmente a sus ministros, y Sir Martin Flannery pensó que pasaría un mal rato con la temible Mrs. Margaret Thatcher.

Al día siguiente, en Moscú, otro comité celebró su reunión inaugural.

El comandante Pavlov había telefoneado inmediatamente después del almuerzo para decir que recogería al camarada coronel a las seis: el camarada secretario general del PCUS deseaba verle. Philby presumió —acertadamente— que el aviso con cinco horas de anticipación era para que se pudiese presentar sobrio y correctamente vestido.

A aquella hora, las calles estaban atestadas a causa del lento tráfico impuesto por la nevada, pero el «Chaika» con placas de matrícula MOC había corrido a toda velocidad por el carril del centro, reservado a los *vlasti*, los peces gordos de lo que era la sociedad sin clases soñada por Marx; una sociedad rígidamente estructurada, con capas bien diferenciadas como sólo pueden darse en una vasta jerarquía burocrática.

Cuando pasaron por delante del «Hotel Ukraina», Philby pensó que seguiría hasta la dacha de Usovo, pero, al cabo de medio kilómetro, giraron en dirección a la vigilada entrada del enorme bloque de ocho pisos del número 26 de Kutúzovski Prospekt. Philby estaba sorprendido; entrar en los departamentos privados del Politburó era un extraordinario honor.

Hombres de paisano del Noveno Directorio paseaban arriba y abajo por la acera, pero junto a la puerta de acero de la verja había otros que iban de uniforme, con gruesos capotes grises, *shapkas* de piel con las orejeras bajadas y la insignia azul de los Guardias del Kremlin. El comandante Pavlov se identificó, y la puerta de acero fue abierta. El «Chaika» entró en el patio y aparcó.

Sin decir palabra, el comandante condujo a Philby al interior del edificio, después de otras dos identificaciones y de pasar por un detector de metales oculto y por una instalación de rayos X. Tomaron el ascensor. Se detuvieron en la tercera planta: todo el piso lo ocupaba el secretario general. El comandante Pavlov llamó a una puerta; ésta se abrió y apareció un mayordomo vestido de blanco, que hizo ademán a Philby para que entrase. El silencioso comandante se retiró y la puerta se cerró detrás de Philby. El mayordomo tomó su abrigo y su sombrero y le hizo pasar a un amplio salón, muy caldeado desde que el viejo sentía frío, pero amueblado con sorprendente sencillez.

A diferencia de Leónidas Breznev, amante del ornato, el rococó y el lujo, el actual secretario general tenía fama de asceta en sus gustos. Los muebles eran de madera blanca sueca o finlandesa, escasos, sencillos y funcionales. Aparte dos alfombras de Bujara, de valor sin duda incalculable, no se veía ninguna pieza antigua. Había una mesita de café baja y cuatro sillones a su alrededor, dejando un espacio en una punta para un quinto sillón, ahora inexistente. Había tres hombres en pie, pues nadie podía sentarse sin permiso. Philby les conocía, y se saludaron.

Uno de ellos era el profesor Vladimir Ilich Krilov. Era profesor de Historia Moderna en la Universidad de Moscú. Su verdadera importancia estaba en que era una enciclopedia ambulante sobre el tema de los partidos socialistas y comunistas de la Europa Occidental y, especialmente, de Gran Bretaña. Más importante aún, era miembro del Soviet Supremo, el Parlamento marioneta y unipartidista de la URSS, miembro de la Academia de Ciencias y, a menudo, asesor del Departamento Internacional del Comité Central, del que había sido antaño jefe el secretario general.

El hombre de paisano, pero de aspecto militar, era el general Piotr Sergueivich Marchenko, al que Philby sólo conocía vagamente, pero del que sabía que era un oficial importante del GRU, cuerpo de información militar de las Fuerzas Armadas soviéticas. Marchenko era experto en las técnicas de seguridad interior y de su contrapartida, la desestabilización, y había estudiado en particular las democracias de la Europa Occidental y, durante la mitad de su vida, sus fuerzas de Policía y de seguridad interna.

El tercero era el doctor Josef Viktorovich Rogov, también académico, dedicado a la Física. Pero debía su fama a otro título: el de gran maestro del ajedrez. Se sabía que era uno de los pocos amigos personales del secretario general, un hombre al que el líder soviético llamó varias veces en el pasado, cuando necesitó emplear su notable cerebro en las fases de programación de ciertas operaciones.

Los cuatro hombres llevaban dos minutos allí cuando se abrió la puerta de doble hoja del fondo del salón y entró el amo indiscutido de la Rusia soviética y de sus dominios y satélites.

Iba en una silla de ruedas, empujada por un criado alto y de chaqueta blanca. La silla fue empujada hasta el sitio vacante que le estaba reservado.

—Siéntense, por favor —dijo el secretario general.

Philby se sorprendió al ver cómo había cambiado aquel hombre. A sus setenta y cinco años, tenía en la cara y el dorso de las manos las manchas propias de un hombre viejísimo. La operación quirúrgica a corazón abierto de 1985 parecía haber dado buen resultado, y el marcapasos cumplía su función. Sin embargo, aparentaba estar sumamente delicado.

Los cabellos blancos, espesos y lustrosos de las fotografías del Primero de Mayo, que le daban el aspecto de un apreciado médico de cabecera, habían desaparecido casi por completo. Tenía unas manchas de color castaño alrededor de ambos ojos.

A más de un kilómetro de allí, subiendo por Kutúzovski Prospekt, cerca del viejo pueblo de Kuntsevo e instalado en un extenso terreno cercado por una valla de troncos de dos metros, en el corazón de un bosque de abedules, se levantaba el hospital exclusivo del Comité Central. Era una ampliación modernizada del viejo Clínico de Kuntsevo. En el recinto del hospital se hallaba la antigua dacha de Stalin, el bungalow sorprendentemente modesto donde tanto tiempo había pasado el tirano y donde, al fin, murió. Esta dacha había sido convertida en la unidad de cuidados intensivos más moderna del país, en beneficio del hombre que estaba ahora sentado en su silla de ruedas observando uno a uno a sus visitantes.

Seis eminentes especialistas estaban de guardia permanente en la dacha de Kuntsevo, y a ellos acudía todas las semanas el secretario general para su tratamiento. Saltaba a la vista que a duras penas conseguían mantenerlo vivo.

Pero el cerebro seguía en su sitio, detrás de aquellos ojos helados que miraban a través de las gafas con montura de oro. Raras veces pestañeaba y, cuando lo hacía, muy despacio, parecía un ave de rapiña.

No perdió tiempo en preámbulos. Philby sabía que no lo perdía nunca. Saludó con la cabeza a los otros tres y dijo:

—Ustedes, camaradas, han leído los memorándums de nuestro amigo el camarada coronel Philby.

No era una pregunta, pero los tres hombres asintieron con la cabeza.

—Entonces no les sorprenderá saber que considero la victoria del Partido Laborista británico, y por ende la del ala de extrema izquierda de dicho partido, un asunto de máximo interés para los soviets. Deseo que ustedes cuatro formen un comité muy discreto para asesorarme sobre cualquier método que consideren que puede ayudarnos a contribuir, secretamente desde luego, a esta victoria.

»No discutirán esto con nadie. Si redactan algún documento, lo harán personalmente. Quemarán todas las notas. Las sesiones se celebrarán en sus residencias particulares. No se reunirán en público. No consultarán con nadie más. Y me informarán personalmente, telefoneando aquí y preguntando por el comandante Pavlov. Entonces convocaré una reunión para que me informen de sus proyectos.

Philby comprendió que el líder soviético se había tomado la reserva sumamente en serio. Podía haber celebrado esta entrevista en sus oficinas del edificio del Comité Central, el gran bloque gris de Nóvaia Ploshed, donde han trabajado todos los líderes soviéticos desde los tiempos de Stalin. Pero otros miembros del Politburó habrían podido verles entrar o salir, o haberse enterado de su presencia. Evidentemente, el secretario general había querido crear un comité absolutamente privado y del que nadie más debía tener conocimiento.

Había otra cosa extraña. Aparte él mismo —y estaba retirado—, no había allí nadie de la KGB, a pesar de que el Primer Directorio tenía unos archivos enormes sobre Gran Bretaña y una gran cantidad de expertos. Por razones que sólo él sabía, el astuto líder había resuelto mantener el asunto fuera del Servicio del que antaño había sido presidente.

—¿Alguna pregunta?

Philby levantó una mano vacilante. El secretario general asintió con la cabeza.

—Camarada secretario general, yo solía conducir mi propio «Volga» para ir de un lado a otro. Después del ataque que sufrí el año pasado, los médicos me lo prohibieron. Ahora es mi esposa la que conduce. Pero, en este caso, por mor de la reserva...

—Pondré un conductor de la KGB a su disposición mientras dure esto —dijo suavemente el secretario general.

Todos sabían que los otros tres hombres tenían ya conductores, como les correspondía por derecho.

No hubo más preguntas. El criado, a una seña de su amo, empujó la silla de ruedas con su ocupante, saliendo por la puerta de atrás. Los cuatro consejeros se levantaron y se dispusieron a marcharse.

Dos días más tarde, en la dacha de campo de uno de los dos académicos, el Comité Albión inició una sesión intensiva.

Fuese o no cosa de novela, lo cierto era que Preston *estaba* haciendo algún progreso. Incluso mientras se celebraba la sesión inaugural de

Paragon, estaba metido de cabeza en el Registro, en los sótanos del Ministerio de Defensa.

—Bertie —había dicho al general de brigada Capstick—, para el personal de aquí no soy más que un recién llegado, dispuesto a incordiar a todo el mundo. Diles que sólo estoy tratando de quedar bien ante mis superiores. Comprobaciones de rutina, nada de que preocuparse, sólo molesto como un forúnculo en el culo.

Capstick le había ayudado, voceando a los cuatro vientos que el nuevo jefe de C.1(A) recorría todos los Ministerios demostrando un afán digno de un castor. Los empleados del Registro ponían los ojos en blanco y colaboraban con mal disimulada impaciencia. Pero esto permitía a Preston examinar los archivos, las entradas y salidas y, sobre todo y en primer lugar, las fechas.

No tardó en descubrir algo. Todos los documentos, salvo uno, habían estado a disposición del Foreign Office y del Consejo de Ministros, ya que todos se referían a los aliados de Gran Bretaña en la OTAN y a las zonas de reacción conjunta de la OTAN a diversas posibles iniciativas soviéticas.

Pero un documento no había salido del Ministerio. El subsecretario permanente, Sir Peregrine Jones, había regresado hacía poco de unas conversaciones con el Pentágono en Washington; el tema había sido las misiones de patrulla por submarinos nucleares británicos y norteamericanos en el Mediterráneo, el Atlántico Central y del Sur y el océano Índico. Había preparado unos apuntes sobre sus conversaciones y los había hecho circular entre unos cuantos viejos «mandarines» del Ministerio. El hecho de que este documento figurase entre los papeles hurtados, en forma de fotocopia, significaba al menos que la filtración se había producido dentro de este Ministerio.

Preston empezó a analizar la distribución de los documentos de máximo secreto en varios meses. Estaba claro que los documentos devueltos —desde el primero hasta el último— abarcaban un período de cuatro semanas. También era evidente que los «mandarines» que tuvieron todos aquellos documentos en su mesa, habían tenido también otros. Por consiguiente, el ladrón los había seleccionado.

Había veinticuatro hombres que podían haber tenido acceso a *todos* los diez documentos: así lo estableció Preston al final de su segunda jornada. Entonces empezó a comprobar ausencias de la oficina, viajes al extranjero, casos de gripe, eliminando a todos aquellos que habían estado fuera durante el período de la sustracción.

Dos cosas dificultaban su labor. En primer lugar, tenía que fingir que examinaba un montón de otras salidas de documentos para no llamar la atención sobre aquellos diez en particular. Incluso los empleados del Registro se van a veces de la lengua, y el ladrón podía haber sido un miembro modesto del personal, a nivel de secretario o mecanógrafo, capaz de chismorrear con un escribiente ante una taza de café. En segundo lugar, no podía subir a los pisos de arriba para comprobar el número de fotocopias hechas de los originales. Sabía que era corriente que un hombre al que se comunicase oficialmente un documento secreto quisiera recabar el consejo de un colega. En tal caso, se hacía una fotocopia, se numeraba y se daba al colega. Al devolverla éste, se destruía, aunque no se había hecho en este caso. Después, el documento original volvía al Registro. Pero varios pares de ojos podían haber visto las fotocopias.

Para resolver el segundo problema volvió al Ministerio con Capstick después de anochecer y pasó dos noches en los pisos superiores, vacíos a excepción de las indiferentes mujeres de la limpieza, comprobando el número de fotocopias que se habían hecho. Cuando un documento había pasado a un alto funcionario y éste no había sacado ninguna copia antes de devolverlo al Registro, esto le permitía avanzar en su proceso de eliminación. El 27 de enero acudió de nuevo a Charles Street, con una hoja provisional de los progresos que había hecho.

Le recibió Brian Harcourt-Smith. Sir Bernard volvía a estar ausente de la oficina.

—Me alegro de que nos traiga algo, John —dijo Harcourt-Smith—. He recibido dos llamadas de Anthony Plumb. Parece que la gente de Paragon está apremiando. Suelte lo que tenga que decir.

—En primer lugar —empezó a decir Preston—, hablemos de los documentos. Fueron cuidadosamente seleccionados, como si nuestro ladrón cogiese sólo el material que se le había ordenado. Esto requiere pericia. Por tanto, creo que podemos eliminar al personal de bajo nivel. Éste hubiese operado bajo el síndrome de la urraca, agarrando cuanto se pusiera a su alcance. No es más que una opinión, pero reduce mucho el número. Pienso que es alguien con experiencia y que está al tanto del contenido. Esto elimina a los escribientes y a los mensajeros. En todo caso, la filtración no se produjo en el Registro. No hay sellos rotos, ni retiradas ilícitas, ni copias no autorizadas.

Harcourt-Smith asintió con la cabeza.

—Entonces, ¿piensa que es cosa de arriba?

—Sí, Brian; eso es lo que pienso. Y voy a darle la segunda razón. Pasé dos noches comprobando todas las copias que se habían hecho. No hay discrepancias. Por consiguiente, sólo queda una cosa: la destrucción de las copias. Alguien tenía que destruir tres copias y sólo destruyó dos, sacando la tercera del edificio. Pasemos ahora al número de altos funcionarios que pudieron hacerlo.

»Hay veinticuatro que podían tener acceso a los diez documentos. Creo que puedo eliminar a doce, puesto que sólo recibió una copia cada uno para aconsejar al que se la había dado. Las normas son muy claras a este respecto. El hombre que recibe una fotocopia para este fin debe devolverla al que se la remitió. Retenerla sería muy irregular y despertaría sospechas. Retener diez sería inaudito. Con esto llegamos a los doce hombres que sacaron los originales del Registro.

»De éstos, tres estaban ausentes por diferentes razones los días que constan como fechas de retirada en las fotocopias devueltas por el remitente anónimo. Estos hombres retiraron documentos en otras fechas y, por tanto, deben ser eliminados. Quedan nueve.

»De estos nueve, cuatro no hicieron sacar ninguna copia con fines de consulta y, desde luego, es imposible hacer copias no autorizadas y sin que queden registradas.

—Por consiguiente, quedan cinco —murmuró Harcourt-Smith.

—Exacto. Lo que voy a decirle ahora es sólo una teoría, pero es la mejor que se me ocurre de momento. Durante el período en cuestión, tres de estos cinco hombres tuvieron en sus manos otros documentos del mismo tipo que los sustraídos, pero mucho más interesantes, y, sin embargo, no fueron hurtados. Lógicamente, habrían tenido que serlo. Esto nos deja sólo dos hombres. No hay nada seguro, pero son los principales sospechosos.

Empujó dos legajos sobre la mesa. Harcourt-Smith los miró con curiosidad.

—Sir Richard Peters y Mr. George Berenson —leyó—. El primero es el subsecretario ayudante responsable de Política Internacional e Industrial, y el segundo, jefe delegado de Abastecimientos de Defensa. Desde luego, ambos deben tener personal propio.

—Sí.

—Pero no están en su lista de sospechosos. ¿Puedo preguntar por qué?

—*Son* sospechosos —replicó Preston—. Estos dos hombres confiarían probablemente en su personal para que hiciesen las copias y después las destruyesen. Pero esto amplía la lista a doce personas. Si pudiésemos descartar a los dos hombres de arriba, atrapar a los de abajo con la colaboración del jefe del Departamento, sería un juego de niños. Me gustaría empezar con los dos más altos.

—¿Qué le interesa? —preguntó Harcourt-Smith.

—Una vigilancia total, pero discreta, de ambos hombres durante un período limitado, incluyendo la intervención de la correspondencia y el teléfono —dijo Preston.

—Lo pediré al Comité Paragon —dijo Harcourt-Smith—. Pero son hombres importantes. Será mejor que no se equivoque.

La segunda reunión de Paragon se celebró en el COBRA a última hora de aquella tarde. Harcourt-Smith asistió en representación de Sir Bernard Hemmings. Llevaba una copia del informe de Preston para cada uno de los presentes. Los personajes lo leyeron en silencio. Cuando todos hubieron terminado, Sir Anthony Plumb preguntó:

—¿Y bien?

—Parece lógico —opinó Sir Hubert Villiers.

—Creo que Mr. Preston ha aprovechado el tiempo —intervino Sir Nigel Irvine.

Harcourt-Smith sonrió débilmente.

—Desde luego —asintió—, puede que no sea ninguno de estos dos caballeros importantes. Una mecanógrafa a quien se hubiesen confiado las copias para destruirlas habría podido apoderarse fácilmente de todos los documentos.

Brian Harcourt-Smith era producto de un colegio particular muy poco importante y conservaba de él una visible y completamente innecesaria belicosidad. Bajo su pulida superficie albergaba una considerable capacidad para el resentimiento. Toda su vida había estado resentido por la aparente facilidad con que los hombres que le rodeaban podían manejar los negocios de la vida. Envidiaba su tupida red de contactos y amistades, con frecuencia forjados mucho tiempo atrás en colegios, Universidades o regimientos combatientes, que les permitía conseguir lo que querían. La llamaban la «vieja red» o el «círculo mágico», y lamentaba, sobre todo, no ser miembro de ella.

Un día —se había dicho muchas veces—, cuando tuviese una Dirección General y un título de nobleza, se sentaría entre aquellos hombres como su igual, y le escucharían, ya lo creo que le escucharían.

En el extremo de la mesa, Sir Nigel Irvine, hombre receptivo, captó la expresión de la mirada de Harcourt-Smith y se sintió inquieto. «Este hombre es muy propenso a la cólera», pensó. Irvine era contemporáneo de Sir Bernard Hemmings y llevaban mucho tiempo juntos. Se preguntó qué pasaría cuando se produjese la sucesión en otoño. Consideró el rencor latente en Harcourt-Smith, su ambición oculta y adónde llevarían ambas cosas, si era que no habían llevado ya a alguna parte.

—Bueno, hemos oído lo que quiere Mr. Preston —dijo Sir Anthony Plumb—. Una vigilancia total. ¿Se aprueba?

Todas las manos se levantaron.

Todos los viernes se celebra en MI5 lo que llaman conferencia de «peticiones». Preside el director de «K», el de las Secciones Conjuntas. En la conferencia, los otros directores formulan las peticiones que consideran necesarias: dinero, servicios técnicos y vigilancia de sus principales sospechosos. La mayor presión se ejerce siempre sobre el director de «A», que controla los vigilantes. Aquella semana, la conferencia del viernes se halló con que ya se había dispuesto de los vigilantes. Los que asistieron a ella el viernes 30 de enero se encontraron con el armario vacío. Dos días antes, Harcourt-Smith, a requerimiento de Paragon, había destinado a Preston los vigilantes que necesitaba éste.

A seis vigilantes por equipo —cuatro en activo y dos en coches aparcados— y cuatro equipos cada veinticuatro horas, con dos hombres para observar, había sacado a cuarenta y ocho vigilantes de sus otros deberes. Esto era un abuso, pero nadie podía remediarlo.

—Hoy dos sujetos —dijeron los oficiales instructores de «Cork» a los equipos—, éste y éste. Uno de ellos es casado, pero su esposa está en el campo. Viven en un apartamento del West End, y él suele ir a pie al Ministerio todas las mañanas, caminando aproximadamente unos dos kilómetros. El otro es soltero y vive en las afueras de Edenbridge, en Kent. Va y viene en tren todos los días. Empezaremos mañana.

La Ayuda Técnica se encargó de intervenir el teléfono y la correspondencia, y tanto Sir Richard Peters como Mr. George Berenson pasaron a ser examinados bajo microscopio.

Pero llegaron demasiado tarde para observar la entrega a mano de un paquete en Fontenay House. Lo recibió del portero de la casa el destinatario, al regresar éste de su trabajo. Contenía una copia de los diamantes Glen, en piedras de circonio, y fue depositado en el «Banco Coutts» al día siguiente.

Capítulo VII

Se supone que el viernes y 13 es un día nefasto, mas para John Preston fue todo lo contrario. Le trajo su primer progreso en la enojosa tarea de seguimiento de los dos funcionarios civiles.

La vigilancia había proseguido durante dieciséis días, sin el menor resultado. Ambos hombres eran personas de hábitos arraigados, y ninguno de los dos se había dado cuenta de la vigilancia a que estaban sometidos; es decir, no esperaban que les siguiesen, y esto hacía más fácil la labor de los vigilantes. Fácil, pero aburrido.

El londinense salía de su apartamento de Belgravia todos los días a la misma hora, caminaba hasta Hyde Park Corner, bajaba por Constitution Hill y cruzaba St. James Park. Esto le llevaba a Horse Guards Parade. Lo cruzaba, así como Whitehall, y entraba directamente en el Ministerio. A veces almorzaba fuera, y otras, dentro. Pasaba la mayor parte de las veladas en su casa o en el club.

El otro, que vivía solo en una pintoresca casita de las afueras de Edenbridge, tomaba todos los días el mismo tren hasta Londres, iba a pie desde la estación de Charing Cross hasta el Ministerio y desaparecía en el interior de éste. Los vigilantes le «llevaban a casa» todas las noches y montaban guardia hasta que eran relevados, al amanecer, por el primer equipo de día.

Ninguno de los dos hombres hacía nada sospechoso. La intervención de la correspondencia y del teléfono sólo reveló facturas corrientes, cartas personales, llamadas sin importancia y una modesta y respetable vida social. Hasta el 13 de febrero.

Preston, como director de las operaciones, estaba en el cuarto de la radio del sótano de Cork Sreet cuando recibió una llamada del equipo «B» que seguía a Richard Peters.

—Joe toma un taxi. Le seguimos en los coches.

En la jerga de los vigilantes, el objetivo es siempre «Joe», «Chummy» o «nuestro amigo». Cuando el equipo «B» terminó su turno. Preston sostuvo una conversación con su jefe, Harry Burkinshaw. Era un hombrecillo redondo, de mediana edad, veterano en su oficio, que podía pasar horas confundiéndose con el tráfico en una calle londinense y salir disparado si el tipo trataba de escabullirse.

Llevaba chaqueta a cuadros, sombrero de fieltro de copa plana, impermeable, y una cámara fotográfica colgada del cuello, como un turista norteamericano corriente. Como era de rigor en los vigilantes, el sombrero, la chaqueta y el impermeable eran ligeros y reversibles, permitiendo hacer con ellos seis combinaciones. Los vigilantes están orgullosos de sus «disfraces» y de los cambios de papel que pueden efectuar en cuestión de segundos.

—Bueno, ¿qué ha pasado, Harry? —preguntó Preston.

—Salió del Ministerio a la hora de costumbre. Le alcanzamos y le rodeamos. Pero en vez de caminar en la dirección habitual, llegó hasta Trafalgar Square y tomó un taxi. Estaba a punto de terminar nuestro turno. Avisamos a nuestros compañeros del turno siguiente para que esperasen, y seguimos al taxi.

»Él lo despidió delante de "Panzer's Delicatessen", en Bayswater Road, y empezó a bajar por Clanricarde Gardens. A medio camino entró en el patio delantero de un edificio y bajó la escalera del sótano. Uno de mis muchachos se acercó lo bastante para ver que al pie de la escalera no había nada, salvo le puerta del sótano. Por consiguiente, entró por ella. Entonces mi hombre tuvo que seguir andando, pues Joe salió y subió la escalera. Volvió a Bayswater Road, tomó otro taxi y volvió al West End. Después de esto, reanudó su rutina normal. Al final de Park Lane lo dejamos en manos del otro turno.

—¿Cuánto tiempo estuvo en aquel sótano?

—Treinta o cuarenta segundos —respondió Burkinshaw—. O le abrieron con una rapidez asombrosa o llevaba una llave. No se veía luz en el interior. Parecía como si se hubiese detenido a recoger una carta o ver si había alguna.

—¿Cómo es la casa?

—Parece muy sucia, un sótano muy sucio. Mañana te entregaré un detallado informe. ¿Puedo marcharme ahora? Los pies me están matando.

Preston pasó la velada reflexionando sobre el incidente. ¿Por qué diablos había de visitar Sir Richard Peters un sucio sótano en Bayswater? ¡Y durante cuarenta segundos! No podía haberse entrevistado con nadie allí. No habría tenido tiempo. ¿Recoger correspondencia? ¿O *dejar* un mensaje? Resolvió poner la casa bajo vigilancia y, al cabo de una hora, había ante ella un coche con un hombre y una cámara.

Un fin de semana es un fin de semana. Preston hubiese podido hacer que las autoridades civiles empezasen a investigar el apartamento el sábado y el domingo, pero esto habría llamado la atención. La vigilancia tenía que ser ultrasecreta. Decidió esperar hasta el lunes.

El Comité Albión había designado al profesor Krilov como su presidente y portavoz, y fue él quien comunicó al comandante Pavlov que el Comité estaba dispuesto a presentar sus consideraciones al secretario general. Esto fue el sábado por la mañana. Al cabo de unas horas, cada uno de los cuatro miembros había recibido la orden de presentarse en la dacha del camarada secretario general en Usovo.

Los otros tres fueron allí en sus propios coches, Philby fue llevado personalmente por el comandante Pavlov y pudo prescindir del conductor Gregoriev, chófer de la KGB, que había estado a su servicio durante más de dos semanas.

Al oeste de Moscú, al otro lado del puente de Uspénskoie y cerca de las orillas del río Moscova, hay un complejo de pueblos artificiales, entre los cuales se encuentran las dachas de fin de semana de los más altos y poderosos personajes de la sociedad soviética. Incluso aquí el sistema de categorías es inflexible. En Peredelkino están las dachas de los artistas, académicos y militares; en Zúkovka, las de los miembros del Comité Central y otros por debajo del Politburó; pero los de este último, los hombres del pináculo supremo, tienen sus dachas agrupadas alrededor de Usovo, el lugar más exclusivo de todos.

La dacha primitiva rusa era una casita de campo, pero éstas son verdaderas mansiones lujosas, rodeadas de cientos de hectáreas de pinares y de bosques de abedules y vigiladas durante las veinticuatro horas del día por patrullas de guardias del Noveno Directorio, para asegurar la intimidad y la seguridad de los *vlasti.*

Philby sabía que todos los miembros del Politburó tenían derecho a cuatro residencias. En primer lugar, el apartamento familiar en Kutúzovski Prospekt, que, a menos que el jerarca cayese en desgracia, pertenecía a la familia para siempre. Después, la villa oficial en los montes Lenin, con servidumbre, todas las comodidades y los inevitables micrófonos ocultos, destinada casi exclusivamente a recibir a dignatarios extranjeros. En tercer lugar, la dacha en los bosques del oeste de Moscú, que los jefazos de nueva promoción podían diseñar y construir a su gusto. Por último, la residencia de verano, casi siempre en Crimea, a orillas del mar Negro. Sin embargo, el secretario general tenía desde hacía tiempo su residencia de verano en Kislovodsk, balneario de aguas minerales en el Cáucaso, especializado en el tratamiento de dolencias abdominales.

Philby no había estado nunca en la dacha del secretario general en Usovo. Al llegar a ella en el «Chaika» aquella fría tarde, observó que era larga y baja, de piedra tallada, con techo de ripia, mostrando en su estilo, a semejanza de Kutúzovski Prospekt, la sencillez escandinava. En el interior, la temperatura era muy elevada, y el secretario general les recibió en un espacioso salón donde un vivo fuego de leña hacía que el calor fuese aún más fuerte. Tras unas formalidades mínimas, el secretario general ordenó con un ademán al profesor Krilov que le expusiese las ideas del Comité Albión.

—Como puede usted suponer, camarada secretario general, hemos buscado la manera de conseguir que una parte del electorado británico, no inferior al diez por ciento en toda la nación, cambie de actitud en dos cuestiones primordiales. En primer lugar, que pierda confianza en el actual Gobierno conservador, y en segundo lugar, que se convenza de que sus mayores probabilidades de bienestar y de seguridad están en la elección de un Gobierno laborista.

»Para simplificar este estudio, nos preguntamos si habría un solo problema que pudiese influir, o que nosotros pudiésemos hacer que influyese, en toda la elección. Tras profundas consideraciones, llegamos unánimamente a la conclusión de que ningún problema económico —como aumento del desempleo, cierre de fábricas, creciente automatización de la industria e incluso recortes en los servicios públicos— constituiría el motivo único que íbamos buscando.

»Creemos que sólo hay uno que reúna las condiciones adecuadas: el más grande y más emocional problema político no económico en Gran Bretaña y en toda la Europa Occidental en los momentos actuales. Es la cuestión del desarme nuclear. Ésta se ha convertido en la más acuciante en Occidente, y preocupa a millones de personas ordinarias. Básicamente, es un asunto de miedo de las masas, y pensamos que debería ser nuestra arma principal; algo que habríamos de explotar secretamente.

—¿Qué proponen? —preguntó suavemente el secretario general.

—Ya sabe usted, camarada secretario general, cuáles han sido nuestros esfuerzos hasta ahora en este campo. No millones, sino miles de millones de rublos se han gastado para ayudar a las diversas camarillas antinucleares a convencer a la gente del Oeste europeo de que el desarme nuclear unilateral es realmente sinónimo de sus mejores esperanzas de paz. Nuestros esfuerzos encubiertos y sus resultados han sido enormes, pero nada en comparación con lo que creemos que deberíamos buscar y conseguir ahora.

»El Partido Laborista británico es el único, de los cuatro que competirán en las próximas elecciones, plenamente partidarios del desarme nuclear unilateral. En nuestra opinión, deberían emplearse todos los medios —dinero, informaciones falsas, propaganda— para persuadir a ese mínimo vacilante del diez por ciento del electorado británico a cambiar sus votos, convencidos de que votar por los laboristas es votar por la paz.

El silencio con que esperaron la reacción del secretario general fue casi tangible. Por fin, dijo:

—Esos esfuerzos realizados durante ocho años de que habla usted, ¿han dado resultado?

Pareció como si el profesor Krilov hubiese sido alcanzado por un misil aire-aire. Philby comprendió el estado de ánimo del líder soviético y meneó la cabeza. El secretario general lo advirtió y siguió diciendo:

—Durante ocho años hemos hecho un gran esfuerzo por desestabilizar, a este respecto, la confianza en sus Gobiernos de los electores de la Europa Occidental. Es verdad que hoy en día todos los movimientos unilateralistas son tan de izquierda que, de alguna manera, han pasado al control de nuestros amigos y trabajan a nuestro favor. La campaña ha dado ricos frutos en simpatía e influencia. Pero...

El secretario general golpeó súbitamente con las palmas de ambas manos los brazos de su silla de ruedas. Este violento ademán por parte de un hombre normalmente tan frío impresionó desagradablemente a sus cuatro oyentes.

—¡Nada ha cambiado! —gritó el secretario general. Después, su voz recobró el tono normal—. Hace cinco años, y también cuatro, todos nuestros expertos del Comité Central y de las Universidades, y los grupos de estudios analíticos de la KGB, dijeron al Politburó que los movimientos unilateralistas eran tan poderosos que podían detener el despliegue de los «Cruise» y de los «Pershing». Nosotros lo creímos. Pero nos dejamos engañar. En Ginebra metimos la pata, persuadidos por nuestra propaganda de que, si aguantábamos el tiempo suficiente, los Gobiernos de la Europa Occidental cederían a las enormes presiones en favor de la «paz» que nosotros apoyábamos de modo encubierto y renunciarían a desplegar los «Pershing» y los «Cruise». Pero *los* desplegaron, y tuvimos que aguantarnos.

Philby asintió con la cabeza, con estudiada modestia. En 1983 se había arriesgado a redactar un documento sugiriendo que el movimiento «pacifista» en Occidente, a pesar de las ruidosas manifestaciones populares, no provocaría cambios importantes en las elecciones ni alteraría la posición de ningún Gobierno. Y había tenido razón. «Las cosas —pensó— marchaban según lo previsto por él.»

—Esto es irritante, camaradas, sigue siendo muy irritante —dijo el secretario general—. Y ahora insisten ustedes en lo mismo. Camarada coronel Philby, ¿cuáles son los resultados de las últimas encuestas de opinión británicas a este respecto?

—Temo que no muy buenos —respondió Philby—. La última sugiere que el veinte por ciento de los británicos está ahora en favor del desarme nuclear unilateral. Pero incluso esto se presta a confusión, entre la clase trabajadora, que por tradición vota a los laboristas, la cifra es más baja. Es muy lamentable, camarada secretario general, que la clase obrera británica figure entre las más conservadoras del mundo. Las encuestas demuestran también que es de las más patrióticas en un sentido tradicionalista. Durante el conflicto de las Malvinas, los más duros sindicalistas arrojaron sus prejuicios por la borda y trabajaron las veinticuatro horas del día para preparar la salida de los buques de guerra.

»Temo que, si queremos enfrentarnos con la triste realidad, habremos de reconocer que el obrero británico se ha negado constantemente a ver que lo que más le interesa es ponerse de nuestro lado o, al menos, que se debiliten las defensas británicas. Y no hay motivo para pensar que vayan a cambiar ahora de opinión.

»La triste realidad es precisamente lo que pedí a este Comité que estudiase —añadió el secretario general.

Hizo una nueva pausa, que duró varios minutos.

—Pueden irse, camaradas. Vuelvan a sus deliberaciones. Y tráiganme un plan, un proyecto eficaz con el que podamos explotar, como no hicimos nunca, el miedo de que hablan ustedes; algo que persuada a los hombres y mujeres más equilibrados de la necesidad de eliminar las armas nucleares de su suelo y les induzca a votar al laborismo.

Cuando se hubieron marchado, el viejo ruso se levantó y, apoyándose en un bastón, se acercó lentamente a la ventana. Contempló los crujientes abedules cubiertos por la nieve. Cuando subió al poder, incluso antes de que enterrasen a su predecesor, se había propuesto realizar cinco tareas en el tiempo que le quedase de vida.

Quería ser recordado como el hombre que había aumentado la producción de alimentos y su eficaz distribución; que había duplicado los bienes de consumo en número y calidad, mediante un formidable impulso a una industria crónicamente ineficaz; que había reforzado la disciplina del partido a todos los niveles; que había extirpado la plaga de corrupción que roía los órganos vitales del país y que había asegurado una supremacía definitiva, en hombres y en armas, sobre las apretadas filas de los enemigos de su nación. Cuatro años más tarde sabía que había fracasado en todo ello.

Era viejo, estaba enfermo y sabía que se le acababa el tiempo. Siempre se había enorgullecido de ser un hombre pragmático y realista, dentro del marco de una ortodoxia marxista estricta. Pero hasta los hombres pragmáticos tienen sus sueños, y los viejos, sus vanidades. Los suyos eran sencillos: quería un triunfo gigantesco, un gran monumento que fuese suyo y sólo suyo. Sólo él sabía lo mucho que deseaba esto aquella cruda noche de invierno.

El domingo, Preston dio un paseo por delante de la casa de Clanricarde Gardens, una calle que se dirigía al Norte desde Bayswater Road. Burkinshaw tenía razón; era una de esas antaño prósperas casas victorianas de cinco plantas que habían ido de mal en peor, y que ahora se alquilaba por habitaciones. Su pequeño patio delantero estaba lleno de hierbajos; cinco escalones llevaban a la desconchada puerta de entrada. Desde el jardincillo, otro tramo de escalones conducía a un pequeño patio del sótano y a una puerta cuya parte superior se veía a duras penas. Se preguntó una vez más por qué un alto funcionario civil y caballero del Reino había querido visitar un lugar tan poco atractivo.

Sabía que en alguna parte estaría el vigilante, probablemente en un vehículo aparcado y con una cámara de gran alcance preparada. No intentó descubrir al hombre, aunque sabía que éste tenía que haberle visto. (El lunes apareció en el informe como «una persona corriente que había pasado a las 11.21 y mostrado algún interés por la casa». «Gracias por nada», pensó.)

El lunes por la mañana visitó el Ayuntamiento y echó un vistazo a la lista de contribuyentes de aquella calle. En la dirección constaba sólo un propietario: un tal Mr. Michael Z. Mifsud. Le gustó lo de la Z; no podía haber muchos con ella por allí. Hizo una llamada por radio, y el vigilante de Clanricarde Gardens cruzó la calle y observó los rótulos de los timbres de la casa. M. Z. Mifsud constaba en el correspondiente a la planta baja. «Propietario y residente», pensó Preston, y estuvo seguro de que el resto de la casa estaba destinado al alquiler de habitaciones amuebladas; los inquilinos con muebles propios hubiesen figurado como contribuyentes.

Aquella misma mañana, más tarde, buscó antecedentes de Michael Z. Mifsud mediante la computadora de inmigración de Croydon. Aquel hombre procedía de Malta, como indicaba su apellido, y llevaba treinta años viviendo en el país. Nada se sabía de él, salvo un interrogante quince años atrás. No se añadía más y no se daba ninguna explicación de él. La computadora del Registro de antecedentes penales de Scotland Yard reveló el porqué de aquel interrogante: el hombre había estado a punto de ser deportado. En vez de ello, había cumplido dos años de cárcel por conducta inmoral con ánimo de lucro. Después del almuerzo, Preston fue a visitar a Armstrong en Hacienda, en Charles Street.

—¿Podré ser mañana un inspector de Tributos? —preguntó.

Armstrong suspiró.

—Trataré de arreglarlo. Llámeme antes de la hora de cerrar.

Luego Preston fue a ver al asesor jurídico.

—¿Quiere pedir a la Rama Especial que me proporcione un mandamiento de entrada y registro para esta dirección? También necesito que me acompañe un sargento de la Policía.

En Gran Bretaña, MI5 no puede efectuar detenciones. Sólo pueden practicarlas los oficiales de Policía, salvo en casos de urgencia, en que puede «detenerse a un ciudadano». Cuando MI5 quiere atrapar a alguien, la Rama Especial suele ayudarle.

—¿No será un allanamiento? —preguntó, con recelo, el abogado.

—Claro que no —respondió Preston—. Esperaré a que aparezca el ocupante de esta planta, y sólo entonces procederé al registro. Según el resultado de éste, puede ser necesaria una detención. Por esto necesito al sargento.

—Está bien —suspiró el abogado—. Acudiré a nuestro complaciente magistrado. Tendrá las dos cosas mañana por la mañana.

Justo antes de las cinco de aquella tarde, Preston recibió su carné de inspector de Tributos. Armstrong le dio otra tarjeta con un número de teléfono.

—Si hay alguna dificultad, haga que el sospechoso telefonee a este número. Es la oficina de impuestos sobre la renta, de Willesden Green. Que pregunte por Mr. Charnley. Él responderá de usted. A propósito, usted se llama Brent.

—Comprendo —asintió Preston.

Mr. Michael Z. Mifsud, que fue interrogado a la mañana siguiente, no era un hombre simpático. Sin afeitar, envuelto en una bata, parecía malhumorado y sin ganas de colaborar. Pero hizo pasar a Preston a su desaliñado cuarto de estar.

—¿De qué me está hablando? —protestó Mifsud—. ¿De qué renta? Yo declaro todo lo que cobro.

—Le aseguro que es una comprobación de rutina, Mr. Mifsud. Nada extraordinario. Si usted declara todos sus ingresos, nada tiene que temer.

—No tengo nada que ocultar. Puede preguntárselo a mis asesores fiscales —insistió Mifsud, en tono desafiante.

—Lo haré si usted lo desea —dijo Preston—. Pero le aseguro que los honorarios de los asesores fiscales suelen ser muy elevados. Le hablaré con franqueza: si sus rentas son de legítima procedencia, le dejaré en paz e iré a inspeccionar a otra persona. Pero si, Dios no lo quiera, alguno de estos pisos es alquilado con fines inmorales, la cosa será muy distinta. Personalmente, sólo me interesa el impuesto sobre la renta; pero si descubriese algo anormal, me vería obligado a denunciarlo a la Policía. ¿Sabe lo que significa lucrarse con transacciones inmorales?

—¿Qué quiere usted decir? —protestó Mifsud—. Aquí no hay ningún negocio inmoral. Todos son buenos inquilinos. Pagan su alquiler y yo pago la renta. Todo está en regla.

Pero había palidecido un poco y sacó de mala gana los libros donde registraba los alquileres. Preston simuló que todos ellos le interesaban igualmente. Observó que el sótano estaba alquilado a un tal Mr. Dickie por 40 libras a la semana. Tardó una hora en conseguir todos los detalles. Mifsud no había visto nunca al arrendatario del sótano. Pagaba en efectivo, con toda puntualidad. Pero había una carta mecanografiada solicitando el alquiler. Estaba firmada por Mr. Dickie. Preston se llevó la carta, pese a las protestas de Mr. Mifsud. A la hora del almuerzo, la entregó a los grafólogos de Scotland Yard, junto con muestras de la escritura y la firma de Sir Richard Peters. Al terminar la jornada, los del Yard le telefonearon. Era la misma escritura, pero disfrazada.

«Así, pues —pensó Preston—, Peters tiene un *pied-à-terre*. ¿Para entrevistas reservadas con su controlador? Era lo más probable.» Preston dio órdenes: si Peters se encaminaba de nuevo a aquel lugar, tenían que comunicárselo en seguida, dondequiera que estuviese. Tenía que mantenerse la vigilancia del sótano, para el caso de que alguien más se presentase allí.

Transcurrió el miércoles, y después el jueves. Entonces, al salir del Ministerio, Sir Richard Peters detuvo de nuevo un taxi y se dirigió hacia Bayswater. Los vigilantes llamaron a Preston al bar de Gordon Street, y él llamó desde allí a Scotland Yard y sacó de la cantina al sargento de la Rama Especial que le había sido designado. Le dio el teléfono y la dirección.

—Reúnase conmigo en la acera de enfrente lo antes posible, pero sin ruido —dijo.

Todos se reunieron en la fría oscuridad de la acera de enfrente de la casa del sospechoso. Preston había despedido a su taxi doscientos metros calle arriba. El hombre de la Rama Especial había llegado en un coche sin marcas distintivas, que se hallaba aparcado ahora, con su chófer, en una esquina y con las luces apagadas. El sargento detective Lander resultó ser joven y algo novato; era su primera «salida» con gente de MI5 y parecía impresionado. Harry Burkinshaw se materializó saliendo de la sombra.

—¿Cuánto tiempo lleva ahí, Harry?

—Cincuenta y cinco minutos —respondió Burkinshaw.

—¿Algún visitante?

—Ninguno.

Preston sacó su mandamiento de registro y lo mostró a Lander.

—Bueno, entremos —dijo.

—¿Cree que se mostrará violento, señor? —preguntó Lander.

—Espero que no —respondió Preston—. Es un funcionario civil de edad madura. Podría hacerse daño.

Cruzaron la calle y entraron, sin hacer ruido, en el patio delantero. Una luz mortecina ardía detrás de las cortinas del sótano. Bajaron en silencio los peldaños, y Preston tocó el timbre. Se oyó un repiqueteo de tacones en el interior y se abrió la puerta. Una mujer apareció en el marco iluminado.

No era una pollita, pero se había acicalado con esmero. Unos cabellos negros y ondulados le caían sobre los hombros, encuadrando un rostro interesantemente maquillado. La mujer había abusado del rímel, del sombreado de ojos, del colorete y del brillante lápiz de labios. Antes de que tuviese tiempo de ceñirse la bata que llevaba, Preston pudo observar unas medias y unas ligas negras, un corpiño muy ajustado sobre la cintura y sujetado con una cinta roja.

Preston la asió de un codo, la condujo por el pasillo hasta el cuarto de estar y la invitó a sentarse. Ella se quedó mirando fijamente la alfombra. Permanecieron sentados en silencio mientras Lander registraba el apartamento. Lander sabía que los fugitivos se ocultaban a veces debajo de las camas y en los armarios. Hizo un trabajo concienzudo. Al cabo de diez minutos, volvió de la parte de atrás, ligeramente sofocado.

—No hay rastro de él, señor. Debió de salir por detrás y saltar la la valla del jardín hacia la otra calle.

Precisamente entonces llamaron a la puerta de entrada.

—¿Alguno de los suyos, señor? —preguntó Lander.

Preston sacudió la cabeza.

—No habrían llamado una sola vez —respondió.

Lander se dirigió a la puerta. Preston oyó un juramento y el ruido de unas pisadas que se alejaban corriendo. Más tarde resultó que un hombre había llamado a la puerta y, al ver que la abría el detective, trató de escapar. Los hombres de Burkinshaw se habían colocado en lo alto de la escalera y le habían sujetado, hasta que Lander le puso las esposas. Después de esto, el hombre se mostró sumiso y se lo llevaron en el coche de la Policía.

Preston se sentó delante de la mujer y esperó a que cesara el tumulto.

—Esto no es una detención —dijo a media voz—, pero creo que deberíamos ir a Jefatura, ¿no le parece?

La mujer asintió tristemente con la cabeza.

—¿Le importa que me cambie de ropa?

—Creo que es una buena idea, Sir Richard —dijo Preston.

Una hora más tarde, un corpulento pero muy afeminado conductor de camión fue dejado en libertad en la comisaría de Policía de Paddington Green, después de advertírsele seriamente lo imprudente que era contestar a los anuncios de citas con personas desconocidas que se publican en ciertas revistas.

John Preston acompañó a Sir Richard Peters al campo, se quedó con él hasta medianoche, escuchando lo que tenía que decirle, regresó a Londres y pasó el resto de la noche escribiendo su informe. Una copia de este informe fue presentada a cada miembro del Comité Paragon cuando se reunieron a las once de la mañana del viernes. Las expresiones de asombro y repugnancia fueron generales.

«¡Qué asco! —pensó Sir Martin Flannery, secretario del Gabinete—. Primero, Hayman; después, Trestail; luego, Dunnett, y ahora éste. ¿Es que esos desgraciados no pueden llevar abrochada la bragueta?»

El último en acabar de leer el informe levantó la cabeza.

—Espantoso —comentó Sir Hubert Villiers, del Ministerio del Interior.

—Supongo que no querremos que ese caballero vuelva al Ministerio —dijo Sir Perry Jones, de Defensa.

—¿Dónde está ahora? —preguntó Sir Anthony Plumb, director general del MI5, que estaba sentado junto a Brian Harcourt-Smith.

—En una de nuestras casas de campo —respondió Sir Bernard Hemmings—. Ya ha telefoneado al Ministerio, fingiendo que lo hacía desde su casita de Edenbridge, para decir que ayer por la noche había resbalado sobre el hielo y se había roto un hueso del tobillo. Dijo que se lo habían escayolado y que estará quince días imposibilitado para el trabajo. Órdenes del médico. Esto nos dará algún tiempo de respiro.

—¿No olvidamos una cuestión? —murmuró Sir Nigel Irvine, de MI6—. Aparte sus extrañas aficiones, ¿es el hombre al que buscamos? ¿Es el traidor?

Brian Harcourt-Smith carraspeó.

—El interrogatorio, caballeros, está en sus primeras fases —dijo—, si bien parece probable que lo sea. Ciertamente, habrían podido reclutarle por medio de un chantaje.

—El tiempo importa muchísimo —terció Sir Patrick Strickland, del Foreign Office—. Todavía tenemos pendiente la cuestión de la valoración de los daños y, por lo que a mí atañe, ¿qué hemos de decir, y cuándo, a nuestros aliados?

—Podríamos..., bueno..., intensificar el interrogatorio —sugirió Harcourt-Smith—. Creo que de esta manera podríamos tener la respuesta en veinticuatro horas.

Se hizo un silencio incómodo. No complacía a nadie la idea de que uno de sus colegas, con independencia de lo que hubiese hecho, fuese interrogado por el equipo «duro». Sir Martin Flannery sintió que se le encogía el estómago. Le tenía una profunda aversión personal a la violencia.

—Supongo que ello no será necesario en esta fase de asunto, ¿verdad? —preguntó.

Sir Nigel Irvine levantó la cabeza, que tenía inclinada sobre el informe.

—Bernard, ese Preston, el oficial investigador, parece un hombre muy competente.

—Lo es —afirmó sir Bernard Hemmings.

—Me estaba diciendo... —prosiguió Nigel Irvine, con engañosa timidez— que parece haber pasado algunas horas con Peters inmediatamente después de los sucesos de Bayswater. Me pregunto si sería conveniente que este Comité escuchase sus explicaciones.

—He hablado personalmente con él esta mañana —replicó en seguida Harcourt-Smith—, y estoy seguro de que puedo responder a cualquier pregunta sobre lo ocurrido.

El jefe de «Seis» se deshizo en disculpas.

—Mi querido Brian, no me cabe duda de ello —dijo—. Sólo es que..., bueno..., a veces, al interrogar a un sospechoso se puede sacar una impresión difícil de expresar por escrito. No sé lo que piensa el Comité, pero hemos de tomar una decisión sobre lo que vamos a hacer ahora. Por eso creo que podría ser conveniente escuchar al único hombre que habló con Peters.

Hubo muestras de asentimiento alrededor de la mesa. Hemmings envió al visiblemente irritado Harcourt-Smith a telefonear a Preston para que viniese. Mientras los «mandarines» esperaban, se sirvió café. Preston llegó treinta minutos más tarde. Los señores importantes le examinaron con cierta curiosidad. Le ofrecieron un sillón en el centro de la mesa, frente a sus propios director general y DGD. Sir Anthony Plumb explicó el dilema del Comité.

—¿Qué ocurrió exactamente entre ustedes? —preguntó Sir Anthony.

Preston pensó un momento.

—En el coche, cuando nos dirigíamos al campo, se derrumbó —dijo—. Hasta entonces había mantenido cierta compostura, aunque bajo una gran tensión. Yo conducía, e íbamos solos en el coche. Entonces empezó a llorar y a hablar.

—Sí —le apremió Sir Anthony—, ¿qué dijo?

—Confesó que le gustaba el fetichismo travesti, pero pareció pasmado ante la acusación de traición. Lo negó acaloradamente y siguió negándolo hasta que le dejé con los vigilantes.

—Bueno, es natural que lo negase —dijo Brian Harcourt-Smith—. Todavía puede ser nuestro hombre.

—Sí, podría serlo —convino Preston.

—Pero, ¿cuál es su impresión? —murmuró Sir Nigel Irvine.

Preston respiró hondo.

—Caballeros, no creo que lo sea.

—¿Podemos preguntar por qué? —dijo Sir Anthony.

—Como ha dicho Sir Nigel, es sólo una impresión —dijo Preston—.

He visto a dos hombres cuyo mundo se había derrumbado a su alrededor y que pensaban que su vida ya no tenía objeto. Cuando un hombre empieza a hablar en tal estado de ánimo, tiende a decirlo todo. Si tiene mucho aplomo, como en el caso de Philby o de Blunt, puede aguantar. Pero éstos eran traidores ideológicos, marxistas convencidos. Si Sir Richard Peters hubiese sido objeto de un chantaje para obligarle a la traición, creo que habría confesado al derrumbarse cual castillo de naipes o, al menos, no habría mostrado sorpresa al ser acusado de traidor. Y su sorpresa fue enorme. Claro que pudo estar haciendo comedia, pero me parece que entonces no se hallaba en condiciones para ello. O esto, o se merece un Óscar por su interpretación.

Fue un discurso largo para ser pronunciado por un principiante en presencia del Comité Paragon, y durante un rato reinó el silencio. Harcourt-Smith miraba a Preston echando chispas por los ojos. Sir Nigel le estudiaba con interés. Conocía el incidente de Londonderry que había inutilizado a Preston como agente secreto en el Ejército. También observó la mirada de Harcourt-Smith y se preguntó por qué el DGD de «Cinco» parecía desaprobar a Preston. Su propia opinión era favorable.

—¿Qué piensas, Nigel? —preguntó Anthony Plumb.

Irvine asintió con la cabeza.

—También yo he visto derrumbarse completamente a un traidor cuando se ve descubierto. Vassall y Prime..., ambos eran débiles e inadecuados, y lo soltaron todo cuando se derribó el tinglado. Ahora bien, si no es Peters, parece que sólo queda George Berenson.

—Ha pasado un mes —se lamentó Sir Patrick Strickland—. Tenemos que coger al culpable de alguna manera.

—Pero también es posible que el culpable sea un secretario o ayudante personal de uno de estos dos hombres —observó Sir Perry Jones—, ¿no es verdad, Mr. Preston?

—Cierto, señor —respondió Preston.

—Entonces tendremos que descartar a George Berenson o demostrar que es nuestro hombre —sugirió Sir Patrick Strickland, con impaciencia—. Pero si lo descartamos, nos queda Peters. Y si *éste* tampoco escupe, volveremos a estar en el punto de partida.

—¿Puedo hacer una sugerencia? —preguntó pausadamente Preston.

Esto causó sorpresa. No le habían llamado para que hiciese sugerencias. Pero Sir Anthony Plumb era un hombre cortés.

—Hágala, por favor —dijo.

—Los diez documentos devueltos por el remitente anónimo estaban cortados por el mismo patrón —explicó Preston.

Todos los que estaban alrededor de la mesa asintieron con la cabeza.

—Siete de ellos —siguió diciendo Preston— contenían material referente a los contingentes navales de Gran Bretaña y de la OTAN en el Atlántico, tanto en el Norte como en el Sur. Ésta parece ser una zona de operaciones de la OTAN que interesa particularmente a nuestro traidor o a aquéllos para los que trabaja. ¿Sería posible hacer llegar a la mesa de Mr. Berenson un documento tan enjundioso que, si es él el culpable, se vea fuertemente tentado a sacar una copia y tratar de transmitirla?

Varias cabezas asintieron reflexivamente.

—¿Quiere decir obligarle a delatarse? —murmuró Sir Bernard Hemmings—. ¿Qué opinas tú, Nigel?

—Creo que me gusta. Podría dar resultado. ¿Es factible, Perry?

Sir Perry Jones frunció los labios.

—En realidad, puede ser una cosa más real de lo que te imaginas —dijo—. Cuando estuve en América se discutió la idea —que de momento dejé en suspenso— de que un día podíamos necesitar aumentar el nivel de existencias de carburante y de vituallas en la isla de Ascensión, para abastecer a nuestros submarinos nucleares. Los norteamericanos se mostraron muy interesados y sugirieron que podrían ayudarnos a sufragar los gastos si ellos disfrutaban también de estas facilidades. Con esto se evitaría que nuestros submarinos tuviesen que volver a Faslane y las continuas manifestaciones que se producen allí, y los yanquis no tendrían que volver a Nortfolk, Virginia.

»Supongo que podría preparar un documento personal estrictamente confidencial, exponiendo esta idea al nivel político adecuado, y hacerlo llegar a cuatro o cinco mesas, incluida la de Berenson.

—¿Vería normalmente Berenson esta clase de documento? —preguntó Sir Paddy Strickland.

—Ciertamente —replicó Jones—. Como jefe delegado de Abastecimientos de Defensa, su sección es responsable del aspecto nuclear de las cuestiones. Tendría que recibirlo, junto con otras tres o cuatro personas. Se sacarían algunas copias sólo para los colegas más íntimos, que serían luego devueltas y destruidas. Los originales se me devolverían a mano.

Quedó convenido así. El documento sobre la isla de Ascensión estaría el martes en la mesa de George Berenson.

Al salir de la oficina del Gabinete, Sir Nigel Irvine invitó a almorzar a Sir Bernard Hemmings.

—Ese Preston es un buen tipo —comentó Irvine—. Me gusta su manera de actuar. ¿Te es adicto?

—Tengo sobradas razones para creerlo —respondió Sir Bernard, intrigado.

—Ah, eso podría explicarlo —murmuró enigmáticamente «C».

El domingo, 22, la Primera Ministra británica pasó el día en su residencia oficial en el campo, en Chequers, Condado de Buckinghamshire. En condiciones de absoluto secreto, pidió a tres de sus más íntimos consejeros del Gabinete y al presidente del partido que fuesen a verla en privado.

Lo que tuvo que decirles les sumió en profundas reflexiones. El próximo junio se cumplirían los cuatro años de su segundo período en el poder. Estaba resuelta a conseguir su tercera victoria electoral sucesiva. Los sondeos económicos indicaban un empeoramiento de la situación en otoño, acompañado de una oleada de peticiones de aumentos de salarios. Podían producirse huelgas. Y ella no quería que se repitiese el «invierno de descontento» de 1978, cuando una oleada de paros laborales había perjudicado la credibilidad del Gobierno laborista y provocado su caída en mayo de 1979.

Además, con la alianza entre socialdemócratas y liberales, a la que los sondeos de opinión concedían un veinte por ciento, el laborismo, bajo su reciente capa de unidad y moderación, había aumentado el índice de sus presuntos sufragios hasta el treinta y siete por ciento del electorado, a sólo seis puntos por debajo de los conservadores. Y la diferencia estaba menguando. Dicho en pocas palabras: quería convocar unas elecciones anticipadas para el mes de junio, pero sin la peligrosa especulación que precedió y apresuró su decisión en 1983. Quería una súbita e imprevista declaración y una campaña electoral de tres semanas, pero no en 1988 ni siquiera en el otoño de 1987, sino aquel mismo verano.

Conminó a sus colegas a que guardasen silencio, pero propuso como fecha el penúltimo jueves, 18 de junio.

El lunes, Sir Nigel Irvine celebró su reunión con Andreiev en Hampstead Heath, en el más riguroso secreto. Una red de hombres de Irvine había sido dispuesta en el brezal para asegurar que Andreiev no estuviese bajo vigilancia de los propios gorilas de KR (contraespionaje) de la Embajada soviética. Pero estaba «limpio». La propia vigilancia por los británicos de los movimientos del diplomático soviético había sido cancelada.

Nigel Irvine trataba directamente con Andreiev. Esto era un caso raro, porque los hombres tan encumbrados en el Servicio (en cualquier servicio) como el propio jefe no suelen «tratar» con un agente. Puede ocurrir por la importancia excepcional de éste, o porque el reclutamiento se efectuase antes de que el controlador se convirtiese en director del Servicio y el agente se negase a mantener relación con otra persona. Éste era el caso de Andreiev.

En febrero de 1972, Nigel Irvine, que a la sazón era sólo Mr. Irvine, había sido jefe de misión en Tokio. Aquel mes los antiterroristas japoneses habían resuelto «tomar» el cuartel general de la facción de extrema izquierda del Ejército Rojo, que había sido localizado en una villa de las nevadas faldas del monte Otakin, en un lugar llamado Asamaso. En realidad, la Policía nacional hizo el trabajo, pero bajo el mando del temible jefe antiterrorista, Sassa, amigo de Irvine.

Gracias a la experiencia adquirida por las unidades de choque del SAS británico, Irvine pudo dar algunos útiles consejos a Sassa, y algunas de sus sugerencias salvaron numerosas vidas japonesas. Consciente de la estricta neutralidad de su país, Sassa no pudo agradecer la ayuda de Irvine de una manera práctica.

Pero en un cóctel diplomático celebrado un mes más tarde, el brillante y sutil japonés captó la mirada de Irvine y movió la cabeza en dirección a un diplomático ruso que estaba al otro lado del salón. Después sonrió y se alejó. Irvine habló con el ruso y se enteró de que había llegado recientemente a Tokio y de que se llamaba Andreiev.

Irvine había hecho seguir al hombre y descubierto que éste sostenía tontamente una relación clandestina con una muchacha japonesa, delito que supondría la inmediata ruptura con su propia gente. Desde luego, los japoneses estaban ya enterados de esto, porque todos los diplomáticos soviéticos son seguidos discretamente en Tokio en cuanto salen de la Embajada.

Irvine montó una trampa, adquirió las fotografías y las grabaciones convenientes y, por último, cayó sobre Andreiev empleando la técnica de te-tengo-en-mis-manos. El ruso estuvo a punto de desmayarse, al pensar que le habían descubierto los suyos. Al deshacerse el equívoco, accedió a hablar con Irvine. Era una pieza importante. Entre otras cosas, era un hombre de la Línea N, del Directorio de Ilegales de la KGB.

El Primer Directorio de la KGB, responsable de todas las actividades de ultramar, se divide en Directorios, Departamentos Especiales y Departamentos Ordinarios. Los agentes soviéticos ordinarios de la KGB, bajo capa diplomática, proceden de uno de los departamentos «territoriales», y el Séptimo Departamento se ocupa del Japón. Su personal constituye la llamada Línea PR cuando actúa en el extranjero y se dedica a buscar información, establecer contactos útiles, leer publicaciones técnicas, etcétera.

Pero en lo más profundo del Primer Directorio está el Directorio de los Ilegales, o «S», que no tiene límites territoriales. La gente de Ilegales adiestra y dirige a los agentes ilegales, los que no gozan de inmunidad diplomática, los que actúan bajo tierra, perfectamente disfrazados, con documentos falsos y en misiones secretas. Los ilegales operan fuera de la Embajada.

Sin embargo, dentro de cada *rezidentura* KGB de cada Embajada soviética, hay generalmente un hombre del Directorio «S», conocido cuando actúa en ultramar como miembro de la Línea N. Estos agentes realizan sólo misiones especiales, dirigiendo con frecuencia a naturales del país que espían o se limitan a ayudar y dar apoyo técnico a un secretísimo ilegal procedente del bloque soviético.

Andreiev pertenecía al Directorio «S». Más extraño aún: no era experto en asuntos japoneses, como tenían que serlo todos sus colegas del Séptimo Departamento adscritos a la Embajada. Era experto en lengua inglesa, y la razón de su presencia allí era proseguir un contacto con un sargento mayor de las Fuerzas Aéreas de los Estados Unidos que había sido descubierto en San Diego y trasladado a la base conjunta japonesa-norteamericana de Tashikawa. Ante la imposibilidad de disculparse con sus superiores de Moscú, Andreiev había aceptado trabajar para Irvine.

Esta relación secreta había terminado cuando el sargento norteamericano, no pudiendo aguantar más, se había suicidado con muy poca elegancia, pegándose un tiro con su revólver reglamentario en la letrina de la comisaría, y Andreiev fue enviado a toda prisa a Moscú. Irvine había pensado en «quemar» al hombre allí mismo, pero había desistido.

Y entonces apareció Andreiev en Londres. Un paquete de fotografías recientes había ido a parar a la mesa de Sir Nigel Irvine hacía ahora seis meses, y allí estaba él. Excluido del Directorio «S» y devuelto a la Línea PR. Andreiev estaba acreditado como segundo secretario de la Embajada soviética. Sir Nigel le lanzó de nuevo el anzuelo, y Andreiev no tuvo más remedio que colaborar. Pero se negó a ser dirigido por cualquier otra persona, y Sir Nigel accedió a tratar directamente con él.

En la cuestión del traidor del Ministerio de Defensa británico, tenía poco que objetar. No sabía nada de ello. Si existía la filtración, el hombre del Ministerio podía estar directamente controlado por algún agente soviético ilegal residente en Gran Bretaña y que debía de estar en contacto directo con Moscú, o podía ser «gobernado» por uno de los tres agentes de la Línea N dentro de la Embajada. Pero estas personas no discutirían un caso de tanta importancia mientras tomaban café en la cantina. Él, personalmente, no había oído nada: pero mantendría los ojos abiertos y aguzaría los oídos. Habiendo convenido esto, los dos hombres de Hampstead Heath se despidieron.

El documento de la isla de Ascensión fue distribuido el martes por Sir Peregrine Jones, que había pasado todo el lunes preparándolo. Fue a parar a cuatro hombres. Bertie Capstick había accedido a ir cada noche al Ministerio y comprobar las fotocopias legítimas que se hubiesen tomado. Preston dijo a sus vigilantes que, si George Berenson se rascaba el cogote, quería saberlo inmediatamente. Ordenó a su cartero que interceptase la correspondencia y puso en alerta total a su equipo de intervención del teléfono. Luego, se dispusieron a esperar.

Capítulo VIII

El primer día no ocurrió nada. Aquella noche, el general de brigada Capstick y John Preston entraron en el Ministerio de Defensa mientras el personal estaba durmiendo y comprobaron el número de fotocopias que se habían hecho. Eran siete en total: tres para George Berenson; dos para cada uno de otros dos «mandarines» que habían recibido el documento sobre la isla de Ascensión, y ninguna para el cuarto hombre.

La noche del segundo día, Mr. Berenson hizo algo extraño. Los vigilantes informaron de que salió de su apartamento de Belgravia y se dirigió a una cabina de teléfono cercana. No sabían qué número había marcado, pero habló muy poco, colgó el aparato y volvió a casa. Preston se preguntó por qué había de hacer una cosa así un hombre que tenía en su piso un teléfono que funcionaba perfectamente, cosa que él podía afirmar, ya que lo tenía intervenido.

El tercer día, jueves, George Berenson salió del Ministerio a la hora acostumbrada, tomó un taxi y se dirigió a St. John's Wood. En la High Street de esta parroquia, con su ambiente pueblerino, había una heladería y cafetería. El funcionario del Ministerio de Defensa entró allí y pidió un batido de frutas, que era una de las especialidades de la casa.

John Preston, sentado en el cuarto de la radio del sótano de Cork Street, recibió la llamada del jefe del equipo de vigilancia. Era Len Stewart, que dirigía el equipo «A».

—Tengo dos personas ahí dentro —dijo—, y otras dos aquí en la calle. Además de los coches.

—¿Qué pasa allí? —preguntó Preston.

—No puedo verlo —respondió Stewart por medio de su radio personal—. Tengo que esperar hasta que puedan decírmelo los que están allí dentro con él.

En realidad, Mr. Berenson, sentado en un compartimiento, estaba tomando su batido y llenando los últimos cuadros del crucigrama del *Daily Telegraph* que había sacado de su cartera. No prestó atención a los dos estudiantes con pantalones vaqueros que mataban el tiempo en un rincón.

Al cabo de media hora, el funcionario pidió la cuenta, la llevó a la caja, pagó y salió.

—Está de nuevo en la calle —informó Len Stewart—, y mis dos hombres se han quedado en el interior. Ahora sube por High Street. Me parece que busca un taxi. Puedo ver a mis hombres. Están pagando.

—¿Puede preguntarles lo que hizo él allí? —dijo Preston.

Pensó que todo aquel episodio era algo extraño. Podía ser una heladería especializada, pero había otras en Mayfair y en el West End, en línea recta del Ministerio a Belgravia. ¿Por qué ir hacia el norte de Regent's Park, a St. John's Wood, para tomar un helado?

Llegó de nuevo la voz de Stewart:

—Viene un taxi. Lo para. Espere, ahora salen mis hombres del establecimiento.

Hubo una pausa en la transmisión. Después:

—Parece que ha tomado su helado y terminado el crucigrama del *Daily Telegraph*. Después ha pagado y salido.

—¿Dónde está el periódico? —preguntó Preston.

—Lo dejó cuando hubo terminado... Espere... El dueño acudió a limpiar la mesa y se llevó la copa sucia y el periódico a la cocina... El hombre ha subido al taxi y éste arranca. ¿Qué hacemos ahora? ¿Le seguimos?

Preston pensó furiosamente. Harry Burkinshaw y el equipo «B» habían sido desligados de Sir Richard Peters y gozaban de unos días de descanso. Habían estado semanas bajo la lluvia, la niebla y el frío. Ahora sólo disponía de un equipo. Si lo dividía y perdía a Berenson, que podía ir a establecer un contacto en otra parte, Harcourt-Smith le despellejaría. Tomó su decisión.

—Len, que un coche con sólo su conductor siga al taxi. Sé que esto no será bastante si él se apea y sigue a pie. Pero dedique el resto de sus hombres a la heladería.

—Así lo haremos —convino Len Stewart, y cortó la comunicación.

Preston tuvo suerte. El taxi fue directamente al club de Mr. Berenson, en el East End, y le dejó allí. El hombre entró en el club. «Pero era posible —pensó Preston— que el contacto estuviese allí.»

Len Stewart entró en la heladería y permaneció sentado allí hasta la hora de cerrar, tomando café y leyendo el *Evening Standard*. No ocurrió nada. Cuando iban a cerrar, le dijeron que se marchase y él obedeció. Desde la calle, los cuatro hombres del equipo vieron salir a los empleados del establecimiento y observaron cómo el dueño cerraba la puerta y apagaba las luces.

Desde Cork Street, Preston trataba de hacer intervenir el teléfono de la heladería y de conseguir antecedentes de su dueño. Resultó ser un tal signore Benotti, inmigrante legal, oriundo de Nápoles, que había llevado una vida intachable durante veinte años. A medianoche, Preston hizo intervenir los teléfonos de la heladería y del domicilio particular del signore Benotti, en Swiss Cottage. Nada de esto dio resultado.

Preston pasó una noche en blanco en Cork Street. El relevo de Stewart había entrado en funciones a las ocho de la tarde y vigilado la heladería y la casa de Benotti durante toda la noche. A las nueve de la mañana del viernes, Benotti volvió a su establecimiento, y a las diez abrió las puertas. Len Stewart y el turno de día empezaron su trabajo a la misma hora. A las once, Stewart llamó por radio.

—Hay una pequeña camioneta de reparto ante la puerta de entrada —dijo a Preston—. Parece que el hombre de la camioneta está cargando cubos de helados de cuatro litros. Yo diría que es un servicio de helados a domicilio.

Preston revolvió su vigésima taza de horrible café. Tenía la mente nublada por falta de sueño.

—Ya sé —dijo—. Se han registrado encargos por teléfono. Destaque un coche y dos personas para que no pierdan de vista la camioneta. Que tomen nota de todos los recipientes de helados que se entreguen.

—Sólo me quedará un coche y dos hombres, incluido yo mismo —replicó Stewart—, y esto es muy poco.

—Se está celebrando una conferencia en «Charles». Trataré de conseguir un equipo adicional —dijo Preston.

La camioneta de reparto de helados hizo doce entregas aquella mañana, todas ellas en la zona de St. John's Wood y Swiss Cottage, con dos en el extremo sur de Marylebone.

Algunas de las entregas se realizaron en bloques de apartamentos, donde era difícil que los vigilantes se acercasen sin llamar la atención; pero anotaron todas las direcciones. Después, la camioneta volvió a la heladería. Por la tarde no hubo reparto.

—¿Quiere dejar la lista en «Cork» al volver a casa? —preguntó Preston a Stewart.

Aquella noche, los que tenían intervenido el teléfono informaron de que Berenson había recibido cuatro llamadas mientras estuvo en casa, incluida una en que el que llamaba se había equivocado de número. Él no había telefoneado a nadie. Todo había sido grabado en cinta magnetofónica. ¿Quería Preston oírlo? No parecía haber nada sospechoso. Pero Preston pensó que nada perdería con escuchar.

El sábado por la mañana, Preston realizó la prueba más extraordinaria de su vida. Empleando un magnetófono montado por los de Ayuda Técnica y valiéndose de una serie de pretextos, telefoneó a todos los que habían recibido helados el día anterior; cuando se ponía una mujer al aparato, le preguntaba si podía hablar con su marido. Como era sábado, halló a todos en casa, menos a uno.

Una voz le pareció ligeramente familiar. ¿Por qué? ¿Por el acento? ¿Y dónde había podido oírla antes? Comprobó el nombre del dueño de la casa. No le dijo nada.

Almorzó de mal humor en un café próximo a Cork Street. Se le ocurrió la analogía cuando estaba tomando el café. Volvió corriendo a Cork Street y escuchó de nuevo las grabaciones. Era posible; no cierto, pero posible.

Scotland Yard, entre las numerosas especialidades de su Departamento de ciencia forense, tiene una sección dedicada al análisis de la voz, muy útil cuando un «presunto» delincuente cuyo teléfono ha sido intervenido niega que sea su voz la grabada. Como MI5 no tiene estas facilidades, ha de confiar en Scotland Yard para esta clase de cosas y suele conseguir su ayuda por mediación de la Rama Especial.

Preston llamó al sargento detective Lander, le encontró en su casa y fue el propio Lander quien concertó una reunión urgente, para la tarde de aquel mismo sábado en la sección de análisis de voces de Scotland Yard. Sólo había un técnico disponible, que, por cierto, se mostró reacio a dejar de ver el partido de rugby en la televisión para acudir al trabajo; pero lo hizo. Joven, delgado y con gafas de cristal de roca, pasó las cintas media docena de veces, observando cómo la línea iluminada subía y bajaba en la pantalla del osciloscopio, registrando los menores matices de tono y timbre de las voces.

—Es la misma voz —decidió al fin—. No cabe la menor duda.

El domingo, Preston identificó al dueño de aquella voz por medio de la Lista diplomática. También llamó a un amigo del Departamento de Física de la Universidad de Londres, le estropeó el día libre al pedirle un importante favor y, por último, telefoneó a Sir Bernard Hemmings en su casa de Surrey.

—Creo que hay algo de lo que deberíamos informar al Comité Paragon, señor —dijo—. ¿Le parece bien mañana por la mañana?

El Comité Paragon se reunió a las once, y Sir Anthony pidió a Preston que presentase su informe. Había un ambiente de expectación, aunque Sir Bernard Hemmings parecía muy serio.

Preston detalló los sucesos de los dos primeros días desde la distribución del documento sobre la isla de Ascensión, haciéndolo con la mayor brevedad posible. Los oyentes dieron muestra de interés al enterarse de la extraña y breve llamada de Berenson desde un teléfono público la noche del miércoles.

—¿Grabaron la llamada? —preguntó Sir Peregrine Jones.

—No, señor; no pudimos acercarnos lo bastante —respondió Preston.

—Entonces, ¿por qué cree que llamó?

—Creo que Mr. Berenson avisó a su controlador sobre una «entrega» inminente, empleando probablemente una clave para indicar la hora y el lugar.

—¿Tiene alguna prueba de ello? —preguntó Sir Hubert Villiers, del Ministerio del Interior.

—No, señor.

Preston describió a continuación la visita a la heladería, el abandono del *Daily Telegraph* y el hecho de que éste fuese recogido personalmente por el dueño.

—¿Consiguieron hacerse con el periódico? —preguntó Sir Paddy Strickland.

—No, señor; si hubiésemos irrumpido en la heladería, esto hubiese podido llevar a la detención de Mr. Benotti y quizá de Mr. Berenson, pero Benotti habría podido alegar su ignorancia total de que hubiese algo dentro del periódico, y Mr. Berenson habría podido decir que había sido un terrible descuido.

—Pero, ¿cree usted que la visita a la heladería fue para hacer la «entrega»? —preguntó Sir Anthony Plumb.

—Estoy seguro de ello —respondió Preston.

Siguió describiendo el reparto de recipientes de helado de cuatro litros a una docena de parroquianos la mañana siguiente; la manera en que había obtenido muestras de la voz de once de ellos y la llamada recibida aquella misma noche por Berenson, de alguien que había «equivocado el número».

—La voz del hombre que le llamó aquella noche y dijo que se había equivocado de número, se disculpó y colgó, era la misma de uno de los que recibieron un cubo de helado.

Se hizo un silencio alrededor de la mesa.

—¿No pudo ser una coincidencia? —preguntó Sir Hubert Villiers, en tono dubitativo—. En esta ciudad son muchas las personas completamente inocentes que se equivocan al marcar el número de un teléfono. Yo mismo recibo continuamente llamadas equivocadas.

—Comprobé eso ayer con un amigo que dispone de una computadora —dijo pausadamente Preston—. Son de menos de una entre un millón las probabilidades de que un hombre, en una ciudad de doce millones de habitantes, entre a tomar un batido en una heladería, y esta heladería sirva a doce parroquianos a la mañana siguiente, y uno de estos parroquianos «equivoque el número» al llamar a medianoche al que se tomó el batido. La llamada telefónica del viernes por la noche fue para acusar recibo del envío.

—Veamos si lo he entendido —dijo Sir Perry Jones—. Berenson recobró de sus tres colegas las fotocopias de mi documento falso y simuló que las destruía. En realidad, conservó una. La metió dentro del periódico y la dejó en la heladería. El dueño recogió el periódico, envolvió el documento secreto en plástico y lo entregó a la mañana siguiente al controlador en un cubo de helado. Entonces, el último avisó a Berenson que lo había recibido.

—Eso es lo que creo que ocurrió —admitió Preston.

—Una probabilidad entre un millón —murmuró Sir Anthony Plumb—. ¿Qué piensas tú, Nigel?

El jefe del SSI sacudió la cabeza.

—No creo en las probabilidades de una entre un millón —replicó—. No en nuestro trabajo, ¿verdad, Bernard? No; fue una entrega en toda regla, desde la fuente hasta el controlador por medio de un enlace, del signore Benotti. John Preston tiene razón. Le felicito. Berenson es nuestro hombre.

—Y después de hacer este descubrimiento, ¿qué, Mr. Preston? —preguntó Sir Anthony.

—He trasladado la vigilancia de Mr. Berenson al controlador —comunicó Preston—. He identificado a éste. En realidad, esta mañana me uní a los vigilantes y le seguí desde su piso en Marylebone, donde vive solo como soltero, hasta su oficina. Es un diplomático extranjero. Se llama Jan Marais.

—¿Jan? Parece checo —dijo Sir Perry Jones.

—No exactamente —intervino Preston, con aire sombrío—. Jan Marais es diplomático acreditado en el personal de la Embajada de la República de África del Sur.

Se hizo un silencio de asombro e incredulidad. Sir Paddy Strickland, en un lenguaje poco usado por los diplomáticos, farfulló:

—¡Maldita sea!

Todos los ojos se volvieron a Sir Nigel Irvine. Éste se hallaba sentado en el extremo de la mesa y parecía terriblemente impresionado. «Si es verdad —pensó—, haré de sus pelotas aceitunas para el cóctel.» Estaba pensando en el general Henry Pienaar, jefe del Servicio de Información Nacional de África del Sur, sucesor del difunto y no malogrado BOSS. Una cosa era que los sudafricanos contratasen a unos cuantos ladrones londinenses para robar los archivos del Congreso Nacional africano; pero «introducir» un espía en el Ministerio de Defensa británico era una declaración de guerra entre Servicios.

—He de decirles, caballeros, que, si me lo permiten, dedicaré unos cuantos días a investigar más a fondo este asunto —dijo Sir Nigel.

Dos días más tarde, el 4 de marzo, uno de los ministros a quien había confiado Mrs. Thatcher su deseo de anticipar las elecciones generales, estaba desayunando con su esposa en su magnífica casa de Holland Park, Londres. La esposa hojeaba una serie de folletos de viajes de vacaciones.

—Corfú es un buen sitio —dijo—. O Creta.

Como no obtuviese respuesta, insistió:

—Este verano deberíamos disfrutar de quince días de completo descanso, querido. A fin de cuentas, han pasado casi dos años. ¿Qué te parecería en el mes de junio? Antes de la aglomeración, pero cuando el tiempo es mejor.

—En junio, no —replicó el ministro sin levantar la cabeza.

—Pero junio es hermoso —protestó ella.

—No en junio —repitió él—. Cualquier otro mes, pero no el de junio.

Ella abrió mucho los ojos.

—¿Por qué es tan importante junio?

—Olvídalo.

—¡Astuto y viejo zorro! —exclamó ella con desaliento—. Es por Margaret, ¿verdad? Aquella pequeña charla íntima en Chequers hace una semana. Ella va a ir al campo. Que me aspen si me equivoco.

—¡Calla! —dijo su marido, pero, después de veinticinco años de matrimonio, ella sabía que había acertado.

Levantó la cabeza y vio a Emma, su hija, en el umbral de la puerta.

—¿Vas a salir, querida?

—Sí —respondió la muchacha—. Hasta luego.

Emma Lockwood tenía diecinueve años, estudiaba en una academia de Bellas Artes y era partidaria, con todo el entusiasmo de su juventud, de la «política radical». Detestaba las opiniones políticas de su padre y trataba de protestar contra ellas con su propio estilo de vida. Para desesperación tolerante de sus padres, no faltaba a ninguna manifestación antinuclear ni a los más ruidosos actos de protesta de la extrema izquierda. Una de sus maneras de protestar era acostarse con Simon Devine, profesor de una escuela politécnica al que había conocido en una manifestación.

Como amante no era gran cosa, pero le impresionaban su curioso trosquismo y su odio patológico contra la «burguesía», en el que parecía incluir a todos aquellos que no pensaban como él. A quienes discrepaban de él todavía más que los burgueses, les llamaba fascistas. Aquella tarde, en su habitación, le contó Emma lo que había oído desde la puerta del cuarto donde desayunaban sus padres.

Devine era miembro de varios grupos revolucionarios estudiantiles y escribía artículos para publicaciones de la izquierda dura, muy apasionadas y de poca circulación. Dos días después mencionó la noticia que había obtenido de Emma Lockwood a uno de los directores de un libelo para el que había preparado un artículo pidiendo a todos los trabajadores de la empresa automovilística de Cowley amantes de la libertad que destruyesen la línea de producción como represalia por haber sido despedido por robo uno de los suyos.

El director advirtió a Devine de que un rumor no era suficiente para publicar un artículo sobre él, pero que discutiría la información con sus colegas, y le aconsejó que, de momento, no dijese nada. Cuando Devine se hubo marchado, el director discutió el asunto con uno de sus colegas, que era su enlace, y éste transmitió la información al controlador que estaba en la *rezidentura* de la Embajada soviética. El 10 de marzo llegó a Moscú la noticia. De haberlo sabido, Devine se habría horrorizado. Como ardiente seguidor de la llamada de Trotsky para la inmediata revolución mundial, odiaba Moscú y todo lo que éste representaba.

Sir Nigel Irvine había quedado muy impresionado por la revelación de que el controlador de un espía importante dentro del *establishment* británico era un diplomático sudafricano, y siguió el único camino de que disponía: acudir directamente al SIN de África del Sur y pedir una explicación.

Las relaciones entre el SSI británico y el SIN sudafricano (y su predecesor, el BOSS) serían calificadas de inexistentes por cualquier político de ambos países, «Distanciadas», sería un término más exacto. En realidad existen, pero, por razones políticas, son difíciles.

Debido a la repugnancia general que inspira la doctrina del *apartheid*, la relación ha sido siempre mal vista por los sucesivos Gobiernos británicos, sobre todo por los Gobiernos laboristas. Durante los años de régimen laborista entre 1964 y 1979, se permitió que continuase, debido al problema de Rhodesia. El Primer Ministro laborista Harold Wilson reconoció que necesitaba toda la información que pudiese obtener sobre la Rhodesia de Ian Smith para justificar sus sanciones, y los africanos del Sur podían proporcionársela.

Cuando terminó aquel asunto, los conservadores habían recuperado el poder en mayo de 1979, y las relaciones continuaron, debido, esta vez, a la preocupación por Namibia y Angola, donde había que confesar que los sudafricanos tenían buenas redes de información. Las relaciones no interesaban a una sola de las partes. Los británicos recibieron un soplo de los alemanes occidentales sobre la relación con Alemania del Este de la esposa del comodoro de la Marina sudafricana Dieter Herhardt, que más tarde fue detenido como espía del bloque soviético. Los británicos informaron también a los africanos del Sur sobre una pareja de «ilegales» soviéticos que habían penetrado en África del Sur, empleando los archivos enciclopédicos del SSI sobre tales caballeros.

En 1967 se produjo un desagradable incidente, cuando un agente del BOSS, un tal Norman Blackburn, que trabajaba como barman en el «Zambezi Club», hechizó a una de las *Garden Girls.* Éstas son secretarias del 10 de Downing Street y reciben ese nombre porque trabajan en una habitación que da al jardín.

La enamorada Helen —sólo damos el patronímico porque hace tiempo que lleva una vida digna con su familia— transmitió varios documentos secretos a Blackburn antes de que se descubriese el caso. Esto causó gran «revuelo» y llevó a Harold Wilson a la firme convicción de que todo lo que marchaba mal, incluidos el vino agriado y las malas cosechas, se debía al BOSS.

Después de aquello, las relaciones tomaron un rumbo más normal. Los británicos mantienen allí un jefe de servicio, con conocimiento del SIN y que suele residir en Johannesburgo. Los británicos no toman «medidas activas» en territorio sudafricano. Los sudafricanos tienen varios agentes en su Embajada en Londres, de los que el SSI tiene conocimiento, y unos pocos fuera de la Embajada, que son vigilados atentamente por MI5. La tarea de estos últimos consiste en observar las actividades en Londres de varias organizaciones revolucionarias sudafricanas, como ANC, SWAPO, etcétera. Mientras los sudafricanos se limiten a esta labor, nadie se mete con ellos.

El jefe británico del Servicio en Johannesburgo pidió y obtuvo una entrevista personal con el general Henry Pienaar y transmitió a su superior en Londres lo que le había dicho el jefe del SIN. Sir Nigel convocó una reunión del Comité Paragon para el 10 de marzo.

—El grande y buen general Pienaar jura por todo lo que considera sagrado que no sabe nada de Jan Marais. Afirma que Marais no trabaja ni ha trabajado nunca para él.

—¿Dice la verdad? —preguntó Sir Paddy Strickland.

—En este juego, nunca se puede estar seguro de cuál es la verdad —respondió Sir Nigel—. Pero en este caso podría serlo. En primer lugar, si no lo fuese, habría sabido hace tres días que hemos descubierto a Marais. Si éste estuviese a su servicio, habría comprendido que nuestra venganza sería terrible. No ha sacado de aquí a ninguno de sus hombres, cosa que pienso que habría hecho si se considerase culpable.

—Entonces, ¿quién diablos *es* Marais? —preguntó Sir Perry Jones.

—Pienaar dice que tiene tanto interés como nosotros en saberlo —respondió «C»—. En realidad aceptó mi petición de que un investigador nuestro colabore con los suyos en la caza. Deseo enviar un hombre allí.

—¿Cuál es ahora la posición de Berenson y de Marais? —preguntó Sir Anthony Plumb a Harcourt-Smith, que representaba a «Cinco».

—Ambos están bajo discreta vigilancia, pero no se ha tomado ninguna medida drástica. No se ha irrumpido en el apartamento de ninguno de los dos. Sólo interceptación de la correspondencia, escucha de los teléfonos y observación, por los vigilantes, durante las veinticuatro horas del día —respondió Harcourt-Smith.

—¿Cuánto tiempo necesitas, Nigel? —preguntó Plumb.

—Diez días.

—Está bien, pero no más. Dentro de diez días tendremos que actuar contra Berenson con todo lo que tengamos e iniciar la valoración del daño, tanto si quiere colaborar como si no.

Al día siguiente, Sir Nigel Irvine telefoneó a Sir Bernard Hemmings a su casa de las afueras de Farnham, donde se hallaba confinado el enfermo.

—Bernard, quiero hablarte de ese hombre tuyo, Preston. Sé que es algo desacostumbrado, pues podría enviar a uno de los míos, pero me gusta su estilo. ¿Podrías prestármelo para el viaje a África del Sur?

Sir Bernard accedió. Preston se trasladó a Johannesburgo en el vuelo de la noche del 12 al 13 de marzo. Hasta que estuvo en el aire no llegó la información a conocimiento de Brian Harcourt-Smith. Éste se enfadó mucho, pero comprendió que no podía hacer nada.

El Comité Albión se presentó al secretario general en la tarde del 12 y fue recibido en el apartamento de Kutúzovski Prospekt.

—¿Qué tienen que comunicarme? —preguntó pausadamente el líder soviético.

El profesor Krilov, como presidente del Comité, hizo un ademán al gran maestro Rogov, el cual abrió la carpeta que tenía delante y empezó a leer.

Como siempre que se hallaba en presencia del secretario general, Philby se sintió impresionado, incluso pasmado, ante el poder absoluto de aquel hombre. Durante las investigaciones del Comité habría bastado la mera mención de su nombre como autoridad suprema para conseguir todo lo que hubiesen querido en la URSS, sin que les hiciesen preguntas. Como estudioso del poder y sus aplicaciones, Philby admiraba la manera implacable y astuta con que el secretario general se había asegurado un poder total sobre todos los resortes vitales de la Unión Soviética.

Años antes, cuando le otorgaron la poderosa presidencia de la KGB, no fue designado por Breznev, sino por la eminencia gris del Politburó, el ideólogo del partido, Mijail Súslov. Con esta independencia residual de Breznev y su «mafia» personal, había conseguido que la KGB no se convirtiese nunca en un perro fiel de Breznev. Cuando, en mayo de 1982, muerto Súslov y agonizante Breznev, abandonó la KGB para volver al Comité Central, no cometió el mismo error.

Dejó tras él, como presidente de la KGB, al general Fedorchuk, su lugarteniente personal. Desde el interior del partido, el actual secretario general consolidó su posición en el Comité Central y esperó, a lo largo de los breves períodos de Andrópov y Chernenko, la inevitable sucesión.

A los pocos meses de esta sucesión se había asegurado todas las fuentes de poder: el partido, las Fuerzas Armadas, la KGB y el Ministerio del Interior: el MVD. Con todos los ases en sus manos, nadie se atrevería a oponerse a él ni a conspirar.

—Hemos trazado un plan, camarada secretario general —dijo el doctor Rogov, empleando el tratamiento formal, ya que estaban en presencia de otros—. Es un plan concreto, una medida activa, una proposición para producir tal desestabilización entre el pueblo británico, que el caso de Sarajevo y el incendio del Reichstag parecerán insignificantes. Lo hemos llamado «Plan Aurora».

Tardó una hora en leer todos los detalles. De vez en cuando levantaba la cabeza para ver si había alguna reacción, pero el secretario general era gran maestro en un juego mucho más importante que el ajedrez, y su cara permanecía impasible. Por fin terminó el doctor Rogov. Se hizo un silencio y todos esperaron.

—Tiene sus riesgos —dijo suavemente el secretario general—. ¿Qué garantía tenemos de que no salga el tiro por la culata como en ciertas... otras operaciones?

No había mencionado la palabra, pero todos supieron a qué se refería. En su último año en la KGB se había visto gravemente afectado por el horrible fracaso del asunto Voitila. Habían tardado tres años en desvanecerse el estruendo y las acusaciones, y se había producido una publicidad mundial que en modo alguno favorecía a la URSS.

A principios de la primavera de 1981, el Servicio Secreto búlgaro había informado de que sus agentes entre la comunidad turca de Alemania Federal habían descubierto a un tipo extraño. Por razones étnicas, culturales e históricas, Bulgaria, el satélite más fiel y sumiso de Rusia, estaba profundamente interesada en Turquía y los turcos. El hombre a quien habían descubierto era un terrorista de pelo en pecho que había sido adiestrado por la extrema izquierda en el Líbano, había matado en Turquía por encargo de los «lobos grises» de la extrema derecha, escapado de la cárcel y huido a Alemania Federal.

Lo más extraño era que había expresado una obsesión personal por matar al Papa. ¿Arrojarían a Mehmed Alí Agca al océano o le darían fondos y documentos falsos, además de una pistola, y le dejarían marchar?

En circunstancias normales, la reacción de la KGB habría sido la más prudente: matarle. Pero las circunstancias no eran normales. Karol Voitila, primer Papa polaco de la Historia, representaba una gran amenaza. Polonia estaba soliviantada; el régimen comunista podía saltar allí en pedazos gracias al movimiento disidente Solidaridad.

El disidente Voitila había visitado ya Polonia en una ocasión, con desastrosos resultados desde el punto de vista soviético. Había que pararle los pies o desacreditarle. La KGB respondió a los búlgaros: «adelante, pero nosotros no queremos saber nada». En mayo de 1981, provisto de dinero, documentos falsos y una pistola, Agca fue acompañado a Roma, colocado en la dirección adecuada y dejado que siguiera lo que le dictaba su cabeza. Como resultado de ello, muchas personas perdieron la suya.

—Con el debido respeto, no creo que puedan compararse los dos casos —dijo el doctor Rogov, que había sido el principal artífice del «Plan Aurora» y estaba dispuesto a defenderlo—. El caso Voitila fue un desastre por tres razones: el objetivo no murió; el asesino fue capturado vivo, y, lo peor de todo, no existía un plan bien urdido para culpar a otros de conspiración, por ejemplo, a la extrema derecha italiana o norteamericana. Hubiese tenido que haber un montón de pruebas verosímiles para convencer al mundo de que era la derecha la que había impulsado a Agca.

El secretario general asintió con la cabeza, como un viejo lagarto.

—Ahora —siguió diciendo Rogov— la situación es diferente. Puede haber salidas y atajos en todas las fases. El ejecutor sería un gran profesional, que se suicidaría antes de ser capturado. Los artefactos físicos son, en su mayor parte, inofensivos en apariencia, y ninguno de ellos podría ser relacionado con la URSS. El oficial ejecutor no puede sobrevivir a la ejecución del plan. Y hay planes secundarios subsiguientes para que la culpa recaiga, firme y convincentemente, sobre los norteamericanos.

El secretario general se volvió al general Marchenko:

—¿Daría resultado? —preguntó.

Los tres miembros del Comité se sintieron incómodos. Habría sido más fácil captar la reacción del secretario general y mostrarse de acuerdo con él. Pero él no había dejado traslucir nada de lo que pensaba. Marchenko respiró hondo y asintió con la cabeza.

—Es factible —convino—. Creo que se necesitarían de diez a dieciséis meses para ponerlo en práctica.

—¿Camarada coronel? —preguntó a Philby el secretario general.

El tartamudeo de Philby aumentó mientras hablaba. Siempre le ocurría esto cuando se hallaba bajo tensión.

—En cuanto a los riesgos, no soy el más capacitado para juzgarlos. Ni la cuestión de su posibilidad técnica. En cuanto a los efectos, es indudable que inclinaría a más del diez por ciento de los electores «indecisos» británicos a votar por los laboristas.

—¿Camarada profesor Krilov?

—Yo debo manifestar mi oposición, camarada secretario general. Lo considero sumamente aventurado, tanto en su ejecución como en sus posibles consecuencias. Es totalmente contrario a los términos del

Cuarto Protocolo. Si éste se quebrantase, todos sufriríamos por ello.

El secretario general pareció sumirse en profunda meditación, que nadie se atrevió a turbar. Los ojos sólo entreabiertos rumiaron durante cinco minutos detrás de las brillantes gafas. Al fin levantó la cabeza.

—¿No hay notas, ni grabaciones, ni fragmentos de este plan fuera de esta habitación?

—Nada —declararon los cuatro hombres del Comité.

—Recojan los legajos y las carpetas y dénmelos —ordenó el secretario general.

Cuando lo hubieron hecho, prosiguió, con su monotonía habitual:

—Es un plan desaforado, loco, atrevido e increíblemente peligroso —salmodió—. Queda disuelto el Comité. Volverán ustedes al ejercicio de sus profesiones y no mencionarán jamás el Comité Albión ni el «Plan Aurora».

Seguía sentado allí, contemplando fijamente la mesa, cuando los cuatro hombres, sumisos y humillados, salieron de la estancia. Se pusieron los abrigos y los sombreros en silencio, casi sin mirarse, y fueron acompañados a sus coches.

En el cavernoso patio, cada cual subió a su automóvil. Philby, en su «Volga» personal, esperó a que el conductor, Gregoriev, pusiese el motor en marcha, pero el hombre siguió sentado inmóvil. Las otras tres limosinas abandonaron el patio, pasaron por debajo del arco y salieron al bulevar. Alguien golpeó la ventanilla de Philby. Éste bajó el cristal y vio la cara del comandante Pavlov.

—Tenga la bondad de acompañarme, camarada coronel.

A Philby se le encogió el corazón. Ahora comprendió que sabía demasiado; era el único extranjero del grupo. El secretario general tenía fama de atar siempre los cabos sueltos. Siguió al comandante Pavlov al interior del edificio. Dos minutos más tarde, era introducido de nuevo en el salón del secretario general. El viejo seguía en su silla de ruedas junto a la mesa de café. Hizo un ademán a Philby, invitándole a sentarse. El traidor británico se apresuró a obedecer.

—¿Qué le ha parecido realmente todo esto? —preguntó suavemente el secretario general.

Philby tragó saliva.

—Ingenioso, audaz y aventurado; pero, si saliese bien, sería eficaz —dijo.

—Es brillante —murmuró el secretario general—. Y será puesto en práctica. Pero bajo mi dirección personal. La operación será exclusivamente mía, de nadie más. Y usted colaborará íntimamente en ella.

—¿Puedo preguntarle una cosa? —se atrevió a decir Philby— ¿Por qué yo? Soy extranjero, aunque he servido a la Unión Soviética durante toda mi vida y he vivido aquí un tercio de ella. Pero sigo siendo extranjero.

—Precisamente —replicó el secretario general—, y no tiene nadie que le ampare, salvo yo. No podría empezar a conspirar contra mí. Se despedirá de su esposa y de sus hijos y despachará a su chófer. Pasará a residir en las habitaciones de los invitados de mi dacha en Usovo. Allí montará el equipo que habrá de realizar el «Plan Aurora». Tendrá todas las autorizaciones que necesite; las recibirá de mi oficina en el Comité Central. Pero no se dejará ver personalmente.

Apretó un botón debajo de su mesa.

—Trabajará siempre bajo la mirada de este hombre. Creo que ya le conoce.

Se había abierto la puerta y aparecido el rostro frío e impasible del comandante Pavlov.

—Es muy inteligente y extraordinariamente receloso —dijo el secretario general, en tono encomiástico—. También es absolutamente fiel. Y es sobrino mío.

Mientras Philby se levantaba para acompañar al comandante, el secretario general le tendió una tira de papel. Era un papel muy fino que procedía del Primer Directorio e iba dirigido a la «atención personal del secretario general del PCUS». Philby lo miró con incredulidad.

—Sí —dijo el secretario general—, llegó ayer a mi poder. No dispondrá usted de los diez a dieciséis meses del general Marchenko. Por lo visto, Mrs. Thatcher va a hacer su maniobra en junio. Tenemos que hacer la nuestra una semana antes que ella.

Philby suspiró. En 1916 se habían necesitado diez días para hacer la revolución rusa. El mayor traidor británico tenía noventa para garantizar la de Gran Bretaña.

las autorizaciones que necesita [illegible] las partidas de propaganda en el Con[illegible]
Cer[illegible] Pero [illegible] sor[illegible]
Aprobaron [illegible] debajo de [illegible]
Atribuía a [illegible] la marcada [illegible] este nombre [illegible] que ya le conoce [illegible]
Se [illegible] abiertos [illegible] y [illegible] impresión [illegible] constante [illegible]
—Es muy [illegible] cuatro [illegible] entre [illegible] —dijo [illegible] secretaria general, en [illegible] — [illegible] es absolutamente [illegible] es [illegible]
Mientras Philby se levantaba para acompañar al comandante, el secretario general le tendió [illegible] de papel. Era un papel con membrete propiedad del Pravda. [illegible] a la atención personal del secretario general del PCUS. [illegible] la [illegible] unidad.
[illegible] el secretario general— llame usted a [illegible] [illegible] de [illegible] dos [illegible] del camarada [illegible] Mrs. Thatcher va a hacer [illegible] que [illegible] la muestra una semana antes que ella.
Philby sospechó que [illegible] nada [illegible] para hacer la [illegible] El [illegible] para [illegible] la [illegible] Bretaña.

SEGUNDA PARTE

Capítulo IX

Cuando John Preston aterrizó en el aeropuerto Jan Smuts, la mañana del 13, le estaba esperando el jefe local del Servicio, un hombre alto, delgado y rubio, llamado Dennis Grey. Desde la terraza, dos hombres del SIN sudafricano observaron su llegada, pero no hicieron nada para acercarse más.

Había que pasar por la Aduana y por Inmigración, y, a la media hora de haber aterrizado el avión, los dos ingleses rodaban a toda velocidad hacia Pretoria. Preston contempló con curiosidad el paisaje del *highveld*; no correspondía en absoluto a la imagen que se había forjado de África; se hallaba sencillamente en una carretera asfaltada de seis carriles, que atravesaba una llanura yerma y estaba flanqueada de granjas y fábricas modernas de estilo europeo.

—Le he reservado habitación en el «Burgerspark» —dijo Grey—. Está en el centro de Pretoria. Me dijeron que prefería usted alojarse en un hotel y no en la Residencia.

—Sí —dijo Preston—. Muchas gracias.

—Iremos primero allí. Tenemos una cita con la *Bestia* a las once.

Este título, no demasiado afectuoso, había sido en un principio otorgado a Van Den Berg, general de la Policía y jefe de la antigua Oficina de Seguridad del Estado, BOSS. Después del llamado escándalo Muldergate, en 1979, se disolvió el desgraciado matrimonio de la rama de Información del Estado de África del Sur y su Policía de Seguridad, para gran alivio de los agentes profesionales de Información y del Servicio exterior, algunos de los cuales habían sido continuamente puestos en aprietos por la dura táctica de la BOSS.

La rama de Información había sido reconstituida bajo el nombre de Servicio de Información Nacional, y el general Henry Pienaar fue trasladado a él desde su puesto de jefe de Información Militar. No era general de la Policía, sino del Ejército, y aunque no era oficial de Información de toda la vida, como Sir Nigel Irvine, sus años de recogida de información militar le habían enseñado que hay varias maneras de matar pulgas. Cuando el general Van Den Berg pasó a la situación de retirado, aún decía, a los que quisieran escucharle, que «la mano de Dios le protegía». Con muy poca amabilidad, los ingleses habían pasado su apodo de la *Bestia* al general Pienaar.

Preston se registró en el hotel de la Van Der Walt Street, dejó sus maletas, se lavó y afeitó rápidamente y fue a reunirse con Grey en el salón a las diez y media. De allí se dirigieron en coche a Union Building.

La sede de la mayor parte del Gobierno sudafricano es un enorme y largo bloque de piedra arenisca color castaño claro, de tres pisos de altura, y con su fachada de 400 metros adornada con cuatro columnatas salientes. Se levanta en el centro de Pretoria, sobre una colina que mira al Sur a través de un valle por cuyo fondo discurre Kerk Straat, y la explanada de delante del bloque tiene una vista panorámica a través del valle hasta las pardas colinas del *highveld* al Sur, rematada por la mole cuadrada del Voortrekker Monument.

Dennis Grey se identificó en la mesa de recepción y mencionó su cita. A los pocos minutos apareció un joven oficial, que les condujo al despacho del general Pienaar. El cuartel general del jefe del SIN está en el piso alto y en el extremo occidental del edificio. Grey y Preston fueron conducidos a lo largo de interminables pasillos decorados con lo que parecía ser un motivo de color castaño y crema del servicio civil sudafricano y revestidos de paneles de madera oscura. El despacho del general está al final del último corredor de la tercera planta, flanqueado, a la derecha, por un despacho donde trabajan dos secretarias, y, a la izquierda, por otro en el que están dos oficiales.

El oficial acompañante llamó a la última puerta, esperó que le diesen permiso e hizo pasar a los visitantes británicos. El despacho era sombrío y severo, con una grande y visiblemente desembarazada mesa frente a la puerta y cuatro sillones de cuero alrededor de una mesita baja cerca de la ventana, que daba a Kerk Straat y a las colinas del otro lado del valle. En todas las paredes había una serie de mapas, sin duda operacionales, protegidos por cortinillas verdes.

El general Pienaar era un hombre alto y corpulento, que se levantó al entrar ellos y se adelantó para estrecharles la mano. Grey hizo las presentaciones, y el general les invitó a sentarse en los sillones de cuero. Les sirvieron café, pero la conversación se mantuvo al nivel de una charla intrascendente. Grey comprendió la insinuación, se despidió y se fue. El general Pienaar miró fijamente a Preston durante un rato.

—Bueno, Mr. Preston —dijo en un inglés casi sin acento—, hablemos de nuestro diplomático Jan Marais. Ya le dije a Sir Nigel, y ahora se lo digo a usted: no trabaja para mí ni para mi Gobierno; al menos, no como controlador de agentes en Gran Bretaña. ¿Ha venido usted a tratar de descubrir para quién trabaja?

—Ésa es mi intención, si puedo, general.

El general Pienaar asintió varias veces con la cabeza.

—Prometí a Sir Nigel que le prestaríamos toda la ayuda que pudiésemos. Y cumpliré mi palabra.

—Gracias, general.

—Pondré a su servicio a uno de mis dos oficiales personales. Él le ayudará en todo lo necesario; le facilitará el acceso a los archivos que desee examinar; actuará de intérprete en caso necesario. ¿Habla usted afrikaans?

—No, general; ni una palabra.

—Entonces habrá que hacer algunas traducciones y necesitará un intérprete.

Pulsó un botón encima de la mesa y, al cabo de unos segundos, se abrió la puerta y entró un hombre de la misma corpulencia que el general, pero mucho más joven. Preston calculó que tendría poco más de treinta años. Tenía cabellos castaños y cejas color de arena.

—Permita que le presente al capitán Andries Viljoen. Andy, éste es Mr. John Preston, de Londres, el hombre con quien vas a trabajar.

Preston se levantó para estrecharle la mano. Percibió una hostilidad apenas disimulada en el joven afrikánder, tal vez un reflejo de los sentimientos más velados de su superior.

—He puesto una habitación a su disposición en este mismo pasillo —dijo el general Pienaar—. Bueno, no perdamos más tiempo, caballeros. Vayan a lo suyo.

Cuando estuvieron solos en el despacho que se les había reservado, Viljoen preguntó:

—¿Por dónde quiere empezar, Mr. Preston?

Preston suspiró para sus adentros. La campechanía del tratamiento en «Charles» y «Gordon», donde le llamaban por su patronímico, le resultaba mucho más agradable.

—Por los antecedentes personales de Jan Marais, si no le importa, capitán Viljoen.

La satisfacción del capitán saltó a la vista al sacar el legajo de un cajón de la mesa.

—Naturalmente, los hemos examinado ya —dijo—. Yo mismo los saqué hace unos días de Registro de Personal del Ministerio de Asuntos Exteriores.

Colocó ante Preston un grueso legajo con cubierta de piel.

—Si puede servirle de ayuda, resumiré lo que pudimos sacar de esto. Marais ingresó en el Servicio Exterior de África del Sur en Ciudad de El Cabo, la primavera de 1946. Lleva poco más de cuarenta años en el Servicio y tiene que jubilarse en diciembre. Procede de una buena familia afrikánder y nunca ha recaído la menor sospecha sobre él. Por eso resulta tan misterioso su comportamiento en Londres.

Preston asintió con la cabeza. No necesitó que se lo dijese más claramente. Aquí pensaban que Londres se había equivocado. Abrió el legajo. Entre los documentos de encima, había una hoja escrita a mano en inglés.

—Ésa es su autobiografía manuscrita —dijo Viljoen—, requisito que se exige a todos los candidatos al Servicio Exterior. En aquellos tiempos, cuando el partido unido de Jan Smuts estaba en el poder, el inglés se usaba mucho más que hoy. Actualmente, ese documento habría sido escrito en afrikaans. Desde luego, los candidatos deben hablar ambas lenguas con fluidez.

—Entonces creo que será mejor que empiece con esto —sugirió Preston—. Mientras lo leo, ¿tendría usted la bondad de hacer una sinopsis de su carrera en el Servicio? En particular, sus destinos en el extranjero, dónde, cuándo y por cuánto tiempo.

—Muy bien —asintió Viljoen—. Si fue por mal camino, si le corrompieron, probablemente ocurrió en algún lugar del extranjero.

El hincapié que hizo Viljoen en la palabra «si» bastó para expresar sus dudas, y el efecto corrosivo de los extranjeros sobre los buenos afrikánders se revelaba claramente en el énfasis puesto en la palabra «extranjero». Preston empezó a leer.

Nací, en agosto de 1925, en la pequeña población de Duiwelskloof, en el norte de Transvaal, hijo único de un agricultor del Mootseki Valley, en las afueras del pueblo. Mi padre, Laurens Marais, era afrikánder puro, pero mi madre, Mary, era de origen inglés. Fue un matrimonio desacostumbrado en aquella época, pero gracias a ello aprendí a la perfección tanto el inglés como el afrikaans.

Mi padre era mucho más viejo que mi madre, la cual estaba delicada y murió, cuando yo tenía diez años, durante una de las epidemias de fiebre tifoidea que en aquellos tiempos asolaban la región de vez en cuando. Mi padre tenía cuarenta y seis años cuando yo nací, y mi madre, sólo veintinco. Él cultivaba principalmente patatas, tabaco, un poco de trigo, y criaba gallinas, patos, pavos, ganado bovino y corderos. Toda su vida fue firme simpatizante del Partido Unido, y me puso el nombre de Jan en honor del mariscal Jan Smuts.

Preston interrumpió la lectura:

—Supongo que todo esto no perjudicaría su candidatura —sugirió.

—En absoluto —dijo Viljoen, mirando el papel—. El Partido Unido estaba entonces todavía en el poder. El Partido Nacional no lo conquistó hasta 1948.

Preston siguió leyendo.

Cuando tenía siete años empecé a ir a la Escuela de Agricultura local de Duiwelskloof, y a la edad de doce fui a la Superior de Merensky, que había sido fundada cinco años antes. Cuando estalló la guerra de 1939, mi padre, que era gran admirador de Gran Bretaña y del Imperio, solía seguir todas las noticias sobre la guerra en Europa en su aparato de radio, sentado en la terraza por la noche, al terminar el trabajo. Cuando murió mi madre, nos unimos todavía más, y pronto empecé a sentir afán por participar en la guerra.

Dos días después de cumplir los dieciocho años, en agosto de 1943, me despedí de mi padre y tomé el tren hacia Pietersburg, donde hice transbordo para tomar el de Pretoria. Mi padre me acompañó hasta

Pietersburg, y la última vez que le vi estaba en el andén despidiéndome con la mano. Al día siguiente entré en la Jefatura de Defensa de Pretoria, hice una declaración formal, firmé y fui enviado al campamento de Roberts Heights para instrucción básica, lucha cuerpo a cuerpo y empleo de armas de fuego. También me presenté voluntario para el galón rojo.

—¿Qué significa eso del «galón rojo»? —preguntó Preston.

Viljoen levantó la cabeza, interrumpiendo su escritura:

—En aquellos tiempos, sólo los voluntarios podían ser enviados a luchar fuera de las fronteras de África del Sur —explicó Viljoen—. No podían ser obligados a hacerlo. Los que se presentaban voluntarios para combatir en ultramar recibían un galón rojo para llevarlo en el uniforme.

Desde Roberts Heights fui enviado al regimiento Witwatersrand Rifles / De La Rey, que había sido unificado después de las bajas sufridas en Tobruk, para formar el Wits/De La Rey. Fuimos enviados en tren a un campamento de tránsito en Hay Paddock, cerca de Pietermaritzburg, y destinados como refuerzo a la Sexta División sudafricana, en espera de ser llevados a Italia. Por último, embarcamos todos en Durban, en el Duchess of Richmond, *pasamos por el canal de Suez y desembarcamos en Tarento a finales de enero.*

La mayor parte de aquella primavera italiana la empleamos en avanzar hacia Roma, y con la Sexta División, a la sazón compuesta por la 12ª Brigada Motorizada de AS y con la 11ª Brigada Acorazada de AS, los Wits/De La Rey cruzamos Roma y empezamos el avance sobre Florencia. El 13 de julio, yo estaba en una avanzadilla en el monte Benichi, en las montañas de Chianti, con una patrulla de exploración de la compañía «C». En un terreno poblado de tupidos bosques, me encontré separado del resto de la patrulla después del anochecer, y a los pocos minutos me vi rodeado por tropas alemanas de la División Hermann Goering. Como decían ellos, me «metieron en el saco».

Tuve la suerte de conservar la vida, pero me subieron a un camión con otros prisioneros aliados y nos enviaron a una «jaula», o campamento provisional, en un lugar llamado La Tarina, al norte de Florencia. Recuerdo que el prisionero sudafricano de más categoría era el suboficial Snyman. No estaríamos mucho tiempo allí. Al avanzar los aliados a través de Florencia, fuimos brutalmente evacuados durante la noche. Aquello fue el caos. Algunos prisioneros trataron de escapar y fueron muertos a tiros. Los dejaron tirados en la carretera, y los camiones pasaron sobre ellos. De los camiones fuimos trasladados a vagones de ferrocarril para el transporte de ganado, y viajamos hacia el Norte durante días, atravesando los Alpes y llegando, al fin, al campo de prisioneros de guerra de Moosberg, a cuarenta kilómetros al norte de Munich.

Pero tampoco esto fue por mucho tiempo. Después de sólo catorce días, aproximadamente la mitad de nosotros fuimos sacados de Moosberg y enviados de nuevo a un tren, donde nos metieron una vez más en vagones de ganado. Casi sin comer ni beber nada, rodamos a través de Alemania durante seis días con sus noches, y a finales de agosto de 1944 fuimos, al fin, descargados y enviados a otro campo mucho más grande. Nos enteramos de que lo llamaban Stalag 344 y estaba en Lamsdorf, cerca de Breslau, en la que era entonces Silesia alemana. Pienso que Stalag 344 debía de ser el Stalag peor de todos. Había allí once mil prisioneros de guerra aliados; las raciones eran virtualmente para morirse de hambre, y si nos mantuvimos vivos, fue principalmente gracias a los paquetes de la Cruz Roja.

Yo era entonces cabo, y como tal, tuve que incorporarme a destacamentos de trabajadores y era enviado cada día, con otros muchos, en camiones, para trabajar en una fábrica de petróleo sintético situada a diecinueve kilómetros de distancia. Aquel invierno fue muy crudo en la llanura silesiana. Un día, precisamente antes de la Navidad, nuestro camión se averió. Dos prisioneros trataron de repararlo bajo la vigilancia de los guardias alemanes. A algunos de nosotros se nos permitió apearnos junto a la parte trasera del camión. Un joven soldado sudafricano que estaba cerca de mí miró hacia el bosque de pinos, a sólo unos veintisiete metros de nosotros; después me miró y arqueó una ceja. Nunca sabré por qué lo hice, pero un momento después corríamos los dos sobre la nieve, que nos llegaba a los muslos, mientras nuestros camaradas empujaban a los guardias alemanes para desviar su puntería. Llegamos vivos a la orilla del bosque y penetramos, corriendo, en la espesura.

—¿Quiere que vayamos almorzar? —preguntó Viljoen—. Tenemos una cantina en la casa.

—¿Cree usted que podrían traernos unos bocadillos y café aquí? —preguntó Preston.

—Desde luego. Llamaré para que lo traigan.

Preston reanudó la lectura del relato de Jan Marais.

Pronto descubrimos que, en realidad, habíamos salido del fuego para caer en las brasas, salvo que aquello no era fuego, sino un infierno helado, donde la temperatura descendía por la noche a treinta grados bajo cero. Llevábamos los pies envueltos en papeles dentro de las botas, pero ni esto ni nuestros capotes nos resguardaban del frío. Después de dos días, nuestra debilidad era tan grande, que a punto estuvimos de rendirnos.

La segunda noche empezábamos a dormirnos en un granero arruinado, cuando alguien nos despertó sacudiéndonos. Pensamos que debían de ser los alemanes, pero yo conocía algunas palabras de su idioma gracias al afrikaans, y comprendí que aquellas voces no eran alemanas, sino polacas; habíamos sido descubiertos por una banda de partisanos polacos. Estuvieron en un tris de fusilarnos como desertores alemanes, pero yo grité que éramos ingleses, y uno de los hombres pareció entenderme.

Resultó que, si bien la mayoría de los ciudadanos de Breslau y Lamsdorf eran de raza germana, los campesinos eran de sangre polaca y, al avanzar las tropas rusas, muchos de ellos se habían metido en los bosques para hostigar a los alemanes en retirada. Había dos clases de partisanos: los comunistas y los católicos. Tuvimos suerte, pues fue un grupo de combatientes de la resistencia católica el que nos sorprendió. Nos mantuvieron durante todo aquel crudo invierno, mientras los cañones rusos tronaban en el Este y proseguían su avance. Entonces, en enero, mi camarada cogió una pulmonía. Traté de cuidarle, pero sin antibióticos, murió y le enterramos en el bosque.

Preston masticó pensativamente sus bocadillos y sorbió su café. Observó que sólo quedaban unas pocas páginas.

En marzo de 1945, el Ejército ruso cayó de pronto sobre nosotros. Desde los bosques podíamos oír sus carros blindados que rodaban hacia el Oeste por las carreteras. Los polacos prefirieron quedarse en los bosques, pero yo no pude soportarlo más. Me mostraron el camino, y, una mañana, con las manos en alto, salí del bosque y me entregué a un grupo de soldados rusos.

Al principio creyeron que era alemán, y a punto estuvieron de matarme. Pero los polacos me habían dicho que gritase angleeski, *y lo hice repetidamente. Bajaron sus rifles y llamaron a un oficial. Éste no hablaba inglés, pero, después de examinar la insignia del cuello de mi guerrera, dijo algo a sus soldados, y todo fueron sonrisas. Pero si había esperado una pronta repatriación, me equivoqué una vez más. Me entregaron a la NKVD.*

Durante cinco meses recibí un trato brutal en una serie de húmedas y heladas celdas, siempre en confinamiento solitario. Me aplicaron repetidas veces el tercer grado en los interrogatorios, con la intención de hacerme confesar que era un espía. Yo lo negaba y ellos me devolvían desnudo a mi celda. A finales de la primavera (la guerra tocaba a su fin en Europa, pero yo no lo sabía), mi salud se quebrantó completamente, y entonces me dieron un catre para dormir y una comida mejor, aunque incomestible para un sudafricano corriente.

Entonces debió de llegar alguna orden desde arriba. En agosto de 1945, más muerto que vivo, fui llevado muchos kilómetros en un camión hasta Potsdam, Alemania, y allí me entregaron al Ejército británico. Fueron mucho más amables de lo que puedo expresar y, tras un período en un hospital militar de las afueras de Bielefeld, me enviaron a Inglaterra. Pasé otros tres meses en el Killearn EMS Hospital, al norte de Glasgow, y, por fin, en diciembre de 1945, embarqué en el Île de France, *en Southampton, con destino a Ciudad de El Cabo, adonde llegué en enero de este año.*

En Ciudad de El Cabo me enteré de la muerte de mi padre, el último pariente que me quedaba en el mundo. Esto me afligió tanto, que sufrí una recaída en mi salud e ingresé en el hospital militar de Wynberg, aquí, en Ciudad de El Cabo, donde permanecí más de dos meses.

Ahora estoy dado de alta, gozo de buena salud y, por tanto, solicito el ingreso en el Servicio Exterior de África del Sur.

Preston cerró el legajo, y Viljoen levantó la cabeza.

—Bueno —comentó el sudafricano—, desde entonces su carrera ha sido regular e intachable, aunque no espectacular, y ha ascendido a la categoría de primer secretario. Ha tenido ocho destinos en el extranjero, todos ellos en países firmemente prooccidentales. Esto ya es mucho, pero, además, es soltero, cosa que puede hacer la vida más fácil en el Servicio, salvo a nivel de embajador o de ministro plenipotenciario, donde una esposa es más o menos conveniente. ¿Piensa aún que le corrompieron en el curso de sus actividades?

Preston se encogió de hombros. Viljoen se inclinó sobre la mesa y dio unas palmadas sobre el legajo.

—¿Ha visto lo que le hicieron esos rusos bastardos? Por esto creo que están ustedes equivocados, Mr. Preston. Lo único que pasa es que le gustan los helados y que se equivocó al llamar por teléfono. Una coincidencia.

—Es posible —admitió Preston—. Pero en esta autobiografía hay algo raro.

El capitán Viljoen sacudió la cabeza.

—Tuvimos este legajo en nuestras manos desde que su Sir Nigel Irvine se puso al habla con el general. Lo hemos repasado una y otra vez. Es absolutamente exacto. Los nombres, los lugares, los campamentos, las unidades militares, las campañas y los menores detalles. Incluso lo que solía cultivarse antes de la guerra en el Mootseki Valley. Los de Agricultura lo confirmaron. Ahora cultivan tomates y aguacates, pero en aquellos tiempos producían tomates y tabaco. Nadie hubiese podido inventar esta historia. No; si lo corrompieron, cosa que dudo, fue en algún lugar del extranjero.

Preston pareció malhumorado. A través de la ventana se veía que estaba anocheciendo.

—Muy bien —dijo Viljoen—. Estoy aquí para ayudarle. ¿Por dónde quiere empezar ahora?

—Me gustaría empezar por el principio —sugirió Preston—. Ese lugar, Duiwelskloof, ¿está lejos?

—A unas cuatro horas en coche. ¿Quiere usted que vayamos allí?

—Sí, se lo ruego. ¿Podríamos salir temprano? ¿Qué le parece a las seis de la mañana?

—Tomaré un coche del Parque Móvil y estaré en su hotel a las seis —dijo Viljoen.

Hay un buen trecho por la carretera del Norte hacia Zimbabwe, pero ésta es moderna, y Viljoen había tomado un «Chevair» sin insignia, el coche que suele emplear el SIN. Devoró los kilómetros a través de Nylstroom y Portgietersrus hasta Pietersburg, adonde llegaron en tres horas. El viaje dio oportunidad a Preston de ver los grandes e ilimitados horizontes africanos que impresionan al visitante europeo, acostumbrado a menores dimensiones.

En Pietersburg torcieron al Este y rodaron cincuenta kilómetros sobre el llano *veld* medio, con más horizontes infinitos bajo la bóveda de un cielo azul como el huevo del petirrojo, hasta que llegaron al risco llamado Buffalo Hill, donde el *veld* medio se hunde en el valle de Mootseki. Al iniciar el descenso por la serpenteante carretera, Preston contuvo el aliento con asombro.

Allá abajo, a lo lejos, se extendía el valle, rico y lozano, con su despejado fondo sembrado de chozas africanas en forma de colmena, las *rondavels,* rodeadas de *kraals,* corrales de ganado y campos de maíz indio. Algunas *rondavels* estaban encaramadas en la falda del Buffelberg, pero la mayor parte estaban desparramadas en el fondo del Mootseki. Brotaba humo de leña de los agujeros centrales de los techos, e incluso desde la altura en que se hallaba, Preston podía distinguir muchachos africanos que conducían pequeños rebaños de bueyes gibosos y mujeres inclinadas en sus pequeños huertos.

«Al fin —pensó— estaba en el África africana.» Debió de ser casi igual que ahora cuando el endiablado Mzilikazi, fundador de la nación matabele, marchó hacia el Norte para librarse de las iras de Chaka Zulu, cruzar el Limpopo y fundar el reino de los hombres de largos escudos. La carretera descendía y se retorcía bajando del monte hasta el Mootseki. Cruzaba el valle una hilera de colinas y, entre ellas, una profunda garganta por la que discurría la carretera. Era la Quebrada del Diablo, la Duiwelskloof.

Diez minutos más tarde estuvieron en la hondonada, pasaron lentamente por delante de la nueva escuela primaria y bajaron por Botha Avenue, calle principal de la pequeña población.

—¿Adónde quiere ir? —preguntó Viljoen.

—Cuando murió el viejo Marais, debió de dejar un testamento —murmuró Preston—. Y éste tuvo que ser ejecutado, lo cual significa la intervención de un abogado. ¿Podemos averiguar si hay un abogado en Duiwelskloof y si está en casa el sábado por la mañana?

Viljoen entró en el patio del garaje «Kirstens» y señaló el «Imp Inn», al otro lado de la calle.

—Vaya allí, tome un café y pida otro para mí. Yo dejaré aquí el coche y preguntaré.

Cinco minutos más tarde se reunió con Preston en el salón del hotel.

—Hay un abogado —dijo mientras sorbía el café— y es de origen inglés. Se llama Benson. Vive ahí mismo, al otro lado de la calle, a dos puertas del garaje. Y probablemente estará en casa esta mañana. Vayamos allá.

Mr. Benson no estaba en casa. Viljoen mostró a la secretaria una tarjeta en una funda de plástico, y esto causó un efecto inmediato. La joven habló en afrikaans por un teléfono interior y fueron introducidos en seguida en el despacho de Mr. Benson, hombre amable y rubicundo que lucía un traje color castaño claro. Saludó a los dos en afrikaans. Viljoen le respondió en su inglés de marcado acento.

—Éste es Mr. Preston. Ha venido de Londres, Inglaterra. Desea hacerle unas preguntas.

Mr. Benson les invitó a sentarse y se acomodó de nuevo en el sillón tras la mesa.

—¿En qué puedo servirle? —preguntó.

—¿Quiere decirme cuántos años tiene? —preguntó, a su vez, Preston.

Benson le miró con asombro.

—¿Ha venido de Londres para preguntarme los años que tengo? Bueno, pues cincuenta y tres.

—Luego tenía doce en 1946.

—Sí.

—¿Sabe quién ejercía de abogado aquel año en Duiwelskloof?

—Desde luego. Mi padre, Cedric Benson.

—¿Vive todavía?

—Sí. Tiene más de ochenta años y me cedió su bufete hace cinco. Pero está tan campante.

—¿Podría hablar con él?

Por toda respuesta, Mr. Benson cogió el teléfono y marcó un número. Debió de contestarle su padre, porque Benson dijo que había unos visitantes, uno de ellos de Londres, que deseaban hablar con él. Después colgó.

—Vive a unos diez kilómetros de aquí, pero todavía conduce su automóvil, para espanto de los usuarios de la carretera. Me ha dicho que vendrá en seguida.

—Mientras tanto, ¿podría usted consultar sus archivos del año 1946 y ver si su padre tramitó el testamento de un agricultor local, un tal Laurens Marais, que murió en enero de aquel año? —preguntó Preston.

—Lo intentaré —replicó Benson, hijo—. Desde luego, ese Mr. Marais pudo haber acudido a un abogado de Pietersburg. Pero la gente de la localidad salía poco de aquí por aquellos tiempos. La documentación de 1946 tiene que estar en alguna parte. Discúlpenme.

Salió del despacho. La secretaria les sirvió café. Diez minutos más tarde se oyeron voces en la oficina contigua. Entraron los dos Benson, el hijo, con una polvorienta caja de cartón. El viejo tenía cabellos blancos y parecía tan despabilado como un joven alcotán. Después de las presentaciones Preston expuso su problema.

Sin decir palabra, el viejo Benson se sentó en el sillón tras la mesa, obligando a su hijo a acercar otro. Se puso las gafas y observó a los visitantes por encima de ellas.

—Recuerdo a Laurens Marais —dijo—. Sí, tramitamos aquí su testamento cuando murió. Yo mismo me encargué de ello.

El hijo le pasó un amarillento documento cubierto de polvo y atado con una cinta roja. El viejo sopló el polvo, desató la cinta y desenrrolló el papel. Empezó a leerlo en silencio.

—¡Ah, sí, ahora lo recuerdo! Era viudo. Vivía solo. Tenía un hijo, Jan. Un caso muy triste. El muchacho acababa de regresar de la Segunda Guerra Mundial. Laurens Marais se disponía a ir a Ciudad de El Cabo a visitarle cuando murió. Una tragedia.

—¿Puede informarme sobre el testamento? —preguntó Preston.

—Todo pasaba a su hijo —respondió simplemente Benson—. Las tierras, la casa, el equipo y el ajuar. Bueno, había los acostumbrados legados en dinero para los trabajadores nativos, el capataz, etcétera.

—¿Alguna manda de naturaleza personal? —insistió Preston.

—A ver. Aquí hay una. «Y a mi viejo y buen amigo Joop van Rensberg, mi juego de ajedrez de marfil, en recuerdo de las muchas y agradables veladas que pasamos jugando en la granja.» Esto es todo.

—¿Estaba el hijo de regreso en África del Sur cuando murió su padre? —preguntó Preston.

—Debía de estar. El viejo Laurens estaba a punto de ir a verle. Un largo viaje en aquellos tiempos. No había líneas aéreas. Se iba en tren.

—¿Se encargó usted de la venta de la finca y de los otros bienes, Mr. Benson?

—Los subastadores realizaron la venta, en la misma finca. Ésta pasó a los Van Zyl. Compraron todo el lote. Ahora, toda aquella tierra pertenece a Bertie van Zyl. Pero yo estuve presente como albacea testamentario.

—¿Hubo algún recuerdo personal que no fuese vendido? —preguntó Preston.

El viejo frunció las cejas.

—Creo que no. Todo fue subastado. ¡Oh, ahora recuerdo que había un álbum de fotografías! No tenía valor comercial. Me parece que se lo di a Mr. Van Rensburg.

—¿Quién era?

—El maestro de escuela —respondió el hijo—. Él me enseñó hasta que fui a la superior de Merensky. Dirigió la vieja escuela rural hasta que construyeron la primaria. Entonces se retiró aquí, a Duiwelskloof.

—¿Vive todavía?

—No, murió hace unos diez años —replicó el viejo Benson—. Yo asistí al entierro.

—Pero tenía una hija —apuntó Benson hijo, deseoso de ayudar—. Cissy. Estudió conmigo en Merensky. Debemos de tener la misma edad.

—¿Sabe lo que fue de ella?

—Desde luego. Se casó hace años. Con el dueño de una aserrería que está junto a la carretera de Tzaneen.

—Una última pregunta —dijo Preston, dirigiéndose al viejo—. ¿Por qué vendieron la propiedad? ¿No la quería el hijo?

—Por lo visto no —contestó el viejo—. Entonces se hallaba en el hospital militar de Wynberg. Me envió un telegrama. Me dieron su dirección las autoridades militares, y éstas confirmaron su identidad. En el telegrama me pedía que vendiese toda la propiedad y le enviase el dinero.

—¿No vino para el entierro?

—No había tiempo. En enero es verano en África del Sur. En aquellos tiempos había pocas facilidades para conservar los cadáveres en el depósito. Los cuerpos tenían que ser enterrados sin pérdida de tiempo. En realidad, no creo que él volviese nunca por aquí. Es comprensible. Muerto su padre, no tenía motivos para hacerlo.

—¿Dónde está enterrado Laurens Marais?

—En el cementerio de la colina —respondió el viejo Benson—. ¿Es eso todo? Entonces, me iré a almorzar.

Al este y el oeste de las montañas de Duiwelskloof, el clima varía de un modo sorprendente. Al oeste de la cordillera, la lluvia recogida en el Mootseki es de unos cincuenta centímetros al año. Al este de la cordillera, las grandes nubes procedentes del océano Índico cruzan sobre Mozambique y el Parque Kruger y se estrellan contra las montañas, cuyas vertientes orientales reciben hasta dos metros de lluvia al año. A este lado, la industria vive de los bosques de eucaliptos. A diez kilómetros, subiendo por la carretera de Tzaneen, Viljoen y Preston encontraron la aserrería de Mr. Du Plessis. Fue su esposa, la hija del maestro de escuela, quien les abrió la puerta; era una mujer rolliza y de mejillas coloradas, de unos cincuenta años, y llevaba las manos y el delantal cubiertos de harina. Estaba en plena tarea de cocer pan.

Escuchó atentamente lo que le dijeron y sacudió la cabeza.

—Recuerdo que cuando era pequeña iba a aquella finca y que él jugaba al ajedrez con Marais —dijo—. Esto debía de ser en 1944 y 1945. Recuerdo el juego de ajedrez de marfil, pero no el álbum.

—Cuando su padre murió, ¿heredó usted sus bienes? —preguntó Preston.

—No —respondió Mrs. Du Plessis—. Verá usted, mi madre murió en 1955. Al quedarse papá viudo, yo cuidé de él hasta que me casé en 1958, cuando tenía veintitrés años. Él no podía apañarse. Su casa estaba siempre revuelta. Seguí yendo a cocinar para él y a hacer la limpieza. Pero cuando llegaron mis hijos, esto fue demasiado para mí.

»Entonces, en 1960, su hermana enviudó también. Vivía en Pietersburg. Era lógico que viniese a vivir con mi padre y cuidase de él. Y así lo hizo. Cuando mi padre murió, yo le había dicho ya que se lo dejase todo a ella: la casa, los muebles y todo lo demás.

—¿Qué fue de su tía? —preguntó Preston.

—¡Oh, todavía vive allí! En un modesto bungalow situado exactamente detrás del «Imp Inn» de Duiwelskloof.

Accedió a acompañarles. Su tía, Mrs. Winter, estaba en casa; era una mujer vivaracha como un gorrión, y sus cabellos eran de un blanco azulado. Después de escucharles, fue a un armario y sacó una caja plana.

—Al pobre Joop le gustaba jugar con esto —dijo. Era el juego de ajedrez de marfil—. ¿Es esto lo que les interesa?

—No precisamente; me interesa más el álbum de fotografías —aclaró Preston.

Ella pareció confusa.

—Hay una caja de trastos viejos en el desván —dijo—. La subí allí cuando él murió. Sólo hay papeles y cosas de sus días de maestro.

Andries Viljoen subió al desván y bajó la caja. Debajo de amarillentos papeles de la escuela estaba el álbum de familia de los Marais. Preston lo hojeó despacio. Todo estaba allí; la frágil y linda novia de 1920, la tímida y sonriente madre de 1930, el ceñudo muchacho montado en su primer pony, el padre con la pipa entre los dientes, tratando de no parecer demasiado orgulloso con su hijo al lado y una serie de conejos sobre la hierba, delante de ellos. Al final había una foto monocromática de un muchacho en traje de críquet, un guapo chico de diecisiete años, dirigiéndose al *wicket* para golpear la bola. Al pie de la foto se leía: «Janni, capitán de críquet, Merensky High, 1943.» Era la última fotografía.

—¿Puedo llevármela? —preguntó Preston.

—Desde luego —respondió Mrs. Winter.

—¿Le habló alguna vez su difunto hermano de Mr. Marais?

—Sí. Fueron buenos amigos durante muchos años.

—¿Le dijo alguna vez de qué murió?

Ella frunció el ceño.

—¿No se lo han dicho en el despacho del abogado? ¡Oh! El viejo Cedric debe de estar perdiendo la memoria. Según me dijo Joop, fue un accidente en el que el causante se dio a la fuga. Parece ser que el viejo Marais se había detenido para reparar un pinchazo y fue alcanzado por un camión que pasaba. Entonces se pensó que había sido cosa de unos negros borrachos... —Se llevó la mano a la boca y miró, aturrullada, a Viljoen—. Creo que no debo añadir más. Bueno, en todo caso, nunca descubrieron al conductor del camión.

Al descender de nuevo hacia la carretera principal, pasaron por delante del cementerio. Preston pidió a Viljoen que detuviese el coche. Era un lugar agradable y tranquilo, más elevado que la población, flanqueado de pinos y abetos, dominado en su centro por un viejo árbol mwataba con el tronco hendido y cercado por un seto de euforbios. En un rincón encontraron una lápida cubierta de musgo. Preston rascó el musgo y descubrió la inscripción grabada en el granito: «Laurens Marais. 1879-1946. Amado esposo de Mary y padre de Jan. Siempre con Dios. RIP.»

Preston se dirigió al seto, arrancó un puñado de brillantes flores y las depositó junto a la lápida. Viljoen le miró con extrañeza.

—Pretoria, creo —dijo Preston.

Mientras subían el Buffelberg por la carretera del Mootseki, Preston se volvió a mirar al valle. Oscuras nubes de tormenta se habían acumulado detrás de la Quebrada del Diablo. Mientras observaba, las nubes se acercaron más y cubrieron la pequeña población y su macabro secreto, conocido sólo por un inglés de edad madura en un coche que se alejaba. Entonces echó la cabeza atrás y se quedó dormido.

Aquella tarde, Harold Philby fue acompañado desde las habitaciones de los invitados hasta el salón del secretario general, donde el líder soviético le estaba esperando. Philby puso varios documentos delante del viejo. El secretario general los leyó y los dejó sobre la mesa.

—No hay mucha gente involucrada en esto —comentó.

—Permítame hacer dos observaciones importantes, camarada secretario general. En primer lugar, debido a que el «Plan Aurora» es tan confidencial, pensé que era prudente reducir el número de participantes al mínimo imprescindible. Y todavía serán menos los que, por absoluta necesidad, sabrán lo que realmente se pretende.

»En segundo lugar, y debido a la extrema brevedad del tiempo de que disponemos, tendrá que haber algunos recortes; las semanas, o incluso meses, de adiestramiento que habitualmente se requieren para una operación activa e importante, tendrán que reducirse a días.

El secretario general asintió lentamente con la cabeza.

—Explique, pues, por qué necesita a estos hombres.

—La clave de toda la operación —siguió diciendo Philby— es el agente ejecutor, el hombre que irá a Gran Bretaña, vivirá semanas allí como inglés y, en definitiva, llevará a cabo «Aurora».

»Para proporcionarle lo necesario habrá doce correos o "mulos". Éstos tendrán que pasar los artículos a través de un puesto de aduana o, en ocasiones, por puntos que no estén controlados. Ninguno sabrá lo que lleva, ni por qué; cada cual habrá aprendido de memoria un lugar de encuentro y otro de retirada, para el caso de no establecer la conexión. Cada cual entregará su paquete al agente ejecutor y regresará a nuestro territorio, donde será sometido inmediatamente a una cuarentena total. Habrá otro hombre, aparte el agente ejecutor, que no regresará jamás. Pero ninguno de estos hombres debe saberlo.

»Los correos estarán al mando del agente expedidor, responsable de que las consignaciones lleguen a poder del agente ejecutor en Gran Bretaña. Será ayudado por un agente de suministros encargado de preparar los paquetes para su entrega. Éste tendrá cuatro subordinados, cada uno de ellos especializado en una cosa.

»Uno proporcionará documentos y medios de transporte a los correos; otro cuidará de conseguir la alta tecnología necesaria; el tercero suministrará los artefactos preparados y el cuarto asegurará las comunicaciones. Será vital que el agente ejecutor pueda informarnos de los progresos, de los problemas y, sobre todo, del momento en que esté operacionalmente preparado; y nosotros deberemos poder informarle de cualquier cambio de plan y, naturalmente, darle la orden de ejecutarlo.

»En la cuestión de las comunicaciones, se ha de tener en cuenta otra cosa. Debido al factor tiempo, será imposible proceder por los canales normales de cartas enviadas por correo o de encuentros personales. Podremos comunicar con el agente ejecutor por señales de Morse en clave, transmitidas en las emisiones comerciales de Radio Moscú, en grabaciones únicas. Pero él, para comunicarse urgentemente con nosotros, necesitará un transmisor en alguna parte de Gran Bretaña. Es un sistema anticuado y peligroso, empleado principalmente en tiempo de guerra. Pero será necesario. Recuerde que lo he mencionado.

El secretario general estudió de nuevo los documentos, repasando los operarios que necesitaría el plan. Por fin levantó la cabeza.

—Tendrá usted sus hombres —dijo—. Haré que los elijan uno a uno, los mejores que tengamos, y que los transfieran a servicios especiales.

»Una última advertencia. No quiero que nadie relacionado con "Aurora" establezca el menor contacto con la gente de la KGB dentro de nuestra *rezidentura* en la Embajada de Londres. Nunca se sabe quién está bajo vigilancia o...

Fuese cual fuese la otra cosa que temía, se guardó de expresarla.

—Esto es todo.

Capítulo X

Preston y Viljoen se reunieron la mañana siguiente, a petición del inglés, en su despacho del tercer piso del Union Building. Como era domingo, tenían casi todo el bloque para ellos solos.

—Bueno, ¿qué hacemos ahora? —preguntó el capitán Viljoen.

—Esta noche he permanecido despierto, pensando —confesó Preston—, y hay algo que no concuerda.

—Durmió usted durante todo el viaje de regreso —dijo Viljoen, de mal humor—. En cambio, yo tuve que conducir.

—Sí, pero usted está mucho más en forma que yo —opuso Preston.

Esto gustó a Viljoen, que estaba orgulloso de su físico y cuidaba de él con regularidad. Se enderezó un poco.

—Quiero seguir la pista del otro soldado —dijo Preston.

—¿Qué otro soldado?

—El que escapó con Marais. Éste no menciona nunca su nombre. Sólo dice «el otro soldado» o «mi camarada». ¿Por qué no da su nombre?

Viljoen se encogió de hombros.

—No lo creería necesario. Debió de darlo a las autoridades del hospitay de Wynberg para que pudiesen informar a sus parientes.

—Aquello fue verbal —murmuró Preston—. Los oficiales que le escucharon debían de pasar muy pronto a la vida civil. Sólo permanece el relato escrito, y en él no cita ningún nombre. Quiero seguir la pista del otro soldado.

—Pero está muerto —protestó Viljoen—, lleva cuarenta y dos años enterrado en un bosque polaco.

—Entonces quiero saber quién era.

—¿Por dónde diablos empezamos?

—Marais dice que si conservaron la vida en aquel campamento fue, sobre todo, gracias a los paquetes de comida de la Cruz Roja —dijo Preston, como pensando en voz alta—. También dice que escaparon poco antes de Navidad. Esto debió de molestar un poco a los alemanes. En tales casos solían castigar a todo el mundo, quitarles privilegios, incluidos los paquetes de comida. Es probable que cualquiera que estuviese allí recuerde aquella Navidad para el resto de sus días. ¿Podríamos encontrar a alguien que estuviera en aquel campamento?

No hay ninguna asociación de antiguos prisioneros de guerra en África del Sur, pero existe una hermandad de veteranos, exclusiva de los que participaron realmente en los combates. La llaman Orden de los Cascos de Hojalata, y sus miembros son conocidos por el nombre de MOCHs. Los lugares de reunión de cada rama MOCH son llamados «cráteres de bomba», y el oficial que tenía el mando era *el Viejo Toro.* Empleando un teléfono cada uno, Preston y Viljoen empezaron a llamar a todos los «cráteres de bomba» de África del Sur, tratando de encontrar a alguien que hubiese estado en Stalag 344.

Era una tarea muy aburrida. De los once mil prisioneros aliados que habían estado en aquel campamento, la mayoría eran ingleses, canadienses, australianos, neozelandeses o norteamericanos. Los sudafricanos eran una pequeña minoría.

Además, muchos habían muerto ya. De los MOCHs, algunos estaban en el campo de golf y otros fuera de su casa. Recibieron pesarosas negativas y un montón de sugerencias que resultaron ser callejones sin salida. Suspendieron el trabajo al ponerse el sol y lo reanudaron el lunes por la mañana. Viljoen consiguió un triunfo poco antes del mediodía: se trataba de un envasador de carne de Ciudad de El Cabo. Viljoen, que hablaba en afrikaans, puso la mano sobre el micrófono.

—Este tipo dice que estuvo en Stalag 344.

Preston cogió el aparato.

—¿Mr. Anderson? Sí, me llamo Preston. Estoy haciendo unas investigaciones sobre Stalag 344... Gracias, muy amable... Sí, creo que usted estuvo allí. ¿Recuerda la Navidad de 1944? Dos jóvenes soldados sudafricanos escaparon de una brigada de trabajo en el exterior... ¡Ah, lo recuerda usted...! Sí, estoy seguro de que fue algo espantoso... ¿Recuerda sus nombres...? ¡Ah, no estaba en su misma choza...! No, claro... Bueno, ¿recuerda el nombre del suboficial sudafricano...? Bien, suboficial Roberts. ¿Y su nombre de pila? Por favor, trate de recordarlo... ¿Qué? Wally. ¿Está seguro...? Bueno, muchísimas gracias.

Preston colgó el teléfono.

—Suboficial Wally Roberts. Probablemente Walter Roberts. ¿Podemos ir al Archivo Militar?

El Archivo Militar de África del Sur se encuentra, por alguna razón, debajo del Departamento de Educación, y está situado en el número 20 de Visagie Street, en Pretoria. Había más de cien Roberts registrados, diecinueve de ellos con la inicial W, y siete llamados Walter. Ninguno de ellos coincidía con el hombre que buscaban. Repasaron el resto de los W. Roberts. Nada. Preston empezó con las fichas de los A. Roberts, y una hora más tarde vio recompensado su esfuerzo. James Walter Roberts fue suboficial durante la Segunda Guerra Mundial; capturado en Tobruk, estuvo prisionero en el norte de África, en Italia y, finalmente, en Alemania del Este.

Siguió en el Ejército después de la guerra, ascendió a coronel y se retiró en 1972.

—Pídale a Dios que todavía esté vivo —dijo Viljoen.

—Si lo está, tiene que cobrar una pensión —observó Preston—. El personal de Pensiones tendría que saber algo de él.

Así era. El coronel (retirado) Wally Roberts pasaba el otoño de su vida en Orangeville, pequeña población situada entre lagos y bosques, a ciento sesenta kilómetros al sur de Johannesburgo. Cuando salieron a Visagie Street, había anochecido. Decidieron partir a la mañana siguiente.

Fue Mrs. Roberts quien les abrió la puerta del bonito bungalow y examinó, confusa y alarmada, la tarjeta de identidad del capitán Viljoen.

—Ha bajado al lago a dar de comer a los pájaros —les dijo, señalando un sendero.

Encontraron al viejo guerrero echando trocitos de pan a una agradecida bandada de aves acuáticas. Se irguió al acercarse ellos y examinó la tarjeta de Viljoen. Después asintió con la cabeza como diciendo «adelante».

Era un hombre de setenta y pico de años, recto como una baqueta; vestía prendas de tweed y zapatos castaños bien lustrados, y llevaba bigote blanco. Escuchó gravemente la pregunta de Preston.

—En efecto, lo recuerdo. Me llevaron a presencia del comandante alemán, que estaba hecho un basilisco. Todos los de aquella choza perdimos los paquetes de la Cruz Roja por culpa de aquel incidente. ¡Malditos jóvenes imbéciles! Fuimos evacuados hacia el Oeste el 22 de enero de 1945 y liberados a finales de abril.

—¿Recuerda sus nombres? —preguntó Preston.

—Desde luego. Nunca olvido un nombre. Ambos eran jóvenes, de menos de veinte años, diría yo. Y los dos eran cabos. Uno se llamaba Marais; el otro, Brandt. Frikki Brandt. Ambos eran afrikaners. No puedo recordar sus unidades. Nos abrigábamos con todo lo que encontrábamos a mano. Difícilmente podían verse los distintivos de los regimientos.

Le dieron las más efusivas gracias y volvieron a Pretoria para otra sesión en Visagie Street. Por desgracia, Brandt es un apellido holandés muy corriente, con su variación Brand, sin la «t» final, pero que se pronuncia igual. Había cientos de ellos.

Al anochecer, y con ayuda del personal del archivo, habían descubierto seis cabos Frederik Brandt, todos ellos difuntos. Dos habían muerto en acción en el norte de África, otros dos en Italia, y uno, en accidente de aviación. Abrieron el sexto expediente.

El capitán Viljoen abrió mucho los ojos al contemplar la carpeta abierta.

—Es increíble —dijo a media voz—. ¿Quién pudo hacerlo?

—¡Quién sabe! —respondió Preston—. Pero de esto hace mucho tiempo.

La carpeta estaba completamente vacía.

—Lo siento —se excusó Viljoen, mientras llevaba a Preston de nuevo al «Burgerspark»—. Pero parece que aquí se acaba la pista.

A última hora de la tarde, Preston llamó desde su hotel al coronel Roberts.

—Siento molestarle de nuevo, coronel. Pero, ¿recuerda usted si el cabo Brandt tenía algún compañero o amigo especial en aquella choza? Sé, por mi propia experiencia en el Ejército, que todos los soldados suelen tener un amigo íntimo.

—Tiene razón; generalmente es así. Pero ahora no puedo recordarlo. Lo pensaré esta noche. Si se me ocurre algo, le llamaré por la mañana.

El amable coronel llamó a Preston a la hora del desayuno. La voz tajante sonó en el teléfono como si estuviese dando un parte de guerra al Cuartel General.

—He recordado algo —dijo—. Aquellas barracas fueron construidas para un centenar de hombres. Pero nosotros estábamos apretados allí como sardinas en lata. Más de doscientos en cada barraca. Algunos dormían en el suelo, otros tenían que compartir una litera. Nada de obsceno en ello, ¿sabe? Era una necesidad.

—Comprendo —replicó Preston—. ¿Qué me dice de Brandt?

—Compartía una litera con otro cabo. Éste se llamaba Levinson. De la RILD.

—¿Qué significa esto?

—Real Infantería Ligera de Durban. Levinson pertenecía a ella.

Esta vez el trabajo fue más fácil en Visagie Street. Levinson no era un apellido tan corriente y, además, sabían el regimiento. Sólo se necesitaron quince minutos para encontrar los antecedentes. El hombre se llamaba Max Levinson y había nacido en Durban. Abandonó el Ejército al terminar la guerra y, por consiguiente, no cobraba pensión y no constaba su dirección. Pero supieron que tenía sesenta y cinco años de edad.

Preston examinó la guía telefónica de Durban, mientras Viljoen hacía que la Policía de Durban buscase el nombre en sus archivos. La gestión de éste fue la primera en dar resultado. Constaban dos multas por aparcamiento indebido y una dirección. Max Levinson regentaba un pequeño hotel en la costa. Viljoen telefoneó y habló con Mrs. Levinson. Ésta confirmó que su marido había permanecido en Stalag 344. En aquel momento estaba pescando.

Estuvieron ociosos hasta que el hombre volvió al anochecer. Entonces Preston habló con él. La voz del alegre hotelero retumbó en la línea desde la costa oriental.

—Claro que recuerdo a Frikki. El loco bastardo huyó a los bosques. Nunca volví a saber de él. ¿Qué le interesa?

—¿De dónde procedía? —preguntó Preston.
—De East London —respondió Levinson sin vacilar.
—¿Qué antecedente tenía?
—Nunca hablaba mucho de esto —contestó Mr. Levinson—. Era afrikaner, desde luego. Hablaba bien el afrikaans y mal el inglés. Era de clase obrera. ¡Oh!, ahora que lo recuerdo, dijo que su padre era guardagujas de la estación del ferrocarril de aquella población.
Preston se despidió y se volvió a Viljoen.
—East London —dijo—. ¿Podemos ir en automóvil?
Viljoen suspiró.
—Yo no lo aconsejaría —sugirió—. Está a cientos de kilómetros de aquí. Nuestro país es muy extenso, Mr. Preston. Si realmente quiere ir allí, podemos tomar mañana el avión. Haré que un coche de la Policía con chófer vaya a buscarnos.
—Un coche sin distintivos, por favor —dijo Preston—. Y un chófer de paisano.

Aunque la jefatura de la KGB está en el «Centro», en el número 2 de la plaza Cherjinski, en el Moscú central, y aunque el edificio no es pequeño, no podría contener siquiera una parte de uno de los directorios superiores, directorios y departamentos que constituyen esta enorme organización. Por consiguiente, las subjefaturas están desparramadas por todas partes.

El Primer Directorio Superior tiene su sede en Yasiénevo, en el cinturón de ronda exterior de Moscú, casi al sur de la ciudad. Casi todo el PDS se alberga en un moderno edificio de siete pisos, de aluminio y cristal, en forma de una estrella de tres puntas, bastante parecida a la insignia de los coches «Mercedes».

Fue construido por finlandeses bajo contrato, y al principio debía ocuparlo el Departamento Internacional del Comité Central. Pero cuando estuvo terminado, no gustó a la gente del DI; éstos preferían estar cerca del centro de Moscú, y por esta razón fue cedido al PDS. Es muy adecuado para el Primer Directorio Superior, por estar fuera de la ciudad y al resguardo de miradas curiosas.

El personal del PDS está oficialmente «a cubierto» incluso en su propio país. Como muchos de sus miembros tendrán que ir al extranjero —o han estado ya allí— pasando por diplomáticos, lo que menos les interesa es que los vea salir de la jefatura del PDS cualquier turista curioso que pudiese fotografiarlos cándidamente con su cámara.

Pero dentro del PDS hay un Directorio tan secreto que ni siquiera se halla con los demás en Yasiénevo. Si el PDS es secreto, el «S» o Directorio de Ilegales, dentro de él, es secretísimo. No solamente sus miembros no son conocidos por sus colegas del PDS, sino que ni siquiera se conocen entre sí. Su instrucción y adiestramiento son individuales; sólo entre el instructor y un único discípulo. No se presentan todas las mañanas en una oficina, ya que, de hacerlo así, se conocerían los unos a los otros.

La razón de esto es sencilla, si tenemos en cuenta la psicología soviética: los rusos son paranoicos en lo tocante al secreto y la traición, y esto no es característico del régimen comunista, sino que se remonta a los tiempos del zarismo. Los ilegales son hombres y, ocasionalmente, mujeres bien entrenados para ir a países extranjeros y vivir bajo disfraces impenetrables.

Sin embargo, hubo ilegales que fueron descubiertos y colaboraron con sus aprehensores; otros desertaron y «cantaron» todo lo que sabían. Por consiguiente, cuanto menos sepan, tanto mejor. En el espionaje es axiomático que no se puede revelar lo que no se conoce.

Por todo esto, los ilegales se alojan en docenas de pequeños apartamentos en el centro de Moscú y acuden uno a uno a los lugares de entrenamiento e instrucción. Para estar cerca de sus «muchachos», el jefe del Directorio «S» sigue teniendo su despacho en el «Centro» en la plaza Cherjinski. Está en la sexta planta, tres pisos por encima del presidente Chebrikov y dos por encima de sus primeros presidentes delegados, generales Tsinev y Kriuchkov.

En este sencillo sanctasanctórum fue donde la tarde del miércoles 18 de marzo, mientras Preston estaba hablando con Max Levinson, entraron dos hombres para enfrentarse con el director de los ilegales, un viejo y arrugado veterano que había pasado toda su vida en el espionaje clandestino. Lo que le pidieron no le gustó en absoluto.

—Sólo hay un hombre que reúna esas condiciones —confesó de mala gana—. Es algo excepcional.

Uno de los hombres del Comité Central le presentó una pequeña tarjeta.

—Entonces, camarada comandante general, deberá retirarlo de su servicio y ordenarle que se presente en esta dirección.

El director asintió con la cabeza, malhumorado. Conocía aquella dirección. Cuando los hombres se hubieron marchado, comprobó de nuevo su autorización. Procedía, indudablemente, del Comité Central y, aunque no lo expresaba, no cabía duda de que venía de la más alta autoridad. Suspiró resignadamente. Era duro perder a uno de los mejores hombres que jamás hubiese adiestrado, un agente realmente excepcional; pero era imposible discutir la orden. Él era un militar leal; jamás dejaría de cumplir las órdenes. Apretó un botón de su teléfono interior.

—Dígale al comandante Valeri Petrofski que venga a mi despacho —dijo.

El primer avión de Johannesburgo a East London llegó puntual a Ben Schoeman, el pequeño y bonito aeropuerto azul y blanco que sirve al cuarto puerto comercial y ciudad de África del Sur. El conductor de la Policía estaba esperando en el vestíbulo y les condujo a un «Ford» corriente que había dejado en el aparcamiento.

—¿Adónde vamos, capitán? —preguntó.

Viljoen arqueó una ceja mirando a Preston.

—A la estación del ferrocarril —respondió Preston—. Más concretamente, a las oficinas de administración.

El conductor asintió con la cabeza y arrancó. La moderna estación del ferrocarril de East London está en Fleet Street, y directamente ante ella hay un viejo y bastante destartalado conjunto de edificios de una sola planta, pintados de verde y crema. Son las oficinas de la administración.

En el interior, la infalible tarjeta de identidad de Viljoen hizo que les llevasen directamente a presencia del director del Departamento de Finanzas. Éste escuchó la petición de Preston.

—Sí, pagamos pensiones a todos los ferroviarios retirados que aún viven en esta zona —dijo—. ¿Cuál es el nombre?

—Brandt —respondió Preston—. Lamento no saber el nombre de pila. Pero era guardagujas, hace muchos años.

El director llamó a un ayudante y todos se dirigieron al archivo por oscuros corredores. El ayudante buscó durante un rato y volvió con una ficha.

—Aquí está —dijo—. El único que tenemos. Se retiró hace tres años. Koos Brandt.

—¿Cuántos años tiene? —preguntó Preston.

—Sesenta y tres —respondió el ayudante después de mirar la ficha.

Preston sacudió la cabeza. Si Frikki Brandt era de la misma edad que Jan Marais, y su padre unos treinta años mayor que él, el viejo tendría ahora más de noventa.

—El hombre que busco tendría ahora unos noventa años —dijo.

El director y su ayudante se mostraron inflexibles. No había otros Brandt retirados.

—Entonces —preguntó Preston—, ¿puede buscar los tres pensionistas más viejos que vivan todavía y reciban su pensión semanal?

—No están registrados por su edad —protestó el ayudante—, sino por orden alfabético.

Viljoen llamó al director aparte y le habló al oído en afrikaans. Dijese lo que dijese, produjo efecto. El director pareció muy impresionado.

—Búsquelo —dijo a su ayudante—. Uno a uno. Todos los nacidos antes de 1910. Estaremos en mi despacho.

Tuvieron que esperar una hora. Entonces, el ayudante les mostró tres hojas de pensiones.

—Hay uno de noventa —dijo—, pero era mozo de cuerda en la terminal de pasajeros. Otro de ochenta, que perteneció al servicio de limpieza. Y este otro tiene ochenta y uno. Fue guardagujas en los terrenos de maniobra de la estación.

El hombre se llamaba Fouri, y su dirección estaba en alguna parte del Quigney.

Diez minutos más tarde cruzaban en coche el Quigney, el viejo barrio de East London creado hacía cincuenta años o más. Algunos de sus modestos bungalows habían sido «adecentados»; otros estaban sucios y arruinados, y en ellos vivían los obreros blancos más pobres. Desde detrás de Moore Street pudieron oír el fuerte ruido de los talleres del ferrocarril y de los apartaderos donde se formaban los largos trenes de mercancías que, partiendo de los tinglados de East London, se dirigían al Transvaal vía Pietermaritzburg. Encontraron la casa a una manzana de Moore Street.

Una vieja de color abrió la puerta; su cara parecía una nuez arrugada, y llevaba los blancos cabellos recogidos en un moño. Viljoen le habló en afrikaans. La vieja señaló hacia el horizonte y murmuró algo antes de cerrar la puerta de golpe. Viljoen acompañó a Preston al coche.

—Dice que está en el Instituto —murmuró Viljoen al conductor—. ¿Sabe lo que ha querido decir?

—Sí, señor. Es el antiguo Instituto del Ferrocarril. Ahora lo llaman Turnbull Park. Está en Peterson Street. Es el club social y recreativo de los ferroviarios.

Resultó ser un edificio grande y de una sola planta, en el centro de un parque vallado y contiguo a tres pistas de bolos. Entraron y pasaron ante una serie de mesas de billar y de compartimientos con televisión, antes de llegar al floreciente bar.

—¿Papá Fourie? —dijo el barman—. Seguro que está ahí afuera viendo jugar a los bolos.

Encontraron al viejo en una de las pistas, sentado bajo el tibio sol otoñal y bebiendo un cuartillo de cerveza. Preston le hizo su pregunta. El viejo le miró fijamente durante un rato, antes de asentir con la cabeza.

—Sí, recuerdo a Joe Brandt. Hace muchos años que murió.

—Tenía un hijo. Frederik o Frikki.

—Es verdad. Bueno, joven, me está usted haciendo retroceder mucho en el tiempo. Frikki era un buen chico. Algunas veces venía a la estación al salir de la escuela. Joe le dejaba subir con él a las locomotoras que hacían maniobras. Algo estupendo para un muchacho, en aquellos tiempos.

—Eso sería a mediados de los años treinta, ¿no? —preguntó Preston.

El viejo asintió con la cabeza.

—Más o menos. Poco después de que Joe y su familia viniesen aquí.

—Alrededor de 1943, el joven Frikki se fue a la guerra —dijo Preston.

Papá Fourie le miró fijamente durante un rato, con unos ojos lacrimosos que trataban de mirar hacia atrás a lo largo de más de cincuenta años de una vida monótona.

—Es verdad —replicó—. El muchacho no volvió. Dijeron a Joe que había muerto en algún lugar de Alemania. Esto le destrozó el corazón. Quería mucho al chico y tenían grandes planes para él. Nunca volvió a ser el mismo, después de aquel telegrama que recibió al terminar la guerra. Murió en 1950, siempre pensé que de un ataque al corazón. Su esposa no tardó en seguirle; quizás un par de años.

—Hace un momento ha dicho usted «poco después de que Joe y su familia viniesen aquí» —le recordó Viljoen—. ¿De qué parte de Africa vinieron?

Papá Fourie pareció confuso.

—No vinieron de Africa del Sur —replicó.

—Era una familia afrikánder —insistió Viljoen.

—¿Quién le ha dicho esto?

—El Ejército —respondió Viljoen.

El viejo sonrió.

—Supongo que el joven Frikki debió de hacerse pasar por afrikánder en el Ejército —dijo—. No; procedían de Alemania. Eran inmigrantes. Llegaron a mediados de los años treinta. Joe no habló bien el afrikaans hasta el día de su muerte. Desde luego, el muchacho sí que lo hablaba bien. Lo había aprendido en la escuela.

Cuando volvieron al coche aparcado, Viljoen se volvió a Preston y le preguntó:

—¿Y bien?

—¿Dónde están los archivos de Inmigración en África del Sur? —preguntó Preston.

—En el sótano del Union Building, junto con los demás archivos del Estado —respondió Viljoen.

—¿Podrían los archiveros hacer una comprobación mientras esperamos aquí? —preguntó Preston.

—Desde luego. Vayamos a la Jefatura de Policía. Podremos telefonear mejor que desde aquí.

La Jefatura de Policía está también en Fleet Street y es una fortaleza de tres plantas, de ladrillos amarillos y ventanas de cristales opacos, precisamente al lado del pabellón de instrucción de los Kaffrarian Rifles. Hicieron su petición y almorzaron en la cantina, mientras un archivero perdía su hora de almorzar en Pretoria, rebuscando en los ficheros. Afortunadamente, en 1987 existía un sistema de computadoras, y el número de la ficha apareció rápidamente. El archivero retiró el historial, escribió a máquina un resumen y lo puso en el télex.

En East London, el télex fue llevado a Preston y Viljoen mientras tomaban el café. Viljoen lo tradujo palabra por palabra.

—¡Santo Dios! —exclamó cuando hubo terminado—. ¿Quién lo habría pensado?

Preston pareció pensativo. Se levantó y cruzó la cantina para hablar con su conductor, que estaba en una mesa separada.

—¿Hay una sinagoga en East London?

—Sí, señor. En Park Avenue. A dos minutos de aquí.

La sinagoga, pintada de blanco y con cúpula negra, rematada por la estrella de David, estaba vacía el jueves por la tarde, salvo por un celador que llevaba un viejo capote del Ejército y un gorro de lana. Éste les dio la dirección del rabino Blum, en los suburbios de Salbourne. Llamaron a su puerta poco después de las tres de la tarde.

La abrió él personalmente; era un hombre fornido y barbudo, de ojos grises como el acero y de unos cincuenta y cinco años. Bastó con una mirada: era demasiado joven. Preston se presentó.

—Por favor, ¿podría usted decirme quién era el rabino de aquí antes de usted?

—Desde luego. El rabino Shapiro.

—¿Sabe usted si todavía vive y dónde podría encontrarle?

—Pase usted.

Mostrando el camino a Preston, recorrió un largo pasillo y abrió una puerta al final. Daba a un cuarto de estar-dormitorio, y en él, un hombre muy anciano estaba sentado ante un hornillo de gas, sorbiendo una taza de té negro.

—Tío Solomon, aquí hay alguien que quiere verte —dijo.

Preston salió de la casa una hora más tarde y se reunió con Viljoen, que había vuelto al coche.

—Al aeropuerto —dijo el conductor. Y, volviéndose a Viljoen—: ¿Podría concertar una reunión con el general Pienaar mañana por la mañana?

Aquella tarde, otros dos hombres fueron trasladados de sus puestos en las Fuerzas Armadas soviéticas, para una misión especial.

A unos ciento sesenta kilómetros al oeste de Moscú, cerca de la carretera de Minsk e instalado en un gran bosque, existe un complejo de antenas de radio en forma de platos y varios edificios anexos. Es uno de los puestos de escucha de la URSS para captar señales de radio de las unidades militares del Pacto de Varsovia y del extranjero, aunque también puede recoger mensajes de otras partes muy alejadas de las fronteras soviéticas. Una sección del complejo está aislada y es para uso exclusivo de la KGB.

Uno de aquellos hombres era un suboficial radiotelegrafista de esta sección.

—Es el hombre mejor que tengo —se lamentó el coronel jefe a su ayudante cuando se hubieron marchado los hombres del Comité Central—. ¿Que si es bueno? ¡Vaya si lo es! Si dispone del equipo necesario, es capaz de descubrir una cucaracha rascándose el culo en California.

El otro hombre designado era coronel del Ejército soviético y, cuando iba de uniforme, cosa que ocurría raras veces, sus insignias indicaban que pertenecía a Artillería. En realidad, era más científico que soldado y trabajaba en la sección de investigación de dicho Cuerpo.

—Muy bien —dijo el general Pienaar cuando se hubieron sentado alrededor de la mesita de café en los sillones de cuero—, hablemos de nuestro diplomático Jan Marais. ¿Es culpable o inocente?

—Culpable como el mismísimo diablo —replicó Preston.

—Me gustaría que me lo demostrase, Mr. Preston. ¿Dónde se descarrió? ¿Dónde le hicieron cambiar de bando?

—Ni se descarrió ni le hicieron cambiar —corrigió Preston—. Nunca dio un paso en falso. ¿Ha leído usted su autobiografía manuscrita?

—Sí, y, como posiblemente le ha indicado el capitán Viljoen, también nosotros hemos comprobado toda la carrera de ese hombre, desde su nacimiento hasta hoy. Y no hemos encontrado ninguna discrepancia.

—Es que no la hay —confirmó Preston—. La historia de sus tiempos de muchacho es absolutamente exacta. Creo que él podría incluso hoy describir aquella época durante cinco horas sin repetirse una sola vez y sin equivocarse en un solo detalle.

—Es verdad. Todo lo que se ha podido comprobar ha resultado cierto —convino el general.

—Todo lo comprobable, sí. Todo es verdad hasta el momento en que los dos jóvenes saltaron del camión alemán en Silesia y echaron a correr. A partir de entonces, todo es una sarta de mentiras. Permita que se lo explique empezando por el otro extremo, por la historia de Frikki Brandt, el hombre que huyó con Jan Marais.

»En 1933, Adolfo Hitler subió al poder en Alemania. En 1935, un ferroviario alemán llamado Josef Brandt fue a la Legación sudafricana en Berlín para pedir un visado de inmigración por razones humanitarias; dijo que estaba en peligro de persecución porque era judío. Su petición fue escuchada y le otorgaron el visado para emigrar a África del Sur con su joven familia. Sus archivos confirman la instancia y la concesión del visado.

—Es verdad —dijo el general Pienaar—. Durante el período de Hitler hubo muchos inmigrantes judíos en África del Sur. En esto tenemos un buen historial; mejor que el de algunos otros países.

—En setiembre de 1935 —prosiguió Preston—, Josef Brandt, con su esposa y su hijo de diez años, Friedrich, embarcaron en Bremenhaven y, seis semanas más tarde, desembarcaron en East London. Entonces había allí una numerosa comunidad alemana y un grupo menor de judíos. Él decidió quedarse y buscó trabajo en el ferrocarril. Un amable oficial de Inmigración informó al rabino local de la llegada de la nueva familia.

«El rabino, enérgico joven llamado Solomon Shapiro, visitó a los recién llegados y trató de ayudarles, animándoles para que se incorporasen a la vida de la comunidad judía. Ellos rehusaron y él presumió que querían asimilarse a la comunidad gentil. Esto le contrarió, pero no sospechó nada.

»Después, en 1938, el muchacho, que ahora se hacía llamar Frederik o Frikki, cumplió los trece años. Era el tiempo adecuado para su *bar-mitzvah*, o mayoría de edad religiosa de los muchachos judíos. Fueran cuales fuesen los deseos de asimilación de los Brandt, era una ocasión importante para un hombre que tenía un hijo único. Aunque ninguno de ellos había estado en la *schul*, el rabino Shapiro visitó a la familia para preguntar si deseaban que oficiase en la ceremonia. Ellos le dieron un chasco, y entonces no sólo sospechó, sino que estuvo seguro de una cosa.

—Seguro ¿de qué? —preguntó, perplejo, el general.

—De que no eran judíos —respondió Preston—. La noche pasada me lo dijo. En el *bar-mitzvah*, el muchacho es bendecido por el rabino. Pero antes tiene que convencerse éste de que el chico es judío. En la religión judía, esta calidad se adquiere de la madre, no del padre. La madre debe presentar un documento, llamado *ketubah*, que acredite que es judía. Ilse Brandt no tenía *ketubah*. No podía realizarse el *bar-mitzvah*.

—Así, pues, entraron en África del Sur alegando una falsa condición —dijo el general Pienaar—. Eso era grave en aquellos tiempos.

—Peor aún —replicó Preston—. No puedo demostrarlo, pero pienso que estoy en lo cierto. Josef Brandt no mintió cuando dijo a su Legación que estaba entonces amenazado por la Gestapo. Pero no lo estaba por ser judío, sino como comunista militante alemán. Sabía que si decía esto a su Legación, no se le concedería el visado.

—Prosiga —dijo el general, frunciendo el ceño.

—Su hijo Frikki, cuando tuvo dieciocho años, compartía totalmente los ideales secretos de su padre; era un comunista acérrimo, dispuesto a trabajar para el Komintern.

»En 1943, dos jóvenes se incorporaron al Ejército de África del Sur y marcharon a la guerra: Jan Marais, de Duiwelskloof, para luchar por África del Sur y la Commonwealth británica, y Frikki Brandt, para combatir por su madre ideológica: la Unión Soviética.

»No se hallaron juntos en el campos de instrucción, ni en el convoy de tropas, ni en Italia, ni en Moosberg. Pero sí en Stalag 344. No sé si entonces había proyectado ya Brandt su plan de fuga, pero eligió por compañero a un joven alto y rubio como él mismo. Creo que fue él, y no Marais, quien inició la carrera hacia el bosque al averiarse el camión.

—Pero, ¿y la pulmonía? —preguntó Viljoen.

—No hubo tal pulmonía —respondió Preston—, ni cayeron en manos de unos partisanos católicos polacos. Lo más probable es que fuesen sorprendidos por partisanos comunistas, a los que Brandt podía hablar en fluido alemán. Debieron de conducirles al Ejército Rojo y, de allí, a la NKVD, con el confiado Marais siguiendo siempre a su compañero.

»El cambio debió de producirse entre marzo y agosto de 1945. Toda aquella historia de las celdas heladas es un cuento. Debieron de sonsacar a Marais todos los detalles de su infancia y de su educación, y Brandt debió de aprenderlos de memoria hasta que, a pesar de su defectuoso inglés, pudo escribir aquel *curriculum vitae* con los ojos cerrados.

»Probablemente dieron también a Brandt un curso intensivo de inglés, cambiaron un poco su aspecto, pusieron la insignia de Marais en el cuello de su guerrera y dieron por terminada la transformación. Después de esto, cuando dejó de serles útil, Marais fue probablemente liquidado.

»Trataron con un poco de dureza a Brandt, para darle la apariencia adecuada, le administraron ciertos productos químicos para ponerle realmente enfermo y lo devolvieron a Potsdam. Pasó algún tiempo en un hospital de Bielefeld y otra temporada en las afueras de Glasgow. En el invierno de 1945, todos los soldados sudafricanos habrían vuelto a casa; era muy improbable que tropezase con alguien del regimiento Wits/ De La Rey. Y en diciembre embarcó para Ciudad de El Cabo, donde llegó en enero de 1946.

»Había un problema. No podía ir a Duiwelskloof. No tenía la menor intención de hacerlo. Entonces, alguien del CG de Defensa envió un telegrama al granjero Marais diciéndole que su hijo había vuelto al fin a casa, tras haberlo dado por "desaparecido y, probablemente, muerto". Para su espanto, Brandt recibió un telegrama (confieso que esto es una presunción, pero parece lógico) apremiándole para que volviese a su hogar. Entonces se puso de nuevo enfermo y fue ingresado en el hospital militar de Wynberg.

»El anciano padre no se desanimó. Telegrafió de nuevo, diciendo que iría a Ciudad de El Cabo. Brandt, desesperado, apeló a sus amigos del Komintern, y el asunto quedó arreglado. Atropellaron al viejo en una solitaria carretera del Mootseki Valley, cambiaron a medias un neumático de su coche y simularon que había sido un accidente seguido de fuga. Después de esto, todo fue fácil. El joven no podía ir a Duiwelskloof para el entierro; todos los de la población lo comprendieron, y el abogado Benson no receló nada cuando aquél le pidió que vendiese la finca y enviase el producto de la venta a Ciudad de El Cabo.

Se hizo un silencio en el despacho del general, turbado sólo por el zumbido de una mosca sobre el cristal de la ventana. El general asintió varias veces con la cabeza.

—Esto tiene sentido —admitió al fin—. Pero no hay pruebas. No podemos demostrar que los Brandt no fuesen judíos, y menos que fuesen comunistas. ¿Puede usted darme algo que elimine toda duda?

Preston se metió una mano en el bolsillo y sacó una fotografía, que dejó en la mesa del general Pienaar.

—Ésta es una foto, la última, del verdadero Jan Marais. Como verá usted, fue un buen jugador de críquet cuando era muchacho. Era todo un lanzador. Si se fija usted bien, verá que sus dedos agarran la pelota a la manera de un lanzador experto. Y también verá que es zurdo.

»Pasé una semana en Londres estudiando a Jan Marais; de cerca, gracias a mis gemelos. Al conducir, fumar, comer y beber, no lo hace nunca como los zurdos. Se puede cambiar a un hombre de muchas maneras, general. Se pueden cambiar sus cabellos, su manera de hablar, su cara, sus actitudes. Pero no se puede transformar a un lanzador zurdo en el críquet en uno que no lo sea.

El general Pienaar, que había jugado al críquet durante la mitad de su vida, contempló la fotografía.

—Entonces, ¿qué es lo que tenemos en Londres, Mr. Preston?

—General, tienen ustedes un fanático y acérrimo agente comunista que, desde hace más de cuarenta años, trabaja para la Unión Soviética desde el seno del Servicio Exterior sudafricano.

El general Pienaar levantó los ojos y miró, a través del valle, el monumento de Voortrekker.

—Voy a hacerle trizas y a esparcir sus pedazos por el *bushveld*.

Preston tosió.

—Teniendo en cuenta que ese hombre representa también un problema para nosotros, ¿puedo pedirle que detenga su mano hasta después de hablar personalmente con Sir Nigel Irvine?

—Está bien, Mr. Preston —asintió el general Pienaar—, hablaré primero con Sir Nigel. Y ahora, ¿cuáles son sus planes?

—Esta tarde sale un avión para Londres. Quisiera embarcar en él.

El general Pienaar se levantó y le tendió la mano.

—Adiós, Mr. Preston. El capitán Viljoen le llevará hasta el aeropuerto. Y gracias por su ayuda.

En el hotel, mientras hacía sus maletas, Preston llamó a Dennis Grey, que vino a Johannesburgo y tomó un mensaje para su transmisión en clave a Londres. Dos horas más tarde llegó la respuesta. Sir

Bernard Hemmings estaría el día siguiente, sábado, en su despacho, para recibirle.

Preston y Viljoen llegaron a la puerta de salida justo antes de las ocho de la tarde, en el momento en que hacían la última llamada a los pasajeros de la «South African Airways» con destino a Londres. Preston mostró su tarjeta de embarque y Viljoen el pase que le permitía ir a todas partes. Cruzaron el asfalto bajo la oscuridad fresca de la noche.

—Voy a decirle una cosa, señor inglés: es usted un *jagdhond* muy bueno.

—Gracias —replicó Preston.

—¿Sabe usted lo que es un *jagdhond*?

—Tengo entendido —dijo precavidamente Preston— que el perro de caza de Ciudad de El Cabo es lento, desgarbado, pero muy tenaz.

Fue la primera vez, en aquella semana, que el capitán Viljoen echó atrás la cabeza y soltó una carcajada. Después se puso serio de nuevo.

—¿Puedo preguntarle una cosa?

—Sí.

—¿Por qué puso una flor sobre la tumba del viejo?

Preston miró fijamente el avión que esperaba con las luces de la cabina brillando en la penumbra, a veinte metros de distancia. Los últimos pasajeros subían la escalerilla.

—Se habían llevado a su hijo —respondió—, y después le mataron para impedir que descubriese lo ocurrido. Me pareció que debía hacerlo.

Viljoen le tendió la mano.

—Adiós, John, y buena suerte.

—Adiós, Andries.

Diez minutos más tarde, el antílope volador de la aleta del avión de reacción levantó el afilado morro en dirección al cielo y puso rumbo al Norte y a Europa.

Capítulo XI

Sir Bernard Hemmings, con Brian Harcourt-Smith a su lado, permaneció sentado en silencio y escuchó el relato de Preston hasta que éste hubo terminado.

—¡Dios mío! —exclamó con voz ronca cuando Preston guardó silencio—. Conque, a fin de cuentas, *era* cosa de Moscú. Tendrán que pagarlo caro. El perjuicio debe de haber sido enorme. ¿Siguen ambos hombres bajo vigilancia, Brian?

—Sí, Sir Bernard.

—Que sigan así todo el fin de semana. No deben ser aprehendidos hasta que el Comité Paragon haya podido enterarse de lo que sabemos. Sé que debes de estar cansado, John, pero, ¿podrás tener el informe redactado por escrito el domingo por la noche?

—Sí, señor.

—Entonces que esté en mi mesa a primera hora del lunes. Llamaré a los miembros del Comité y convocaré una reunión urgente para la misma mañana del lunes.

Cuando el comandante Valeri Petrofski fue introducido en el salón de la elegante dacha de Usovo, estaba sumamente agitado. No conocía aún personalmente al secretario general del partido comunista de la Unión Soviética, ni se había imaginado que esto pudiese llegar a suceder.

Había pasado tres días de enorme confusión, incluso de terror. Desde que su propio director le había designado para una misión especial, había estado secuestrado en un piso del centro de Moscú, vigilado de día y de noche por hombres del Noveno Directorio, de la Guardia del Kremlin. Temía lo peor, aunque no tenía la menor idea de lo que habría podido hacer para merecerlo.

Después, aquel domingo por la tarde, recibió de pronto la orden de ponerse su mejor traje de paisano y seguir a los guardias hasta un «Chaika» que esperaba. A continuación rodaron en silencio hacia Usovo. No reconoció siquiera la dacha a la que era conducido.

Sólo cuando el comandante Pavlov le dijo: «El camarada secretario general le recibirá ahora», se dio cuenta de dónde estaba. Tenía la garganta seca cuando cruzó la puerta y entró en el salón. Trató de ponerse sobre sí, diciéndose que respondería sincera y respetuosamente a las acusaciones que le fuesen formuladas.

Ya dentro de la estancia, se cuadró rígidamente. El viejo de la silla de ruedas le observó en silencio durante varios minutos; después levantó una mano y le hizo una seña para que avanzase. Petrofski dio cuatro pasos al frente y se detuvo de nuevo, todavía en actitud de firmes. Pero cuando habló el líder soviético, no percibió ningún matiz acusador en su tono. Antes al contrario, lo hizo con mucha suavidad.

—Comandante Petrofski, no es usted un maniquí. Avance hasta la luz, para que pueda verle. Y siéntese.

Petrofski se quedó pasmado. Sentarse en presencia del secretario general era algo inaudito para un joven comandante. Hizo lo que se le ordenaba, sentándose en el borde del sillón que le había sido mostrado, con la espalda tiesa y las rodillas juntas.

—¿Tiene alguna idea de por qué le he enviado a buscar?

—No, camarada secretario general.

—No, supongo que no. Era necesario que nadie lo supiese. Por consiguiente, se lo diré yo.

»Hay que realizar una misión. Su resultado será de importancia incalculable para la Unión Soviética y para el triunfo de la Revolución. Si tiene éxito, los beneficios para nuestro país serán extraordinarios; si fracasa, los daños serán para nosotros catastróficos. Le he elegido personalmente a usted, Valeri Alexeivich, para cumplir esta misión.

A Petrofski empezó a darle vueltas la cabeza. Su miedo primitivo a la deshonra y al destierro se transformó en un júbilo casi imposible de dominar. Desde que, como brillante estudiante de la Universidad de Moscú, fue desviado de su proyectada carrera en el Ministerio de Asuntos Exteriores para convertirse en uno de los inteligentes jóvenes del Primer Directorio Principal, y desde que se ofreció voluntario y sido aceptado por el exclusivo Directorio de Ilegales, soñó con desempeñar una misión importante. Pero ni en sus sueños más estrafalarios había imaginado una cosa como ésta. Por fin se permitió mirar a los ojos al secretario general.

—Gracias, camarada secretario general.

—Otras personas le instruirán acerca de los detalles —siguió diciendo el secretario general—. Dispondrá de poco tiempo, pero ya ha sido adiestrado para poder explotar al máximo sus facultades, y tendrá todo lo necesario para su misión.

»He querido verle personalmente por una razón. Había que decirle una cosa y he preferido decírsela yo mismo. Si la misión tiene éxito, y no me cabe duda de que lo tendrá, volverá usted aquí para ser ascendido y recibir honores mayores de lo que pueda imaginarse. Yo cuidaré de ello.

»Pero si algo sale mal; si la Policía o los soldados del país al que será enviado pretenden detenerle, tendrá que dar los pasos necesarios para asegurarse, sin vacilación, de que no le cojan vivo. ¿Lo ha entendido, Valeri Alexeivich?

—Sí, camarada secretario general.

—Ser apresado vivo, ser rigurosamente interrogado, verse obligado a hablar..., ¡oh, sí!, esto es posible hoy, pues no hay valor que pueda resistir a los productos químicos..., y tener que exhibirse delante de una conferencia de Prensa internacional, todo esto sería, de todos modos, un infierno para usted. Pero los daños de semejante espectáculo en la Unión Soviética, en su país de usted, serían incalculables e irreparables.

El comandante Petrofski respiró hondo.

—No fracasaré —dijo—. Pero si fracasase, nunca me cogerán vivo.

El secretario general apretó un botón debajo de la mesa y se abrió la puerta. El comandante Pavlov estaba allí.

—Puede marcharse, joven. Un hombre al que quizás habrá visto usted antes de ahora, le dirá en esta misma casa el objeto de la misión. Entonces irá a otro lugar para una instrucción intensiva. No volveremos a vernos... hasta su regreso.

Cuando la puerta se hubo cerrado detrás de los dos comandantes de la KGB, el secretario general se quedó un rato mirando las fluctuantes llamas del fuego de leña. «Un joven magnífico —pensó—. ¡Qué lástima!»

Mientras Petrofski seguía al comandante Pavlov por dos largos pasillos hacia las habitaciones de los invitados, sintió que su caja torácica podía contener a duras penas las emociones de expectación y de orgullo que bullían dentro de ella.

El comandante Valeri Alexeivich Petrofski era soldado y patriota ruso hasta la médula. Al estudiar a fondo el idioma inglés, había oído la frase «morir por Dios, por el Rey y por la Patria», y comprendía su significado. Él no tenía Dios, pero el caudillo de su país había confiado personalmente en él, y estaba resuelto a no vacilar en el cumplimiento de su deber, si llegaba el momento de sacrificarse.

El comandante Pavlov se detuvo ante una puerta, llamó y la abrió. Se apartó a un lado para dejar entrar a Petrofski. Después cerró la puerta y se retiró. Un hombre de cabellos blancos se levantó de un sillón junto a una mesa cubierta de notas y de mapas y salió a su encuentro.

—Conque es usted el comandante Petrofski —dijo, sonriendo y tendiéndole la mano.

A Petrofski le sorprendió el tartamudeo. Conocía la cara de aquel hombre, aunque nunca había hablado con él. En el folklore del PDP, aquel hombre era de quien se decía a los jóvenes incorporados que era uno de los Cinco Astros, que debía ser respetado y que representaba uno de los mayores triunfos de la ideología soviética sobre el capitalismo.

—Sí, camarada coronel —respondió.

Philby había leído su historial hasta conocerlo a la perfección. Petrofski sólo tenía treinta y seis años y había sido adiestrado durante un decenio de manera que podía hacerse pasar por inglés. Había estado dos veces en Gran Bretaña, para familiarizarse con el ambiente, viviendo siempre de incógnito, sin acercarse a la Embajada soviética ni realizar misión alguna.

Estos viajes se organizaban simplemente para que los ilegales pudiesen, antes de empezar a operar, aclimatarse a todo aquello con que se encontrarían un día; cosas sencillas, como abrir una cuenta bancaria, tener una rozadura con otro conductor y saber lo que había que hacer, usar el Metro de Londres y mejorar el empleo de frases de slang moderno.

Philby sabía que el joven que tenía ante sí no sólo hablaba perfectamente el inglés, sino que dominaba cuatro acentos regionales y hablaba también un galés y un irlandés intachables. Ahora, él mismo se dirigió a su visitante en inglés:

—Siéntese —dijo—. Voy a describirle a grandes rasgos la misión. Otros se encargarán de darle todos los detalles. El tiempo será corto, desesperadamente corto; por consiguiente, tendrá que absorberlo todo más de prisa que nunca en su vida.

Mientras hablaba, Philby se dio cuenta de que, después de treinta años de ausencia de su país natal, y a pesar de leer todos los periódicos y revistas británicos que se ponían al alcance de su mano, era él quien mostraba falta de práctica, quien usaba una fraseología altisonante y anticuada. El joven ruso hablaba como un inglés moderno de su edad.

Philby tardó dos horas en esbozar el plan llamado «Aurora» y lo que significaba éste. Petrofski absorbió todos los detalles. Estaba excitado y asombrado por su audacia.

—Pasará los próximos días con un equipo de sólo cuatro hombres. Ellos le instruirán sobre una larga serie de nombres, lugares, fechas, horas de transmisión, citas y formas de anularlas. Tendrá que aprenderlo todo de memoria. Lo único que llevará consigo será un bloc de hojas utilizables una sola vez. Bueno, eso es todo.

Petrofski asintió con la cabeza mientras hablaba el otro.

—Ya le he dicho al camarada secretario general que no fracasaré —dijo—. Se hará según lo ordenado y en su momento oportuno. Si llegan sus componentes, se hará.

Philby se levantó.

—Muy bien; haré que le lleven de nuevo a Moscú, al lugar donde pasará el tiempo que falta hasta su partida.

Al cruzar Philby la estancia en dirección al teléfono interior, Petrofski se sorprendió al oír un fuerte arrullo en un rincón. Miró y vio una jaula grande en la que les estaba mirando una hermosa paloma con una pata entablillada. Philby se volvió con una sonrisa de disculpa.

—La llamo *Hopalong* —dijo, mientras marcaba el número para llamar al comandante Pavlov—. La encontré en la calle el invierno pasado, con un ala y una pata rotas. El ala se ha curado, pero la pata sigue molestándole.

Petrofski se acercó a la jaula y rascó la reja con una uña. Pero la paloma retrocedió hacia el lado opuesto. Entonces se abrió la puerta de la estancia y entró el comandante Pavlov. Como de costumbre, éste no dijo nada, sino que hizo ademán a Petrofski para que le siguiese.

—Hasta la vista, y mucha suerte —dijo Philby.

Los miembros del Comité Paragon se sentaron y todos ellos leyeron el informe de Preston.

—Bueno —dijo Sir Anthony Plumb, abriendo la discusión—, ahora sabemos por fin el qué, cuándo, dónde y quién. Pero todavía no sabemos el porqué.

—Ni cuánto —añadió Sir Patrick Strickland—. Todavía no se ha intentado hacer una valoración de los daños, y tenemos que informar a nuestros aliados, aunque nada importante —salvo nuestro documento falso— haya salido para Moscú desde el mes de enero.

—De acuerdo —convino Sir Anthony—. Caballeros, creo que estaremos de acuerdo en que ha terminado el tiempo de investigar. ¿Qué hemos de hacer con ese hombre? ¿Alguna idea? ¿Brian?

Brian Harcourt-Smith estaba hoy sin su director general y representaba él solo a MI5. Escogió con cuidado sus palabras.

—Somos de la opinión de que con Berenson, Marais y Benotti se cierra el círculo. El Servicio de Seguridad piensa que es improbable que haya más agentes dentro de este círculo. Berenson era tan importante que creemos que, probablemente, todo el anillo fue montado con vistas a él solo.

Hubo cabezadas de asentimiento alrededor de la mesa.

—¿Y qué recomiendan ustedes? —preguntó Sir Anthony.

—Que los cojamos a todos, que destruyamos todo el anillo —dijo Harcourt-Smith.

—Hay un diplomático extranjero involucrado —objetó Sir Hubert Villiers, del Ministerio del Interior.

—Pienso que Pretoria estará dispuesta a alegar inmunidad en este caso —dijo Sir Patrick Strickland—. A estas horas, el general Pienaar habrá informado de todo esto a Mr. Botha. Sin duda reclamarán a Marais cuando hayamos charlado con él.

—Bueno, eso parece bastante decisivo —opinó Sir Anthony—. ¿Qué dices tú, Nigel?

Sir Nigel Irvine había estado contemplando el techo, como sumido en sus pensamientos. Al oír la pregunta, pareció despertar.

—Me estaba diciendo —murmuró— qué haremos cuando les hayamos pillado.

—Interrogarles —replicó Harcourt-Smith—. Podemos empezar a valorar los daños e informar a nuestros aliados de la detención de todo el círculo para dorarles un poco la píldora.

—Sí —convino Sir Nigel—, eso está bien. Pero, ¿y después?

Se dirigió a los secretarios de los tres Ministerios y del Gabinete.

—Me parece que tenemos cuatro alternativas. Podemos coger a Berenson y acusarle formalmente de infringir la Ley de Secretos Oficiales, cosa que tendremos que hacer si le detenemos. Pero, ¿tenemos realmente una acusación que podamos mantener ante el tribunal? Sabemos que estamos en lo cierto, pero, ¿podemos demostrarlo en contra de una defensa hábil? Aparte todo lo demás, una detención y una acusación formales causarían un enorme escándalo que, seguramente, rebotaría contra el Gobierno.

Sir Martin Flannery, secretario del Gabinete, comprendió perfectamente la cuestión. A diferencia de todos los que se encontraban allí, sabía que se intentaba convocar elecciones anticipadas en verano, porque la Primera Ministra se lo había dicho confidencialmente. Funcionario civil de la vieja escuela durante toda su vida, Sir Martin era absolutamente fiel al Gobierno actual, como lo había sido a los tres Gobiernos anteriores, dos de ellos laboristas. Brindaría la misma fidelidad a cualquier Gobierno sucesivo, democráticamente elegido. Frunció los labios.

—Entonces —siguió diciendo Sir Nigel— podríamos dejar a Berenson y a Marais en su sitio, pero tratar de suministrar a Berenson documentos preparados, para que los transmita a Moscú. Pero esto no podría durar mucho. Berenson está demasiado bien situado e informado como para dejarse engañar.

Sir Peregrine Jones asintió con la cabeza. Sabía que Sir Nigel tenía en esto toda la razón.

—O podríamos coger a Berenson y tratar de obtener su plena colaboración en la valoración de los daños a cambio de retirar la acusación. Personalmente aborrezco conceder la inmunidad a los traidores. Nunca se sabe si han dicho toda la verdad o si han mentido, como hizo Blunt. Y siempre acaba por descubrirse el asunto, y entonces el escándalo es aún mayor.

Sir Hubert Villiers, en cuyo Ministerio se hallaba la Asesoría Jurídica de la Corona, frunció el ceño para manifestar su conformidad. También él odiaba los convenios sobre inmunidad y todos sabían que la Primera Ministra pensaba igual que él a este respecto.

—Parece —dijo suavemente el jefe del SSI— que sólo nos queda la detención sin juicio y un interrogatorio riguroso. En una palabra: el tercer grado. Supongo que soy bastante anticuado, pero nunca he tenido mucha confianza en esto. El hombre podría confesar la existencia de cincuenta documentos, pero nunca sabríamos si hubo otros cincuenta.

Hubo un largo silencio.

—Todas las alternativas son bastante desagradables —explicó Sir Anthony Plumb—, pero sospecho que habremos de aceptar la sugerencia de Brian, si es que no existen otras.

—Podría haber otra —indicó Sir Nigel, delicadamente—. Podría ocurrir, bueno, que el reclutamiento de Berenson fuese una auténtica bandera falsa.

La mayoría de los presentes ignoraban lo que era un reclutamiento bajo bandera falsa, pero Sir Hubert Villiers, del Ministerio del Interior, y Sir Martin Flannery, del Gabinete, fruncieron las cejas, intrigados. Sir Nigel explicó:

—Significa el reclutamiento de una fuente de información por hombres que simulan trabajar para un país con el que simpatiza el sujeto, cuando, en realidad, trabajan para otro. Los israelíes del Mossad son particularmente expertos en esta técnica. Como son capaces de producir agentes que pueden pasar por súbditos de casi todas las naciones del mundo, los israelíes han conseguido algunos «éxitos» notables con banderas falsas.

»Por ejemplo: un fiel alemán occidental que trabaja en el Oriente Medio es abordado, cuando está con licencia en Alemania, por dos compañeros alemanes que, con pruebas irrefutables, le demuestran que representan a la BND, la rama de Información de Alemania Federal. Le explican un cuento en el sentido de que los franceses, que trabajan en el mismo proyecto en Irak, transmiten secretos tecnológicos contra las prohibiciones de la OTAN. Hacen esto para conseguir mayores pedidos comerciales. ¿Querría el alemán ayudar a su país informando sobre lo que sucede? El fiel alemán accede y se pasa años trabajando para Jerusalén. Esto ha ocurrido muchas veces.

»La cosa parece lógica —siguió su exposición Sir Nigel—. Hemos repasado el historial de Berenson hasta la saciedad. Pero, con lo que ahora sabemos, la técnica de la bandera falsa podría ser la solución.

Varios de los presentes asintieron con la cabeza al recordar el historial de Berenson. Había empezado su carrera en el Foreign Office al salir de la Universidad. Había progresado, sirviendo tres veces en el extranjero y ascendiendo continuamente, aunque no de modo espectacular, en el Cuerpo Diplomático.

A mediados de los años sesenta se había casado con Lady Fiona Glen, y poco después había sido destinado a Pretoria, acompañado de su esposa. Probablemente fue allí donde, al hallarse con la tradicional y casi ilimitada hospitalidad de África del Sur, concibió una profunda simpatía y admiración por este país. Pero con un Gobierno laborista en el poder en Gran Bretaña y con Rhodesia en plena rebelión, su cada vez más manifiesta admiración por Pretoria no fue bien recibida.

Por lo visto, al regresar a Inglaterra, en 1969, llegó a sus oídos la noticia de que sería destinado a un lugar menos conflictivo; por ejemplo, Bolivia.

Los hombres sentados en torno a la mesa sólo podían presumirlo, pero era muy probable que Lady Fiona, bien dispuesta a permanecer en Pretoria, se hubiese negado en redondo a abandonar sus queridos caballos y su vida social para pasar tres años en la cordillera de los Andes.

Fuese cual fuere la razón, George Berenson había solicitado el traslado a Defensa, aunque ello era considerado como un retroceso en su carrera. Pero con la fortuna de su esposa, esto importaba poco. Al verse desligado del Foreign Office, había ingresado en varias sociedades en pro de la amistad con África del Sur y, en particular, las que se hallaban políticamente situadas a la derecha.

Sir Peregrine Jones sabía que las conocidas y demasiado ostensibles simpatías derechistas de Berenson le habían impedido recomendar a éste para un título honorífico, cosa que —ahora lo comprendía— podía haber alimentado su resentimiento.

Al leer el informe una hora antes, los altos funcionarios habían presumido que las simpatías sudafricanas de Berenson podían ser la tapadera de un simpatizante soviético secreto. Ahora, la sugerencia de Sir Nigel Irvine proyectaba una luz diferente sobre las cosas.

—¿Una bandera falsa? —murmuró Sir Paddy Strickland—. ¿Quieres decir que sabía realmente que transmitía secretos a África del Sur?

—Me impresiona ese enigma —dijo «C»—. Si hubiese sido todo el tiempo un simpatizante secreto de los soviets o un comunista acérrimo, ¿por qué no le puso el «Centro» bajo un controlador soviético? Hay al menos cinco en su Embajada que podrían haber representado bien este papel.

—Bueno, confieso que no lo sé... —replicó Sir Anthony Plumb.

En aquel momento levantó los ojos y echó un vistazo a lo largo de la mesa, captando la mirada de Nigel Irvine. Éste bajó rápidamente un párpado y lo alzó de nuevo. Sir Anthony Plumb volvió a bajar los ojos sobre el historial de Berenson que tenía delante.

«Eres un astuto bastardo, Nigel —pensó—. No estás especulando en absoluto. En verdad, lo sabes.»

En realidad, Andreiev había informado de algo dos días antes. No era gran cosa: sólo una charla de cantina dentro de la Embajada soviética. Había estado bebiendo con el hombre de la línea N y discutiendo sobre cosas del oficio en general. Había mencionado la utilidad, en ocasiones, de reclutamientos bajo bandera falsa; el representante del Directorio de Ilegales se echó a reír, pestañeó y se golpeó un lado de la nariz con el índice. Andreiev interpretó este ademán en el sentido de que *había* una operación de falsa bandera en curso en Londres, y de que el hombre de la línea N sabía algo de ello. Cuando Sir Nigel se enteró, fue de la misma opinión.

Sir Antonhy tuvo otra idea. Si Nigel lo sabía realmente, debía de ser porque tenía una fuente de información dentro de la *rezidentura*. ¡El viejo zorro! Entonces se le ocurrió otra idea, ésta menos agradable. ¿Por qué no lo decía a las claras? Todos los que se hallaban alrededor de la mesa eran de absoluta confianza, ¿no? Sintió en su interior un estremecimiento de inquietud. Levantó la mirada.

—Bueno, creo que deberíamos considerar en serio la sugerencia de Nigel. Parece lógica. Dinos lo que piensas, Nigel.

—El hombre es un traidor, de esto no cabe la menor duda —dijo «C»—. Si se le presentan los documentos que nos devolvió aquella persona anónima, es indudable que sufrirá una fuerte impresión. Pero si se le da a leer el informe de John Preston redactado en África del Sur y él *piensa* que trabajaba para Pretoria, creo que sería incapaz de disimular su derrumbamiento. En cambio, si ha *sido* siempre un agente comunista, tiene que conocer la ideología de Marais y no será una sorpresa para él. Creo que un observador experto podría percibir la diferencia.

—¿Y si *fuese* una operación de bandera falsa? —preguntó Sir Perry Jones.

—Entonces tendríamos su completa y franca colaboración para calcular los daños. Más aún, creo que podríamos persuadirle de que cambiase voluntariamente de chaqueta, permitiéndonos montar una importante operación de desinformación contra Moscú. Y *esto* podríamos brindarlo como un gran obsequio a nuestros aliados.

Sir Paddy Strickland, del Foreign Office, tuvo que callar. Se convino en seguir la táctica de Sir Nigel.

—Una última pregunta. ¿Quién irá a verle? —inquirió Sir Anthony.

Nigel Irvine tosió.

—Bueno, eso corresponde, desde luego, a «Cinco» —replicó—. Pero una operación de desinformación contra el «Centro» tendría que ser llevada a cabo por «Seis». Mas también aquí conozco al hombre adecuado. En realidad, fuimos juntos al colegio.

—¡Dios mío! —exclamó Plumb—. Es bastante más joven que tú, ¿verdad?

—Cinco años más joven. Solía limpiarme los zapatos.

—Muy bien. ¿Están todos de acuerdo? ¿Algún voto en contra? Te has salido con la tuya Nigel. Encárgate de él, es tuyo. Pero tennos al corriente.

El martes 24, un turista sudafricano llegó de Johannesburgo al aeropuerto londinense de Heathrow, donde pasó los controles sin dificultad.

Al salir de la sala de la Aduana, llevando en la mano su maletín, un joven se acercó a él y le preguntó algo al oído. El corpulento sudafricano asintió con la cabeza. El joven tomó el maletín y condujo al viajero a un coche que estaba esperando.

En vez de dirigirse a Londres, el conductor siguió el cinturón de ronda M-25 y después la M-3 en dirección a Hampshire. Una hora más tarde se detuvo ante la puerta de una hermosa casa de campo de las afueras de Basingstoke. El sudafricano se quitó el abrigo y fue introducido en la biblioteca. Un inglés con traje de tweed y de la misma edad que el recién llegado se levantó de un sillón junto al fuego para saludarle.

—¡Cuánto me alegro de volver a verte, Henry Pienaar! Ha pasado mucho tiempo. Bien venido a Inglaterra.

—¿Cómo te encuentras, Nigel?

Los jefes de los dos Servicios de Información disponían de una hora antes del almuerzo; por consiguiente, después de los preliminares de costumbre, empezaron a discutir el problema que había traído al general Pienaar a la casa de campo mantenida por el SSI y en la que se hospedaban invitados notables, pero clandestinos.

Por la tarde, Sir Nigel Irvine había conseguido el acuerdo que buscaba. Los sudafricanos se avendrían a dejar a Jan Marais en su sitio para que Irvine pudiese montar un importante ejercicio de desinformación a través de George Berenson, presumiendo que éste seguiría el juego.

Los ingleses tendrían a Marais bajo vigilancia total; ellos respondían de que Marais no tendría oportunidad de hacer un vuelo nocturno a Moscú, ya que los sudafricanos tenían ahora que valorar sus propios daños..., ocasionados durante cuarenta años.

También se convino en que, cuando terminase el ejercicio de desinformación, Irvine comunicaría a Pienaar que Marais ya no era necesario. Entonces sería llamado a su país, los británicos le «embarcarían» en el reactor sudafricano y los hombres de Pienaar lo detendrían cuando el avión estuviese en el aire, es decir, sobre territorio de soberanía sudafricana.

Después de la comida, Sir Nigel se disculpó; su coche le estaba esperando. Pienaar pasaría la noche allí, haría algunas compras en el West End de Londres al día siguiente y tomaría el avión de la noche con destino a su país.

—No le dejéis escapar —dijo el general Pienaar al despedirse de Sir Nigel en la puerta—. Quiero a ese bastardo en casa cuando termine el año.

—Lo tendrás —le prometió Sir Nigel—. Pero mientras tanto no le asustéis.

Mientras el jefe del SIN trataba de encontrar algo en Bond Street para Mrs. Pienaar, John Preston estaba en Charles Sreet para una reunión con Brian Harcourt-Smith. El director general delegado estaba de un humor muy complaciente.

—Bueno, John, creo que la felicitación es de rigor. El Comité se sintió fuertemente impresionado por sus revelaciones de África del Sur.

—Gracias Brian.

—Es la pura verdad. De ahora en adelante, todo el asunto será manejado por el Comité. No puedo decir qué harán exactamente, pero Tony Plumb me pidió que le expresara su reconocimiento personal. Bueno, ahora... —y extendió las manos, colocándolas sobre la carpeta— ... hablemos del futuro.

—¿El futuro?

—Verá, me encuentro ante un dilema. Usted ha estado dedicado a este caso durante ocho semanas, parte del tiempo en la calle con los vigilantes, la mayoría de él en el sótano de «Cork» y últimamente, en África del Sur. Durante todo este tiempo, el joven March, su número dos, ha dirigido C.1(A) y, por cierto, muy bien.

»Ahora me pregunto qué tengo que hacer con él. No creo que sea justo devolverlo a su puesto anterior; a fin de cuentas, ha rondado por todos los Ministerios, ha hecho algunas sugerencias sumamente útiles y ha introducido un par de cambios muy positivos.

«Era natural —pensó Preston—. March era un joven trafagón y uno de los protegidos de Harcourt-Smith.»

—Desde luego, sé que usted sólo ha estado diez semanas en C.1(A) y que eso es muy poco tiempo; pero, al ver cómo se ha cubierto de gloria, creo que se merece un ascenso. He hablado con Personal, y se da la afortunada circunstancia de que Cranley, de C.5(C), va a retirarse anticipadamente al terminar esta semana. Ya sabe que su esposa lleva mucho tiempo delicada, y él quiere llevarla al Lake District. Por consiguiente, cobrará su pensión y se jubilará. Pensé que el puesto le convendría.

Preston reflexionó. ¿C5(C)?

—¿Puertos y aeropuertos? —preguntó.

Era otro trabajo de enlace. Inmigración, Aduanas, Rama Especial, Brigada de Delitos Graves, Brigada de Narcóticos; servicios, todos ellos, dedicados a vigilar a diversas clases de personajes indeseables que trataban de introducirse o de introducir mercancías ilegales en el país. Preston sospechaba que C.5(C) tenía que encargarse de todo lo que no era de competencia de otros. Harcourt-Smith levantó un dedo admonitorio.

—Es importante, John. Desde luego, la función especial es tener los ojos bien abiertos contra los ilegales y los correos del bloque soviético, y otras cosas por el estilo. Hay que ir de un lado a otro, que es lo que a usted le gusta.

«Y estar lejos de la oficina principal, que es donde se desarrolla la lucha por la sucesión», pensó Preston. Sabía que él era el favorito de Bernard Hemmings, y que Harcourt-Smith debía saberlo también. Pensó en protestar, en pedir una entrevista con Sir Bernard y solicitar que le dejasen donde estaba.

—De todos modos, quiero que lo pruebe —dijo Harcourt-Smith—. Este servicio está también en «Gordon»; por consiguiente, no tendrá que mudarse de casa.

Preston sabía que era objeto de una maniobra. Harcourt-Smith había pasado la mitad de su vida trabajando en el sistema de la oficina principal. «Al menos —pensó Preston— podría desempeñar de nuevo una función al aire libre, aunque fuese lo que él calificaba como otro "trabajo de policía".»

—Entonces espero que empezará el lunes por la mañana —concluyó Harcourt-Smith.

El viernes, el comandante Valeri Petrofski entró disimuladamente en Gran Bretaña.

Voló de Moscú a Zurich con pasaporte sueco; metió todos los documentos de identidad en un sobre, que cerró y dirigió a una casa secreta de la KGB en la ciudad, y recogió los papeles de un ingeniero suizo, que le estaban esperando en otro sobre depositado en la oficina de Correos del aeropuerto. Desde Zurich tomó un avión con destino a Dublín.

En el mismo vuelo viajaba su escolta, que no sabía ni le importaba lo que estaba haciendo el hombre que tenía a su cargo. Se limitaba a cumplir órdenes. Los dos hombres se reunieron en una habitación del «International Airport Hotel» de Dublín. Petrofski se desnudó y entregó su ropa de estilo europeo. Se puso la que traía su escolta en su bolsa de mano: prendas inglesas de la cabeza a los pies, más un maletín con la acostumbrada mezcolanza de pijama, esponja, novela a medio leer y una muda de ropa interior.

Su acompañante había retirado ya del aeropuerto un sobre preparado por el hombre de la Línea N de la Embajada en Dublín y fijado en el tablón de anuncios cuatro horas antes. Contenía una entrada utilizada para la función del «Eblana Theatre» de la noche anterior; un recibo del «New Jury's Hotel» por una noche de estancia, a nombre de la persona adecuada, y la mitad correspondiente al regreso de un billete de ida y vuelta Londres-Dublín-Londres en «Aer Lingus».

Por último, Petrofski recibió su nuevo pasaporte. Cuando volvió al vestíbulo y presentó el billete, nadie le prestó atención. Era un inglés que volvía a casa después de un viaje de negocios de un día a Dublín. Entre Dublín y Londres no hay control de pasaportes; los pasajeros que llegan a Londres sólo deben mostrar la hoja de embarque o el billete para identificarse. También pasan por delante de dos hombres, de mirada indiferente, de la Rama Especial, que fingen no ver nada, pero pasan muy pocas, muy pocas cosas por alto. Ninguno de los dos había visto la cara de Petrofski antes de entonces, porque nunca hasta ahora había entrado en Inglaterra por el aeropuerto de Heathrow. Si se lo hubiesen pedido, habría mostrado un pasaporte británico perfecto a nombre de James Duncan Ross. Era un pasaporte que no habría podido ser puesto en tela de juicio por la propia Oficina de Pasaportes, puesto que ella misma lo había expedido.

Tras pasar por la Aduana sin sufrir la menor inspección, el ruso tomó un taxi hasta la estación de King's Cross. Allí se dirigió a un armario de la consigna. Tenía la llave. Aquel armario era uno de los varios que tenía alquilados de modo permanente el hombre de la Línea N de la Embajada alrededor de la capital británica, y la llave había sido duplicada hacía tiempo. El ruso sacó un paquete del armario, sellado exactamente igual que cuando había llegado por valija diplomática a la Embajada dos días antes. El hombre de la Línea N no había visto —ni había querido ver— su contenido. Tampoco preguntaba nunca por qué había que dejar un paquete en determinada estación. Esto escapaba a su trabajo.

Petrofski introdujo el paquete en su saco de mano, sin abrirlo. Más tarde podría hacerlo tranquilamente. Sabía ya lo que contenía. En King's Cross tomó otro taxi que, cruzando Londres, le llevó a la estación de Liverpool Street, donde subió al primer tren de la noche para Ipswich, en el Condado de Suffolk. Llegó al «Great White Horse Hotel» con el tiempo justo para la comida.

Si un policía curioso se hubiese empeñado en mirar el paquete que el joven inglés llevaba en su bolsa de mano durante el trayecto hasta Ipswich, se habría quedado pasmado. Había en él una pistola finlandesa «Sako» con el cargador lleno y las puntas de cada bala con unas cuidadosas incisiones en forma de X. Estas incisiones habían sido llenadas con una mezcla de gelatina y cianuro potásico concentrado.

No sólo se abrirían al chocar con un cuerpo humano, sino que la víctima no podría recuperarse de los efectos del veneno.

Además, el paquete contenía el resto de la «leyenda» de James Duncan Ross.

En la jerga del oficio, una «leyenda» es la historia ficticia de un hombre inexistente, confirmada por un montón de documentos perfectamente reales y de todas las clases y colores. Generalmente, la persona en torno a la que se urde la leyenda existió algún día y murió en circunstancias que no dejaron rastro ni causaron mucha excitación. Entonces su identidad es asumida por otra persona y el difunto toma cuerpo, como jamás pudiera tomarlo su esqueleto, gracias a una documentación que abarca todo el curso de una vida.

El verdadero James Duncan Ross, o lo poco que quedaba de él, llevaba años pudriéndose en una espesura próxima al río Zambeze. Había nacido en 1950, hijo de Angus y Kirstie Ross, de Kilbride, Escocia. En 1951, Angus Ross, cansado del triste racionamiento de Gran Bretaña en la posguerra, había emigrado con su esposa y su hijo pequeño a Rhodesia del Sur, como se llamaba entonces. Como era ingeniero, consiguió un empleo en una empresa de maquinaria y utensilios agrícolas, y en 1960 estuvo en condiciones de montar un negocio por su cuenta.

Prosperó y pudo enviar al joven James a una buena escuela preparatoria y después a Michaelhouse. En 1971, el muchacho, cumplido ya su servicio militar, pudo reunirse con su padre en la compañía de éste. Pero ahora estaban ya en la Rhodesia de Ian Smith, y cada vez era más cruel la guerra contra las guerrillas de la ZIPRA de Joshua Nkomo y de la ZANLA de Robert Mugabe.

Todos los varones aptos estaban en la Reserva, y los períodos que había que pasar en el Ejército se hacían más y más largos. En 1976, cuando servía en la infantería ligera rhodesiana, James Ross cayó en una emboscada de la ZIPRA en los tupidos bosques de la ribera meridional del Zambeze y resultó muerto. Los guerrilleros se acercaron, desnudaron el cadáver y volvieron a sus bases en Zambia.

No hubiese debido llevar ningún documento de identidad, pero poco antes de que su patrulla se pusiese en marcha, había recibido una carta de su novia y la había guardado en el bolsillo de su guerrera. Así llegó a Zambia y cayó en manos de la KGB.

Un oficial muy antiguo de la KGB, Vassili Solodovnikov, era a la sazón embajador en Lusaka y dirigía varias redes en todo el sur de África. Una de ellas se apoderó de la carta dirigida a James Ross, a la casa de sus padres. Las primeras comprobaciones sobre el joven oficial muerto resultaron muy fructíferas. Nacidos en Gran Bretaña, Angus Ross y su hijo James habían conservado siempre sus pasaportes británicos. Por consiguiente, la KGB decidió resucitar a James Duncan Ross.

Cuando, tras la independencia de Rhodesia —ahora Zimbabwe—, salieron para África del Sur Angus y Kirstie Ross, James decidió por lo visto volver a Inglaterra. Unas manos invisibles sacaron una copia de su certificado de nacimiento en Somerset House, de Londres;

otras manos enviaron por correo una instancia pidiendo la renovación del pasaporte. Ésta fue concedida, tras las oportunas comprobaciones.

Para hacer una buena leyenda se necesitan docenas de personas y se emplean miles de horas. La KGB no ha carecido nunca de personal ni de paciencia. Se abren y cierran cuentas bancarias; se renuevan cuidadosamente permisos de conducir antes de su expiración; se compran y venden coches, de manera que el nombre aparezca en la computadora del Centro de Licencias de Vehículos. Se consiguen empleos y se procura ascender; se preparan referencias y se solicitan pensiones de las compañías. Una de las tareas del joven personal de Información consiste en mantener al día esta masa de documentación.

Otros equipos ahondan en el pasado. ¿Qué apodo le daban al individuo cuando era pequeño? ¿A qué escuela asistió? ¿Cómo solían llamar los muchachos al profesor de Ciencias cuando no podía oírles? ¿Cómo se llamaba el perro de la familia?

Cuando la leyenda está completa, después de años de trabajo, y ha sido aprendida de memoria por el nuevo personaje, se necesitarían semanas de investigación para destruirla..., si es que se llegaba a destruirla. Esto era lo que Petrofski llevaba en su cabeza y en su bolsa de mano. Era —y podía demostrarlo— James Duncan Ross, y venía del Oeste para hacerse cargo de la representación en Inglaterra de una corporación con sede en Suiza, especializada en programación de computadoras. Tenía un buen saldo en el «Barclays Bank» de Dorchester (Dorset), que se disponía a transferir a la cercana Colchester. Había aprendido a imitar a la perfección la firma de Ross.

Gran Bretaña es un país muy respetuoso de la intimidad de las personas. Los británicos son casi los únicos del mundo que no están obligados a llevar consigo sus documentos de identidad personal. Si alguien les pregunta, suele bastarles exhibir una carta que les haya sido dirigida, valga por lo que valiera. Un permiso de conducir es una prueba positiva, aunque los permisos de conducir británicos no llevan la fotografía de su titular. Se confía en que el hombre sea quien afirma ser.

Valeri Alexeivich Petrofski estaba absolutamente convencido —mientras comía aquella noche en Ipswich— de que nadie dudaría de que era James Duncan Ross, y tenía buenas razones para ello. Después de comer, pidió en la mesa de recepción la guía telefónica comercial de páginas amarillas y buscó la sección correspondiente a los agentes de la propiedad inmobiliaria.

Capítulo XII

Mientras el comandante Petrofski estaba comiendo en el «Great White Horse», de Ipswich, sonó el timbre de un apartamento de la octava planta de Fontenoy House, en Belgravia. El dueño del piso, Mr. George Berenson, abrió la puerta. Por un instante contempló sorprendido al hombre que estaba en el pasillo.

—¡Caramba, Sir Nigel...!

Se conocían vagamente, no tanto de sus tiempos de estudiantes, muchos años antes como por haberse visto ocasionalmente en Whitehall. El jefe del SSI saludó con la cabeza, cortés pero formalmente.

—Buenas noches, Berenson. ¿Puedo pasar?

—Desde luego, desde luego, no faltaría más...

George Berenson estaba aturrullado, aunque ignoraba el objeto de la visita. El empleo por Sir Nigel de su apellido a secas indicaba que el tono de la entrevista sería cortés, pero en modo alguno cordial. No se llamarían campechanamente «George» y «Nigel».

—¿Está Lady Fiona en casa?

—No, ha salido para asistir a una reunión de uno de sus comités. Tenemos el piso para nosotros solos.

Sir Nigel sabía ya esto. Había permanecido sentado en su coche esperando que saliese la esposa de Berenson para entrar en la casa.

Despojado de su abrigo, pero reteniendo la cartera de mano, Sir Nigel fue invitado a sentarse en un sillón del cuarto de estar, a menos de tres metros de la ya reparada caja fuerte de detrás del espejo. Berenson se sentó frente a él.

—Bueno, ¿en qué puedo servirle?

Sir Nigel abrió la cartera y depositó cuidadosamente diez fotocopias sobre la mesa de café cubierta por un cristal.

—Creo que debería echar usted un vistazo a esto.

Berenson estudió en silencio la primera fotocopia, la levantó para mirar la segunda y, después, la tercera. Entonces interrumpió su examen y dejó los papeles. Había palidecido intensamente, pero conservaba todavía su aplomo. Mantuvo la mirada fija en los documentos.

—Supongo que no puedo decirle nada.

—No mucho —replicó tranquilamente Sir Nigel—. Nos fueron devueltos hace algún tiempo. Sabemos cómo los perdió usted; por mala suerte, desde su punto de vista. Cuando nos los devolvieron, le tuvimos a usted bajo vigilancia durante algunas semanas, observamos la sustracción del documento sobre la isla de Ascensión, su entrega a Benotti y, después, su paso a poder de Marais. Lo tenemos todo bien amarrado, ¿sabe?

Algo de lo que había dicho era demostrable, pero la mayor parte era un puro farol; no quería que Berenson supiese lo débil que era la acusación contra él. El jefe delegado de Abastecimientos del Ministerio de Defensa irguió la espalda y levantó la mirada. «Ahora viene el desafío —pensó Irvine—, el intento de justificarse.» Es curioso que todos sigan el mismo sistema. Berenson le miró a los ojos. El desafío estaba allí.

—Bueno, ya que lo sabe todo, ¿qué va a hacer usted?

—Pues voy a hacerle unas preguntas —dijo Sir Nigel—. Por ejemplo, ¿cuánto tiempo ha durado esto y por qué empezó usted?

A pesar de sus esfuerzos por mantener el aplomo y adoptar un aire desafiante, Berenson estaba aún demasiado confuso para reparar en un punto muy sencillo: esta clase de enfrentamiento escapaba a las funciones del jefe del SSI. Los espías al servicio de potencias extranjeras eran detenidos por el Servicio de Contraespionaje. Pero su deseo de justificarse le restó capacidad de análisis.

—En cuanto a lo primero, poco más de dos años.

«Podría ser peor», pensó Sir Nigel. Sabía que Marais llevaba casi tres años en Inglaterra, pero Berenson podría estar «dirigido» por otro agente sudafricano prosoviético antes de aquel tiempo. Por lo visto, no había sido así.

—En cuanto a lo segundo, yo habría pensado que saltaba a la vista.

—Supongamos que soy algo lento —apuntó Sir Nigel—. Por consiguiente, tenga la bondad de ilustrarme. ¿Por qué lo hizo?

Berenson lanzó un profundo suspiro. Tal vez, como muchos antes que él, había preparado a menudo mentalmente su propia defensa, arguyendo ante el tribunal de su propia conciencia..., o de lo que pasaba por tal.

—Desde hace muchos años, sostengo la opinión de que la única lucha que vale la pena es la emprendida contra el comunismo y el imperialismo soviético —empezó diciendo.

»África del Sur es uno de los bastiones en esta lucha. Probablemente el principal, si no el único, al sur del Sáhara. Durante mucho tiempo pensé que era vano y ruinoso que las potencias occidentales, fundándose en dudosas consideraciones morales tratasen a África del Sur como un leproso, la privasen de toda participación en nuestros planes conjuntos para contrarrestar la amenaza soviética a escala mundial.

»Durante años creí que África del Sur había sido tratada de mala manera por las potencias occidentales, que era tan injusto como estúpido excluirla de toda participación en los planes preventivos de la OTAN.

Sir Nigel asintió con la cabeza, como si nunca se le hubiese ocurrido esta idea.

—¿Y pensó que era justo y adecuado restablecer el equilibrio?

—Sí. Y, a pesar de la Ley de Secretos Oficiales, sigo pensándolo.

«La vanidad —pensó Sir Nigel—, siempre la vanidad, el enorme amor propio de los hombres incapaces.» Nunn May, Pontecorvo, Fuchs, Prime, todos presentaban la misma actitud; el derecho otorgado por ellos mismos de erigirse en Dios, la convicción de que sólo el traidor está en lo justo y de que todos sus colegas son estúpidos; todo ello combinado con ese afán de poder que es como una droga y que se deriva de lo que considera como manipulación de la política, poder que confía en alcanzar, gracias a la transferencia de secretos, para los fines en los que cree y para confusión de sus presuntos adversarios en su propio Gobierno, que le han privado de ascensos o de honores.

—¡Hum! Dígame, ¿empezó esto por propia iniciativa o por la de Marais?

Berenson pensó durante un rato.

—Jan Marais es diplomático. Por consiguiente, no puede usted nada contra él —dijo—. No puedo dañarle con lo que yo diga. La iniciativa fue suya. Nunca nos vimos cuando yo estaba destinado en Pretoria. Nos conocimos aquí, poco después de su llegada. Descubrimos que teníamos muchas cosas en común. Me persuadió de que, si estallaba algún día un conflicto con la URSS, África del Sur se encontraría sola en el hemisferio meridional, a caballo sobre las rutas vitales del Índico a los mares del Atlántico Sur y probablemente con bases soviéticas instaladas en toda el África negra. A los dos nos pareció que, sin alguna indicación de cómo operaría la OTAN en ambas esferas, se encontraría en dificilísima posición, pese a ser nuestro más firme aliado en aquellos parajes.

—Poderoso argumento —replicó Sir Nigel, asintiendo de mala gana—. Pero cuando descubrimos que Marais era su controlador, me arriesgué y hablé de éste al general Pienaar. Él negó que Marais hubiese trabajado nunca para él.

—Es natural que lo negase.

—Sí, es natural. Pero enviamos a un hombre allí para comprobar lo que había dicho Pienaar. Quizá le gustaría ver su informe.

Sacó de su cartera el informe que había traído Preston de Pretoria, con la fotografía del joven Marais adherida a la parte superior de la primera hoja. Berenson se encogió de hombros y empezó a leer las siete páginas del documento. Al llegar a cierto punto, contuvo de pronto el aliento, se llevó un puño a la boca y se royó uno de los nudillos. Cuando hubo vuelto la última página, se tapó la cara con ambas manos y se balanceó lentamente hacia delante y atrás.

—¡Oh, Dios mío! —jadeó—. ¿Qué he hecho?

—En realidad, muchísimo daño —respondió Sir Nigel.

Dejó que Berenson absorbiese todo el caudal de su aflicción, sin interrumpirle. Se retrepó en el sillón y contempló, sin compadecerle, al destrozado mandarín. Para Sir Nigel no era más que otro pequeño y asqueroso traidor, capaz de jurar solemnemente fidelidad a su reina y a su país, y traicionarlos a todos en su propio interés. Un hombre de la misma clase, aunque no de la categoría, de Donald Maclean.

Berenson ya no estaba pálido; su rostro tenía el color gris de la ceniza. Cuando apartó las manos de su cara, parecía haber envejecido muchos años.

—¿Hay algo, alguna cosa, que pueda hacer?

Sir Nigel se encogió de hombros, como si nadie pudiese hacer gran cosa. Decidió hurgar un poco más en la herida.

—Desde luego, hay un grupo que exige la inmediata detención. De usted y de Marais. Pretoria ha alegado la inmunidad de éste. A usted le juzgaría un jurado de la clase media y de edad madura; el fiscal de la Corona cuidaría de esto. Personas honradas, pero de mentalidad sencilla. Probablemente no creerían en un reclutamiento a base de una bandera falsa. A su edad, esto significaría una condena para toda la vida, en Park Hurst o Dartmoor.

Dejó pasar unos minutos para que el otro reflexionase sobre esto.

—Pero se da el caso —siguió diciendo— de que conseguí que el grupo de los duros retrasara un poco la decisión final. Hay otro camino...

—Haré lo que sea, Sir Nigel, lo digo de veras. Cualquier cosa...

«Ya lo creo —pensó el Jefe—, ya lo creo. No puedes imaginártelo.»

—En realidad serán tres cosas —replicó en voz alta—. Primera: seguirá yendo al Ministerio como si nada hubiera ocurrido; mantendrá su actitud acostumbrada, hará el trabajo rutinario de siempre; ni una onda diminuta turbará la superficie de las aguas.

»Segunda: en este apartamento, cuando anochezca y si es necesario durante toda la noche, nos ayudará a valorar los daños. La única manera de repararlos en parte es que sepamos todo lo que fue comunicado a Moscú, en sus ínfimos detalles. Si oculta un solo punto o una sola coma, tendrá que estar en la cárcel hasta que reviente.

—Sí, sí, desde luego. Puedo hacerlo. Recuerdo todos los documentos que fueron transmitidos. Todo... Bueno, ha dicho usted tres cosas.

—Sí —replicó Sir Nigel, mirándose las uñas—. La tercera es una trampa. Mantendrá usted relaciones con Marais...

—¿Qué?

—No tendrá que verle. Prefiero que no lo haga. No creo que sea lo bastante buen actor como para fingir en su presencia. Sólo establecerá los contactos acostumbrados a través de llamadas telefónicas en clave cuando tenga que hacerle una entrega.

Berenson estaba realmente pasmado.

—Una entrega, ¿de qué?

—De material que mis hombres, en colaboración con otros, prepararán para usted. Puede llamarlo desinformación. Aparte su trabajo con los de Defensa sobre la valoración de los daños, quiero que colabore conmigo. Que cause algún daño verdadero a los soviets.

Berenson se aferró a esto como se agarra a una tabla el que se está ahogando. Cinco minutos más tarde, Sir Nigel se levantó. Los encargados de valorar los daños vendrían después del fin de semana. Salió del apartamento. Al recorrer el pasillo en dirección al ascensor, sintióse interiormente satisfecho. Pensó en el hombre destrozado y aterrorizado que dejaba a su espalda.

«De ahora en adelante, bastardo, trabajarás para mí», pensó.

La joven que estaba en la oficina de la entrada de «Oxborrow's» levantó la cabeza al entrar el desconocido. Su aspecto le gustó. Mediana estatura, bien plantado, sonriente, de cabellos castaños y ojos color avellana. Le gustaban los ojos color avellana.

—¿Puedo servirle en algo?

—Espero que sí. Soy nuevo en el distrito, pero me han dicho que ustedes alquilan casas amuebladas.

—¡Oh, sí! Querrá hablar con Mr. Knights. Él se encarga de las casas de alquiler. ¿A quién anuncio?

Él sonrió de nuevo.

—Ross —respondió—, James Ross.

Ella pulsó una clavija y habló por el interfono.

—Está aquí un señor llamado Ross, Mr. Knights. Le interesa una casa amueblada. ¿Puede recibirle usted?

Dos minutos más tarde, James Ross se sentó en el despacho de Mr. Knights.

—Acabo de llegar de Dorset para representar a mi compañía en East Anglia —explicó con naturalidad—. Me gustaría que mi esposa y los niños pudiesen venir a reunirse conmigo lo antes posible.

—Entonces, ¿le interesa quizá comprar una casa?

—De momento, no. En primer lugar, deseo buscar la casa más adecuada, y los detalles suelen llevar mucho tiempo. En segundo lugar, es posible que sólo permanezca aquí durante un período limitado. Todo dependerá de la oficina principal. Ya sabe usted lo que son estas cosas.

—Desde luego, desde luego. —Mr. Knights lo comprendió perfectamente—. Una casa de alquiler por breve tiempo le ayudará a instalarse en este ambiente, mientras espera a ver si tiene que quedarse por más tiempo, ¿no es así?

—Exacto —respondió Ross—. Me basta con una cáscara de nuez.

—¿Amueblada o sin amueblar?

—Amueblada, si es que tiene alguna.

—Muy bien —dijo Mr. Knights, cogiendo unas carpetas—. Es casi imposible encontrar casas de alquiler sin amueblar. El propietario no siempre puede conseguir que los inquilinos se marchen al terminar el arrendamiento. De momento tenemos disponibles cuatro casas amuebladas.

Ofreció los papeles a Mr. Ross. Dos de las casas eran visiblemente demasiado grandes para un representante comercial y requerían un servicio numeroso. Las otras dos eran adecuadas. Mr. Knights disponía de una hora y le llevó a ver las dos. Una de ellas era perfecta: una linda casita de ladrillos en una linda callejuela enladrillada, en una linda y pequeña urbanización de una zona exclusiva junto a Belstead Road.

—Creo que es propiedad de un tal Mr. Johnson —dijo Mr. Knights al bajar la escalera—, un ingeniero que trabajaba en Arabia Saudí con un contrato para un año. Pero sólo quedan seis meses en los que puede ser alquilada.

—Me parece muy bien —convino Mr. Ross.

Era el número 12 de Cherryhayes Close. Todas las calles aledañas tenían nombres que terminaban en *hayes,* y por eso todo el complejo era conocido simplemente por «The Hayes»: Brackenhayes, Gorsehayes, Almondhayes y Heatherhayes. El número 12 de Cherryhayes, estaba separado de la calzada por una franja de hierba de dos metros de anchura, sin ninguna valla. Un garaje cerrado estaba adosado a uno de los dos lados de la casa; Petrofski sabía que necesitaría un garaje. El jardín trasero era pequeño y estaba vallado, y se llegaba a él por una puerta de la pequeña cocina. La puerta de la planta baja era cristalera y conducía a un estrecho vestíbulo. Frente a dicha puerta estaba la escalera que llevaba al piso superior. Debajo de la escalera había un cuarto trastero.

Además, había un cuarto de estar en la parte delantera, y la cocina al final del pasillo que discurría entre la escalera y la puerta del cuarto de estar. En el piso superior había dos dormitorios, uno en la parte de delante y el otro en la de atrás, y el cuarto de baño. Era una casa que no llamaba la atención entre los otros e idénticos edificios de ladrillo de la calle ocupados, en su mayor parte, por jóvenes matrimonios; el marido se dedicaba al comercio o a la industria, y la mujer cuidaba de la casa y de uno o dos retoños. Era la vivienda que elegiría un hombre llegado de Dorset y que esperaba que su esposa y sus hijos se reuniesen con él al terminar el curso escolar, y no quería llamar la atención.

—Me la quedaré —dijo.

—Podríamos volver a mi oficina y concretar los detalles... —le propuso Mr. Knights.

Como se trataba de un alquiler de vivienda amueblada, los detalles eran sencillos. Había que firmar un contrato en regla compuesto de dos hojas, hacer un depósito de una mensualidad y pagar por anticipado el alquiler de un mes. Mr. Ross mostró una referencia de sus patronos en Ginebra y pidió a Mr. Knights que llamase el lunes por la mañana a su Banco de Dorchester, para que diesen la conformidad al cheque que le extendió en el acto. Mr. Knights dijo que tendría preparada la documentación a satisfacción de todos el lunes por la tarde, si el cheque y las referencias estaba en orden. Ross sonrió. Sabía que lo estarían.

Alan Fox estaba también en su despacho aquel sábado por la mañana, a petición especial de su amigo Sir Nigel Irvine, quien le había telefoneado diciéndole que necesitaba entrevistarse con él. El caballero inglés subió la escalera de la Embajada norteamericana poco después de las diez.

Alan Fox era el jefe local de la CIA americana desde hacía mucho tiempo, y conocía a Nigel Irvine desde hacía veinte años.

—Lamento decirte que tenemos, al parecer, un pequeño problema —dijo Sir Nigel cuando se hubo sentado—. Uno de nuestros funcionarios del Ministerio de Defensa nos ha salido rana.

—¡Por el amor de Dios, Nigel, no me digas que se trata de otra filtración! —exclamó Fox, en tono acusador.

Irvine pareció compungido.

—Temo que se trate de eso —confesó—. Algo parecido a vuestro caso Harper.

Alan Fox dio un respingo. La estocada había dado en el blanco. En 1983, los norteamericanos habían sufrido un grave revés al descubrir que un ingeniero que trabajaba en Silicon Valley (California), había «soplado» a los polacos —y, por ende, a los rusos— una gran cantidad de información secreta sobre los sistema de misiles «Minuteman» de los Estados Unidos.

Junto con el anterior caso de espionaje Boyce, el asunto Harper había nivelado un poco el tanteador. Los británicos habían aguantado durante largo tiempo las punzantes alusiones de los norteamericanos sobre Philby, Burgess y Maclean, por no hablar de Blake, Vassall, Blunt y Prime, e incluso después de todos estos años seguía escociéndoles la herida. Por eso los ingleses se sintieron algo mejor cuando los norteamericanos tuvieron dos graves fracasos con Boyce y Harper. Al menos no eran los únicos que tenían traidores en su seno.

—Bueno —dijo Fox—, tienes algo que siempre me ha gustado, Nigel. No puedes ver un cinturón sin sentir el deseo de dar un golpe bajo.

Fox era conocido en Londres por su fustigante ingenio. Se había apuntado un tanto en una de las primeras reuniones del Comité Conjunto de Información, cuando Sir Anthony Plumb se había quejado de que, a diferencia de todos los demás, no tenía unas bonitas siglas que describiesen su función. A él sólo se lo conocía como presidente del CCI o coordinador de información. ¿Por qué no podía tener un grupo de iniciales que compusiesen una palabra breve por sí solas?

—¿Qué tal estaría —inquirió Fox arrastrando las palabras, desde el extremo de la mesa— «Supreme Head of Intelligence Targetting»? (Jefe Supremo de Objetivos de Información).

Sir Anthony prefirió que no le conociesen como el SHIT (1) de Whitehall, y no volvió a hablar de siglas.

(1) *Shit*, en lenguaje vulgar, significa «mierda». *(N. del T.)*

—Está bien —accedió Fox—, ¿es muy grave la cosa?

—Podría ser peor —replicó Sir Nigel, y contó la historia a Fox, desde el principio hasta el final.

El norteamericano se inclinó hacia delante, con vivas muestras de interés.

—¿Quieres decir que le has dado la vuelta, que sólo va a transmitir lo que tú le digas?

—Tendrá que hacerlo, si no quiere pasar todo el resto de su vida comiendo gachas en la cárcel. Y estará todo el tiempo bajo vigilancia. Desde luego, puede tener una clave para avisar a Marais por teléfono, pero no creo que la utilice. En realidad, es un hombre de extrema derecha, y su reclutamiento fue a base de una bandera falsa.

Fox reflexionó durante un rato.

—¿Qué importancia crees que dan a ese Berenson en el «Centro», Nigel?

—El lunes empezaremos la valoración de daños —dijo Irvine—, pero pienso que, dada su alta posición en el Ministerio, deben concederle mucha importancia en Moscú. Puede ser un caso de la competencia de un director.

—¿Podríamos pasar también nosotros informes falsos a través de esta línea? —preguntó Fox.

Su mente empezaba ya a urdir algunas falsedades útiles que Langley podría estar interesado en transmitir a Moscú.

—No quiero sobrecargar los circuitos —dijo Nigel—. Debe mantenerse el ritmo de entrega de material como hasta ahora, y también la clase de material. Pero sí, *podríamos* meteros en el ajo.

—¿Y quieres que convenza a los míos de que no le aprieten las clavijas a Londres?

Sir Nigel se encogió de hombros.

—El daño se ha producido ya. Armar jaleo satisface al amor propio. Pero no es remunerador. Yo prefiero reparar los daños y causar algunos por nuestra cuenta.

—Está bien, Nigel, tú ganas. Diré a los nuestros que no intervengan. Comunícanos en seguida la valoración de los daños. Y prepararemos un par de informaciones sobre nuestros submarinos nucleares en el Atlántico y en el Índico, que harán que el «Centro» busque en una dirección equivocada. Estaré en contacto contigo.

El lunes por la mañana. Petrofski alquiló un modesto coche familiar en una agencia de Colchester. Dijo que venía de Dorchester y estaba buscando casa en Essex y Suffolk. Había dejado el coche a su esposa y a sus hijos en Dorset, y por eso no quería comprar uno para tan poco tiempo. Su permiso de conducir estaba en regla, y en él constaba una dirección en Dorchester. Desde luego, el seguro iba incluido en el alquiler. Deseaba un alquiler a largo plazo, posiblemente de tres meses, y optó por el sistema de presupuesto.

Pagó una semana de alquiler en dinero efectivo y extendió un cheque por la mensualidad siguiente. Ahora tenía otro problema más difícil, necesitaría los servicios de un agente de seguros. Buscó a uno de ellos en la propia ciudad, le visitó y le expuso su posición.

Había trabajado varios años en el extranjero y, antes de esto, había conducido siempre un coche de la compañía. Por eso no tenía una compañía regular de seguros en Gran Bretaña. Ahora había resuelto volver al país y empezar un negocio por su cuenta. Tendría que comprar un vehículo, y para ello necesitaría tener cubiertos los riesgos por un seguro. ¿Podía ayudarle el agente?

El agente lo haría con mucho gusto. Se aseguró de que el nuevo cliente tuviera permiso de conducir en regla, un permiso internacional de conducción, además de un aspecto solvente y respetable y una cuenta bancaria que, aquella misma mañana, había sido transferida de Dorchester a Colchester.

¿Qué clase de vehículo pensaba comprar? Una motocicleta. Sí, una motocicleta. Resultaba mucho más cómoda en un tráfico intenso. Desde luego, en manos de un adolescente era un mal asunto asegurar una motocicleta. Pero tratándose de un profesional maduro, no había problema. Un seguro a todo riesgo sería quizás algo difícil... ¡Ah!, ¿se conformaba el cliente con «daños a terceros»? Muy bien. ¿Y la dirección? Precisamente estaba buscando una casa. Muy comprensible. Pero, ¿se alojaba en el «Great White Horse», de Ipswich? Era más que suficiente. Entonces, si Mr. Ross quería darle el número de matrícula de la motocicleta cuando hiciese la compra, y cualquier cambio de dirección, estaba seguro de que podría formalizar el seguro contra daños a terceros en uno o dos días.

Petrofski regresó a Ipswich en su coche alquilado. Había sido un día de mucho trajín, pero estaba convencido de no haber despertado sospechas ni dejado pista que pudiese ser seguida. La agencia de alquiler de automóviles y el hotel tenían una dirección suya inexistente en Dorchester. «Oxborrow's», el agente de la propiedad inmobiliaria, y el agente de seguros, tenían su dirección en el hotel como residencia temporal, y «Oxborrow's» sabía la del número 12 de Cherryhayes. El «Barclays Bank» de Colchester tenía también su dirección en el hotel mientras estaba «buscando casa».

Retendría la habitación en el hotel hasta que el agente le proporcionase la póliza del seguro, y después se marcharía. La posibilidad de que algunas de las partes estableciesen contacto entre ellas era sumamente remota. Aparte «Oxborrow's», la pista se interrumpía en el hotel o en una dirección de Dorchester que no existía. Con tal de que pagase puntualmente los alquileres de la casa y del coche, y el agente recibiese un cheque legítimo por la prima de un año del seguro de la motocicleta, nadie volvería a pensar en él. Había dicho al «Barclays Bank», de Colchester, que le enviasen el estado de cuentas al finalizar cada trimestre, pero a finales de junio haría ya tiempo que se habría marchado.

Volvió a la agencia de la propiedad inmobiliaria para firmar el contrato de alquiler y completar las formalidades.

Aquel lunes, al atardecer, los primeros componentes del equipo de valoración de daños llegaron al apartamento de George Berenson, en Belgravia, para empezar su trabajo.

Era un pequeño grupo de expertos de MI5 y analistas del Ministerio de Defensa. La primera tarea consistía en identificar cada uno de los documentos que habían sido transmitidos a Moscú. Llevaban consigo copias de las fichas del Registro y de las notas de retiradas y devoluciones, para el caso de que a Berenson le fallase la memoria.

Más tarde, otros analistas, fundando sus estudios en la lista de documentos transmitidos, tratarían de valorar y mitigar los daños causados, proponiendo lo que aún pudiese cambiarse, los planes que habría que cancelar, las medidas tácticas y estratégicas que habría que anular y las que se podrían conservar. Los primeros trabajaron durante toda la noche y después pudieron informar de que Berenson les había brindado su total colaboración. Lo que pensaron de él en privado no fue incluido en el informe, porque era algo que no podía ponerse por escrito.

Otro equipo, que trabajaba en lo más recóndito del Ministerio, empezó a preparar el siguiente fajo de documentos secretos que Berenson pasaría a Jan Marais y a sus controladores del Primer Directorio Principal en Yasiénevo.

John Preston se trasladó el miércoles a su nuevo despacho como jefe de C.5(C), llevando consigo su archivo personal. Afortunadamente sólo tenía que subir una planta al tercer piso de «Gordon». Al sentarse a su mesa, vio el calendario que pendía de la pared. Era el primero de abril, Día de los Inocentes.

«Muy adecuado», pensó amargamente.

El único rayo de luz en su horizonte era el conocimiento de que, dentro de una semana, su hijo Tommy estaría en casa para las vacaciones de Pascua. Permanecerían toda una semana juntos antes de que Julia, de vuelta de esquiar con su amigo en Verbier, reclamase al chico para el resto de las vacaciones.

Durante toda una semana, su pisito de Kensington vibraría con el estruendo de la alegría de los doce años, historias de proezas en el campo de rugby, bromas gastadas al profesor de francés y peticiones de más pastel y jalea para el consumo ilegal después de apagarse las luces del dormitorio. Sonrió ante la perspectiva y resolvió tomarse al menos cuatro días de descanso. Había proyectado unas cuantas expediciones paterno-filiales y esperaba que mereciesen la aprobación de Tommy. Le interrumpió Jeff Bright, su jefe de sección delegado.

Sabía que Bright habría ocupado su puesto si no se lo hubiese impedido su juventud. Era otro de los protegidos de Harcourt-Smith, satisfecho y halagado cuando era regularmente invitado a tomar una copa por el director general delegado, para que le informase de todo lo que sucedía en la sección. Llegaría lejos cuando Harcourt-Smith asumiese el cargo de director general.

—Pensé que querrías ver la lista de puertos y aeropuertos que no hemos de perder de vista, John —dijo Bright.

Preston estudió las listas que el otro puso ante él. ¿Había realmente tantos aeropuertos con vuelos que empezaban o terminaban fuera de las Islas Británicas? Y la lista de puertos capaces de recibir buques de carga comerciales procedentes del extranjero ocupaba varias páginas. Suspiró y empezó a leer.

Al día siguiente, Petrofski encontró lo que estaba buscando. Siguiendo su política de hacer diversas compras en diferentes poblaciones de la zona de Suffolk-Essex, había ido a Stowmarket. La motocicleta era una «BMW K 100» de transmisión por eje, no nueva, pero sí en excelentes condiciones, una máquina grande y potente que llevaba tres años rodando, pero sólo había hecho 35.000 kilómetros. La tienda vendía también accesorios para el conductor: chaqueta y pantalones de cuero negro, guantes, botas con cierre de cremallera al lado y cascos con visera oscura. Compró un equipo completo.

Un depósito del veinte por ciento del precio le aseguró que la motocicleta sería suya, pero no pudo llevársela. Pidió que fijasen unas bolsas junto a la rueda trasera, con una caja de fibra de vidrio y candado sobre aquéllas, y le dijeron que podría recoger la máquina con las bolsas dentro de dos días.

Desde una cabina telefónica llamó al agente de seguros de Colchester y le dio el número de matrícula de la «BMW». El agente le aseguró que la póliza de seguro temporal por treinta días estaría preparada al día siguiente. Se la enviaría por correo al hotel «Great White Horse» de Ipswich.

Desde Stowmarket, Petrofski se dirigió hacia el Norte hasta Thetford, en Norfolk, justo en el límite del Condado. Thetford no tenía nada de particular, pero estaba aproximadamente en la línea que le convenía. Encontró lo que buscaba poco después de almorzar. En Magdalen Street, entre el número 13 A y el local del Ejército de Salvación, había un apartado solar rectangular con treinta y un garajes cerrados. En la puerta de uno de ellos pendía un rótulo: «Para alquilar.»

Buscó al propietario, que vivía en la misma localidad, y alquiló el garaje por tres meses; pagó al contado y recibió la llave. El garaje era pequeño y olía a rancio, pero le serviría admirablemente para su propósito. El dueño se había alegrado de cobrar en efectivo, librándose de pagar el impuesto, y no le había exigido que demostrase su identidad. Por consiguiente, Petrofski le había dado un nombre y una dirección falsos.

Colgó el traje de motorista, el casco y las botas y empleó el resto de la tarde comprando dos depósitos de plástico de 45 litros en dos tiendas diferentes, llenándolos de gasolina en dos estaciones de servicio distintas y guardándolos en su garaje. Al ponerse el sol regresó a Ipswich y dijo al recepcionista del hotel que dejaría la habitación a la mañana siguiente.

Preston se dio cuenta de que se estaba aburriendo hasta casi el punto de volverse loco. Sólo llevaba dos días en su nuevo cargo y los había pasado leyendo documentos archivados.

Después de almorzar se quedó sentado en la cantina y pensó seriamente en jubilarse antes de tiempo. Esto planteaba dos problemas. En primer lugar, no le resultaría fácil, a sus cuarenta y pico de años, encontrar un buen empleo, y tanto más cuanto que sus arcanos méritos no eran los más adecuados para despertar el interés de las grandes compañías.

El segundo problema era su fidelidad a Sir Bernard Hemmings. Sólo llevaba seis años en el Servicio, pero el viejo había sido muy bueno con él. Preston quería a Sir Bernard y sabía que una espada de Damocles pendía sobre la cabeza del doliente director general.

En definitiva, la elección del jefe de MI5 o de MI6, en Gran Bretaña, está en manos del Comité de los llamados «Hombres Prudentes». Para MI5, éstos son normalmente el subsecretario permanente del Ministerio del Interior, del que depende MI5; el subsecretario permanente de Defensa y el secretario del Gabinete y presidente del Comité Conjunto de Información.

Éstos «recomiendan» su candidato predilecto al secretario del Interior y al Primer Ministro, que son los dos políticos más importantes interesados en la cuestión. Es raro que los políticos rechacen la recomendación de los «Hombres Prudentes».

Pero antes de tomar una decisión, los mandarines efectuaban «sondeos», a su propia e inimitable manera. Se celebraban discretos almuerzos en clubes, se tomaban unas copas en bares, se discutía en voz baja tomando café. En el caso de elección del director general de MI5, se consultaba al jefe del SSI, pero Sir Nigel Irvine se jubilaría pronto y habría de tener razones muy sólidas para pronunciarse contra un candidato propuesto para el otro Servicio de Información. A fin de cuentas, *él* no tendría que trabajar con aquél.

Entre las personas más influyentes a sondear por los «Hombres Prudentes», estaría el propio director general dimisionario del MI5. Preston sabía que un hombre honrado como Sir Bernard Hemmings se sentiría obligado a hacer una votación con los jefes de sección de las seis ramas de su Servicio. Esta votación pesaría muchísimo en él, fuesen cuales fuesen sus sentimientos personales. Y por algo había aprovechado Brian Harcourt-Smith su creciente predominio en el manejo de los asuntos cotidianos del Servicio para colocar a sus protegidos, uno tras otro, al frente de las numerosas secciones.

Preston estaba seguro de que a Harcourt-Smith le gustaría que él se marchase antes del otoño, como dos o tres más que habían pasado a la vida civil en los últimos doce meses.

—Que se chinche —observó, a nadie en particular, en la casi vacía cantina—. Me quedaré.

Mientras Preston estaba almorzando, Petrofski abandonó el hotel, aumentado ahora su equipaje con una gran maleta llena de ropa que había comprado en la localidad. Dijo al recepcionista que se dirigía a la zona de Norfolk y que, si llegaba alguna carta para él, la retuviese hasta que pasase a recogerla.

Telefoneó al agente de seguros de Colchester, el cual le dijo que tenía la póliza de seguro temporal de la motocicleta. El ruso le pidió que no la enviase por correo, pues él la recogería personalmente.

Así lo hizo sin pérdida de tiempo, y a última hora de la tarde se trasladó al número 12 de Cherryhayes. Pasó parte de la noche preparando cuidadosamente un mensaje en clave que ninguna computadora podría descifrar. Sabía que el descubrimiento de una clave se fundaba en pautas y repeticiones y que, por muy complicada que fuese, la computadora solía descifrarla. Empleando un *one-time pad* por cada palabra de un mensaje breve, no quedaban pautas ni repeticiones.

El domingo por la mañana se dirigió a Thetford, dejó el coche en un garaje y tomó un taxi hasta Stowmarket. Aquí pagó con un cheque conformado el resto del precio de la «BMW»; pidió que le dejasen utilizar el lavabo para cambiarse de ropa, se puso el traje de cuero y el casco, que había traído en una bolsa de lona; guardó la bolsa, la chaqueta y los pantalones de calle y los zapatos, en las bolsas, y se marchó en la moto.

La carrera fue larga y le ocupó muchas horas. Hasta última hora de la tarde no llegó de nuevo a Thetford, donde se cambió de ropa, cambió la motocicleta por el coche familiar y regresó tranquilamente a Cherryhayes Close (Ipswich), donde llegó a medianoche. Nadie le observó, pero si alguien lo hubiese hecho, habría visto al simpático y joven Mr. Ross entrando el viernes en el número 12.

El sábado por la noche, el brigada Averell Cook, de los Estados Unidos, habría preferido reunirse con su amiga en la cercana población de Bedford. E incluso jugar al billar con sus amigos en la Comisaría. En vez de ello, tenía que hacer el turno de noche en la estación de escucha anglonorteamericana de Chicksands.

La «oficina principal» del complejo británico de observación electrónica y descifrado de claves se halla en la Jefatura de Comunicaciones del Gobierno en Cheltenham (Gloucestershire), al sur de Inglaterra; pero esta jefatura tiene estaciones en varias partes del país, y una de ellas, la de Chicksands, en Bedfordshire, es dirigida conjuntamente por aquella jefatura y por la Agencia de Seguridad Nacional norteamericana.

Quedaban muy atrás los tiempos en que unos hombres permanecían encorvados y atentos a los auriculares, tratando de sorprender y grabar las señales de un Morse manejado por algún agente alemán en Gran Bretaña. Ahora son las computadoras las que realizan el trabajo de escucha, análisis, distinción de los mensajes inocentes de los que no lo son tanto, y grabado y descifrado de estos últimos.

El brigada Cook estaba seguro, y con razón, de que si alguna antena de las muchas que se alzaban encima de él recogía un murmullo electrónico, lo transmitiría a los bancos de computadoras. Todo se hacía automáticamente, tanto el descubrimiento de las ondas como la grabación de cualquier murmullo en el éter.

Si se producía tal murmullo, la siempre vigilante computadora dispararía su botón de «alerta» en lo más hondo de sus entrañas multicolores, grabaría la transmisión, descubriría inmediatamente su origen, instruiría a otras computadoras hermanas del país para que lo comprobasen a su vez, y avisaría al hombre.

A las 11.43 de la noche, algo hizo que la computadora disparase su botón de «alerta». Algo o alguien había transmitido una cosa inesperada y fuera de las corrientes y calidoscópicas señales electrónicas que llenan el aire de este planeta durante las veinticuatro horas del día, y la computadora lo había advertido y grabado. El brigada Cook notó la señal de advertencia y descolgó el teléfono. Lo que la computadora había captado era un «chirrido», un sonido breve y estridente, que sólo duraba unos segundos y no tenía sentido para el oído humano.

Este chirrido es el resultado final de un procedimiento muy laborioso para enviar mensajes clandestinos. Primero, el mensaje se escribe «por las claras» y lo más breve posible. Después se pone en clave, pero sigue siendo una serie de letras o números. El mensaje cifrado es transmitido en Morse, no al mundo que escucha, sino a un magnetófono. Entonces se graba en la cinta con una velocidad extraordinaria, de modo que los puntos y rayas que constituyen la transmisión quedan comprimidos y se confunden en un chirrido único, que dura sólo unos segundos.

Cuando el aparato transmisor está a punto, el operador se limita a enviar aquel chirrido, recoge sus cosas y se traslada rápidamente a otro lugar.

Aquel sábado por la noche, los trianguladores descubrieron en diez minutos el sitio del que procedía el chirrido. Otras computadoras de Menwith Hill, en Yorkshire, y Brawdy, en Gales, habían captado también el breve chirrido y tomado la dirección.

Cuando la Policía local llegó al lugar indicado, éste resultó ser un pequeño aparcamiento junto a una carretera solitaria del distrito de Derbyshire Peak. Allí no había nadie.

El mensaje fue enviado debidamente a Cheltenham, donde fue retrasado a un ritmo en que los puntos y rayas podían traducirse a letras. Pero después de veinticuatro horas de actuación de los cerebros electrónicos llamados descifradores de claves, seguían sin hallar la respuesta.

—Probablemente es un transmisor «durmiente» en alguna parte de los Midlands, que ha sido «activado» —informó el primer analista al director general de la JCG—. Pero nuestro hombre parece usar un *one-time pad* nuevo para cada palabra. A menos que podamos recibir muchas más señales, no lograremos descifrarlo.

Se decidió mantener una vigilancia muy atenta del canal que había empleado el remitente secreto del mensaje, aunque, si volvía a transmitir algo, lo haría seguramente por un canal diferente.

Un breve y vago informe sobre el incidente fue a parar, entre otras, a las mesas de Sir Bernard Hemmings y Sir Nigel Irvine.

El mensaje había sido recibido en otra parte, es decir, en Moscú. Descifrado con una copia de los *one-time pads* empleados en un tranquilo y recóndito lugar próximo a Ipswich, el mensaje informaba a los interesados de que el «hombre en el terreno» había dado por terminadas todas sus labores preliminares antes del tiempo proyectado y estaba en condiciones de recibir su primer correo.

Capítulo XIII

No tardaría en llegar el deshielo de la primavera, pero, de momento, carámbanos de nieve helada pendían de las ramas de los abedules y de los abetos allá abajo. Desde el gran ventanal de cristales dobles del séptimo y último piso del edificio del Primer Directorio Principal, en Yasiénevo, el hombre que contemplaba el paisaje podía distinguir, más allá de aquel mar de árboles de invierno, la punta oriental del lago donde los diplomáticos extranjeros procedentes de Moscú gustaban de ir a divertirse en verano.

Aquella mañana de domingo, el teniente general Yevgueni Sergueivich Karpov habría preferido estar con su esposa y sus hijos adolescentes en su dacha de Peredelkino; pero aun cuando uno se ha encumbrado tanto como Karpov en el Servicio, hay algunas cosas a las que se debe atender personalmente. La llegada de un correo que volvía de Copenhague era una de estas cosas.

Miró su reloj. Era casi mediodía, y el hombre se retrasaba. Se apartó de la ventana, suspiró y se dejó caer en el sillón basculante tras su mesa.

A sus cincuenta y siete años, Yevgueni Karpov estaba en el pináculo de la categoría y del poder a que podía aspirar un agente de Información profesional dentro de la KGB, o al menos dentro del Primer Directorio Principal. Fedorchuk había subido aún más, hasta la misma presidencia y el Ministerio del Interior, pero lo había conseguido agarrándose a los faldones del secretario general. Además, Fedorchuk había salido raras veces de la Unión Soviética; se había dedicado sólo a aplastar movimientos disidentes y nacionalistas dentro del país.

Pero como hombre que había pasado años sirviendo a su país en el extranjero —siempre un inconveniente en términos de promoción a los más altos cargos dentro de la Unión—, Karpov había prosperado. Esbelto y apuesto, vestido siempre con trajes bien cortados, orgulloso de ser PDP, era teniente general y primer jefe delegado del Primer Directorio Principal. Como tal, era el oficial profesional de más categoría en Información Exterior, equivalente a los directores delegados de Operaciones y de Información de la CIA, y de Sir Nigel Irvine en el SSI de Gran Bretaña.

Años antes, al subir al poder, el secretario general había sacado al general Fedorchuk de la presidencia de la KGB para encargarle el Ministerio del Interior, y el general Chebrikov le había remplazado. Con esto quedó un puesto vacante; Chebrikov fue uno de los dos primeros presidentes delegados.

El puesto vacante de primer presidente se le ofreció al capitán general Kriuchkov, que se había apresurado a aceptar. Por desgracia, Kriuchkov era entonces jefe del PDP y no quería renunciar a un cargo tan poderoso. Quería conservar ambos puestos. Pero hasta Kriuchkov se había dado cuenta —y Karpov pensaba en secreto que aquel hombre era más duro que un zoquete— de que no podía estar en dos sitios a la vez; no podía estar al mismo tiempo en su despacho de primer presidente delegado en el «Centro» de la plaza Cherjinski y en el despacho del jefe del PDP en Yasiénevo.

Lo que pasaba era que el cargo de primer jefe delegado del PDP, creado hacía muchos años, aumentaba sustancialmente de importancia. Había sido ya un puesto para un oficial de considerable experiencia operacional, ciertamente el más alto dentro del PDP, a que podía aspirar un oficial de carrera. Al dejar de residir Kriuchkov en «el pueblo» —nombre que se da a Yasiénevo en la jerga de la KGB—, el cargo de primer delegado se había hecho aún más importante.

Cuando se retiró el titular, general B. S. Ivanov, había dos posibles candidatos a su sucesión: Karpov, entonces, un poco joven, pero jefe del importante Tercer Departamento, en la Habitación 6013, Departamento que abarca Gran Bretaña, Australia, Nueva Zelanda y Escandinavia; y Vadim Vasilievich Kirpichenko, algo más viejo, un poco más antiguo y jefe del Directorio «S» o de los Ilegales. Kirpichenko había conseguido el puesto.

Como una especie de premio de consolación, Karpov había sido escendido a jefe del poderoso Directorio de Ilegales, cargo que había desempeñado durante dos años fascinantes.

Después, a principios de la primavera de 1985, Kirpichenko hizo lo más digno: al bajar por el cinturón de ronda de Sadóvaia Spásskaia a casi cien por hora, su coche resbaló en un charco de aceite dejado por un camión averiado, y perdió el control. Una semana más tarde se celebró una tranquila ceremonia privada en el cementerio de Novodevichii, y una semana después, Karpov obtuvo el cargo y el ascenso de general de división a teniente general.

Se sintió feliz al encargarse del Directorio de Ilegales, por encima del viejo Borisov, que fue allí el número dos durante tanto tiempo, que nadie recordaba cuántos años hacía de esto, y que, en todo caso, merecía el sitio que ocupaba.

Sonó el teléfono de sobremesa, y Karpov levantó el auricular.

—El camarada general de división Borisov pregunta por usted.

«Hablando del diablo...», pensó Karpov. Luego frunció el ceño. Tenía una línea privada que no pasaba por la centralita, y su viejo colega no la había usado. Debía de llamarle desde fuera. Dijo a su secretaria que hiciese pasar al correo de Copenhague en cuanto llegase, soltó la clavija de la línea exterior y respondió a la llamada de Borisov:

—Pavel Petrovich, ¿cómo te encuentras en este día tan hermoso?

—Te he llamado a tu casa y, después, a la dacha. Ludmilla me ha dicho que estabas trabajando.

—Y es verdad. A algunos nos sienta bien.

Karpov le estaba tomando delicadamente el pelo al viejo. Borisov era viudo, vivía solo y pasaba más fines de semana trabajando que la mayoría de sus colegas.

—Yevgueni Sergueivich, necesito verte.

—Muy bien. No tienes que pedírmelo. ¿Quieres venir aquí mañana o quieres que yo vaya a la ciudad?

—¿No podría ser hoy?

«Eso es todavía más extraño», pensó Karpov. Algo debía pasarle realmente al viejo. Su voz sonaba como si hubiese estado bebiendo.

—¿Has empinado el codo, Pavel Petrovich?

—Es posible —respondió la voz truculenta desde el otro extremo de la línea—. Quizá se necesita echar un trago de vez en cuando. Sobre todo cuando se tienen problemas.

Karpov se dio cuenta de que, fuese lo que fuese, la cosa era grave. Abandonó su tono chancero.

—Muy bien, viejo —dijo con voz apaciguadora—. ¿Dónde estás?

—¿Conoces mi casita de campo?

—Desde luego. ¿Quieres que vaya allí?

—Sí, te lo agradeceré —rogó Borisov—. ¿Cuándo podrás venir?

—¿Te parece bien a las seis? —propuso Karpov.

—Tendré una botella de vodka de pimienta preparada —dijo la voz, y Borisov colgó.

—No lo hagas por mí —murmuró Karpov.

A diferencia de la mayoría de los rusos, Karpov casi no bebía y, cuando lo hacía, prefería un decente coñac armenio o un whisky escocés de las botellas que traían para él de Londres en valija diplomática. La vodka le parecía abominable y, si era de pimienta, aún peor.

«¡Al diablo mi tarde de domingo en Peredelkino!», pensó y telefoneo a Ludmilla para decirle que no podría ir. No mencionó a Borisov, y sólo le dijo que no podía salir y que se encontrarían en su apartamento del centro de Moscú a eso de la medianoche.

Sin embargo, le preocupaba la desacostumbrada truculencia de Borisov; hacía demasiado tiempo que andaban juntos como para resentirse de ello, pero era extraño en un hombre que, por lo general, se mostraba afable y flemático.

Aquella tarde de domingo, el vuelo regular de «Aeroflot» procedente de Moscú llegó al aeropuerto londinense de Heathrow justo después de las cinco.

Como en todas las tripulaciones de «Aeroflot», había un miembro que trabajaba para dos señores: la línea aérea oficial soviética y la KGB. El primer oficial Romanov no era un hombre de la KGB, sino sólo un *agient*, es decir, vigilante y, eventualmente, delator de sus colegas y, de vez en cuando, portador de mensajes y encargos.

Toda la tripulación cerró el avión y bajó de él, dejándolo en manos del personal de tierra para la noche. Volarían de regreso a Moscú al día siguiente. Como de costumbre, se sometieron a los trámites de entrada de tripulantes y a una breve comprobación, por la Aduana, de sus sacos de mano. Algunos llevaban radios de transistores portátiles, y nadie se fijó en el modelo «Sony» que llevaba Romanov colgado del hombro. Los artículos de lujo occidentales eran para el ciudadano soviético una de las ventajas de viajar al extranjero; todo el mundo lo sabía, y aunque la concesión de moneda extranjera era sumamente limitada, los cassettes y tocadiscos, junto con las radios y perfumes para la esposa que se había quedado en Moscú, eran las cosas más buscadas.

Después de cumplir los trámites de Inmigración y de Aduana, toda la tripulación subió a su minibús y se dirigió al «Green Park Hotel», donde pernocta a menudo el personal de «Aeroflot». La persona que había dado aquella radio de transistores a Romanov en Moscú, tres horas antes de despegar el avión, debía de saber que los tripulantes de «Aeroflot» no son registrados casi nunca en Heathrow. El contraespionaje británico parece aceptar que, si bien puede esto constituir un riesgo, hay que tolerarlo, habida cuenta de lo que costaría montar una operación de vigilancia importante.

Cuando llegó a su dormitorio, Romanov no pudo dejar de mirar con curiosidad la radio. Después se encogió de hombros, la guardó en su maleta y bajó al bar para tomar una copa con los otros oficiales. Sabía exactamente lo que tenía que hacer con la radio después de desayunar el día siguiente. Lo haría y luego se olvidaría de ello. No sabía que, cuando regresase a Moscú, sería puesto en rigurosa cuarentena.

Minutos antes de las seis, el coche de Karpov subió por el camino cubierto de nieve, y el hombre maldijo la idea de Borisov de tener su casita para el fin de semana en un lugar tan inhóspito.

Todos los del Servicio sabían que Borisov era un hombre especial. En una sociedad según la cual todo individualismo o desviación de la norma, por no hablar de excentricidad, son sumamente sospechosos, Borisov podía permitírselo porque era extraordinariamente bueno en su trabajo. Había trabajado en la información clandestina desde que era un muchacho, y algunos de los golpes que había montado contra Occidente eran legendarios en las escuelas de adiestramiento y en las cantinas donde almorzaban los jóvenes.

Después de rodar más de medio kilómetro por el camino, Karpov pudo distinguir las luces de la cabaña de troncos, o isba, donde Borisov se recluía los fines de semana. Otros se contentaban, e incluso anhelaban, tener sus casas de fin de semana en las zonas correspondientes a su categoría, zonas que se hallaban al oeste de Moscú, a lo largo de la curva del río, al otro lado del puente de Uspénskoie. Pero no Borisov. Éste prefería retirarse al corazón de los bosques, muy al este de la capital, para pasar los fines de semana o los días de asueto que podía tomarse, y jugar a hacer de campesino en una isba tradicional. El «Chaika» se detuvo ante la puerta de tablas.

—Espere aquí —dijo Karpov al conductor.

—Será mejor que dé la vuelta y ponga algunas tablas debajo de las ruedas, si no queremos quedarnos pegados al suelo —gruñó Misha.

Karpov asintió con la cabeza y se apeó. No había traído botas altas de caucho porque no había pensado que tendría que caminar con nieve hasta las rodillas. Llegó tambaleándose a la puerta y llamó. Ésta se abrió y apareció un rectángulo de luz amarilla proyectada, aparentemente, por unas lámparas de parafina, y en el cual se hallaba plantado el capitán general Pavel Petrovich Borisov, vestido con una camisa siberiana, pantalones de pana y botas de fieltro.

—Pareces salir de una novela de Tólstoi —observó Karpov al entrar en el cuarto de estar, donde una estufa de ladrillos colmada de leña daba a la casita de campo un calor acogedor.

—Más que salir de un escaparate de Bond Sreet —gruñó Borisov, tomando el abrigo de Karpov y colgándolo en una percha de madera. Luego descorchó una botella de vodka tan espesa que parecía jarabe, y llenó dos vasos. Los dos hombres se sentaron frente a frente a una mesa.

—A tu salud —dijo Karpov, levantando su vaso al estilo ruso, sosteniéndolo con el índice y el pulgar y extendiendo el meñique.

—A la tuya —respondió Borisov, y ambos apuraron la primera copa. Una vieja campesina que parecía una tetera envuelta en una funda, de cara inexpresiva y cabellos grises sujetos en un apretado moño, como una encarnación de la Madre Rusia, llegó de la parte de atrás de la isba, dejó sobre la mesa una colación de pan moreno, cebollas, pepinillos y taquitos de queso, y se marchó sin decir palabra.

—Bueno, ¿cuál es el problema, *starets*? —preguntó Karpov.

Borisov tenía cinco años más que él y, no por primera vez, le chocó a Karpov su parecido con el difunto Dwight Eisenhower. Sabía que, a diferencia de muchos hombres del Servicio, era muy apreciado por sus colegas y adorado por los agentes jóvenes. Hacía tiempo que le habían puesto el afectuoso apodo de *starets*, palabra que significaba antaño jefe de una aldea rusa, pero que ahora equivalía más a «el viejo» o «el patrón». Borisov le miró pensativamente por encima de la mesa.

—¿Cuánto tiempo hace que nos conocemos, Yevgueni Sergueivich?

—Más años de los que quisiera recordar —respondió Karpov.

—Y en todo este tiempo, ¿te he mentido alguna vez?

—Que yo sepa, no.

Karpov pareció pensativo.

—¿Vas a mentirme tú ahora?

—No, si puedo evitarlo —dijo cuidadosamente Karpov.

¿Qué diablos le pasaba al viejo?

—Entonces, ¿qué demonios estáis haciendo a mi Departamento? —preguntó Borisov, levantando la voz.

Karpov consideró cautelosamente la pregunta.

—¿Por qué no me dices qué le pasa a tu Departamento? —replicó.

—Lo están despojando —gruñó Borisov—. Y tú tienes que estar detrás de esto. O, al menos, enterado. ¿Cómo diablos voy a dirigir la operación «S» si me quitan a mis mejores hombres, mis mejores documentos y mis mejores instrumentos? Tantos años de duro trabajo..., y todo es confiscado en unos días.

Había estallado, había soltado lo que llevaba dentro. Karpov se echó atrás, reflexionando mientras Borisov llenaba los vasos. No había llegado tan lejos en los laberínticos corredores de la KGB sin desarrollar un sexto sentido que le advertía del peligro. Borisov no era alarmista; tenía que haber algo detrás de lo que decía, pero Karpov no sabía realmente lo que era. Se inclinó hacia delante.

—Pal Petrovich —dijo, empleando el diminutivo familiar de Pavel—, como acabas de decir, nos conocemos desde hace muchos años. Puedes creerme si te digo que no sé de lo que estás hablando. ¿Quieres hacer el favor de dejar de gritar y decírmelo de una vez?

Borisov se calmó un poco, aunque pareció intrigado por el alegato de ignorancia de Karpov.

—Está bien —replicó, como si explicase algo evidente a un chiquillo—. Primero, llegan dos matones del Comité Central y exigen que les entregue a mi mejor ilegal, un hombre al que he adiestrado personalmente durante años y en quien tengo puestas mis mayores esperanzas. Dicen que ha de ser destinado a «deberes especiales», sean éstos los que fueren.

»Bueno, les entrego a mi mejor hombre. No me gusta, pero lo hago. Vuelven dos días más tarde. Ahora quieren mi mejor leyenda, una leyenda que se tardó más de diez años en forjar. Jamás me habían tratado así desde aquel maldito asunto iraní. ¿Recuerdas el asunto iraní? Todavía no me he recobrado de aquello.

Karpov asintió con la cabeza. Entonces no estaba con el Directorio de Ilegales, pero Borisov le había hablado de ello cuando trabajaron juntos durante su dirección, por dos años, de aquel Directorio. En los últimos días del sha del Irán, el Departamento Internacional del Comité Central decidió que sería una buena idea sacar en secreto de Irán todo el politburó del partido Tudeh (comunista) iraniano. Entraron a saco en los archivos que Borisov había acumulado como una urraca, y confiscaron veintidós leyendas iranianas perfectas, historias falsas que Borisov había reservado para enviar gente *dentro* de Irán, no para sacarla de allí.

«—Me han despojado de todo —se lamentó entonces— sólo para llevar a un lugar seguro a aquellos piojosos.»

Más tarde se quejó a Karpov, diciéndole: «Y de poco les sirvió. Ahora que el Ayatollah está en el poder, el Tudeh sigue prohibido, y ni siquiera podemos montar allí ninguna operación.»

Karpov sabía que aquel asunto coleaba todavía, pero este nuevo caso era más extraño. Normalmente, la petición se habría hecho a través de él.

—¿Qué hombre les diste? —preguntó.

—Petrofski —respondió Borisov resignadamente—. Tenía que hacerlo. Me pidieron el mejor, y él aventajaba en mucho a los demás. ¿Recuerdas a Petrofski?

Karpov asintió con la cabeza. Sólo había estado dos años al frente de los Ilegales, pero recordaba los nombres de los mejores y las operaciones en que habían participado. Además, desde su puesto actual tenía pleno acceso a aquel Directorio.

—¿Qué autoridad ordenó el despojo?

—Técnicamente, el Comité Central. Pero la verdadera autoridad...

Borisov levantó un dedo rígido apuntando al techo y, por inferencia, al cielo.

—¿Dios? —preguntó Karpov.

—Casi. Nuestro amado secretario general. Al menos, esto es lo que pienso.

—¿Algo más?

—Sí. Poco después de haberse llevado la leyenda, volvieron los mismos payasos. Esta vez se llevaron el cristal receptor de uno de los transmisores secretos que tú enviaste a Inglaterra hace cuatro años. Por eso creí que tú estabas en el ajo.

Karpov frunció los párpados. Cuando él era director de los Ilegales, los países de la OTAN instalaban misiles «Pershing Dos» y «Cruise». Washington recorrió el mundo tratando de reproducir el último rollo de todas las películas de John Wayne, y el Politburó se sintió terriblemente preocupado. Karpov recibió órdenes de acelerar los planes de emergencia de los Ilegales para grandes operaciones de sabotaje en la Europa Occidental, por si estallaban las hostilidades.

Para cumplir estas órdenes había sembrado cierto número de transmisores de radio clandestinos en Europa Occidental, tres de ellos, en Gran Bretaña. Los hombres que custodiaban los aparatos y conocían su funcionamiento eran todos «durmientes» y tenían instrucciones de permanecer agazapados hasta que un agente, identificándose mediante la clave convenida, le ordenase entrar en acción. Los aparatos eran modernísimos y, como transmitían los mensajes de una manera confusa, el aparato receptor necesitaba un cristal programado para descifrarlos. Estos cristales se guardaban en una caja fuerte del Directorio de Ilegales.

—¿Qué clase de transmisor? —preguntó Karpov.

—El que tú siempre llamaste «Poplar».

Karpov asintió con la cabeza. Sabía que todas las operaciones, los agentes y los instrumentos, tenían nombres en clave oficial. Pero él había actuado tanto tiempo como especialista en Gran Bretaña y conocía Londres tan a fondo, que tenía nombres en clave particulares para sus propias operaciones, fundados en suburbios londinenses cuyos nombres estaban compuestos de dos sílabas. Los tres transmisores que habían hecho instalar en Gran Bretaña eran, para él, «Hackney», «Shoredich» y «Poplar».

—¿Algo más, Pal Petrovich?

—Desde luego. Esos tipos no están nunca satisfechos. Por último se llevaron a Igor Volkov.

El comandante Volkov había pertenecido al Departamento de Acción Ejecutiva hasta que el Politburó había decidido que los golpes directos se estaban haciendo demasiado embarazosos y que era mejor encargar el trabajo sucio a los búlgaros y a los alemanes orientales. Entonces el Departamento V, o de Acción Ejecutiva, se dedicó más al sabotaje.

—¿Cuál es su especialidad?

—Pasar paquetes clandestinos por las fronteras de los Estados, particularmente en la Europa Occidental.

—Contrabando.

—Sí, puedes llamarlo así. Es un buen elemento. Conoce las fronteras de aquella parte del mundo, las Aduanas, los procedimientos de Inmigración y la manera de esquivarlos, mejor que cualquier otro de los que tenemos. Bueno..., que teníamos, diría yo. Porque también a él se lo llevaron.

Karpov se levantó y se inclinó hacia delante, colocando ambas manos en los hombros del viejo.

—Escucha, *starets*, te doy mi palabra de que esta operación no es mía. Ni siquiera estaba enterado de ella. Pero ambos sabemos que tiene que ser algo muy gordo y, por consiguiente, peligroso para meter las narices en ello. Permanece tranquilo, muérdete la lengua y resígnate a tus pérdidas. Yo trataré de averiguar discretamente lo que pasa y cuándo podrás recuperar lo que has perdido. Por tu parte, manténte cerrado como una bolsa gregoriana. ¿De acuerdo?

Borisov levantó ambas manos y tendió las palmas en un ademán de inocencia.

—Ya me conoces, Yevgueni Sergueivich; pienso ser el hombre más viejo de Rusia cuando muera.

Karpov se echó a reír. Se puso el abrigo y se dirigió a la puerta. Borisov le acompañó.

—Creo que lo conseguirás —dijo Karpov.

Cuando la puerta se hubo cerrado detrás de él, Karpov golpeó la ventanilla del conductor.

—Sígame y ya le avisaré cuando quiera subir —dijo.

Echó a andar por el camino nevado, olvidándose del hielo que se pegaba a sus zapatos de ciudad y le estropeaba los pantalones. El frío aire nocturno le refrescaba la cara, librándole de una parte de los vapores de la vodka, y necesitaba tener clara la cabeza para pensar. Lo que acababa de saber le había irritado en gran manera. Alguien —y tenía pocas dudas de quién podía ser— estaba montando una operación particular en Gran Bretaña. Aparte que esto era un gran desaire para el primer jefe delegado del Primer Directorio Principal, él, Karpov, había pasado tantos años en Gran Bretaña o dirigiendo la actuación de los agentes dentro de ella, que consideraba este terreno como exclusivamente suyo.

Mientras el general Karpov bajaba por el camino sumido en sus pensamientos, un teléfono sonó en un pisito de Highgate (Londres), a menos de quinientos metros de la tumba de Karl Marx.

—¿Estás ahí, Barry? —preguntó una voz de mujer desde la cocina.

Una voz de hombre le respondió desde el cuarto de estar:

—Sí, yo contestaré.

El hombre se dirigió al recibidor y descolgó el aparato mientras su mujer seguía preparando la cena del domingo.

—¿Barry?

—Al aparato.

—Bueno, siento molestarle en una noche de domingo. Soy «C».

—¡Ah! Buenas noches, señor.

Barry Banks estaba sorprendido. No era inaudito, pero sí poco frecuente, que el Jefe llamase a uno de sus hombres a su casa.

—Escuche, Barry, ¿a qué hora suele ir a Charles Street por la mañana?

—A eso de las diez, señor.

—¿Podría salir mañana una hora antes y pasar por «Sentinel» para hablar un poco conmigo?

—Sí. Desde luego.

—Bien. Entonces nos veremos a las nueve.

Barry Banks era K7 en el cuartel general de MI5 en Charles Street; pero actualmente era un hombre de MI6 que actuaba como enlace de Sir Nigel Irvine con el Servicio de Seguridad. Mientras despachaba la cena que su esposa le había preparado, se preguntaba vagamente qué querría Sir Nigel Irvine y por qué tenía que tratar de ello fuera de las horas de oficina.

Yevgueni Karpov estaba seguro de que se había montado, y se estaba realizando una operación secreta, y de que ésta concernía a Gran Bretaña. Sabía que Petrofski era experto en hacerse pasar por inglés en el corazón de aquel país; la leyenda extraída de los archivos de Borisov le iba a Petrofski como anillo al dedo; el transmisor «Poplar» estaba oculto en el norte de las Midlands, Inglaterra. Si Volkov había sido transferido gracias a su especialidad de entrar paquetes en Gran Bretaña, tenían que haberse hecho ya otras transferencias, pero de Directorios diferentes y fuera de la órbita de Borisov.

Todo esto sugería fuertemente la probabilidad de que Petrofski se dirigiese a Inglaterra bajo un perfecto disfraz, si es que no estaba allí. No había nada extraño en ello, pues precisamente había sido adiestrado para estas cosas. Lo extraño *era* que el Primer Directorio Principal, encarnado por él mismo, hubiese sido mantenido rigurosamente al margen de la operación. Esto parecía absurdo, habida cuenta de su propia experiencia personal en Gran Bretaña y en los asuntos británicos.

Ésta se remontaba a veinte años atrás, a aquella noche de setiembre de 1967 en que estaba rodando por los bares del Berlín occidental frecuentados por personal británico fuera de servicio. Como ilegal astuto y en auge, ésta era su función en aquellos tiempos.

Se había fijado en un joven de aspecto agrio y malhumorado que se hallaba sentado ante la barra y cuyo corte de pelo y traje de paisano revelaban a las claras que pertenecía a las «Fuerzas Armadas británicas». Se acercó al solitario bebedor y descubrió que era un radiotelegrafista de veintinueve años que servía en una unidad de señales-información de la Royal Air Force en Gatow. También estaba completamente asqueado de la vida que le había tocado vivir.

Entre aquel mes de setiembre y el de enero de 1968, Karpov había «trabajado» al hombre de la RAF, fingiendo, primero, ser alemán —éste era su disfraz—, y confesando después que era ruso. Fue un «reclutamiento» fácil, tan fácil, que parecía casi sospechoso. Pero era auténtico; el inglés se sentía halagado por haber llamado la atención de la KGB, sentía por su servicio y su país el odio propio del hombre inadaptado, y se avino a trabajar para Moscú. Durante el verano de 1968, Karpov le adiestró personalmente en el Berlín oriental, aprendiendo a conocerle y despreciarle aún más. La estancia del hombre en Berlín y su contrato con la RAF estaban tocando a su fin; en setiembre de 1968 volvería a Inglaterra y sería desmovilizado. Se le sugirió que, al abandonar las Fuerzas Aéreas, solicitase un empleo en la Jefatura de Comunicaciones del Gobierno, en Cheltenham. Se mostró de acuerdo y, aquel mismo mes de setiembre, presentó la instancia. Se llamaba Geoffrey Prime.

Para que pudiese seguir «dirigiendo» a Prime, Karpov fue trasladado, bajo un disfraz diplomático, a la Embajada soviética en Londres, y siguió controlando a Prime durante tres años, hasta que regresó a Moscú en 1971 y pasó el control a su sucesor. Pero el caso había beneficiado mucho su carrera y fue ascendido a comandante y trasladado de nuevo al Tercer Departamento. Desde allí manejó el material de Prime a mediados de los años setenta. Es axiomático, en todo servicio de información, que la operación que produce excelente material es advertida y encomiada, y el oficial que la dirige debe participar de la alabanza.

En 1977, Prime dimitió de la JCG; los ingleses sabían que había una filtración en alguna parte, y los sabuesos estaban husmeando. En 1978, Karpov volvió a Londres, esta vez como jefe de toda la *rezidentura* y con el grado de coronel. Aunque fuera de la JCG, Prime seguía siendo un agente, y Karpov le buscó para advertirle que no se dejase ver. No había ninguna prueba de sus actividades anteriores a 1977 y Prime sólo podía inculparse él mismo.

«Hoy sería un hombre libre, si hubiese podido apartar sus sucias manos de las niñas pequeñas», pensó furiosamente Karpov. Pues hacía tiempo que conocía el defecto de Prime, y fue una denuncia por «abusos deshonestos» la que llevó a la intervención de la Policía y a su propia confesión. Le condenaron a treinta y cinco años de cárcel por siete delitos de espionaje.

Pero Londres le había proporcionado dos buenas piezas para compensar el fracaso del asunto Prime. En 1980, durante una fiesta, le presentaron a un funcionario civil del Ministerio de Defensa británico. De momento, el hombre no había entendido correctamente el nombre de Karpov y conversó amablemente con él durante unos minutos, antes de darse cuenta de que era ruso. Entonces cambió su actitud. Y detrás de este brusco cambio advirtió Karpov que aquel hombre le despreciaba profundamente, no sabía si como ruso o como comunista.

Esto no le molestó, pero le intrigó. Descubrió que aquel hombre se llamaba George Berenson, y ulteriores investigaciones en las semanas sucesivas le revelaron que se trataba de un acérrimo anticomunista y apasionado admirador de África del Sur. Entonces lo clasificó privadamente como «posibilidad» para abordarlo bajo bandera falsa.

En 1981 regresó a Moscú para ponerse precisamente al frente del Tercer Departamento y preguntó sobre la existencia de algún posible «durmiente» sudafricano prosoviético. El Directorio de Ilegales había mencionado que tenían dos hombres allí: uno, un oficial llamado Gerhardt, de la Marina sudafricana, y el otro, un diplomático apellidado Marais. Pero Marais acababa de regresar a Pretoria después de pasar tres años en Bonn.

En la primavera de 1983, Karpov ascendió a capitán general y a jefe del Directorio de Ilegales, del que dependía Marais. Ordenó al sudafricano que solicitase un puesto en Londres para terminar su larga carrera, y Marais lo obtuvo en 1984. Karpov voló personalmente a París, de riguroso incógnito, y dio instrucciones a Marais. Éste tenía que cultivar a George Berenson y tratar de reclutarle para África del Sur.

En febrero de 1985, después de la muerte de Kirpichenko, Karpov accedió a su puesto actual y, un mes más tarde, Marais le informó de que Berenson había picado el anzuelo. Aquel mismo mes llegó el primer paquete de material de Berenson; era oro de 24 quilates, lo mejor de lo mejor. Desde entonces llevó personalmente la operación Berenson-Marais como caso de competencia del director, y se reunió dos veces en dos años con Marais en ciudades europeas, para felicitarle. Y ahora mismo, el correo había traído el último paquete de material de Berenson, enviado por Marais a la dirección de la KGB en Copenhague.

Desde 1978 hasta 1981, Londres le había hecho un segundo regalo. Como de costumbre, Karpov había dado nombres en clave a Prime y a Berenson: Prime había sido Knightsbridge, y Berenson era Hampstead. Y ahora estaba Chelsea...

Respetaba a Chelsea tanto como despreciaba a Prime y a Berenson. A diferencia de estos dos, Chelsea no era un agente, sino un contacto, un hombre bien situado en el *establishment* de su propio país y que, como Karpov, era pragmático; un hombre sensible a las realidades de su empleo, de su país y del mundo circundante. Karpov no dejaba nunca de sorprenderse cuando los periodistas de Occidente pintaban a los agentes secretos como si vivieran en un mundo de fantasía; según él, eran los políticos quienes vivían en un mundo de ensueño, seducidos y hechizados por su propia propaganda.

Creían que los agentes de Información podían andar por calles sombrías, mentir y engañar para cumplir su misión; pero si alguna vez se descarriaban por el reino de la fantasía, como habían hecho tan a menudo los agentes secretos de la CIA, podían verse en un grave aprieto.

Chelsea le había insinuado en dos ocasiones que si la URSS continuaba cierta línea de acción, se meterían todos en un lío difícil de solventar; y las dos veces había tenido razón. Karpov, al poder advertir a los suyos de un peligro inminente, había acumulado grandes méritos cuando se comprobó que estaba en lo cierto.

Se detuvo y se obligó a pensar en el problema actual. Borisov tenía razón: el secretario general estaba montando alguna operación privada y personal ante sus narices y dentro de Gran Bretaña, pero excluyendo en absoluto a la KGB. Olfateó el peligro; el viejo no era un profesional del Servicio Secreto, a pesar de sus años al frente de la KGB. La propia carrera de Karpov podía estar en la balanza; sin embargo, era vital descubrir qué diablos estaba pasando. Pero con cuidado, con mucho cuidado.

Consultó su reloj. Las once y media. Hizo una seña al conductor, subió al coche y regresó a Moscú.

Barry Banks llegó a la jefatura del SSI aquel lunes a las nueve menos diez de la mañana. Sentinel House es un gran edificio cuadrado y sorprendentemente charro, situado en la orilla Sur y alquilado por el Gran Concejo de Londres a cierto Ministerio del Gobierno. Sus ascensores funcionan cuando quieren, y en la planta baja hay un mural de mosaico con fragmentos que se caen como caspa de cerámica.

Banks se identificó en la entrada y subió a toda prisa. El Jefe le recibió en seguida con la campechanía y afabilidad que solía mostrar con sus subordinados ambiciosos.

—¿Conoce por casualidad a un tal John Preston, de «Cinco» —preguntó «C».

—Sí, señor. No mucho, pero nos hemos visto algunas veces. Generalmente en el bar de «Gordon», cuando he ido por allí.

—Dirige C.1.(A), ¿no es cierto, Barry?

—Ya no. Fue trasladado a C.1(C) la semana pasada.

—Un traslado bastante precipitado, diría yo. Tenía entendido que se portaba bastante bien C.1(A).

Sir Nigel no creyó necesario informar a Banks de que había conocido a Preston en las reuniones del SSI y de que le había empleado como su hurón personal en África del Sur. Banks no sabía nada del caso Berenson, ni hacía falta que lo supiese. Por su parte, Banks se preguntaba qué llevaría el Jefe entre ceja y ceja. Por lo que él sabía, Preston no tenía nada que ver con «Seis».

—Muy rápido. En realidad, sólo estuvo unas pocas semanas en C.1(A). Hasta el Año Nuevo fue director de F.1(D). Entonces debió de hacer algo que no gustó a Sir Bernard o, más probablemente, a Brian Harcourt-Smith. Fue sacado de allí y metido en C.1(A). Y el primero de abril le trasladaron de nuevo.

«¡Ah! —pensó Sir Nigel—. Había molestado a Harcourt-Smith, ¿eh?» Se lo había imaginado. Pero se preguntaba cómo. Dijo en voz alta:

—¿Tiene alguna idea de lo que pudo hacer para molestar a Harcourt-Smith?

—Algo oí decir señor. A Preston. No hablaba conmigo, pero sí lo bastante cerca para que pudiese oírle. Estaba en el bar de «Gordon», hace unas dos semanas. También parecía algo molesto. Por lo visto pasó años preparando un informe y lo presentó en Navidad. Creía que valía la pena, pero Harcourt-Smith lo archivó.

—¡Hum! F.1(D)... Actividades de la extrema izquierda, ¿no? Mire, Barry, quiero que haga algo para mí. Pero no arme ruido sobre esto. Busque el número de archivo de aquel informe y sáquelo del Registro, por favor. Envíelo directamente aquí, a mi atención personal.

Banks salió de nuevo a la calle y se dirigió hacia «Charles» poco antes de las diez.

La tripulación de «Aeroflot» se desayunó tranquilamente y, a las 9.29, el primer oficial, Romanov, miró su reloj y se dirigió a los lavabos de caballeros. Había estado antes allí y se aseguró del compartimiento que debía utilizar. Era el penúltimo. El último estaba ocupado y tenía la puerta cerrada. Entró en el contiguo y cerró la puerta.

A las 9.30 puso una pequeña cartulina en el suelo, junto al hueco de la pared divisoria; había escrito en ella las seis cifras convenidas. Una mano pasó por el hueco, retiró la cartulina, escribió algo en ella y volvió a dejarla en el suelo. Romanov la cogió. En el reverso figuraban las seis cifras que esperaba.

Hecha la identificación, dejó el transistor en el suelo, y la misma mano lo tomó y lo introdujo sin ruido en el compartimiento contiguo, Fuera, alguien usaba el urinario. Romanov tiró de la cadena, abrió la puerta, se lavó las manos hasta que se marchó el que había usado del urinario, y salió detrás de él. El minibús de Heathrow esperaba ante la puerta de la calle. Ninguno de los tripulantes advirtió que Romanov no llevaba su «Sony»; debieron de pensar que lo llevaba en su saco de mano. El correo Uno había hecho su entrega.

Barry Banks telefoneó a Sir Nigel poco antes del mediodía. Utilizó una línea privada y muy segura.

—Es bastante extraño, Sir Nigel —dijo—. Obtuve el número de archivo del informe que le interesa y fui a buscarlo al Registro. Conozco al encargado del archivo. Éste confirmó que estaba en la sección NMA. Pero ahora no está.

—¿Cómo?

—Lo retiraron.

—¿Quién?

—Un hombre llamado Swanton. Lo conozco. Lo extraño es que pertenece a Finanzas. Le pedí que me lo prestase. Y ésta es la segunda cosa rara. Se negó a hacerlo, diciendo que aún no había terminado con él. Según el Registro, hace tres semanas que lo tiene. Con anterioridad lo había tenido otra persona.

—¿La encargada de los lavabos? —preguntó Sir Nigel.

—Casi. Alguien de Administración.

Sir Nigel pensó durante un rato. La mejor manera de mantener un legajo fuera de circulación era conservarlo permanentemente uno mismo o uno de sus protegidos. No le cabía duda de que Swanton y el otro hombre estaban a las órdenes de Harcourt-Smith.

—Barry, entérese de la dirección particular de Preston y venga a verme aquí a las cinco.

El general Karpov estaba sentado aquella tarde a su mesa en Yasiénevo y se frotaba el envarado cuello. Había descansado mal. Estuvo despierto la mayor parte de la noche, con Ludmilla durmiendo a su lado. Al amanecer llegó a una conclusión, y sus ulteriores reflexiones, en los momentos que había podido hurtar a su trabajo del día, la confirmaron.

Era el secretario general quien estaba detrás de la misteriosa operación que se montaba en Gran Bretaña; pero, a pesar de que se jactaba de leer y hablar inglés, no conocía el país. Forzosamente había tenido que confiar en alguien que lo conociese. Eran muchos los que estaban familiarizados con Inglaterra, en el Ministerio de Asuntos Exteriores, en el Departamento Internacional del Comité Central, en el GRU y en la KGB. Pero si evitaba a la KGB, ¿por qué no a los demás?

Tenía que ser un consejero personal. Y cuanto más pensaba en ello, más claro se le hacía el nombre de esta *bête noire* personal. Hacía años, al empezar su carrera en el Servicio, había admirado a Philby. Todos le habían admirado. Pero con el paso de los años, él se había encumbrado, mientras que Philby se había hundido. También había observado cómo se convertía el renegado inglés en un borracho empedernido. Lo cierto era que Philby no había tenido acceso a ningún documento secreto británico desde 1951, salvo los que le había mostrado la KGB. En 1955 se trasladó desde Inglaterra a Beirut, y no estuvo en Occidente desde su deserción final en 1963. Veinticuatro años. Karpov pensó que *él* conocía ahora Gran Bretaña mejor que Philby.

Pero había más. Sabía que, cuando estaba en la KGB, el secretario general se había sentido en cierto modo impresionado por Philby, por su amaneramiento y gustos propios del viejo mundo, su afectación de *gentleman* inglés, su aversión al mundo moderno con su música pop, sus motocicletas y sus pantalones vaqueros, gustos que eran reflejo de los del propio secretario general. Karpov sabía de cierto que, en varias ocasiones, el secretario general había pedido consejo a Philby, para contrarrestar los que recibía del Primer Directorio Principal. ¿Por qué no ahora?

Por último, en la lista de Karpov había algo que, en una sola ocasión, había dejado escapar Philby y que le había parecido sumamente interesante. Deseaba regresar a su país. Por esto, más que por cualquier otra cosa, no confiaba en él. Ni pizca. Recordaba la cara arrugada y sonriente que había tenido delante, al otro lado de la mesa, durante el banquete de Kriuchkov, en vísperas de Año Nuevo. ¿Qué había dicho entonces acerca de Gran Bretaña? ¿No había sido algo sobre que su estabilidad política era exagerada por su Departamento?

Las piezas empezaban a juntarse. Decidió investigar a Mr. Harold Adrian Russell Philby. Pero sabía que, incluso a su nivel, todo era observado: retiradas de documentos del Registro, peticiones oficiales de información, llamadas telefónicas, memorandums. Tenía que ser una investigación no oficial, personal y, sobre todo, verbal. Era muy peligroso indisponerse con el secretario general.

John Preston había llegado a su propia calle y estaba a cien metros de la entrada de su bloque de apartamentos cuando oyó que le llamaban. Se volvió y vio a Barry Banks, que cruzaba la calle en dirección a él.

—Hola, Barry, ¡qué pequeño es el mundo! ¿Qué haces aquí?

Sabía que el hombre de K7 vivía hacia el Norte, en la zona de Highgate. Tal vez iba a un concierto en el próximo Albert Hall.

—En realidad te estaba esperando —respondió Banks, con una cordial sonrisa—. Un colega mío desea hablar contigo. ¿Te importa?

Preston se sintió intrigado, pero no receloso. Sabía que Banks era de «Seis», pero ignoraba quién era la persona que quería hablar con él. Dejó que Banks le condujese al otro lado de la calle y a cien metros más abajo. Banks se detuvo ante un «Ford Granada» aparcado, abrió la portezuela trasera e hizo un ademán a Preston para que mirase en el interior. Éste lo hizo así.

—Buenas noches, John. ¿Te importa que hablemos unas palabras?

Preston, sorprendido, subió al coche y se sentó al lado del personaje engabanado. Banks cerró la portezuela y se alejó.

—Bueno, ya sé que es una manera extraña de encontrarnos. Pero aquí estamos. No queremos armar revuelo, ¿verdad? Pensé que no había tenido oportunidad de darte las gracias por todo lo que hiciste en África del Sur. Fue un trabajo de primera. Henry Pienaar se quedó impresionado. Y también yo.

—Gracias, Sir Nigel.

¿Qué diablos quería el viejo zorro? Ciertamente, no se trataba de esto. Pero «C» parecía sumido en honda reflexión.

—*Hay* otra cuestión —dijo al fin, como pensando en voz alta—. El joven Barry me dice que ha tenido conocimiento de que la última Navidad presentaste un informe muy interesante sobre la extrema izquierda en este país. Tal vez esté equivocado, pero esto podría haber tenido importancia para algunas cosas que hacemos en el exterior, si es que entiendes lo que quiero decir. La cuestión es que no se nos comunicó tu informe. Y es una lástima.

—Fue archivado como NMA —replicó Preston rápidamente.

—Sí, sí, ya me lo ha dicho Barry. Fue una verdadera lástima. Me habría gustado echarle un vistazo. ¿No hay posibilidad de obtener una copia?

—Está en el Registro —dijo Preston, intrigado— ¡Puede haber sido clasificado como NMA, pero está en el archivo. Basta con que Barry lo retire y se lo envíe.

—Eso es imposible —opuso Sir Nigel—, porque ya ha sido retirado. Por Swanton. Y éste dice que aún no ha terminado con él. No quiere entregarlo.

—Pero él está en Finanzas —protestó Preston.

—Sí —murmuró Sir Nigel, malhumorado— y, antes de esto lo «sacó» alguien de Administración. Casi se podría creer que lo están ocultando.

Preston se quedó pasmado. A través del parabrisas podía ver a Banks matando el tiempo en la calle.

—Hay otra copia —dijo—. La mía. Está en mi caja fuerte personal.

Banks les condujo en el coche. El tráfico de primeras horas de la noche era muy intenso entre Kensington y Gordon Street. Una hora más tarde, Preston se inclinó sobre la ventanilla abierta del «Granada» y entregó su copia a Sir Nigel.

Capítulo XIV

El general Yevgueni Karpov subió los últimos escalones de la tercera planta del bosque de apartamentos de Prospekt Mira y llamó al timbre. Después de unos minutos se abrió la puerta. La esposa de Philby apareció en el umbral. Karpov pudo oír el ruido que hacían en el interior unos niños que tomaban el té. Había elegido las seis de la tarde, pensando que a esta hora habrían regresado del colegio a casa.

—¡Hola, Erita!

Ella echó la cabeza atrás en un ligero ademán de desafío. Una dama muy precavida. Tal vez sabía que Karpov no admiraba a su marido.

—Camarada general...

—¿Está Kim en casa?

—No. Está fuera.

No «ha salido», sino «está fuera», pensó Karpov. Simuló sorpresa.

—¡Oh, esperaba encontrarle! ¿Sabe cuándo volverá?

—No. Lo sabré cuando regrese.

—¿Tiene alguna idea de dónde podría encontrarle?

—No.

Karpov frunció el ceño. Algo que Philby había dicho en aquella cena de Kriuchkov... acerca de que no podía conducir desde que había tenido aquel ataque. Karpov había mirado ya en el aparcamiento del sótano. El «Volga» de Philby estaba allí.

—Creía que usted le llevaba en el coche estos días, Erita.

Ella sonrió a medias. Su expresión no era la de una mujer a la que hubiese abandonado su marido, sino más bien la de la esposa cuyo marido ha obtenido un ascenso.

—Ya no he de hacerlo. Tiene un chófer.

—Lo celebro. Bueno, siento no haberle encontrado. Trataré de ponerme al habla con él cuando regrese.

Bajó la escalera sumido en profunda reflexión. Los coroneles retirados no suelen tener chófer personal. De nuevo en su propio piso, a dos manzanas de la parte trasera del «Hotel Ukraina», llamó al parque móvil de la KGB y preguntó por el encargado principal. Cuando se identificó, fue atendido inmediatamente. Se mostró halagador y cordial.

—No suelo prodigar las alabanzas, pero creo que hay que hacerlo cuando se ha hecho un buen trabajo.

—Gracias, camarada general.

—Me refiero al chófer que ha estado al servicio de mi amigo, el camarada coronel Philby. Éste le tiene en gran estima. Dice que es un conductor excelente. Si el mío se pone enfermo algún día, quiero que me atienda él.

—Gracias de nuevo, camarada general. Se lo diré yo mismo al conductor Gregoriev.

Karpov colgó. El conductor Gregoriev. Nunca había oído hablar de él. Pero una charla reservada con el hombre podía resultar útil.

A la mañana siguiente, 8 de abril, el *Akademik Komarov* entró pausadamente en el Clyde, rumbo al puerto de Glasgow. Se detuvo brevemente en Greenock para recoger al práctico y a dos agentes de la Aduana.

Tomaron la acostumbrada copa en el camarote del capitán y comprobaron que el barco procedía de Leningrado e iba en lastre para recoger un cargamento de accesorios de bomba, de gran resistencia, de «Weir of Cathcart Limited». Los aduaneros inspeccionaron la lista de tripulantes, pero no se fijaron en ningún nombre en particular. Más tarde se establecería que el marinero Konstantin Semiónov estaba en la lista.

La práctica habitual, cuando los ilegales soviéticos entran en barco en un país, es que *no* figuren en la lista de tripulantes. Llegan acurrucados en un diminuto recinto o agujero hábilmente practicado en la estructura del barco y tan bien disimulado que ni la inspección más minuciosa podría descubrirlo. De esta manera, si el hombre, por motivos operacionales o accidentales, no regresa en el mismo barco, no hay discrepancia en la lista de tripulantes. Pero ahora se trataba de una operación precipitada. No había habido tiempo para cambios estructurales.

El tripulante extraordinario había llegado con los hombres de Moscú sólo unas horas antes de que el *Komarov* zarpase de Leningrado rumbo a Glasgow, en una larga travesía, para cargar materiales, y el capitán y su oficial político no habían tenido más remedio que incluirle en la lista. Su hoja de salarios como marinero estaba en orden y, según habían dicho, el hombre regresaría.

Sin embargo, el individuo se instaló en un camarote y pasó en él todo el viaje, y los dos marineros auténticos que hubiesen debido ocuparlo, tuvieron que dormir en sacos en el suelo del comedor de oficiales. Los sacos habían sido retirados cuando subió a bordo el práctico escocés. En su camarote, y muy nervioso por razones evidentes, el correo Dos estaba esperando que llegase la medianoche.

Cuando el práctico de Clyde estaba en el puente del *Komarov* masticando los bocadillos del desayuno, y los campos de Strathclyde se deslizaban a ambos lados del barco, era ya mediodía en Moscú. Karpov volvió a llamar al parque móvil de la KGB. Como sabía muy bien, había otro encargado de servicio.

—Parece que mi chófer ha cogido la gripe —dijo—. Terminará su jornada, pero mañana le daré el día libre.

—Cuidaré de enviarle un sustituto, camarada general.

—Quisiera que fuese el conductor Gregoriev. ¿Está disponible? Tengo de él las mejores referencias.

Se oyó un rumor de papeles, al buscar el encargado en sus fichas.

—En efecto. Ha estado de servicio, pero ya ha vuelto al parque.

—Muy bien. Dígale que se presente en mi piso de Moscú a las ocho de la mañana. Yo tendré las llaves, y el «Chaika» estará en el sótano.

«Esto es cada vez más extraño», pensó mientras colgaba el teléfono. Gregoriev había tenido que conducir el coche de Philby durante un tiempo. ¿Por qué? ¿Porque era demasiado para Erita? ¿O para que Erita no supiese lo que pasaba? Y ahora el hombre volvía a estar en el parque móvil. ¿Qué quería decir esto? Probablemente, que Philby estaba ahora en otra parte y ya no necesitaba un chófer, por lo menos hasta el final de la operación en que estuviese metido.

Aquella noche, Karpov dijo a su agradecido conductor normal que le dejaba en libertad el día siguiente para que pudiese llevar a su familia al campo.

Aquel mismo viernes, por la noche, Sir Nigel Irvine cenó con un amigo en Oxford.

Uno de los grandes atractivos del Saint Antony's College, de Oxford, es que, como otras muchas instituciones británicas influyentes, no existe para el público en general.

Bueno, en realidad sí existe, pero es tan pequeño y tan discreto, que probablemente pasaría inadvertido a quien vigilase los bosques de Academo en las Islas Británicas. La casa es pequeña, elegante y recoleta; en ella no se dan cursos oficiales, no se educa a estudiantes; no hay alumnos de estudios preliminares ni graduados, y no otorga títulos. Tiene unos cuantos profesores y compañeros, que a veces comen juntos, pero viven en «habitaciones» desparramadas por toda la ciudad o en otra parte y están allí sólo de visita. En ocasiones se invita a forasteros para que den conferencias a la Hermandad —extraordinario honor—, y otras veces los profesores y los compañeros envían «comunicaciones» a las altas esferas del *establishment* británico, donde son tomadas muy en serio. Sus fondos son tan reservados como el aspecto de la institución.

En realidad es un «depósito de ideas», donde se reúnen intelectuales —a menudo, con gran experiencia no académica— para proseguir el estudio de una sola disciplina: los asuntos de actualidad.

Aquella noche, Sir Nigel Irvine cenó en la casa con su anfitrión, el profesor Jeremy Sweeting, y, tras el excelente ágape, el profesor llevó a Sir Nigel a su «morada», una agradable casa en las afueras de Oxford, para tomar oporto y café.

—Bueno, Nigel —dijo el profesor Sweeting, cuando hubieron descorchado una botella de «Taylor» añejo y se hubieron acomodado ante la chimenea del estudio—, ¿qué puedo hacer por ti?

—Jeremy, ¿por casualidad has oído alguna vez de una cosa llamada MBR?

El profesor Sweeting sostuvo su copa de oporto en el aire. La miró fijamente durante largo rato.

—¿Sabes Nigel, que eres especialista en estropearle la velada a un amigo cuando te lo propones? ¿Dónde has oído mencionar estas letras?

Por toda respuesta, Sir Nigel Irvine le tendió el Informe Preston. El profesor Sweeting lo leyó cuidadosamente; tardó en ello una hora. Irvine sabía que, a diferencia de John Preston, el profesor no era un sabueso. No salía al campo en busca de información. Pero tenía un conocimiento enciclopédico de la teoría y la práctica marxistas, del materialismo dialéctico y de las enseñanzas de Lenin sobre la aplicabilidad de la teoría a la práctica para la conquista del poder. Su tarea y su afición era leer, estudiar, comparar y analizar.

—Muy notable —comentó Sweeting, devolviendo el informe a Irvine—. Es un camino diferente, una actitud diferente, desde luego, y una metodología completamente distinta. Pero llegamos a los mismos resultados.

—¿Puedes decirme a qué resultados has llegado? —preguntó, amablemente, Sir Nigel.

—Sólo es una teoría, desde luego —se disculpó el profesor Sweeting—. Un millar de pajas arrastradas por el viento que pueden o no formar un haz. En todo caso, me dedico a esto desde junio de 1983...

Habló durante dos horas, y Sir Nigel, cuando se despidió para volver a Londres de madrugada, estaba muy pensativo.

El *Akademik Komarov* estaba amarrado al muelle de Finnieston, en el corazón de Glasgow, para que la gigantesca grúa pudiera cargar en él las bombas por la mañana. Allí no hay controles de Aduana o de Inmigración; los marineros extranjeros pueden desembarcar sencillamente y pasear por el muelle y por las calles de Glasgow.

A medianoche, mientras el profesor Sweeting estaba aún hablando, el marinero Semiónov bajó por la pasarela, anduvo un centenar de metros por el muelle, evitó el «Betty's Bar», ante cuya puerta protestaban unos cuantos marineros borrachos porque se negaban a servirles la última copa, y se metió en Finnieston Street.

Con sus zapatos de cuero áspero, sus pantalones de pana, su jersey de cuello de tortuga y su anorak, no llamaba la atención. Llevaba bajo un brazo una bolsa de lona fuertemente atada con un cordón. Pasó por debajo de la autopista elevada de Clydeside, llegó a Argyle Street, torció a la izquierda y siguió hasta Partick Cross. Sin consultar ningún plano, se metió en Hyndland Road. Tras andar kilómetro y medio llegó a otra arteria principal: la Great Wester Road. Días atrás había aprendido el trayecto de memoria.

Consultó su reloj; faltaba todavía media hora, y el lugar de la cita estaba a no más de diez minutos a pie. Torció a la izquierda y tomó la dirección del «Pond Hotel», junto al lago y a un centenar de metros más allá de la estación de servicio BP cuyas luces veía brillar a lo lejos. Casi había llegado a la parada de autobuses del cruce de la Great Western con Hughenden Road cuando los vio. Estaban haraganeando debajo del tejadillo de la parada; eran cinco, y a la una y media de la madrugada.

En algunos lugares de Gran Bretaña los llaman *skinheads* o *punks*, pero en Glasgow los llaman *neds*. Pensó en cruzar la calle, pero ya era tarde para hacerlo. Uno de ellos le gritó algo, y todos se desplegaron saliendo del resguardo. Él hablaba un poco inglés, pero no podía comprender su dialecto de Glasgow, hecho más confuso aún a causa del licor. Le cerraron el paso y bajó a la calzada. Uno de ellos le agarró del brazo y le gritó. En realidad le había dicho:

—¿Qué llevas en el saco?

Pero él no lo entendió, sacudió la cabeza y trató de seguir su camino. Entonces se le echaron encima y le descargaron una lluvia de golpes. Cuando estuvo en el suelo, empezaron a patearle. Sintió vagamente que unas manos tiraban de su bolsa de lona; así, la apretó contra el vientre con ambos brazos y se volvió boca abajo, recibiendo los golpes en la cabeza y en los riñones.

Aquel cruce está dominado por Devonshire Terrace, una hilera de casas de la clase media, sólidas, de cuatro pisos y construidas con bloques de piedra arenisca gris. En el último piso de una de ellas, Mrs. Sylvester, anciana, viuda, sola y aquejada de artritismo, no podía dormir. Oyó los gritos en la calle, bajó dificultosamente de la cama y se asomó a la ventana. Lo que vio hizo que se dirigiese cojeando al teléfono y llamase al 999, que es el número de la Policía. Dijo al operador que debían enviar un coche a aquel cruce de calles, pero colgó cuando aquél le preguntó su nombre y su dirección. A las personas respetables no les gusta meterse en líos.

Los agentes de Policía Alistair Craig y Hugh McBain estaban en su coche patrulla en el cruce de Hillhead y la Great Western, a kilómetro y medio, de distancia, cuando recibieron la llamada. El tráfico era casi nulo, y en noventa segundos llegaron a la parada del autobús. Los *neds* vieron los faros, oyeron la sirena del coche que llegaba y renunciaron a arrancarle a su víctima la bolsa de lona; prefirieron correr a través de la margen herbosa que separa Hughenden Road de la Great Western, para que el automóvil no pudiese seguirles. Cuando el agente Craig pudo saltar del coche patrulla eran ya sombras que se desvanecían y que hacían inútil la persecución. En todo caso, lo primero era la víctima.

Craig se inclinó sobre el hombre. Éste se hallaba inconsciente y acurrucado en posición fetal.

—¡Una ambulancia, Hughie! —gritó a McBain, y el conductor habló inmediatamente por radio.

Seis minutos más tarde llegó la ambulancia de la Western Infirmary. Mientras tanto los dos agentes dejaron solo al lesionado por mor del procedimiento, después de haberle cubierto con una manta. Los hombres de la ambulancia colocaron el cuerpo inconsciente en una camilla de ruedas e introdujeron ésta en la parte de atrás del vehículo. Al arrebujarle en la manta, Craig cogió la bolsa de lona y la colocó en el fondo de la ambulancia.

—¡Ve tú con él; yo os seguiré! —gritó McBain, y Craig subió a la ambulancia.

Llegaron al hospital en menos de cinco minutos. Los hombres de la ambulancia introdujeron rápidamente la camilla por la puerta basculante, la empujaron por el pasillo, doblaron dos esquinas y entraron en el pabellón de accidentados. Como era un caso de urgencia, no tuvieron que pasar por la sala de espera pública, donde el acostumbrado grupo de borrachos noctámbulos se tocaban los cortes y chichones producidos por el brusco contacto con diversos objetos duros.

Craig esperó a que McBain aparcase el coche patrulla y se reuniese con él en la entrada.

—Preocúpate de los requisitos del ingreso, Hughie. Yo iré a ver si puedo averiguar el nombre y la dirección de la víctima.

McBain suspiró. Los requisitos para los ingresos eran el cuento de nunca acabar. Craig levantó la bolsa del suelo y siguió la camilla de ruedas por el pasillo hasta el pabellón de accidentados. Éste consiste en un pasadizo con puertas basculantes a ambos extremos y doce habitaciones de reconocimiento, seis a cada lado del corredor central. Once de ellas para los reconocimientos; la duodécima es el cuarto de la enfermera, y se halla junto a la entrada trasera por donde llegan las camillas. Las puertas del otro extremo tienen espejos transparentes en una dirección y dan a la sala de espera pública, donde los lesionados leves aguardan su turno sentados.

Craig dejó a McBain en la mesa de recepción con un fajo de impresos por rellenar y cruzó la puerta de los espejos para ver al hombre inconsciente en la camilla de ruedas aparcada en el otro extremo. La enfermera del pabellón observó rápidamente al lesionado —saltaba a la vista que estaba vivo— y ordenó a los camilleros que colocasen al hombre sobre la mesa de una de las habitaciones de reconocimiento para que pudiesen volver a la ambulancia con la camilla. Eligieron la que estaba frente al cuarto de la enfermera.

Entonces llamaron al joven médico de guardia, un indio llamado doctor Mehta. Hizo que desnudasen al lesionado hasta la cintura —no había visto manchas de sangre en el pantalón— y efectuó un minucioso reconocimiento antes de ordenar un examen con rayos X. Después salió para asistir a otro caso urgente: un accidente de automóvil. La enfermera telefoneó a rayos X, pero el departamento estaba ocupado. Le dijeron que la avisarían en cuanto quedase libre. Ella puso la tetera en el fuego para prepararse una taza. El agente Craig, tras asegurarse de que el anónimo lesionado seguía tumbado inconsciente al otro lado del pasillo, tomó el anorak del hombre, entró en el cuarto de la enfermera y dejó en la mesa la chaqueta y la bolsa de lona.

—¿Le sobra una taza de ese brebaje? —preguntó a la enfermera con la zumbona familiaridad propia de los trabajadores nocturnos que pasan el tiempo tratando de poner orden en la confusión de una ciudad importante.

—Tal vez sí —respondió ella—, pero no sé por qué he de malgastarla con un hombre de su condición.

Craig le hizo un guiño. Palpó los bolsillos del pecho del anorak y extrajo una libreta de salarios en el cuarto de reconocimiento, y estaba escrita en dos idiomas: ruso y francés. No entendía ninguno de los dos. No podía leer la escritura cirílica, pero el nombre figuraba también en letras romanas en la parte escrita en francés.

—¿Quién es ese Jimmy? —preguntó la enfermera mientras preparaba dos tazas de té.

—Parece un marinero, y ruso por añadidura —respondió Craig, con inquietud.

Un ciudadano de Glasgow apaleado por una pandilla de *neds* era una cosa; pero un extranjero, y más si era ruso, podía crear problemas. Para tratar de descubrir el barco al que pertenecía el hombre, Craig vació la bolsa de lona.

Contenía sólo un grueso jersey enrollado alrededor de un bote redondo de tabaco con tapa de rosca. Dentro del bote no había tabaco, sino algodón en rama que envolvía dos discos de aluminio y, entre ellos, otro disco de cinco centímetros de diámetro y de un metal gris mate. Craig examinó sin interés los tres discos, volvió a colocarlos entre el algodón, cerró de nuevo el bote y lo dejó en la mesa al lado de la libreta de salarios. No sabía que la víctima de la agresión de los gamberros había recobrado el conocimiento y le estaba mirando a través de una rendija de las cortinas. Sabía, en cambio, que había de informar a su Comisaría de que tenía un ruso lesionado.

—¿Puedo usar su teléfono, pequeña? —preguntó a la enfermera, cogiendo el aparato.

—No me llame «pequeña» —replicó la enfermera, que aventajaba en unos cuantos años los veinticuatro del agente Craig. «¿De dónde sacarán esos polis tan jóvenes?»

El agente Craig empezó a marcar. Lo que pasó entonces por la mente de Konstantin Semiónov no se sabrá nunca. Aturdido y confuso, sufriendo probablemente una conmoción a causa de los golpes recibidos en la cabeza, pudo ver el inconfundible uniforme negro de un policía británico vuelto de espaldas a él al otro lado del corredor. Pudo ver su libreta de salarios y la mercancía que se le había ordenado traer a Gran Bretaña y entregar al agente secreto en el lago, todo ello colocado en la mesa junto a la mano del policía. Había visto que examinaba el contenido de la bolsa; él no se había atrevido en absoluto a abrir el bote, y ahora el hombre estaba telefoneando. Tal vez se imaginó un interminable interrogatorio de tercer grado en algún apestoso sótano de la Jefatura de Policía de Strathclyde...

El agente Craig se sintió bruscamente empujado a un lado cuando estaba del todo desprevenido. Un brazo desnudo pasó junto a él y agarró el bote de hojalata. Craig reaccionó en el acto, soltando el teléfono y sujetando aquel brazo extendido.

—Jimmy, ¿qué diablos...? —gritó, y, presumiendo que el pobre hombre deliraba, le agarró y trató de calmarle.

El bote se desprendió de la mano del ruso y cayó al suelo. Por un momento, Semiónov miró fijamente al policía escocés; entonces le acometió el pánico y echó a correr. Sin dejar de gritar «¡Eh, Jimmy, ven aquí...!», Craig le persiguió por el pasillo.

Shortie Patterson era un borracho. Toda una vida dedicada a probar los productos de Speyside le habían incapacitado para todo. No era un borracho ordinario; había convertido la embriaguez en una especie de arte. El día anterior había cobrado su subvención, se había encaminado directamente a la taberna más próxima, y a medianoche estaba completamente beodo. De madrugada se había indignado por la actitud ofensiva de una farola que se había negado a responder a sus requerimientos, por lo cual le había soltado un puñetazo.

Lo habían llevado a rayos X con su mano fracturada, y ahora volvía por el pasillo a su cuarto cuando un hombre de torso desnudo y magullado y cara ensangrentada y amoratada salió corriendo de una habitación contigua perseguido por un policía. Shortie sabía cuál era su deber con un compañero doliente. Además, no apreciaba a los policías, que parecían no tener nada mejor que hacer que sacarle de sus cómodas zahúrdas para ponerle en manos de personas que le obligaban a bañarse. Dejó pasar al hombre que corría y después estiró un pie.

—¡Estúpido borracho! —gritó Craig, cayendo al suelo.

Cuando se levantó, el ruso le había tomado diez metros de ventaja.

Semiónov cruzó la puerta de los espejos y entró en la sala de espera pública. No vio la estrecha puerta a su izquierda que llevaba al exterior y pasó corriendo por la puerta más grande que había a su derecha. Ésta le condujo al pasadizo por el que había entrado media hora antes en la camilla de ruedas. Giró de nuevo a la derecha y se encontró con otra camilla que avanzaba en dirección a él rodeada de un médico y dos enfermeras que sostenían frascos de plasma: la víctima del accidente de tráfico puesta al cuidado del doctor Mehta. La camilla le cerraba completamente el paso; oyó detrás de él las fuertes pisadas de unas botas.

Había a su izquierda un espacio cuadrado y, en él, las puertas de dos ascensores. Una de éstas se estaba cerrando sobre un ascensor vacío. Se lanzó a través de la abertura antes de que aquélla acabara de cerrarse. Al subir el ascensor, oyó los furiosos e impotentes golpes del policía en la puerta. Se echó atrás y cerró los ojos, afligido.

El agente Craig se dirigió a la escalera y la subió corriendo. A cada rellano observaba las luces sobre las puertas de los ascensores. Uno de ellos seguía subiendo. Al llegar a la décima planta, el policía estaba acalorado, furioso y sin aliento.

Semiónov había salido del ascensor en la misma décima planta. Se había asomado a una puerta, pero ésta daba a una sala de pacientes que dormían. Había otra puerta, abierta y que llevaba a una escalera. Subió por ésta y se encontró en otro pasillo, pero en éste sólo había cuartos de duchas, una despensa y depósitos de provisiones. En el extremo había una última puerta, abierta al cálido y húmedo aire nocturno. Daba al terrado plano del edificio.

El agente Craig había perdido terreno, pero llegó al fin a aquella última puerta y salió al aire de la noche. Acomodando la vista a la oscuridad, distinguió la figura de un hombre junto al parapeto del Norte. Su enfado se desvaneció. «Probablemente también yo sentiría pánico si me despertase en un hospital de Moscú», pensó. Empezó a acercarse al hombre, levantando las manos para que viese que las llevaba vacías.

—Vamos, Jimmy, o Iván, o como te llames. Estás bien, sólo tienes un chichón en la cabeza. Vuelve abajo conmigo.

Ahora sus ojos se habían acostumbrado a la noche. Podía ver claramente la cara del ruso al débil resplandor de las luces de la ciudad. El hombre le vio acercarse hasta una distancia de seis metros. Entonces miró hacia abajo, respiró hondo, cerró los ojos y saltó.

Craig estuvo varios segundos sin dar crédito a lo que había visto, ni siquiera después de oír el sordo golpe del cuerpo al caer desde una altura de diez pisos en el aparcamiento reservado al personal.

—¡Jesús! —jadeó al fin—. ¡En menudo jaleo me ha metido!

Con dedos temblorosos, buscó su radio personal y llamó a la Comisaría.

A cien metros más allá de la estación de servicio y a ochocientos metros de la parada del autobús, está el lago de las barcas, a la sombra del «Pond Hotel». Una serie de escalones bajan de la calzada al paseo que rodea el estanque, y cerca del pie de aquéllos hay dos bancos de madera.

El silencioso personaje con negro traje de cuero de motorista consultó su reloj. Las tres. La cita había sido para las dos. Una hora de espera era el máximo que podía conceder. Había una segunda cita, para el caso de que fallara la primera; en un lugar diferente, veinticuatro horas más tarde. Acudiría a ella. Si el contacto tampoco se presentaba, tendría que utilizar de nuevo la radio. Se levantó y se marchó.

El agente Hugh McBain se había alejado de la mesa de recepción cuando el fugitivo había pasado corriendo por la sala de espera del pabellón de accidentes. Estaba en su coche comprobando la hora exacta del ataque de los gamberros y de las llamadas de auxilio. Lo primero que vio después fue a su «vecino» (compañero, en la jerga de Glasgow) entrar en la sala de espera con el semblante pálido y demudado.

—Alistair, ¿sabes ya el nombre y la dirección? —preguntó.

—Es..., era... un marinero ruso —respondió Craig.

—¡Vaya, lo que nos faltaba! ¿Qué has querido decir?

—Hughie, acaba... de arrojarse desde el terrado.

McBain bajó la pluma y miró con incredulidad a su vecino. Entonces se impuso su experiencia. Todo policía sabe que, cuando una cosa va mal, hay que cubrirse, seguir el procedimiento al pie de la letra, sin tácticas de cowboy, sin querer pasarse de listo.

—¿Has llamado a la Comisaría? —preguntó.

—Sí, alguien está en camino.

—Vayamos en busca del doctor —propuso McBain.

Encontraron al doctor Mehta, rendido ya por la fatiga de los ingresos nocturnos. Les siguió al aparcamiento, examinó en menos de dos minutos el horrible y reventado cadáver, declaró que estaba muerto y nada podía hacer, y volvió a su trabajo. Dos mozos trajeron una manta para cubrir el cuerpo y, treinta minutos más tarde, una ambulancia se llevó aquella cosa al depósito de cadáveres de la ciudad, en Jocelyn Square, junto a Salt Market. Allí, otras manos le quitarían el resto de las prendas, zapatos, calcetines, pantalones, calzoncillos, cinturón y reloj de pulsera, para ser guardadas y rotuladas.

Dentro del hospital había que llenar más impresos —los de ingreso serían guardados como pruebas, aunque ya eran inútiles con fines prácticos— y los dos agentes de Policía envolvieron y rotularon las otras cosas del muerto. Redactaron la siguiente lista: «1 anorak, 1 pullóver de cuello de tortuga, 1 bolsa de lona, 1 jersey de lana gruesa (enrollado) y 1 bote redondo de tabaco».

Antes de que hubiesen terminado, unos quince minutos después de la primera llamada de Craig, llegaron de la Comisaría un inspector y un sargento, ambos de uniforme, y pidieron que les cediesen un despacho. Los condujeron a una oficina vacía del administrador, y empezaron a tomar declaración a los dos agentes. Al cabo de diez minutos, el inspector envió el sargento a su coche para que llamase al superintendente de guardia. Eran las cuatro de la madrugada del jueves 9 de abril, pero en Moscú eran las ocho.

El general Yevgueni Karpov esperó hasta que salieron del intenso tráfico del sur de Moscú v se hallaron en la carretera de Yasiénevo para iniciar su conversación con el conductor Gregoriev. Por lo visto, el chófer, de treinta años, sabía que había sido elegido por el general y estaba ansioso de complacerle.

—¿Le gusta conducir para nosotros?

—Muchísimo, señor.

—Bueno, esto le da ocasión de ir de un lado a otro. Supongo que es mejor que un aburrido trabajo de oficina.

—Sí, señor.

—Tengo entendido que últimamente ha servido como chófer a mi amigo el coronel Philby.

Hubo una ligera pausa. «¡Maldita sea! Le han dicho que no lo mencione», pensó Karpov.

—Pues... sí, señor.

—Solía conducir él mismo, hasta que tuvo aquel ataque.

—Así me lo dijo, señor.

Era mejor seguir adelante.

—¿Adónde le llevaba?

Esta vez la pausa fue más larga. Karpov podía ver la cara del conductor en el espejo. Parecía aturrullado, sobre ascuas.

—¡Oh, sólo por Moscú, señor!

—¿A algún lugar concreto de Moscú, Gregoriev?

—No, señor. Sólo a dar algunas vueltas.

—Deténgase, Gregoriev.

El «Chaika» salió del privilegiado carril central a través del tráfico que se dirigía al Sur y se detuvo en una pequeña zona de aparcamiento. Karpov se inclinó hacia delante.

—¿Sabe usted quién soy, conductor?

—Sí, señor.

—¿Y sabe cuál es mi grado en la KGB?

—Sí, señor. Teniente general.

—Entonces, no pretenda jugar conmigo, joven. ¿Dónde le llevaba?

Gregoriev tragó saliva. Karpov podía ver que estaba luchando consigo mismo. La cuestión era: ¿quién le había dicho que guardase silencio en lo tocante a los sitios a que había llevado a Philby? Si había sido el propio Philby, Karpov estaba por encima de él. Pero si había sido alguien más encumbrado... En realidad había sido el comandante Pavlov, y había espantado terriblemente a Gregoriev. Era sólo un comandante, pero, para un ruso, la gente del Primer Directorio Principal es una incógnita, y más si el comandante es de la Guardia del Kremlin... Sin embargo, un general era siempre un general.

—Principalmente, a una serie de conferencias, camarada general. Algunas en apartamentos del «Centro» de Moscú; pero yo nunca entré allí, por lo cual no sé exactamente a qué apartamento iba.

—Algunas en el «Centro» de Moscú... ¿Y las otras?

—Casi siempre..., bueno, no, señor..., creo que siempre a una dacha de Zúkovka.

«La zona del Comité Central —pensó Karpov— o del Soviet Supremo.»

—¿Sabe de quién es?

—No, señor. De veras. Él sólo me daba la dirección. Yo solía quedarme esperando en el coche.

—¿Quién más acudía a esas conferencias?

—En una ocasión llegaron dos coches juntos, señor. Vi a un hombre apearse del otro coche y entrar en la dacha.

—¿Le reconoció?

—Sí, señor. Antes de ingresar en el parque móvil de la KGB serví como chófer en el Ejército. En 1985 solía conducir para un coronel del GRU. Estábamos destinados en Kandahar, Afganistán. Una vez, este oficial viajó en el asiento trasero con mi coronel. Era el general Marchenko.

«¡Vaya, vaya, vaya! —pensó Karpov—; mi viejo amigo Piotr Marchenko, especialista en desestabilización.»

—¿Iba alguien más a esas conferencias?

—Sólo otro coche, señor. Los conductores solíamos charlar, pues teníamos que esperar durante horas. Pero aquél era muy reservado. Lo único que pude saber fue que conducía para un miembro de la Academia de Ciencias. Sinceramente, señor, eso es todo lo que sé.

—Puede arrancar, Gregoriev.

Karpov se retrepó en su asiento y contempló el boscoso paisaje. Conque eran cuatro los que se reunían a preparar algo para el secretario general. El anfitrión era del Comité Central o quizá del Soviet Supremo, y los tres invitados eran Philby, Marchenko y un académico anónimo.

Mañana era viernes, cuando los *vlasti* terminaban el trabajo lo antes que podían y se marchaban a sus dachas. Él sabía que Marchenko tenía su villa cerca de Peredelkino, no lejos de la suya propia. También conocía la debilidad de Marchenko, y suspiró. Sería mejor que llevase consigo mucho coñac. Sería una sesión difícil.

El superintendente Charlie Forbes escuchó atentamente y en silencio a los agentes Craig y McBain, haciendo de vez en cuando una pregunta a media voz. No le cabía duda de que decían la verdad, pero llevaba el tiempo suficiente en el Cuerpo para saber que la verdad no siempre le salva a uno el pescuezo.

Era un mal asunto. Técnicamente, el ruso había estado bajo la custodia de la Policía, aunque estuviese en tratamiento en un hospital. Sólo el agente Craig había estado en el terrado. No había ningún motivo evidente para que aquel hombre se arrojase al vacío. Personalmente, ni siquiera le interesaba el porqué, presumiendo, como todo el mundo, que aquel hombre había resultado gravemente conmocionado y había sufrido un ataque de pánico debido a una alucinación temporal. Toda su atención se centraba en las posibles consecuencias para la Policía de Strathclyde.

Habría que buscar el barco, entrevistarse con el capitán, identificar formalmente el cadáver, informar al cónsul soviético y, naturalmente, a la Prensa, a la maldita Prensa, alguno de cuyos elementos acusaría aviesamente, como siempre, a la Policía de malos tratos y brutalidad. Y lo peor era que, cuando hiciesen sus intencionadas preguntas, no tendría nada que responder. ¿Por qué había tenido que saltar aquel estúpido?

A las cuatro y media no había nada más que hacer en el hospital.

La máquina entraría en funcionamiento al amanecer. Ordenó a todos que volviesen a la Comisaría.

A las seis, los dos agentes habían terminado sus largos atestados. Charlie Forbes estaba en su despacho llenando los requisitos del procedimiento. Se había iniciado la búsqueda, probablemente inútil, de la dama que había llamado al 999. Se había tomado declaración a los dos hombres de la ambulancia que habían respondido a la llamada de McBain por medio de la centralita de la Comisaría. Al menos no habría duda sobre la paliza que los *neds* habían dado al hombre.

La enfermera del pabellón de Accidentes había hecho su relato; el atrafagado doctor Mehta había prestado declaración; el recepcionista de Accidentes había declarado que había visto al hombre de torso desnudo cruzar corriendo la sala de espera, perseguido por Craig. Después de esto, nadie había presenciado la persecución hasta el terrado.

Forbes descubrió el único barco soviético que estaba en el puerto, y que era el *Akademik Komarov*, y enviado un coche de la Policía a pedir al capitán que identificase el cadáver; había despertado al cónsul soviético, que estaría en su despacho a las nueve, sin duda dispuesto a formular una protesta. Había avisado a su propio jefe y al fiscal procurador, cuya función, en Escocia, incluye los deberes del *coroner*.

Los efectos personales del muerto habían sido empaquetados y enviados a la comisaría de Partick —la agresión se había producido en Partick— para que los guardasen bajo llave a disposición del fiscal procurador, el cual había prometido autorizar la autopsia para las diez de la mañana. Charlie Forbes se estiró y telefoneó a la cantina para que le llevasen café y bollos.

Mientras el superintendente Forbes cuidaba del papeleo en la Jefatura de Strathclyde, en Pitt Street, los agentes Craig y McBain firmaban sus declaraciones en la Comisaría y se iban a desayunar a la cantina. Ambos estaban preocupados y confiaron sus preocupaciones a un canoso sargento detective de paisano que compartía su mesa. Después del desayuno, pidieron y recibieron permiso para irse a casa a dormir.

Algo de lo que dijeron hizo que el detective se dirigiese a la cabina telefónica del vestíbulo e hiciese una llamada. El inspector detective Carmichael, que se estaba afeitando, le escuchó atentamente, colgó el aparato y acabó de afeitarse con aire reflexivo. El ID Carmichael pertenecía a la Rama Especial.

A las siete y media, Carmichael localizó al inspector jefe del Cuerpo uniformado que asistiría a la autopsia y preguntó si podría acompañarle.

—Considerése invitado —le dijo el inspector jefe—. En el depósito de cadáveres, a las diez.

A las ocho de la mañana, en aquel mismo depósito, el capitán del *Akademik Komarov*, acompañado de su inseparable oficial político, contempló una pantalla de vídeo en la que pronto apareció el magullado rostro del marinero Semiónov. Asintió despacio con la cabeza y murmuró algo en ruso.

—Es él —confirmó el oficial político—. Deseamos ver a nuestro cónsul.

—Estará en Pitt Street a las nueve —dijo el sargento uniformado que les acompañaba.

Los dos rusos parecían conmovidos y abrumados. Siempre era mala cosa perder a un miembro de la tripulación, pensó el sargento.

A las nueve, el cónsul soviético fue introducido en el despacho del superintendente Forbes, en Pitt Sreet. Hablaba inglés con fluidez. Forbes le invitó a sentarse y le explicó los acontecimientos de la noche. Antes de que hubiese terminado, el cónsul le acometió.

—Esto es un atropello —empezó a decir—. Debo comunicarlo sin dilación a la Embajada soviética en Londres...

Llamaron a la puerta y entraron el capitán y su oficial político. Les acompañaba el sargento uniformado, y con ellos iba otro hombre. Éste saludó a Forbes con la cabeza.

—Buenos días, señor. ¿Puedo sentarme?

—Hágalo, Carmichael. Me parece que tendremos para rato.

Pero no fue así. El oficial político del barco llevaba menos de diez segundos en la estancia cuando se llevó aparte al cónsul y murmuró algo furiosamente a su oído. El cónsul se excusó, y los dos hombres salieron al pasillo. Tres minutos más tarde volvieron a entrar. El cónsul se mostró ahora formal y cortés. Desde luego, tendría que comunicar el asunto a su Embajada. Pero estaba seguro de que la Policía de Strathclyde haría todo lo posible para aprehender a los delincuentes. ¿Sería posible que el cadáver del marinero, con todos sus efectos personales, fuese llevado en seguida al *Akademik Komarov*, que debía zarpar para Leningrado aquel mismo día?

Forbes se mostró amable, pero inflexible. Continuaría las gestiones de la Policía para detener a los agresores. Mientras tanto, el cadáver tenía que permanecer en el depósito, y todos los efectos del difunto serían guardados bajo llave en la comisaría de Partick. El cónsul asintió con la cabeza. También él conocía el procedimiento. Después de esto se marcharon.

A las diez, Carmichael entró en la sala de autopsias, donde el profesor Harland se estaba preparando. Como de costumbre, hablaron del tiempo, del golf y de otras cosas de la vida cotidiana. A pocos pasos de ellos, sobre la mesa, yacía el cuerpo magullado y destrozado de Semiónov.

—¿Le importa que eche un vistazo? —preguntó Carmichael.

El patólogo de la Policía asintió con la cabeza.

Carmichael pasó diez minutos observando los restos mortales de Semiónov. Se marchó cuando el profesor empezaba a cortar, se dirigió a su oficina de Pitt Sreet y llamó por teléfono a Edimburgo, más exactamente, al Departamento del Interior y Salud Pública escocés, conocido como Scottish Office, en Saint Andrew's House.

Habló con un comisario ayudante retirado que formaba parte del personal del Scottish Office por una razón: era el enlace con MI5 en Londres.

Al mediodía sonó el teléfono en la oficina de C.4(C) en «Gordon». Bright se puso al aparato, escuchó un momento y lo pasó a Preston.

—Es para usted. No quieren hablar con nadie más.

—¿Quién es?

—El Scottish Office, de Edimburgo.

Preston cogió el teléfono.

—Aquí John Preston... Sí, buenos días...

Escuchó durante varios minutos, con el ceño fruncido. Anotó en un bloc el nombre Carmichael.

—Sí, creo que será mejor que vaya. Tenga la bondad de decirle al inspector Carmichael que llegaré en el avión de las tres y que le agradecería me esperase en el aeropuerto de Glasgow. Gracias.

—¿Glasgow? —preguntó Bright—. ¿Qué les pasa?

—Un marinero ruso se arrojó desde un terrado y puede que no fuese lo que aparentaba. Mañana estaré de regreso. Probablemente no será nada. Sin embargo, hay que aprovechar la oportunidad de salir de esta oficina.

Capítulo XV

El aeropuerto de Glasgow está a más de doce kilómetros al sudoeste de la ciudad y enlaza con ésta por la autopista M-8. El avión de Preston aterrizó poco después de las cuatro y media y, como sólo llevaba un maletín, Preston estuvo en el vestíbulo diez minutos más tarde. Fue a Información y llamaron a «Mr. Carmichael».

El inspector detective de la Rama Especial apareció, y se presentaron los dos hombres. Cinco minutos después, estaban en el coche del inspector y se dirigían a la ciudad por la autopista cuando empezaba a anochecer.

—Hablemos mientras tanto —sugirió Preston—. Empiece por el principio y dígame qué sucedió.

Carmichael fue breve y preciso. Había muchas lagunas que no podía llenar, pero tuvo tiempo de leer los atestados de los dos agentes y, en particular, el de Craig, por lo cual podía referirle la mayor parte de su contenido. Preston le escuchó en silencio.

—¿Por qué telefoneó usted al Scottish Office y pidió que viniese alguien de Londres? —preguntó al fin.

—Podría estar equivocado, pero creo que aquel hombre podía no ser un marinero mercante —dijo Carmichael.

—Prosiga.

—Es por algo que dijo Craig en la cantina de la Comisaría esta mañana —apuntó Carmichael—. Yo no estaba allí, pero oyó el comentario un hombre del CID, y éste me llamó. McBain confirmó lo que dijo

Craig. Pero ninguno de los dos lo mencionó en sus declaraciones oficiales. Como sabe usted, éstas sólo versan sobre los hechos, y aquello era sólo una especulación de los agentes. Sin embargo, parecía que valía la pena investigarlo.

—Le escucho.

—Dijeron que cuando encontraron al marinero, estaba acurrucado en posición fetal, con los brazos cruzados sobre la bolsa de lona, la cual apretaba contra su vientre. Según la frase empleada por Craig, parecía protegerla como a un niño pequeño.

Preston comprendió que, en efecto, aquello era muy extraño. Si a un hombre le están casi matando a patadas, su instinto le impulsa a encogerse, como había hecho Semiónov, pero también a emplear las manos para protegerse la cabeza. ¿Por qué tenía un hombre que aguantar las patadas que daban a su cabeza descubierta, sólo para proteger una bolsa de lona carente de valor?

—Entonces —siguió diciendo Carmichael— empecé a preguntarme sobre la hora y el lugar. Los marineros que desembarcan en el puerto de Glasgow suelen ir a «Betty's» o al «Stable Bar». Aquel hombre estaba a seis kilómetros de los muelles y caminaba por una vía de dos carriles hacia ninguna parte, mucho después de la hora de cerrar las tiendas y sin ningún bar a la vista. ¿Qué diablos hacía allí a aquella hora?

—Una buena pregunta —dijo Preston—. ¿Qué más?

—Esta mañana, a las diez, fui a la autopsia. El cadáver estaba destrozado por la caída, pero la cara se había conservado bien, salvo un par de moretones. Los *neds* le propinaron casi todos los golpes detrás de la cabeza y en la espalda. Ya he visto antes muchas caras de marineros mercantes. Están curtidas por el tiempo, tostadas por el sol, surcadas de arrugas y morenas. Aquel hombre tenía la cara fofa y pálida, la cara de un hombre no acostumbrado a vivir en un barco.

»Además, estaban las manos. Hubiesen debido ser morenas en el dorso y callosas en las palmas. Pero no, eran suaves y blancas, como las de un oficinista. Por último, los dientes. Lo normal es que un marinero de Leningrado tenga los dientes cuidados de un modo rudimentario, con empastes sencillos y piezas de acero, al estilo ruso. Éste llevaba empastes y dos fundas de oro.

Preston asintió, aprobador. Carmichael era muy sagaz. Llegó al aparcamiento del hotel donde Carmichael reservó una habitación para Preston aquella noche.

—Una última cosa —dijo Carmichael—. No es más que un detalle, pero puede significar algo. Antes de la autopsia, el cónsul soviético fue a ver a nuestro superintendente en Pitt Street. Yo estaba también allí. Pareció que iba a formular una protesta, pero entonces llegó el capitán del barco, acompañado de su oficial político. Éste se llevó al cónsul al pasillo, donde hablaron en voz baja. Cuando el cónsul volvió, era todo amabilidad y comprensión. Fue como si el oficial político le hubiese dicho algo acerca del muerto. Tuve la impresión de que no querían remover el asunto hasta haber consultado a la Embajada.

—¿Ha dicho usted a alguien del Cuerpo uniformado que yo iba a venir? —preguntó Preston.

—Todavía no —respondió Carmichael—. ¿Quiere que lo haga?

Preston sacudió la cabeza.

—Espere hasta mañana. Entonces decidiremos. Puede que no sea nada.

—¿Desea algo más?

—Copias de las diversas declaraciones, de todas ellas si puede ser. Y la lista de los efectos personales del hombre. A propósito, ¿dónde están?

—Guardados bajo llave en la comisaría de Partick. Obtendré las copias y se las dejaré aquí más tarde.

El general Karpov llamó a un amigo del GRU y le explicó un cuento, diciéndole que uno de sus correos le había traído de París un par de botellas de coñac francés. Él no lo tomaba nunca, pero debía un favor a Piotr Marchenko. Llevaría el coñac a su dacha aquel fin de semana. Pero necesitaba saber si habría alguien allí para recibirlo. ¿Sabía su colega el número de teléfono de Marchenko en Peredelkino? El hombre del GRU lo sabía. Se lo dio a Karpov y no volvió a pensar en el asunto.

La mayor parte de las dachas de los personajes soviéticos tienen un ama de llaves o un criado permanentes durante los meses de invierno, para mantener el fuego siempre encendido, a fin de que su amo no se hiele de frío durante los fines de semana. Fue el ama de llaves de Marchenko la que se puso al aparato. Sí, el general era esperado allí el día siguiente, viernes; solía llegar alrededor de las seis de la tarde. Karpov le dio las gracias y colgó. Decidió despedir a su chófer, conducir él mismo y sorprender a las siete al general del GRU.

Preston yacía despierto en la cama, pensando. Carmichael le había llevado todas las declaraciones tomadas en la Western Infirmary y en la Comisaría. Como todas las declaraciones que toma la Policía, eran altisonantes v formales, muy diferentes de como suele narrar la gente lo que ha visto y oído. Desde luego, los hechos estaban allí, pero no las impresiones.

Lo que Preston no podía saber —porque Craig no lo había mencionado y la enfermera del pabellón no lo había visto— era que, antes de echar a correr por el pasillo entre los cuartos de reconocimiento, Semiónov había tratado de coger el bote de tabaco. Craig había dicho, simplemente, que el lesionado «le había empujado».

Tampoco le ayudaba mucho la lista de efectos personales. En ella se mencionaba un bote redondo de tabaco «y su contenido», que podía ser muy bien un par de onzas de picadura.

Preston repasó mentalmente las posibilidades. Una de ellas era que Semiónov fuese un ilegal desembarcado en Gran Bretaña. Deducción: muy improbable. Figuraba en la lista de tripulantes del barco y se habría notado su ausencia al zarpar el barco rumbo a Leningrado.

Bien. Otra posibilidad era la de que tuviese que llegar a Glasgow en el buque y embarcar en él el jueves por la noche. ¿Qué estaba haciendo de madrugada en mitad de la Great Western Road? Iba a «dejar» algo o a acudir a una cita. Bien. O tal vez a *recoger* un paquete para llevarlo a Leningrado. Todavía mejor. Pero después de esto se agotaban las alternativas.

Si había entregado lo que había venido a entregar, ¿por qué tratar de proteger la bolsa como si en ello le fuese la vida? El contenido ya no estaría en ella.

Si había venido a recoger algo, pero no lo había hecho todavía, era válido el mismo razonamiento. Y si ya lo había recogido, ¿por qué no era algo tan interesante como un fajo de papeles encontrado sobre su persona?

Si lo que había venido a entregar o a recoger podía ocultarse en el cuerpo, ¿por qué llevar una bolsa de lona? Y si era algo cosido en su anorak o en sus pantalones, o escondido en el tacón de un zapato, ¿por qué no dejar que los *neds* se llevasen la bolsa que querían arrebatarle? Podía haberse ahorrado una paliza y acudir a la cita o volver a su barco —según la dirección en que anduviese— sólo con un par de moretones.

Preston pensó en otras «posibilidades». Había venido como correo para entrevistarse personalmente con un ilegal soviético que residía ya en Gran Bretaña. ¿Para transmitirle verbalmente un mensaje? No era probable, ya que hay maneras mucho mejores para comunicar información en clave. ¿Para recibir un informe de palabra? La misma respuesta. ¿Para sustituir a un ilegal residente? No; la fotografía de su libreta de salarios era indudablemente la de Semiónov. Si hubiese tratado de cambiar de papel con un ilegal, Moscú le habría proporcionado un duplicado de la libreta de salarios con la fotografía adecuada, de modo que el hombre al que hubiese sustituido pudiese salir en el *Komarov* como el marinero Semiónov. Y habría llevado encima la libreta de salarios. A menos que estuviese cosida en el forro... ¿de qué?

¿En el forro de la chaqueta? Entonces, ¿por qué recibir una paliza para proteger la bolsa? ¿O quizás en el fondo de la propia bolsa? Esto era mucho más probable.

Todo parecía llevar a aquella maldita bolsa. Poco antes de la medianoche telefoneó a Carmichael a su casa.

—¿Puede recogerme a las ocho? —preguntó—. Quisiera ir a Partick y echar un vistazo a los efectos personales. ¿Podría ayudarme en esto?

El viernes por la mañana, mientras desayunaban, Yevgueni Karpov dijo a su esposa Ludmilla:

—¿Puedes llevar a los chicos a la dacha esta tarde, en el «Volga»?

—Desde luego. ¿Te reunirás con nosotros cuando salgas de la oficina?

Él asintió distraídamente.

—Pero llegaré tarde. Tengo que ver a alguien del GRU.

Ludmilla Karpova suspiró para sí. Sabía que él tenía una amiguita, una bonita secretaria, en un pequeño apartamento del distrito de Arbat. Lo sabía porque las mujeres hablan, y en una sociedad tan estratificada como la suya, la mayoría de sus amigas eran esposas de otros oficiales de parecida categoría. También sabía que él no sabía que ella lo supiese.

Ludmilla tenía cincuenta años y llevaban veintiocho de casados. Había sido un buen matrimonio, dentro de lo que permitía el trabajo del marido, y ella había sido una buena esposa. Como otras que se habían casado con oficiales del PDP, hacía tiempo que había perdido la cuenta de las noches que había pasado esperando, mientras él se hallaba recluido en la habitación de mensajes en clave de una Embajada en suelo extranjero. Había aguantado el tedio infinito de innumerables cócteles diplomáticos, sin hablar ninguna lengua extranjera, mientras su marido iba de un lado para otro, elegante, afable, hablando con fluidez inglés, francés o alemán, y hacía su labor bajo la capa de la Embajada.

Había perdido la cuenta de las semanas que había pasado sola cuando los niños eran pequeños y él era un joven oficial, en un pequeño y atestado apartamento, sin servicio doméstico, mientras él realizaba un encargo o una misión, o esperaba a la sombra del Muro de Berlín la llegada de un correo que volvía al Este.

Conoció el pánico y el miedo indecible que sienten incluso los inocentes cuando un colega, con destino en el extranjero, se pasa a Occidente, y los hombres del KR (contraespionaje) la interrogaron durante horas sobre cualquier cosa que hubiese podido oír que el hombre decía a su mujer. Había observado, compadecida, cómo la mujer del desertor, que tal vez había sido amiga suya pero a la que ahora no se habría atrevido a tocar desde lejos con un palo esterilizado, era llevada al avión de «Aeroflot» que estaba esperando. Eran gajes del oficio, le había dicho él para consolarla.

De esto hacía ya mucho tiempo. Ahora su Zhenia era general; el apartamento de Moscú era espacioso y aireado; ella había hecho de la dacha un lugar delicioso, tal como sabía que le gustaba a él, con muebles de pino y esteras, cómoda pero rústica. Los dos muchachos eran el orgullo de sus padres; ambos estaban en la Universidad, el uno, estudiando para médico, y el otro, para físico. Se habían acabado los horribles apartamentos en las Embajadas, y dentro de tres años, él podría retirarse con honores y con una buena pensión. Y si su marido buscaba un poco de distracción una noche a la semana, no era en esto diferente de la mayoría de sus contemporáneos. Quizás era mejor esto que tener un marido borracho, como algunas, o que fuese enviado a terminar su carrera en una remota y olvidada República asiática. Sin embargo, suspiró para sus adentros.

La comisaría de Policía de Partick no es el edificio más espléndido de la hermosa ciudad de Glasgow, y los trámites subsiguientes a la agresión y el suicidio de la noche última habían pasado a ser cuestión de rutina. El sargento de guardia dejó su puesto a un agente y condujo a Carmichael y a Preston a la parte de atrás de la Comisaría y abrió una habitación llena de archivadores. Aceptó sin sorprenderse el carné de Carmichael y su explicación de que él y su colega tenían que examinar los efectos personales de la víctima para completar sus propios informes, ya que el muerto era un marinero extranjero, etcétera. El sargento sabía lo que eran los informes; se había pasado media vida redactándolos. Pero no salió de la estancia mientras ellos abrían las bolsas y examinaban su contenido.

Preston empezó por los zapatos, buscando tacones falsos, suelas de quitapón, o cavidades en las punteras. Nada. Los calcetines, lo mismo que los calzoncillos, le llevaron menos tiempo. Desprendió la tapa del destrozado reloj de pulsera, pero no encontró nada en él. Se entretuvo más con los pantalones; palpó las costuras y los dobladillos, en busca de puntadas nuevas o abultamientos que no pudiesen explicarse por una doble capa de tejido. Nada.

El jersey de cuello de tortuga que había llevado el hombre fue tarea más fácil: no había costuras, ni papeles ocultos, ni bultos. Pasó mucho más rato con el anorak, pero tampoco obtuvo resultado positivo. Cuando llegó a la bolsa de lona, estaba más convencido que nunca de que, si el misterioso camarada Semiónov llevaba algo consigo, tenía que estar en ella.

Empezó por el suéter enrollado, más con fines de eliminación que por cualquier otra causa. No había nada en él. Luego siguió por la bolsa propiamente dicha. Tardó media hora en convencerse de que la base no era más que un disco reforzado de lona, de que los costados sólo tenían una lona y de que los ojales no eran transmisores en miniatura ni hilos de una antena secreta.

Sólo quedaba el bote de tabaco. Era de procedencia rusa, un bote corriente con tapa de rosca, y aún olía débilmente a tabaco fuerte. El algodón en rama no era más que eso, algodón en rama, lo cual dejaba sólo los tres discos de metal; dos de ellos parecían de aluminio y pesaban poco; el otro era opaco como el plomo y pesado. Los contempló fijamente durante un rato, sobre la mesa; Carmichael le miraba, y el sargento miraba al suelo.

Le intrigó no lo que eran, sino lo que no eran. No eran nada. Los discos de aluminio habían estado encima y debajo del disco pesado; éste tenía cinco centímetros de diámetro, y los más ligeros, siete centímetros. Trató de imaginar para qué podían servir en comunicaciones por radio, en cifrado y descifrado, en fotografía. Y la respuesta fue: para nada. No eran más que unos discos de metal. Y, sin embargo, estaba más convencido que nunca de que un hombre había muerto antes de dejarlos caer en manos de los *neds*, que los habrían arrojado a la alcantarilla, o de dejarse interrogar acerca de ellos.

Se levantó y propuso que fuesen a almorzar. El sargento, que tenía la impresión de que había perdido la mañana, volvió a meter los efectos personales en sus bolsas y encerró de nuevo éstas en su armario. Después les acompañó a la puerta.

Durante el almuerzo en el «Pond Hotel» —Preston había sugerido que pasasen por el lugar de la agresión—, el inglés se excusó diciendo que tenía que hacer una llamada telefónica.

—Puede ser que tarde un rato —dijo a Carmichael—. Tome un coñac a la salud de los ingleses.

Carmichael le hizo un guiño.

—Lo haré, y brindaré por Bannockburn.

Cuando ya no lo podían ver desde el comedor, Preston salió del hotel y se dirigió a la gasolinera, donde hizo varias pequeñas compras en la tienda de accesorios contigua. Después volvió al hotel y telefoneó a Londres; dio el número de la comisaría de Partick y dijo a su ayudante Bright la hora exacta en que quería que llamase.

Media hora más tarde estaban de nuevo en la Comisaría, donde el visiblemente malhumorado sargento los condujo una vez más a la estancia en que se guardaban los objetos. Preston se sentó detrás de la mesa, de cara al teléfono de pared, al otro lado de la estancia. Sobre la mesa, delante de él, levantó una barricada con la ropa de los diversos paquetes. A las tres sonó el teléfono; la centralita pasó la llamada de Londres a la extensión. El sargento se puso al aparato.

—Es para usted, señor. Le llaman desde Londres —dijo a Preston.

—¿Le importaría contestar usted? —preguntó Preston a Carmichael—. Pregunte si es urgente.

Carmichael se levantó y cruzó la habitación hasta llegar junto al sargento que sostenía el teléfono. Durante un segundo, los dos escoceses permanecieron de cara a la pared.

Diez minutos más tarde, Preston declaró que había terminado su trabajo. Carmichael le condujo de nuevo al aeropuerto.

—Redactaré un informe, desde luego —dijo Preston—. Pero no veo por qué diablos estaba tan atribulado el ruso. ¿Cuánto tiempo estarán los objetos guardados en Partick?

—¡Oh, quizá semanas! Ya se lo han dicho al cónsul soviético. La búsqueda de los *neds* continúa, pero será larga. Tal vez pillemos a uno de ellos por otro delito y consigamos que «cante». Pero lo dudo.

Preston fue a buscar la tarjeta de embarque. El avión saldría dentro de poco.

—Mire usted —declaró Carmichael a Preston al despedirle—, lo más estúpido de este asunto es que, si el ruso hubiese conservado la sangre fría, le habríamos llevado a su barco con sus cosas y presentado nuestras disculpas.

Cuando el avión hubo despegado, Preston se dirigió a uno de los lavabos, para estar solo, y examinó los tres discos que había envuelto en su pañuelo. Seguían sin decirle nada.

De momento le bastarían las tres juntas que había comprado en la tienda de accesorios y adaptado a los «juguetes» del ruso. Mientras tanto, había un hombre dispuesto a echar un vistazo a los discos. Trabajaba fuera de Londres, y Bright le pediría que se quedase aquella tarde del viernes hasta que llegase Preston.

Karpov llegó a la dacha del general Marchenko en plena oscuridad, poco después de las siete. El ayudante del general le abrió la puerta y le hizo pasar al cuarto de estar. Marchenko se había puesto en pie y pareció agradablemente sorprendido al ver a su amigo del otro y más importante Servicio de Información.

—¡Yevgueni Sergueivich! —exclamó—, ¿qué te trae a mi humilde morada?

Karpov llevaba una bolsa en la mano. La levantó y hurgó en su interior.

—Uno de mis muchachos acaba de volver de Turquía, vía Armenia —dijo—. Un muchacho avispado que nunca viene con las manos vacías. Como tiene amigos en Anatolia, se detuvo en Ereban y se hizo con éstas.

Sacó una de las cuatro botellas que contenía la bolsa; eran del mejor coñac armenio. A Marchenko se le alegraron los ojos.

—«¡Ajtamar!» —gritó—, nada mejor para el PDP.

—Bueno —siguió diciendo alegremente Karpov—, me dirigía a mi propia casa, carretera arriba, cuando pensé: «¿Quién me acompañaría a tomar una copa de «Ajtamar»?» Y en seguida tuve la respuesta: «El viejo Piotr Marchenko.» Así, di un corto rodeo. ¿Vamos a ver a qué sabe?

Marchenko se desternilló de risa.

—¡Trae unos vasos, Sasha! —gritó.

Preston aterrizó momentos antes de las cinco, recogió su coche en el aparcamiento y se dirigió a la autopista M-4. En vez de girar al Este para ir a Londres, tomó el carril occidental hacia Berkshire. En treinta minutos llegó a su destino, una institución en las afueras del pueblo de Aldermaston.

Conocido simplemente como «Aldermaston», el Instituto de Investigación de Armas Atómicas, tan apreciado por los pacifistas que buscan un objetivo, es de hecho una unidad de disciplinas múltiples. Desde luego, proyecta y construye ingenios nucleares, pero también realiza estudios sobre química, física, explosivos convencionales, ingeniería, matemáticas puras y aplicadas, radiobiología, medicina, planes de salud y seguridad y electrónica. Y tiene un excelente departamento de metalurgia.

Años antes, uno de los científicos de Aldermaston dio una conferencia a un grupo de oficiales de Información en el Ulster, sobre las clases de metales preferidos para sus ingenios por los fabricantes de bombas del IRA. Preston estuvo presente en el salón de conferencias y recordaba el nombre del científico galés.

El doctor Dafydd Wynne-Evans le estaba esperando en el vestíbulo. Preston se presentó y recordó al doctor Wynne-Evans su conferencia pronunciada muchos años antes.

—¡Vaya, vaya, tiene usted buena memoria! —exclamó con su cantarín acento galés—. Bueno, Mr. Preston, ¿en qué puedo servirle?

Preston buscó en su bolsillo, sacó el pañuelo y lo desplegó para mostrar los tres discos que contenía.

—Se le ocuparon a alguien en Glasgow —dijo—. Constituyen un misterio para mí. Quisiera saber lo que son y para qué pueden ser empleados.

El doctor los miró atentamente.

—¿Cree usted que para fines nefandos?

—Podría ser.

—Es difícil decirlo sin hacer unas pruebas —replicó el metalúrgico—. Mire, esta noche tengo una cena y mi hija se casa mañana. ¿Puedo hacer las pruebas el lunes y llamarle por teléfono?

—Me parece muy bien —convino Preston—. También yo quiero tomarme un par de días de asueto. Estaré en casa. Le daré mi número de teléfono en Kensington.

El doctor Wynne-Evans subió rápidamente la escalera, guardó los discos en su caja fuerte, se despidió de Preston y salió apresuradamente para ir a su cena. Preston emprendió el regreso a Londres.

Mientras conducía, la estación escucha de Menwith Hill, en Yorkshire, captó un solo «chirrido» de una emisora clandestina. Menwith fue la primera en captarlo, pero Brawdy, en Gales, y Chicksands, en Bedfordshire, también lo percibieron, y computaron las coordenadas. Estaba en algún lugar de los montes, al norte de Sheffield.

Cuando la Policía de Sheffield llegó al lugar, éste resultó ser una pequeña zona de aparcamiento en una carretera solitaria entre Barnsley y Pontefract. Pero allí no había nadie.

Más tarde, aquella noche, uno de los oficiales de guardia en la JCG de Cheltenham aceptó una copa en la oficina del director del servicio.

—Es el mismo tipo —comentó—. Va en coche y tiene un buen aparato. El mensaje sólo estuvo cinco segundos en el aire y parece indescifrable. Primero fue en el distrito de Derbyshire Peak y ahora en los montes de Yorkshire. Parece que está en alguna parte del norte de las Midlands.

—Hay que seguir vigilándole —dijo el director—. Hacía siglos que no teníamos un transmisor «durmiente» que entrara súbitamente en actividad. Me pregunto qué estará diciendo.

Lo que el comandante Valeri Pretrofski había dicho, aunque transmitido por su operador cuando hacía tiempo que él se había ido, era: «Correo Dos no compareció. Informen urgentemente llegada sustituto.»

La primera botella de «Ajtamar» estaba vacía sobre la mesa, y la segunda se hallaba ya más que empezada. Marchenko se había puesto colorado, pero podía aguantar dos botellas al día cuando se le antojaba, y aún estaba en sus cabales.

Karpov, aunque raras veces bebía por placer y menos aún a solas, había preparado su estómago durante años en el circuito diplomático. Tenía la cabeza clara cuando lo necesitaba. Aparte esto, había engullido casi medio kilo de mantequilla antes de salir de Yasiénevo, y, aunque había estado a punto de vomitar por su causa, la grasa revestía su estómago y retrasaba el comienzo de los efectos del alcohol.

—¿Qué has estado haciendo estos días, Peter? —preguntó, empleando la forma diminutiva y familiar del nombre.

Marchenko frunció los párpados.

—¿Por qué me lo preguntas?

—Vamos, Peter, hace mucho tiempo que nos conocemos. ¿Recuerdas cuando te saqué de apuros en Afganistán hace tres años? Me debes un favor. ¿Qué es lo que pasa?

Marchenko lo recordaba. Asintió solemnemente con la cabeza. En 1984 dirigía una importante operación del GRU contra los rebeldes musulmanes cerca del desfiladero de Kyber. Había un jefe guerrillero particularmente famoso que dirigía incursiones en Afganistán, empleando como bases los campamentos de refugiados en el interior del Paquistán. Marchenko había enviado imprudentemente un pelotón indígena al otro lado de la frontera para sorprenderle. Los expedicionarios tuvieron mala suerte. Los afganos prosoviéticos habían sido desenmascarados por los patanos y sufrido una muerte horrible. El único ruso que les acompañaba tuvo la suerte de sobrevivir; los patanos lo entregaron a las autoridades paquistaníes del distrito fronterizo del Noroeste, confiando en obtener a cambio algunas armas.

Marchenko estuvo en un brete. Había apelado a Karpov —que a la sazón era jefe del Directorio de Ilegales—, y Karpov puso en peligro a uno de sus mejores agentes secretos en Islamabad para conseguir que el ruso fuese «soltado» y devuelto a la frontera. Un grave incidente internacional podía haber destrozado a Marchenko, que se habría sumado a la larga lista de oficiales soviéticos cuyas carreras se habían truncado en aquel desdichado país.

—Sí, de acuerdo, sé que estoy en deuda contigo, Zhenia, pero no me preguntes lo que he estado haciendo durante las últimas semanas. Una misión especial y muy reservada. Ya sabes lo que quiero decir: nada de nombres ni de irse de la lengua.

Se golpeó un lado de la nariz con un índice que parecía una salchicha y asintió solemnemente con la cabeza. Karpov se inclinó hacia delante y, cogiendo la tercera botella, llenó el vaso del general del GRU.

—Claro que lo sé, y lamento haberte preguntado —replicó, en tono tranquilizador—. No volveré a mencionarlo. No volveré a referirme a la operación.

Marchenko le amonestó con un dedo. Tenía los ojos enrojecidos. A Karpov le recordó un oso herido en una espesura; en vez de dolor y pérdida de sangre, tenía el cerebro nublado por el alcohol, pero seguía siendo peligroso.

—No hay operación, ninguna operación, asunto concluido. Juramos guardar el secreto... todos nosotros. La cosa viene de arriba..., de mucho más arriba de lo que puedas imaginarte. No vuelvas a mencionarlo, ¿de acuerdo?

—Ni soñarlo —afirmó Karpov, llenando de nuevo los vasos.

Aprovechaba la borrachera de Marchenko para echar más licor en el vaso del hombre del GRU que en el suyo propio, pero aún tenía que esforzarse por enfocar la mirada.

Dos horas más tarde, un tercio de la última botella de «Ajtamar» había sido consumido. Marchenko estaba derrengado, hundida la barbilla sobre el pecho. Karpov levantó su vaso, en otro de sus interminables brindis.

—Bebamos por el olvido.

—¿El olvido?

Marchenko sacudió la cabeza, con asombro.

—Estoy perfectamente. Puedo seguir bebiendo hasta que vosotros, los borrachos del PDP, rodéis por debajo de la mesa. No soy desmemoriado...

—No —rectificó Karpov—, he querido decir por el olvido del Plan. Es mejor que lo olvidemos, ¿no?

—¿«Aurora»? Está bien, olvidémoslo. Pero era una magnífica idea.

Bebieron. Karpov volvió a llenar los vasos.

—¡Al diablo con ellos! —exclamó—. Que se joda Philby... y el académico.

Marchenko asintió con la cabeza, y el coñac que no acertó a llevarse a la boca le goteó por la barbilla.

—¿Krilov? Un imbécil. Olvídalos a todos.

Era medianoche cuando Karpov, tambaleándose, se dirigió a su coche. Se apoyó en un árbol, se metió dos dedos en la boca y devolvió lo que pudo sobre la nieve, aspirando bocanadas del helado aire nocturno. Luego se sintió un poco mejor, pero el trayecto hasta su dacha le resultó un infierno. Llegó con una raspadura en un guardabarro y dos feas abolladuras. Ludmilla estaba todavía levantada, envuelta en un abrigo casero, y le metió en la cama, espantada de que hubiese venido conduciendo desde Moscú en aquellas condiciones.

El sábado por la mañana, John Preston se dirigió a Tonbridge a recoger a su hijo Tommy. Como de costumbre, cuando su padre iba a buscarle al colegio, el muchacho soltó un alud de palabras, recuerdos del curso que acababa de terminar, proyectos para el próximo, planes para las vacaciones que empezaban, alabanzas de sus mejores amigos y sus virtudes, censuras por las infamias de aquellos que le eran antipáticos.

Cargaron las maletas en el portaequipajes, y el viaje de vuelta a Londres fue una delicia para John Preston. Dijo todo lo que había proyectado para la semana que pasarían juntos y se sintió feliz ante las muestras de aprobación del muchacho. La cara de éste se ensombreció sólo cuando su padre recordó que, después de esta semana, tendría que volver al elegante, pulcro y carísimo apartamento de Mayfair, donde vivía Julia con su compañero confeccionista de trajes femeninos. El hombre era lo bastante viejo como para ser su abuelo, y Preston sospechó que cualquier estropicio en el piso causaría un grave enrarecimiento de la atmósfera.

—Papá —dijo Tommy, mientras cruzaban el puente de Vauxhall—, ¿por qué no puedo quedarme todo el tiempo contigo?

Preston suspiró. No era fácil explicar a un chico de doce años la ruptura de un matrimonio y el precio que había que pagar por ello.

—Porque tu mamá y Archie —explicó, eligiendo bien las palabras— no están en realidad casados. Si yo insistiese en divorciarme oficialmente de mamá, ésta podría pedir que le pasase una pensión por alimentos. Y yo no podría pasársela con el salario que cobro. Al menos, no bastaría para mi manutención y la de ella y para pagar tus estudios. No llegaría para tanto. Y si no pudiese pagarle la pensión, el tribunal podría resolver que fueses a vivir con tu mamá. Entonces no nos veríamos con tanta frecuencia como ahora.

—No sabía que fuese cuestión de dinero —dijo tristemente el chico.

—La mayor parte de las cosas tienen que ver con el dinero. Es triste, pero cierto. Si, hace unos años, hubiese sido yo capaz de sostener un tren de vida mejor para los tres, es posible que mamá y yo no nos hubiésemos separado. Yo no era más que un oficial del Ejército y, aunque salí de él para ingresar en el Ministerio del Interior, el salario era todavía insuficiente.

—¿Qué *haces* en el Ministerio del Interior? —preguntó el muchacho. Cambiaba de tema para no seguir hablando de la separación de sus padres, como suelen hacer los chicos cuando tratan de borrar de la mente algo que les duele.

—¡Oh, soy una especie de funcionario civil poco importante! —replicó Preston.

—¡Caramba, debe de ser muy aburrido!

—Sí —confesó Preston—, supongo que en realidad lo es.

Yevgueni Karpov se despertó al mediodía con una resaca monumental, que a duras penas pudo mitigar con media docena de aspirinas. Después del almuerzo se sintió algo mejor y decidió ir a dar un paseo.

Había algo en el fondo de su mente; un recuerdo, una vaga impresión de que había oído el nombre de Krilov en alguna parte y en un pasado no muy remoto. Y esto le preocupaba. Uno de los libros de referencias que guardaba en la dacha le había dado los detalles del profesor Krilov, Vladimir Ilich: historiador, profesor de la Universidad de Moscú, antiguo miembro del partido, miembro de la Academia de Ciencias, miembro del Soviet Supremo, etcétera. Todo esto lo sabía; pero había algo más.

Caminó sobre la nieve, cabizbajo y sumido en honda reflexión. Los chicos habían salido con sus esquíes para aprovechar la última nieve en polvo antes de que el inminente deshielo lo echase todo a perder. Ludmilla Karpova seguía a su marido. Consciente de su humor, se abstenía de interrumpirle.

La noche anterior se había sorprendido, aunque muy agradablemente, al ver el estado en que se hallaba su marido. Sabía que éste casi no bebía, y nunca en tal cantidad, cosa que excluía una visita a su amiga. Tal vez había estado realmente con un colega del GRU, uno de los llamados «vecinos». Desde luego, algo le preocupaba, pero no se trataba de ninguna aventura amorosa.

Poco después de las tres, se hizo la luz en su cerebro. Se detuvo a varios metros delante de su mujer, exclamó «¡Maldita sea! ¡Claro!», y se animó de pronto. Tomó a Ludmilla del brazo, deshaciéndose en sonrisas, y volvieron juntos a la dacha.

El general Karpov sabía que a la mañana siguiente tendría que hacer alguna investigación discreta en su oficina y que el lunes por la tarde haría una visita al profesor Krilov en su apartamento de Moscú.

Capítulo XVI

El lunes por la mañana sonó el teléfono en el momento en que John Preston estaba a punto de salir de casa con su hijo.

—¿Mr. Preston? Aquí Dafydd Wynne-Evans.

De momento, aquel nombre no le decía nada; después recordó su gestión de la tarde de viernes.

—He echado un vistazo a sus pequeñas piezas de metal. Es muy interesante. ¿Podría venir para que hablásemos un poco de ello?

—Bueno, en realidad me estoy tomando unos días de descanso —se excusó Preston—. ¿Le parece bien a finales de esta semana?

El hombre de Aldermaston no contestó de momento. Después dijo:

—Creo que sería mejor antes de entonces, si dispone usted de tiempo.

—Pues..., bueno, ¿podría indicarme algo por teléfono?

—Es mucho mejor que hablemos personalmente —insistió el doctor Wynne-Evans.

Preston reflexionó un momento. Había pensado pasar el día con Tommy en el Windsor Safari Park. Pero aquello estaba también en Berkshire.

—¿Podría ir esta tarde, digamos a eso de las cinco? —preguntó.

—Las cinco es una buena hora —accedió el científico—. Pregunte por mí en la conserjería. Haré que lo acompañen a mi despacho.

El profesor Krilov vivía en el piso más alto de un bloque de Komsomolski Prospekt, con vistas al río Moscova y cerca de la Universidad en la orilla sur. El general Karpov llamó al timbre poco después de las seis y fue el propio académico quien le abrió la puerta. Éste observó a su visitante sin reconocerle.

—¿Camarada profesor Krilov?

—Sí.

—Soy el general Karpov. ¿Podría hablar unas palabras con usted?

Le mostró su tarjeta de identidad. El profesor Krilov la examinó, observando la categoría de su visitante y el hecho de que éste perteneciese al Primer Directorio Principal de la KGB. Después se la devolvió e invitó a Karpov a entrar. Le condujo hasta un cuarto de estar bien amueblado, tomó el abrigo del general y le mostró un sillón.

—¿A qué debo este honor? —preguntó cuando se hubo sentado ante Karpov.

Era un hombre eminente por derecho propio y no le asustaba un general de la KGB.

Karpov se dio cuenta de que el profesor era una persona diferente. Erita Philby se había dejado sorprender y le había revelado la existencia del chófer; el conductor Gregoriev se había dejado intimidar por su graduación; Marchenko era un viejo colega y bebía demasiado. En cambio, Krilov ocupaba una alta posición en el partido, en el Soviet Supremo, en la Academia y en las más altas esferas del Estado. Decidió no perder tiempo, sino poner en seguida las cartas boca arriba y sin piedad. Era la única manera.

—Profesor Krilov, en interés del Estado, quiero que me comunique todo lo que sepa sobre el «Plan Aurora».

El profesor Krilov se irguió como si hubiese recibido un bofetón. Después enrojeció furioso.

—¡General Karpov, se pasa usted de la raya! —saltó—. No sé de qué me está hablando.

—Pues yo creo que lo sabe —replicó pausadamente Karpov—, y creo que debería decirme lo que significa este plan.

Por toda respuesta, el profesor Krilov alargó una mano apremiante.

—Su autorización, por favor.

—Mi autorización es mi rango y mi Servicio —repuso Karpov.

—Si no tiene una autorización firmada personalmente por el camarada secretario general, carece de toda autoridad —opuso Krilov, con voz helada. Se levantó y se dirigió al teléfono—. Bueno, creo que ya es hora de poner este interrogatorio en conocimiento de una autoridad mucho más alta que usted.

Descolgó el auricular y se dispuso a marcar un número.

—Creo que no sería una buena idea —sugirió Karpov—. ¿Sabe usted que uno de sus compañeros asesores, el coronel retirado Philby, de la KGB, ha desaparecido?

Krilov dejó de marcar.

—¿Qué quiere usted decir con eso de... desaparecido? —preguntó.

Empezaba a advertirse cierta vacilación en su hasta ahora firme actitud.

—Por favor, siéntese y escúcheme —dijo Karpov.

El académico obedeció. En el interior del apartamento se abrió y cerró una puerta. En el segundo que permaneció abierta pudo oírse una música de jazz occidental, que se apagó al cerrarse la puerta.

—Quiero decir eso, que ha desaparecido —repitió Karpov—. Falta de su casa, su chófer ha sido despedido, su esposa no tiene la menor idea de dónde está ni de cuándo volverá, si es que vuelve.

Era una jugada, y muy mala por cierto. Pero una sombra de preocupación pasó por los ojos del profesor. Después, éste recobró su aplomo.

—No puedo discutir asuntos del Estado con usted, camarada general. Lamento tener que pedirle que se vaya.

—Eso no es tan fácil —dijo Karpov—. Dígame, profesor, tiene usted un hijo llamado Leonid, ¿no es cierto?

El repentino cambio de tema confundió realmente al profesor.

—Sí —admitió—. Es verdad. ¿Y bien?

—Permita que me explique —sugirió Karpov.

Al otro lado de Europa, John Preston y su hijo salieron del Windsor Safari Park al empezar a declinar el templado día de primavera.

—Tengo que hacer una visita antes de volver a casa —dijo el padre—. No está lejos de aquí y no tardaré mucho rato. ¿Has estado alguna vez en Aldermaston?

El chico abrió mucho los ojos.

—¿La fábrica de bombas? —preguntó.

—En realidad no es una fábrica de bombas —le corrigió Preston—, sino un instituto de investigación.

—¡Caramba! ¿Vamos a ir allí? ¿Nos dejarán entrar?

—Bueno, me dejarán entrar a mí. Tú tendrás que esperar en el coche, en el aparcamiento. Pero no estaré mucho rato.

Giró hacia el Norte, para entrar en la atuopista M-4.

—Su hijo regresó hace nueve semanas de una visita al Canadá, donde había actuado como uno de los intérpretes de una delegación comercial —dijo a media voz el general Karpov.

Krilov asintió con la cabeza.

—¿Y bien?

—Mientras estaba allí, mis agentes de KR observaron que una joven y atractiva persona pasaba mucho tiempo (demasiado tiempo, se pensó) tratando de entablar conversación con los miembros de nuestra delegación y, sobre todo, con los miembros más jóvenes, secretarios, intérpretes, etcétera. La persona en cuestión fue fotografiada y, en definitiva, identificada como agente secreto, norteamericano, no canadiense, y, casi con toda seguridad, al servicio de la CIA.

»Como resultado de ello, la joven persona fue sometida a vigilancia, y se vio que tenía una cita con su hijo Leonid en una habitación de hotel. Para no cargar demasiado las tintas, le diré sólo que tuvieron una breve pero ardiente aventura.

En la cara del profesor Krilov se veían manchas rojas a causa del furor que sentía. Parecía como si le costase trabajo articular las palabras.

—¿Cómo se atreve...? ¿Cómo se atreve a venir aquí y tratar de someter a un miembro de la Academia de Ciencias y del Soviet Supremo a tan burdo chantaje? El partido tendrá conocimiento de esto. Ya conoce usted la norma: sólo el partido puede imponer disciplina al partido. Usted puede ser general de la KGB, pero ha exagerado increíblemente su autoridad, general Karpov.

Yevgueni Karpov permaneció sentado, como humillado, contemplando la mesa, mientras el profesor seguía diciendo:

—Bueno, mi hijo se acostó con una chica extranjera mientras estaba en el Canadá. Esa chica resultó ser norteamericana y... algo que él ignoraba en absoluto. Quizá fue una indiscreción, pero no más. ¿Fue reclutado por esa joven de la CIA?

—No —confesó Karpov.

—¿Reveló algún secreto oficial?

—No.

—Entonces no tiene nada contra él, camarada general, salvo una pequeña indiscreción juvenil. Será reprendido. Pero lo serán mucho más sus agentes de contraespionaje. Ellos hubiesen debido advertirle. En cuanto al asunto de la cama, no estamos en la Unión Soviética tan fuera del mundo como usted parece pensar. Los jóvenes vigorosos se han acostado con las chicas desde el principio de los tiempos...

Karpov había abierto su cartera y sacado una fotografía grande, de un fajo que llevaba dentro de aquélla, y la colocó en la mesa. El profesor Krilov la miró y se quedó sin habla. Desapareció el rubor de sus mejillas y palideció hasta el punto de que su viejo semblante pareció gris a la luz de la lámpara. Sacudió varias veces la cabeza.

—Lo siento —dijo amablemente Karpov—, lo siento de veras. La vigilancia se ejercía sobre el joven norteamericano, no sobre su hijo. No se creía que la cosa terminara así.

—No lo creo —gimió el profesor.

—Yo también tengo hijos —murmuró Karpov—. Creo que puedo comprender, o tratar de comprender, lo que usted siente.

El académico respiró hondo, murmuró un «Discúlpeme» y salió de la habitación. Karpov suspiró y volvió a meter la fotografía en su cartera. Oyó el estruendo del jazz al abrirse una puerta en el fondo del pasillo, la interrupción repentina de la música y voces, dos voces, gritando furiosamente. Una de ellas era el rugido del padre; la otra, la voz aguda de un joven. El altercado terminó con el ruido de una bofetada. Segundos más tarde, el profesor Krilov volvió a entrar en la estancia. Se sentó, turbios los ojos y encogidos los hombros.

—¿Qué va usted a hacer? —murmuró.

Karpov suspiró.

—Mi deber está muy claro. Como usted dijo, sólo el partido puede imponer disciplina al partido. En justicia, debería entregar el informe y las fotografías al Comité Central.

»Conoce usted la ley. Sabe lo que les hacen a los jóvenes gays. Son cinco años, sin remisión y bajo un régimen severísimo. Temo que, una vez en el campamento, la noticia se difunda. Y después de esto, el joven se convierte..., ¿cómo lo diría...?, en propiedad de todos. Un muchacho de buenos antecedentes familiares difícilmente podría sobrevivir en semejante situación.

—Pero... —balbució el profesor.

—Pero... yo puedo pensar que existe una posibilidad de que la CIA quiera llevar adelante el asunto. Tengo derecho a pensarlo. Puedo decidir que es posible que los norteamericanos se impacienten y envíen a su agente a la Unión Soviética para reanudar el trato con Leonid. Tengo derecho a pensar que el resbalón de su hijo podría convertirse en una operación para atrapar a un agente de la CIA. Mientras tanto, podría guardar los documentos en mi caja fuerte personal, y la espera podría durar mucho tiempo. Tengo autoridad para ello; tratándose de operaciones, sí, tengo esta autoridad.

—¿Y el precio?

—Creo que usted lo sabe.

—¿Qué quiere saber acerca del «Plan Aurora»?

—Empiece desde el principio.

Preston introdujo el coche por la puerta principal de la verja de Aldermaston, encontró un espacio libre en el aparcamiento de visitantes y se apeó del automóvil.

—Lo siento, Tommy, pero no puedes pasar de aquí. Tendrás que esperar. Confío en que no tardaré mucho.

Caminó a la luz del crepúsculo hasta la puerta giratoria y se presentó a los dos hombres de recepción. Éstos examinaron su tarjeta de identidad y llamaron al doctor Wynne-Evans, el cual dio su autorización para que el visitante subiese a su despacho. Estaba en el tercer piso. Se lo mostraron, entró y el doctor le invitó a sentarse delante de su mesa.

El científico le miró por encima de las gafas.

—¿Puedo preguntarle dónde consiguió esta pequeña muestra? —dijo, señalando el pesado disco de metal parecido al plomo, que estaba ahora en un bote de cristal sellado.

—Se lo quitaron a alguien en Glasgow a primeras horas de la mañana del jueves. ¿Qué ha sido de los otros dos discos?

—No son más que unas piezas de aluminio corriente. No hay nada extraño en ellos. Sólo fueron empleados para conservar éste en buen estado. Y éste es el único que me interesa.

—¿Sabe usted lo que es? —preguntó Preston.

El doctor Wynner-Evans pareció sorprendido por la ingenuidad de la pregunta.

—Claro que sé lo que es —respondió—. Mi oficio me obliga a saberlo. Es un disco de polonio puro.

Preston frunció el ceño. Nunca había oído hablar de este metal.

—Bueno, todo empezó a primeros de enero con dos memorándums sometidos por Philby al secretario general. En estos informes, Philby sostenía que existía en el seno del Partido Laborista británico un ala de izquierda dura que se había fortalecido de tal suerte que estaba en condiciones de conseguir un control total sobre la máquina del partido más o menos cuando lo desease. Esto coincide con mi propio punto de vista.

—Y con el mío —murmuró Karpov.

—Pero Philby fue más lejos. Sostenía que existía, dentro de la izquierda dura, un grupo, un núcleo interior, de marxistas-leninistas acérrimos, que había proyectado hacer precisamente lo mismo; pero no en el período anterior a las próximas elecciones generales británicas, sino después de él, inmediatamente después de una victoria electoral de los laboristas. Resumiendo: esperarían la victoria de Mr. Neil Kinnock en las urnas y luego le expulsarían de la jefatura del partido. Su sustituto sería el primer Jefe de Gobierno marxista-leninista de Gran Bretaña y tomaría una serie de medidas políticas totalmente de acuerdo con los intereses soviéticos en cuestiones exteriores y de defensa, principalmente en el campo del desarme nuclear unilateral y de la expulsión de todas las fuerzas norteamericanas.

—Verosímil —asintió el general Karpov—. Y cuatro de ustedes fueron llamados para constituir un comité que aconsejase sobre la mejor manera de conseguir dicha victoria electoral, ¿no es cierto?

El profesor Krilov levantó la cabeza, sorprendido.

—Sí. Éramos Philby, el general Marchenko, yo y el doctor Rogov.

—¿El gran maestro de ajedrez?

—Y físico —añadió Krilov—. Entonces concebimos el «Plan Aurora», que habría sido una acción de desestabilización masiva del electorado británico, empujando a millones a adoptar una actitud de resuelto unilateralismo.

—¿Ha dicho usted... habría?

—Sí. El plan fue sobre todo idea de Rogov. Lo defendió firmemente. Marchenko lo apoyó, aunque con reservas. Philby..., bueno, nadie puede decir lo que pensaba realmente Philby. No hacía más que asentir con la cabeza y sonreír, esperando a ver de dónde soplaba el viento.

—Muy propio de Philby —asintió Karpov—. Y entonces lo presentaron, ¿eh?

—Sí. El 12 de marzo. Yo me opuse al plan. El secretario general estuvo de acuerdo conmigo. Lo rechazó rotundamente, ordenó que todas las notas y documentos fuesen destruidos y nos obligó a los cuatro a jurar que nunca volveríamos a mencionar el asunto, en ninguna circunstancia.

—Dígame, ¿por qué se opuso usted?

—Me pareció peligroso y temerario. Aparte todo lo demás, era una infracción total del Cuarto Protocolo. Si se infringe algún día este protocolo, sabe Dios que puede significar el fin del mundo.

—¿El Cuarto Protocolo?

—Sí. El Tratado de No Proliferación de Armas Nucleares. Usted lo recuerda, desde luego.

—Tiene uno que recordar tantas cosas... —dijo amablemente Karpov—. Por favor, refrésqueme la memoria.

—Nunca he oído hablar del polonio —dijo Preston.

—No; bueno, probablemente no —replicó el doctor Wynne-Evans—. Quiero decir que uno no lo encuentra todos los días en su banco de trabajo. Es muy raro.

—¿Y para qué sirve, doctor?

—Bueno, en ocasiones, pero en muy raras ocasiones, se emplea en medicina curativa. ¿Se dirigía su hombre de Glasgow a alguna conferencia o a algún congreso médico?

—¡No! —negó rotundamente Preston—, no iba a ninguna conferencia médica.

—Bueno, esto habría representado una posibilidad entre diez de lo que se intentaba... antes de que ustedes le librasen de su carga. Temo que esto nos deja nueve probabilidades entre diez. Aparte estas dos funciones, el polonio no tiene otro uso conocido en este mundo.

—¿Cuál es la otra?

—Bueno, un disco de polonio de este tamaño no haría nada por sí solo. Pero yuxtapuesto a un disco de otro metal llamado litio, ambos se combinan para formar un iniciador.

—Un ¿qué?

—Un iniciador.

—Por favor, ¿qué diablos es eso?

—El primero de julio de 1968 —explicó el profesor Krilov—, se firmó el Tratado de No Proliferación de Armas Nucleares por las entonces tres potencias nucleares del mundo: Estados Unidos, Gran Bretaña y la URSS.

»En el Tratado, las tres naciones signatarias se comprometían a no impartir la tecnología o el material capaces de permitir la construcción de un arma nuclear a ninguna nación que no dispusiera de tales tecnología o material. ¿Recuerda esto?

—Sí —respondió Karpov—, hasta aquí lo recuerdo.

—Bien. Las ceremonias de firma del Tratado en Washington, Londres y Moscú, se rodearon de una enorme publicidad, que se extendió a todo el mundo. Pero la publicidad brilló completamente por su ausencia en la firma ulterior de cuatro protocolos secretos a dicho Tratado.

»Cada uno de estos protocolos preveía una futura contingencia que, no siendo entonces técnicamente posible, se calculaba que podría serlo algún día.

»Con el transcurso de los años, los tres primeros protocolos pasaron a la historia, ya porque se estableció que la contingencia era totalmente imposible, ya porque se descubrió un antídoto capaz de actuar en cuanto la amenaza se convirtiese en realidad. Pero en los primeros años ochenta, el Cuarto Protocolo, que era el más secreto de todos, se convirtió en una pesadilla real.

—¿Qué preveía exactamente ese Cuarto Protocolo? —preguntó Karpov.

—Confiamos en el doctor Rogov para esta información. Como usted sabe, es físico nuclear; ésta es la rama científica en que está especializado. El Cuarto Protocolo preveía adelantos tecnológicos en la fabricación de bombas nucleares, principalmente en los sectores de miniaturización y simplificación. Por lo visto, esto es lo que ha sucedido. De una parte, las armas se han hecho infinitamente más potentes, pero más difíciles de construir y de tamaño más grande. Otra rama de la ciencia avanzó en la dirección contraria. La bomba atómica básica, la que un día dejó caer un gran bombardero sobre el Japón, en 1945, puede hacerse ahora tan pequeña, que quepa en una maleta, y tan sencilla que pueda montarse con una docena de componentes prefabricados, adaptables a la manera de un juego infantil de construcción.

—¿Y era esto lo que prohibía el Cuarto Protocolo?

El profesor Krilov sacudió la cabeza.

—Iba más lejos. Prohibía a cualquiera de las naciones signatarias introducir en el territorio de cualquier nación un ingenio, montado o desmontado en piezas disimuladas y que podría hacerse estallar, digamos, en una casa alquilada o en un piso del corazón de una ciudad.

—Sin un aviso de cuatro minutos —murmuró Karpov—, sin descubrimiento por radar del misil en vuelo, sin posibilidad de contraataque, sin identificación del culpable. Sólo una explosión de un megatón en un lugar cualquiera.

—Exacto —dijo el profesor, asintiendo con la cabeza—. Por esto dije que era una pesadilla real. Las sociedades abiertas de Occidente son más vulnerables, pero nosotros tampoco estamos a salvo de artefactos introducidos de contrabando. Si el Cuarto Protocolo se quebranta un día, será completamente inútil toda esa serie de cohetes y de medidas de defensa electrónicas, en realidad la inmensa mayor parte del complejo armas-industria.

—Y esto era lo que pretendía el «Plan Aurora».

Krilov asintió con la cabeza. Hubérase dicho que se había quedado mudo de repente.

—Pero si ha sido interrumpido y cancelado —siguió diciendo Karpov—, todo el plan ha quedado, como decimos en el Servicio, archivado.

Krilov pareció aferrarse a esta palabra.

—Es verdad. Ahora es un caso archivado.

—Entonces, dígame lo que *habría* pasado —le apremió Karpov.

—Bueno, el «Plan Aurora» consistía en infiltrar en Gran Bretaña a un agente soviético de primera clase que habría alquilado una villa en provincias y se habría convertido en el oficial ejecutor de «Aurora».

»Empleando diversos correos, se le habrían llevado, aproximadamente en diez remesas, las piezas de una pequeña bomba atómica de un kilotón y medio de potencia.

—¿Tan pequeña? La de Hiroshima fue de diez kilotones.

—No se pretendía causar grandes daños. En ese caso se habrían cancelado las elecciones generales. Se quería crear un presunto accidente nuclear y asustar al diez por ciento de electores indecisos, para inclinarlos hacia el unilateralismo y hacer que votasen al único partido favorable al desarme unilateral, es decir, al Partido Laborista.

—Discúlpeme —opuso Karpov—, pero hágame el favor de continuar.

—El ingenio habría estallado seis días antes de las elecciones —prosiguió el profesor—. El lugar tenía una importancia vital. Se eligió la base de las Fuerzas Aéreas de los Estados Unidos en Suffolk. Por lo visto, los aviones de combate «F-5» tienen allí su base y llevan pequeños ingenios nucleares tácticos, para emplearlos contra nuestras nutridas divisiones de tanques en el caso de que invadiésemos la Europa Occidental.

Karpov asintió con la cabeza. Conocía Bentwaters, y la información era correcta.

—El oficial ejecutor —siguió diciendo el profesor Krilov— habría recibido la orden de llevar el ingenio montado a la alambrada que rodea la base, a primeras horas de la mañana. Creo que toda la base está en el corazón de Rendlesham Forest. Tenía que provocar la explosión precisamente antes del amanecer.

»Debido a la pequeñez de la bomba, los daños se habrían limitado a la propia base, que habría quedado volatilizada, además de Rendlesham Forest, tres caseríos, una aldea, la costa y un parque natural de aves. Como la base está junto a la costa de Suffolk, la nube de polvo radiactivo habría sido empujada hacia el mar del Norte por el viento dominante del Oeste. Cuando hubiese llegado a las costas de Holanda, el noventa y cinco por ciento de la misma se habría vuelto inerte o habría caído al mar. La intención no era causar una catástrofe ecológica, sino pánico y una violenta ola de odio contra Norteamérica.

—Tal vez no lo habrían creído —dijo Karpov—. Muchas cosas habrían podido salir mal. Quizás habrían podido coger vivo al oficial ejecutor.

El profesor Krilov sacudió la cabeza.

—Rogov pensó en todo ello. Había elaborado un pequeño juego de ajedrez. Habrían dicho al oficial ejecutor que, después de apretar el botón, tenía dos horas para alejarse lo más posible. En realidad, el crono estaba preparado para estallar inmediatamente.

«¡Pobre Petrofski!», pensó Karpov.

—¿Y qué me dice de la credibilidad del accidente? —preguntó.

—La tarde del mismo día de la explosión —explicó Krilov—, un hombre, que es por lo visto un agente secreto soviético, habría volado a Praga y dado una conferencia de Prensa internacional. Es un físico nuclear israelí llamado doctor Nahum Wisser. Al parecer trabaja para nosotros.

El general Karpov puso cara de palo.

—Me sorprende usted —murmuró.

Conocía el historial del doctor Wisser. Éste había tenido un hijo al que quería mucho, y el joven era soldado del Ejército israelí destacado en Beirut en 1982. Cuando los falangistas devastaron los campamentos de refugiados palestinos de Sabra y Shatila, el joven teniente Wisser trató de intervenir. Fue muerto por una bala.

Presentaron al afligido padre —que era ya acérrimo adversario del partido Likud— pruebas cuidadosamente elaboradas de que había sido una bala israelí la que había matado a su hijo. Impulsado por su dolor y por su ira, el doctor Wisser se inclinó un poco más hacia la izquierda y accedió a trabajar para Rusia.

—En todo caso, el doctor Wisser declararía al mundo que había colaborado durante años con los norteamericanos —mediante un intercambio de visitas— en el desarrollo de cabezas nucleares sumamente pequeñas. Esto parece que es verdad. Habría seguido diciendo que había advertido repetidamente a los norteamericanos de que aquellas cabezas pequeñísimas no eran lo bastante estables para permitir un despliegue. Pero los norteamericanos estaban impacientes por desplegar las nuevas cabezas nucleares, con el fin de aumentar el radio de acción de sus «F-5» al permitirles llevar mayor cantidad de carburante.

»Se calculaba que aquellas declaraciones, que se publicarían el día después de la explosión, quinto antes de las elecciones, convertirían la ola de antinorteamericanismo en Gran Bretaña en una galerna que ni siquiera los conservadores podrían confiar en atajar.

Karpov asintió con la cabeza.

—Sí, creo que habría ocurrido esto. ¿Algún fruto más del fértil cerebro del doctor Rogov?

—Mucho más —replicó hoscamente Krilov—. Sugirió que la reacción norteamericana sería una negativa histriónica y violenta. Así, el cuarto día antes de las elecciones, el secretario general anunciaría al mundo que, si los norteamericanos pretendían iniciar un período de locura, allá ellos; pero que él no tenía más alternativa, para la protección del pueblo soviético, que poner todas nuestras fuerzas en alerta roja.

»Aquella noche, uno de nuestros amigos, estrechamente relacionado con Mr. Kinnock, habría apremiado al líder del Partido Laborista para que volase a Moscú, se entrevistase con el secretario general e interviniese en favor de la paz. Si hubiese vacilado, nuestro embajador le habría invitado a acudir a la Embajada para una discusión amistosa sobre la crisis. Enfocado por las cámaras, difícilmente se habría resistido.

»Bueno, le habrían dado un visado en pocos minutos y, al amanecer, habría embarcado en un avión de la "Aeroflot". El secretario general le habría recibido ante las cámaras de la Prensa mundial y, unas horas más tarde, se habrían despedido, ambos con semblante sumamente grave.

—Sin duda habría tenido motivos el británico para adoptar esa expresión —presumió Karpov.

—Exacto. Pero durante su viaje de regreso a Londres, el secretario general habría publicado una declaración dirigida al mundo: sólo como resultado de la súplica del líder laborista británico, él, el secretario general, había levantado el estado de alerta roja para todas las fuerzas soviéticas. Y Mr. Kinnock habría aterrizado en Londres con el prestigio de un gran estadista.

»El día anterior a las elecciones habría pronunciado un elocuente discurso a la nación británica sobre la cuestión de una renuncia definitiva a la locura nuclear, de una vez para siempre. Se calculaba en el «Plan Aurora» que los sucesos de los seis últimos días habrían destrozado la alianza tradicional con Norteamérica, restado a los Estados Unidos todas las simpatías que pudiesen tener en Europa e inclinado al diez por ciento del electorado británico, ese diez por ciento vital, a votar por los laboristas. Después de esto, la izquierda dura habría subido al poder. Éste, general, era el «Plan Aurora».

Karpov se levantó.

—Ha sido usted muy amable, profesor. Y muy sensato. Guarde silencio y yo haré lo mismo. Como dijo usted, todo está ahora archivado. Y los documentos sobre su hijo permanecerán en mi caja fuerte durante muchísimo tiempo. Adiós. No creo que tenga que volver a molestarle.

Se retrepó en el asiento mientras el «Chaika» volvía a Komsomolski Prospekt. «¡Oh, sí, es brillante —pensó—; pero, ¿habrá tiempo?»

Lo mismo que el secretario general, también él estaba enterado de las próximas elecciones en Gran Bretaña, señaladas para el mes de junio, dentro de sesenta días. A fin de cuentas, la información al secretario general había pasado por su *rezidentura* en la Embajada de Londres.

Dio vueltas y más vueltas al plan en su cabeza, en busca de posibles defectos. «Es bueno —pensó al fin—, muy bueno. Con tal de que funcione...» La alternativa sería catastrófica.

—Un iniciador, querido amigo, es una especie de detonador para una bomba —explicó el doctor Wynne-Evans.

—¡Ya! —exclamó Preston.

Se sentía algo confuso. Había habido bombas antes de ahora en Gran Bretaña. Siempre lamentables, pero localizadas. Había visto unas cuantas en Irlanda. Había oído hablar de detonadores, de fulminantes y de disparadores, pero nunca de un iniciador. Sin embargo, parecía que el ruso Semiónov había llevado un componente para un grupo terrorista en alguna parte de Escocia. ¿Qué grupo? ¿El Tartan Army, los anarquistas o una unidad activa del IRA? La conexión rusa era muy extraña; la excursión a Glasgow había valido la pena.

—Ese... iniciador de polonio y litio, ¿podría ser usado en una bomba contra el personal militar? —preguntó.

—Desde luego, joven —respondió el galés—. Mire, un iniciador es lo que dispara un artefacto.

TERCERA PARTE

Capítulo XVII

Brian Harcourt-Smith escuchó atentamente, echado hacia atrás, mirando al techo y jugueteando con un fino lápiz de oro.

—¿Eso es todo? —preguntó cuando Preston hubo terminado su informe verbal.

—Sí —respondió Preston.

—Ese doctor Wynne-Evans, ¿está dispuesto a poner por escrito sus deducciones?

—Difícilmente pueden llamarse deducciones, Brian. Es un análisis científico del metal en relación con sus dos únicos usos conocidos. Pero sí, se ha avenido a darle la forma de un informe escrito. Lo incluye en el mío como anexo.

—¿Y sus propias deducciones? ¿O debería decir análisis científico?

Preston hizo caso omiso del tono condescendiente del otro.

—Me parece indudable que el marinero Semiónov fue a Glasgow para depositar el bote y su contenido en un lugar previamente convenido o para entregarlo personalmente a alguien con quien tenía que encontrarse —explicó—. En ambos casos, esto significa que hay aquí un ilegal. Pienso que deberíamos tratar de encontrarle.

—Magnífica idea. Lo malo es que no tenemos nada para empezar. Mire, John, le seré franco. Como otras tantas veces, me pone en una situación sumamente difícil. En realidad, no veo cómo puedo llevar este asunto a las alturas, a menos que pueda proporcionarme alguna prueba mejor que un simple disco de un metal raro intervenido a un marino ruso muerto en lamentables circunstancias.

—Ha sido identificado como la mitad del iniciador de un ingenio nuclear —le hizo observar Preston—. No puede decirse que sea un simple trozo de metal.

—Muy bien. La mitad de lo que podría ser el disparador de una bomba, el cual podría haber estado destinado a un ilegal soviético residente en Gran Bretaña. Créame, John, cuando me presente un informe completo, lo estudiaré como siempre, con el mayor interés.

—¿Y lo archivará NMA? —preguntó Preston.

La sonrisa de Harcourt-Smith era serena, pero había en ella algo amenazador.

—No necesariamente. Un informe suyo será tratado según sus méritos, como el de cualquier otro. Ahora le aconsejo que trate de encontrar al menos alguna prueba que confirme su evidente predilección por la teoría de una conspiración. Que sea éste su próximo y principal objetivo.

—Está bien —admitió Preston, levantándose—. Me dedicaré plenamente a ello.

—Le aconsejo que lo haga —concluyó Harcourt-Smith.

Cuando Preston hubo salido, el director general delegado consultó una lista de teléfonos interiores y llamó al jefe de Personal.

Al día siguiente, miércoles 15, un avión de la «British Midland Airways» procedente de París aterrizó alrededor del mediodía en el aeropuerto West Midlands, de Birmingham. Entre los pasajeros había un joven con pasaporte danés.

El nombre que figuraba en el pasaporte era también danés, y si alguien se hubiese dirigido al joven en este idioma, él le habría respondido con fluidez. En realidad era hijo de madre danesa, y había aprendido de ésta los rudimentos del lenguaje, perfeccionándolo después en varias escuelas de idiomas y en visitas a Dinamarca.

Pero su padre era alemán, y el joven nació mucho después de la Segunda Guerra Mundial y se crió en Erfurt. Esto hacía que fuese alemán oriental. También era oficial del Servicio de Información SSD de la Alemania del Este.

No tenía la menor idea del significado de su misión en Gran Bretaña, ni le importaba averiguarlo. Sus instrucciones eran sencillas, y las seguía al pie de la letra. Después de pasar sin dificultades por Aduana e Inmigración, detuvo un taxi y pidió que le llevase al «Midland Hotel», en New Street. Durante todo el viaje, así como al inscribirse en el hotel, tuvo buen cuidado en exhibir su brazo izquierdo, que llevaba escayolado. Le habían advertido —aunque no habría sido necesario— que en ninguna circunstancia tenía que coger su saco de mano con el brazo «roto».

Una vez en su habitación, cerró la puerta, echó el cerrojo y empezó a trabajar en el molde de yeso con las cizallas que llevaba en el fondo del saco, cortándolo cuidadosamente por la parte interna del antebrazo, siguiendo una fina línea dentada indicadora del sitio por donde debía cortar.

Cuando terminó el corte, abrió unos milímetros la escayola y retiró el brazo. Metió la escayola en una bolsa de plástico que había traído consigo.

Pasó toda la tarde en su habitación, para que el personal diurno de recepción no le viese sin el molde de escayola, y sólo salió del hotel bien avanzada la noche, cuando estaba de servicio otro personal.

El quiosco de periódicos de la estación de New Street estaba exactamente donde le habían dicho, y, a la hora convenida, se le acercó un hombre con traje de cuero, de motorista. Se identificaron en voz baja en unos segundos, la bolsa de plástico cambió de manos y el personaje vestido de cuero se alejó. Ninguno de los dos había atraído una sola mirada de los transeúntes.

Al amanecer, cuando aún estaba de servicio el personal de noche en el hotel, el danés se despidió, subió al primer tren con destino a Manchester y tomó un avión en el aeropuerto, donde nadie le había visto antes, con o sin el brazo escayolado. Al ponerse el sol, llegó a Berlín, vía Hamburgo, y, una vez allí, cruzó el Muro por el puesto de control Charlie, haciéndose pasar por danés. Los suyos le recibieron al otro lado, escucharon su informe y le despidieron a toda prisa. El correo Tres había hecho su entrega.

John Preston estaba contrariado y de mal humor. La semana que había pensado tener libre para estar con Tommy se había estropeado. Parte del martes había tenido que dedicarlo a su informe verbal a Harcourt-Smith, y Tommy había tenido que pasar el día leyendo o viendo la televisión.

Preston había insistido en cumplir su promesa de ir al museo de cera de Madame Tussaud el miércoles por la mañana, pero había ido a su oficina por la tarde a fin de terminar su informe por escrito. La carta de Crichton, de Personal, estaba sobre su mesa. La leyó casi con incredulidad.

Como siempre, estaba concebida en los términos más amistosos. Un vistazo al calendario de servicio había revelado que Preston acreditaba cuatro semanas de vacaciones; desde luego, debía conocer las normas del servicio; el retraso de las vacaciones no era recomendable por razones evidentes; era necesario que cada cual tomase sus permisos en la fecha correspondiente, etcétera. Resumiendo: se le requería para que empezase inmediatamente sus vacaciones, es decir, a partir de la mañana próxima.

—¡Malditos idiotas! —gritó a la oficina en general—. Algunos de ellos no podrían encontrar su camino a la jaula sin el perro de un ciego.

Llamó a Personal e insistió en hablar con Crichton.

—Soy John Preston, Tim. Oye, ¿qué significa esa carta que dejasteis en mi mesa? Ahora no puedo tomar mis vacaciones; tengo un caso entre manos, estoy en la mitad de mi trabajo... Sí, sé que es importante no retrasar las vacaciones, pero este caso es también importante; en realidad, muchísimo más que aquello...

Oyó las xplicaciones del burócrata sobre la desorganización causada en un sistema si el personal retrasaba demasiado sus permisos. Le interrumpió:

—Escucha, Tim, no perdamos tiempo. Lo único que tienes que hacer es llamar a Brian Harcourt-Smith. Él te confirmará la importancia del caso en que estoy metido. Tomaré mis vacaciones en verano.

—John —replicó amablemente Tim Crichton—, esa carta fue escrita por orden expresa de Brian.

Preston se quedó un rato mirando el teléfono.

—Comprendo —dijo al fin, y colgó.

—¿Adónde vas? —le preguntó Bright, viendo que se dirigía a la puerta.

—A beber algo fuerte —respondió Preston.

Era bastante después de la hora del almuerzo, y el bar estaba casi vacío. Los que habían almorzado tarde no habían sido aún sustituidos por los sedientos del atardecer. Sólo había un par de hombres de «Charles», hablando en un rincón; así, se sentó en un taburete del bar propiamente dicho. Quería estar solo.

—Whisky —dijo—. Que sea doble.

—Lo mismo para mí —se oyó una voz a su espalda—. Yo invito.

Preston se volvió y vio a Barry Banks, de K.7.

—¡Hola, John! —saludó Banks—, vi que bajabas aquí cuando yo cruzaba el vestíbulo. Precisamente quería decirte que tengo algo para ti. El Jefe se mostró muy agradecido.

—¡Oh, sí! No hay de qué.

—Te lo llevaré mañana a tu despacho —dijo Banks.

—No te molestes —replicó Preston, con irritación—. He bajado a celebrar mis cuatro semanas de vacaciones. A partir de mañana. Unas vacaciones forzadas. ¡Salud!

—No te enfades —repuso amablemente Banks—. La mayoría se pirra por salir de este lugar.

Había advertido ya que Preston estaba resentido por algo, y pretendía que su colega de MI5 le diese la razón de ello. Lo que no podía decir a Preston era que Sir Nigel Irvine le había pedido que se acercase a la oveja negra de Mr. Harcourt-Smith y le informase de lo que pudiese averiguar. Una hora y tres whiskies más tarde, Preston seguía sumido en su mal humor.

—Estoy pensando en dimitir —dijo de pronto.

Banks, un buen oyente que sólo interrumpía para pedir información, se inquietó.

—Muy drástico —replicó—. ¿Tan mal están las cosas?

—Mira, Barry, no me importa lanzarme en caída libre desde seiscientos metros de altura. Ni siquiera me importa que disparen contra mí cuando se abre el paracaídas. Pero me fastidia enormemente que los tiros vengan de mi mismo bando. ¿Es esto irrazonable?

—Me parece perfectamente justificado —admitió Banks—. ¿Quién es el que dispara?

—El chico de arriba —gruñó Preston—, acabo de llevarle otro informe y parece que no le ha gustado.

—¿Otra vez archivado? ¿NMA?

Preston se encogió de hombros.

—Lo será.

Se abrió la puerta y entró un grupo procedente de arriba. Brian Harcourt-Smith se hallaba en el centro, rodeado de varios de sus jefes de sección. Preston apuró su vaso.

—Bueno, tengo que dejarte. Esta noche llevo a mi chico al cine.

Cuando se hubo marchado, Barry Banks terminó su bebida, rehusó una invitación a incorporarse al otro grupo en el bar y volvió a su despacho. Desde allí llamó por teléfono a «C», en su oficina de Sentinel House, y habló largamente con él.

El comandante Petrofski llegó, de regreso de Cherryhayes Close, la madrugada del jueves. El mono de cuero negro y el casco con visera estaban, con la «BMW», en su garaje de Thetford. Cuando llevó sin ruido su pequeño «Ford» a la explanada de cemento ante el garaje y entró él mismo en la casa, vestía un traje sencillo y un impermeable ligero. Nadie se fijó en él, ni en la bolsa de plástico que llevaba en la mano.

Cuando la puerta quedó bien cerrada a su espalda, subió al piso de arriba y abrió el último cajón del armario ropero. Dentro había una radio de transistores «Sony». A su lado dejó el molde de escayola vacío.

No revolvió ninguna de ambas cosas. No sabía lo que contenían, ni deseaba averiguarlo. Esto correspondería al montador, que no llegaría para realizar su tarea hasta que se hubiese recibido sin tropiezos la lista completa de componentes necesarios.

Antes de echarse a dormir, se hizo una taza de té. Eran nueve correos en total. Esto significaba nueve lugares de cita y otros nueve para el caso de que no se realizase el primer encuentro. Los había aprendido todos de memoria, más otros seis correspondientes a tres correos extraordinarios que se emplearían como sustitutos en caso necesario.

Uno de los que habían tenido que llegar, el llamado correo Dos, no se había presentado. Petrofski no tenía la menor idea de la causa de su fracaso. Lejos de allí, en Moscú, el comandante Volkov sí la sabía. Moscú había recibido un informe completo del cónsul en Glasgow, el cual había asegurado a su Gobierno que los efectos personales del marinero muerto estaban guardados bajo llave en la comisaría de Partick y permanecerían allí hasta nueva orden.

Petrofski comprobó su lista mental. El correo Cuatro tenía que llegar dentro de cuatro días, y el encuentro se celebraría en el West End de Londres. Amanecía ya el día 16 cuando se durmió. Antes de esto pudo oír el chirrido de un carro de la leche entrando en el cercado y el ruido de las primeras entregas del día.

Esta vez, Banks fue más franco. Estaba esperando a Preston en el vestíbulo de su propio bloque de apartamentos cuando llegó en su coche el hombre de MI5 el viernes por la tarde, llevando a Tommy como pasajero.

La pareja había estado en el Hendon Aircraft Museum, donde el muchacho, entusiasmado con los aviones de combate de tiempos pretéritos, había anunciado su intención de ser piloto cuando fuese mayor. Su padre sabía que había elegido al menos seis carreras en el pasado y que volvería a cambiar de idea antes de que acabase el año. Había sido una tarde muy agradable.

Banks pareció sorprendido al ver al chico; por lo visto no esperaba su presencia. Saludó con la cabeza y sonrió, y Preston le presentó como «alguien de la oficina».

—¿De qué se trata ahora? —preguntó Preston.

—Un colega mío desea volver a hablar contigo —dijo cuidadosamente Banks.

—¿Será un buen día el lunes? —preguntó Preston.

El lunes habría terminado su semana con Tommy y llevaría al chico a Mayfair para entregarlo a Julia.

—En realidad, te está esperando ahora.

—¿También en el asiento trasero de un automóvil? —preguntó Preston.

—Pues... no. En un pisito que tenemos en Chelsea.

Preston suspiró.

—Dame la dirección. Iré, mientras tú llevas a Tommy a tomar un helado.

—Tengo que consultar —dijo Banks.

Entró en una cabina telefónica cercana e hizo una llamada. Preston y su hijo esperaron en la acera. Banks volvió y asintió con la cabeza.

—Todo listo —comunicó, y entregó a Preston un trozo de papel.

Preston se alejó en su coche mientras Tommy daba a Banks la dirección de su heladería predilecta.

El piso era pequeño y discreto, en un bloque moderno próximo a Chelsea Manor Street. Sir Nigel le abrió la puerta. Como de costumbre, rebosaba antigua cortesía.

—Mi querido John, has sido muy amable al venir.

Si hubiesen llevado a alguien a su presencia atado como un pollo a hombros de cuatro matones, aún le habría dicho: «Ha sido muy amable al venir.»

Cuando se hubieron sentado en el pequeño cuarto de estar, el Jefe levantó el primitivo Informe Preston.

—Mis más sinceras gracias —dijo—. Es sumamente interesante.

—Pero difícilmente creíble.

Sir Nigel miró vivamente al hombre más joven, pero eligió cuidadosamente sus palabras.

—No estoy necesariamente de acuerdo con esto.

Después sonrió brevemente y cambió de tema.

—Bueno, no pienses mal de Barry, por favor; fui yo quien le encargué que no te perdiese de vista. Parece que no estás muy contento en tu puesto actual.

—Ahora no trabajo, señor. Estoy de vacaciones forzosas.

—Supongo que sí. Por algo que ocurrió en Glasgow, ¿verdad?

—¿No ha recibido todavía un informe sobre el incidente de la semana pasada en Glasgow? Se refiere a un marinero ruso, un hombre que pienso era un correo. Desde luego, esto interesa a «Seis».

—Sin duda lo enviarán dentro de poco —comentó prudentemente Sir Nigel—. ¿Te importaría contármelo?

Preston empezó por el principio y contó la historia hasta el final, o al menos lo que sabía de ella. Sir Nigel permaneció sentado, como sumido en sus pensamientos, y así era en realidad: captaba cada palabra con una parte de su mente y calculaba con el resto de ésta.

«No lo intentarían realmente, ¿verdad?», pensaba. No romperían el Cuarto Protocolo. ¿O acaso sí? Los hombres desesperados toman a veces medidas desesperadas, y tenía más de un motivo para creer que en varios sectores —producción de alimentos, economía, Afganistán— la URSS navegaba en aguas turbulentas. Observó que Preston había dejado de hablar.

—Discúlpame —dijo—. ¿Qué deduces de todo ello?

—Creo que Semiónov no era marinero de un buque mercante, sino un correo. Esto me parece indudable. Y no creo que hubiese llegado a tales extremos para proteger lo que llevaba o quitarse la vida para evitar que le interrogásemos, si no le hubiesen dicho que su misión era de vital importancia.

—Bastante lógico —admitió Sir Nigel—. ¿Qué más?

—También creo que el disco de polonio tenía que ser recibido por otra persona, ya directamente en una cita, ya recogiéndolo en algún sitio. Esto significa que está aquí, en el país. Pienso que deberíamos tratar de encontrarla.

Sir Nigel frunció los labios.

—Si es un ilegal importante —murmuró—, será como buscar una aguja en un pajar.

—Sí, lo sé.

—Bueno, si no te hubiesen impuesto estas vacaciones forzosas, ¿qué habrías querido hacer?

—Pienso, Sir Nigel, que un disco de polonio no sirve para nada por sí solo. Sea cual fuere la intención del ilegal, tiene que haber otros componentes. Ahora bien, parece que la persona que proyectó la incursión de Semiónov decidió no utilizar la valija diplomática. No sé por qué; habría sido mucho más fácil introducir en Gran Bretaña un paquetito forrado de plomo valiéndose de la valija diplomática y hacer que uno de sus hombres de la línea N lo dejase en el sitio donde había de ser recogido por el tipo situado en el país. Me pregunto por qué no lo hicieron así. Y la respuesta es que lo ignoro.

—De acuerdo —asintió Sir Nigel—. ¿Y bien?

—Si ha habido una consignación, inútil por sí sola, tiene que haber otras. Puede que algunas hayan llegado ya. Pero, de acuerdo con la ley de probabilidades, tiene que haber otras por llegar. Y, al parecer, vienen por medio de «mulos» o correos que se hacen pasar por inofensivos marineros o sabe Dios por qué otros personajes.

—¿Y qué quisieras hacer tú? —preguntó Sir Nigel.

Preston respiró hondo.

—Me habría gustado —y recalcó el condicional— comprobar todas las personas que han venido de la Unión Soviética durante los últimos cuarenta, cincuenta e incluso cien días. No se puede contar con otra agresión por unos gamberros, pero podría haberse producido algún otro incidente. De no haber sido así, me gustaría reforzar el control sobre todos los que vengan de la URSS e incluso de cualquier otro país del bloque soviético, para ver si podía interceptar otro componente. Como jefe de C.5(C), habría hecho esto.

—¿Y crees que ahora no tendrás oportunidad de hacerlo?

Preston sacudió la cabeza.

—Aunque me permitiesen volver mañana a mi trabajo, estoy seguro de que me apartarían del caso. Por lo visto soy un alarmista y siembro vientos.

Sir Nigel asintió pensativamente.

—Hacer de cazador furtivo entre los servicios oficiales no se considera demasiado adecuado —dijo, como pensando en voz alta—. Cuando te pedí que fueses a África del Sur en mi interés, Sir Bernard lo aprobó. Más tarde me enteré de que el encargo, aun siendo temporal, había causado..., ¿cómo lo diría...?, cierta hostilidad en determinados sectores de Charles Street.

»Ahora no me interesa una guerra declarada con el otro Servicio. Por otra parte, tengo la impresión, que tú compartes, de que puede haber algo más debajo de la punta de este iceberg. En una palabra: tienes tres semanas de vacaciones; ¿estarías dispuesto a emplearlas trabajando en este caso?

—¿Para quién? —preguntó, asombrado, Preston.

—Para mí —respondió Sir Nigel—. No podrías venir a Sentinel. Te verían. Y correría el rumor.

—Entonces, ¿dónde trabajaría?

—Aquí —dijo «C»—. Esto es pequeño, pero cómodo. Tengo autoridad para pedir la misma información que tú podrías exigir si estuvieses detrás de tu mesa. Cualquier incidente relativo a la llegada de un súbdito soviético o del bloque del Este habrá sido registrado, ya sobre papel, ya en una computadora. Dado que no podrás llegar a los archivos o a las computadoras, puedo hacer que éstos lleguen a ti. ¿Qué respondes?

—Si «Charles» se entera, habré acabado con «Cinco» —dijo Preston. Estaba pensando en su salario, en su pensión, en la posibilidad de conseguir otro empleo a su edad, en Tommy.

—¿Cuánto tiempo piensas que te queda en «Charles», en la actual dirección? —preguntó Sir Nigel.

Preston rió por lo bajo.

—No mucho —respondió—. Muy bien, señor; lo haré. Quiero continuar con este caso. Hay algo enterrado en alguna parte.

Sir Nigel asintió con la cabeza.

—Eres un tipo tenaz, John. Y me gusta la tenacidad. Generalmente da buenos resultados. Ven el lunes a las nueve. Dos de mis muchachos te estarán esperando. Pídeles lo que quieras y te lo darán.

El lunes por la mañana, mientras Preston empezaba a trabajar en el piso de Chelsea, el internacionalmente famoso pianista checo llegó al aeropuerto de Heathrow procedente de Praga; tenía que dar un concierto la noche siguiente en Wigmore Hall.

Las autoridades del aeropuerto habían sido avisadas y, en consideración a su respetabilidad, se redujeron al mínimo las formalidades en Aduana y en Inmigración. El viejo músico fue recibido en el vestíbulo por un representante de la organización Victor Hochhauser y conducido, con su pequeño séquito, a su *suite* del «Cumberland Hotel».

Su séquito se componía de tres personas: su ayuda de cámara, que cuidaba de su ropa y demás efectos personales con verdadera abnegación; una secretaria, que se ocupaba de los fans y la correspondencia en general, y un ayudante personal, un hombre alto y lúgubre llamado Lichka, que se encargaba de las negociaciones con las organizaciones que le invitaban y de las cuestiones económicas, y parecía vivir a base de una dieta de tabletas contra la acidez.

Aquel lunes, el señor Lichka tuvo que tomar una cantidad sumamente grande de pastillas. No hubiese querido hacer lo que le habían pedido, pero los hombres de STB se habían mostrado muy persuasivos. Nadie que estuviese en su sano juicio se enfrentaría con los hombres de STB, la Policía secreta y organización de espionaje de Checoslovaquia, ni deseaba que le invitasen a más discusiones en su Cuartel General: el temido Monasterio. Los hombres le habían dicho claramente que el ingreso de su nieta en la Universidad sería mucho más fácil si él estaba dispuesto a ayudarles, cortés manera de darle a entender que, si no colaboraba, la niña no tendría posibilidad alguna de cursar estudios universitarios.

Cuando le hubieron devuelto los zapatos, no vio en ellos la menor señal de manipulación y, siguiendo las instrucciones recibidas, los llevó durante el vuelo y para cruzar el aeropuerto de Heathrow.

A última hora de la tarde, un hombre se acercó a la mesa de recepción y preguntó cortésmente el número de habitación del señor Lichka. Con la misma cortesía, se lo dieron. Cinco minutos más tarde, a la hora exacta en que debía esperarlo, llamaron suavemente a la puerta de Lichka, e introdujeron un pedazo de papel por debajo de la misma. Lichka comprobó la identificación en clave, abrió la puerta unos centímetros y pasó por la abertura una bolsa de plástico que contenía su par de zapatos. Unas manos invisibles cogieron la bolsa y él cerró la puerta. Cuando hubo arrojado el trozo de papel en la taza del retrete y soltado el agua, suspiró aliviado. Fue más fácil de lo que había esperado. «Ahora —pensó— puedo seguir con el negocio de la música.»

Antes de medianoche, en un lugar apartado de Ipswich, los zapatos se reunieron con el molde de escayola y con la radio en el último cajón de un armario. El correo Cuatro había hecho su entrega.

El viernes por la tarde, Sir Nigel Irvine visitó a Preston en el apartamento de Chelsea. El hombre de MI5 parecía agotado, y el piso estaba lleno de fichas y de papeles de computadora.

Había pasado cinco días allí y no había conseguido nada. Empezó con todas las entradas en Gran Bretaña de personas procedentes de la URSS durante los últimos cuarenta días. Eran varios centenares: delegados, compradores industriales, periodistas, sindicalistas de propaganda, un coro de Georgia, un grupo de baile de cosacos, diez atletas con sus acompañantes y un equipo de médicos que iban a asistir a una conferencia en Manchester. Y éstos eran sólo los rusos.

También estaban los turistas que habían vuelto de la Unión Soviética; desde los buitres de la cultura que habían estado admirando el museo del Hermitage en Leningrado, pasando por un grupo de estudiantes que habían cantado en Kiev, hasta una delegación «pro paz» que había suministrado un rico material a la máquina propagandística soviética al condenar a su propio país en conferencias de Prensa en Moscú y en Cracovia.

Y esta lista no incluía a los tripulantes de la «Aeroflot» que habían estado entrando y saliendo como parte de su función en el tráfico aéreo normal, por lo que el primer oficial Romanov no había sido ni siquiera mencionado.

Desde luego, tampoco se hacía referencia a un danés que había llegado a Birmingham procedente de París y había emprendido el viaje de regreso a Manchester.

El miércoles, Preston se planteó un dilema: limitarse a los que habían venido de la URSS, pero ampliando el plazo a sesenta días, o abarcar a *todos* los que habían llegado de otros países del bloque soviético. Esto representaba miles y miles de entradas. Decidió continuar con su escala de cuarenta días, pero incluir a los Estados comunistas no soviéticos. Los papeles empezaron a llegarle a la cintura.

La Aduana se había mostrado muy servicial. Había habido algunas confiscaciones, pero siempre por exceso en la entrada de artículos libres de impuestos. No se había confiscado nada de carácter sospechoso. Inmigración no le había proporcionado pasaportes de «mentirijillas»; pero esto era de esperar. Los extraños y fantásticos papeles exhibidos a veces por gente del Tercer Mundo en el control de pasaportes no eran nunca presentados por personas del mundo comunista. Ni siquiera pasaportes caducados, el motivo más corriente para que un oficial de Inmigración impida la entrada a un visitante. En los países comunistas, el pasaporte de los viajeros que partían era comprobado con tal severidad, que era muy poco probable que se «cerrase el paso» a su portador en Gran Bretaña.

—Después de esto —comentó tristemente Preston— quedan aún los de imposible comprobación. Los marineros mercantes, que entran sin control en más de veinte puertos comerciales; los tripulantes de los pesqueros industriales, que navegaban por las costas de Escocia; la tripulación de los aviones comerciales, que apenas es sometida a comprobación alguna, y todos aquellos que tienen pasaporte diplomático.

—Lo que pensaba —dijo Sir Nigel—. La tarea no es fácil. ¿Tienes alguna idea de lo que estás buscando?

—Sí, señor. Hice que uno de sus muchachos pasara el lunes en Aldermaston con los de ingeniería nuclear. Parece que aquel disco de polonio sería adecuado para un ingenio a la vez pequeño, tosco, de diseño sencillo y no muy potente; si se puede decir que alguna bomba atómica «no es muy potente».

Tendió a Sir Nigel una lista de artículos.

—Presumo que aquí hay algo de lo que estamos buscando.

«C» estudió la lista de artefactos.

—¿Es esto todo lo que se necesita? —preguntó al fin.

—En su forma más sencillla, parece que sí. Yo no tenía idea de que pudiesen ser confeccionadas de modo tan elemental. Aparte el núcleo fisible y la cubierta de acero, esos materiales podrían ocultarse casi en cualquier parte sin llamar la atención.

—Muy bien, John, ¿qué vas a hacer ahora?

—Busco una pauta, Sir Nigel. Es lo único que puedo buscar. Una pauta de entradas y salidas con el mismo número de pasaporte. Si se emplean uno o dos correos, tienen que entrar frecuentemente, usando puntos distintos de entrada y de salida; pero si apareciese una pauta, podríamos alertar a las naciones acerca de una limitada cantidad de número de pasaporte. No es mucho, pero es todo lo que tengo.

Sir Nigel se levantó.

—Sigue con ello, John. Tendrás acceso a todo lo que necesites. Recemos para que las personas con quienes nos enfrentamos den un resbalón empleando dos o tres veces el mismo correo.

Pero el comandante Volkov sabía lo que se hacía. No resbaló. No tenía la menor idea de lo que eran ni de para qué servían los componentes. Sabía simplemente que le habían ordenado que se asegurase de su entrada en Gran Bretaña a tiempo para una serie de citas dentro de la isla; que cada correo se sabía de memoria los lugares del primer encuentro y del segundo en caso de no realizarse aquél, y que nada tenía que pasar por la *rezidentura* de la KGB en la Embajada de Londres.

Tenía que infiltrar nueve cargamentos y tenía doce correos preparados. Sabía que algunos de ellos no eran profesionales, pero su disfraz era impecable y su viaje había sido preparado con semanas o meses de anticipación, como en el caso del checo Lichka, y por eso confiaba en ello.

Para no alarmar al general Borisov al despojarle de otros doce ilegales con sus «leyendas», había lanzado su red más allá de la URSS y apelado a tres servicios «hermanos»: el STB, de Checoslovaquia; el Servicio SB de Polonia y, sobre todo, la obediente y reservada Haupt Verwaltung Aufklarung (HVA), de Alemania oriental.

Los alemanes del Este eran particularmente buenos. Aunque en Alemania Federal, Francia y Gran Bretaña, hay comunidades polacas y checas, los alemanes orientales tenían una gran ventaja. Debido a la identidad étnica entre alemanes orientales y occidentales, y al hecho de que millones de antiguos alemanes del Este hubiesen huido ya a la Alemania Federal, la HVA de Berlín Este disponía de un número de ilegales en Occidente mucho mayor que cualquier otro Servicio del bloque del Este.

Volkov había decidido emplear sólo dos rusos, que serían los primeros en entrar en Gran Bretaña. No tenía manera de saber que uno de ellos sería atacado por unos salvajes callejeros, ni que la mercancía del falso marinero sería encerrada en una comisaría de Glasgow. Si tomó triples precauciones fue porque era algo propio de su carácter y de su instrucción.

Para los siete envíos restantes empleaban un correo proporcionado por los polacos, dos por los checos (incluido Lichka) y cuatro por los alemanes del Este. El décimo correo, que sustituiría al difunto correo Dos, procedería también de Polonia. Para las alteraciones estructurales que necesitaba hacer en dos vehículos a motor, empleaba un garaje y taller gobernado por la HVA de Brunswick, Alemania Federal.

Sólo los dos rusos y el checo Lichka partirían de puntos del bloque del Este; aparte, ahora, del décimo, que tendría que venir de las líneas aéreas polacas, la «LOT».

Sencillamente, Volkov no permitía que apareciese ninguna de las pautas que buscaba Preston en el mar de papeles de Chelsea.

Sir Nigel Irvine, lo mismo que muchos de los que han de trabajar en el centro de Londres, procuraba marcharse los fines de semana para respirar un poco de aire puro. Él y Lady Irvine permanecían en Londres durante la semana, pero tenían una casita rústica en el sudeste de Dorest, en un pueblo llamado Langton Matravers, de la isla de Purbeck.

Aquel domingo, «C» se había puesto una chaqueta de tweed y sombrero, tomado un grueso bastón de fresno y echado a andar por caminos y senderos en dirección a los riscos sobre Chapman's Pool, en St. Alban's Head. Brillaba el sol, pero el viento era frío. Agitaba las hebras de plata que escapaban de su sombrero y flotaban sobre sus orejas como alitas. Siguió el sendero del risco y continuó andando sumido en sus pensamientos, deteniéndose en ocasiones para contemplar las blancas crestas de las olas del Canal.

Pensaba en las conclusiones del informe original de Preston y en la notable concurrencia de Sweeting en su encierro en Oxford. ¿Coincidencia? ¿Pajas en el viento? ¿Fundamentos para una convicción? ¿O sólo un montón de tonterías de un funcionario con demasiada indignación y de un académico caprichoso?

Y si todo era verdad, ¿podía haber alguna relación con un pequeño disco de polonio procedente de Leningrado y que había llegado de manera imprevista a una comisaría de Policía de Glasgow?

Si el disco de metal era lo que había dicho Wynne-Evans, ¿qué significaba esto? ¿Quería decir que alguien, mucho más allá de aquellas agitadas olas, trataba realmente de romper el Cuarto Protocolo?

Y si esto era verdad, ¿quién podía ser aquel alguien? ¿Chebrikov y Kriuchkov, de la KGB? Éstos no se atreverían nunca a actuar si no era por orden del secretario general. Y si era el secretario general, ¿cuáles eran sus razones?

¿Y por qué no emplear la valija diplomática? Era mucho más simple, fácil y seguro. Pero podía existir una razón, pensó. Emplear la valija de la Embajada significaría valerse de la *rezidentura* de la KGB dentro de aquélla. Mejor que Chebrikov, Kriuchkov o el secretario general, él sabía que aquélla había sido penetrada; tenía en ella su fuente de información, Andreiev.

Esto tenía sentido. Sospechaba que el secretario general tenía buenas razones para estar inquieto por la reciente oleada de deserciones de la KGB. Todos los indicios que llegaban revelaban que la desilusión se había hecho tan profunda a todos los niveles en Rusia, que afectaba incluso a la *élite de la élite*. Aparte las deserciones, que habían empezado a finales de los años sesenta y aumentado a lo largo de los ochenta, se habían producido expulsiones en masa de diplomáticos soviéticos en todo el mundo, debidas, en parte, a la furiosa búsqueda de agentes y agudizada por la expulsión de los controladores diplomáticos y consiguiente confusión en las redes. Incluso países del Tercer Mundo que, una década atrás, bailaban al son de los soviets, volvían ahora por sus fueros y expulsaban a agentes soviéticos por su conducta torpemente antidiplomática.

Sí, era muy posible que se tratase de una operación importante realizada fuera de los auspicios de la KGB. Sir Nigel había oído decir, de fuentes autorizadas, que el propio secretario general se estaba volviendo paranoico a causa de la penetración de la propia KGB por los occidentales. Por cada traidor que se escapa —decía un adagio de la comunidad de información— se puede apostar que hay otro que continúa «en su sitio».

Así, pues, había un hombre allí que despachaba correos y cargamentos a Gran Bretaña; cargamentos peligrosos, capaces de traer la anarquía y el caos de una manera que aún no podía discernir pero de la que, mientras caminaba, había dejado de dudar. Y aquel hombre trabajaba para otro, muy encumbrado, que no quería bien a esta pequeña isla.

—Pero no los encontrarás, John —murmuró al persistente viento—. Tú eres bueno, pero ellos son mejor y tienen todos los triunfos.

Sir Nigel Irvine era uno de los últimos viejos magnates, miembro de una raza que se estaba extinguiendo al ser sustituida, a todos los niveles de su sociedad, por hombres nuevos de tipo diferente, incluso en las más altas esferas del Servicio Civil, donde la continuidad de estilo y de carácter era como un dios familiar.

Contempló el Canal, como habían hecho tantos ingleses antes que él, y tomó una decisión. No estaba convencido de la existencia de una amenaza contra la tierra de sus antepasados, sino sólo de la posibilidad de que existiera una amenaza. Pero era suficiente.

A lo largo de la costa, en las mesetas que dominan el pequeño puerto de Newhaven (Sussex), otro hombre contemplaba las agitadas olas del Canal.

Vestía traje de cuero negro de motorista y llevaba el casco sobre el asiento de su aparcada motocicleta «BMW». Unos cuantos paseantes domingueros, acompañados de sus hijos, caminaban por allí, pero no se fijaron en él.

Observaba cómo se acercaba un transbordador, que avanzaba desde el horizonte hacia el refugio del puerto. El *Cornouailles* llegaría de Dieppe en treinta y cinco minutos. A bordo del mismo tenía que viajar el correo Cinco.

En realidad, el correo Cinco iba en la cubierta de proa viendo cómo se acercaba la costa inglesa. No tenía coche, pero sí billete para el tren, que le llevaría directamente a Londres.

Su pasaporte estaba a nombre de Anton Zelewski y era perfectamente normal. El oficial de Inmigración observó que el pasaporte era de Alemania Federal, pero no había nada extraño en ello. Cientos de miles de alemanes occidentales llevan apellidos de origen polaco. Le dejaron pasar sin dificultad.

Los aduaneros examinaron su maleta y la bolsa de artículos libres de impuestos comprados a bordo del barco. Su botella de ginebra y sus veinticinco cigarros en una caja sin abrir estaban dentro de los límites permitidos. El aduanero le hizo pasar y volvió su atención a otra persona.

Zelewski había comprado una caja de veinticinco buenos cigarros en la tienda de artículos libres de impuestos del *Cornouailles*. Entonces se retiró a uno de los lavabos, cerró la puerta, desprendió los marbetes de «libre de impuestos» de la caja recién comprada y los pegó en una caja idéntica que traía consigo. Los cigarros libres de impuestos fueron arrojados al mar por encima de la borda.

En el tren de Londres, buscó el primer vagón de primera clase, eligió el asiento de ventanilla adecuado y esperó. Justo antes de llegar a Lewes, se abrió la puerta y apareció un hombre que vestía un traje de cuero negro. Una mirada le confirmó que el compartimiento estaba vacío, aparte el alemán.

—¿Va este tren directamente a Londres? —preguntó en inglés, sin el menor acento.

—Creo que se detiene en Lewes —respondió Zelewski.

El hombre tendió una mano. Zelewski depositó en ella la caja plana de cigarros. El hombre se la guardó en su chaqueta, cerró la cremallera de ésta, saludó con la cabeza y se marchó. Cuando el tren arrancó, Zelewski vio de nuevo al hombre, esta vez en el andén de la línea de «vuelta» a Newhaven.

Antes de medianoche, los cigarros estaban con la radio, el molde de escayola y los zapatos en Ipswich. El correo Cinco había hecho su entrega.

Capítulo XVIII

Sir Nigel tenía razón. El jueves, día último de abril, los montones de datos de la computadora no mostraron nada significativo sobre ciudadanos del Este que, procedentes de cualquier punto de partida, hubiesen entrado en Gran Bretaña en repetidas ocasiones durante los últimos cuarenta días.

Y lo mismo podía decirse de personas de otras nacionalidades que hubiesen entrado en Gran Bretaña, procedentes de países del bloque del Este, durante el mismo período.

Habían aparecido varios pasaportes que contenían diversas irregularidades, pero esto era cosa corriente. Todos ellos habían sido comprobados, y se había registrado a sus portadores, pero la respuesta seguía siendo cero. Habían aparecido también tres pasaportes que figuraban en la lista de *stop*; dos de ellos eran de antiguos desterrados que trataban de entrar de nuevo en el país, y uno correspondía a un personaje del hampa norteamericana relacionado con el juego y los estupefacientes. Estas tres personas fueron también registradas antes de ser embarcadas en el avión de próxima salida, pero no había el menor indicio de que fuesen correos de Moscú.

«Si utilizan ciudadanos del bloque occidental o ilegales situados aquí, con documentación impecable de ciudadanos de Occidente, nunca los encontraré», pensó Preston.

Sir Nigel había apelado una vez más a su antigua amistad con Sir Bernard Hemmings para conseguir la colaboración de «Cinco»

—Tengo motivos para creer que el «Centro» tratará de introducir a un «ilegal» importante en el país durante las próximas semanas —había dicho—. Lo malo es, Bernard, que no tengo ninguna identidad, ni descripción, y desconozco el punto de entrada. Sin embargo, sería sumamente apreciada cualquier ayuda que pudieran prestarnos tus contactos en los puntos de entrada.

Sir Bernard había hecho la petición en nombre de «Cinco», y los otros servicios del Estado —Aduanas, Inmigración, Rama Especial y Policía de Puertos— habían accedido a tener los ojos más abiertos que de costumbre en busca de un extranjero que tratase de eludir los controles o de algún artículo raro o inexplicable transportado como equipaje.

La explicación era bastante pausible, y ni siquiera Brian Harcourt-Smith la relacionó con el informe de John Preston sobre el disco de polonio, que seguía en su cesta de asuntos pendientes mientras consideraba lo que había que hacer con él.

La *roulotte* llegó el primero de mayo. Llevaba matrícula de Alemania Federal y llegó a Dover en el transbordador procedente de Calais. Su dueño y conductor cuyos documentos estaban en perfecto orden, era Helmut Dorn y viajaba con su esposa Lisa y sus dos hijitos, Uwe, un niño de cinco años de cabellos rubios, y Brigitte, de siete años.

Después de pasar por Inmigración, Dorn condujo el vehículo hacia la zona de «nada que declarar» de la Aduana, pero uno de los oficiales de servicio hizo ademán de que se detuviese. Habiendo observado de nuevo los papeles, el aduanero le pidió que le mostrase la parte trasera de la caravana. Herr Dorn obedeció.

Los dos pequeños estaban jugando en el interior y se detuvieron al entrar el agente uniformado. Éste les saludó con la cabeza y sonrió; ellos rieron entre dientes. El hombre observó el pulcro interior, y después empezó a mirar en los armarios. Si Herr Dorn estaba nervioso, lo disimuló perfectamente.

La mayor parte de los armarios contenían la acostumbrada mezcolanza de artículos familiares de vacaciones en un camping: ropa, utensilios de cocina, etcétera. El aduanero levantó los asientos, debajo de los cuales había cajones que servían como depósitos adicionales. Uno de ellos era visiblemente empleado para guardar los juguetes de los niños. Contenía dos muñecas, un oso de trapo y una serie de pelotas de goma blandas, brillantemente pintadas con discos chillones de diferentes colores.

La niña, superando su timidez, hurgó en el cajón y sacó una de las muñecas. Farfulló excitada en alemán, dirigiéndose al aduanero. Éste no la entendió, pero asintió con la cabeza y sonrió.

—Muy bonita, querida —dijo.

Entonces se volvió a Herr Dorn y se apeó por la puerta de atrás.

—Muy bien, señor. Que disfruten de sus vacaciones.

El vehículo rodó con el resto de la columna, saliendo del cobertizo a la carretera, en dirección a la ciudad de Dover y a las carreteras generales que comunican con el resto de Kent y con Londres.

—*Gott sei dank* —murmuró Dorn a su esposa—, *wir sind durch.*

Ella consultó un mapa bastante sencillo. La M-20 hacia Londres estaba tan claramente marcada, que era imposible no verla. Dorn miró varias veces su reloj. Iba con un poco de retraso, pero tenía orden de no rebasar el límite de velocidad por ningún motivo.

Encontraron sin dificultad el pueblo de Charing, a un lado de la carretera principal, y, al norte de aquél, a la izquierda, la cafetería «Happy Eater». Dorn se dirigió a la zona de aparcamiento y detuvo el vehículo. Lisa Dorn sacó a los niños y entró en el café para tomar un refrigerio. Dorn, cumpliendo las órdenes recibidas, levantó el capó y metió la cabeza debajo de él. Segundos después, notó que había alguien detrás de él y levantó la mirada. Un joven inglés, con traje de cuero negro de motorista, estaba plantado allí.

—¿Alguna dificultad? —preguntó.

—Creo que debe de ser el carburador —respondió Dorn.

—No —dijo gravemente el motorista—. Sospecho que es cosa del delco. Pero se ha retrasado un poco.

—Lo siento, pero la culpa ha sido del transbordador. Y también de la Aduana. Traigo el paquete en la parte de atrás.

El motorista se metió en la caravana y sacó una bolsa de lona de debajo de su chaqueta, mientras Dorn, gruñendo y haciendo un esfuerzo, cogía una de las pelotas en el cajón de los juguetes.

Sólo tenía doce centímetros de diámetro, pero pesaba un poco más de veinte kilos. A fin de cuentas, el uranio 235 puro es dos veces más pesado que el plomo.

Al llevar la bolsa de lona a través del aparcamiento, Valeri Petrofski tuvo que emplear su gran fuerza para sostenerla con una mano como si no llevase en ella nada de particular. En todo caso, nadie se fijó en él. Dorn paró el motor y se reunió con su familia en el café. La motocicleta, con su carga en el portapaquetes tras el sillín, salió zumbando en dirección a Londres, el túnel de Dartford y Suffolk. El correo Seis había hecho su entrega.

El 4 de mayo, Preston se dio cuenta de que estaba en un callejón sin salida. Habían pasado casi tres semanas y sólo podía mostrar un disco de polonio que había caído en sus manos por pura casualidad. Sabía que no se podía pedir que desnudasen y registrasen a todos los viajeros que entrasen en Gran Bretaña. Lo único que podía pedir era que se aumentase la vigilancia sobre todos los ciudadanos del bloque del Este que llegasen, y que se le avisase inmediatamente en el caso de que apareciera algún pasaporte sospechoso. Era otra oportunidad: la última.

Por lo que habían dicho los expertos en ingeniería nuclear de Aldermaston, tres de las cosas que se necesitaban para la bomba nuclear más sencilla debían ser sumamente pesadas. Una de ellas sería un bloque de uranio 235 puro; otra, un envoltorio cilíndrico o esférico de acero endurecido de veinticinco milímetros de grueso; la tercera sería un tubo de acero, también endurecido y de gran resistencia, de veinticinco milímetros de grueso, una longitud de unos cuarenta y cinco centímetros y un peso de unos doce kilos.

Pensó que al menos estas tres cosas tendrían que ser introducidas en el país en vehículos y pidió que se intensificase la inspección de automóviles extranjeros, prestando atención especial a lo que pudiese parecer una pelota, una esfera o un tubo sumamente pesados.

Sabía que el campo de investigación era muy vasto. Un río constante de motos, coches, furgonetas, camiones y otros vehículos pesados entraba y salía del país todos los días del año. Incluso limitándose al tráfico comercial, si se detenían y descargaban todos los camiones, casi se paralizaría la vida del país. Estaba buscando la proverbial aguja en un pajar, y ni siquiera tenía un imán.

La tensión empezaba a dejar sentir sus efectos en George Berenson. Su esposa le había dejado y regresado a la suntuosa casa de su hermano en Yorkshire. Él había celebrado doce sesiones con el equipo del Ministerio e identificado todos y cada uno de los documentos que había entregado a Jan Marais. Sabía que estaba bajo vigilancia, y ello no contribuía a calmar su nerviosismo.

Y tampoco contribuía a ello la rutina cotidiana de ir al Ministerio con plena conciencia de que su subsecretario permanente lo sabía todo acerca de su traición. Pero la mayor tensión era causada por el hecho de que aún tenía que pasar a Marais paquetes ocasionales de documentos aparentemente sustraídos del Ministerio, para su envío a Moscú. Desde que sabía que el sudafricano era un agente soviético, se las había arreglado para no encontrarse cara a cara con Marais. Pero tenía que leer el material que enviaba a Moscú por medio de Marais, por si éste le llamaba para aclarar algo de lo que había mandado.

Cada vez que leía los papeles que tenía que transmitir quedaba impresionado por la habilidad de los falsificadores. Cada documento se fundaba en un papel real que había pasado por su mesa, pero con cambios tan sutiles, que ningún detalle individual podía despertar sospechas. Sin embargo, con el efecto acumulativo se trataba de dar una impresión completamente falsa de la fuerza y de la preparación de Gran Bretaña y de la OTAN.

El miércoles, 6 de mayo, recibió y leyó un fajo de siete documentos relativos a recientes decisiones, proposiciones, instrucciones y preguntas que, presuntamente, habían llegado a su mesa durante la última quincena. Todos llevaban impreso *Top Secret* o *Cósmico*, y uno de ellos le hizo arquear las cejas. Aquella noche los entregó en la heladería de Benotti, y veinticuatro horas más tarde, recibió la llamada de acuse de recibo.

El domingo, 10 de mayo, recluido en su dormitorio de Cherryhayes Close, Valeri Petrofski se inclinó sobre su potente aparato de radio portátil y escuchó el alud de señales en Morse que llegaba por la banda comercial de Radio Moscú que le había sido asignada.

Su aparato no era transmisor; Moscú no permitiría nunca que un valioso ilegal se pusiese en peligro transmitiendo sus propios mensajes, habida cuenta de lo eficaces que eran las contramedidas de los ingleses y los norteamericanos para descubrir la dirección. Lo que tenía era una «Braun» grande, que podía comprarse en cualquier tienda buena del ramo y que podía captar casi todas las emisoras del mundo.

Petrofski estaba tenso. Había pasado un mes desde que utilizara el transmisor «Poplar» para avisar a Moscú de que se había perdido un correo y lo que transportaba, y pedir su sustitución. Cada dos noches y en las mañanas alternativas, cuando no estaba fuera recogiendo algo, había escuchado esperando la respuesta. Hasta ahora no la había recibido.

Pero esta noche, a las diez y diez, oyó su propia señal en las ondas. Tenía ya a punto el bloc y el lápiz. Después de una pausa, empezó el mensaje. Escribió las letras, traduciéndolas directamente del Morse al inglés: un baturrillo de cifras indescifrables. Al menos los alemanes, los británicos y los norteamericanos, estarían anotando las mismas letras en sus diversos puestos de escucha.

Cuando acabó la transmisión, cerró el aparato, se sentó delante de su tocador, eligió el adecuado *one-time pad* y empezó a descifrar. Tardó en ello quince minutos: Oriol Diez sustituiría a Dos en LCT. El mensaje se repetía tres veces.

Conocía el Lugar de Cita T. Era uno de los de «recambio», que sólo debía utilizarse si la ocasión lo requería, como ahora. Y estaba en un hotel de aeropuerto. Él prefería los cafés de las carreteras o las estaciones de ferrocarril, pero sabía que, aunque él fuese la pieza clave de la operación, había algunos correos que, por razones profesionales, sólo tenían unas pocas horas en Londres y no podía salir de la ciudad.

Había otro problema. Enviaban al correo Diez entre otros dos encuentros y peligrosamente cerca de la hora de reunión con el correo Siete.

Tenía que encontrarse con Diez a la hora del desayuno en el «Post House» de Heathrow; Siete le estaría esperando en el aparcamiento de un hotel de las afueras de Colchester aquella misma mañana a las once. Esto significaba que tendría que conducir muy de prisa; pero podía hacerlo.

A última hora de la tarde del martes, 12 de mayo, las luces estaban aún encendidas en el número 10 de Downing Street, despacho y residencia de la Primera Ministra británica. Mrs. Margaret Thatcher había convocado una conferencia estratégica con sus más íntimos consejeros y el Gabinete interior. El único asunto del orden del día eran las próximas elecciones generales; formalizar la decisión y concretar el tiempo.

Como de costumbre, ella dejó bien claro su punto de vista desde el primer momento. Creía que le convenía presentarse para una tercera legislatura de cuatro años, aunque la Constitución le permitía gobernar hasta junio de 1988. Hubo varios que dudaron inmediatamente de la prudencia de consultar con tanta premura al país, aunque, por anteriores experiencias, no confiaban en ir muy lejos. Cuando se le antojaba algo a la Primera Ministra británica, se necesitaban argumentos muy poderosos para disuadirla. En esta cuestión, las estadísticas parecían apoyarla.

El presidente del Partido Conservador se sabía al dedillo todos los sondeos de opinión. La alianza entre liberales y socialdemócratas —señaló— parecía contar aún con el veinte por ciento del electorado.

Esto significaba que en Gran Bretaña, que no tiene segunda vuelta como los franceses, ni representación proporcional como los irlandeses, el método de decisión existente favorable al vencedor daría a la alianza entre quince y veinte escaños. Los diecisiete de Irlanda del Norte se distribuirían probablemente a razón de doce para los varios tipos de unionistas que apoyarían a los conservadores en el Parlamento, y cinco para las facciones nacionalistas, que boicotearían a Londres o votarían a la izquierda dura. Esto dejaba 613 distritos electorales en los que el resultado lo daría la decisión de la lucha tradicional entre conservadores y laboristas. Para tener una mayoría clara, Mrs. Thatcher necesitaría 325 de ellos.

Las encuestas demostraban además, según el presidente del partido, que el laborismo estaba sólo a cuatro puntos por detrás de los conservadores. Desde junio de 1983, con su recién forjada imagen de unidad, moderación y tolerancia, el Partido Laborista había recuperado no menos de diez puntos. La izquierda dura había casi enmudecido; la izquierda loca había sido repudiada; el programa era más moderado, y las apariciones, en Televisión, de miembros del Gabinete en la sombra, se habían limitado casi totalmente, durante un año, al ala centrista. El público británico había recuperado casi totalmente su confianza en el laborismo como alternativa de partido gobernante.

El presidente observó a sus solemnes colegas que la ventaja de los conservadores había descendido dos puntos en relación con seis meses antes y un punto en los últimos tres meses. La tendencia era clara. Y la misma tendencia era manifestada por la organización del partido en los distritos electorales.

Los indicadores económicos mostraban que, si bien por el momento la economía era floreciente y se estaba reduciendo la cifra de desempleo, cabía esperar huelgas en el sector público en otoño, en petición de aumento de salarios. Si éstas eran graves, la popularidad de los conservadores podía caer súbitamente en invierno y permanecer así hasta la primavera.

A medianoche se convino por unanimidad en que las elecciones debían celebrarse en el verano de 1987 o esperar hasta junio de 1988. Nada de elecciones en otoño o a principios de la primavera. A primeras horas de la mañana, Mrs. Thatcher reunió a su Gabinete. Sólo en un punto se produjo una discusión acalorada: la duración de la campaña electoral.

En Gran Bretaña, las elecciones generales se celebran tradicionalmente un jueves, después de una campaña de cuatro semanas. Es raro, pero no inconstitucional, que la campaña se reduzca a tres semanas. La Primera Ministra era partidaria de una campaña de tres semanas y una elección a toda prisa, para coger desprevenida a la oposición.

Por fin se llegó a un acuerdo: la Primera Ministra pediría audiencia a la reina para el jueves 28 de mayo, y solicitaría la disolución del Parlamento. De acuerdo con la tradición, volvería inmediatamente a Downing Street para hacer una declaración al público. A partir de aquel momento, empezaría la campaña electoral. Las elecciones se celebrarían el jueves 18 de junio.

Mientras los ministros seguían durmiendo en la hora que precede al amanecer, la gran «BMW» rodaba hacia Londres desde el Nordeste. Petrofski se dirigió al «Post House Hotel» del aeropuerto de Heathrow, aparcó, puso a la moto la cadena de seguridad y dejó su casco en el portapaquetes.

Se quitó la chaqueta de cuero negro y los pantalones con cremallera al lado. Debajo de ellos llevaba otros corrientes de franela gris, algo arrugados pero aceptables. Metió las botas en una de las bolsas laterales, de la que había sacado un par de zapatos. El traje de cuero fue a parar a la otra bolsa, de la que sacó una chaqueta de tweed y un impermeable color castaño claro. Cuando dejó la moto y se dirigió a la recepción del hotel, era un hombre corriente vestido de un modo corriente.

Karel Wosniak no había dormido bien. La noche anterior tuvo el susto más grande de su vida. Normalmente, los tripulantes de la «LOT» polaca, de la que era jefe de camareros, pasaban por la Aduana e Inmigración casi como una mera formalidad. Pero esta vez les habían registrado, y registrado a fondo. Cuando el agente británico empezó a hurgar en su neceser, casi se mareó. Y cuando el hombre extrajo la máquina de afeitar eléctrica que le habían dado los del SB en Varsovia antes de despegar, pensó que iba a desmayarse. Afortunadamente no era un modelo con batería o recargable, y no había allí ningún enchufe para conectarla. El agente volvió a dejarla en su sitio y terminó inútilmente su registro. Wosniak suponía que, si alguien *hubiese* puesto en marcha la maquinita de afeitar, ésta no habría funcionado. A fin de cuentas, tenía que haber *algo* en ella, además del acostumbrado motor. De no haber sido así, ¿por qué le habrían ordenado que la trajese a Londres?

A las ocho en punto entró en los lavabos públicos de la zona de recepción, en la planta baja. Un hombre de aspecto vulgar y con un impermeable color castaño claro, se estaba lavando las manos. «¡Caray! —pensó Wosniak—. Cuando aparezca el contacto tendremos que esperar a que ese inglés se marche.» Entonces el hombre le habló, en inglés.

—Buenos días. Ese uniforme que lleva usted, ¿es de las líneas aéreas yugoslavas?

Wosniak suspiró aliviado.

—No; pertenezco a las líneas aéreas nacionales polacas.

—Polonia es un país magnífico —comentó el desconocido, secándose las manos. Parecía absolutamente tranquilo. Wosniak era nuevo en el oficio; ésta sería la primera y la última vez, se había jurado. Plantado en el embaldosado suelo seguía sosteniendo la máquina de afeitar en la mano—. He pasado días muy felices en su país.

«Ya está —pensó Wosniak—. Días muy felices... es la frase de identificación.»

Tendió la maquinilla. El inglés frunció el ceño y miró la puerta de uno de los retretes. Wosniak advirtió, sobresaltado, que la puerta estaba cerrada; había alguien allí. El desconocido señaló con la cabeza el estante de encima de los lavabos. Wosniak dejó allí la máquina de afeitar. Después el inglés señaló los urinarios. Wosniak se descorrió rápidamente la cremallera del pantalón y se plantó ante uno de ellos.

—Gracias —farfulló—, también a mí me parece hermoso.

El hombre del impermeable se metió la máquina de afeitar en un bolsillo, levantó cinco dedos para indicar a Wosniak que esperase cinco minutos, y salió.

Una hora más tarde, Petrofski y su motocicleta salían de los suburbios del nordeste de Londres, lindantes con el Condado de Essex. La autopista M-12 se abrió delante de él. Eran las nueve.

A aquella misma hora, el transbordador *Tor Britannia* de la línea DFDS, procedente de Göteborg, atracaba en el muelle de Parkstone, en Harwich, a ciento veintiocho kilómetros de allí, en la costa de Essex. Los pasajeros que desembarcaron era la multitud acostumbrada de turistas, estudiantes y visitantes comerciales. Entre estos últimos estaba Mr. Stig Lundqvist, al volante de su gran coche «Saab».

Sus documentos indicaban que era un hombre de negocios sueco, y no mentían. Era sueco y lo había sido toda su vida. Lo que no decían los papeles era que también era antiguo agente comunista y trabajaba como Herr Helmut Dorn para el temible general Marcus Wolf, jefe judío de Operaciones Extranjeras del Servicio de Información HVA de la Alemania del Este.

Sin embargo, le ordenaron que se apease del coche y llevase sus maletas al mostrador de inspección. Obedeció, sonriendo amablemente.

Otro agente aduanero levantó el capó del automóvil y miró debajo de él. Buscaba una esfera del tamaño de una pelota pequeña de fútbol, o un tubo fino, disimulados allí. No había nada de eso. Miró debajo de la carrocería y, finalmente, en el portaequipajes. Suspiró. Aquellas exigencias de Londres eran sumamente enojosas. En el portaequipajes no había más que la acostumbrada caja de herramientas, un gato sujeto a uno de los lados y un extintor de incendios en el lado opuesto. El sueco se puso a su lado, llevando sus maletas.

—¿Todo en regla? —preguntó.

—Sí, gracias, señor. Buen viaje.

Una hora más tarde, justo antes de las once, el «Saab» entró en la zona de aparcamientos del «Kings Ford Park Hotel», en el pueblo de Layer de la Haye, al sur de Colchester. Mr. Lundqvist se apeó y se estiró. Era la hora del café de media mañana y había varios coches en el aparcamiento, todos ellos vacíos. Consultó su reloj; faltaban cinco minutos para la hora de la cita. Había llegado a tiempo, si bien sabía que, si se hubiese retrasado, habría contado con una hora adicional de espera y, después, con una segunda cita en otra parte. Se preguntó si aparecería el contacto y cuándo lo haría. No había nadie más por allí, salvo un joven que manipulaba en el motor de una moto «BMW». Él no tenía la menor idea de cómo sería su contacto. Encendió un cigarrillo, subió de nuevo a su coche y permaneció en él.

A las once, alguien dio unos golpecitos en la ventanilla. El motorista estaba fuera. Lundqvist apretó el botón y el cristal se deslizó hacia abajo.

—¿Sí?

—La S de su número de matrícula, ¿corresponde a Suecia o a Suiza? —preguntó el inglés.

Lundqvist sonrió aliviado. Se había detenido en la carretera y desprendido el extintor, que estaba ahora en una bolsa sobre el asiento a su lado.

—Quiere decir Suecia —respondió—. Acabo de llegar de Göteborg.

—Nunca he estado allí —dijo el hombre. Después, sin cambiar el tono de la voz, añadió—: ¿Tiene algo para mí?

—Sí —respondió el sueco—. Está en la bolsa que tengo a mi lado.

—Hay ventanas que tienen vista al aparcamiento —declaró el motorista—. Dé la vuelta a éste, pase junto a la motocicleta y arrójeme la bolsa por la ventanilla del conductor. Mantenga el coche entre las ventanas y yo. Dentro de cinco minutos exactos.

Volvió a su máquina y siguió trajinando en ella. Cinco minutos más tarde, el «Saab» pasó por delante de él y la bolsa cayó al suelo; la recogió y la metió en el portapaquetes abierto antes de que el «Saab» dejase de interponerse entre él y las ventanas del hotel. Nunca volvió a ver el «Saab», ni tuvo ganas de verlo.

Una hora más tarde estaba en su garaje de Thetford, cambiando la moto por un coche familiar y guardando sus dos cargamentos en el portaequipajes. No tenía la menor idea de lo que era. Aquello no le incumbía.

A primera hora de la tarde estaba en su casa de Ipswich, en cuyo dormitorio guardó las dos consignaciones. Los correos Diez y Siete habían hecho sus entregas.

John Preston habría tenido que volver a su trabajo en Gordon Street el 13 de mayo.

—Sé que es fastidioso, pero quisiera que continuases —dijo Sir Nigel Irvine durante una de sus visitas—. Tendrás que alegar un fuerte ataque de gripe. Si necesitas un certificado médico, házmelo saber. Conozco un par que nos complacerán.

El 16, Preston comprendió que estaba en un callejón sin salida. Sin una alerta nacional total, la Aduana e Inmigración habían hecho todo lo que habían podido. El enorme volumen de tráfico humano impedía un registro intensivo de cada visitante. Hacía cinco semanas que el marinero ruso había sido atacado en Glasgow, y estaba convencido de que se le habían escapado los demás correos. Tal vez habían llegado todos al país antes que Semiónov y el marinero había sido el último. Tal vez...

Con creciente desesperación, se daba cuenta de que ignoraba si tenía un límite de tiempo o cuál sería este límite.

El jueves 21 de mayo, el transbordador de Ostende atracó en Folkestone y descargó su habitual contenido de turistas a pie, otros en coche, y la ruidosa serie de camiones TIR que transportan la carga de la Comunidad Económica Europea de un extremo a otro de Europa.

Siete de los camiones pesados eran de matrícula alemana, pues Ostende es puerto predilecto de las empresas que operan en el norte de Alemania para enviar mercancías a Gran Bretaña. El gran «Hanomag» articulado, con su cargamento en containers instalados en el remolque, no era diferente de los demás. El grueso fajo de papeles —para cuya revisión se necesitó una hora—, estaba en perfecto orden y no había motivo para pensar que el conductor trabajase para personas diferentes de los transportistas cuyo nombre figuraba en el lado de su cabina. Tampoco había ninguna razón para creer que el camión transportaba algo diferente de las cafeteras alemanas declaradas y con destino a las mesas del desayuno de los británicos.

Detrás de la cabina, dos grandes tubos de escape verticales apuntaban al cielo, expulsando los vapores del motor Diesel lejos de los otros usuarios de la carretera. Había anochecido ya, el turno de día estaba a punto de ser relevado, y el camión recibió autorización para seguir su ruta hacia Ashford y Londres.

Ninguno de los que estaban en Folkestone podía saber que uno de aquellos tubos de escape verticales, que vomitaba humo negro al salir del cobertizo de Aduanas, tenía en su interior un segundo tubo por el que salían los vapores, ni que se habían extraído los amortiguadores de ruido para crear más espacio, cosa que quedaba disimulada por el estruendo de los motores al arrancar.

Mucho después de anochecer, en la zona de aparcamiento de un café junto a la carretera, cerca de Lenham (Kent), el conductor subió a la cabina, desenroscó el tubo de escape y sacó de él un paquete, de cuarenta y cinco centímetros de longitud, envuelto en una cubierta refractaria. No lo abrió; se limitó a entregarlo a un motorista con traje de cuero negro, que se alejó en la noche a toda velocidad. El correo Ocho había hecho su entrega.

—Es inútil, Sir Nigel —dijo John Preston al jefe del SSI la noche del viernes—. No sé qué diablos está pasando. Temo lo peor, pero no puedo demostrarlo. He tratado de encontrar otro, sólo otro, de esos correos que creo que han entrado en el país, y he fracasado. Creo que debería volver a «Gordon» el lunes.

—Sé cómo te sientes, John —farfulló Sir Nigel—. Yo siento casi lo mismo. Pero, por favor, dame una semana más.

—No veo la razón —opuso Preston—. ¿Qué más puedo hacer?

—Rezar, supongo —replicó amablemente «C».

—Algo para empezar —dijo, furioso, Preston—. Lo único que necesito es algo para empezar.

Capítulo XIX

Al día siguiente por la tarde, John Preston tuvo ese algo para empezar.

Poco después de las cuatro, un avión de las Líneas Aéreas Austríacas aterrizó en Heathrow, procedente de Viena. Uno de los viajeros, que se presentó en el control de pasaportes correspondiente a ciudadanos que no fuesen del Reino Unido ni de la CEE, entregó un pasaporte austríaco auténtico, según el cual su portador era un tal Franz Winkler.

Con la acostumbrada y aparente indiferencia de su profesión, el agente de Inmigración examinó el conocido *Reisepass* con cubiertas verdes de plástico y la emblemática águila de oro. El pasaporte estaba en vigor, constaban en él los sellos de entrada y salida de media docena de países europeos y llevaba el visado del Reino Unido.

Debajo de su mesa, la mano izquierda del agente marcó el número del pasaporte, taladrado en todas las páginas de éste. Observó la pantalla, cerró el pasaporte y lo devolvió al viajero con una breve sonrisa.

—Gracias, señor. El siguiente.

Al recoger Herr Winkler su saco de mano y echar a andar, el agente miró en dirección a una ventanilla situada a 6 metros delante de él. Al mismo tiempo apretó con el pie derecho un botón de «alerta» cerca del suelo. Desde la ventanilla, uno de los hombres de la Rama Especial captó su mirada. El agente de Inmigración miró hacia Herr Winkler y asintió con la cabeza. La cara del detective de la Rama Especial se apartó de la ventanilla y, unos segundos más tarde, él y un colega se deslizaron sin ruido detrás del austríaco.

Otro hombre estaba preparando un coche delante de la terminal. Winkler no llevaba equipaje pesado, y por eso prescindió de las carretillas y pasó directamente por la Aduana. En el vestíbulo pasó algún tiempo en el mostrador del «Midland Bank», cambiando cheques de viajero por moneda británica, cosa que aprovechó uno de los hombres de la RE para tomarle una buena fotografía desde una galería superior.

Cuando el austríaco tomó un taxi de la hilera de los que esperaban delante del Edificio Número Dos, los agentes de la RE subieron a su propio coche sin distintivos y arrancaron detrás de aquél. El conductor centró toda su atención en seguir al taxi; el detective de la RE habló por radio a Scotland Yard y, de allí, según lo convenido, la información pasó también a Charles Sreet. «Seis» estaba también interesado en cualquier visitante que llevase un pasaporte «trucado», y por esto se dio la orden de que cualquier información a este respecto fuese transmitida de Charles Street a Sentinel House.

Winkler fue en taxi hasta Bayswater y lo despidió en el cruce de Edgware Road y Sussex Gardens. Entonces siguió andando, cargado con su saco de mano, por Sussex Gardens, uno de cuyos lados está casi exclusivamente ocupado por modestas pensiones del tipo preferentemente utilizado por agentes de comercio o viajeros de los últimos trenes que llegan a la próxima estación de Paddington, y que no andan sobrados de dinero.

Los hombres de la Rama Especial, que le observaban desde el otro lado de la calle, pensaron que no debía de tener habitación reservada, pues anduvo calle abajo hasta llegar a una casa en la que se veía un rótulo de «Habitaciones Libres», y entró en ella. Debió de tomar una habitación, pues no volvió a salir.

Hacía una hora que el taxi de Winkler había salido de Heathrow y en aquel momento sonó el teléfono en el piso de Preston, en Chelsea. Su contacto con «Sentinel» —el hombre a quien Sir Nigel había ordenado que sirviese de enlace con Preston— estaba al otro extremo de la línea.

—Acaba de llegar un Joe a Heathrow —informó el hombre de MI6—. Puede que no sea nada, pero su número de pasaporte apareció en cifras rojas en la computadora. Está a nombre de Franz Winkler, austríaco, y llegó en el vuelo de Viena.

—No le habrán detenido, ¿verdad? —inquirió Preston.

Estaba pensando: «Austria está convenientemente cerca de Checoslovaquia y de Hungría. Como es neutral, también es un buen punto de partida para los ilegales del bloque soviético.»

—No —respondió el hombre de «Sentinel»—. De acuerdo con las instrucciones recibidas, le han seguido... Espere un momento... —Pasaron unos segundos y volvió a hablar—: Acaban de dejarle en una pequeña pensión de Paddington.

—¿Puede ponerme en comunicación con «C»? —preguntó Preston.

Sir Nigel estaba en una conferencia, pero la dejó para volver a su despacho particular.

—Dime, John.

Preston explicó los hechos fundamentales al jefe del SSI; aún no los conocía.

—¿Crees que es el hombre al que estabas esperando?

—Podría ser un correo —sugirió Preston—. Es lo mejor que hemos tenido desde hace seis semanas.

—Entonces, ¿qué quieres, John?

—Que «Seis» pidiese a los vigilantes que se encargaran de esto. Todos los informes que lleguen al controlador de los vigilantes en «Cork» deberían ser examinados por uno de los suyos en cuanto los reciba. Si el sujeto se encuentra con alguien, que sigan a los dos.

—Muy bien —replicó Sir Nigel—. Pediré a los vigilantes que se encarguen de ello. Barry Banks se sentará en el cuarto de la radio de «Cork» y nos tendrá al corriente de lo que pase.

El jefe llamó personalmente al director de la rama «K» y le formuló su petición. El jefe de «K» habló con su colega de «A», y un equipo de vigilantes se dirigió a Sussex Gardens, en Paddington. Se dio el caso de que estaban al mando de Harry Burkinshaw.

Preston paseaba arriba y abajo en su pequeño apartamento, con la furia de la frustración. Hubiese querido estar en la calle o, al menos, en el centro de la operación, no encerrado como un espía en su propio país, como un peón en un juego de poder que se desarrollaba a un nivel mucho más alto.

Aquella tarde, a las siete, los hombres de Harry Burkinshaw habían entrado en escena, relevando a los de la Rama Especial, que abandonaron el servicio satisfechos. La tarde era tibia y agradable; los cuatro vigilantes que formaban la «guardia» ocuparon disimuladamente sus posiciones alrededor del hotel: uno, calle arriba; otro, calle abajo; otro, delante, y otro, detrás. Los dos coches se situaron entre docenas de otros que estaban aparcados a lo largo de Sussex Gardens, a punto de arrancar si *Chummy* emprendía la huida. Los seis hombres estaban en contacto por medio de sus radios personales, y Burkinshaw lo estaba con la oficina principal, con el cuarto de la radio en los sótanos de «Cork».

Barry Banks estaba también en «Cork», ya que era una operación encargada por «Seis», y todos esperaban que Winkler estableciese contacto.

Lo malo fue que no lo estableció. No hizo nada. Permaneció sentado en su habitación, detrás de las cortinas de malla, sin dejarse ver. Salió a las ocho y media, se dirigió a un restaurante de Edgware Road, tomó una cena sencilla y volvió a su pensión. No hizo ninguna «entrega», no recogió instrucciones, no dejó nada en la mesa, no habló con nadie en la calle.

Pero hizo dos cosas interesantes: Se detuvo de pronto en Edgware Road, en su camino al restaurante, contempló un escaparate durante varios segundos y después volvió atrás por donde había venido. Es uno de los trucos más viejos, y no muy bueno, para tratar de descubrir si le siguen a uno.

Al salir del restaurante se detuvo en el bordillo de la acera, esperó a que se hiciese un hueco en la corriente de tráfico y cruzó la calle corriendo. Al llegar al otro lado se detuvo de nuevo y miró atrás para ver si alguien le había seguido. No vio a nadie. Lo único que hizo Winkler fue acercarse al cuarto vigilante de Burkinshaw, el cual había estado todo el tiempo al otro lado de Edgware Road. Mientras Winkler observaba el tráfico para ver si alguien se jugaba la vida para perseguirle, el vigilante estaba a pocos metros de distancia simulando buscar un taxi.

—Está confuso —dijo Burkinshaw a «Cork»—. Trata de descubrir si le siguen, pero no lo hace muy bien.

Preston recibió la opinión de Burkinshaw en su escondite de Chelsea. Asintió con la cabeza, aliviado. La cosa empezaba a tomar mejor aspecto.

Después de estas maniobras en Edgware Road, Winkler volvió a su pensión y pasó en ella el resto de la noche.

Mientras tanto se desarrollaba otra pequeña operación en el sótano de Sentinel House. Las fotos de Winkler tomadas por los hombres de la Rama Especial en el aeropuerto de Heathrow, junto con otras tomadas en la calle en Bayswater, habían sido reveladas y colocadas respetuosamente ante los ojos de la legendaria Miss Blodwyn.

La identificación de agentes extranjeros, o de extranjeros que puedan ser agentes, es parte importante de toda organización de Información. Para facilitar esta tarea, todos los años toman las agencias cientos de miles de fotografías, de personas que podrían estar trabajando para sus rivales. Ni siquiera los aliados son excluidos de los álbumes de fotos. Diplomáticos extranjeros, miembros de delegaciones comerciales, científicas o culturales, todos ellos son fotografiados como una cuestión de rutina, en particular, pero no siempre, si proceden de países comunistas o simpatizantes del comunismo.

Los archivos crecen sin cesar. A menudo se incluyen veinte fotos del mismo hombre o mujer, tomadas en diferentes tiempos y lugares. Nunca se tira ninguna. Se emplean para conseguir una «imagen».

Si aparece un ruso llamado Ivanov acompañando a una delegación comercial soviética en Canadá, la fotografía de su cara será casi con toda seguridad transmitida por la Policía Montada del Canadá a sus colegas de Washington, Londres y otros aliados de la OTAN. Es muy posible que la misma cara hubiese sido fotografiada cinco años antes como la de un periodista llamado Kozlov, que había asistido a las fiestas de conmemoración de la independencia de una República africana. Si hubiese alguna duda sobre la verdadera profesión del señor Ivanov mientras observa las bellezas de Ottawa, sería disipada por aquella «imagen». Ésta le revelaría como hombre de la KGB.

El intercambio de estas fotos entre los Servicios de Información aliados —incluido el brillante Mossad israelí— es continuo y copioso. Muy pocos ciudadanos del bloque soviético que visiten Occidente e incluso el Tercer Mundo dejan de figurar en un álbum de fotografías al menos en veinte capitales democráticas distintas. Pero nadie que entre en la

Unión Soviética se librará de figurar en la colección de fotos del «Centro».

Lo curioso, pero absolutamente cierto, es que, mientras los «primos» de la CIA emplean bancos de computadoras con millones y millones de rasgos faciales para tratar de absorber el alud diario de fotografías, Gran Bretaña emplea a Blodwyn.

A menudo objeto de abusos y siempre acosada por sus jóvenes colegas varones que requieren una «imagen» con toda la rapidez posible, la anciana Blodwyn lleva cuarenta años en su cargo y trabaja en el sótano de Sentinel House, donde reina sobre el enorme archivo de fotografías que constituye el «libro de fotos» de MI6. En realidad no es un libro, sino una especie de caverna donde hay almacenadas hileras y más hileras de álbumes de fotografías, de los cuales sólo ella tiene un conocimiento enciclopédico.

Su mente es algo parecido al banco de computadoras de la CIA, al que a veces es capaz de derrotar. No guarda en ella los menores detalles de la Guerra de los Treinta Años, ni siquiera de las cotizaciones de Wall Street; sólo conserva rostros. Perfiles de nariz, líneas de mandíbulas, formas de ojos; el hundimiento de una mejilla, la curva de un labio, la manera de sostener un vaso o un cigarrillo, el brillo de un diente enfundado al ser captada una sonrisa en un pub australiano y, años más tarde, en un supermercado de Londres, son otras tantas provisiones para el ejercicio de su extraordinaria memoria.

Aquella noche, mientras Bayswater dormía y los hombres de Burkinshaw atisbaban en la sombra, Blodwyn contemplaba fijamente la cara de Franz Winkler. Dos silenciosos jóvenes de «Seis» esperaban. Al cabo de una hora, la mujer dijo simplemente «Lejano Oriente» y se dirigió a las hileras de álbumes. Consiguió su «imagen» a primeras horas de la mañana del martes 26 de mayo.

La fotografía no era buena y había sido tomada cinco años atrás. Los cabellos eran entonces más oscuros, y la cintura, más delgada. El hombre estaba en una recepción de la Embajada india, al lado de su embajador y sonriendo respetuosamente.

Uno de los jóvenes miró las dos fotografías con aire de duda.

—¿Está segura, Blodwyn?

Si las miradas pudiesen lisiar, el joven habría tenido que comprarse una silla de ruedas. Retrocedió a toda prisa y fue en busca de un teléfono.

—Tenemos una imagen —dijo—. El individuo es checo. Hace cinco años era un miembro de poca categoría de la Embajada de Checoslovaquia en Tokio. Nombre: Jiri Hayek.

El teléfono había despertado a Preston a las tres de la madrugada. Preston escuchó, dio las gracias al que le había llamado y colgó. Sonrió satisfecho.

—¡Te he pillado! —exclamó.

A las diez de la mañana, Winkler estaba aún en su pensión. El control de la operación en Cork Street había sido asumido por Simon Margery, de K.2(B), sección Satélites Soviéticos/Checoslovaquia (Operaciones). A fin de cuentas, se trataba de un checo. Barry Banks, que había dormido en la oficina, estaba con él y transmitía los sucesos a Sentinel House.

A la misma hora, John Preston hizo una llamada personal al asesor jurídico de la Embajada norteamericana, un contacto personal. El asesor jurídico de la Embajada de los Estados Unidos en Grosvenor Square es siempre el representante del FBI en Londres. Preston hizo su petición y le dijeron que le llamarían en cuanto llegase la respuesta de Norteamérica, probablemente dentro de cinco o seis horas, teniendo en cuenta la diferencia de horario.

A las once, Winkler salió de la pensión. Volvió a Edgware Road, tomó un taxi y se dirigió hacia Park Lane. Al llegar a la esquina de Hyde Park, el taxi bajó por Piccadilly seguido por dos coches en los que viajaba el equipo de vigilantes. Winkler lo despidió cerca de Circus e intentó otras sencillas maniobras para despistar a unos posibles «seguidores» a los que ni siquiera había localizado.

—¡Ya estamos otra vez! —murmuró Lend Stewart a su solapa.

Había leído las instrucciones de Burkinshaw y esperaba algo parecido. Winkler se metió de repente en una arcada, casi corriendo, salió por el otro extremo, dio unos pasos en la acera y se puso a mirar hacia la arcada de la que acababa de salir. Nadie apareció allí. No hacía falta. Había ya un vigilante en el extremo sur de la arcada.

Los vigilantes conocen Londres mejor que cualquier policía o taxista. Saben el número de salidas que tienen todos los edificios importantes, el sitio al que van a parar las arcadas y los pasos subterráneos, la situación de los pasajes estrechos y adónde conducen. Siempre que un Joe trata de escabullirse, hay un hombre delante de él, otro que le sigue despacio y dos a los lados. El «dispositivo» nunca falla, y sólo un Joe muy listo puede descubrirlo.

Convencido de que nadie le seguía, Winkler entró en el British Rail Travel Centre, de Lower Regent Street. Allí preguntó el horario de los trenes con destino a Sheffield. El hincha de fútbol escocés que, a pocos pasos de distancia, trataba de volver a Motherwell, era uno de los vigilantes. Winkler pagó un billete de segunda clase hasta Sheffield, tomó nota de que el último tren de la noche salía de la estación de St. Pancras a las 9.25, dio las gracias al empleado y salió.

Almorzó en un café próximo, volvió a Sussex Gardens y se quedó allí toda la tarde.

Preston recibió la noticia de la compra del billete para Sheffield poco después de la una. Llamó a Sir Nigel Irvine en el momento en que «C» estaba a punto de salir para almorzar en su club.

—Puede ser un truco, pero parece que se dispone a salir de la ciudad —dijo—. Puede que se dirija a su cita. Ésta podría ser en el tren o en Sheffield. Tal vez se ha retrasado tanto porque llegó demasiado pronto. La cuestión, señor, es que, si sale de Londres, necesitaremos un controlador de campo que vaya con el equipo de vigilantes. Quisiera ser yo ese controlador.

—Sí, lo comprendo. No es fácil. Sin embargo, veré lo que puedo hacer.

Sir Nigel suspiró. «Adiós almuerzo», pensó. Llamó a su ayudante personal.

—Cancele mi almuerzo en «White's». Prepare mi coche. Y tome nota para un telegrama. Por este orden.

Mientras el ayudante realizaba las dos primeras tareas, Sir Nigel telefoneó a Sir Bernard Hemmings a su casa cerca de Farnham, en Surrey.

—Siento molestarte, Bernard. Pero ha ocurrido algo que quisiera consultarte. No..., mejor personalmente. ¿Te importaría que fuese a verte? A fin de cuentas, hace un día espléndido... Sí, muy bien, a eso de las tres.

—¿El telegrama? —dijo su ayudante.

—Sí.

—¿A quién?

—A mí mismo.

—Ya. ¿Desde dónde?

—Desde la Jefatura en Viena.

—¿Debo avisarle a él, señor?

—No hace falta que le moleste. Disponga las cosas con el Cuarto de Cifrado para que yo reciba su telegrama en tres minutos.

—Desde luego. ¿Y el texto?

Sir Nigel lo dictó. Enviarse a sí mismo un mensaje urgente para justificar lo que quería hacer de todos modos era un viejo truco que había aprendido de su antiguo maestro, el hoy difunto Sir Maurice Oldfield. Cuando el Cuarto de Descifrado le devolvió el telegrama como si hubiese sido recibido de Viena, el viejo mandarín se lo metió en el bolsillo y fue en busca de su coche.

Encontró a Sir Bernard en su jardín de Tilford, disfrutando del templado sol de mayo y con las rodillas envueltas en una manta.

—Pensaba volver hoy al trabajo —dijo el director general de «Cinco» con bien fingida jovialidad—. Lo haré mañana sin falta.

—¡Claro, claro!

—Y ahora, ¿qué puedo hacer por ti?

—Vas a saberlo —dijo Sir Nigel—. Alguien acaba de llegar a Londres en avión, procedente de Viena. Aparentemente es un hombre de negocios austríaco. Pero esto es una tapadera. Encontramos su imagen la noche pasada. Es un agente checo, uno de los chicos del STB. De poca categoría; creemos que es un correo.

Sir Bernard asintió con la cabeza.

—Sí, he mantenido el contacto, incluso desde aquí. Me he enterado de todo. Mis chicos no le pierden de vista, ¿verdad?

—Por supuesto. Pero la cuestión es que, según parece, saldrá de Londres esta noche. Hacia el Norte. «Cinco» necesitará un controlador de campo que vaya con el equipo de vigilantes.

—Desde luego. Lo tendremos. Brian cuidará de ello.

—Sí. La operación es vuestra, desde luego. Sin embargo..., ¿recuerdas el caso Berenson? Hay dos cosas que nunca pudimos descubrir.

¿Comunica Marais a través de la *rezidentura* en Londres, o emplea correos que son enviados desde el exterior? ¿Y era Berenson el único hombre al servicio de Marais, o había otros?

—Lo recuerdo. Pensábamos dejar estas preguntas a un lado hasta que pudiésemos saber algo más de Marais.

—Exacto. Pero hoy he recibido este telegrama de mi jefe de servicio en Viena.

Sacó el telegrama. Sir Bernard lo leyó y arqueó las cejas.

—¿Es posible que estén relacionados?

—Lo es. Winkler, es decir, Hayek, parece ser un correo de alguna clase. Viena confirma que es nominalmente de STB, pero en realidad trabaja para la KGB. Sabemos que Marais estuvo dos veces en Viena en los dos últimos años, mientras dirigía a Berenson. Ambas veces lo hizo por motivos culturales, pero...

—¿El eslabón que faltaba?

Sir Nigel se encogió de hombros. No hay que hablar demasiado.

—¿Para qué va a Sheffield?

—¿Quién puede saberlo, Bernard? ¿Hay otro enlace en Yorkshire? ¿O es posible que Winkler actúe de correo para más de un grupo?

—Entonces, ¿qué quieres de «Cinco»? ¿Más vigilantes?

—No, quiero a John Preston. Recordarás que descubrió primero a Berenson y después a Marais. Me gustó su estilo. Estuvo una temporada de permiso. Después pilló la gripe, según me han dicho. Pero mañana tiene que volver al trabajo. Después de una ausencia tan larga, quizá no tenga ningún caso entre manos. Técnicamente está en Puertos y Aeropuertos, C.5(C). Pero ya sabes lo ocupados que están siempre los muchachos de «K». Si pudiese ser destinado temporalmente a K.2(B), podrías designarle por esta vez controlador de campo...

—Bueno, no sé qué decirte, Nigel. En realidad, esto depende de Brian...

—Te lo agradecería infinito, Bernard. Veamos las cosas como son. Preston anduvo a la caza de Berenson desde el principio. Si Winkler tiene algo que ver con todo esto, es posible que Preston vuelva a ver una cara que ya había visto antes.

—Está bien —convino Sir Bernard—. Tú ganas. Daré la orden desde aquí.

—Si quieres, yo podría llevarla —propuso «C»—. Te ahorraría trabajo. Enviaría a mi chófer a Charles Sreet con la nota...

Salió de Tilford con su «nota», una orden escrita de Sir Bernard Hemmings, destinando temporalmente a John Preston a la rama «K» y nombrándole controlador de campo de la operación Winkler en cuanto se extendiese fuera de la metrópoli.

Sir Nigel hizo sacar dos copias, una para él y la otra para John Preston. El original fue enviado a Charles Sreet. Brian Harcourt-Smith no estaba en su despacho; por consiguiente, dejaron la orden en su mesa.

A las siete de aquella tarde, John Preston salió por última vez del apartamento de Chelsea. Volvía a estar al aire libre y le encantaba.

En Sussex Gardens se deslizó detrás de Harry Burkinshaw.

—¡Hola, Harry!

—¡Caramba, John Preston! ¿Qué haces aquí?

—Tomando un poco el aire.

—Bueno, no te dejes ver demasiado. Tenemos a un Joe escondido al otro lado de la calle.

—Lo sé. Tengo entendido que parte para Sheffield en el tren de las nueve y veinticinco.

—¿Cómo lo has sabido?

Preston sacó su copia de la orden de Sir Bernard. Burkinshaw la estudió.

—¡Oh! El propio director general. Puedes unirte al grupo. Pero no te dejes ver.

—¿Tienes una radio de solapa sobrante?

Burkinshaw señaló con la cabeza calle abajo.

—Detrás de la esquina de Radnor Place. Un «Brown Cortina». Hay un aparato sobrante en la guantera.

—Esperaré en el coche —dijo Preston.

Burkinshaw estaba intrigado. Nadie le había dicho que Preston se uniría a ellos como controlador de campo. Ni siquiera sabía que Preston estuviese en la Sección Checoslovaquia. Sin embargo, la firma del director general pesaba mucho. Por su parte, seguiría con su tarea. Se encogió de hombros, destapó otra botella de menta y siguió vigilando.

A las ocho y media, Winkler salió de la pensión. Llevaba su saco de mano. Detuvo un taxi que pasaba y dio instrucciones al conductor.

Cuando le vio aparecer en la puerta, Burkinshaw llamó a su equipo y a sus dos coches. Subió de un salto al primero y siguió al taxi por Edgware Road a cien metros de distancia. Preston iba en el segundo coche. Diez minutos más tarde supieron que, en efecto, se dirigía al Este, hacia la estación. Burkinshaw informó de ello. Simon Margery le respondió desde «Cork».

—Muy bien, Harry; nuestro controlador de campo está en camino.

—Ya tenemos un controlador de campo —dijo Burkinshaw—. Viene con nosotros.

Esto era nuevo para Margery. Preguntó el nombre del controlador. Cuando lo oyó, creyó que había habido una equivocación.

—Ni siquiera está en K.2(B) —protestó.

—Ahora, sí —dijo, impertérrito, Burkinshaw—. He visto la orden. Firmada por el director general.

Margery llamó a «Charles» desde Cork Street. Mientras la comitiva se dirigía al Este en la oscuridad, la orden de Sir Bernard fue comprobada y confirmada en Charles Street. Margery levantó las manos, desesperado.

—¿Por qué tienen que estar siempre cambiando de idea los de «Charles»? —preguntó a un mundo indiferente.

Dio contraorden al colega a quien había designado para incorporarse al grupo en la estación de St. Pancras. Después trató de localizar a Brian Harcourt-Smith para quejarse.

Winkler pagó la carrera del taxi en el patio de la estación, entró por el arco de ladrillos al abovedado vestíbulo de la victoriana estación y consultó el horario de salidas. A su alrededor, los cuatro vigilantes y Preston se desvanecieron entre la multitud de pasajeros en aquel edificio de ladrillos y hierro forjado.

El tren de las 9.25 estaba en el andén 2, con destino a Leicester, Derby, Chesterfield y Sheffield. Cuando lo hubo encontrado, Winkler avanzó por el andén, dejando atrás los tres vagones de primera clase y el coche restaurante, y llegó a los tres vagones de segunda, tapizados de azul, próximos a la máquina. Eligió el de en medio, colocó su saco de mano sobre la rejilla y se sentó tranquilamente, esperando el momento de partir.

Era un carruaje sin compartimientos, y, a los pocos minutos, un joven negro con auriculares y un musicassette prendido en el cinturón entró y se sentó a tres hileras de distancia de Winkler. Una vez sentado, el hombre empezó a seguir con la cabeza el ritmo de la música que escuchaba, cerró los ojos y pareció disfrutar de lo lindo. Un miembro del equipo de Burkinshaw había ocupado su puesto; en los auriculares no sonaba música estruendosa, sino las instrucciones de Harry con fuerza cinco.

Otro de los hombres de Burkinshaw se situó en el vagón de delante, y Harry y John Preston, en el tercero, de modo que Winkler quedó copado, y el cuarto hombre del equipo se sentó en un vagón de primera clase, por si a Winkler se le ocurría echarse una «carrerita» en el tren si sospechaba que le espiaban.

A las 9.25 en punto, el Intercity 125 silbó, salió de St. Pancras y se dirigió hacia el Norte. A las nueve y media, Brian Harcourt-Smith fue localizado en el comedor de su club y llamado por teléfono. Era Simon Margery. Después de escuchar, el director general delegado de «Cinco» salió corriendo, tomó un taxi y cruzó a toda velocidad los tres kilómetros del West End que le separaban de Charles Street.

Encontró en su mesa la orden firmada aquella misma tarde por Sir Bernard Hemmings. Palideció de rabia.

Era un hombre que sabía dominarse, y, después de pensarlo un rato, cogió el teléfono y pidió al operador, con su acostumbrada cortesía, que le pusiese en comunicación con el asesor jurídico del Servicio, telefoneándole a su casa.

El asesor jurídico es la persona que cuida de la mayor parte de las relaciones entre el Servicio y la Rama Especial. Mientras esperaba la comunicación, comprobó el horario de trenes con destino a Sheffield. El asesor jurídico, que estaba viendo la televisión en Camberley, se levantó de su sillón y se puso al aparato.

—Necesito que la Rama Especial practique una detención —dijo Harcourt-Smith—. Tengo razones para creer que un inmigrante ilegal, sospechoso de ser agente soviético, puede escapar a la vigilancia a que está sometido. Se llama Franz Winkler y se hace pasar por ciudadano austríaco. La acusación: presunto pasaporte falso. Llegará a Sheffield en el tren de Londres, a las once cincuenta y nueve. Sí, sé que es muy poco tiempo. Por eso es tan urgente. Por favor, póngase al habla con el jefe de la Rama Especial en el Yard y pídale que monte la operación para practicar la detención en cuanto llegue el tren a Sheffield.

Colgó el teléfono, con semblante hosco. John Preston podía estar harto de él como director del equipo de vigilancia, pero la detención de un sospechoso era cuestión política, y éste era su Departamento.

El tren iba casi vacío. Dos vagones, en vez de seis, habrían bastado para transportar a los sesenta pasajeros que viajaban en él. Barney, el vigilante del primer vagón, compartía éste con otros diez viajeros de aspecto inocente. Iba sentado de espalda a la marcha, de modo que podía ver la parte superior de la cabeza de Winkler a través de la puerta cristalera entre los dos vagones.

Ginger, el joven negro de los auriculares que viajaba con Winkler en el segundo vagón, tenía otros cinco compañeros de viaje. Y en el tercero, una docena de ellos compartían los sesenta asientos con Preston y Burkinshaw. Durante hora y cuarto, Winkler no hizo nada; no tenía nada que leer; se limitaba a mirar el oscuro paisaje a través de la ventanilla.

Se movió cuando el tren redujo la marcha al llegar a Leicester, a las 10.45. Tomó su saco de mano de la rejilla, echó a andar por el vagón, pasó por delante del lavabo y bajó el cristal de la puerta que daba al andén. Ginger informó a los demás, quienes se prepararon para entrar eventualmente en acción.

Otro pasajero pasó junto a Winkler al detenerse el tren.

—Por favor, ¿hemos llegado a Sheffield? —preguntó Winkler.

—No, esto es Leicester —respondió el hombre, y bajó al andén.

—¡Ah! Muchas gracias —murmuró Winkler.

Dejó el saco de mano en el suelo, pero se quedó junto a la ventanilla abierta, mirando al andén durante la breve parada. Al arrancar el tren, volvió a su asiento y colocó de nuevo el saco de mano sobre la rejilla.

A las 11.12, hizo lo mismo en Derby. Esta vez preguntó a un mozo de cuerda que estaba en el andén del antro de cemento que constituye la estación de Derby.

—Derby —le gritó el faquín—. Sheffield es la segunda estación.

Winkler se quedó también mirando por la ventanilla abierta mientras duró la parada y, después, volvió a su asiento y arrojó el saco de mano sobre la rejilla. Preston le estaba observando a través de la puerta entre los dos vagones.

A las 11.43 entraron en Chesterfield, una estación victoriana, pero muy bien cuidada, pintada de vivos colores y con macetas de flores colgadas de las paredes. Esta vez, Winkler dejó el saco de mano donde estaba, pero se asomó a la ventanilla mientras dos o tres viajeros se apeaban del tren y cruzaban corriendo la barrera donde se revisaban los billetes. El andén quedó vacío antes de que el tren arrancase de nuevo. Cuando lo hizo, Winkler abrió la puerta, saltó al andén y cerró ésta, moviendo el brazo hacia atrás.

Burkinshaw era muy raras veces pillado desprevenido por un Joe, pero más tarde confesó que Winkler le había sorprendido. Los cuatro vigilantes habrían podido saltar fácilmente al andén, pero no había manera de esconderse en aquella franja de piedra, donde habrían pasado tan inadvertidos como una cerda en una sinagoga. Winkler les habría visto y no habría acudido a la cita, dondequiera que ésta se hubiese concertado.

Preston y Burkinshaw corrieron hacia la plataforma, donde se les reunió Ginger, procedente del vagón delantero. La ventanilla seguía abierta, Preston asomó la cabeza y miró hacia atrás. Winkler, convencido al fin de que no le seguían, caminaba vivamente por el andén, de espaldas al tren.

—¡Harry, vuelve aquí en coche con el equipo! —gritó Preston—. Ponte al habla conmigo por radio cuando puedas alcanzarme. Ginger, cierra la puerta cuando haya saltado.

Abrió la puerta, bajó al estribo, se encogió en la posición de «aterrizaje» de los paracaidistas y saltó.

Los paracaidistas chocan contra el suelo a una velocidad de unos diecisiete kilómetros por hora; la inclinación depende del viento. El tren marchaba a unos cuarenta por hora cuando Preston cayó sobre el talud, pidiendo a Dios que le librase de chocar contra un poste de hormigón o alguna piedra grande. Tuvo suerte: la tupida hierba de mayo amortiguó el golpe; luego, Preston rodó con las rodillas juntas, los codos encogidos y la cabeza baja. Harry le dijo más tarde que no pudo seguir mirándole. Ginger dijo que botaba como una pelota por el talud en dirección a las ruedas del convoy. Cuando, por fin, se detuvo, quedó tendido en la zanja, entre la hierba y la vía férrea. Se puso en pie, se volvió y empezó a correr en dirección a las luces de la estación.

Cuando llegó a la barrera de control de billetes, el guardián la estaba cerrando para la noche. Éste contempló con asombro aquella aparición envuelta en un abrigo destrozado.

—El último hombre que ha pasado por aquí —dijo Preston—. Un hombre bajo, robusto, con un impermeable gris. ¿Adónde ha ido?

El guardián señaló con la cabeza hacia el patio delantero de la estación y Preston echó a correr. El guardián se dio cuenta demasiado tarde de que no le había recogido el billete. Ya en el patio, Preston vio las luces de cola de un taxi que se dirigía a la ciudad. No había ninguno más. Sabía que podía llamar a la Policía local para que buscase al conductor del taxi y le preguntase adónde había llevado a aquel cliente; pero estaba seguro de que Winkler despediría al taxi antes de llegar a su destino y seguiría andando. A pocos metros de distancia, un mozo del ferrocarril estaba poniendo en marcha un ciclomotor.

—Necesito que me preste su bici —dijo Preston.

—¡Lárguese! —gruñó el mozo.

No había tiempo para identificarse ni para discutir; las luces del taxi pasaban por debajo de la nueva carretera elevada y pronto se perderían de vista. Por consiguiente, Preston le dio un puñetazo en la mandíbula. El mozo se derrumbó. Preston agarró la máquina antes de que cayese al suelo, la libró de las piernas del hombre, montó en ella y arrancó.

Tuvo suerte con los semáforos. El taxi subía por Corporation Street, y Preston nunca lo habría alcanzado con su pequeña máquina si no hubiesen estado en rojo las luces de delante de la Biblioteca Central. Cuando el taxi descendió por Holywell Street y entró en Saltergate, le llevaba cien metros de ventaja, y aún ganó más terreno al forzar el potente motor en un kilómetro de carretera recta. Si Winkler hubiese seguido en dirección a los campos del oeste de Chesterfield, Preston nunca le habría alcanzado.

Afortunadamente, las luces de freno del taxi se encendieron cuando éste no era más que un punto en la lejanía. Winkler lo estaba despidiendo en el punto donde Saltergate se convierte en Ashgate Road. Al reducir la distancia, Preston pudo ver a Winkler mirando arriba y abajo junto al taxi. No había más tráfico; lo único que podía hacer era seguir en su bici. Pasó por delante del taxi detenido como un hombre que volviese tarde a casa y sólo pensara en sus asuntos, giró en Foljambe Road y se detuvo.

Winkler cruzó la carretera a pie; Preston le siguió. Winkler no se volvió ni una sola vez. Caminó alrededor de la cerca del campo de fútbol del Chesterfield y entró en Compton Street. Aquí se detuvo ante una casa y llamó a la puerta. Moviéndose entre las sombras, Preston llegó a la esquina de la calle y se ocultó detrás de un arbusto del jardín de la casa de la esquina.

Calle arriba, vio que se encendían unas luces en una casa a oscuras y que se abría la puerta. Hubo una breve conversación en el umbral, y Wlinkler entró. Preston suspiró y se instaló detrás del arbusto, dispuesto a pasar la noche en vela. No podía ver el número de la casa en la que había entrado Winkler, ni observar la parte trasera de la vivienda, pero sí podía ver el alto muro del campo de fútbol detrás de la casa, por lo cual pensó que quizá no tendría salida por allí.

A las dos de la madrugada oyó el débil ruido de su radio al ponerse Burkinshaw a su alcance. Se identificó y dio su posición. A las dos y media oyó unas ligeras pisadas y silbó débilmente para indicar el sitio en que se hallaba. Burkinshaw se reunió con él detrás del arbusto.

—¿Estás bien, John?

—Sí. Él está allí, en la segunda casa más allá del árbol, donde hay una luz detrás de la cortina.

—Ya la veo. John, habían montado una recepción en Sheffield. Dos de la Rama Especial y tres policías de uniforme. Enviados por Londres. ¿Quieres que le detengan?

—De ninguna manera. Winkler es un correo. Quiero pescar al pez gordo. Puede que esté en esa casa. ¿Qué ha sido del grupo de Sheffield?

Burkinshaw se echó a reír.

—Da gracias a Dios por el sistema de Policía británico. Sheffield está en Yorkshire, y esto corresponde a Derbyshire. Sus jefes de Policía tendrán que resolver el problema por la mañana. Esto te dará tiempo.

—Sí. ¿Dónde están los otros?

—En esta misma calle, más abajo. Hemos venido en taxi y lo hemos despedido. Ahora no tenemos coches, John. Y cuando amanezca no podremos ocultarnos en esta calle.

—Sitúa a dos en el extremo y a dos aquí —ordenó Preston—. Yo volveré al centro de la ciudad, buscaré el cuartel de la Policía y pediré ayuda. Si *Chummy* sale, dímelo. Pero haz que le sigan dos del equipo y que los otros dos vigilen la casa.

Abandonó el jardín y retrocedió andando hacia el centro de Chesterfeld, donde buscó la Jefatura de Policía, que estaba en Beetwell Street. Mientras andaba, una frase le sonaba constantemente en la cabeza. Había algo en la actuación de Winkler que no tenía sentido.

Capítulo XX

Al superintendente Robin King no le gustó que le despertasen a las tres de la madrugada; pero al enterarse de que un oficial de MI5 de Londres estaba en su oficina para pedirle ayuda, se avino a ir en seguida y, en efecto, se presentó a los veinte minutos, sin haberse afeitado ni peinado.

Escuchó atentamente mientras Preston le explicaba el quid del asunto: que un extranjero sospechoso de ser agente soviético había sido seguido desde Londres, había saltado del tren en Chesterfield y había sido seguido luego hasta una casa de Compton Street, cuyo número aún no sabía.

—Aún no sé quién vive en esa casa, ni por qué la ha visitado nuestro sospechoso. Pretendo averiguarlo, pero de momento no quiero que se practique ninguna detención. Quiero vigilar la casa. Esta misma mañana podremos conseguir la debida autorización del jefe de Policía de Derbyshire, pero ahora el problema es más urgente. Tengo cuatro hombres del Servicio de Vigilancia en aquella calle, pero en cuanto amanezca serán demasiado visibles. Por tanto, necesito ayuda inmediata.

—¿Qué puedo hacer exactamente por usted, Mr. Preston? —preguntó el oficial de Policía.

—¿Tiene, por ejemplo, una camioneta sin distintivos?

—No. Tenemos varios coches sin distintivos y un par de furgonetas, pero éstas llevan la insignia de la Policía en un lado.

—¿Podríamos conseguir una sin ningún distintivo y aparcarla en aquella calle con mis hombres en su interior, sólo como medida temporal?

El superintendente llamó por teléfono al sargento de guardia. Le hizo la misma pregunta y escuchó durante un rato.

—Telefonéele y dígale que me llame en seguida —dijo. Y dirigiéndose a Preston—: Uno de mis hombres tiene una camioneta. Está muy estropeada y siempre le toman el pelo por ello.

Treinta minutos más tarde, el adormilado agente de Policía se encontró con el equipo de vigilantes frente a la puerta principal del campo de fútbol. Burkinshaw y sus hombres subieron a la camioneta y ésta fue conducida a Compton Street y aparcada al otro lado de la calle, ante la casa sospechosa. Siguiendo las instrucciones recibidas, el policía se apeó, se estiró y echó a andar calle abajo, dando la impresión de un hombre que volvía a casa después de su trabajo en un turno de noche.

Burkinshaw atisbó por la ventanilla trasera y llamó por radio a Preston.

—Así está mejor —comentó—. Podemos ver bien la casa desde el otro lado de la calle. A propósito, es el número 59.

—Sigue ahí durante un rato —ordenó Preston—. Estoy tratando de montar algo mejor. Mientras tanto, si Winkler sale y se marcha a pie, haz que le sigan dos hombres y deja a los otros dos vigilando la casa. Si se va en coche, síguelo con la camioneta.

»Puede que tengamos que vigilar la casa durante un período más largo, superintendente. Para eso, tendríamos que ocupar una habitación alta de una casa al otro lado de la calle. ¿Podríamos encontrar alguien en Compton Street que estuviese dispuesto a facilitárnosla?

El jefe de Policía reflexionó:

—Conozco a alguien que vive en Compton Street —dijo—. Ambos somos masones, miembros de la misma logia. Por eso le conozco. Fue suboficial de Marina y ahora está retirado. Vive en el número 68. Sin embargo, no sé dónde cae este número en la calle.

Burkinshaw confirmó que el número 68 estaba al otro lado de la calle y dos casa más arriba. Desde la ventana del piso alto, que era casi seguramente la del dormitorio principal, podría observarse perfectamente el objetivo. El superintendente King telefoneó a su amigo.

A sugerencia de Preston, dijo al soñoliento dueño de la casa, Mr. Sam Royston, que se trataba de una operación de la Policía; deseaban vigilar a un posible sospechoso que se había refugiado al otro lado de la calle. Cuando se hubo despabilado, Mr. Royston se mostró a la altura de las circunstancias. Como ciudadano cumplidor de la ley, permitiría, desde luego, a la Policía utilizar su habitación delantera.

La camioneta fue conducida sin ruido alrededor del bloque hasta West Street; Burkinshaw y su equipo se deslizaron entre las casas, saltaron la valla y entraron en la casa de Mr. Royston por el jardín trasero. Justo antes de que el sol estival inundase la calle, el equipo de vigilancia se instaló en el recién utilizado dormitorio de los Royston, detrás de las cortinas de blonda, a cuyo través podían ver el número 59 al otro lado de la calle.

Mr. Royston, tieso como un huso en su bata de pelo de camello y orgulloso, como buen patriota que era, de poder ayudar a los oficiales de la reina, miró a través de las cortinas hacia la casa situada casi enfrente de la suya.

—¿Son atracadores de Bancos? ¿O traficantes de drogas?

—Algo parecido —asintió Burkinshaw.

—¡Extranjeros! —gruñó Royston—. Nunca me han gustado. No deberían dejarles entrar en el país.

Ginger, cuyos padres habían venido de Jamaica, miró impasible a través de las cortinas. Mungo, el escocés, subió un par de sillas del piso bajo. Mrs. Royston surgió como un ratón de algún escondrijo secreto, después de quitarse los rulos y las horquillas.

—¿Desea alguien una tacita de té? —preguntó.

Barney, que era joven y guapo, le dedicó su más cautivadora sonrisa.

—Sería estupendo, señora.

Fue un gran día para ella. Empezó a preparar la primera de la que resultó ser una serie interminable de tazas de té, brebaje del que parecía sustentarse sin necesidad de recurrir a alimentos sólidos.

En la Jefatura de Policía, el sargento de servicio había establecido también la identidad de los moradores del 59 de Compton Street.

—Dos chipriotas griegos, señor —informó al superintendente King—. Son hermanos y solteros. Andreas y Spiridon Stephanides. Llevan allí unos cuatro años, según el guardia que hace la ronda en el barrio. Parece que tienen un restaurante griego donde sirven también comidas para llevarse, en Holywell Cross.

Preston pasó media hora telefoneando a Londres. Primero despertó al oficial de guardia en «Sentinel», el cual le puso en comunicación con Barry Banks.

—Barry, quiero que te pongas en contacto con «C», donde quiera que se encuentre, y le pidas que me llame.

Sir Nigel Irvine le telefoneó cinco minutos más tarde, tranquilo y lúcido como si no hubiese estado durmiendo. Preston le informó de los sucesos de la noche.

—Había un equipo de recepción en Sheffield, señor. Dos de la RE y tres guardias uniformados, autorizados para detener a quien sea.

—No creo que esto formase parte del convenio, John.

—No en lo referente a mí.

—Está bien, John, llevaré esto hasta el final. Ya tienes la casa. ¿Vas a entrar en ella ahora?

—Tengo *una* casa —le corrigió Preston—. No quiero entrar en ella, porque creo que no es el final de la pista. Otra cosa, señor. Si Winkler se marcha y quiere volver a su país, quiero que le dejen ir en paz. Si es un correo, o portador de un mensaje, o sólo está haciendo una labor de comprobación, los suyos estarán esperando su regreso en Viena. Si no aparece, desconectarán todos los hilos.

—Sí —asintió Sir Nigel, pensativamente—. Hablaré de esto a Sir Bernard. ¿Quieres seguir con la operación ahí o prefieres volver a Londres?

—Si es posible, me gustaría quedarme aquí.

—Muy bien. Haré una petición al más alto nivel, desde «Seis», para que te concedan lo que deseas. Ahora, guárdate bien y envía tu informe operacional a Charles Sreet.

Terminada la conferencia, Sir Nigel telefoneó a Sir Bernard Hemmings a su casa. El director general de «Cinco» convino en reunirse con él para desayunar en el «Guards Club» a las ocho.

—Ya ves, Bernard; es realmente posible que el «Centro» esté montando en este momento una operación muy importante en el interior de este país —comentó «C» mientras untaba con mantequilla su segunda tostada.

Sir Bernard Hemmings estaba muy disgustado. No había tocado la comida que tenía delante.

—Brian habría debido contarme el incidente de Glasgow —dijo—. ¿Por qué diablos está todavía ese informe en su mesa?

—Todos cometemos errores de juicio de vez en cuando. *Errare humanum est*, y todo lo demás —murmuró Sir Nigel—. Mi gente de Viena pensó que Winkler era un recadero de un antiguo grupo de agentes y yo deduje que Jan Marais podía ser uno de ese grupo. Ahora parece que, a fin de cuentas, puede tratarse de dos operaciones separadas.

Se abstuvo de confesar que él mismo había redactado el telegrama de Viena del día anterior para conseguir lo que quería de su colega: la inclusión de Preston como controlador de campo en la operación Winkler. Para «C» había momentos en que uno tenía que mostrarse candoroso, y otros, en que debía guardar un discreto silencio.

—¿Y la segunda operación, la relacionada con el incidente de Glasgow? —preguntó Sir Bernard.

Sir Nigel se encogió de hombros.

—No lo sé, Bernard. Todos andamos a tientas en la oscuridad. Evidentemente, Brian no lo cree. Puede que tenga razón. En tal caso, yo me habría equivocado de medio a medio. Sin embargo, el asunto de Glasgow, el misterioso transmisor en Midlands, la llegada de Winkler... Ese Winkler ha sido nuestro golpe de suerte, quizás el último que tengamos.

—Entonces, ¿cuáles son tus conclusiones, Nigel?

Sir Nigel sonrió, como disculpándose. Era la pregunta que había estado esperando.

—Ninguna conclusión, Bernard. Sólo unas pocas deducciones hipotéticas. Si Winkler es un correo, cabe esperar que establezca su contacto y entregue el paquete, o reciba el paquete que ha venido a recoger, en algún lugar público. Una zona de aparcamiento, un lugar en la orilla del río, el banco de un jardín o junto a un estanque. Si se está montando allí una gran operación, tiene que haber un ilegal importante en el lugar. El director del espectáculo. Si tú estuvieses en su lugar, ¿querrías que los correos llamasen a tu puerta? ¡Claro que no! Tendrías un intermediario, o tal vez dos. Toma un poco de café.

—Está bien; de acuerdo.

Sir Bernard esperó a que su colega le sirviese una taza.

—Por consiguiente, Bernard, opino que Winkler no puede ser el pez gordo. Es un pequeño accesorio, un recadero, un correo o algo por el estilo. Lo propio cabe decir de los dos chipriotas en una casita de Chesterfield. Durmientes, ¿no crees?

—Sí —convino Sir Bernard—, durmientes de poca categoría.

—Por consiguiente, empieza a parecer como si la casa de Chesterfield fuese un depósito de llegada de paquetes, un buzón, una casa segura o tal vez el hogar del transmisor. A fin de cuentas, está en la zona adecuada; los dos «chirridos» interceptados por SCG procedían de Derbyshire Peak District y de los montes del norte de Sheffield, donde se llega fácilmente desde Chesterfield.

—¿Y Winkler?

—¿Qué podemos pensar, Bernard? ¿Un técnico para reparar la emisora si presentaba problemas? ¿Un supervisor para comprobar el progreso de la operación? Sea como fuere, creo que deberíamos dejar que informase de que todo está en orden.

—¿Y crees que el pez gordo se dejará ver?

Sir Nigel se encogió nuevamente de hombros. Lo que temía era que Brian Harcourt-Smith, fracasado su intento de detención en Sheffield, tratase de asaltar la casa de Chesterfield. Sir Nige! lo consideraba totalmente prematuro.

—Yo diría que tiene que haber un contacto allí, en alguna parte. O él acudirá a los griegos, o éstos irán a él —dijo.

—Tú sabes algo, Nigel. Yo pienso que deberíamos reservar esa casa de Chesterfield, al menos durante un tiempo.

El jefe del SSI adoptó una expresión grave:

—Bernard, viejo amigo, estoy de acuerdo contigo. Pero tu joven Brian parece empeñado en penetrar en ella y practicar unas cuantas detenciones. La noche pasada lo intentó en Sheffield. Desde luego, las detenciones parecen cosa buena de momento, pero...

—Deja de mi cuenta a Brian Harcourt-Smith, Nigel —dijo ásperamente Sir Bernard—. Puede que yo esté en las últimas, pero el viejo perro tiene aún fuerzas para ladrar. Mira, voy a encargarme personalmente de la dirección de este asunto.

Sir Nigel se inclinó hacia delante y apoyó una mano en el antebrazo de Sir Bernard.

—Deseaba realmente que lo hicieses, Bernard.

Winkler salió a pie de la casa de Compton Street, a las nueve y media. Mungo y Barney se deslizaron a hurtadillas fuera de la casa de Royston, cruzaron los jardines y alcanzaron al checo en la esquina de Ashgate Road. Él volvió a la estación, tomó el tren de Londres y quedó bajo la vigilancia de un nuevo equipo en St. Pancras. Mungo y Barney volvieron a Derbyshire.

Winkler no volvió a su pensión. Si había dejado algo allí, lo abandonó, como había dejado en el tren su saco de mano con un pijama y una camisa, y fue directamente a Heathrow. Tomó el avión de la tarde con destino a Viena. El jefe del Servicio en Viena informó más tarde a Irvine de que habían ido a recibirle dos hombres de la Embajada soviética.

Preston pasó el resto del día encerrado en la Jefatura de Policía, estudiando todo el caudal de detalles administrativos requeridos por una operación en provincias.

La máquina burocrática entró en acción; Charles Street apeló al Ministerio del Interior, el cual ordenó al jefe de Policía de Derbyshire que dijese al superintendente King que debía prestar toda su colaboración a Preston y sus hombres. Mr. King estaba deseoso de hacerlo, pero los papeles debían estar en orden.

Len Stewart llegó en coche con un segundo equipo, y todos ellos fueron alojados en las habitaciones de solteros de la Policía. Se tomaron fotos, con teleobjetivo, de los dos hermanos griegos al salir de Compton Street para ir a su figón de Holywell Cross, poco antes del mediodía, y se enviaron a Londres por un mensajero en motocicleta. Llegaron otros expertos de Manchester, quienes se dirigieron a la central de teléfonos local e intervinieron los aparatos de los griegos en su casa y en el pequeño restaurante. Un indicador de dirección fue instalado subrepticiamente en su automóvil.

A última hora de la tarde, Londres tenía la «imagen» de los griegos. No eran verdaderos chipriotas, pero sí hermanos. Comunistas griegos veteranos, antaño activos en el movimiento ELLAS, habían pasado de la Grecia continental a Chipre hacía veinte años. Atenas había informado amablemente a Londres. Su verdadero apellido era Costapopoulos. Según Nicosia, habían desaparecido de Chipre hacía ocho años.

El archivo de Información de Croydon informó de que los hermanos Stephanides habían llegado a Gran Bretaña hacía cinco años, como legales ciudadanos chipriotas, y se había autorizado su residencia.

El padrón de habitantes de Chesterfield mostraba que habían llegado de Londres hacía tres años y medio, alquilado a largo plazo el restaurante griego y comprado la casita de Compton Street. Desde entonces habían vivido como ciudadanos tranquilos y cumplidores de la ley. Seis días a la semana abrían su figón para el almuerzo, que era muy sencillo, y se quedaban hasta tarde, ganándose muy bien la vida con comidas preparadas para llevarse a casa.

Ningún miembro de la Policía, salvo el superintendente King, sabía la verdadera razón de la vigilancia, y sólo seis de ellos conocían su existencia. A los otros se les dijo que era parte de una operación de ámbito nacional en busca de drogas. Los hombres de Londres sólo habían venido porque conocían algunas caras.

Poco después de ponerse el sol, Preston abandonó la Jefatura de Policía y fue a reunirse con Burkinshaw y su equipo.

Antes de salir de la Jefatura de Policía, dio efusivamente las gracias al superintendente King por toda la ayuda que le había prestado.

—¿Estará usted allí todo el tiempo? —preguntó el jefe de Policía.

—Sí, estaré allí —respondió Preston—. ¿Por qué lo pregunta?

El superintendente King sonrió tristemente.

—La noche pasada vino un mozo de cuerda de la estación del ferrocarril, y estaba indignado. Parece ser que alguien le golpeó y le quitó el ciclomotor en el patio de la estación. Encontramos la máquina en Foljambe Road, sin la menor avería. Sin embargo, nos dio una descripción muy exacta de su atacante. Yo no me dejaría ver mucho, ¿sabe?

—No, creo que no.

—Muy bien pensado —opinó el superintendente King.

En su casa de Compton Sreet se había pedido a Mr. Royston que continuase su vida normal, visitando las tiendas por la mañana y el campo de bolos por la tarde. La comida y la bebida extraordinarias las llevarían después de anochecer, para que los vecinos no se extrañasen del repentino y enorme apetito de los Royston. Llevaron un pequeño aparato de televisión para los que Mr. Royston llamaba «los muchachos de arriba», y todos se dispusieron a esperar y vigilar.

Los Royston se mudaron al dormitorio de atrás, y la cama individual de aquella habitación fue trasladada a la de delante. Sería compartida en turnos por los vigilantes. También llevaron unos potentes gemelos montados sobre un trípode, así como una cámara con teleobjetivo para fotos a la luz del día y una lente de infrarrojos para tomarlas de noche. Dos automóviles con los depósitos llenos estaban aparcados en las cercanías, y los hombres de Len Stewart operaban en la sala de comunicaciones de la Jefatura de Policía, enlazando la casa de Royston con sus propios aparatos y Londres.

Cuando llegó Preston, los cuatro vigilantes parecían hallarse en su casa. Barney y Mungo, que habían vuelto de Londres, estaban dormitando, uno en la cama y el otro en el suelo. Ginger estaba sentado en una poltrona, sorbiendo una taza de té recién hecho; Harry Burkinshaw estaba sentado como un buda en un sillón detrás de las cortinas de blonda, mirando a través de la calle hacia la casa vacía.

Como había pasado la mitad de su vida plantado bajo la lluvia, se sentía satisfecho. Aquí se estaba caliente, no había humedad, podía quitarse los zapatos y disponía de una buena provisión de caramelos de menta. Sabía muy bien que había situaciones mucho peores. Como quiera que la casa que constituía su objetivo estaba adosada por detrás a un muro de hormigón de cuarenta y cinco centímetros, que era el del campo de fútbol, esto quería decir que nadie tendría que pasar la noche agazapado entre los arbustos. Preston se sentó a su lado, detrás de la cámara montada, y aceptó la taza de té que le ofrecía Ginger.

—¿Vas a traer el equipo de escaladores? —preguntó Harry.

Se refería a los técnicos especializados en entrar clandestinamente en las casas.

—No —respondió Preston—. En primer lugar, ni siquiera sabemos si puede haber alguien más allá dentro. Aparte esto, podría haber una serie de aparatos de alarma contra posibles incursiones, y quizás alguno nos pasaría inadvertido. Por último, lo que espero es que aparezca un *Chummy*. Si lo hace, tomaremos los coches y le seguiremos. Len podrá encargarse de la casa.

Se acomodaron y guardaron silencio. Barney se despertó.

—¿Ha dicho algo la tele? —preguntó.

—No gran cosa —respondió Ginger—. Las noticias de la noche, las gansadas de costumbre.

Veinticuatro horas más tarde, en la emisión del jueves, las noticias fueron mucho más interesantes. Vieron en la pequeña pantalla a la Primera Ministra de pie en la entrada del número 10 de Downing Sreet, con un discreto vestido azul, enfrentándose a una horda de representantes de la Prensa y la Televisión.

Anunció que acababa de volver de Buckingham Palace, donde había pedido la disolución del Parlamento. En consecuencia, el país debía prepararse para las elecciones generales, que se celebrarían el próximo 18 de junio.

El resto de la velada se dedicó a las reacciones provocadas por tal declaración, con los líderes y personajes destacados de todos los partidos anunciando sus confiadas esperanzas de victoria.

—Cualquiera sabe —observó Burkinshaw a Preston.

No obtuvo respuesta. Preston observaba la pantalla sumido en honda reflexión. Al fin dijo:

—Creo que lo tengo.

—Pues no lo sueltes —observó Mungo.

—¿Qué es ello, John? —preguntó Harry cuando cesaron las risas.

—Mi plazo límite —replicó Preston, pero se negó a dar más explicaciones.

En 1987, muy pocos automóviles de fabricación europea conservaban los grandes y redondos faros de estilo antiguo; uno de ellos era el eterno «Austin Mini». Un vehículo de este tipo figuraba entre los muchos coches que desembarcaron del transbordador de Cherburgo a Southampton el anochecer del 2 de junio.

El coche había sido comprado en Austria cuatro semanas antes, conducido a un taller clandestino en Alemania, modificado allí y llevado de nuevo a Salzburgo. Su documentación austríaca estaba perfectamente en regla, lo mismo que la del turista que lo conducía, aunque en realidad éste era checo, segunda y última aportación del STB al plan del comandante Volkov para introducir en Gran Bretaña los componentes que necesitaba Valeri Petrofski.

El «Mini» fue registrado en la Aduana sin que se descubriese en él nada anormal. Al salir de los muelles de Southampton, el conductor tomó la dirección de Londres, pero, al llegar a los suburbios del norte de la ciudad portuaria, salió de la carretera y entró en una amplia zona de aparcamiento. Ahora era ya noche cerrada y, situado en el fondo del parking, no podía ser visto por los ocupantes de los coches que rodaban a gran velocidad por la carretera principal. Se apeó y, con un destornillador, empezó a trabajar en los faros.

Primero quitó el anillo de metal cromado que cubría el hueco entre el faro y el metal circundante. Empleando un destornillador más grande, aflojó los tornillos que sujetaban la unidad de alumbrado dentro de la carrocería. Cuando se desprendieron, sacó toda la unidad de su soporte, soltó los cables que conectaban el sistema eléctrico del coche con la parte posterior de la lámpara y depositó la unidad —que parecía excepcionalmente pesada—, en una bolsa de lona que tenía al lado.

Tardó casi una hora en extraer ambos faros. Cuando hubo terminado, el cochecito miraba, sin ver, hacia delante, con sus cuencas vacías. El agente sabía que regresaría por la mañana, con unos faros nuevos comprados en Southampton, los montaría y se llevaría el coche de allí.

De momento cargó con la pesada bolsa de lona, volvió a la carretera y caminó unos trescientos metros en dirección al puerto. La parada del autobús estaba donde le habían indicado. Comprobó su reloj; faltaban diez minutos para la hora de la cita.

Exactamente diez minutos más tarde, un hombre con traje de cuero de motorista se acercó a la parada del autobús. No había nadie más allí. El recién llegado miró carretera abajo y observó:

—El último autobús de la noche siempre se hace esperar.

El checo suspiró aliviado.

—Sí —respondió—, pero gracias a Dios estaré en casa a medianoche.

Esperaron en silencio hasta que llegó el autobús con destino a Southampton. El checo dejó la bolsa en el suelo y subió al autobús. Al desaparecer las luces traseras en dirección a la ciudad, el motorista cogió la bolsa y se alejó hacia un albergue contiguo a la carretera, donde había dejado su motocicleta.

Al amanecer, tras haber ido a Thetford para cambiar de vehículo, llegó a su casa de Cherryhayes Close (Ipswich), con el último artículo de la lista de componentes que había estado esperando durante aquellas largas semanas. El correo Nueve había hecho su entrega.

Dos días más tarde se cumplió una semana del comienzo de la vigilancia sobre la casa de Compton Street (Chesterfield), sin que se hubiese producido absolutamente nada digno de mención.

Los dos hermanos griegos llevaban una vida impecablemente vulgar. Se levantaban a eso de las nueve, trajinaban en su casa, de cuya limpieza parecían cuidar personalmente, y tomaban su coche de cinco años para ir al restaurante justo antes del mediodía. Permanecían allí hasta cerca de medianoche, y entonces, volvían a casa para dormir. No hubo visitantes y muy pocas llamadas telefónicas. Éstas eran para pedir carne y verduras u otros artículos inofensivos.

En el figón de Holywell Cross, Len Stewart y sus hombres informaron de modo parecido. El teléfono se empleaba allí con más frecuencia, pero las conversaciones versaban también sobre pedidos de comestibles, reservas de mesas o servicio de vinos. Era imposible que un vigilante comiese allí todas las noches; los griegos eran, sin duda, profesionales que habían pasado años llevando una vida clandestina y que habrían sospechado de un parroquiano que acudiese con excesiva frecuencia o se entretuviese demasiado rato. Pero Stewart y su equipo hacían cuanto podían.

En cuanto al equipo de la casa Royston, el problema principal era el tedio. Incluso Mr. y Mrs. Royston empezaban a cansarse de las molestias causadas por su presencia, una vez agotada la excitación inicial. Mr. Royston había accedido a actuar de agente electoral para el Partido Conservador —se había opuesto resueltamente a hacerlo para cualquier otro partido— y las ventanas delanteras de la casa mostraban ahora carteles en favor del candidato *tory* local.

Esto permitía más idas y venidas que de costumbre, ya que nadie que entrase en la casa o saliese de ella con la insignia de los conservadores llamaría la atención de los vecinos. Este truco permitió a Burkinshaw y a su equipo —provistos de los distintivos adecuados—, dar algún paseo mientras los griegos estaban en su restaurante. Esto rompía la monotonía. El único que parecía inmune al aburrimiento era Harry Burkinshaw.

Por lo demás, la distracción principal era la televisión, mantenida a bajo volumen, en particular cuando los Royston habían salido, y el tema principal del día y de la noche era la campaña electoral. Al cabo de una semana de iniciarse esta campaña, tres cosas parecían claras:

La alianza entre liberales y socialdemócratas había tenido nuevamente poca resonancia en las encuestas de opinión y la lucha parecía reflejar cada vez más la tradicional carrera entre conservadores y laboristas. El segundo factor era que todas las encuestas de opinión indicaban que los dos partidos principales estaban mucho más cerca el uno del otro de lo que había podido preverse cuatro años antes, en 1983, cuando los conservadores habían triunfado por una gran mayoría; además, las encuestas a nivel de distritos electorales indicaban que el resultado, en los ochenta distritos más marginales, determinaría casi con toda seguridad el color del próximo Gobierno del país. En todas las encuestas, el que inclinaba los platillos de la balanza era el «voto flotante», que oscilaba entre el diez y el veinte por ciento.

La tercera revelación era la de que pese a todas las cuestiones económicas e ideológicas en juego y los esfuerzos de todos los partidos por aprovecharse de ellas, la campaña iba siendo crecientemente dominada por el problema, mucho más emotivo, del desarme nuclear unilateral. En un número cada vez mayor de encuestas, la cuestión de la carrera de armamentos nucleares aparecía como el primer o segundo motivo de preocupación.

Los movimientos pacifistas —en su mayor parte de izquierda y unidos al menos por una vez—, montaban lo que era, en fecto, una campaña paralela propia. Casi diariamente se realizaban grandes manifestaciones, recompensadas con la atención igualmente reiterada de la Prensa y la Televisión. Los movimientos, aunque no contaban aparentemente con importantes organizaciones para recaudar fondos, parecían capaces de alquilar, mediante sus recursos combinados, cientos de autocares a buenos precios para transportar a sus manifestantes a todas las partes del país.

Las lumbreras de la izquierda dura del Partido Laborista, agnósticos o ateos en su totalidad, compartían todas las tribunas públicas o de Televisión con clérigos del ala progresista de la Iglesia anglicana, y los miembros de ambos grupos empleaban el tiempo que se les concedía asintiendo gravemente a las opiniones manifestadas por los otros.

Inevitablemente, aunque la alianza no era unilateralista, el blanco principal de los ataques de los partidarios del desarme era el Partido Conservador, mientras que el Partido Laborista se convertía en su principal aliado. El líder del partido, apoyado por el Ejecutivo Nacional, al comprobar la dirección en que soplaba el viento, aceptó en nombre propio y en el del partido todas las demandas de los unilateralistas.

Otro tema destacado de la campaña de la izquierda era el antinorteamericanismo. En un centenar de estrados, pronto le resultó imposible, al entrevistador o presentador, sacarle al portavoz de los partidarios del desarme una sola palabra de condena contra la Rusia soviética. El tópico constantemente reiterado era el odio a Norteamérica, presentada como belicista, imperialista y amenazadora de la paz.

El jueves, 4 de junio, la campaña fue animada por el súbito ofrecimiento soviético de «garantizar» a toda la Europa occidental, tanto a las naciones neutrales como a las de la OTAN, una zona desprovista a perpetuidad de armas nucleares, si Norteamérica hacía lo mismo. Un intento del ministro británico de Defensa por explicar que (a) la remoción de las defensas europeas y de los Estados Unidos era comprobable, mientras que no lo era la eliminación de las cabezas nucleares soviéticas, y (b) que el Pacto de Varsovia tenía una superioridad de cuatro a uno sobre la OTAN en armas convencionales, quedó frustrado por grandes abucheos en dos ocasiones antes del almuerzo, y el ministro tuvo que ser librado por sus guardaespaldas de las garras de los pacifistas.

—Cualquiera diría —gruñó Harry Burkinshaw mientras abría otra botella de menta— que esta elección es un referéndum nacional sobre desarme nuclear.

—Lo es —asintió brevemente Preston.

El viernes, el comandante Petrofski fue de compras al barrio comercial de Ipswich. En una ferretería compró una carretilla ligera, de dos ruedas y varas cortas, del tipo empleado para transportar sacos, cubos o maletas pesadas. Un comerciante del ramo de la construcción le sirvió dos tablones de treinta centímetros de longitud.

En una tienda de materiales de oficina adquirió un pequeño archivador de acero de un metro de altura, cincuenta centímetros de anchura y treinta y cinco de profundidad, con una puerta de cierre seguro.

Un almacén de maderas le proporcionó varios listones, palos y viguetas cortas, mientras que una tienda de bricolage le vendió una caja de herramientas completa, incluido un taladro de gran velocidad con una selección de brocas para acero o madera, y además, clavos, pasadores, tuercas, tornillos y unos guantes industriales gruesos.

En un almacén de empaquetado compró cierta cantidad de espuma aislante, y terminó la mañana en un establecimiento de material eléctrico, donde compró cuatro baterías de nueve voltios y una serie de cables multicolores. Tuvo que hacer dos viajes en su coche para llevar las mercancías a Cherryhayes Close, donde las guardó en el garaje. Cuando hubo anochecido, llevó la mayor parte de ellas a la casa.

Aquella noche, la radio le dio en Morse los detalles de la llegada del montador, única cosa que no había tenido que aprenderse de memoria. Sería el lugar de cita X, y la fecha, el lunes 8. «Apretado —pensó—, muy apretado», pero aún estaría a tiempo.

Mientras Petrofski estaba inclinado sobre su *one-time pad* descifrando el mensaje, y los griegos servían *moussaka* y *kebad* a la cola de personas que acababan de salir de los bares próximos a la hora de cerrar, Preston estaba en la Jefatura de Policía hablando por teléfono con Sir Bernard Hemmings.

—La cuestión es, John, cuánto tiempo podremos aguantar en Chesterfield sin obtener ningún resultado —dijo Sir Bernard.

—Sólo hace una semana, señor —replicó Preston—. Otras vigilancias han durado mucho más.

—Sí, lo sé. La cuestión es que, en general, tenemos más cosas en que apoyarnos. Aquí hay una tendencia cada vez más evidente que aconseja irrumpir en la casa de los griegos para ver lo que guardan en ella, si es que guardan algo. ¿Por qué te muestras tan contrario a entrar clandestinamente en ella mientras ellos hacen su trabajo?

—Porque creo que son profesionales de alta categoría y se darían cuenta. En tal caso, probablemente tendrán una manera segura de avisar a su controlador y evitar que vuelva a visitarles.

—Sí, supongo que tienes razón. Está muy bien que permanezcas sentado en aquella casa, como una de esas cabras que atan en la India como cebo para el tigre; pero, ¿y si el tigre no viene?

—Creo que vendrá, más pronto o más tarde, Sir Bernard —dijo Preston—. Por favor, deme un poco más de tiempo.

—Está bien —accedió Hemmings, tras una pausa para consultar con alguien—. Una semana, John. El próximo viernes tendré que soltar a los chicos de la Rama Especial para que vayan allí y desmonten toda la casa. No olvides que el hombre al que estás buscando puede haber estado todo el tiempo en ella.

—No lo creo. Winkler no habría visitado el cubil del tigre. Creo que está fuera, en alguna parte, y que acabará por venir.

—Muy bien. Una semana, John. Hasta el próximo viernes.

Sir Bernard colgó. Preston se quedó mirando fijamente el aparato. Faltaban trece días para las elecciones. Empezaba a sentirse desanimado, a temer haberse equivocado desde el principio. Nadie más —con la posible excepción de Sir Nigel—, creía en su intuición. Un pequeño disco de polonio y un recadero checo de bajo nivel no eran gran cosa en que apoyarse, y quizá ni siquiera estaban relacionados entre sí.

—Está bien, Sir Bernard —habló al zumbador auricular—, una semana. Después de ésta, terminaré la caza como sea.

El reactor de las Líneas Aéreas Finlandesas llegó de Helsinki el lunes siguiente por la tarde, como de costumbre, y sus pasajeros pasaron por Heathrow sin grandes problemas. Uno de ellos era un hombre alto y barbudo, entrado en años, llamado Urho Nuutila, según su pasaporte finlandés, y cuyo dominio del idioma podía explicarse en parte por su ascendencia careliana. En realidad era un ruso llamado Vassiliev, científico nuclear de profesión, adscrito a la Artillería soviética, Directorio de Investigación. Como la mayoría de los fineses, hablaba un inglés aceptable.

Después de pasar por la Aduana, tomó el autobús del aeropuerto hasta el «Heathrow Penta Hotel», entró en éste, torció a la derecha, pasando por delante de recepción, y salió por la puerta trasera, que daba al aparcamiento. Esperó junto a dicha puerta bajo el sol del atardecer, sin que nadie se fijase en él, hasta que un coche pequeño se detuvo delante de él. El cristal de la ventanilla del conductor estaba bajado.

—¿Es aquí donde dejan a los pasajeros los autobuses del aeropuerto? —preguntó.

—No —respondió el viajero—. Creo que es al otro lado.

—¿De dónde viene usted? —preguntó el joven.

—De Finlandia —respondió el barbudo.

—Debe de hacer mucho frío en Finlandia.

—No; en esta época del año hace mucho calor. El problema principal son los mosquitos.

El joven asintió con la cabeza. Vassiliev dio la vuelta al coche y subió. El vehículo arrancó.

—¿Nombre? —preguntó Petrofski.

—Vassiliev.

—Con eso basta. Yo soy Ross.

—¿Vamos muy lejos? —preguntó Vassiliev.

—Unas dos horas de viaje.

Pasaron en silencio el resto del camino. Petrofski hizo tres maniobras para comprobar si eran «seguidos». No lo eran. Llegaron a Cherryhayes Close con la última luz del día. En el jardín delantero de la casa contigua, su vecino, Mr. Armitage, estaba cortando la hierba.

—¿Tiene compañía? —preguntó al apearse Vassiliev del coche y dirigirse a la puerta delantera.

Petrofski tomó el maletín del hombre del asiento trasero, e hizo un guiño a Armitage.

—De la oficina principal —murmuró—. Por mi buen comportamiento. Podría ser que me ascendiesen.

—¡Oh! Yo diría que lo conseguirá —comentó, sonriendo, Armitage. Asintió con la cabeza, como para darle ánimos, y siguió cortando hierba.

Ya en el cuarto de estar, Petrofski corrió las cortinas, como siempre hacía antes de encender la luz. Vassiliev permaneció inmóvil en la penumbra.

—¡Bien! —exclamó, cuando se encendieron las luces—, vayamos al asunto. ¿Recibió las nueve consignaciones que le fueron enviadas?

—Sí; las nueve.

—Vamos a confirmarlo. Una pelota de niño, de unos veinte kilos de peso.

—Sí.

—Un par de zapatos, una caja de cigarros, un molde de escayola.

—Sí.

—Una radio de transistores, una máquina de afeitar eléctrica, un tubo de acero muy pesado.

—Debe de ser éste.

Petrofski se dirigió a un armario y sacó un trozo de metal pesado, envuelto en una capa de materia refractaria.

—Lo es —replicó Vassiliev—. Por último, un extintor de incendios manual, extraordinariamente pesado, y un par de faros de automóvil, también muy pesados.

—Sí.

—Muy bien, eso es todo. Si tiene el resto de los artículos comerciales inofensivos que debía comprar, empezaré el montaje por la mañana.

—¿Por qué no ahora?

—Mire usted, joven: en primer lugar, si empezase a aserrar y taladrar a estas horas, los vecinos podrían molestarse. En segundo lugar, estoy cansado. Con esta clase de juguete no se pueden cometer errores. Empezaré mañana, cuando haya descansado, y habré terminado al ponerse el sol.

Petrofski asintió con la cabeza.

—Dormirá en la habitación de atrás. El miércoles le llevaré a Heathrow, a tiempo para tomar el avión de la mañana.

Capítulo XXI

Vassiliev decidió trabajar en el cuarto de estar, con las cortinas corridas y con luz eléctrica. Primero pidió los nueve envíos que había que montar.

—Necesitaremos una bolsa de basura —dijo.

Petrofski fue a buscarla a la cocina.

—Páseme los objetos recibidos a medida que se los pida —dijo el montador—. Primero, la caja de cigarros.

Rompió los sellos y levantó la tapa. La caja contenía dos capas de cigarros, trece en la de arriba y doce en la de abajo, cada uno de ellos con su funda de aluminio.

—Debería de ser el tercero de la izquierda, de la hilera superior.

Lo era. Sacó el cigarro de la funda y lo rajó con una navaja de afeitar. Del interior del cigarro sacó una delgada ampolla de cristal que tenía un extremo torcido y de! que salían dos alambres enroscados. Un detonador eléctrico. Lo demás fue a parar a la bolsa de basura.

—El molde de escayola.

El molde se había confeccionado en dos capas, la primera de las cuales se había endurecido antes de ser aplicada la segunda. Entre las dos capas se había colocado otra de una sustancia gris y blanda, envuelta en politeno para evitar la adhesión, y enrollada en torno al brazo. Vassiliev separó las dos capas de escayola, extrajo la plasticina gris de su cavidad, desprendió las hojas protectoras de politeno e hizo con aquélla una pelota. Eran doscientos gramos de plástico explosivo.

Petrofski le dio los zapatos del señor Lichka, y Vassiliev arrancó los tacones de ambos. Uno de ellos contenía un disco de acero de cinco centímetros de diámetro y veinticinco milímetros de grueso. El borde estaba surcado a la manera de un tornillo ancho y plano, y una de las caras tenía una muesca a la que podía adaptarse un destornillador de punta ancha. Del otro tacón salió un disco más plano de metal gris, de cinco centímetros de ancho; era de litio, metal inerte que, al fundirse durante la explosión con el polonio, formaría el iniciador y haría que la reacción atómica alcanzase toda su fuerza.

El disco complementario de polonio estaba en la máquina de afeitar eléctrica, que tanto había preocupado a Karel Wosniak, y sustituía al que se había perdido en Glasgow. Quedaban los otros cinco artículos entrados de contrabando.

Al arrancar el revestimiento refractario del tubo de escape del «Hanomag», apareció un tubo de acero que pesaba veinte kilos. Su diámetro interior era de cinco centímetros, y el exterior, de diez, pues el metal tenía un grosor de veinticinco milímetros; era de acero templado. Uno de los extremos tenía una pestaña y un hilo interior, y el otro, una caperuza, también de acero. La caperuza tenía un pequeño orificio en el centro, para que pudiese pasar por él el detonador eléctrico.

De la radio de transistores del primer oficial Romanov extrajo Vassiliev el aparato regulador del tiempo, una caja de acero plana y cerrada, del tamaño de dos paquetes de cigarrillos unidos por un extremo. Tenía dos botones grandes y redondos en una cara, uno rojo y el otro amarillo; de la otra cara salían dos alambres de colores, negativo y positivo. Cada ángulo tenía una especie de oreja con un agujero, para su conexión a la parte exterior del estuche de acero que contendría la bomba.

Tomando el extintor del «Saab» del señor Lundqvist, el montador desenroscó la base, que el equipo de preparación había cortado, juntado y pintado de nuevo, para disimular el corte. Del interior salió, no espuma contra el fuego, sino guata y una pesada varilla de metal parecida al plomo, de doce centímetros de longitud y cinco de diámetro. Aunque era pequeña, pesaba cuatro kilos y medio. Vassiliev se puso los gruesos guantes para manejarla. Era uranio 235 puro.

—¿No es radiactivo ese material? —preguntó Petrofski, que observaba fascinado.

—Sí, pero no peligroso. La gente cree que todos los materiales radiactivos son igualmente peligrosos. Y no es así. Los relojes luminosos son radiactivos, pero los llevamos. El uranio es un emisor alfa, de bajo nivel. En cambio, el plutonio es realmente mortal. Lo propio cabe decir de esto cuando llega al punto crítico. Y esto será momentos antes de la detonación, no ahora.

Tardó bastante en desmontar los dos faros del «Mini». Vassiliev sacó primero las bombillas, el filamento interior y la pantalla cóncava reflectora. Sólo quedaron un par de medias esferas huecas, de acero templado y de doce centímetros de grueso. Cada una de ellas tenía una pestaña alrededor del borde, con seis orificios para los tornillos y las tuercas. Al unirse formarían una esfera perfecta.

Una de ellas tenía en su base un orificio de cinco centímetros, por el que pasaría la espiga de acero del zapato izquierdo de Lichka. El otro tenía un trozo corto de tubo que salía de su base, de cinco centímetros de diámetro en su interior y con surcos espirales en el exterior para enroscarse con el tubo de acero del sistema de escape del «Hanomag».

El último elemento era la pelota transportada en la caravana de aquel hombre que hacía camping. Vassiliev arrancó la brillante cubierta de goma. Una bola de metal resplandeció a la luz.

—Esto es la envoltura de plomo —dijo—. La bola de uranio, el núcleo fisible de la bomba, está dentro. Lo sacaré más tarde. También es radiactivo, como aquella pieza de allí.

Tras comprobar que tenía sus nueve elementos, empezó a trabajar en el cajón archivador de acero. Volviéndolo boca arriba, levantó la tapa y, con los listones y palitos, dispuso un armazón interior en forma de cuna baja, que apoyó en el fondo de la caja. Luego lo cubrió con una gruesa capa de espuma de plástico absorbente del choque.

—Pondré más alrededor de los lados y encima cuando la bomba esté dentro —explicó.

Tomando las cuatro baterías, las empalmó, terminal con terminal, y luego las juntó en un bloque con cinta adhesiva. Por último, hizo cuatro pequeños agujeros en la tapa de la caja y conectó el bloque de baterías dentro de aquélla. Era mediodía.

—Muy bien —dijo—. Montemos el aparato. A propósito, ¿ha visto alguna vez una bomba nuclear?

—No —respondió Petrofski, con voz ronca.

Era experto en la lucha a manos limpias; no temía los puños, los cuchillos ni las pistolas. Pero le inquietaba la fría jovialidad de Vassiliev al manejar una fuerza capaz de arrasar una ciudad. Como la mayoría de la gente, consideraba la ciencia nuclear como una especie de arte oculto.

—Antaño eran muy complicadas —comentó el montador—. Muy grandes, incluso las de baja potencia, y sólo podían confeccionarse en condiciones de laboratorio muy complicadas. Actualmente todavía lo son las más perfeccionadas, es decir, las bombas de hidrógeno de muchos megatones. Pero la bomba atómica fundamental ha sido simplificada hasta el punto de que puede montarse en casi cualquier banco de trabajo. Contando, naturalmente, con los elementos adecuados y con un poco de técnica y precaución.

—¡Es formidable! —exclamó Petrofski.

Vassiliev estaba cortando la fina funda de plomo que envolvía la bola de uranio 235. El plomo había sido colocado en frío como papel de envolver, y cerrada la juntura con un soplete. Se desprendió con mucha facilidad. Dentro estaba la bola de doce centímetros de diámetro, con un orificio de veinticinco milímetros atravesándola por la mitad.

—¿Quiere saber cómo funciona? —preguntó Vassiliev.

—Desde luego.

—Esta bola es de uranio. Pesa quince quilos y medio. Una masa insuficiente para que haya alcanzado el punto crítico. El uranio se vuelve crítico cuando su masa aumenta más allá de aquel punto.

—¿Qué quiere decir «crítico»?

—Es cuando empieza la fisión. Me refiero a la fisión en términos de radiactividad. Cuando se traspasa el umbral de la detonación. Esta bola no ha llegado todavía a esa fase. ¿Ve aquella varita corta de allí?

—Sí.

Era la varilla de uranio del extintor de incendios hueco.

—La varilla se ajustará exactamente al orificio de cinco centímetros del centro de la bola. Cuando lo haga, toda la masa se volverá crítica. El tubo de acero de allí es como un cañón, en el que la varilla de uranio representa el papel de la bala. Al producirse la detonación, el explosivo de plástico empujará la varilla por el tubo hasta el corazón de esta bola.

—Y entonces estallará.

—Todavía no. Para ello se necesita el iniciador. El uranio, por sí solo, entraría en fisión hasta extinguirse, crearía un infierno de radiactividad, pero no estallaría. Para conseguir la explosión hay que bombardear el uranio crítico con una ráfaga de neutrones. Esos dos discos, el de litio y el de polonio, forman el iniciador. Si se mantienen separados, son inofensivos; el polonio es un débil emisor de radiaciones alfa, y el litio es inerte. Pero si se juntan, se produce algo muy extraño. Se inicia una reacción; emiten la ráfaga de neutrones que necesitamos. Al recibirla, el uranio se descompone y produce una emisión gigantesca de energía; es la destrucción de la materia. Para ello se requiere una cienmillonésima de segundo. El envoltorio de acero es para sujetarlo todo durante ese brevísimo período.

—¿Quién deja caer el iniciador? —preguntó Petrofski, en un intento de humor macabro.

Vassiliev sonrió.

—Nadie. Los dos discos están ya allı, pero separados. Colocamos el polonio en un extremo del orificio de la bola de uranio, y el litio en la punta del que será proyectil de uranio. La bala desciende por el tubo hasta el corazón de la bola, y el litio que lleva en la punta es lanzado contra el polonio que espera al otro extremo del túnel. Esto es.

Vassiliev empleó una gota de supercola para pegar el disco de polonio a una cara del vástago plano de acero del tacón del zapato de Lichka. Después enroscó la barrita en el agujero de la base de una de las medias esferas. Tomando la bola de uranio la introdujo en ella. El interior de la concavidad tenía cuatro módulos, que se adaptaban a otras tantas muescas abiertas en el uranio. Cuando se acoplaron, la bola quedó sujeta en su sitio. Vassiliev tomó una de esas linternas que son como un lápiz y miró por el agujero a través del núcleo de la bola de uranio.

—Allí está —dijo—, esperando en el fondo del agujero.

Después colocó el segundo cuenco sobre el primero, para formar una esfera perfecta, y pasó una hora apretando los dieciséis tornillos alrededor de la pestaña, para mantener unidas las dos mitades.

—Ahora, el cañón —observó.

Empujó el explosivo de plástico por el tubo de acero de cuarenta y cinco centímetros de largo, apretándolo con fuerza, pero con cuidado con un mango de escoba de la cocina, hasta que quedó bien compacto. A través del pequeño agujero de la base del tubo, Petrofski pudo distinguir cómo se combaba el explosivo de plástico. Con la misma supercola, Vassiliev sujetó el disco de litio a la punta plana de la varilla de uranio, lo envolvió en una tela para asegurarse de que no resbalaría por el tubo a causa de la vibración, y empujó la varilla hasta el explosivo del fondo. Entonces enroscó el tubo en la esfera. Ésta parecía ahora un melón gris, de diecisiete centímetros de diámetro, con un mango de cuarenta y cinco centímetros que salía de un extremo; una especie de enorme granada de mano.

—Casi he terminado —dijo Vassiliev—. El resto es como en las bombas convencionales.

Tomó el detonador, separó los alambres de su extremo y los aseguró con cinta aislante. Si se tocaban, podría producirse una detonación prematura. Enrolló un trozo de cable de cinco amperios en cada alambre del detonador. Luego apretó el detonador a través del agujero en el extremo del tubo, hasta introducirlo en el explosivo de plástico.

Depositó la bomba en su cuna de espuma, como si fuese una criatura, y puso más espuma a su alrededor y encima de ella, como arropándola. Sólo los dos alambres quedaron libres. Sujetó uno de ellos al terminal positivo del bloque de baterías.

Un tercer alambre salía del terminal negativo de las baterías, de modo que Vassiliev tenía aún uno de cada uno en sus manos. Aisló los extremos descubiertos.

—Esto es sólo por si se tocasen —dijo, con un guiño—. *Sería* mala cosa.

El único componente que aún no había sido usado era el aparato de relojería. Vassiliev empleó el taladro para hacer cinco agujeros en un lado de la caja de acero, cerca de la parte superior. El agujero central era para los alambres que salían de la parte trasera del aparato de relojería y los introdujo en él. Los otros cuatro eran para unos finos tornillos, con los que fijó aquel aparato al exterior de la caja. Hecho esto, conectó los hilos de las baterías y del detonador a los del aparato de relojería, según sus colores. Petrofski contuvo el aliento.

—No se preocupe —dijo Vassiliev, al advertirlo—. Este aparato de relojería fue comprobado repetidas veces en nuestro país. El cortacircuitos está en el interior y funciona.

Colocó los últimos alambres, aisló las junturas y bajó la tapa de la caja, cerrándola con llave y arrojando ésta a Petrofski.

—Bueno, camarada Ross, ya está. Puede llevarlo en el portaequipajes de su cacharro y no se estropearán. Puede ir por donde quiera; la vibración no producirá ningún efecto. Una última cosa. Si aprieta con fuerza este botón amarillo, pondrá en marcha el reloj, pero no cerrará el circuito eléctrico. Esto lo hará dos horas más tarde el aparato de relojería. Apriete ese botón y tendrá dos horas para ponerse a salvo.

»El rojo es un disparador manual. Si lo apretase, se produciría la detonación en el acto.

No sabía que estaba equivocado. En realidad, creía lo que le habían dicho. Sólo cuatro hombres en Moscú sabían que ambos botones provocarían la detonación instantánea. Anochecía.

—Ahora, amigo Ross, quiero comer, beber un poco, dormir bien y volver a casa mañana por la mañana. ¿Qué le parece?

—Muy bien —replicó Petrofski—. Dejemos la caja en aquel rincón, entre el armario y la mesa de las bebidas. Sírvase un whisky. Yo prepararé algo para cenar.

Salieron para Heathrow a las diez, en el pequeño coche de Petrofski. En una zona de aparcamiento al sudoeste de Colchester, donde los tupidos bosques llegan hasta la carretera, Petrofski se apeó para hacer sus necesidades. Segundos más tarde, Vassiliev oyó sus estridentes gritos de alarma y se apresuró a ir a ver qué sucedía. Detrás de una cortina de árboles terminó su vida con el cuello fracturado por un experto. El cadáver, despojado de toda identificación, fue arrojado a una profunda zanja y cubierto con ramas tiernas. Probablemente tardarían un día o tal vez más en descubrirlo. La Policía investigaría y, desde luego, publicaría una foto en los periódicos locales, que su vecino Armitage podría ver o dejar de ver, así como reconocer o no reconocer a la víctima. En todo caso, sería demasiado tarde. Petrofski regresó a Ipswich.

No le remordía la conciencia. Sus órdenes habían sido muy claras en lo tocante al montador. No se imaginaba cómo había podido creer Vassiliev que volvería a casa. Pero él tenía otros problemas. Todo estaba a punto, pero el tiempo apremiaba. Había visitado Rendlesham Forest y elegido el lugar; muy resguardado, pero apenas a cien metros de la cerca de alambre de la base estadounidense en Bentwaters. No habría nadie allí a las cuatro de la mañana, cuando apretase el botón amarillo para que se produjese la detonación a las seis. Unas ramas verdes cubrirían la caja mientras se desgranasen los minutos. Entretanto, él volvería a toda prisa a Londres.

Lo único que ignoraba era qué mañana lo haría. Sabía que la señal para la operación llegaría con el programa de noticias en inglés de Radio Moscú, de las diez de la noche anterior. Consistiría en un deliberado error de dicción por parte del locutor en la primera noticia. Pero como Vassiliev no podría decirlo, había que informar a Moscú de que todo estaba preparado. Esto significaba que había que enviar el último mensaje por radio. Después, los griegos ya no serían necesarios. En el crepúsculo de una cálida tarde de junio salió de Cherryhayes Close y se dirigió tranquilamente hacia el Norte en su motocicleta, en dirección a Thetford. A las nueve empezó a rodar hacia el Noroeste por las Midlands británicas.

El tedio de todas las noches para los vigilantes de la habitación delantera del piso alto de la casa de Royston fue interrumpido poco después de las diez, cuando Len Stewart llamó por radio desde la Jefatura de Policía.

—John, uno de mis muchachos estaba comiendo hace un momento en el figón. El teléfono llamó dos veces y se interrumpió. Sonó de nuevo dos veces y volvió a callar. Después hizo lo mismo por tercera vez. Los que estaban a la escucha lo confirman.

—¿Trataron los griegos de contestar?

—No llegaron a tiempo a la primera llamada. Después no se acercaron al aparato. Siguieron sirviendo... Espera un momento... ¿Estas ahí, John?

—Sí, desde luego.

—Los de fuera me informan de que uno de los griegos se dispone a salir. Por la parte trasera. Va en busca de su coche.

—Que le sigan dos coches y cuatro hombres —dijo Preston—. Que se queden dos en el restaurante. Puede que el que salga abandone la ciudad.

Pero no era así. Andreas Stephanides regresó a Compton Street, aparcó el coche y entró en la casa. Se encendieron las luces detrás de las cortinas. No ocurrió nada más. A las 11.20, más temprano que de costumbre, Spiridon cerró el figón y volvió andando a casa, a donde llegó a las doce menos cuarto.

El tigre de Preston llegó justo antes de la medianoche. La calle se veía muy tranquila. Casi todas las luces estaban apagadas. Preston distribuyó sus cuatro coches con sus hombres en un círculo muy amplio, y nadie le vio llegar. La primera noticia fue el murmullo de uno de los hombres de Stewart.

—Hay un hombre en el extremo superior de Compton Street, en el cruce con Cross Street.

—¿Qué hace? —preguntó Preston.

—Nada. Permanece inmóvil en la sombra.

—Espere.

La habitación delantera superior de la casa de los Royston estaba completamente a oscuras. Las cortinas habían sido descorridas, y los hombres se mantenían lejos de la ventana. Mungo estaba agazapado detrás de la cámara, provista ahora de su lente infrarroja. Preston sostenía su pequeña radio junto a un oído. El equipo de seis hombres de Stewart, y sus dos conductores, con sus coches, estaban allá fuera, en alguna parte, todos ellos en comunicación por radio. Se abrió una puerta calle abajo al sacar alguien un gato. Volvió a cerrarse.

—Se está moviendo —murmuró la radio—. En dirección a vosotros. Despacio.

—Le veo —susurró Ginger, que estaba en una de las ventanas laterales—. Estatura y complexión, medianas; impermeable oscuro y largo.

—Mungo, ¿podrás captarlo al pie de aquel farol, delante de la casa de los griegos? —preguntó Burkinshaw.

Mungo cambió un poco la posición del objetivo.

—Estoy enfocando la mancha de luz —dijo.

—Está a diez metros de distancia —informó Ginger.

Sin hacer el menor ruido, el hombre del impermeable entró en la zona iluminada por el farol. La cámara de Mungo tomó cinco instantáneas. El hombre pasó de nuevo a la oscuridad y llegó a la verja de la casa de los Stephanides. Recorrió el corto sendero y, en vez de tocar el timbre, llamó con los nudillos a la puerta. Ésta se abrió al momento. No había luz en el vestíbulo. El oscuro impermeable entró. La puerta se cerró de nuevo.

Al otro lado de la calle se rompió la tensión.

—Mungo, saca esa película de ahí y llévala al laboratorio de la Policía. Quiero que la revelen y la envíen directamente a Scotland Yard. Que la pasen en seguida a «Charles» y «Sentinel». Yo les diré que estén preparados para hacer una «imagen».

Algo preocupaba a Preston. Algo sobre la apariencia de aquel hombre. Si la noche era cálida, ¿por qué llevaba impermeable? ¿Para defenderse de la humedad? El sol había brillado todo el día. ¿Para ocultar algo? ¿Un traje claro, un traje distintivo?

—¿Qué llevaba, Mungo? Tú le has visto en primer plano.

Mungo salía por la puerta.

—Un impermeable —dijo—. Oscuro. Largo.

—Quiero decir debajo.

Ginger silbó.

—Botas. Ahora lo recuerdo. Botas altas.

—¡Caray, va en motocicleta! —exclamó Preston. Habló por la radio—: Salgan todos a la calle. Sólo a pie. Nada de coches. Recorran todas las calles del distrito, salvo Compton Street. Estamos buscando una moto que tenga el motor caliente.

«El problema —pensó— es que no sé el tiempo que va a estar ahí. ¿Cinco minutos? ¿Diez? ¿Sesenta?» Llamó a Len Stewart.

—Len, te habla John. Si encontramos esa moto, quiero que se instale en ella un indicador de dirección. Mientras tanto, llama al superintendente King. Él tendrá que montar la operación. Cuando salga *Chummy*, le seguiremos. El equipo de Harry y yo. Quiero que tú y tus chicos os ocupéis de los griegos. Cuando estemos una hora lejos, la Policía podrá apoderarse de la casa y de los griegos.

Len Stewart, que estaba en la Jefatura de Policía, asintió y telefoneó al superintendente King a su casa.

Pasaron veinte minutos hasta que un hombre del equipo de buscadores encontrara la moto. Informó a Preston, que seguía en la casa de los Royston:

—Hay una «BMW» grande en la punta superior de Queen Street. Un portapaquetes detrás del sillín; cerrado con llave. Una bolsa a cada lado de la rueda trasera; sin cerrar. El motor y el tubo de escape están aún calientes.

—Número de matrícula.

El hombre le dio el número. Preston lo transmitió a Len Stewart, que seguía en la Jefatura de Policía. Stewart pidió un informe inmediato sobre él. Resultó ser un número de Suffolk, registrado a nombre de un tal Mr. James Duncan Ross, de Dorchester.

—O es un vehículo robado, o la placa de matrícula es falsa, o lo falso es la dirección —murmuró Preston.

Horas más tarde, la Policía de Dorchester comprobó que la última alternativa era la verdadera.

El hombre que había encontrado la moto recibió la orden de fijar el micro en una de las bolsas, ponerlo en marcha y alejarse del vehículo. El hombre, Joe, era uno de los dos conductores de Burkinshaw. Volvió a su coche, se sentó al volante y comprobó que funcionaba el indicador de dirección.

—Está bien —dijo Preston—, vamos a hacer un cambio. Que todos los conductores vuelvan a sus coches. Que los tres de Len Stewart, se dirijan a la entrada trasera de nuestro puesto de observación, en West Street, y relévennos. Uno a uno, sin hacer ruido, pero de prisa.

Luego, dijo a los que estaban con él en la habitación:

—En marcha, Harry. Tú irás el primero. Toma el coche de delante y yo me reuniré contigo. Barney y Ginger, tomad el coche de atrás. Si Mungo puede alcanzarnos, irá conmigo.

Los hombres del equipo de Stewart llegaron uno a uno por la puerta trasera para sustituir a los de Burkinshaw. Preston rezó para que el agente que estaba al otro lado de la calle no saliese mientras se producía el relevo. Él fue el último en salir; asomó la cabeza a la puerta de los Royston para darles las gracias por su ayuda y asegurarles de que todo acabaría al amanecer. Le respondieron unos murmullos que revelaban bastante preocupación.

Preston se deslizó a través de los jardines, salió a West Street y, cinco minutos más tarde, se reunió con Burkinshaw y el chófer Joe en su coche, aparcado en Foljambe Road. Ginger y Barney llamaron desde el segundo coche, situado en el extremo de Marsden Road, junto a Saltergate.

—Desde luego —dijo lúgubremente Burkinshaw—, si no es esa moto, nos habremos metido en un buen lío.

Preston iba en el asiento de atrás. Burkinshaw, al lado del conductor, observaba la pequeña pantalla que tenía delante. A semejanza de las de radar —aunque mucho más reducida—, mostraba unos destellos intermitentes de luz a intervalos regulares, en un cuadrante que daba su dirección respecto al eje del coche en el que iban, y su distancia aproximada: ochocientos metros. El segundo coche llevaba un aparato igual, y ello permitía a los dos operadores establecer las coordenadas, si así lo deseaban.

—Tiene que ser su moto —dijo desesperadamente Preston—. De lo contrario, no podríamos seguirle en estas calles. Están demasiado desiertas y él es demasiado bueno.

—Ahora sale.

El súbito ladrido de la radio interrumpió la conversación. Los hombres de Stewart que había en la casa de los Royston informaron de que el hombre del impermeable había salido por la puerta del otro lado de la calle. Confirmaron que subía por Compton Street en dirección a Cross Street y al lugar donde estaba la «BMW». Después lo perdieron de vista. Dos minutos más tarde, uno de los conductores de Stewart informó, desde St. Margaret Street, de que el agente había cruzado la punta de aquella calle y seguía en dirección a Queen Street. Después, nada. Pasaron cinco minutos. Preston rezaba.

—Se está moviendo.

Burkinshaw saltaba, excitado, en el asiento delantero; algo muy desacostumbrado en el flemático vigilante. El punto luminoso cruzó lentamente la pantalla al cambiar la moto de dirección en relación con el coche.

—El objetivo se mueve —confirmó el segundo coche.

—Dejad que se aleje dos kilómetros y después arrancad —ordenó Preston—. Poned los motores en marcha.

La señal se movió hacia el Sur y el Este a través del centro de Chesterfield. Cuando estuvo cerca de la desviación de Lordsmill, los coches empezaron a seguirle. Al llegar a la desviación, ya no les cupo la menor duda. La señal de la moto era regular y firme: iba por la A-617, hacia Mansfield y Newark. Distancia: casi dos kilómetros. Ni siquiera las luces de los faros podían ser vistas por el motorista que les precedía. Joe hizo una mueca.

—¡Trata de despistarnos ahora, bastardo! —gruñó.

A Preston le habría gustado más que el hombre hubiese viajado en coche. Las motos eran difíciles de seguir. Rápidas y con facilidad de maniobra, podían deslizarse entre el intenso tráfico que bloqueaba al coche perseguidor, meterse en callejones estrechos o entre postes que impedían el paso a cualquier automóvil. Incluso en el campo, podían salirse de la carretera y rodar sobre la hierba en parajes donde un coche difícilmente podría seguirlas. Lo importante era que el hombre que les precedía no se diese cuenta de la persecución.

El motorista sabía lo que se hacía. Se mantenía dentro del límite de velocidad, pero raras veces rodaba por debajo de él, tomando las curvas sin reducir la marcha. Siguió por la A-617, pasando por debajo del puente de la autopista M-1; cruzó la dormida Mansfield a primeras horas de la madrugada y siguió hacia Newark. Derbyshire dio paso a las ricas tierras labrantías de Nottinghamshire, y el hombre no redujo su velocidad.

Antes de llegar a Newark, se detuvo.

—La distancia se está acortando mucho —dijo de pronto Joe.

—Apague las luces y deténgase —ordenó Preston.

En realidad, Petrofski había entrado en una carretera lateral, apagado el motor y las luces, y ahora estaba sentado en la encrucijada, mirando en la dirección por la que había venido. Un gran camión pasó zumbando y se perdió en dirección a Newark. Esto fue todo. A kilómetro y medio de allí, los dos coches perseguidores estaban estacionados en el arcén. Petrofski permaneció inmóvil durante cinco minutos; luego puso el motor en marcha y rodó por la carretera hacia el Sudeste. Cuando vieron que se movía la luz en la pantalla, los vigilantes le siguieron, manteniendo siempre al menos kilómetro y medio de distancia.

La caza prosiguió a lo largo del río Trent, donde las luces de la enorme refinería de azúcar brillaron a lo lejos, a su derecha, y después en la propia Newark. Eran poco menos de las tres de la madrugada. Dentro de la ciudad, la señal osciló locamente mientras el coche perseguidor daba vueltas por las calles. El punto luminoso pareció marcar la A-46 en dirección a Lincoln, y los coches habían recorrido ochocientos metros por aquella carretera cuando Joe pisó el freno.

—Se ha desviado a nuestra derecha —dijo—. La distancia está aumentando.

—¡Vuelva atrás! —ordenó Preston.

Encontraron la desviación dentro de Newark; el sujeto había bajado por la A-17, de nuevo hacia el Sudeste, en dirección a Sleaford.

En Chesterfield, la Policía lanzó su operación contra la casa de los Stephanides a las tres menos cinco. Eran diez agentes de uniforme al mando de dos hombres de la Rama Especial en traje de paisano. De haberse anticipado diez minutos, habrían pillado desprevenidos a los dos agentes soviéticos. Fue sólo cuestión de mala suerte. En el momento en que los hombres de la RE se acercaban a la puerta, ésta se abrió.

Por lo visto, los dos hermanos griegos se disponían a salir en su coche con la radio para hacer la transmisión grabada en clave en su aparato emisor. Andreas Stephanides iba a poner el coche en marcha cuando vio a los policías. Spiridon iba detrás de él, llevando el aparato. Andreas lanzó un grito de alarma, retrocedió y cerró la puerta. El policía cargó, con los hombros por delante.

Cuando se hundió la puerta, Andreas estaba detrás y debajo de ella. Se levantó y empezó a luchar como un animal en el estrecho pasillo, y se necesitaron dos agentes para derribarle de nuevo.

Los hombres de la Rama Especial saltaron por encima de los hombres caídos, echaron un rápido vistazo a las habitaciones de la planta baja, llamaron a los dos hombres del jardín de atrás, quienes dijeron que por allí no había salido nadie, y subieron corriendo la escalera. Los dormitorios estaban vacíos. Encontraron a Spiridon en el pequeño desván, debajo del alero del tejado. El aparato transmisor estaba en el suelo, conectado por un cable a un enchufe de la pared, y en la consola brillaba una lucecita roja. El hombre no opuso resistencia.

En Menwith Hill, el puesto de escucha de la JCG interceptó un solo «chirrido» del transmisor secreto y lo registró a las 2.58 de la madrugada del jueves, 11 de junio. La triangulación fue inmediata y señaló un lugar del extremo occidental de la ciudad de Chesterfield. La Jefatura de Policía de esta población fue avisada inmediatamente, y la llamada se transmitió al coche que usaba el superintendente Robin King. Éste recibió el mensaje y dijo a Menwith Hill:

—Lo sé. Ya los tenemos.

En Moscú, el suboficial operador de radio se quitó los auriculares y movió la cabeza en dirección al teletipo.

—Débil, pero claro —dijo.

El teletipo empezó a teclear, y brotó de él una tira larga de papel llena de un revoltillo de letras sin sentido. Cuando se detuvo, el oficial que estaba junto a la radio arrancó la tira y la introdujo en el aparato de descifrado, provisto ya de la fórmula convenida. El aparato absorbió el papel; su computadora realizó las permutaciones y entregó el mensaje en claro. El oficial leyó el texto y sonrió. Telefoneó a cierto número, se identificó, comprobó la identidad del hombre al que se dirigía y dijo:

—«Aurora» está en *marcha.*

Después de Newark, el terreno era más llano, y el viento, más fuerte. La persecución prosiguió por la campiña ondulada de Lincolnshire y por las carreteras rectas que conducen a la región de los aguazales. Los destellos de la pantalla eran continuos y firmes, y, siguiendo sus indicaciones, los dos coches de Preston bajaron por la A-17 y cruzaron Sleaford en dirección al Wash y al Condado de Norfolk.

Petrofski se detuvo de nuevo al sudeste de Sleaford, escrutando el oscuro horizonte a su espalda, por si veía alguna luz. No vio ninguna. A kilómetro y medio de él, los perseguidores esperaban silenciosamente en la oscuridad. Cuando el punto luminoso empezó a moverse en la pantalla del osciloscopio, reanudaron el seguimiento.

En el pueblo de Sutterton hubo otro momento de confusión. Dos carreteras salían del otro lado de la dormida población: la A-16, que se dirigía al Sur, hacia Spalding, y la A-17, que lo hacía al Sureste, hacia Long Sutton y King's Lynn, a través del límite de Norfolk. Los perseguidores tardaron dos minutos en descubrir que la presa se dirigía definitivamente por la A-17 en dirección a Norfolk. La distancia había aumentado hasta cerca de cinco kilómetros.

—De prisa —ordenó Preston, y Joe mantuvo la velocidad por encima de noventa, hasta que la distancia se redujo a poco más de dos kilómetros.

Al sur de King's Lynn cruzaron el río Ouse y, segundos más tarde, la moto perseguida se desvió hacia Downham Market y Thetford.

—¿Adónde diablos va? —gruñó Joe.

—Tiene una base allá abajo, en alguna parte —dijo Preston desde detrás—. Sígale.

A su izquierda, una luz rosada tiñó el horizonte oriental, y las siluetas de los árboles se hicieron más claras. Joe apagó las luces largas y dejó las de cruce.

Muy hacia el Sur, columnas de autocares redujeron también la intensidad de sus luces al cruzar las atestadas calles de Bury St. Edmunds, la ciudad-mercado de Suffolk. Eran unos doscientos, procedentes de diversas partes del país, y llenos hasta los topes. Otros manifestantes venían en automóviles, motos, bicicletas y a pie. La lenta manifestación, con banderas y pancartas, salió de la población y siguió por la A-143 hasta detenerse en la encrucijada de Ixworth. Los autocares no podían seguir adelante por los estrechos caminos. Se detuvieron al borde de la carretera principal, cerca del cruce, y soltaron su carga de gente que bostezaba bajo la naciente aurora de los campos de Suffolk. Entonces, los dirigentes empezaron, con apremios y halagos, a ordenar a la multitud en algo parecido a una columna, mientras los policías de Suffolk permanecían sentados en sus motos, observando.

En Londres, las luces estaban aún encendidas. A Sir Bernard Hemmings lo habían llevado en coche de su casa, al recibir el aviso de que los equipos de vigilantes empezaban a seguir al sospechoso en Chesterfield. Estaba en el cuarto de la radio del sótano de Cork Street, en compañía de Brian Harcourt-Smith.

Al otro lado de la ciudad, Sir Nigel Irvine estaba en su despacho de Sentinel House, también despertado a petición propia. En el sótano, Blodwyn había estado sentada la mitad de la noche observando la cara de un hombre iluminada por un farol en una pequeña población de Derbyshire. Había sido traída de su casa de Campden Town a primeras horas de la madrugada y, si se animó a ir fue porque se lo había pedido personalmente Sir Nigel. Por él, y por nadie más, habría sido capaz de andar sobre brasas, y él se lo había agradecido con sus requiebros.

—Nunca estuvo aquí —dijo ella en cuanto hubo visto la foto—, y, sin embargo...

Al cabo de media hora volvió su atención al Oriente Medio, y a las cuatro lo encontró. Era una sola fotografía, algo confusa, proporcionada por el Mossad israelí seis años antes. Ni siquiera el Mossad había estado seguro; el texto anexo dejaba bien claro que sólo era una sospecha.

Uno de sus hombres tomó la foto en las calles de Damasco. El sujeto era Timothy Donnelly, vendedor de Waterford Crystal. Por un impulso instintivo, el Mossad le había fotografiado y preguntado a su gente de Dublín. Timothy Donnelly existía, pero no estaba en Damasco. Cuando se supo esto, el hombre de la foto se había desvanecido. Nunca había vuelto a aparecer.

—Es él —dijo Blodwyn—. Las orejas lo demuestran. Hubiese debido ponerse un sombrero.

Sir Nigel telefoneó al sótano de Cork Street.

—Creo que tenemos una imagen, Bernard —dijo—. Podemos sacar una copia y enviártela.

Estuvieron a punto de perderle a casi diez kilómetros al sur de King's Lynn. Los coches perseguidores se dirigían al Sur, hacia Downham Market, cuando el punto luminoso empezó a desviarse, imperceptiblemente al principio y luego con más claridad, hacia el Este. Preston consultó su mapa de carreteras.

—Ha entrado en la A-134 —dijo—. Se dirige a Thetford. Gire a la izquierda.

Encontraron de nuevo la pista en Stradsett; después venía un tramo de carretera recta a través de los espesos bosques de hayas, robles y pinos, hasta Thetford. Habían llegado a lo alto de Gallows Hill y podían ver la antigua ciudad-mercado extendiéndose ante ellos a la pálida luz de la aurora, cuando Joe redujo la marcha y detuvo el coche.

—Se ha parado de nuevo.

¿Otra pausa para comprobar si le seguían? Hasta ahora sólo lo había hecho en el campo abierto.

—¿Dónde está?

Joe observó el indicador de distancias y señaló hacia delante.

—En el mismo corazón de la ciudad, John.

Preston observó de nuevo el mapa de carreteras. Aparte de aquella en la que se encontraban, había otras cinco que salían de Thetford. Era como una estrella. La luz del día se hacía más fuerte. Eran las cinco. Preston bostezó.

—Le daremos diez minutos.

El punto luminoso no se movió en aquellos diez minutos, ni en los cinco que siguieron. Preston envió su segundo coche por la carretera de circunvalación. Éste trianguló con el primero desde cuatro puntos diferentes; el aparato emisor estaba en el centro de Thetford. Preston levantó su micro manual.

—Bien, creo que hemos descubierto su base. Vamos allá.

Los dos coches se dirigieron al centro de la población. Convergieron en Magdalen Street, y a las 5.25 encontraron la plaza donde estaban los garajes individuales. Joe maniobró en su coche hasta que el morro de éste apuntó a una de las puertas. La tensión aumentó entre los hombres.

—Está ahí —dijo Joe.

Preston se apeó. Barney y Ginger, que iban en el otro coche, se reunieron con él.

—Ginger, ¿puedes hacer saltar el tirador de la puerta?

Por toda respuesta, Ginger cogió una llave de tuerca del cajón de herramientas de uno de los coches, la deslizó en el tirador de la puerta del garaje e hizo palanca. Se oyó un chasquido dentro de la cerradura. Ginger miró a Preston y éste asintió con la cabeza. Ginger abrió de golpe la puerta del garaje y se echó rápidamente atrás. Los hombres que se hallaban en el patio permanecieron inmóviles, mirando. La motocicleta estaba en el centro del garaje, sobre sus soportes. Un traje de cuero negro y un casco pendían de un gancho. Un par de botas altas estaban junto a la pared. Sobre el polvo y las manchas de aceite del suelo se veían las huellas de los neumáticos de un automóvil pequeño.

—¡Jesús! —exclamó Harry Burkinshaw—. ¡Ha cambiado de vehículo!

Joe se asomó a su ventanilla.

—Acaban de llamar de «Cork». Dicen que tienen una foto de la cara.

¿Dónde quieres que la envíen?

—A la Jefatura de Policía de Thetford —dijo Preston.

Contempló el cielo claro y azul.

—Pero es demasiado tarde —murmuró.

Capítulo XXII

Poco después de las cinco, los manifestantes formaron por fin una columna de siete hombres de frente y de más de kilómetro y medio de longitud. La cabeza de la columna empezó a subir por la estrecha carretera A-1088 que, partiendo del cruce de Ixworth, se dirige al pueblo de Little Fakenham y, desde allí, por un camino aún más estrecho, a la base de la Royal Air Force en Honington.

Era una mañana clara y soleada, y todo el mundo estaba muy animado, a pesar de lo temprano de la hora, decretada por los organizadores para llegar antes que los transportes de «American Galaxy» que traían los misiles «Cruise». Al surgir la cabeza de la columna entre los setos que flanqueaban el camino, la multitud inició el canto ritual: *¡No al «Cruise» — Yanquis fuera!*

Años antes, RAF Honington había sido una base para bombarderos «Tornado» y no había llamado la atención a la nación en su conjunto. Sólo los lugareños de Little Fakenham, Honington y Sapiston, tenían que sufrir los rugidos de los «Tornados» sobre sus cabezas. La decisión de crear en Honington la tercera base de misiles «Cruise» en Gran Bretaña había cambiado toda la situación.

Los «Tornados» habían pasado a Escocia, pero, en su lugar, la paz del rústico vecindario había sido perturbada por los que protestaban, principalmente mujeres de rarísimas costumbres personales que habían infestado los campos y montado tiendas de campaña en sectores de tierras comunales. Esto hacía dos años que duraba.

Con anterioridad se habían producido ya manifestaciones, pero ésta iba a ser la más grande. La Prensa y la Televisión enviaron nutridas representaciones; los hombres de las cámaras corrían de espaldas carretera arriba para filmar a los dignatarios en primera fila. Entre ellos había tres miembros del Gabinete en la sombra, dos obispos, un prelado católico, varios miembros destacados de las Iglesias reformadas, cinco líderes sindicales y dos famosos académicos.

Detrás de ellos seguía la columna de pacifistas, objetores de conciencia, clérigos, cuáqueros, estudiantes, marxistas-leninistas prosoviéticos, trosquistas antisoviéticos, conferenciantes y activistas laborales, y una mezcolanza de parados, punks, gays y ecologistas barbudos. También había centenares de amas de casa, obreros, maestros y niños en edad escolar, todos ellos igualmente excitados.

A ambos lados del camino se hallaban desparramadas las mujeres que se habían instalado en el lugar, la mayoría de ellas con pancartas y banderas, algunas con anoraks y los cabellos muy cortos, y que estrechaban la mano a sus amigas más jóvenes o daban palmadas en la espalda a los manifestantes que llegaban. Toda la columna iba precedida por dos motoristas de la Policía.

A las cinco y cuarto, Valeri Petrofski salió de Thetford y, como de costumbre, rodaba tranquilamente hacia el Sur por la A-1088, para tomar la carretera principal de Ipswich y volver a casa. Había estado toda la noche levantado y estaba fatigado. Pero sabía que su mensaje habría sido enviado a las tres y media y que Moscú sabría que él había cumplido su misión.

Cruzó el límite de Suffolk cerca de Euston Hall y observó a un motorista de la Policía que estaba parado junto a la carretera, a horcajadas en su máquina. Algo impropio de la carretera y de la hora; había pasado muchas veces por aquélla en los meses anteriores y nunca había visto a un policía patrullando por allí.

Casi dos kilómetros más adelante, en Little Fakenham, todos sus sentidos animales se pusieron alerta. Dos «Rover» blancos de la Policía estaban aparcados en el lado norte del pueblo. Junto a ellos, un grupo de oficiales conferenciaban con otros dos motoristas. Levantaron la mirada al pasar él por su lado, pero nadie hizo ademán de detenerle.

La dificultad se produjo más tarde en Ixworth Thorpe. Acababa de salir del pueblo y se acercaba a la iglesia situada a mano derecha, cuando vio una moto apoyada en el seto y la figura de un guardia en el centro de la carretera, con la mano levantada, para que se detuviese. Empezó a reducir la marcha e introdujo la mano derecha en la bolsa de los mapas de la portezuela, donde, bajo un suéter de lana enrollado, estaba su pistola finlandesa.

Si era una trampa, alguien le cortaría la retirada por la espalda. Pero el guardia parecía estar solo. Por allí no había nadie más, nadie que pudiese comunicar por radio. Detuvo el coche. La imponente figura con chaqueta negra de vinilo se acercó a la ventanilla del conductor y se inclinó. Petrofski se encontró frente a un rostro colorado de Suffolk, en el que no había rastro de malicia.

—¿Tiene la bondad de colocar el coche en el arcén? Allí, delante de la iglesia. Así estará a salvo.

Era una trampa. La amenaza estaba clara. Pero, ¿por qué no había alguien más allí?

—¿Qué sucede, agente?

—Siento decirle que la carretera está bloqueada algo más abajo, señor. Habrá que despejarla.

¿Era verdad o se trataba de un truco? *Podía* haber allí un tractor volcado. Decidió no disparar contra el policía, ni alejarse a toda velocidad. Todavía no. Asintió con la cabeza, soltó el freno y llevó el coche al arcén delante de la iglesia. Luego esperó. Por el espejo retrovisor pudo ver que el guardia se desentendía de él y hacía señales a otro coche para que se detuviese en el mismo arcén. «Podía ser esto —pensó—. Contraespionaje.» Pero sólo iba un hombre en el otro coche. Éste se detuvo detrás de él. El hombre se apeó.

—¿Qué pasa? —gritó al policía.

Petrofski podía oírles a través de la ventanilla abierta.

—¿No se ha enterado, señor? Es la manifestación. Todos los periódicos han hablado de ella. Y la tele.

—¡Caray! —exclamó el otro conductor—. No sabía que fuese en esta carretera. Ni a esta hora.

—No tardarán mucho tiempo en pasar —dijo el guardia, consolándole—. No más de una hora.

En aquel momento, la cabeza de la columna apareció en el recodo. Petrofski observó las pancartas a lo lejos y oyó los débiles gritos con repugnancia y desprecio. Se apeó de su coche para mirar.

La plaza asfaltada junto a Magdalen Street, con sus treinta garajes individuales, empezaba a llenarse de gente. Minutos después del descubrimiento del garaje abandonado, Preston envió a Barney con el segundo coche, por Grove Lane, a la Jefatura de Policía para pedir ayuda. A aquella hora sólo estaba el agente de guardia en el despacho y un sargento que tomaba té en la parte trasera del edificio.

Simultáneamente, Preston llamó a Londres por la radio de la Policía y, aunque era un circuito abierto y normalmente habría empleado el lenguaje «encubierto» de una empresa de alquiler de automóviles, prescindió de toda precaución y habló con claridad al propio Sir Bernard.

—Necesito apoyo de las fuerzas de Policía de Norfolk y Suffolk —dijo—. También un helicóptero, señor. Y muy de prisa. Si no, todo habrá terminado.

Había pasado los veinte minutos de espera estudiando el mapa de carreteras de East Anglia, a gran escala, extendido sobre el capó del coche de Joe.

Al cabo de cinco minutos, un guardia motorista de Thetford, avisado por el sargento de su Comisaría, llegó a la plaza, cerró el motor y aparcó su máquina. Se acercó a Preston, quitándose el casco.

—¿Es usted el caballero de Londres? —preguntó—. ¿Puedo hacer algo para ayudarle?

—No, a menos que sea usted un mago —suspiró Preston.

Barney volvió de la Jefatura de Policía.

—Aquí está la fotografía, John. Llegó mientras yo estaba hablando con el sargento.

Preston estudió aquella cara joven y hermosa fotografiada en una calle de Damasco.

—¡Bastardo! —murmuró.

Esta palabra quedó ahogada por el ruido y nadie la oyó. Dos bombarderos norteamericanos «F.111» cruzaron sobre la ciudad en apretada formación, volando bajo y rumbo al Este. El zumbido de sus motores rompió la tranquilidad de la población que despertaba. El guardia no miró hacia arriba. Barney, en pie al lado de Preston, los siguió con la mirada hasta que se perdieron de vista.

—¡Escandalosos imbéciles! —rezongó.

—¡Oh, siempre vuelan sobre Thetford! —comentó el guardia local—. Al cabo de un tiempo, apenas si reparamos ya en ello. Vienen de Lakenheath.

—El aeropuerto de Londres es bastante molesto —dijo Barney, que vivía en Hounslow—, pero al menos los aviones de línea no vuelan tan bajos. Creo que yo no lo soportaría mucho tiempo.

—A mí no me importa, con tal de que permanezcan en el aire —terció el policía, desenvolviendo una pastilla de chocolate—. Aunque no quisiera que uno de ellos se estrellase. Llevan bombas atómicas, vaya que sí. Bombas pequeñas.

Preston se volvió despacio.

—¿Qué ha dicho? —preguntó.

En Cork Street, MI5 había trabajado de prisa. Prescindiendo de la acostumbrada intervención de su asesor jurídico, Sir Bernard Hemmings telefoneó personalmente a los dos comisarios auxiliares (Brigada Criminal) de los Condados de Norfolk y Suffolk. El oficial de Norwich estaba aún en la cama, pero su colega de Ipswich se hallaba ya en su despacho, debido a la manifestación que tenía ocupada a la mitad de la fuerza de Suffolk.

El comisario de Norfolk recibió la llamada al mismo tiempo que le telefoneaba desde la comisaría de Policía de Thetford. Autorizó una colaboración total; el papeleo podría hacerse más tarde.

Brian Harcourt-Smith buscaba un helicóptero. Las dos Agencias británicas de Información pueden requerir vuelos especiales de los llamados helicópteros «consagrados», que se encuentran en Northolt, en las afueras de Londres. Es posible llamar a uno de ellos con urgencia, pero normalmente se hacen trámites previos. El requerimiento urgente del director general delegado fue contestado en el sentido de que un helicóptero podría elevarse dentro de cuarenta minutos y estar en Thetford al cabo de otros cuarenta. Harcourt-Smith pidió a Northolt que esperase.

—Ochenta minutos —dijo a Sir Bernard.

Se dio el caso de que el director general estaba hablando con el comisario de Suffolk, que se hallaba en su despacho de Ipswich.

—¿Hay un helicóptero de la Policía disponible? Tendría que ser en seguida —pidió al oficial de Suffolk.

Hubo una pausa mientras el comisario consultaba con su colega de Control de Tráfico por una línea interior.

—Tenemos uno en el aire sobre Bury St. Edmunds —replicó.

—Por favor, haga que vaya a Thetford y recoja a uno de nuestros oficiales —dijo Sir Bernard—. Es un asunto de seguridad nacional, se lo aseguro.

—Daré inmediatamente la orden —concluyó el comisario de Suffolk.

Preston llamó al guardia de Thetford para que se acercase a su coche.

—Señáleme las bases norteamericanas en estos parajes —dijo.

El guardia puso uno de sus gordos dedos sobre el mapa.

—Bueno, las hay en varios sitios, señor. Aquí, en North Norfolk, está Sculthorpe: hacia el Oeste, Lakenheath y Mildenhall; en Bedfordshire, tenemos Chicksands, aunque me parece que ya no vuelan allí. Y, además, está Bentwaters, en la costa de Suffolk, cerca de Woodbridge.

Eran las seis. Los manifestantes pasaron por delante de los dos coches aparcados frente a la iglesia de Todos los Santos, pequeño pero bello edificio, tan antiguo como el pueblo, con cubierta de ramaje de Norfolk y sin luz eléctrica, por lo cual las vísperas se celebran todavía a la luz de las velas.

Petrofski permaneció en pie junto a su coche, viéndoles pasar, con los brazos cruzados e impertérrito el semblante. Sus pensamientos secretos estaban cargados de veneno. Detrás de él, un helicóptero de control de tráfico voló sobre los campos hacia el Norte, pero los cánticos de los manifestantes le impidieron oírlo.

El otro conductor —que resultó ser un vendedor de galletas que volvía a casa después de asistir a un seminario cuya finalidad era facilitar la venta de las pastas con mantequilla—, se acercó a él. Señaló con la cabeza a los manifestantes.

—Son unos imbéciles —farfulló, mientras aquéllos seguían con su canturreo de *¡No al «Cruise» - Yanquis fuera!*

El ruso sonrió y asintió con la cabeza. En vista de su silencio, el vendedor volvió a su coche, montó en él y empezó a leer una serie de folletos de propaganda.

Si Valeri Petrofski hubiese tenido más desarrollado el sentido del humor, habría sonreído al considerar su situación. Estaba delante de una iglesia de un Dios en el que no creía, en un país al que estaba tratando de destruir y viendo pasar a una gente a la que despreciaba de todo corazón. Sin embargo, si su misión tenía éxito, todas las exigencias de los manifestantes serían satisfechas.

Suspiró al pensar en la rapidez con que los hombres de la MVD disolverían en su país la manifestación, antes de entregar a sus cabecillas a los muchachos del Quinto Directorio Principal para una prolija sesión de preguntas y respuestas en Lefórtovo.

Preston observó el mapa en el que había marcado las cinco bases aéreas norteamericanas. «Si yo fuese un ilegal que viviese clandestinamente en un país extranjero para realizar una misión —pensó—, trataría de ocultarme en una ciudad o en una población importante.

En Norfolk estaban King's Lynn, Norwich y Yarmouth. En Suffolk, Lowestoft, Bury St. Edmunds, Colchester e Ipswich. Para volver a King's Lynn, cerca de la base de Sculthorpe, el hombre al que perseguía se habría cruzado con él en Gallows Hill. Y nadie lo había hecho. Quedaban, pues, cuatro bases, tres hacia el Oeste y una en el Sur.

Consideró la dirección que había seguido su presa desde Chesterfield hacia Thetford. Siempre hacia el Sudeste. Sería lógico situar el punto de cambio de la moto por el coche en algún lugar a lo largo del trayecto. Para ir de Lakenheath y Mildenhall a la casa del transmisor en Chesterfield, habría sido más lógico alquilar un garaje individual en Ely o en Petersborough, *en route* hacia las Midlands.

Siguió la línea de las Midlands a Thetford y la prolongó, siempre hacia el Sudeste. Le llevó directamente a Ipswich. A diecinueve kilómetros de Ipswich, en un espeso bosque y cerca de la costa, estaba Bentwaters. Recordó haber leído en alguna parte que allí volaban modernos bombarderos «F-5», con bombas nucleares tácticas capaces de detener una embestida de 29.000 tanques.

Detrás de él sonó la radio del guardia. Éste respondió a la llamada.

—Es un helicóptero que viene del Sur —dijo.

—Es para mí —se adelantó Preston.

—¡Oh! ¿Dónde quiere que aterrice?

—¿Hay alguna zona llana cerca de aquí? —preguntó Preston.

—Un lugar al que llamamos The Meadows —respondió el guardia—. Más allá de Castle Street, por la carretera de circunvalación. Supongo que estará bastante seco.

—Dígale que aterrice allí —ordenó Preston—. Y que yo me reuniré con él.

Llamó a su equipo, algunos de cuyos miembros dormitaban en los coches.

—¡Todos arriba! Vamos a ir a The Meadows.

Mientras se apretujaban en los dos coches, mostró el mapa al guardia.

—Dígame: si estuviese aquí, en Thetford, y quisiese ir a Ipswich, ¿qué camino seguiría?

Sin vacilar, el motorista señaló un punto del mapa.

—Tomaría la A-1088, bajaría directamente hacia Ixworth y atajaría en este cruce para salir a la carretera general de Ipswich por aquí, por el pueblo de Elmswell.

Preston asintió con la cabeza.

—Lo mismo haría yo. Esperemos que *Chummy* piense igual que nosotros. Quiero que se quede aquí y trate de localizar a algún otro arrendatario de un garaje que pueda haber visto el coche desaparecido. Necesito saber su número de matrícula.

El helicóptero ligero «Bell» estaba esperando en el prado próximo a la carretera de circunvalación. Preston se apeó, llevando su radio personal.

—Quédate aquí —dijo a Harrry Burkinshaw—. El viaje será largo. Probablemente, el hombre está a muchos kilómetros de aquí. Nos lleva al menos cincuenta minutos de ventaja. Iré hasta Ipswich y veré si puedo descubrir algo. De lo contrario, todo dependerá de ese número de matrícula. Alguien puede haberlo visto. Si la Policía de Thetford descubre a alguno que se haya fijado en él, yo estaré allá arriba.

Se agachó al pasar por debajo de los rotores y subió a la estrecha cabina, mostró su tarjeta de identidad al piloto y saludó con la cabeza al controlador de tráfico, que se había acomodado en la parte de atrás.

—¡Ha venido muy de prisa! —gritó al piloto.

—Estaba ya en el aire —gritó a su vez el piloto.

El helicóptero se elevó y se alejó de Thetford.

—¿Adónde quiere ir?

—A la A-1088.

—Quiere ver la manifestación, ¿eh?

—¿Qué manifestación?

El piloto le miró como si Preston acabase de llegar de Marte. El helicóptero, bajando morro, giró hacia el Sudeste y siguió la línea de la A-1088, pero dejando ésta a estribor para que Preston pudiese verla.

—La manifestación contra la base de la RAF en Honington —explicó el piloto—. Todos los periódicos han hablado de ella. Y también la tele.

Desde luego, se había enterado de la proyectada manifestación contra la base. Había pasado dos semanas observando la televisión en Chesterfield. Pero no había advertido que la base estaba junto a la A-1088, entre Thetford e Ixworth. Al cabo de treinta segundos, pudo ver lo que pasaba.

Lejos, a su derecha, el sol de la mañana brillaba sobre las pistas de la base. Un gigantesco transporte «Galaxy» norteamericano rodaba alrededor del perímetro después de aterrizar. Frente a las diferentes puertas de la base podían verse las negras hileras de policías de Suffolk, cientos de ellos, de espaldas a la alambrada y de cara a los manifestantes.

Separándose de la enorme multitud ante el cordón de policías, una oscura hilera de manifestantes, con banderas ondeando al viento sobre sus cabezas, volvieron por el camino de acceso a la A-1088, llegaron a ésta y corrieron hacia el Sudeste, en dirección a la encrucijada de Ixworth.

Justo debajo de él, Preston pudo ver el pueblecito de Fakenham, con el pueblo de Honington en lontananza. Pudo distinguir los heniles de Honington Hall y los rojos ladrillos de Malting Row al otro lado de la carretera. La masa de manifestantes era aquí más copiosa, al desfilar por el estrecho camino que conducía a la base. El corazón le dio un salto.

En la carretera, más arriba del centro del pueblo de Honington, había una hilera de automóviles que se extendía a lo largo de ochocientos metros; sus conductores no se habían enterado de que la carretera estaría bloqueada a primeras horas de la mañana, o bien habían confiado en que tendrían tiempo de pasar. Había más de cien vehículos.

Más abajo, precisamente en el corazón de la columna en marcha, pudo ver el brillo de los techos de dos o tres coches; se trataba, por lo visto, de conductores que habían podido pasar antes de que se cerrase la carretera, pero que no habían llegado a la encrucijada de Ixworth a tiempo de no verse atrapados. También había algunos en el centro del pueblo de Ixworth Thorpe, y dos, aparcados cerca de una pequeña iglesia algo más lejos.

—Me pregunto si... —murmuró Preston.

Valeri Petrofski vio que el policía que antes le había detenido avanzaba en dirección a él. La columna era ahora algo más clara; sin duda se trataba de la cola de la manifestación.

—Lamento que haya tenido que esperar tanto, señor. Parece que han venido más de los que se había previsto.

Petrofski se encogió amablemente de hombros.

—Nada podemos hacerle, oficial. Fui un tonto al tratar de pasar. Creí que tendría tiempo.

—Bueno, otros muchos se han visto sorprendidos. Pero ahora es cuestión de poco tiempo. Unos diez minutos para los manifestantes; después, unos cuantos camiones grandes de la Radio cerrando la marcha. En cuanto hayan pasado, abriremos de nuevo la carretera.

Delante de ellos, un helicóptero de la Policía describió un amplio círculo sobre los campos. En la portezuela abierta, Petrofski pudo ver al controlador de tráfico hablando por su radio manual.

—Harry, ¿puedes oírme? Contesta, Harry. Soy John.

Preston estaba sentado junto a la puerta del helicóptero, tratando de comunicar con Burkinshaw al pasar sobre Ixworth Thorpe. La voz del vigilante, áspera y débil, respondió desde Thetford:

—Aquí, Harry. Te oigo, John.

—Harry, aquí abajo se está desarrollando una manifestación contra los «Cruises». Existe una posibilidad, sólo una posibilidad, de que *Chummy* haya quedado atrapado en ella. Espera un momento.

Se volvió al piloto.

—¿Cuánto tiempo hace que dura eso?

—Aproximadamente una hora.

—¿Cuándo cerraron la carretera en Ixworth?

El oficial de tráfico, que iba detrás, se inclinó hacia delante.

—A las cinco y veinte —respondió.

Preston miró su reloj. Eran las seis y veinticinco.

—Harry, baja a toda prisa por la A-134 hasta Bury St. Edmunds; sigue por la A-45 y reúnete conmigo en el cruce de la A-1088 con la 45 en Elmswell. Dile al policía que está en los garajes que te abra paso. Y ordena a Joe que conduzca como jamás lo hizo en su vida.

Dio unas palmadas en el hombro del piloto.

—Lléveme a Elmswell y déjeme en un campo próximo al cruce de carreteras.

Eran sólo cinco minutos de vuelo. Al pasar por el cruce de Ixworth por encima de la A-143, Preston pudo ver la larga y ondulada columna de coches aparcados en el arcén; eran los que habían traído a la mayoría de los manifestantes a esta parte rural y pintoresca del país. Dos minutos más tarde pudo distinguir la A-45, de dos carriles, que llevaba de Bury St. Edmunts a Ipswich.

El piloto dio una vuelta, buscando un sitio para aterrizar. Había prados cerca del punto en que la estrecha A-1088 desembocaba en la más amplia A-45.

—¡Los prados podrían estar encharcados! —gritó el piloto—. Mantendré el aparato parado sin tocar el suelo. Sólo tendrá que saltar desde una altura de setenta centímetros.

Preston asintió con la cabeza. Se volvió al controlador de tráfico, que iba de uniforme.

—Coja su gorra. Vendrá usted conmigo.

—¡Éste no es mi trabajo! —protestó el sargento—. Yo sólo debo regular el tráfico.

—Para eso le necesito. Vamos allá.

Saltó los setenta centímetros que separaban el tren de aterrizaje del «Bell» de las altas y espesas hierbas. El sargento —sosteniéndose la gorra para defenderse del viento de los rotores—, le siguió. El piloto se elevó y giró hacia Ipswich y su base.

Con Preston en cabeza, la pareja cruzó trabajosamente el prado, saltó la valla y se dejó caer en la A-1088. A cien metros de allí, desembocaba en la A-45. En el cruce pudieron ver la interminable corriente de tráfico en dirección a Ipswich.

—¿Y ahora qué? —preguntó el sargento de la Policía.

—Quédese aquí y detenga a todos los coches que se dirijan al Sur por esta carretera. Pregunte a los conductores si han venido por ella desde Honington. Si la tomaron al sur del cruce de Ixworth o en éste, déjeles marchar. Avíseme cuando encuentre el primero que haya venido a través de la manifestación.

Se dirigió a la A-45 y miró en dirección a Bury St. Edmonds.

—Ven, Harry. Ven.

Los coches que iban hacia el Sur se detuvieron al cerrarles el paso el policía uniformado, pero todos declararon que habían entrado en la carretera al sur de la manifestación antinuclear. Veinte minutos más tarde, Preston vio el coche del guardia de Thetford, que, haciendo sonar la sirena para abrirse paso, avanzaba hacia él a toda velocidad, seguido de los dos automóviles de los vigilantes. Todos se detuvieron en la entrada de la A-1088. El policía levantó la visera de su casco.

—Confío en que sepa lo que está haciendo, señor. Sospecho que nadie había hecho nunca tan de prisa este trayecto. Me preguntarán acerca de esto.

Preston le dio las gracias y ordenó que sus dos coches avanzaran unos metros por la carretera secundaria. Señaló un margen herboso.

—Estréllelo, Joe.

—¿Qué?

—Que lo estrelle. No con bastante fuerza para destrozarlo, pero sí de manera que parezca un accidente.

Los dos policías de Suffolk contemplaron, asombrados, cómo embestía Joe su coche contra el arcén. La parte trasera bloqueaba la mitad de la calzada. Preston hizo señas al otro coche, que estaba quince metros más arriba.

—¡Que se apeen todos! —ordenó al conductor—. Vamos, muchachos. Hay que volcarlo.

Tuvieron que dar siete empujones antes de que el coche de MI5 rodase sobre un costado. Preston cogió una piedra de la cuneta y rompió el cristal de una ventanilla del coche de Joe; luego desparramó sobre la carretera los fragmentos de cristal.

—Ginger, túmbate en el suelo, aquí, cerca del coche de Joe. Barney, saca una manta del portaequipajes y cúbrelo con ella. Hasta la cara —dijo Preston—. Bueno, todos los demás saltad el seto y ocultaos.

Preston llamó a los dos policías.

—Sargento, se ha producido un grave accidente. Quiero que se quede junto al cuerpo y dirija el tráfico. Usted, agente, deje su moto, camine un poco carretera arriba y haga que los coches que vengan reduzcan la marcha.

Los dos policías habían recibido órdenes de Ipswich y Norwith, respectivamente. Había que colaborar con los hombres de Londres. Aunque estuviesen locos.

Preston se sentó en el arcén, apretando un pañuelo en su cara como si quisiese detener la hemorragia de la nariz aplastada.

No hay nada como un cuerpo tendido al lado de la carretera para que los conductores reduzcan la marcha o se asomen a la ventanilla para mirar. Preston había cuidado de que el «cadáver» de Ginger estuviese en el lado correspondiente a los conductores que bajasen hacia el Sur por la A-1088.

El comandante Valeri Petrofski iba en el decimoséptimo automóvil. Igual que los que le habían precedido, el modesto coche familiar frenó ante la señal del policía de tráfico y luego pasó despacio por el lugar del accidente. En el margen herboso, con los párpados entornados y la imagen de la foto que llevaba en el bolsillo impresa en su memoria, Preston miró al ruso desde unos cinco metros, al pasar lentamente el automóvil entre los dos coches que casi bloqueaban la carretera.

Por el rabillo del ojo vio que el pequeño vehículo giraba a la izquierda para entrar en la A-45, se detenía en espera de un hueco en el tráfico y se incorporaba a la caravana en dirección a Ipswich. Entonces se levantó de un salto y echó a correr.

Los dos conductores y los dos vigilantes acudieron, saltando el seto, a su llamada. Un asombrado motorista que estaba reduciendo la marcha vio que el muerto se levantaba del suelo y ayudaba a los otros a enderezar un coche accidentado, que cayó con un chasquido sobre sus cuatro ruedas.

Joe saltó al volante de su coche y lo apartó del margen. Barney quitó el barro y las hierbas de los faros antes de subir a su vez. Harry Burkinshaw tomó, no uno, sino tres tragos de menta, agotando su provisión. Preston se acercó al guardia de la moto.

—Será mejor que vuelva a Thetford, y muchas, muchísimas gracias por su ayuda.

Luego dijo al sargento de a pie:

—Lamento tener que dejarle aquí. Su uniforme es demasiado llamativo para que pueda venir con nosotros. Pero muchas gracias por su colaboración.

Los dos coches de MI5 se dirigieron a la A-45 y giraron a la izquierda, hacia Ipswich. El ingenuo motorista que lo había presenciado todo preguntó al abandonado sargento:

—¿Están haciendo una película para la tele?

—No me sorprendería nada —replicó el sargento—. A propósito, ¿podría llevarme hasta Ipswich?

El tráfico industrial y cotidiano hacia Ipswich era denso, y lo fue aún más al acercarse a la población. Era una buena pantalla para los dos coches de los vigilantes, que constantemente cambiaban de posición para poder observar alternativamente la parte trasera del «Ford». Entraron en la ciudad más allá de Whitton, pero, poco antes de llegar al centro, el pequeño automóvil al que iban siguiendo torció por Chevallier Street y se dirigió al puente de Handford, sobre el río Orwell. Al sur del río, el perseguido siguió por Ranelagh Road y después giró hacia la derecha.

—Va a salir de nuevo de la ciudad —dijo Joe, que se mantenía a cinco coches de distancia de su presa.

Estaban entrando en Belstead Road, que sale de Ipswich en dirección al Sur. De pronto, el cochecito giró a la izquierda y entró en una pequeña urbanización particular.

—Despacio —advirtió Preston a Joe—. No debe vernos ahora.

Dijo al segundo coche que esperase en el cruce de la calle de acceso y Belstead, por si el perseguido daba la vuelta y volvía atrás. Joe avanzó despacio por el complejo de siete *culs-de-sac* que constituyen The Hayes. Pasaron por delante de la entrada de Cherryhayes Close justo a tiempo de ver al hombre al que iban persiguiendo aparcado delante de una casita a medio camino del Close. El hombre se apeaba del coche. Preston ordenó a Joe que continuase hasta perderse de vista y se detuviese.

—Harry, dame tu sombrero y mira si hay en la guantera una insignia del Partido Conservador.

Estaba allí desde que dos semanas atrás el equipo la había usado para entrar y salir de la casa de los Royston sin despertar sospechas. Preston se la prendió en la solapa, se quitó el impermeable que llevaba cuando había visto por primera vez a Petrofski cara a cara en la carretera, se caló el sombrero de fieltro de Harry y se apeó.

Entró en Cherryhayes Close y echó a andar por el lado opuesto a la casa del agente soviético. Frente al número 12 estaba el 9. Tenía en la ventana un cartel del Partido Socialdemócrata. Preston se dirigió a la puerta de la entrada y llamó.

La abrió una mujer joven y bonita. Preston pudo oír, en el interior, la voz de un niño y, después, la de un hombre. Eran las ocho; la familia estaba desayunando. Preston se quitó el sombrero.

—Buenos días, señora.

Al ver su insignia, dijo la mujer:

—¡Oh, lo siento, pero está usted perdiendo el tiempo. Nosotros votamos al PSD!

—Lo comprendo perfectamente, señora. Pero traigo aquí una propaganda que le agradecería muchísimo que mostrase a su marido.

Le tendió su tarjeta de plástico, que le acreditaba como oficial de MI5. Ella no la miró, limitándose a suspirar.

—Está bien. Pero le aseguro que esto no va a cambiar las cosas.

Le dejó plantado en la puerta, se retiró al interior de la casa y, segundos más tarde, Preston oyó una conversación en voz baja en la cocina. Después, un hombre llegó por el pasillo con la tarjeta en la mano. Era un joven ejecutivo de pantalón oscuro, camisa blanca y corbata de un club. No llevaba chaqueta; se la pondría cuando saliese para ir al trabajo. Todavía con la tarjeta en la mano, frunció el ceño.

—¿Qué diablos es esto? —preguntó.

—Exactamente lo que parece, señor. La tarjeta de identidad de un oficial de MI5.

—¿No es una broma?

—No; es del todo auténtica.

—Ya lo veo. Bueno, ¿qué desea?

—¿Tiene la bondad de dejarme entrar y cerrar la puerta?

El joven vaciló un momento; después asintió con la cabeza. Preston se descubrió de nuevo y cruzó el umbral. Cerró la puerta a su espalda.

Al otro lado de la calle, Valeri Petrofski se había sentado en su cuarto de estar, detrás de las cortinas opacas. Estaba cansado, le dolían los músculos de tanto conducir, y se sirvió un whisky.

Mirando a través de la cortina, pudo ver cómo uno de los al parecer infinitos propagandistas políticos hablaba con los vecinos del número 9. Él mismo había recibido la visita de tres de ellos en los últimos diez días y, cuando llegó, encontró sobre la esterilla de la entrada un montón de literatura del partido. Observó cómo el dueño de la casa hacía pasar al hombre al vestíbulo. «Otro converso —pensó—. ¡Para lo que les va a servir...!»

Preston suspiró aliviado. El joven le observó con aire de duda. Detrás, su esposa miraba desde la puerta de la cocina. La cara de una niña de unos tres años apareció junto a la jamba de la puerta, a la altura de la rodilla de su madre.

—¿Es usted realmente de MI5? —preguntó el hombre.

—Sí. No tenemos dos cabezas y las orejas verdes, ¿sabe?

Por primera vez, el joven sonrió.

—No. Claro que no. Ha sido una sorpresa. Pero, ¿qué quiere de nosotros?

—En realidad, nada —respondió Preston, haciendo un guiño—. Ni siquiera sé quiénes son ustedes. Mis colegas y yo seguimos a un hombre al que creemos agente extranjero, y ha entrado en la casa del otro lado de la calle. Quisiera que me dejase usar su teléfono y permitiese a un par de hombres observar la casa desde la ventana de su cuarto de arriba.

—¿El número doce? —preguntó el hombre—. ¿Jim Ross? No es extranjero.

—Creemos que puede serlo. ¿Podría usar su teléfono?

—Bueno, sí. Supongo que sí. —Se volvió a su familia—. Vamos, volved a la cocina.

Preston telefoneó a Charles Street, y desde allí le pusieron en comunicación con Sir Bernard Hemmings, que aún estaba en «Cork». Burkinshaw había usado ya la radio de la Policía para informar a «Cork», en lenguaje disimulado, de que el «cliente» se hallaba en su casa de Ipswich y los «taxis» estaban en la vecindad, dispuestos para acudir.

—¿Preston? —dijo el director general desde el otro extremo de la línea—. ¿John? ¿Dónde estás, exactamente?

—En un pequeño *cul-de-sac* residencial llamado Cherryhayes Close, en Ipswich —respondió Preston—. Hemos acorralado a *Chummy*. Esta vez estoy seguro de que es su base.

—¿Crees que es hora de actuar?

—Sí, señor, lo creo. Temo que pueda estar armado. Pienso que ya sabe lo que quiero decir. No creo que esto corresponda a la Rama Especial ni a la fuerza local.

Dijo al director general lo que quería; después colgó el aparato e hizo una llamada privada a Sir Nigel, en Sentinel House.

—Sí, John, de acuerdo —replicó «C» cuando hubo recibido la misma información—. Si lleva consigo lo que pensamos, será mejor hacer lo que tú dices. El SAS.

[illegible] respondió [illegible]

—Si [illegible] y [illegible]?

—Por [illegible] cuatro [illegible]

—No. Claro [illegible] Pero [illegible]

[illegible]

—En realidad [illegible]

siquiera [illegible] estaba [illegible]

[illegible] entre [illegible] extraño [illegible]

[illegible]. Quizá [illegible]

[illegible]

—El momento [illegible] —Diego [illegible]

[illegible]

—[illegible] que [illegible] usar su teléfono.

—Bien, si supones [illegible]

[illegible] la cocina.

[illegible] a Charles Street [illegible]

[illegible]

[illegible]

[illegible]

[illegible]

—¿Así? —[illegible]

[illegible]

—[illegible]

en [illegible] —respondió Cassie—. [illegible]

[illegible]

—¿Cómo [illegible]

—Sí, [illegible]

[illegible] que [illegible]

[illegible]

[illegible]

[illegible]

—Sí [illegible]

[illegible]

[illegible] 1945.

Capítulo XXIII

No es tan fácil, como sugieren las más audaces series de la Televisión, que intervenga el Special Air Service, el grupo de élite que tiene múltiples funciones y cuyos miembros son expertos en penetración profunda, observación y, eventualmente, asalto urbano.

El SAS nunca opera por iniciativa propia. Según la Constitución, sólo puede operar en el Reino Unido, como cualquier otra fuerza armada, en apoyo de la autoridad civil, es decir, de la Policía. Así, pues, la Policía local lleva aparentemente el mando de la operación. Pero en realidad, cuando los hombres del SAS han recibido la orden de «actuar», lo mejor que puede hacer la Policía local es mantenerse discretamente al margen.

Según la ley, quien debe pedir formalmente al Ministerio del Interior la intervención del SAS es el jefe de Policía de un Condado en el que se ha producido una emergencia que la Policía local no se considera capaz de resolver sin ayuda. Pero es muy posible que alguien «aconseje» al jefe de Policía que haga la petición, y éste sería muy imprudente si se negase a aceptar el consejo, cuando el que lo formula ocupa una posición lo bastante elevada.

Cuando el jefe de Policía ha hecho su petición formal al subsecretario permanente del Ministerio del Interior, éste transmite la petición al que ocupa el mismo cargo en el Ministerio de Defensa, el cual, a su vez, informa al director de Operaciones Militares, y el DOM avisa al SAS en su campamento de Hereford.

Que todos estos trámites puedan realizarse en unos minutos se debe, en parte, al hecho de que han sido ensayados una y otra vez hasta convertirlos en un arte, y, en parte, a la circunstancia de que, cuando el *establishment* británico tiene que moverse de prisa, las relaciones personales son tan fuertes, que permiten hacer verbalmente casi todos los trámites, dejando para más adelante el inevitable papeleo. La burocracia británica puede parecerle lenta y engorrosa a los ingleses, pero es muy rápida en comparación con las europeas y norteamericanas.

La mayoría de los jefes de Policía británicos han estado en Hereford para conocer a la unidad conocida simplemente como «el Regimiento» y para saber exactamente qué clase de ayuda puede éste prestarles cuando sea requerido para ello. Casi todos salieron de allí impresionados.

Aquella mañana, el jefe de Policía de Suffolk fue informado desde Londres de la crisis que se cernía sobre él en forma de un presunto agente extranjero, al que se consideraba armado, quizá con una bomba, y que se ocultaba en Cherryhayes Close, Ipswich. Telefoneó a Sir Hubert Villiers, en Whitehall, donde se esperaba su llamada. Sir Hubert informó a su ministro y a su colega el secretario del Gabinete, el cual informó, a su vez, a la Primera Ministra. Obtenida la conformidad de Downing Street, Sir Hubert formuló la petición —ahora políticamente autorizada—, a Sir Peregrine Jones, del Ministerio de Defensa, el cual estaba ya enterado porque había sostenido una charla con Sir Martin Flannery. A los sesenta minutos del primer contacto entre el Ministerio del Interior y el jefe de Policía de Suffolk, el director de Operaciones Militares hablaba por una línea secreta con el jefe del SAS en Hereford.

La fuerza combatiente del SAS se funda en el módulo cuatro. Cuatro hombres forman una patrulla; cuatro patrullas, una compañía, y cuatro compañías, un escuadrón. Los cuatro escuadrones «sable» son A, B, D y G. Se alternan para las diversas misiones del SAS: Irlanda del Norte, Oriente Medio, Instrucción para la Jungla y Proyectos Especiales, aparte las continuas tareas relacionadas con la OTAN y el mantenimiento de un escuadrón en estado de alerta en Hereford.

Las misiones suelen durar de seis a nueve meses, y aquel mes era el escuadrón B el que estaba acuartelado en Hereford. Como de costumbre, había una compañía presta a actuar a la media hora y otra a las dos horas. Las cuatro compañías de cada escuadrón son siempre éstas: Compañía del Aire (paracaidistas expertos en caída libre), Compañía de Botes (marinos expertos en canoas y operaciones subacuáticas), Compañía de Montaña (escaladores) y Compañía Móvil («Land Rovers» armados).

Cuando el general de brigada Jeremy Cripps acabó de hablar desde Londres, la tarea de ir a Ipswich recayó en la VII Compañía, formada por paracaidistas del Escuadrón B.

—¿Qué suelen hacer ustedes a esta hora? —preguntó Preston al dueño de la casa, Mr. Adrian.

El joven ejecutivo acababa de sostener una conversación telefónica con el comisario auxiliar (Brigada Criminal), que se hallaba en su oficina de la Jefatura de Policía de Ipswich, en la esquina de Civic Drive y Elm Street. Si Mr. Adrian tenía aún alguna duda sobre la identidad de su inesperado huésped, llegado media hora antes, se desvaneció por completo. Preston había sugerido a Adrian que hiciese la llamada, y el hombre estaba plenamente convencido de que la Policía de Suffolk apoyaba al oficial de MI5.

También le habían dicho que el hombre de la casa de enfrente podía estar armado y ser peligroso, y que la detención se haría aquel mismo día a hora más avanzada.

—Bueno, salgo en coche para el trabajo a eso de las nueve menos cuarto, es decir, dentro de diez minutos. Mi esposa, Lucinda, lleva a Samantha a la guardería alrededor de las diez. Generalmente hace la compra, recoge a Samantha al mediodía y regresa a casa. A pie. Yo vuelvo del trabajo alrededor de las seis y media, naturalmente en coche.

—Quisiera que se tomase un día libre —dijo Preston—. Llame a su oficina y diga que no se encuentra bien. Pero salga de la casa a la hora de costumbre. Encontrará un coche de la Policía en el punto de la carretera donde Belstead Road coincide con el acceso a The Hayes.

—¿Y mi esposa y mi hija?

—Quisiera que Mrs. Adrian esperase aquí hasta la hora acostumbrada y, después, saliese con Samantha y la cesta de la compra y fuesen a reunirse con usted. ¿Hay algún lugar adonde puedan ir a pasar el día?

—Mi madre vive en Relixstowe —respondió un poco nerviosa Mrs. Adrian.

—¿Podrían pasar el día con ella? Tal vez incluso la noche.

—¿Y nuestra casa?

—Le aseguro, Mr. Adrian, que nada le ocurrirá —le tranquilizó Preston, haciendo gala de optimismo. Habría podido añadir que, o no sufriría ningún daño, o desaparecería si las cosas iban mal—. Debo pedirle que nos permita, a mí y a mis colegas, utilizarla como puesto de observación de la casa de enfrente. Entraremos y saldremos por la parte de atrás. No causaremos el menor daño.

—¿Qué piensas tú, querida? —preguntó Mr. Adrian a su esposa.

Ésta asintió con la cabeza.

—Lo único que deseo es sacar de aquí a Samantha —dijo.

—Podrá hacerlo dentro de una hora, se lo prometo —replicó Preston—. El vecino de enfrente, Mr. Ross, ha estado despierto toda la noche; lo sé porque le hemos estado siguiendo. Probablemente está ahora durmiendo y, en todo caso, la Policía no emprenderá ninguna acción contra la casa antes de la tarde o, tal vez, a primeras horas de la noche.

—Está bien —accedió Adrian—. Lo haremos.

Telefoneó a la oficina para excusarse y salió en su coche cuando faltaban quince minutos para las nueve. Desde la ventana de su dormitorio en el piso superior, Valeri Petrofski le vio marchar. El ruso se disponía a dormir unas horas. En la calle no ocurría nada fuera de lo acostumbrado. Adrian siempre salía a aquella hora para el trabajo.

Preston observó que había un descampado detrás del número 9. Llamó a Harry Burkinshaw y a Barney, los cuales entraron por la puerta trasera, saludaron a la confusa Mrs. Adrian y subieron al dormitorio de delante para dedicarse de nuevo a su profesión: vigilar. Ginger había encontrado un trozo de tierra elevado a unos cuarenta metros de distancia, y desde él podía observar el estuario del Orwell y los muelles a un lado, y la pequeña urbanización allá abajo. Con gemelos podía ver la parte trasera del número 12 de Cherryhayes Close.

—Linda con el jardín trasero de otra casa situada en Brackenhayes —dijo por radio a Preston—. No hay el menor movimiento en la casa ni en el jardín. Todas las ventanas están cerradas; cosa extraña en este tiempo.

—Sigue observando —ordenó Preston—. Yo estaré aquí. Si tengo que salir, Harry ocupará mi puesto.

Una hora más tarde, Mrs. Adrian y su hija salieron tranquilamente de la casa y se alejaron.

En la población propiamente dicha se estaba desarrollando otra operación. El jefe de Policía, que procedía de la rama uniformada, había confiado los detalles de aquélla a su auxiliar (de la Brigada Criminal), superintendente Peter Low.

Low había enviado dos detectives al Ayuntamiento, en cuya oficina de Catastro habían descubierto que la casa en cuestión era propiedad de un tal Mr. Johnson, pero que los recibos de la contribución eran presentados a la agencia de la propiedad inmobiliaria «Oxborrow's». Una llamada a los agentes permitió saber que Mr. Johnson se encontraba en Arabia Saudí y que la casa había sido alquilada a un tal Mr. James Duncan Ross. Una segunda foto de Ross, alias *Timothy Donnelly*, en las calles de Damasco, fue enviada por télex a Ipswich y mostrada a los «Oxborrow's», los cuales identificaron al inquilino.

El Departamento de Urbanismo del Ayuntamiento facilitó las señas de los arquitectos que habían hecho los planos de la urbanización llamada The Hayes, y ellos proporcionaron los de la casa señalada con el número 12. Su ayuda fue más valiosa aún; otras casas idénticas hasta el último detalle habían sido construidas en otros lugares de Ipswich, y una de ellas estaba desocupada. Sería muy útil para el equipo del SAS, que de este modo conocería exactamente la geografía de la casa al penetrar en ella.

Otra función de Peter Low era la de encontrar un «alojamiento» para los hombres del SAS cuando llegasen. Tal alojamiento tenía que ser privado, disimulado y rápidamente utilizable, tener accesos para vehículos y comunicación telefónica. Se encontró un almacén vacío en

Eagle Wharf, y el dueño se avino a prestarlo a la Policía para un «ejercicio de adiestramiento».

Tenía grandes puertas correderas que podían abrirse para dejar entrar los vehículos y cerrarse para evitar las miradas indiscretas; una nave lo bastante amplia para construir una copia de la casa de The Hayes con tablas y paredes de arpillera, y una pequeña oficina con vidrieras laterales para emplearla como cuarto de operaciones.

Poco antes del mediodía, un helicóptero «Scout» del Ejército aterrizó en la parte más alejada del aeropuerto municipal de Ipswich, y de él se apearon tres hombres. Uno de ellos era el jefe del Regimiento SAS, general de brigada Cripps; otro era el oficial de Operaciones, comandante de Estado Mayor del Regimiento, y el tercero era el jefe del equipo, capitán Julian Lyndhurst. Todos vestían de paisano, llevaban sacos de mano con sus uniformes dentro de ellos y fueron recibidos por un coche de la Policía sin distintivos, que les condujo directamente al «alojamiento», donde la Policía estableció su centro de operaciones.

El superintendente Low informó a los tres oficiales lo mejor que pudo, es decir, dentro de los límites de lo que le había informado Londres. Había hablado por teléfono con John Preston, pero aún no se había entrevistado con él.

—Tengo entendido que un tal John Preston es controlador de campo de MI5 —dijo el general de brigada Cripps—. ¿Está por allí?

—Creo que se encuentra aún en el puesto de observación —dijo Low—, la casa que está enfrente de la vivienda del sospechoso. Puedo llamarle y pedirle que salga por la puerta trasera y venga a reunirse con nosotros.

—Me pregunto, señor —terció el capitán Lyndhurst a su jefe—, si no sería mejor que subiese yo allí en seguida. Así tendría oportunidad de echar un primer vistazo a la «fortaleza», y podría volver aquí con el tal Preston.

—Está bien, ya que un coche tiene que ir allí de todos modos —accedió el jefe.

Quince minutos más tarde, en la falda de la colina al otro lado del estuario, el policía señaló al capitán la puerta trasera del número 9. Vestido aún de paisano, el capitán, de veintinueve años, cruzó el descampado, saltó la valla del jardín y entró por la puerta trasera de la casa. En la cocina se encontró con Barney, que estaba preparando una taza de té en el hornillo de Mrs. Adrian.

—Soy Lyndhurst —se presentó el oficial—, del Regimiento. ¿Está Mr. Preston aquí?

—John —susurró roncamente Barney desde el pie de la escalera, pues se presumía que la casa estaba vacía—, uno de los pardos ha venido a verte.

Lyndhurst subió al dormitorio de delante, donde encontró a John Preston, y se presentó. Harry Burkinshaw murmuró algo sobre una taza de té y se marchó. El capitán contempló la casa número 12, al otro lado de la calle.

—Parece que todavía hay algunas lagunas en nuestra información

—dijo Lyndhurst, arrastrando las palabras—. ¿Quién piensa usted exactamente que está allí?

—Creo que es un agente soviético —respondió Preston—, un ilegal que vive allí bajo el nombre supuesto de James Duncan Ross. Tiene unos treinta y cinco años, es de estatura y complexión medianas, probablemente muy en forma, como corresponde a un gran profesional.

Tendió a Lyndhurst la fotografía tomada en la calle de Damasco. El capitán la estudió con interés.

—¿Hay alguien más?

—Es posible. No lo sabemos. Lo único seguro es que Ross está. Podría tener un ayudante. No podemos hablar con los vecinos. En una zona como ésta, no podríamos impedir sus indiscreciones. Las personas que viven aquí dijeron, antes de marcharse, que estaban seguras de que vivía solo. Pero no podemos demostrarlo.

—Y según nuestros informes, creen ustedes que está armado y puede ser peligroso. Demasiado para los muchachos de la localidad, aunque lleven metralletas, ¿no?

—Sí, creemos que tiene una bomba en la casa. Habría que impedirle que llegase a ella.

—Una bomba, ¿eh? —murmuró Lyndhurst, con aparente falta de interés. Había estado dos veces en Irlanda del Norte—. ¿Lo bastante grande como para destruir la casa o arrasar toda la calle?

—Mucho más potente —observó Preston—. Si estamos en lo cierto, se trata de una pequeña bomba nuclear.

El alto oficial apartó la mirada de la casa de enfrente, y sus pálidos ojos azules se fijaron en los de Preston.

—¡Por mil diablos! —exclamó—. Estoy impresionado.

—Bueno, así están las cosas —resumió Preston—. A propósito, quiero a ese hombre vivo.

—Vayamos al muelle y hablemos con el jefe —dijo Lyndhurst.

Mientras estaban en Cherryhayes Close, otros dos helicópteros, un «Puma» y un «Chinook», llegaron al aeropuerto procedentes de Hereford. El primero transportaba al grupo de asalto, y el segundo, sus numerosas y misteriosas piezas de equipo.

El grupo estaba temporalmente al mando del jefe delegado, un brigada veterano llamado Steve Bilbow. Era bajo, moreno y nervudo, correoso como el cuero de una bota vieja, dos ojos negros, pequeños y brillantes y sonrisa fácil. Como todos los suboficiales del Regimiento, llevaba largo tiempo en éste: en su caso, quince años.

El SAS es también singular en este sentido: casi todos sus oficiales están en destino temporal, cedidos por sus regimientos «padres», y permanecen en él dos o tres años antes de volver a sus propias unidades. Sólo los grados inferiores permanecen en el SAS, y aun no todos, sino los mejores. Incluso el jefe superior desempeña poco tiempo esta función, aunque probablemente haya servido en el Regimiento en una etapa anterior de su carrera. Muy pocos oficiales permanecen durante un plazo largo, y todos ellos ocupan puestos técnicos, de logística o de Intendencia, en el Cuartel General del SAS.

Steve Bilbow había ingresado como soldado, procedente del regimiento de paracaidistas, y, por méritos propios, se le prolongó el tiempo de servicio y fue ascendido a brigada. Había combatido en dos ocasiones en Dhofar, sudado en las selvas de Belice, pasado frío en incontables noches de emboscada en las tierras altas de Cameron, en Malaya. Había ayudado a adiestrar a los equipos GSG 9 de Alemania Federal y trabajado con el grupo Delta de Charlie Beckwith en Norteamérica.

Había conocido el tedio de aquella instrucción interminablemente repetida que llevaba a los hombres del SAS a la cima de su adecuación y preparación, y a las operaciones de alta segregación de adrenalina: correr bajo el fuego de los rebeldes en busca del refugio de un *sangar* en las colinas de Omán; dirigir un pelotón de asalto contra los pistoleros republicanos en el este de Belfast y hacer quinientos saltos en paracaídas, la mayor parte de ellos desde gran altura y en caída libre.

Para su pesar, había permanecido en el equipo de reserva cuando sus colegas asaltaron la Embajada de Irán en Londres, en 1981, y no le habían llamado.

El resto del equipo lo componían un fotógrafo, tres agentes de información, ocho tiradores y nueve soldados de asalto. Steve confió y rezó para que le confiasen el mando del grupo de asalto. Varias furgonetas de la Policía, sin distintivos, habían ido a recogerles al aeropuerto y los habían traído a su alojamiento. Cuando Preston y Lyndhurst volvieron al almacén, el equipo había llegado y esparcía sus herramientas por el suelo, ante los ojos asombrados de varios policías de Ipswich.

—¡Hola, Steve! —dijo el capitán Lyndhurst—. ¿Todo bien?

—Hola, jefe. Sí, muy bien. Estamos preparando las cosas.

—He visto la fortaleza. Es una casita particular. Un ocupante conocido, aunque pueden ser dos. Y una bomba. Será limitado; no hay sitio para más. Me gustaría que tú entrases el primero.

—Trate de impedírmelo, jefe —replicó Bilbow, haciendo un guiño.

En el SAS se da más importancia a la autodisciplina que a la disciplina impuesta desde fuera. El hombre que no pueda tener la autodisciplina necesaria para realizar lo que exige el SAS, no estará mucho tiempo en éste. En cambio, los que la consiguen no necesitan observar unas formalidades tan rígidas en las relaciones personales como las que se exigen en los regimientos «ordinarios».

Así, los oficiales suelen llamar por su nombre de pila a los hombres que tienen a su mando y tutearse entre ellos. Las clases de tropa acostumbran dar a sus oficiales el tratamiento de «jefe», aunque el que tiene el mando supremo recibe el de «señor». Cuando hablan entre ellos, los soldados rasos del SAS llaman «Rupert» a cualquier oficial.

El brigada Bilbow vio a Preston, y su rostro se iluminó con una sonrisa de satisfacción.

—¡Comandante Preston...! ¡Cielo santo, cuánto tiempo sin verle!

Preston alargó una mano y sonrió a su vez.

Había visto por última vez a Steve Bilbow cuando, después del tiroteo de Bogside, se había refugiado en una casa donde cuatro hombres del SAS, al mando de Bilbow, organizaban operaciones secretas. Además, los dos habían sido paracaidistas, lo cual constituye siempre un fuerte lazo.

—Ahora estoy en «Cinco» —dijo Preston—. Soy controlador de campo en esta operación, al menos por lo que atañe a «Cinco».

—¿Qué tiene para nosotros? —preguntó Steve.

—Un ruso. Agente de la KGB. Profesional de primera. Probablemente habrá hecho el curso de *spetsnaz*, por lo cual tiene que ser bueno y rápido, y probablemente estará armado.

—Estupendo. *Spetsnaz*, ¿eh? Ahora veremos si son tan buenos como dicen.

Los tres que estaban presentes conocían a los *spetsnaz*, la élite de los saboteadores rusos, equivalente soviético del SAS.

—Lamento interrumpir la fiesta, pero tenemos que recibir las instrucciones —dijo Lyndhurst.

Él y Preston subieron la escalera hasta la oficina del piso superior, donde encontraron al general de brigada Cripps, al comandante de Operaciones, al jefe auxiliar de la Brigada Criminal, superintendente Low, y a los agentes de Información del SAS. Preston tardó una hora en hacer un relato lo más completo posible de los hechos, y el ambiente se hizo extraordinariamente tenso.

—¿Tiene alguna prueba de que hay allí un ingenio nuclear? —preguntó, al fin, el superintendente.

—No, señor. Interceptamos en Glasgow una pieza que debía ser entregada a alguien que trabaja en secreto en este país. Los técnicos de laboratorio dicen que no puede tener otro uso en el mundo. Sabemos que el hombre que está en aquella casa es un ilegal soviético, «educado» en las calles de Damasco por el Mossad. Su asociación con el transmisor secreto de Chesterfield confirma lo que es. La deducción es evidente.

»Si el componente aprehendido en Glasgow no es para la construcción de una pequeña bomba en Gran Bretaña, ¿para qué diablos puede ser? Yo no encuentro otra explicación posible. En cuanto a Ross, a menos que la KGB esté montando dos importantes operaciones secretas en Gran Bretaña, aquel componente iba destinado a él. Que es lo que se trataba de demostrar.

El superintendente Low estaba viviendo una pesadilla. Había de reconocer que no había más remedio que tomar la casa por asalto, pero se imaginaba lo que pasaría en Ipswich si estallaba la bomba.

—¿No podríamos evacuar la población? —preguntó, sin grandes esperanzas.

—Se daría cuenta —respondió Preston secamente—. Y creo que, si sabe que ha sido derrotado, se nos llevará a todos por delante.

Los soldados asintieron con la cabeza. Sabían que si ellos se encontrasen en la Rusia soviética tendrían que hacer lo mismo.

Pasó la hora del almuerzo sin que nadie se diera cuenta. La comida habría sido superflua. Se empleó la tarde en reconocimientos y preparativos.

Steve Bilbow volvió al aeropuerto con el fotógrafo y un policía. Los tres subieron al «Scout» para un viaje único sobre el estuario del Orwell, lejos de la urbanización The Hayes, pero en una dirección desde la que podían verla. El policía señaló la casa; el fotografo tomó cincuenta fotos, mientras Steve filmaba una larga película en vídeo para proyectarla en el alojamiento.

Todo el equipo de asalto, vestido aún de paisano, fue con otro policía a ver la casa construida por los mismos arquitectos y según los mismos planos de la que era su objetivo. Cuando regresaron al alojamiento, pudieron ver esta última en vídeo y en diapositivas.

Pasaron el resto de la tarde encerrados en el almacén, haciendo prácticas con la maqueta de la casa que los policías habían ayudado a construir en la nave, bajo la supervisión del SAS. Estaba hecha sólo de tablas y de arpillera, pero sus dimensiones eran perfectas y revelaban un factor importantísimo: el espacio dentro de la casa era muy limitado. La puerta de entrada era estrecha; el recibidor, pequeño; la escalera, empinada, y las habitaciones, reducidas.

El capitán Lyndhurst decidió emplear sólo seis asaltantes, con gran disgusto por parte de los cuatro excluidos. Habría también tres tiradores: dos en la habitación delantera del piso alto de los Adrian, y uno en la colina que dominaba el jardín de atrás.

La parte trasera de la casa número 12 de Cherryhayes Close sería vigilada por dos de los seis soldados de asalto de Lyndhurst. Irían perfectamente equipados, pero su indumentaria de combate quedaría disimulada bajo impermeables de paisano. Serían llevados a Brackenhayes Close, en un coche de la Policía sin distintivos. Allí se apearían y, sin pedir permiso a los dueños, cruzarían el jardín delantero de la casa que lindaba por detrás con la que era su objetivo, se deslizarían por el pasadizo entre la casa y el garaje y llegarían al jardín trasero.

Ya en él, se quitarían los impermeables, saltarían la valla y ocuparían posiciones en el jardín posterior de la «fortaleza».

—Puede haber un alambre o un hilo de pescar tendidos a través del jardín —observó Lyndhurst—. Pero probablemente estará cerca de la parte trasera de la casa propiamente dicha. Manteneos a distancia. Cuando se dé la señal, quiero que lancéis una granada de gases a través de la ventana del dormitorio y otra a través de la cocina. Después preparad las metralletas y conservad la posición. Pero no disparéis al interior de la casa; Steve y sus muchachos entrarán por la parte delantera.

Los hombres del «acceso de atrás» asintieron con la cabeza. El capitán Lyndhurst sabía que él no participaría en el asalto. Teniente de la Guardia de Dragones del Rey, realizaba su primer turno en el SAS y ostentaba el grado de capitán porque el SAS no tiene oficiales de graduación inferior. Cuando volviese a su regimiento de origen, dentro de un año, lo haría de nuevo con el grado de teniente, aunque confiaba en volver más tarde al SAS como jefe de escuadrón.

Conocía también una tradición del SAS, que es distinta de la del resto del Ejército: los oficiales participan en los combates en el desierto o en la jungla, pero nunca en medio urbano. Sólo los suboficiales y los soldados realizan los asaltos.

Lyndhurst había convenido con su jefe y con el oficial de operaciones en que el ataque principal se realizaría por la parte delantera de la casa. Una furgoneta llegaría sin ruido, y cuatro soldados de asalto bajarían de ella. Dos tomarían la puerta principal: uno, con la «Wingmaster», y el otro con un mazo de tres kilos y/o un cortafríos en caso necesario.

En cuanto fuese derribada la puerta, Steve Bilbow y un cabo entrarían en la casa. Los de la puerta soltarían sus herramientas, se sacarían las metralletas del pecho y entrarían en el recibidor para cubrir a la primera pareja.

Una vez en el recibidor, Steve se dirigía inmediatamente a la puerta del cuarto de estar, situada a su izquierda. El cabo subiría corriendo la escalera para «tomar» el dormitorio delantero. De los dos hombres de refuerzo, uno seguiría al cabo escalera arriba por si *Chummy* estaba en el cuarto de baño, y el otro seguiría a Steve al cuarto de estar.

La señal para que los hombres del jardín posterior lanzasen sus granadas de gases a la cocina y al dormitorio trasero, sería el estampido de la «Wingmaster» delante de la casa. Por consiguiente, cuando se realizase la penetración, cualquiera que estuviese en la cocina o en el dormitorio posterior correría de un lado para otro preguntándose qué había sucedido.

Preston, que se había ofrecido para volver a su puesto de observación, pudo escuchar los detalles del asalto.

Sabía ya que el SAS era el único regimiento del Ejército británico que podía elegir sus armas en el mercado mundial. Para el asalto de cerca había elegido la metralleta alemana «Heckler y Koch» de cañón corto y balas de nueve milímetros: era rápida, ligera, fácil de manejar, muy segura y de cañón plegable.

Generalmente llevaban la HK cruzada sobre el pecho, sostenida por dos cierres de muelle, cargada y amartillada. Esto les dejaba los brazos libres para abrir las puertas, entrar por ventanas o arrojar granadas de gases. Una vez hecho esto, podían sacar la HK del pecho y disparar en menos de medio segundo.

Para derribar las puertas, la práctica había demostrado que era más rápido hacer saltar los dos goznes que atacar la cerradura. Para ello empleaban la escopeta de repetición «Remington Wingmaster», con cartuchos de cabeza sólida en vez de perdigones.

Aparte estos juguetes, uno de los atacantes de la puerta podía necesitar un mazo y un cortafríos para el caso de que la puerta, tras saltar los goznes, conservase algún cerrojo o cadena en la parte posterior. También llevaban granadas destinadas a cegar temporalmente con su resplandor y ensordecer con su estallido, pero no a matar. Por último, cada uno llevaba en la cadera una «Browning» de 13 proyectiles de 9 milímetros.

Lyndhurst recalcó que, en el asalto, lo esencial era el tiempo. Había fijado el ataque a las diez menos cuarto de la noche, cuando la oscuridad fuese intensa y, por ende, desorientadora en el Close, pero sin ser todavía noche cerrada.

Él estaría en la casa de los Adrian, al otro lado de la calle, observando el objetivo y en contacto por radio con la furgoneta que traería a los asaltantes. Si pasaba algún transeúnte por el Close a las 9.44, podría decir al conductor de la furgoneta que «esperase» hasta que aquél hubiese dejado atrás la puerta de la casa que había que asaltar. De este modo podría regular la aproximación dei equipo. El coche de la Policía que traería a los dos hombres que habían de ocupar el jardín posterior, estaría también en la misma longitud de onda y los dejaría noventa segundos antes de que fuese derribada la puerta de la entrada.

Había previsto un último detalle importante. Al acercarse la furgoneta al Close, él telefonearía a Ross desde la casa de los Adrian. Sabía ya que en todas aquellas casas el teléfono estaba sobre una mesita del recibidor. Con ello pretendía alejar al agente soviético de su bomba, dondequiera que estuviese, y dar a los asaltantes la oportunidad de disparar rápidamente.

Como de costumbre, el fuego se haría según la fórmula de dos rápidas ráfagas, de dos disparos cada una. Aunque la HK puede vaciar en un par de segundos su cargador de treinta proyectiles, los hombres del SAS son lo bastante hábiles, incluso en la confusa situación de un terrorista atrapado, para limitar su fuego a dos disparos repetidos. Si una de las balas alcanza a alguien, lo herirá pero no lo matará.

Inmediatamente después de la operación, la Policía entraría en grupo en el Close para calmar a la inevitable multitud que saldría de las casas contiguas. Un cordón de policías rodearía la parte delantera de la casa, mientras que los asaltantes saldrían por la parte trasera, cruzarían los jardines y subirían a su furgoneta, que estaría esperando en Brackenhayes Close. La autoridad civil ocuparía también el interior de la casa. Un equipo de seis hombres de Aldermaston debía llegar a Ipswich aquella tarde a la hora del té.

A las seis, Preston salió del alojamiento y volvió al puesto de observación, la casa de los Adrian, en la que entró por la puerta de atrás sin ser observado.

—Acaban de encenderse las luces —dijo Harry Burkinshaw, cuando Preston se reunió con él en el dormitorio delantero.

Preston pudo ver que estaban corridas las cortinas del cuarto de estar de la casa de enfrente, pero había un resplandor detrás de ellas, y la luz se reflejaba también a través de los paneles de la puerta principal.

—Después de marcharte tú me pareció ver movimiento tras las cortinas del dormitorio del piso superior —dijo Barney—. Pero no encendió la luz; bueno, no tenía motivo para hacerlo. Era después de la hora del almuerzo. Lo cierto es que no ha salido de casa.

Preston llamó a Ginger, que estaba en su puesto de observación de la falda de la colina; pero su información fue idéntica. No había movimiento en la parte posterior de la casa.

—Empezará a oscurecer dentro de un par de horas —le dijo Ginger por radio—. La visión será entonces muy defectuosa.

Valeri Petrofski había dormido mal y a intervalos. Poco antes de la una se despertó del todo, se incorporó en la cama y miró hacia la casa de enfrente a través de la habitación y de la cortina de malla.

Diez minutos después se levantó, se dirigió al cuarto de baño y se duchó.

A las dos se preparó unos bocadillos y se los comió sentado a la mesa de la cocina, mirando de vez en cuando hacia el jardín de atrás, donde un fino e invisible hilo de pescar, tendido de un lado a otro, pasaba por una pequeña polea sujetada a la valla del jardín y penetraba por debajo de la puerta posterior de la casa. Estaba fijado a la base de una columna de botes de hojalata vacíos. Petrofski lo aflojaba cuando salía de la casa y lo tensaba cuando estaba en ella. Hasta ahora, nadie había hecho caer los botes.

La tarde transcurría lentamente. Como es natural, habida cuenta de lo que guardaba, montado y a punto, en el cuarto de estar, el hombre estaba en tensión, con todos los sentidos alerta. Trató de leer, pero no podía concentrar su atención. Moscú debió de haber recibido su mensaje haría ahora doce horas. Escuchó un poco de música por la radio, y a las seis se instaló en el cuarto de estar. Aunque podía ver la luz de la tarde de verano reflejándose en las fachadas de las casas de enfrente, la suya miraba al Este y, por tanto, ahora estaba en la sombra. A partir de este momento, la oscuridad sería cada vez mayor en su cuarto de estar. Corrió las cortinas, como hacía siempre antes de encender las lámparas de pie, y luego, al no tener nada mejor que hacer, encendió la televisión. Como de costumbre, la mayor parte de los programas estaban ocupados por la campaña electoral.

La tensión aumentaba en el almacén que servía de alojamiento. Se estaban haciendo los últimos preparativos en la furgoneta de los asaltantes, una vulgar «Volkswagen» gris de puerta lateral corredera. Dos soldados de asalto vestidos de paisano ocuparían los asientos delanteros, uno de ellos al volante y el otro comunicándose por radio con el capitán Lyndhurst. Comprobaron una y otra vez las radios, así como todas las otras piezas del equipo.

La furgoneta sería conducida a la entrada de The Hayes por un coche de la Policía sin distintivos; el conductor de aquélla se había aprendido de memoria el plano de The Hayes y sabía dónde encontrar Cherryhayes Close. Al entrar en la urbanización quedarían bajo el control de la radio del capitán sentado junto a la ventana. La parte posterior de la furgoneta había sido forrada de espuma de poliestireno para amortiguar los chasquidos de metal contra metal.

El equipo de asalto se estaba vistiendo y preparando sus «herramientas». Cada hombre se puso encima de su ropa interior el clásico traje negro de una pieza de tejido refractario. En el último momento se completaría con una capucha de tela negra. Después venía el chaleco antibalas, una malla ligera «Kevlar» tejida por «Bristol Armour» y destinada a absorber el impacto de la bala desviándola hacia fuera y hacia un lado del punto de penetración. Debajo del «Kevlar», los hombres se ponían el «peto» para amortiguar aún más el golpe del proyectil.

Y, sobre todo ello, el correaje para sujetar el arma de asalto, la HK, y colgar las granadas y la pistola. Calzaban las tradicionales «botas de desierto», altas hasta los tobillos, con gruesa suela de goma y de un color que sólo puede describirse como «sucio».

El capitán Lyndhurst dio las últimas instrucciones a cada uno de sus hombres, entreteniéndose un poco más con su segundo, Steve Bilbow. Desde luego, no les deseó buena suerte; podía decirles cualquier cosa menos «suerte». Después se dirigió a su puesto de observación.

Entró en la casa de los Adrian inmediatamente después de las ocho. Preston pudo percibir la tensión que emanaba de aquel hombre. A las ocho y media sonó el teléfono. Barney, que estaba en el recibidor, se puso al aparato. Preston creyó que sería peor no contestar: alguien podía venir a la casa. Aquel día se habían recibido varias llamadas, y siempre habían dicho al que llamaba que los Adrian habían ido a pasar el día a casa de la madre de la señora y que el que respondía era uno de los obreros que estaban pintando el cuarto de estar. Nadie había dejado de aceptar la explicación. Cuando Barney levantó el auricular, el capitán Lyndhurst salía de la cocina con una taza de té.

—Es para usted —dijo, y volvió al piso de arriba.

La tensión creció a partir de las nueve. Lyndhurst pasó la mayor parte del tiempo comunicando por radio con el alojamiento de la tropa, de donde salieron a las nueve y quince la furgoneta gris y el coche de la Policía en dirección a The Hayes. A las nueve y treinta y tres, los dos vehículos habían llegado al acceso de Belstead Road, a doscientos metros del objetivo. Tuvieron que detenerse y esperar. A las nueve y cuarenta y un minutos, Mr. Armitage salió de su casa y dejó cuatro botellas vacías para el lechero. Con irritante calma, se entretuvo observando en la creciente penumbra el macizo de flores del centro de su jardín. Después saludó a un vecino del otro lado de la calle.

—¡Entra en casa, viejo imbécil! —murmuró Lyndhurst, que se hallaba en el cuarto de estar mirando las luces tras las cortinas de la casa de enfrente.

A las nueve y cuarenta y dos minutos, el coche de la Policía en el que iban los dos hombres que habían de ocupar el jardín posterior estaba en posición y esperando en Brackenhayes. Diez minutos más tarde, Mr. Armitage dio las buenas noches a su vecino y entró de nuevo en su casa.

A las nueve y cuarenta y tres, la furgoneta gris entró en el callejón llamado Gorsehayes, vía de acceso a todo el complejo. De pie en el recibidor, junto al teléfono, Preston podía oír la charla entre el conductor de la furgoneta y Lyndhurst. El vehículo rodaba lentamente y sin ruido hacia la entrada de Cherryhayes.

No había ningún transeúnte en la calle. Lyndhurst ordenó a los dos hombres destinados al jardín posterior que se apeasen del coche de la Policía y se pusiesen en movimiento.

—Entraremos en Cherryhayes dentro de quince segundos —murmuró el conductor de la furgoneta.

—Más despacio; faltan treinta segundos —respondió Lyndhurst. Y veinte segundos más tarde, dijo—: Entren ya en el callejón.

La furgoneta dobló la esquina, muy despacio, con luces de ciudad.

—Ocho segundos —murmuró Lyndhurst y, volviéndose a Preston, le ordenó en voz baja, pero apremiante—: Llame ahora.

La furgoneta subió por el callejón, pasó por delante del número 12 y se detuvo ante el macizo de flores de Mr. Armitage. Era una maniobra deliberada; los asaltantes querían acercarse al objetivo desde un lado. La puerta lateral se abrió sin ruido, y cuatro hombres de negro se apearon en la oscuridad, en un silencio absoluto. No hubo carreras, ni pisadas ruidosas, ni gritos roncos. Con un orden previamente ensayado, cruzaron despacio el jardín de Mr. Armitage, dieron la vuelta al cochecito de Mr. Ross y llegaron ante la puerta del número 12. El hombre de la «Wingmaster» sabía en qué lado estaban los goznes. Antes de detenerse, se había llevado ya la escopeta al hombro. Comprobó la posición de los goznes y apuntó. A su lado, otra figura esperaba blandiendo un mazo. Detrás de ellos estaban Steve y el cabo, con las HK preparadas...

En su cuarto de estar, el comandante Valeri Petrofski estaba intranquilo. No podía concentrarse en la televisión; sus sentidos captaban demasiadas cosas: las pisadas de un hombre que sacaba unas botellas de leche, el maullido de un gato, el zumbido de una motocicleta a lo lejos, la sirena de un carguero entrando en el estuario del Orwell, al otro lado del valle.

A las nueve y media había empezado otro programa de actualidad de entrevistas con ministros y aspirantes a ministros. Furiosamente, puso el canal de BBC 2, donde daban un documental sobre aves. Suspiró. Valía más esto que la política.

Apenas habían pasado diez minutos cuando oyó que su vecino Armitage sacaba sus botellas vacías de leche. «Siempre la misma cantidad y a la misma hora de la noche», pensó. Entonces, el viejo estúpido llamó a alguien del otro lado de la calle. Una imagen en la pequeña pantalla captó su atención y la miró asombrado. La presentadora hablaba con un hombre flaco y de gorra plana acerca de la pasión de éste, al parecer, las palomas. Sostenía una ante la cámara, una criatura suave cuyos pico y cabeza tenían una forma singular.

Petrofski se irguió súbitamente, concentrando casi toda su atención en el ave y escuchando la conversación. Estaba seguro de que aquella paloma era idéntica a otra que había visto antes en alguna parte.

—Esa adorable ave, ¿va a participar en algún concurso? —preguntó la joven presentadora.

Era nueva, demasiado despabilada y trataba de sacar a la entrevista más de lo que ésta daba de sí.

—¡Dios mío, no! —exclamó el hombre de la gorra—. No es un ave de fantasía. Es una «Westcott».

En un súbito destello del recuerdo, Petrofski volvió a ver aquella habitación en la *suite* de los invitados de la dacha del secretario general en Usovo. «La encontré en la calle el invierno pasado...», dijo el viejo y marchito inglés, y el ave había mirado desde su jaula con ojos brillantes y astutos.

—Bueno, no es de la clase que suele verse en la ciudad... —dijo la presentadora de Televisión. Ahora vacilaba.

En aquel momento sonó el teléfono en el recibidor de Petrofski...

Normalmente, habría ido a contestar, por si se trataba de un vecino. Simular que estaba fuera habría sido sospechoso, con las luces de la casa encendidas. Y no habría llevado su arma al vestíbulo. Pero se quedó mirando fijamente la pantalla. El teléfono siguió llamando con insistencia. Entre éste y la televisión sofocaban el ruido suave de unas suelas de goma sobre el pavimento.

—Supongo que no —respondió alegremente el hombre de la gorra—. La «Westcott» tampoco es un ave *callejera*. Probablemente es una de las especies que vuela más rápido. Y esta pequeña belleza vuelve siempre al palomar donde se crió. Por eso suelen llamarlas domésticas.

Petrofski se levantó de su sillón con un gruñido de rabia. Tomó del lado del cojín la gran pistola «Sako» de precisión que había llevado siempre consigo desde su entrada en Gran Bretaña. Murmuró una breve palabra en ruso. Nadie le oyó, pero aquella palabra era: «traidor».

En aquel momento se oyó un estampido, y después otro, tan inmediato, que parecieron uno solo. A este ruido se unió el de cristales rotos en la puerta principal, dos detonaciones sordas en la parte trasera de la casa y unas pisadas en el vestíbulo. Petrofski se volvió hacia la puerta del cuarto de estar y disparó tres veces. Su «Sako Triace», provista de tres cañones intercambiables, disparaba ahora por el de mayor calibre. Tenía también cinco balas en el cargador. Sólo disparó tres, pues podía necesitar las otras dos para él mismo. Pero las tres que disparó perforaron la endeble madera de la puerta cerrada...

Los moradores de Cherryhayes Close comentarán aquella noche durante el resto de sus vidas, pero ninguno dará una versión exacta.

El estruendo de la «Wingmaster» al arrancar los dos goznes de la puerta hizo que todos se levantasen de un salto de sus sillones. En cuanto hubo disparado, el hombre de la escopeta se echó a un lado y atrás para dejar el sitio a su compañero. Bastó un golpe de mazo para que la cerradura, el cerrojo y la cadena saltaran por el aire en todas direcciones. Después se apartó también a un lado. Los dos hombres soltaron las armas que habían empleado y sacaron sus HK.

Steve y el cabo habían pasado ya por la abertura. El cabo se plantó en tres saltos en la escalera, con el hombre del mazo pisándole los talones. Steve pasó corriendo ante el teléfono, llegó a la puerta del cuarto de estar, se volvió de cara a ella y sintió que se elevaba del suelo. Tres proyectiles le habían alcanzado con un audible chasquido, lanzándole contra la escalera. El hombre de la «Wingmaster» se inclinó simplemente sobre la puerta todavía cerrada y disparó dos ráfagas de balas cada una. Después abrió la puerta de una patada, entró rodando y se quedó agachado dentro de la habitación.

Cuando disparó la escopeta, el capitán Lyndhurst abrió la puerta de la casa del otro lado de la calle y miró; Preston estaba detrás de él. El capitán vio que su delgado jefe de equipo cruzaba el iluminado vestíbulo y se acercaba a la puerta del cuarto de estar; entonces se vio lanzado a un lado como una muñeca de trapo. Lyndhurst avanzó, seguido de Preston.

Cuando el soldado que había disparado se puso en pie y observó la figura que yacía inerte sobre la alfombra, el capitán Lyndhurst apareció en el umbral. Captó la escena inmediatamente a pesar de la nube de humo de cordita.

—¡Ve al vestíbulo y ayuda a Steve! —ordenó.

El soldado no discutió. El hombre del suelo empezó a moverse. Lyndhurst sacó su «Browning» de debajo de la chaqueta.

El soldado había hecho bien las cosas. Petrofski había recibido un balazo en la rodilla izquierda, otro en el bajo vientre y otro en el hombro derecho. Su pistola salió proyectada al otro lado de la estancia. A pesar de la desviación causada por la madera, el soldado aprovechó tres de los cuatro proyectiles. Petrofski debía de sufrir terriblemente, pero estaba vivo. Empezó a arrastrarse por el suelo. A cuatro metros de él, podía ver la caja de acero gris puesta de lado, los dos botones, uno amarillo y el otro rojo. El capitán Lyndhurst apuntó con cuidado y disparó.

John Preston pasó corriendo junto a él con tal precipitación, que golpeó la cadera del oficial al correr. Se arrodilló al lado del cuerpo que yacía en el suelo. Estaba sobre un costado, con la mitad de la parte posterior de la cabeza destrozada, boqueando todavía como un pez fuera del agua. Preston acercó la cabeza a la cara del moribundo. Lyndhurst seguía apuntando con su pistola, pero el hombre de MI5 se había interpuesto entre él y el ruso. Se apartó a un lado para poder disparar mejor, pero entonces bajó la «Browning».

Preston se estaba levantando. No era necesario volver a disparar.

—Será mejor que digamos a los técnicos de Aldermaston que echen un vistazo a *eso* —dijo Lyndhurst, señalando la caja de acero.

—Yo le quería vivo —murmuró Preston.

—Lo siento, viejo. No pudo ser —replicó el capitán.

En aquel momento, los dos hombres se sobresaltaron al oír un fuerte chasquido y una voz que les hablaba desde el aparador. Vieron que el sonido procedía de un gran aparato de radio que se había puesto en marcha mediante un instrumento de relojería. La voz dijo:

«Buenas noches. Aquí Radio Moscú, emisión en inglés. Vamos a dar las noticias de las diez.

En Cherry... Perdón, rectifico. En Teherán, el Gobierno ha declarado hoy...»

El capitán Lyndhurst se acercó al aparato y lo apagó. El hombre del suelo contemplaba fijamente la alfombra con sus ojos ciegos, indiferente al mensaje cifrado destinado exclusivamente a él.

Capítulo XXIV

La invitación al almuerzo era para la una del viernes, 19 de junio, en el «Brook's Club» de St. James. Preston entró en el vestíbulo a la hora en punto, pero antes de que pudiese anunciarse al portero del club en su garita, Sir Nigel salió a su encuentro para recibirle.

—¡Mi querido John, qué amable has sido al venir!

Se dirigieron al bar para tomar un aperitivo y conversar sin ceremonia. Preston dijo al Jefe que acababa de volver de Hereford, donde había visitado a Steve Bilbow en el hospital. El brigada se había salvado por los pelos. Al retirar del chaleco antibalas los aplastados proyectiles de la pistola del ruso, uno de los médicos advirtió un fuerte olor y los hizo analizar. El cianuro no había entrado en el torrente sanguíneo; el hombre del SAS se había salvado gracias al peto. Por lo demás, había sufrido fuertes contusiones, pero estaba en buena forma.

—¡Excelente! —exclamó Sir Nigel, con verdadero entusiasmo—. Es terrible perder a un buen elemento.

La mayoría de los que se hallaban en el bar estaban discutiendo los resultados de las elecciones, y muchos de los presentes habían estado levantados la mitad de la noche esperando las últimas cifras en provincias de la igualada contienda.

A la una y media se fueron a almorzar. Sir Nigel había reservado una mesa en un rincón, donde podrían hablar tranquilamente. Cuando se dirigían a ella se cruzaron con el secretario del Gabinete, Sir Martin Flannery, que venía en sentido contrario. Aunque se conocían, Sir Martin vio en seguida que su colega estaba «de conferencia». Los mandarines se saludaron con una imperceptible inclinación de cabeza, suficiente para dos graduados en Oxford. Las palmadas en la espalda son más propias de los forasteros.

—En realidad, John —dijo «C» mientras desdoblaba su servilleta de lino sobre las rodillas—, te he pedido que vinieses para darte las gracias y felicitarte. Ha sido una operación notable y de excelente resultado. Te recomiendo el cordero asado, delicioso en esta época del año.

—En cuanto a su felicitación, señor, temo no poder aceptarla —replicó Preston a media voz.

Sir Nigel estudió el menú a través de sus gafas de media luna.

—¿De veras? ¿Quieres mostrarte admirablemente modesto o menos admirablemente descortés? —Y, dirigiéndose a la camarera—: Alubias, zanahorias y, tal vez, una patata asada, querida.

—Sólo sincero —observó Preston cuando se hubo marchado la camarera—. ¿Y si hablásemos del hombre al que conocimos como Franz Winkler?

—¿Aquel a quien seguiste tan brillantemente hasta Chesterfield?

—Permita que le sea franco, Sir Nigel. Winkler no se habría quitado de encima un dolor de cabeza con una caja de aspirinas. Era incompetente y estúpido.

—Creo que casi os despistó a todos en la estación del ferrocarril de Chesterfield.

—Una chiripa —replicó Preston—. En una operación de vigilancia más amplia, habríamos tenido hombres en cada parada a lo largo de la línea. La cuestión es que sus maniobras eran torpes: nos indicaron que era un profesional, malo por cierto, que no pudo librarse de nosotros.

—Comprendo. ¿Qué más acerca de Winkler? ¡Ah! Aquí está el cordero, y asado a la perfección.

Esperaron a que la camarera les sirviese y se marchase. Preston empezó a comer a bocaditos, pues se sentía turbado. Sir Nigel comía con satisfacción.

—Franz Winkler llegó a Heathrow con un pasaporte austríaco auténtico y un visado británico válido.

—En efecto.

—Y los dos sabemos, como lo sabía el oficial de Inmigración, que los ciudadanos austríacos no necesitan visado para entrar en Gran Bretaña. Cualquiera de nuestros funcionarios consulares en Viena le habría dicho esto a Winkler. Fue precisamente el visado lo que indujo al oficial de control de pasaportes de Heathrow a pasar el número del pasaporte por la computadora. Y resultó ser falso.

—Todos cometemos errores —murmuró Sir Nigel.

—La KGB no comete esta clase de errores, señor. Su documentación es extraordinariamente correcta.

—No los valores en demasía, John. Todas las grandes organizaciones se equivocan a veces. ¿Más zanahoria? ¿No? Entonces, con tu permiso...

—La cuestión es, señor, que aquel pasaporte tenía dos defectos. La razón de que su número hiciera que se encendiesen las luces rojas fue la de que, tres años antes, otro presunto ciudadano austríaco que llevaba un pasaporte con el mismo número, fue detenido en California por el FBI y ahora está cumpliendo condena en Soledad.

—¿De veras? ¡Dios mío, yo diría que los soviets no se mostraron muy listos!

—Llamé al hombre del FBI en Londres y le pregunté cuál había sido la acusación. Al parecer, el otro agente trataba de coaccionar a un ejecutivo de la «Intel Corporation», de Silicon Valley, para que le vendiese secretos de tecnología.

—Una acción muy fea.

—Tecnología nuclear.

—Y tú sacaste la impresión...

—De que Franz Winkler había entrado en este país iluminado como un rótulo de neón. Y el rótulo era un mensaje, un mensaje ambulante.

El semblante de Sir Nigel rebosaba todavía buen humor, pero sus ojos habían perdido parte de su regocijado brillo.

—¿Y qué decía este notable mensaje, John?

—Pues algo así: «No puedo entregaros el agente ilegal ejecutor, porque no sé dónde está. Pero seguid a este hombre; él os conducirá al transmisor.» Y lo hizo. Por esto pude descubrir al transmisor y al agente que acudió al fin a verle.

—¿Qué tratas de decir, exactamente?

Sir Nigel dejó el tenedor y el cuchillo en el plato vacío y se limpió los labios con la servilleta.

—Creo, señor, que hicieron fracasar la operación. Me parece inevitable concluir que alguien del otro lado la hizo fracasar deliberadamente.

—Una sugerencia extraordinaria. Permite que te recomiende el flan de fresa. Comí uno la semana pasada. No de la misma hornada, desde luego. ¿Sí? Dos, querida, por favor. Sí, con un poco de crema fresca.

—¿Puedo hacerle una pregunta? —dijo Preston cuando la joven hubo retirado los platos.

—Estoy seguro de que la harás de todos modos —replicó Sir Nigel, sonriendo.

—¿Por qué tenía que morir el ruso?

—Según tengo entendido, se arrastraba en dirección a una bomba nuclear con visibles intenciones de hacerla estallar.

—Yo estaba allí —dijo Preston cuando llegaban los flanes de fresa. Esperaron a que les sirviesen la crema—. El hombre estaba herido en un muslo, en el vientre y en un hombro. El capitán Lyndhurst hubiese podido detenerle de una patada. No había necesidad de volarle la cabeza.

—Estoy seguro de que el buen capitán no quiso correr riesgos —sugirió el jefe.

—Si el ruso hubiese vivido, Sir Nigel, habríamos pillado a la Unión

Soviética en flagrante delito. Sin él, no tenemos nada que no puedan negar de un modo convincente. Dicho en otras palabras: se echará tierra al asunto para siempre.

—Esto es cierto —asintió el maestro de espías, masticando reflexivamente un bocado de pastel con flan de fresa.

—Se da el caso de que el capitán Lyndhurst es hijo de Lord Frinton.

—¿Ah, sí? ¿Frinton? ¿Le conozco?

—Supongo que sí. Fueron juntos al colegio.

—¿De veras? ¡Éramos tantos! Es difícil recordarlos a todos.

—Y creo que Julian Lyndhurst es ahijado de usted.

—Mi querido John, te gusta comprobarlo todo, ¿no?

Sir Nigel había terminado el postre. Cruzó las manos, apoyó el mentón sobre los nudillos y contempló fijamente al investigador de MI5. La cortesía se mantuvo; pero el buen humor se estaba desvaneciendo.

—¿Algo más?

Preston asintió gravemente con la cabeza.

—Una hora antes de asaltar la casa, el capitán Lyndhurst recibió una llamada telefónica en el vestíbulo de la casa de enfrente. Comprobé esto con mi colega que se puso primero al aparato. El que llamaba lo hacía desde una cabina.

—Sin duda, uno de sus colegas.

—No, señor. Éstos empleaban radios. Y nadie ajeno a la operación sabía que nosotros estábamos dentro de la casa. Es decir, nadie, salvo unas poquísimas personas de Londres.

—¿Puedo preguntarte qué estás sugiriendo?

—Sólo otro detalle, Sir Nigel. Antes de morir, aquel ruso murmuró una palabra. Parecía resuelto a pronunciarla antes de fallecer. Yo tenía entonces mi oído junto a su boca. Lo que dijo fue: Philby.

—¿Philby? ¡Cielo santo! Me pregunto qué querría decir con eso.

—Creo saberlo. Supongo que creyó que Harold Philby le había traicionado, y creo que tenía razón.

—Entiendo. ¿Y puedo saber cuáles son tus deducciones?

La voz del jefe era suave, pero su tono había perdido toda su campechanía. Preston respiró hondo.

—Deduzco que Philby, el traidor, estaba metido en esta operación, posiblemente desde el principio. En tal caso, se habría hallado en una situación en la que no podía perder. He oído rumores de que, como otros, desea volver a casa, a Inglaterra, a pasar sus últimos días.

»Si el plan hubiese tenido éxito, probablemente se habría ganado la libertad de sus amos soviéticos y el permiso de entrada por parte de un nuevo Gobierno de la izquierda dura en Londres. Quizá dentro de un año a partir de ahora. O bien podía contar a Londres las líneas generales del plan y traicionarlo.

—¿Y cuál de estas dos notables alternativas sospechosas fue la que eligió?

—La segunda, Sir Nigel.

—¿Con qué fin? Te ruego que me lo digas.

—Para comprar su billete de vuelta a casa. Desde aquí. Por medio de un trato.

—¿Y piensas que yo pude ser parte en este trato?

—No sé qué pensar, Sir Nigel. No sé que *más* pensar. Han circulado rumores... sobre sus antiguos colegas, sobre el círculo mágico, sobre la solidaridad del *establishment* del que fue antaño miembro..., sobre todas estas cosas.

Preston observó su plato, con el flan de fresa a medio comer. Sir Nigel contempló el techo durante largo rato, antes de lanzar un profundo suspiro.

—Eres un hombre notable, John. Dime, ¿qué vas a hacer esta semana?

—Creo que nada.

—Entonces, ten la bondad de reunirte conmigo en la puerta de Sentinel House a las ocho de la mañana. Trae tu pasaporte. Y ahora, si me perdonas, sugiero que prescindamos del café en la biblioteca...

El hombre que se hallaba tras la ventana del piso superior de la casa reservada de aquella apartada calle de Ginebra observó la partida de su visitante. La cabeza y los hombros de éste aparecieron debajo de él; el hombre recorrió el breve trecho que le separaba de la verja y salió a la calle, donde esperaba su coche.

El conductor se apeó, pasó por detrás del vehículo y abrió la portezuela para que subiese el caballero. Después volvió de nuevo a la portezuela del chófer.

Antes de subir, Preston levantó la mirada hacia la figura que había tras la ventana superior. Cuando se hubo colocado al volante, preguntó:

—¿Es él? ¿Es realmente él? ¿El hombre de Moscú?

—Sí, es él. Y ahora, al aeropuerto, por favor —respondió Sir Nigel desde el asiento trasero.

El automóvil arrancó.

—Bueno, John, te prometí una explicación —dijo Sir Nigel, poco más tarde—. Puedes preguntar.

Preston podía ver la cara del Jefe en el espejo. El viejo contemplaba el paisaje que desfilaba junto a ellos.

—¿La operación?

—Tenías toda la razón. Fue montada personalmente por el secretario general, con el asesoramiento y la ayuda de Philby. Parece que lo llamaron «Operación Aurora». Alguien la *hizo* fracasar, pero no Philby.

—¿Por qué la hicieron fracasar?

Sir Nigel pensó durante varios minutos.

—Desde el principio pensé que tú podías tener razón. Tanto en tus hipotéticas conclusiones de lo que hoy llamamos Informe Preston del pasado diciembre, como en tus deducciones después del incidente de Glasgow. Aunque Harcourt-Smith no quería creer en ninguna de ambas cosas, yo no estaba seguro de que existiese relación entre ellas, pero tampoco me hallaba en condiciones de negarlo. Cuanto más pensaba en ello, más me convencía de que la «Operación Aurora» no era una verdadera operación de la KGB. No llevaba su marca, su laboriosa minuciosidad. Parecía una operación apresurada, montada por un hombre o un grupo que desconfiaban de la KGB. Sin embargo, había pocas esperanzas de que tú descubrieses a tiempo el agente.

—Andaba a tientas en la oscuridad, Sir Nigel. Y lo sabía. No había señales de correos soviéticos en ninguno de nuestros controles de Inmigración. De no haber sido por Winkler, no habría llegado a tiempo a Ipswich.

Se abrió un largo silencio. Preston esperó a que el Jefe continuase.

—Por consiguiente, envié un mensaje a Moscú —dijo al fin Sir Nigel.

—¿Personalmente?

—Claro que no. Eso no habría dado resultado. Demasiado evidente. Lo hice valiéndome de otra fuente, de una en cuya credibilidad confiaba. Temo que el mensaje no era muy verídico. A veces, en nuestro oficio, hay que decir mentiras. Pero pasó por un canal que pensé que sería creído.

—¿Y lo fue?

—Afortunadamente, sí. Cuando llegó Winkler, estuve seguro de que el mensaje había sido recibido, comprendido y, sobre todo, considerado verdadero.

—¿Fue Winkler la respuesta? —preguntó Preston.

—Sí. ¡Pobre hombre! Creía que estaba en una misión de rutina para comprobar la actuación de los griegos y su transmisor. A propósito, lo encontraron ahogado en Praga hace dos semanas. Supongo que sabía demasiado.

—¿Y el ruso de Ipswich?

—Acabo de saber que se llamaba Petrofski. Un profesional de primera clase y un patriota.

—Pero, ¿también él tenía que morir?

—Fue una decisión terrible, John. Pero inevitable. La llegada de Winkler fue un ofrecimiento, la proposición de un trato. No un contrato formal, naturalmente. Sólo un acuerdo tácito. Petrofski no podía ser cogido vivo e interrogado. Yo tenía que cumplir el compromiso tácito con el hombre que has visto allí, detrás de la ventana.

—Si hubiésemos cogido vivo a Petrofski, habríamos puesto en un brete a la Unión Soviética.

—Sí, John, es verdad. Les habríamos infligido una tremenda humillación internacional. ¿Y qué habríamos conseguido? La URSS no habría podido permanecer quieta. Habría tenido que replicar en cualquier otra parte del mundo. ¿Qué habrías querido tú? ¿Volver a los peores tiempos de la guerra fría?

—Es una lástima perder una oportunidad de apretarles las clavijas, señor.

—Son fuertes y peligrosos y están armados, John. La URSS estará allí mañana, y la semana próxima, y el año que viene. De alguna manera, tenemos que compartir con ellos este planeta. Y es mejor que sean gobernados por hombres pragmáticos y prácticos que por fanáticos y exaltados.

—¿Y eso obliga a tratar con hombres como el de la ventana, Sir Nigel?

—A veces hay que hacerlo. Yo soy un profesional, lo mismo que él. Hay periodistas y escritores empeñados en que los de nuestra profesión vivimos en un mundo de ensueño. En realidad ocurre todo lo contrario. Son los políticos quienes sueñan, y a veces sus sueños son peligrosos, como el del secretario general, y pretenden cambiar la faz de Europa como un monumento a su persona.

»Un oficial importante del Servicio Secreto ha de tener la cabeza más fría que el más insensible hombre de negocios. Tiene que ceñirse a la realidad, John. Los sueños conducen a fracasos tales como el de la Bahía de los Cochinos. La primera interrupción en la escalada de los misiles en Cuba fue sugerida por el residente de la KGB en Nueva York. Fue Kruschev, no los profesionales, quien se pasó de la raya.

—¿Y qué ocurrirá ahora, señor?

El viejo maestro de espías suspiró.

—Esto lo dejamos para ellos. Se producirán algunos cambios. Y los harán a su propia e inimitable manera. El hombre que estaba en aquella casa marcará el rumbo. Avanzará en su carrera, mientras que se frustrarán las de otros.

—¿Y Philby? —preguntó Preston.

—¿Qué quieres saber de Philby?

—¿Trata de volver a casa?

Sir Nigel se encogió de hombros, con impaciencia.

—Desde hace años —dijo—. Y, sí, de vez en cuando se pone en contacto, en secreto, con mis hombres en nuestra Embajada en Moscú. Criamos palomas...

—¿Palomas...?

—Algo muy anticuado, lo sé. Y sencillo. Pero todavía sorprendentemente eficaz. Así es como se comunica. Pero no lo hizo en lo tocante a la «Operación Aurora». Y aunque lo hubiese hecho..., por lo que a mí concierne...

—Por lo que a usted concierne..., ¿qué?

—¡Puede pudrirse en el infierno! —concluyó Sir Nigel en voz baja.

Guardaron silencio durante un rato.

—¿Qué vas a hacer ahora, John? ¿Te quedarás en «Cinco»?

—No lo creo, señor. El director general se jubila el primero de setiembre, pero tomará su último permiso el próximo mes. Creo que mis probabilidades serían muy pocas con su sucesor.

—Yo no puedo meterte en «Seis». Ya lo sabes. No aceptamos veteranos. ¿Has pensado en volver a Civvy Street?

—No es el tiempo mejor para que un hombre de cuarenta y seis años, sin una especialidad conocida, pueda conseguir un empleo —replicó Preston.

—Tengo algunos amigos —murmuró el Jefe—. Está en Protección de Recursos. Tal vez les interesase un buen elemento. Yo podría hablarles.

—¿Protección de Recursos?

—Pozos de petróleo, minas, depósitos, caballos de carreras. Cosas que la gente quiere mantener a salvo del robo o la destrucción. Incluso sus propias personas. Y el trabajo está bien pagado. Te permitiría mantener con desahogo a tu hijo.

—Por lo visto no soy el único que investiga a los demás —observó Preston, sonriendo.

El viejo miraba por la ventanilla, como sumido en la contemplación de algo lejano en el espacio y en el tiempo.

—Yo también tuve un hijo —dijo a media voz—. Un hijo único. Un muchacho estupendo. Le mataron en las Malvinas. Sé cómo te sientes.

Sorprendido, Preston miró al hombre en el espejo. Nunca se le había ocurrido pensar que aquel cortés y astuto maestro de espías hubiese jugado una vez a caballos y jinetes con un niño pequeño sobre la alfombra de un cuarto de estar.

—Lo siento. Quizá le tome la palabra.

Llegaron al aeropuerto, devolvieron el coche alquilado y volaron a Londres, tan de incógnito como habían venido.

El hombre que había tras la ventana de la casa privada contempló cómo se alejaba el coche del inglés. El suyo tardaría una hora en llegar. Dio media vuelta y se sentó a la mesa para estudiar de nuevo la carpeta que le habían traído y que tenía aún en la mano. Estaba satisfecho; había sido una buena reunión, y los documentos que tenía asegurarían su futuro.

Como profesional, el teniente general Yevgueni Karpov lamentaba lo de la «Operación Aurora». Había sido muy bueno, sutil, sencillo y eficaz. Pero sabía también, como profesional, que, cuando fallaba una operación, lo único que se podía hacer era cancelar y rechazar todo el asunto antes de que fuese demasiado tarde. La demora habría sido totalmente desastrosa.

Recordaba claramente el fajo de documentos que su recadero le había traído de Jan Marais, de Londres; el producto de su agente en Hampstead. Seis de ellos habían sido material corriente, datos secretos importantes como sólo podía obtenerlos un hombre tan bien situado como George Berenson. Pero el séptimo le había dejado pasmado.

Era un informe personal de Berenson a Marais, para ser comunicado a Pretoria. En él, el funcionario del Ministerio de Defensa manifestaba que, como director delegado de Abastecimientos, con responsabilidad especial sobre ingenios nucleares, había estado presente en una sesión muy restringida presidida por el director general de MI5, Sir Bernard Hemmings.

El jefe de Contraespionaje había dicho al pequeño grupo que su organización había descubierto la existencia y la mayor parte de los detalles de una conspiración soviética para importar en piezas separadas una pequeña bomba atómica, montarla y hacerla estallar en Gran Bretaña. Todo estaba preparado: MI5 estaba apretando rápidamente el cerco sobre el «ilegal» ruso que dirigía la operación en Gran Bretaña, y confiaba en apresarle con todas las pruebas necesarias.

Debido sólo a la fuente de información, el general Karpov había creído el informe a pies juntillas. De momento, sintió la tentación de dejar que los británicos siguiesen adelante; pero —pensándolo mejor— vio que esto sería desastroso. Si los ingleses triunfaban solos y sin ayuda, no se verían obligados a sofocar el terrible escándalo. Para crear esta obligación necesitaba enviar un mensaje a un hombre que comprendiese lo que había que hacer, alguien con quien él pudiese tratar a pesar del abismo que les separaba.

Estaba luego la cuestión de su medro personal... Después de un largo paseo a solas por los verdes bosques primaverales de Peredelkino, había decidido realizar la apuesta más peligrosa de su vida. Resolvió visitar discretamente el despacho particular de Nubar Gevorkovich Vartanian.

Había escogido a su hombre con cuidado. Se creía que el miembro del Politburó por Armenia era quien presidía la facción secreta de aquel organismo que creía llegado el momento de un cambio en la cima.

Vartanian le escuchó sin decir palabra, seguro de que su posición era tan alta que no habría micrófonos ocultos en su despacho. Se había limitado a mirar fijamente con sus negros ojos de lagarto al general de la KGB mientras le escuchaba. Cuando Karpov hubo terminado, le preguntó:

—Camarada general, ¿está seguro de que su información es correcta?

—Tengo toda la explicación del profesor Krilov en cinta magnetofónica —dijo Karpov—. La máquina estaba en mi cartera.

—¿Y la información de Londres?

—Su fuente es infalible. He dirigido personalmente al hombre durante casi tres años.

El díscolo armenio le miró fijamente durante largo rato, como reflexionando en muchas cosas y, sobre todo, en la manera de aprovechar la información en su propio beneficio.

—Si lo que dice usted es verdad, la operación no podía ser más peligrosa y temeraria. Si pudiese demostrarse, se necesitarían pruebas, tendrían que producirse cambios en la cima. Buenos días.

Karpov había comprendido. Cuando caía en la Unión Soviética el hombre que estaba en el pináculo, todos sus auxiliares caían con él. Si había cambios en la cima, quedaría vacante el cargo de presidente de la KGB, cargo que, según Karpov, era muy adecuado para él. Mas para forjar su alianza de fuerzas del partido, Vartanian necesitaría pruebas, pruebas sólidas, irrefutables, documentales, de que la temeraria acción había estado a punto de acarrear un desastre. Nadie había olvidado que Mijail Suslov había derribado a Kruschev en 1964, acusándole de temeridad en la crisis de los misiles cubanos de 1962.

Poco después de aquella reunión, Karpov envió a Winkler, el agente más inseguro que había podido encontrar en sus filas. Su mensaje fue captado y comprendido. Ahora tenía en las manos la prueba que necesitaba su patrono armenio. Estudió de nuevo los documentos.

El informe sobre los míticos interrogatorio y confesión del comandante Valeri Petrofski a los británicos necesitaría algunas correcciones, pero tenía gente en Yasiénevo que cuidarían de ello. Los papeles donde constaba el interrogatorio eran absolutamente auténticos, y eso era lo principal. Incluso los informes de Mr. Preston sobre su actuación, debidamente enmendados para excluir toda mención de Winkler, eran fotocopias de los originales.

El secretario general no sería capaz ni estaría dispuesto a salvar al traidor Philby, ni más tarde, podría salvarse él mismo. Vartanian cuidaría de esto y no se mostraría desagradecido.

Llegó el coche de Karpov para llevarle a Zurich y al avión de Moscú. Se levantó. Había sido un buen encuentro. Y, como siempre, había sido ventajoso negociar con «Chelsea».

EPÍLOGO

Sir Bernard Hemmings se jubiló oficialmente el primero de setiembre de 1987, aunque había estado con permiso desde mediados de julio. Murió en noviembre de aquel año, dejando asegurada una pensión en favor de su esposa y de su hijastra.

Brian Harcourt-Smith no le sucedió como director general. Los «Hombres Prudentes» hicieron sus investigaciones y, aunque convinieron en que no había nada de siniestro en los intentos de Harcourt-Smith por archivar, sin más, el Informe Preston, o de restar importancia al incidente de Glasgow, no pudieron dejar de reconocer que habían sido dos graves errores de juicio. Como no había otro sucesor idóneo dentro de «Cinco», trajeron un hombre de fuera como director general. Mr. Harcourt-Smith dimitió meses más tarde e ingresó en el Consejo de Administración de un Banco mercantil de la City.

John Preston se retiró a primeros de setiembre e ingresó en el personal de Protección de Recursos. Su salario fue más que doblado, lo cual le permitió pedir el divorcio y reclamar fundadamente la custodia de su hijo Tommy, cuya manutención y educación podía garantizar ahora plenamente. Julia retiró su oposición y se otorgó la custodia a Preston.

Sir Nigel Irvine se retiró, como estaba previsto, el día último del año, pero abandonando su oficina a tiempo para celebrar la Navidad. Fue a vivir a su casa de campo de Langton Matravers, donde se incorporó plenamente a la vida del pueblo, diciendo a todos los que se lo preguntaban que, antes de jubilarse, había hecho «algo muy fastidioso en Whitehall».

Jan Marais fue llamado a Pretoria a primeros de diciembre para unas consultas. Al despegar de Heathrow el «Boeing 747» de las «South African Airlines», dos corpulentos agentes del SIN salieron del departamento de descanso de la tripulación y le pusieron las esposas. No disfrutó mucho de su retiro, todo el cual lo pasó a unos metros bajo nivel del suelo ayudando en sus investigaciones a equipos de caballeros importantes.

Como la detención de Marais se había producido en público, pronto se supo la noticia, y el general Karpov comprendió que su «durmiente» había sido «quemado». Confió en que Marais, alias *Frikki Brandt*, no resistiría mucho tiempo los interrogatorios, y esperó la detención de George Berenson y el consiguiente desaliento dentro de la Alianza Occidental.

A mediados de diciembre, Berenson se retiró prematuramente del Ministerio, pero no fue detenido. Después de la intervención personal de Sir Nigel Irvine, se permitió que el hombre se retirase a las Islas Vírgenes británicas, con una pequeña perc adecuada pensión por parte de su esposa.

Las noticias que llegaron hasta el general Karpov informaron a éste de que su encumbrado agente no sólo había sido descubierto, sino que había cambiado de chaqueta. Lo que no sabía era exactamente *cuándo* había pasado Berenson al servicio de los británicos. Entonces, desde el interior de su propia *rezidentura* en Londres, el agente de la KGB Andreiev informó de un rumor según el cual Berenson se había pasado a MI5 ya en el primer contacto establecido por Jan Marais.

Al cabo de una semana, los analistas de Yasiénevo hubieron de aceptar que la información, en realidad auténtica, recibida durante tres años, había sido rechazada como sospechosa desde el principio.

Fue la última jugada del Maestro.

Este libro se imprimió en
HUROPE, S. A.
Recaredo, 2
Barcelona